ENWOR – DAS ELFTE BUCH

WOLFGANG HOHLBEINS

ENWOR

DAS ELFTE BUCH

UNTER MITARBEIT VON
DIETER WINKLER

Weitbrecht

ERSTER TEIL
Skars Rückkehr

1

Zu der Stunde, in der die Nacht am dunkelsten und der neue Tag am weitesten von seinem Morgen entfernt war, spie der See den Mann aus. Inmitten einer Hölle aus tobender Gischt, Bewegung, Lärm durchbrach er die Wasseroberfläche und nahm einen ersten, tiefen Atemzug. Er war pure Qual, brennende Kälte, die das kaum erwachte und dennoch bereits wieder im Verlöschen begriffene Leben noch einmal in seinen Körper zurückzwang, sich aber auch zugleich wie berstende Glassplitter in seine Kehle grub, sodass er vor Pein aufgeschrien hätte, hätte er es nur gekonnt.

Er wusste nicht, wer er war – Mann, Frau, Kind, Mensch oder *Etwas*. Er hatte kein *Ich*-Gefühl noch die Möglichkeit einen Entschluss zu fassen oder ihn gar in die Tat umzusetzen. Nicht einmal den einfach aufzugeben und sich in die kalte Umarmung jener allumfassenden Dunkelheit zurückfallen zu lassen, aus der er gekommen war. Es wäre die einfachste und vielleicht barmherzigste Lösung gewesen.

Er konnte es nicht.

Jemand – etwas? – zwang ihn sich zu wehren, den Kampf gegen diesen fürchterlichen Feind aufzunehmen, der allgegenwärtig und übermächtig zugleich war: das Wasser. Es warf ihn hin und her, hüllte ihn ein, zog ihn immer wieder unter seine Oberfläche und spie ihn aus, als stünde eine bewusste, perfide Macht hinter diesem makaberen Spiel, ihn stets im Bruchteil eines Augenblickes, bevor er das Bewusstsein verlieren oder aus purer Atemnot die Lippen öffnen und so den Tod willkommen heißen konnte, wieder ins Leben zurückzureißen. Die unbarmherzige Kälte zog die Wärme rascher aus seinen Gliedern, als sein Körper sie produzieren konnte. Der Sog zerrte ihn immer wieder ein kleines Stückchen weiter vom Ufer fort, als wollte er seine müden Schwimmbewegungen verhöhnen.

Unter dem schwarzen Nachthimmel konnte er dieses Ufer nicht genau erkennen. Die Sterne, die wie winzige Augen teilnahmslos zuschauender, grausamer Götter auf seinen Lebenskampf herabblickten, spendeten kaum Licht. Aber manchmal sah er es vor dem Ufer hell und dunstig aufschimmern: Gischt, die an etwas Hartem, Reißendem zerschellte, das das Ufer wie eine tödliche Barriere steinerner Messerklingen säumte.

Zeit verging.

Sie war bedeutungslos wie alles und er hatte darüber hinaus auch keine Möglichkeit ihr Verstreichen irgendwie zu registrieren, denn er war noch immer kaum mehr als reiner Intellekt, ohne Willen, ohne eigenen Antrieb oder gar Verständnis für das Universum, das ihn umgab und das nur aus brüllendem Sturm, tobendem Wasser, Dunkelheit, Kälte und einem unbekannten, dunkel-gestaltlosen Dahinter bestand. Doch auch, wenn er sich seines Körpers nur in soweit bewusst war, dass er ihn als Quell immer neuer, unerträglicher Pein und immer grausamerer Kälte registrierte, so klammerte sich dieser Körper doch an das unerwünschte Leben und er kämpfte weiter, mit einer Verbissenheit, die sein Bewusstsein in Erstaunen versetzt hätte, wäre er nur in der Lage gewesen sie zu registrieren.

Körper und Geist schienen längst keine Einheit mehr zu sein. Sein Körper kämpfte weiter und rang gegen jede Logik, gegen jede Erwartung, den verstreichenden Minuten immer mehr und mehr Kraft ab, sodass seine Schwimmbewegungen nicht etwa schwächer, sondern ganz im Gegenteil allmählich wieder kraftvoller wurden, und auch an Zielstrebigkeit und Koordination zunahmen. Sein gerade erst erwachtes Bewusstsein hatte aber längst aufgegeben gegen die Macht der Wellen anzukämpfen. Obwohl er das Leben noch nicht einmal richtig kennen gelernt hatte, sehnte er sich nach dem Tod zurück. Der letzte und vielleicht einzige Sieg, den er erringen konnte: den Willen zu haben, einfach aufzugeben und das Unausweichliche nicht noch länger hinauszuzögern, für den einzigen Lohn von noch mehr Schmerz und noch mehr Furcht. Die Naturgewalten, gegen die er kämpfte, waren nichts, worüber ein Mensch triumphieren konnte. Er war nicht mehr als ein Staubkorn in der Wüste, ein Wassertropfen in den unendlichen Weiten des Ozeans. Bedeutungslos. Dass er im willkürlichen Toben der Elemente vergehen würde, zufällig und ohne dass jemand seinen Tod zur Kenntnis nehmen, geschweige denn *gewollt* haben würde, war nur ein weiterer Beweis für seine Bedeutungslosigkeit.

Er dachte diesen Gedanken ohne Bitterkeit. Die Schöpfung war zu groß und die Unendlichkeit zu lang, als dass irgendein sterbliches Wesen, gleich ob Mensch oder Gott, darin wirklich eine Rolle spielen konnte. Ob er in der nächsten Sekunde in der kalten Unendlichkeit des Wassers starb oder das Ufer erreichte und vielleicht zu einem Gott oder dem Vernichter von Welten wurde, würde nichts im großen Gefüge des Kosmos ändern. Es spielte keine Rolle, was oder wer er war. Ob er existierte oder nicht. Und er wollte lieber kein als ein bedeutungsloses Leben führen.

Und doch: Etwas zwang ihn weiterzuleben.

Das Ufer war jetzt fast zum Greifen nahe, aber mit ihm auch die Gischt und die schwarzen Felsen, an denen sie zerstob. Eine vielfach gestaffelte Kette von Reißzähnen, so alt wie diese Welt und so tödlich wie Schwertklingen, säumte den Uferstreifen, den er manchmal, wenn sein Körper aus einem Wellenteil emporgeschleudert wurde, im Sternenlicht aufblitzen sah. Und selbst, wenn er wie durch ein Wunder den Klippen entging, so mochte ihn die Brandung gegen das steinige Ufer schleudern, das dahinter emporwuchs, schwarz, zerschunden und hier und da mit dem niedrig hängenden Himmel verschmelzend.

Wie gnädig war dagegen die Finsternis gewesen, aus der er kam und in die er sich so sehr zurücksehnte. Es wäre so einfach, sich fallen zu lassen. Armen und Beinen einfach zu befehlen mit den sinnlosen Bewegungen aufzuhören, in die kalte Dunkelheit hinabzutauchen und einen letzten, erlösenden Atemzug zu nehmen.

Nein!

Er kannte die Bedeutung dieses Wortes nicht wirklich. Worte waren wie Menschen, vielleicht langlebiger, aber bedeutungslos. Trotzdem zwang es ihn weiterzumachen, vergrößerte die Kluft zwischen Körper und Geist noch mehr und machte aus bisher fast teilnahmslos nebeneinander existierenden Brüdern Feinde. Sein Körper bäumte sich auf, kämpfte mit verzweifelter Kraft gegen die Elemente und arbeitete sich mit schnellen, beinahe schon eleganten Schwimmbewegungen näher ans Ufer heran. Geschickt wie ein Fisch und mit einer Leichtigkeit, die ihn selbst überraschte, glitt er zwischen den Felsen hindurch, erspähte eine Lücke hier, einen Durchlass da, den Weg eines Wellenkamms über tödliche Felsen dort und kam dem eigentlichen Ufer immer näher. Das Donnern der Brecher, die gegen ihn und das felsige Ufer dahinter anrannten, schien das einzige Geräusch der Welt zu sein; vielleicht alles, was sie zusammenhielt.

Schließlich aber versagten seine geliehenen Kräfte. Eine Welle schleuderte ihn gegen einen Fels, der unter dem schwarzen Wasser verborgen auf ihn gelauert hatte. Er hörte, wie sein Schrei zu einem keuchenden Seufzer wurde, mit dem das letzte bisschen Atemluft seinen Lungen entwich und fühlte sich herum und gleichzeitig in die Tiefe gewirbelt, gegen Sand und Felsen geschmettert und am Ende fast achtlos auf das Ufer hinaufgeworfen; ein Spielzeug, das seinen Reiz verloren hatte. Rings um ihn herum zerstob die Gischt zu Myriaden winziger Wassertropfen, die im schwachen Licht der Sterne wie Diamantstaub glitzerten. Der Boden vibrierte unter der Wucht der heranrollenden Brecher und immer wieder schlug das Wasser mit schäumenden Wellen über ihm zusammen, ließ ihn keuchen, würgen und mit kleinen, qualvollen Zügen nach Luft ringen.

Doch er war gerettet.

Die gleiche Felsbarriere, die ihn um ein Haar zerschmettert hätte, schützte ihn nun vor der ärgsten Wucht der Brandung; aus der tödlichen Gefahr war plötzlich ein Freund geworden, ein Wall, der dem tobenden Ungeheuer auf der anderen Seite, das wütend nach seiner Seele schrie, Einhalt gebot.

Er blieb lange so liegen, möglicherweise Stunden, sicher aber viele, viele Minuten. Dieser Unterschied immerhin war ihm bewusst. Er hatte das Verstreichen der Zeit zu registrieren gelernt, ohne es überhaupt zu bemerken, so, wie er plötzlich um viele Dinge wusste, die es vor Momenten für ihn noch gar nicht gegeben hatte: Tag und Nacht, Leben und Tod, die Welt und die Götter, die beide auf ihre Art anders waren, als die Menschen sie sich vorstellten. Er selbst.

Er wusste noch immer nicht, wer er war, aber er wusste, *dass* er war. Und dass er aus einem ganz bestimmten Grund hier war. Denn ebenso zweifelsfrei, wie er sich seiner Bedeutungslosigkeit bewusst war, wusste er zugleich auch, dass es nichts wirklich Sinnloses gab und alles einem bestimmten Zweck diente. Das eine schloss das andere nicht aus, *bedingte* es sogar. Jemand – etwas – hatte ihn hierher geschickt, um etwas zu tun. Er wusste nicht was, aber das brauchte er auch nicht. Vielleicht war die bloße Tatsache seines Hierseins schon genug.

Seit er aufgehört hatte gegen das Meer zu kämpfen, begann er sich besser zu fühlen, zugleich aber auch wie ein Fremder in seinem eigenen Körper, der alles, was er tat und dachte, mit einem gewissen Abstand verfolgte und hinter die Dinge sehen konnte, weil er gar nicht davon betroffen war. Sein Körper schmerzte immer noch an zahllosen Stellen. Er hatte sich unzählige Prellungen und Schürfwunden zugezogen, mit Sicherheit Verstauchungen, möglicherweise sogar Brüche. Aber zugleich fühlte er auch, dass er nicht ernsthaft verletzt war. Der Körper, der dem neu geschaffenen Leben dreißig oder vierzig Jahre vor der Zeit geschenkt worden war, war sehr kräftig, der Körper eines gesunden, sehr starken Mannes; vielleicht eines Kriegers. So unerträglich der Schmerz ihm erschien, so war er doch nichts Fremdes, sondern ein Vertrauter, fast schon so etwas wie ein Freund, der ihn an Dinge zu erinnern versuchte, die er niemals erlebt hatte.

Wer war er?

Warum war er hier?

Du wirst es erfahren. Bald.

Er hörte die Stimme nicht wirklich. Sie war nicht in seinem Kopf, sondern in *ihm*, als wäre jede Faser seines Körpers nichts als ein Teil dieser allgegenwärtigen, titanischen Stimme, die keine Zweifel zuließ und Fragen nach ihrem Wer und Warum vollkommen ausschloss.

Er versuchte sich auf dem Untergrund aus Stein und nassem Lehm in die Höhe zu stemmen. Am Anfang vergebens. Was sein Körper an Kraft besessen hatte, das hatte er in dem verzweifelten Kampf gegen die Wellen verbraucht, sodass er drei-, viermal ansetzen musste, bevor es ihm auch nur gelang, den Kopf zu heben und an sich herabzusehen.

Er war nackt. Seine Haut war mit einem dünnen, rosafarbenen Film bedeckt, denn er blutete aus zahlreichen, wenn auch allesamt nicht sehr tiefen Wunden, und das Wasser, das ihn gerade erst freigegeben hatte, setzte nun zu einem neuen, heimtückischen Angriff an. Der Sturm nahm an Kraft zu und peitschte die Wellen hoch genug, um die Barriere vor dem Ufer zu überrollen. Nicht sehr schnell, aber unaufhaltsam. Schon bald würde auch dieser Teil des Ufers überflutet sein. Er war noch nicht in Sicherheit. Er musste weiter hinauf zwischen die Felsen.

Langsam und schwankend, mit zusammengebissenen Zähnen und mehr vor Anstrengung als vor Schmerz keuchend, setzte er sich auf und versuchte die Dunkelheit ringsum mit Blicken zu durchdringen. Vor ihm lagen die Klippen und der Sturm, hinter ihm die Felsen, die nicht einmal besonders hoch zu sein schienen, in der Dunkelheit und bei dem tobenden Sturm aber ebenso gut bis an den Himmel hätten reichen können: unübersteigbar. Zur Rechten erstreckte sich der schmale Uferstreifen, so weit er sehen konnte – was nicht besonders weit war –, doch zur Linken gab es eine Stelle, an der sich eine Bresche in dem Gewirr aus Felsen und Steintrümmern zu befinden schien. Was dahinter lag, wusste er nicht. Aber es gab nur eine Möglichkeit, es herauszufinden. Er musste dort hinauf – entweder freiwillig oder gezwungen von der Stimme, die über ihn wachte und die nicht gestatten würde, dass er starb.

Er lernte ein neues Gefühl kennen: Trotz.

Wenn er sich schon peinigen lassen musste, so aus freien Stücken und nicht gezwungen von einer Macht, die sich anmaßte, das größte und möglicherweise *einzige* Verbrechen zu begehen, das es wirklich gab: den freien Willen eines anderen Individuums zu ignorieren und ihm seinen eigenen aufzuzwingen.

Während das Wasser allmählich stieg, sodass die Wellen bereits seine Knie umspülten, stemmte er sich in die Höhe, wandte sich nach links und taumelte auf die Bresche in den Felsen zu, und während er es tat, wiederholte sich das fast unheimliche Geschehen von vorhin: Statt ihn zu ermüden, schien ihm jeder einzelne Schritt neue Kraft zu geben. Er war noch immer ein Neugeborener, fast ohne Wissen, aber sein Körper war der eines Mannes, und es war, als erinnere er sich mit jeder neuen Bewegung, die er lernte, folgerichtig an die nächste, die kommen musste.

Irgendwie gelang es ihm, den Spalt zu überwinden und einen zweiten, höher gelegenen und damit sicheren Uferstreifen zu erreichen. Trotzdem schleppte er sich noch ein gutes Stück weiter den Strand hinauf. Mit dem Wissen um sich selbst und das Wie und Warum der Welt war auch noch ein anderer, unwillkommener Begleiter aus der Vergangenheit zurückgekehrt: die Furcht.

Schließlich aber konnte er nicht mehr. Er fiel auf die Knie, ließ sich nach vorne und zur Seite sinken und schlief ein, noch bevor seine Wange den Boden berührte.

Während er schlief, lernte er etwas Neues. Alles, was er erlebte, war neu für ihn, aber diese Erfahrung war auf eine erschreckende Art anders als die wirkliche Welt zuvor.

Er träumte.

Es war kein angenehmer Traum. Und er hatte keinerlei Gestalt. Er sah Bilder, hörte Geräusche und empfand Gefühle, die ihm allesamt fremd und unbekannt waren und die doch eines gemeinsam hatten: Sie lehrten ihn eine andere Dimension des Schreckens, gegen den es keine Gegenwehr gab, bis die Furcht schließlich so groß wurde, dass er mit einem Schrei die Lider hob und sich aufsetzte.

Sein Herz raste und mehr noch hämmerten seine Gedanken. In seinen Ohren war noch immer das Brüllen des Sturmes. Er war nicht mehr da, aber seine Stimme war zurückgeblieben und er konnte spüren, wie der Boden unter ihm immer noch sacht unter der Wucht der Brandung vibrierte. Bilder, Erinnerung und Fetzen seines gestaltlosen Traumes vermengten sich hinter seiner Stirn zu einem sinnverwirrenden Wirbel, der ihn im ersten Moment schwindeln ließ.

Er hatte sich zu schnell aufgesetzt. Die ungewohnte Helligkeit schmerzte in seinen Augen, und das Echo einer Stimme die ihn aus seinem Traum heraus ins Wachsein verfolgt hatte, klang noch in seinen Ohren nach. Er konnte sich nicht erinnern, was sie gesagt hatte, aber es war die gleiche Stimme, die er schon in der Nacht gehört hatte. Die Stimme eines Gottes, die jede Faser seines Körpers durchdrang und gegen die es keinen Widerspruch gab.

Hastig schloss er die Augen, stützte sich mit den Handflächen am Boden auf und wartete, bis sich das Schwindelgefühl legte. Erst dann wagte er es, die Lider wieder zu heben, immer noch mit klopfendem Herzen und darauf gefasst, ja, für einen kurzen Moment sogar davon überzeugt, die Ungeheuer aus seinem Traum zu gewahren, die die Grenzen zur Wirklichkeit überschritten hatten: etwas Schwarzes, Chitinglänzendes, Hartes, mit dünnen Spinngliedern und starrenden, großen Augen, in denen das Wissen um alle Geheimnisse schlummerte, die ihm noch verborgen waren; und die er auch gar nicht kennen wollte.

Aber da war nichts. Die *Sternenbestie* war nicht da.

Unendlich vorsichtig wandte er den Kopf und sah sich um. Der Traum war vorüber und die Sonne stand als glühender, orangefarbener Ball bereits einen Fingerbreit über dem Horizont im Osten, über einer dunkelblauen, geraden Linie, die ihr Spiegelbild verzerrt und silberdurchwoben zurückwarf. Im ersten Moment glaubte er aufs offene Meer hinauszublicken, doch dann wurde ihm klar, dass die Schatten dafür zu hart und die Spiegelungen zu matt waren. Es war hitzeflimmernde Luft, die über dem Land im Osten kochte und so Trugbilder und Visionen entstehen ließ. Der Tag war angebrochen und es war bereits jetzt sehr heiß. Er musste sehr lange hier gelegen und geschlafen haben.

Der Gedanke erschreckte ihn. Er war vollkommen hilflos gewesen; schutz- und wehrlos jedem Raubtier oder jedem Feind ausgeliefert, der sich angeschlichen hätte. Eine weitere Erinnerung, die plötzlich da war: Er wusste nicht, wer sie waren und warum es sie gab, aber er wusste, dass er Feinde hatte. Gefährliche Feinde.

Behutsam setzte er sich weiter auf, rieb sich in einer Bewegung, der er sich nicht einmal bewusst war, Schmutz und Sand von den Schultern und aus dem Gesicht und setzte unterdessen seine Musterung der Umgebung fort: Er war allein und er hatte sich in mehr als einer Beziehung getäuscht. Was er in der Nacht für einen Strand gehalten hatte, das war das Ufer eines großen Sees, dessen Oberfläche noch immer in schäumender weißer Gischt kochte, obwohl der Sturm endgültig erloschen und die Luft fast unbewegt war. Das dröhnende Vibrieren, das er immer noch hörte und spürte, war die Stimme eines gigantischen Wasserfalles, der zwei oder vielleicht auch drei oder noch mehr Meilen entfernt aus einer fast absurden Höhe herabstürzte: hunderte von Manneslängen, wie es ihm vorkam.

Er beschattete die Augen mit der Hand, blinzelte zu der Klippe hinauf und glaubte bizarre, dunkle Umrisse gegen den Himmel zu erkennen, fast zu regelmäßig, um von der Hand der Natur erschaffen worden zu sein, aber auch zu abstrakt, als dass sie das Werk von Menschen sein konnten. Vielleicht Ruinen. Vielleicht die Burg des zornigen Gottes, der ihn aus seinem Leben gerissen und an dieses Ufer geschleudert hatte.

Er war dort oben gestorben.

Der Gedanke stand ganz klar und jenseits jedes Zweifels hinter seiner Stirn und er dachte ihn vollkommen ohne Schrecken oder gar Angst. Wie auch? Er wusste so wenig über das Leben, wie konnte ihn da der Tod erschrecken? Es hatte hier geendet. Und hier begann es.

Er versuchte eine Weile mehr Einzelheiten zu erkennen, denn er spürte, dass die Schatten da oben wichtig waren, gab es aber schließlich auf. Die Erinnerungen würden zurückkommen, aber sie ließen sich nicht herbeizwingen.

Obwohl die Sonne gerade erst aufgegangen war, war ihr Licht bereits sengend und trieb ihm die Tränen in die Augen. Er blinzelte ein paarmal, drehte sich wieder in die entgegengesetzte Richtung und sah auf das Ufer hinab. Das Ufer, das aus in zähem Lehm eingebetteten Felsen bestand, hätte jede Spur getreulich bewahrt, doch die einzigen Fußabdrücke, die er sah, waren seine eigenen.

Seltsam. Er hatte die Stimme ganz deutlich gehört. Aber genauso deutlich war auch, dass niemand ihm auch nur nahe gekommen war, um mit ihm zu reden.

Niemand zumindest, der Spuren hinterließ.

Vielleicht war die Stimme doch nur Teil seines Traumes gewesen, so wie seine Angst und die spinnengliedrige, dunkle Kreatur. Er erinnerte sich nicht wirklich daran, ebenso wenig wie an das, was diesem Bild vorangegangen war. Da waren verschwommene Eindrücke, nebelhaft und nicht ganz real – sein Kampf gegen das Wasser, der Weg durch die Brandung, die Klippen. Aber wie war er ins Wasser gekommen? Hatte er Schiffbruch erlitten oder war er durch eine Ungeschicklichkeit ins Wasser gefallen oder …

Langsam. Beantworte eine Frage nach der anderen und versuche nicht Probleme zu lösen, bevor du sie überhaupt erkennst.

Das war nicht mehr die unheimliche Stimme aus seinem Traum. Er erinnerte sich noch immer nicht genau an das, was sie gesagt hatte, glaubte aber zu spüren, dass es eine Art Warnung gewesen war. Es war seine eigene Stimme; ein Teil von ihm, der logischer und sachlicher dachte, als er erwartet hatte.

Und so ganz nebenbei Recht hatte.

Er sollte versuchen sich zu erinnern, wer er war, bevor er darüber nachdachte, wie er hierher kam und wo dieses *hier* überhaupt war.

Ninga. Der Sturz von Ninga. So nannten die Menschen diesen gigantischen Wasserfall. Ein weiterer Erinnerungsfetzen, der plötzlich da war. Ihm folgte kein weiterer und er versuchte auch nicht noch einmal sie mit Gewalt herbeizuzwingen. Seine Vergangenheit war in eine Million Scherben zersprungen und vielleicht hatte es einen Sinn, dass er die einzelnen Stücke nur nacheinander fand.

Er schloss wieder die Augen, stützte das Kinn auf die angezogenen Knie und atmete tief und sehr bewusst ein und wieder aus. Die Luft, die vom Wasser heraufstieg, schmeckte bitter, aber sie war auch sehr kalt, und nachdem er seinen Körper einmal gezwungen hatte sie zu inhalieren, spürte er, wie die Kälte das Durcheinander hinter seiner Stirn zu lichten begann. Was sich einstellte, war auch jetzt nur Leere, kein Wissen, aber er war nicht enttäuscht. Seine Erinnerungen kehrten zurück. Langsam, aber sie kehrten zurück.

Er wandte wieder den Kopf und sah zum Wasserfall hin, der ihm nun noch größer und Furcht einflößender erschien als zuvor.

Langsam richtete er sich auf. Er begann zumindest zu ahnen, was mit ihm geschehen war. Die Erklärung war ebenso simpel wie beruhigend: Er hatte sein Gedächtnis verloren und damit seine Vergangenheit und auch alles, was er einmal gewesen war. Aber immerhin war er am Leben und er war nicht so schwer verletzt, dass er sich nicht bewegen konnte oder auch nur in seiner Bewegungsfreiheit eingeschränkt war.

Er drehte sich einmal im Kreis, überzeugte sich erneut – und diesmal sehr viel gründlicher – davon, dass das Ufer außer seinen eigenen auch wirklich keine Spuren aufwies, und tat schließlich das, was er eigentlich als Erstes nach seinem Erwachen hätte tun sollen: Er unterzog seinen Körper einer gründlichen Inspektion.

Seine Haut war überall zerschunden. Er war mit blauen Flecken und Quetschungen übersät, hatte Schürfwunden an Armen und Beinen davongetragen und außerdem war er nackt. Das Wasser musste ihm wohl die Kleider vom Leib gerissen haben.

Vorsichtig, mit spitzen Fingern, betastete er die größeren Verletzungen. Es tat weh, aber mehr auch nicht. Ihm war nichts Ernsthaftes zugestoßen. Keine Brüche oder Verstauchungen, die ihn in seiner Bewegungsfreiheit eingeschränkt hätten. Er hatte Glück gehabt. Die Schrammen und kleinen Schnitte würden schon in wenigen Tagen verschwunden sein und auch die größeren Verletzungen bald verheilen. Bei allem war nichts, worüber er sich Sorgen machen musste.

Der Gedanke beruhigte ihn und er war ein weiteres Teil, das er dem zerbrochenen Bild in seinem Inneren hinzufügte. Offensichtlich kannte er sich mit Wunden und Verletzungen in einem gewissen Maß aus. Ganz intuitiv war er davon überzeugt, dass er das Ergebnis seiner Untersuchung nicht anzweifeln musste.

Aber wieso war er sich eigentlich so sicher?

War er vielleicht ein Heiler gewesen?

Kaum.

Er betrachtete sich erneut und war zugleich überrascht und beruhigt von dem, was er sah. Er war nicht außergewöhnlich groß, aber von kräftiger Statur. Seine Muskeln waren gut trainiert; die Muskeln eines Mannes, der stets darauf geachtet hatte, in körperlich guter Verfassung zu bleiben, und seine Hände waren nicht die eines Heilers. Heiler hatten feingliedrige, geschickte Finger. Seine waren groß und grob. Hände, die zuzupacken wussten und die Hände eines Arbeiters oder Bauern sein mochten. Nur, dass sie nicht die Zeichen schwerer Arbeit trugen. Er hatte keine Schwielen, dafür jedoch die eine oder andere Narbe, die Spuren älterer und tieferer Verletzungen waren als die, die er gestern Nacht davongetragen hatte.

Die Hände eines Kriegers?

Die Stimme, die er während seines Erwachens zu hören geglaubt hatte, hatte ihn *Satai* genannt.

Ja.

Satai.

Er erinnerte sich jetzt daran. Er wusste nicht wirklich, was dieses Wort bedeutete, aber es rührte etwas in ihm an, etwas Vertrautes und Altbekanntes. Er schüttelte den Kopf, lächelte dabei flüchtig und hob die Hand an die Wange; in einer Bewegung, die unbewusst und so vertraut war, als hätte er sie das ganze Leben lang, an das er sich nicht erinnerte, immer und immer wieder gemacht. Seine Fingerspitzen tasteten über eine dünne Narbe, die sich von seinem linken Mundwinkel in einer gezackten Linie über die Wange bis zum Auge hinaufzog.

Es war ein sehr vertrautes Gefühl. Beinahe musste er lächeln, während er die Hand wieder senkte. Nein, er musste sich keine Sorgen machen. Seine Erinnerungen kamen bereits wieder zurück, auf Umwegen und nicht so, wie er es gerne gehabt hätte, aber sie *kamen* zurück.

Langsam drehte er sich herum und begann in nördlicher Richtung loszumarschieren, auf den Wasserfall und die gewaltige Klippe zu, über die er stürzte. Die Sonne stieg allmählich höher, es wurde immer wärmer. Im Moment empfand er diese Wärme noch als sehr angenehm; sein Körper sog die Wärme fast gierig in sich auf, und es war, als könnte er die Kraft der Sonnenstrahlen sofort und ohne Umwege in die so dringend benötigte Energie umwandeln. Seine Bewegungen wurden allmählich geschmeidiger und seine Schritte waren jetzt leicht, schnell und sehr zielgerichtet. Aber er wusste auch, dass der Tag bald unerträglich heiß und die Sonne, die ihm jetzt noch wie ein Verbündeter erschien, zu seinem Feind werden würde. Obwohl er in der vergangenen Nacht nicht nur durch den See geschwommen war, sondern auch einen gut Teil davon getrunken hatte, war er schon jetzt wieder durstig. Sein Gaumen fühlte sich geschwollen und pelzig an und er hatte einen bitteren, ungewöhnlichen Geschmack auf der Zunge, der auf eine unmöglich in Worte zu fassende Weise mit dem verblassenden Gefühl von Müdigkeit und Schwäche in seinen Gliedern korrespondierte. Durst war jedoch nicht sein Problem. Es gab Wasser im Überfluss, aber er brauchte Nahrung und viel dringender noch Schatten oder wenigstens etwas, womit er seine Haut bedecken konnte, um nicht zu verbrennen. Weit und breit gab es jedoch nur Felsen, zwischen denen nichts weiter als dürres Gestrüpp wucherte; drahtige Ranken mit Dornen und Spitzen, an denen man sich üble Verletzungen einhandeln konnte. Die Natur in diesem Teil der Welt war feindselig und wusste sich zu wehren. Aber sie war nicht überall so.

Er hob den Kopf. Auf der Klippe über ihm schimmerte ein

dünner, dunkelgrüner Streifen, der Schatten und Sicherheit zu versprechen schien, aber ihm war klar, dass seine Kräfte niemals ausreichten, dort hinaufzusteigen. Nicht in seinem jetzigen Zustand.

Ein Vogel schrie.

Er suchte aus zusammengekniffenen Augen den Himmel ab und entdeckte einen winzigen Punkt, der weit über ihm seine Kreise zog, dann einen zweiten. Als er ihrer Bahn folgte, gewahrte er nicht einmal weit entfernt einen vielleicht mannshohen Felsen, auf dem einige Möwenpaare nisteten. Er marschierte darauf zu, kletterte mit einiger Mühe und einem Gefühl des Ärgers über seine eigene Unzulänglichkeit hinauf und fand mehr als ein Dutzend Eier in den Nestern. Beinahe gierig nahm er eines nach dem anderen heraus, drückte mit dem Fingernagel die gefleckte Schale ein und schluckte den Dotter herunter. Die Möwen umtanzten ihn kreischend, und ein besonders mutiges Tier stürzte sich auf ihn und versuchte ihn von seinem Gelege zu verjagen.

Er schlug nach ihm. Nicht einmal wirklich mit der Absicht es zu treffen, doch der Hieb war so schnell und so unerwartet kraftvoll, dass sein Handrücken die Möwe im Flug traf und auf den Fels herabschmetterte. Das Tier kreischte erschrocken und versuchte ungeschickt und mit schlagenden Flügeln sich aufzurichten, doch auch seine nächste Bewegung war von einer Schnelligkeit, die ihn selbst am meisten überraschte. Blitzartig packte er zu, brach dem Tier das Genick und begann schnell und ohne wirklich darüber nachzudenken den Kadaver zu rupfen.

Die Möwe war nicht besonders groß und er hatte kein Werkzeug, um sie auszunehmen, sodass er auf Finger und Zähne angewiesen blieb und nur einen kleinen Teil des Fleisches roh herunterschlingen konnte. Der Geschmack war ekelhaft, aber er brachte auch Leben und frische Energie, die ihn seinen Widerwillen vergessen ließen. Außerdem hatte sein Hunger mittlerweile die Grenze zwischen Unbehagen und Schmerz überschritten und er ahnte auch, dass noch viel größere Anstrengungen vor ihm lagen, sodass er sich zwang weiterzuessen, bis das wütende Rumoren in seinem Magen nachließ. Danach schleuderte er die Reste des toten Vogels so weit von sich, wie er nur konnte.

Mit einer Mischung aus Überraschung und Ekel betrachtete er seine blutigen Hände, ein wenig erschrocken über seine eigene Schnelligkeit, viel mehr aber noch über die *Art*, auf die er reagiert hatte. Blitzartig und richtig und ohne auch nur über das nachzudenken, was er tat. Vielleicht hatte ja der Hunger seine Reaktion diktiert, aber er wusste nun, was er war: Sein Hieb war die kompromisslose Reaktion eines Kriegers gewesen. Ein weiteres wertvolles Stück in dem Mosaik in seinem Kopf, das er zusammensetzen musste.

Sein Hunger war halbwegs gestillt, aber er nahm trotzdem auch noch die letzten Eier aus dem Nest – wenn auch mehr, um den widerwärtigen Geschmack nach rohem Fleisch zu vertreiben – und leerte sie auf die gleiche Weise wie die zuvor. Der schlechte Geschmack blieb jedoch in seinem Mund. Obwohl ihm die Erinnerung an sein Essen ein mittlerweile fast körperliches Gefühl von Ekel bescherte, wusste er doch zugleich, dass er schon Schlimmeres gegessen hatte. Was zählte, war Überleben, sonst nichts.

Möglicherweise würde ihm das, woran er sich so verzweifelt zu erinnern versuchte, nicht sehr gefallen. Vielleicht war der Grund, aus dem er sich nicht mehr an sein bisheriges Leben erinnern konnte, ganz einfach der, dass er es nicht *wollte*.

Er sprang mit einer kraftvollen Bewegung vom Felsen herunter, drehte sich einmal im Kreis und marschierte in der einzigen Richtung los, die sinnvoll war: weiter am See entlang und auf die Klippe zu. Er wusste nicht, ob es eine Möglichkeit gab, sie zu ersteigen, aber irgendwie *musste* er dort hinauf.

Während er mit schnellen, aber Kräfte sparenden Schritten am Ufer entlangging, sah er wieder zu der gezackten Schattenlinie empor, die zwischen den sprühenden Gischtwolken am oberen Rand des Wasserfalles aufragte. Es erschien ihm fast unmöglich – die Strömung dort oben musste unvorstellbar sein –, aber die Gebäude schienen direkt in den Wasserfall hineingebaut zu sein. Ganz davon abgesehen, dass dies kaum möglich war, fragte er sich, welchen *Sinn* ein solches Bauwerk gehabt hätte. Wozu den Urgewalten der Natur trotzen, wenn es keinerlei Nutzen dabei gab?

Er war der Klippe kaum näher als vorhin, aber er konnte sie nun trotzdem deutlicher erkennen. Es waren Ruinen, ganz ohne Zweifel: zerborstende Mauern, die einst zinnengekrönt gewesen waren, höhere Bögen gemauerter Brücken, die nun im Nichts endeten, eingestürzte Kuppeln, die sich wie versteinerte Fäuste in den Himmel reckten. Obwohl er sie im Gegenlicht kaum deutlicher denn als Schatten erkennen konnte und ihm die Helligkeit immer wieder die Tränen in die Augen trieb, konnte er doch sehen, dass sie aus einem schwarzen, sonderbaren Stein bestanden, der irgendwie das Licht zu schlucken schien. Er wusste, dass er härter war als Stahl, härter als jedes andere Material, das es auf dieser Welt gab, selbst härter als Diamant. Wenn die Linie aus dunklem Grün, die den Wasserfall säumte, aus Bäumen oder auch nur aus mannshohem Gebüsch bestand, dann mussten ihre Dimensionen wahrhaft gewaltig sein.

Dann fiel ihm der logische Fehler in diesem Gedanken auf: Wenn schon nicht ihre Form, so konnte zumindest die *Beschaffenheit* dieser Ruinen über die große Entfernung unmöglich zu erkennen sein. Was er sah, war nicht wirklich das, was er sah, sondern das, woran er sich erinnerte. Er war schon einmal dort gewesen. In diesen zyklopischen Ruinen war etwas geschehen, etwas, das für sein bisheriges Leben von ebenso großer Bedeutung gewesen war, wie es jetzt keine Rolle mehr spielte. Nichts, was immer er gewesen war oder getan hatte, spielte noch irgendeine Rolle.

Ein weiteres Bruchstück gesellte sich zu dem Bild, das in seinem Kopf allmählich Gestalt anzunehmen begann: Er war nicht aus freien Stücken hier, sondern *geschickt worden*. Um etwas zu tun. Er wusste nicht, was, geschweige denn, von wem, aber er wusste plötzlich, dass es nicht wirklich etwas mit ihm zu tun hatte. Er war nur ein Werkzeug, willkürlich ausgewählt und ohne seine Zustimmung einzuholen.

Wenn er seine eigene Reaktion aus der vergangenen

Nacht bedachte, dann hätte ihn diese Erkenntnis eigentlich zornig machen sollen, aber das genaue Gegenteil war der Fall. Er hatte einen Teil des Schleiers, der vor seinen Erinnerungen lag, gelüftet. Nicht viel. Nicht einmal einen Zipfel, der ausreichte, um hindurchzublicken, oder auch nur zu *erahnen*, was auf der anderen Seite lag. Aber er hatte begonnen zu einem ganz kleinen Stückchen wieder der Mann zu sein, der er einmal gewesen war. Ein Mann, der niemals aufgab und der an seinen Gegnern wuchs, statt daran zu zerbrechen. Der kämpfen und siegen, aber auch verlieren gewohnt war, und der mit einer Niederlage ebenso umzugehen wusste wie mit einem Sieg.

Er verschob die Lösung dieses Problems auf später. Er konnte nicht gegen jemanden kämpfen, den er nicht einmal kannte.

Ganz allmählich begann er sich der Klippe zu nähern. Er marschierte eine gute Stunde, dann eine zweite, in der die Sonne langsam weiter am Himmel emporstieg, und mit jedem Stück, dass sie zurücklegte, mehr an Kraft zu gewinnen schien. Obwohl das Ufer auch hier von scharfkantigen Felsen gesäumt war und die Oberfläche des Sees unter der Wucht des niederstürzenden Wassers schäumte und brodelte, kletterte er in dieser Zeit zwei- oder dreimal zum Wasser hinab, um seinen Durst zu löschen. Die Linderung, die er dabei verspürte, war eine gefährliche Täuschung, das war ihm klar; er hatte bereits jetzt einen Sonnenbrand auf Schultern und Nacken, der sich im Moment nur als lästiges Kribbeln bemerkbar machte, spätestens in der kommenden Nacht aber wirklich unangenehm werden musste. Dazu kam, dass das grelle Licht seine Sehfähigkeit beeinträchtigte.

Er beschleunigte seine Schritte, obwohl ihm klar war, dass das bisschen an Schnelligkeit, das er dabei gewann, das Mehr an Kraft nicht aufwog, das ihn die schnelle Gangart kostete.

Er war sehr hungrig. Die barbarische Mahlzeit vom Morgen hatte nur seinen Magen beruhigt, nicht aber seinen Hunger gestillt. Er musste die Klippe oder wenigstens irgendeinen Schatten erreichen, bevor die Sonne noch höher stieg. Ein Sonnenbrand konnte durchaus tödlich sein.

Er blickte nach links auf die brodelnde Oberfläche des Sees hinab. Der Gedanke, in unmittelbarer Nähe dieser gewaltigen Menge Wassers einen Hitzschlag zu erleiden oder sich lebensgefährliche Verbrennungen zuzuziehen, war geradezu lächerlich, zugleich aber auch bitter ernst. Schwert und Faust waren nicht die einzigen Waffen, die einen Krieger töten konnten. Viel gefährlicher war es, seine eigenen Grenzen nicht zu kennen oder die teilnahmslosen Gewalten der Natur zu unterschätzen.

Er balancierte ein weiteres Mal zum See hinunter, löschte ausgiebig seinen Durst und schöpfte eine Hand voll Wasser, um sein Gesicht zu kühlen. Er widerstand bewusst der Versuchung, sich Wasser über Kopf und Schultern zu gießen, um seinen Sonnenbrand zu kühlen. Die Tropfen, die unweigerlich auf seiner Haut zurückbleiben mussten, würden wie kleine Brenngläser wirken und ihm nur eine Illusion von Linderung verschaffen, für die er teuer bezahlen musste.

Nach einer weiteren Stunde erreichte er die Felswand.

Schon von weitem konnte er sehen, dass seine Hoffnungen enttäuscht wurden. Dort, wo sie nicht von Gischt und niederstürzendem Wasser verborgen wurde, ragte die natürlich gewachsene Mauer so glatt und fugenlos in die Höhe, als wäre sie von einem Riesen poliert worden. Nirgendwo gab es einen Spalt, nicht die kleinste Unebenheit, die auch nur genug Schatten gespendet hätte, um sich vor der Sonnenglut zu verkriechen. Ein geschickter Kletterer hätte sie sicherlich ersteigen können, wäre sie nur ein Zehntel so hoch gewesen, wie sie es nun einmal war, und der Stein nicht ganz so schlüpfrig und nass. Es auch nur zu versuchen, war der reine Selbstmord.

Die Felswand erstreckte sich zur Rechten, so weit sein Blick reichte und vermutlich noch ein gutes Stück darüber hinaus. Links, über dem See, verschwand sie hinter einem glitzernden Vorhang aus Wasser, der brüllend aus der Höhe herabstürzte und dessen Wucht den Boden unter seinen Füßen ununterbrochen erzittern ließ. Das Dröhnen des Wasserfalls war so gewaltig geworden, dass es seine Ohren fast betäubte, und er bewegte sich nun durch einen Nebel aus unendlich feiner Gischt, der sich wie ein dünner glitzernder Film auf seine Haut legte.

Je näher er dem Wasserfall kam, desto schwieriger wurde es, von der Stelle zu kommen. Der Boden bestand hier nur noch aus nacktem Fels, auf dem nicht einmal die kleinste Spur von Leben Fuß gefasst hatte. Das Wasser machte ihn schlüpfrig wie Glas und die scharfen Kanten taten seinen nackten Füßen weh. Er war dem Wasserfall jetzt so nahe, dass er die Ruinen an seinem Rand kaum noch erkennen konnte. Trotzdem konnte er sehen, dass er sich in ihrer Größe getäuscht hatte.

Sie waren noch weitaus titanischer, als es von weitem ausgesehen hatte. Und auch die Zerstörungen waren schlimmer, als es bisher den Anschein gehabt hatte.

Er blieb stehen, unschlüssig, was er tun sollte, aber auch beunruhigt. Die stiebende Gischt, die ihn einhüllte, gab ihm ein wenig Schutz vor der Sonne, aber er konnte nicht ewig hier bleiben. Sollte sich die Wand als wirklich unbesteigbar erweisen, dann hatte er ein Problem – vorsichtig ausgedrückt. Der tiefer gelegene Teil des Landes, in dem der See und die felsige Ebene lagen, schien vollkommen unfruchtbar zu sein. So weit sein Blick reichte, konnte er nichts als schwarzen Fels und von der Sonne zu steinerner Härte zusammengebackenes Erdreich erkennen. Irgendwo, tief in ihm, war zwar das Wissen, dass diese Ebene nicht endlos war. Der Fluss führte fast in gerader Linie nach Süden und in fruchtbare Gebiete. Aber das war nicht die Richtung, in der sein Ziel lag – ganz davon abgesehen, dass er vermutlich den Abend nicht erleben würde, wenn er versuchte nackt durch diese Sonnenglut zu marschieren.

Nein – er musste dort hinauf, irgendwie.

Er wich wieder um einige Dutzend Schritte zurück, legte den Kopf in den Nacken und beschattete die Augen mit der Hand, um mehr Einzelheiten erkennen zu können. Er war nicht ganz sicher, ob es ihm gelang. Dort oben schien sich etwas zu bewegen, aber es mochte ebenso gut eine Täuschung sein, hervorgerufen durch das grelle Licht und die wehenden Gischtschleier, die die Sonnenstrahlen brachen und alle Konturen zu verwischen schienen, als hätte sich die Welt dort oben aufgelöst, sodass die Dinge ineinander zu fließen begannen.

Er fuhr sich mit Daumen und Zeigefinger über die Augen, blinzelte ein paarmal und sah abermals nach oben. Diesmal war er fast sicher eine Bewegung am oberen Rand der Klippe wahrzunehmen. Aber die Entfernung war einfach zu groß, um Einzelheiten zu erkennen. Er schüttelte resignierend den Kopf, wandte sich wieder um und sah noch in der Drehung eine Bewegung aus den Augenwinkeln.

Ein winziger Punkt hatte sich vom oberen Rand der Klippe gelöst. Er stürzte rasch in die Tiefe – nicht direkt auf ihn zu, aber doch in seine Richtung –, verschwand für die Dauer eines Herzschlages hinter einem Vorhang aus nebeliger weißer Gischt und zerfiel in zwei Teile, als er wieder auftauchte.

Es waren zwei Körper. Sie bewegten sich rasch auseinander und schienen immer schneller zu werden, während sie sich dem Boden näherten. Trotzdem schien der Sturz endlos zu dauern. Er fragte sich, wie es sein musste, mit dem absurden Wissen um den eigenen Tod dem Boden entgegenzurasen und nichts, absolut nichts dagegen tun zu können.

Wenigstens ging es schnell. Der Sturz der beiden Körper kam ihm endlos vor, aber in Wahrheit dauerte er nur wenige Sekunden. Eine der beiden Gestalten kam dem stürzenden Wasser zu nahe und wurde von der glitzernden Wand einfach verschlungen, die andere stürzte fünfzig oder sechzig Meter entfernt in den See und wurde von einem Berg aus weißem Schaum verschlungen. Zweifellos hatte ihn schon der Aufschlag getötet. Bei einem Sturz aus dieser Höhe war selbst Wasser nur wenig weicher als Stahl.

Trotzdem lief er mit schnellen Schritten zum Ufer hinab und überlegte für einen Moment ganz ernsthaft dem Mann nachzuspringen.

Natürlich tat er es nicht. Es wäre Selbstmord gewesen und noch dazu sinnlos. Der Mann konnte nicht mehr leben.

Es war absurd, aber er fühlte sich in diesem Moment schuldig – weil er einfach dagestanden und zugesehen hatte, wie die beiden Männer in den Tod stürzten. Natürlich hätte er nichts tun können. Die beiden Männer waren im gleichen Moment tot gewesen, in dem sie der Klippe zu nahe gekommen und abgestürzt waren. Nicht einmal ein Gott hätte sie danach noch retten können, und er war kein Gott.

Er blieb lange dicht am Ufer stehen und blickte auf das schäumende Wasser hinaus, aber der Leichnam des Fremden tauchte nicht auf. Vielleicht würde es Tage dauern, bis das Wasser ihn freigab; vielleicht auch nie. Er wusste, dass dieser See sehr tief war. Das Wasser hatte Millionen Jahre Zeit gehabt sich in den Boden zu graben und es hatte diese Zeit weidlich genutzt. Die Strömung war selbst hier, fast eine halbe Meile von dem Punkt entfernt, an dem das Wasser in den See stürzte, noch so stark, dass der See zu kochen schien. Es gab Unterströmungen und Wirbel, die den Toten meilenweit davontragen konnten, bevor er wieder an die Oberfläche kam. Es war sinnlos, weiter hier am Ufer zu stehen.

Vielleicht gelang es ihm ja, den zweiten Leichnam zu finden. Der Wasserfall hatte ihn ergriffen, aber er war nicht ins Zentrum der reißenden Flut gezogen worden. Möglicherweise war er auf dem Ufer aufgeschlagen oder wenigstens nahe genug am Ufer, um nicht von der Strömung ergriffen und fortgetragen zu werden. Die Wahrscheinlichkeit war so gering, dass der Gedanke allein ihm schon fast lächerlich vorkam – aber was hatte er zu verlieren? Wenn er den Toten fand, würde ihm vielleicht allein seine Kleidung Aufschluss darüber geben, wo er war. Er spürte, dass seine Erinnerungen jetzt mit immer größerer Macht zurückkommen wollten. Vielleicht bedurfte es nur noch eines kleinen Stoßes, um die Mauer in seinem Bewusstsein endgültig einzureißen.

Vorsichtig kletterte er über die scharfkantigen Felsen wieder nach oben und näherte sich der Wand. Der Wasserfall fächerte in seinem unteren Drittel ein wenig auseinander, was dem Wasser zwar ein gut Teil seiner Wucht nahm, aber auch dafür sorgte, dass er das Ufer nicht ganz einsehen konnte. Auf den letzten Metern würde er sich fast blind durch die Gischt tasten müssen, was mit einem gewissen Risiko verbunden war. Trotzdem zögerte er keinen Sekundenbruchteil. Seine Schritte wurden ganz im Gegenteil sogar schneller. Er hatte eine Aufgabe, auch wenn sie nur daraus bestand, einen vermutlich bis zur Unkenntlichkeit zerschmetterten Leichnam zu bergen. Es war ein Anfang.

Ein sehr mühevoller Anfang, wie sich herausstellte. Seine Vermutung, dass es unmittelbar am Fuß der Klippe eine Zone gab, in der das Wasser relativ ruhig war, gehörte wohl eher in die Kategorie *Erinnerung* als *Annahme*, aber auch der Weg war so schwierig, wie er befürchtet hatte. Obwohl er sehr vorsichtig ging, glitt er auf den nassen Felsen ein paarmal aus und einmal wäre er um ein Haar ins Wasser gestürzt. Als er die Felswand erreichte, blutete er aus zwei oder drei neuen Wunden und war vollkommen außer Atem. Die Gischt, die ihn umgab, war so dicht, dass er das Gefühl hatte Wasser zu atmen und immer öfter hustete. Und der Weg war nach wie vor lebensgefährlich. Hier und da stürzten glitzernde Wassersäulen vom Himmel, die schäumend im See verschwanden oder auf den Felsen vor ihm auseinander barsten. Selbst die Spritzer, die ihn trafen, waren spitz und schmerzhaft wie Nadelstiche.

Dann trat er jäh aus dem Wasservorhang heraus und fand sich in einem schmalen, lang gestreckten Bereich fast vollkommener Ruhe wieder; wie im Auge des Orkans, nur dass die entfesselten Elemente rings um ihn herum flüssig waren. Er fand den Toten nicht, aber der Anblick, der sich ihm bot, war so grandios, dass er ihn für den mühevollen Weg entschädigt hätte, wäre er in der Stimmung dazu gewesen.

Über ihm erhob sich ein gewaltiger, schmaler Dom, dessen eine Wand von glitzernden Felsen gebildet wurde, in die Millionen winziger Kristalleinschlüsse eingebettet waren. Die Wand zur Linken erschien kaum weniger massiv, obwohl sie nicht aus fester Materie, sondern aus Wasser bestand, das brüllend und mit ebenso unvorstellbarer Geschwindigkeit wie Wucht direkt aus dem Himmel herabzustürzen schien. Er befand sich hinter dem Wasserfall.

Und er war offensichtlich nicht der erste Mensch, der hierher kam. Möglicherweise war dieser ganze Ort gar nicht durch eine Laune der Natur entstanden, sondern künstlich erschaffen worden, denn es gab einen schmalen, ohne Unterbrechung eine knappe Handbreit über dem Wasser entlangführenden Pfad, der dem Fuß der Felswand folgte und in schwer zu schätzender Entfernung in dunstiger Gischt verschwand. Er war zu gleichmäßig und zu gerade, um auf natürliche Weise entstanden zu sein. Jemand hatte ihn *gemacht*.

Trotzdem zögerte er ihn zu betreten. Der Stein war schlüpfrig und nass und der Pfad an manchen Stellen kaum breiter als zwei nebeneinander gelegte Hände. Ihn entlangzugehen war mit Sicherheit nicht ungefährlich und möglicherweise führte er nur zum anderen Rand des Wasserfalls. Den Toten würde er nicht mehr finden, und auch, wenn er immer noch nicht wusste, warum er eigentlich hier war, so ganz bestimmt nicht aus dem Grund, die Schönheiten der Natur zu bestaunen oder sich einen möglicherweise seit Jahrtausenden vergessenen Zeremonienplatz anzusehen, den die Priester eines längst untergegangenen Ordens hier hinter dem Wasserfall versteckt hatten. Er trat zwei Schritte weit auf das schmale Steinband hinaus und blieb dann wieder stehen, unschlüssig, was er tun sollte.

Die Entscheidung wurde ihm abgenommen und es ging viel zu schnell, als dass er noch hätte reagieren können. Er hatte einen flüchtigen Eindruck von etwas Großem, Dunklem, das sich unter der Wasseroberfläche auf ihn zubewegte, dann barst das Wasser direkt neben ihm auseinander und eine gewaltige Hand schoss empor und klammerte sich um seinen Knöchel. Er warf sich instinktiv nach hinten, drehte sich noch in der Bewegung herum und stieß die Hände nach vorne, um sich irgendwo festzuklammern. Seine Linke stieß ins Leere, Finger und Nägel scharrten hilflos über spiegelglatten, nassen Fels, an dem nicht einmal eine Fliege Halt gefunden hätte, aber seine andere Hand bekam einen vorspringenden Stein zu fassen und klammerte sich mit aller Gewalt daran fest.

Im nächsten Moment schrie er vor Schmerz auf. Sein Bein wurde mit einem brutalen Ruck von dem Felsband herunter und ins Wasser gezerrt. Ein grauenhafter Schmerz explodierte in seiner Hüfte und fast im gleichen Moment auch in seinem Schultergelenk, als sein Körper auf eine fast unmögliche Weise verdreht und gleichzeitig weiter zum Wasser hinuntergezerrt wurde. Die Muskeln in seinem rechten Arm schienen zu zerreißen. Verzweifelt warf er sich herum, ignorierte mit zusammengebissenen Zähnen den neuen, vielleicht noch schlimmeren Schmerz, der von seinem Rückgrat ausstrahlte und binnen weniger Augenblicke seinen gesamten Körper ergriff und versuchte, sich auch mit der anderen Hand festzuklammern. Seine Rechte pulsierte vor Schmerz; Muskeln und Sehnen waren längst überdehnt und selbst seine Knochen schienen unter der Belastung zu ächzen. Nur noch wenige Augenblicke und seine Kräfte würden versagen und er würde einfach ins Wasser hinabgezerrt werden und ertrinken.

Mit dem dritten Anlauf erst gelang es ihm, den vorspringenden Stein auch mit der anderen Hand zu ergreifen, sodass er den rechten Arm ein wenig entlasten konnte. Nicht einmal sehr, aber immerhin weit genug, dass er nicht mehr vor Schmerz wimmerte und jeden Moment damit rechnete, dass seine Muskeln und Sehnen einfach zerrissen.

Er versuchte seinen Körper so weit zu drehen, dass der mörderische Druck auf sein Rückgrat ein wenig gemildert wurde, doch es gelang ihm nicht. Sein rechtes Bein war bis über das Knie im Wasser verschwunden und der andere Fuß scharrte hilflos über den Fels. In der unglücklichen Haltung, in der er mehr kniete als stand, gelang es ihm einfach nicht, sich hinlänglich abzustützen, um die benötigte Hebelwirkung aufzubringen.

Aber er musste es. Er konnte die Hand, die ihn gepackt hatte, nicht mehr sehen, aber dafür spürte er sie umso deutlicher. Ihr Griff war wie Stahl. Allein die Vorstellung, sich daraus befreien zu wollen, erschien ihm lächerlich.

Trotzdem versuchte er es. Die Kraft, die seinen Muskeln innewohnte, war gewaltig, aber sie war längst nicht alles. Tief in ihm war das Wissen verborgen, wie er sich das noch viel größere, schier unerschöpfliche Reservoir an Energie nutzbar machen konnte, das in jedem Menschen war, ohne dass die meisten von ihnen Zeit ihres Lebens auch nur etwas davon ahnten. Er schloss die Augen, konzentrierte sich und spürte, wie ihn eine sonderbare Ruhe und Gelassenheit überkamen, gepaart mit einer Woge neuer Stärke und dem unbändigen Willen zu überleben. Der Schmerz in seinem Rücken und seinen Oberarmen war immer noch da, aber er schien irgendwie seine Macht über ihn verloren zu haben. Statt ihn Kraft zu kosten, gab er ihm neue Energie. Auch das war ein Teil seines alten Lebens, an den er sich plötzlich und fast zusammenhangslos wieder erinnerte: Er hatte gelernt aus Schmerz Zorn und aus diesem Zorn Kraft zu machen.

Fast zu seinem eigenen Erstaunen funktionierte es. Der Schmerz war noch da, aber plötzlich irrelevant. Seine Muskeln kreischten protestierend, gehorchten seinem Willen aber trotzdem und zwangen ihn Zoll für Zoll in die Höhe. Der Druck auf seine verdrehte Wirbelsäule wurde dadurch noch größer, aber er ignorierte auch diese neuerliche Qual und fand ganz im Gegenteil mit dem freien Fuß plötzlich eine stabile Position, aus der heraus er sich weiter nach oben drücken konnte. Der mörderische Griff um seinen rechten Knöchel lockerte sich nicht, aber plötzlich war er es, der den unbekannten Angreifer weiter nach oben zerrte, statt umgekehrt. Sein Bein tauchte allmählich wieder aus dem Wasser auf, und als er den Blick senkte, konnte er die Hand, die ihn gepackt hielt, auch wieder sehen; vielleicht zum ersten Mal wirklich deutlich.

Sie war noch riesiger, als er im ersten Moment geglaubt hatte – bald doppelt so groß wie seine eigene – und er war gewiss nicht zart gebaut –, und mit dunkelgrünen, harten Schuppen bedeckt. Die Nägel waren kurz und rund, aber scharf wie Messer und hatten bereits eine Anzahl kleiner tiefer Wunden in seine Haut gegraben. Es war nicht die Hand eines Menschen, so wenig wie der Arm und die Schulter, die kurz darauf aus dem Wasser auftauchten, einem Menschen gehörten …

Der Anblick des Geschöpfes erfüllte ihn mit einem solchen Entsetzen, dass er für einen Moment in seiner Konzentration nachließ; vielleicht nur für den Bruchteil einer Sekunde, aber trotzdem zu lang. Er fiel schmerzhaft wieder auf ein Knie herab. Sein rechtes Bein versank erneut und noch tiefer im Wasser, dann glitten seine Finger hilflos von dem Stein ab, an den er sich geklammert hatte. Er kippte nach hinten und schrie auf, hörte aber nicht einmal seinen eigenen Schrei, denn der Laut wurde einfach von seinen Lippen gerissen und vom Dröhnen des Wasserfalls übertönt, und im nächsten Moment wurde er von dem Ungeheuer, das ihn gepackt hielt, weiter unter Wasser und in die Tiefe gezerrt.

Er schluckte Wasser, würgte krampfhaft und widerstand im letzten Moment dem Impuls aufzuschreien und auf diese Weise auch noch das letzte bisschen kostbare Atemluft zu verlieren. Verzweifelt schlug und trat er um sich und er spürte auch, dass er traf. Sein linker, freier Fuß hämmerte zwei- oder dreimal mit furchtbarer Gewalt in das Gesicht des geschuppten Kolosses, aber die erhoffte Wirkung blieb aus; das Wasser nahm seinen Tritten den Großteil ihrer Kraft, und selbst wenn es nicht so gewesen wäre, hätte der Gigant seinen Angriff vermutlich kaum gespürt. Dafür wurde er immer tiefer und tiefer unter Wasser gezerrt. Auf seinen Ohren lag mittlerweile ein spürbarer Druck und er konnte die Wasseroberfläche über sich kaum noch sehen. In seinen Lungen war kaum noch Atemluft. Wenn es ihm nicht gelang, sich in den nächsten Augenblicken zu befreien, würde er ertrinken, selbst wenn das Ungeheuer ihn losließ.

Etwas berührte seinen Rücken und seine Seite, strich über sein Gesicht und schien sich um seine Arme wickeln zu wollen, und er hatte einen flüchtigen Eindruck von etwas Dunklem, Wehendem, das mit einem Male rings um ihn herum im Wasser war. Tang oder Schlingpflanzen; er war schon zu tief unter Wasser, um Einzelheiten zu erkennen, und er hatte auch keine Zeit sich darum zu kümmern. Seine Lungen kreischten vor Schmerz und seine Kräfte begannen bereits zu erlahmen. Er krümmte sich, griff nach unten und versuchte, die geschuppten Finger zurückzubiegen, die sich um sein Fußgelenk gekrallt hatten. Ebenso gut hätte er versuchen können Stahl mit bloßen Händen zu zerbrechen. Der Griff des Ungeheuers war unerbittlich und er wurde immer weiter und weiter in die Tiefe gezerrt. Der schwarze Tang machte alles noch schlimmer. Er wickelte sich um seine Arme und Beine, schien ihn in seinen Würgegriff ziehen zu wollen und peitschte in sein Gesicht. Es war, als hätte er seinen eigenen, bewussten Willen, einen gelenkten, boshaften Intellekt, der darauf zugerichtet war, sein Opfer zu packen und unbarmherzig weiter in die Tiefe zu zerren.

Dann geschah etwas, was schlagartig klar machte, dass genau das der Fall war: Ein Dutzend oder mehr der schwarzen Fangarme schossen blitzartig aus der Dunkelheit unter ihm herauf, wickelten sich wie Peitschenschnüre um Arme, Hals und Kopf der geschuppten Kreatur und rissen sie mit brutaler Kraft weiter in die Tiefe. Was seinen verzweifelten Anstrengungen nicht gelungen war, geschah nun im Bruchteil einer Sekunde: Die Klaue löste sich mit einem letzten, brutalen Ruck von seinem Bein und er war frei.

Aber vielleicht war es bereits zu spät. Die Wasseroberfläche hatte sich in einen kochenden weißen Himmel aus Schaum und wütender Bewegung verwandelt, der unendlich weit über ihm zu sein schien. Unsichtbare Hände von unvorstellbarer Kraft zerrten ihn herum, wirbelten ihn um seine eigene Achse und drückten ihn immer noch weiter nach unten. Sein verzweifelter Kampf hatte ihn genau unter den Wasserfall gebracht. Was dem Ungeheuer nicht gelungen war, das würden die Naturkräfte nun zu Ende bringen: Er würde ertrinken. Die Atemnot war jetzt schon unerträglich. Aus dem Brennen in seinen Lungen war ein brüllender Schmerz geworden und seine Gedanken begannen sich zu verwirren.

Immerhin sah er noch, dass seine Vermutung richtig gewesen war: Bei dem schwarzen Geflecht handelte es sich keineswegs um Tang oder irgendeine andere Wasserpflanze, sondern um Tentakel. Einige von ihnen waren so dick wie sein Arm, andere so dünn wie sein kleiner Finger oder peitschend wie Haar, das sich im Wind bewegte: die Fangarme eines bizarren Ungeheuers, das am Grunde des Sees lauerte und nach der geschuppten Kreatur auch ihn verschlingen würde, sobald er ertrunken war.

Stattdessen geschah das Gegenteil. Erneut schossen Dutzende von Fangarmen aus der Tiefe empor, wickelten sich um seine Arme und Beine und rissen ihn mit unvorstellbarer Kraft *in die Höhe*, direkt hinein in die brodelnde Hölle aus tobendem Schaum und reiner Bewegung. Er wurde emporgerissen, war für den Bruchteil eines Augenblickes über Wasser und tauchte wieder in die schäumende Gischt ein, noch bevor es ihm gelang, Atem zu holen. Er wehrte sich, kämpfte gegen jede Logik und mit der schieren Kraft der Verzweiflung gegen die beiden seelenlosen Gewalten an, die ihn zu vernichten suchten – das tobende Wasser und den Würgegriff der Tentakel –, und wusste doch, dass es vollkommen sinnlos war. Er würde noch eine Sekunde durchhalten, vielleicht zwei. Seine Lungen schienen mit brodelnder Lava gefüllt zu sein, Feuer floss durch seine Adern, und ein weiß glühender Schmerz aus reiner Pein hatte sich um seine Brust gelegt und zog sich enger und enger zusammen.

Dann ergriff ihn die Hand eines Riesen, riss ihn mit unvorstellbarer Gewalt aus dem Wasser und schleuderte ihn im hohen Bogen auf das Ufer hinauf. Er war zu sehr damit beschäftigt, am Leben zu bleiben, um den Sturz irgendwie abzufangen oder auch nur schützend die Hände vor das Gesicht zu reißen. Er schlug mit solcher Wucht zwischen den Felsen auf, dass er für einige Sekunden tatsächlich das Bewusstsein verlor.

Als er erwachte, lag er mit dem Gesicht nach unten zwischen den Felsen. Er bekam wieder Luft, aber jeder Atemzug brannte wie Feuer in seinen Lungen und allein die *Vorstellung* sich zu bewegen, bereitete ihm schon fast Übelkeit. In seinem Körper schien kein einziger Muskel zu sein, der nicht gequetscht, und nicht eine einzige Sehne, die nicht überdehnt oder gezerrt war. Stöhnend wälzte er sich auf den Rücken, stemmte sich auf die Ellbogen hoch und sah an sich herab.

Im ersten Moment erschrak er. Er sah aus, als wäre er gehäutet worden. Was auf den ersten Blick jedoch wie eine Unzahl blutiger Wundmale aussah, erwies sich bei näherem Hinsehen als ein Durcheinander sich überschneidender Striemen und roter Druckstellen.

Erst jetzt erinnerte er sich wieder an die Fangarme, die ihn gepackt und die geschuppte Kreatur in die Tiefe gezerrt hatten. Ein kurzer, aber eisiger Schauer rann seinen Rücken hinab. Er hatte mehr als nur *Glück* gehabt. Hätte das Ungeheuer nicht die Schuppenkreatur als Erstes ergriffen, dann läge *er* jetzt vermutlich auf dem Grund des Sees, um als willkommene Zwischenmahlzeit verdaut zu werden ...

Wahrscheinlich war es unnötig. Trotzdem kroch er ein kleines Stück weiter das Ufer hinauf, sodass seine Beine nicht mehr im Wasser hingen, ehe er es wagte, sich weiter aufzurichten und sich umzusehen. Er war nicht allzu weit von der Stelle entfernt, an der er ins Wasser gefallen war, aber auf der anderen Seite des Wasserfalls. Die Strömung und das blinde Wüten des Ungeheuers hatten ihn unter dem tödlichen Wasservorhang hindurchgezogen.

Erneut wurde ihm klar, welch unglaubliches Glück er gehabt hatte. Er befand sich weit am Rande des Wasserfalls. Selbst hier hatte das Wasser, das aus der Höhe herabstürzte, schon ungeheure Kraft. Weiter zur Mitte der Felswand und des Sees hin musste sie hundertmal so stark sein. Wäre er in *diese* Hölle hineingezogen worden ...

Er zog es vor, diesen Gedanken nicht zu Ende zu verfolgen, sondern richtete sich weiter auf, legte den Kopf in den Nacken und blinzelte zur Felswand hoch. Er war seinem eigentlichen Ziel keinen Schritt näher gekommen, aber wenigstens hatte er eine Spur. Er war mittlerweile gar nicht mehr sicher nur durch einen reinen Zufall auf den Felsenweg hinter dem Wasserfall gestoßen zu sein. Nichts hier war ihm wirklich fremd. Dass die Erinnerungen noch immer nicht greifbar waren, bedeutete nicht, dass es sie nicht gab. Vermutlich war er gut beraten, wenn er weiter einfach auf seine Gefühle hörte – die vermutlich gar keine *Ahnungen* waren, sondern tatsächlich Erinnerungen, die sich auf Umwegen zurückmeldeten. Er musste irgendwie dort hinauf. Es gab dort oben Menschen. Aber wie er gerade auf ziemlich drastische Weise erfahren hatte, auch Ungeheuer – er war inzwischen fast sicher, dass es sich bei dem Wesen, das ihn ins Wasser gezerrt hatte, um eine der beiden Gestalten handelte, die von der Klippe gestürzt waren. Wahrscheinlich hatte es ihn gar nicht angegriffen, sondern in seinem Todeskampf einfach die Hand nach der ersten Bewegung ausgestreckt, die es sah. Dort oben aber gab es Menschen. Er wusste es einfach.

Als er sich herumdrehte, sah er, dass es auch hier unten Menschen gab, zumindest einen.

Er trieb nur ein kleines Stück vom Ufer entfernt mit dem Gesicht nach unten im Wasser. Seine Arme und Beine bewegten sich leicht in der Strömung, sodass es im allerersten Moment aussah, als winke er mit letzter Kraft um Hilfe, aber das war natürlich unmöglich. Er war tot. Das Wasser in seiner unmittelbaren Nähe hatte sich rosa gefärbt, und seine linke Hand war zerschmettert; vielleicht vom Sturz auf einen Felsen, der unter der Wasseroberfläche gelauert hatte, vielleicht auch durch die pure Kraft des Wasserfalls zermalmt.

Behutsam näherte er sich dem Ufer, watete bis zu den Knien ins Wasser und ließ seinen Blick für eine geraume Weile über die Wellen schweifen, bevor er es wagte weiterzugehen. Dass der Tote scheinbar reglos im Wasser trieb, schien zu beweisen, dass es an dieser Stelle keine gefährlichen Unterströmungen und Wirbel gab, aber er hatte schließlich am eigenen Leib erlebt, wie tückisch das Wasser war – und da war auch noch das Ungeheuer, das am Grunde des Sees lebte. Dass es den Toten verschmäht hatte, bedeutete nicht, dass es nicht da war. Vielleicht fraß es ja nur lebende Beute.

Etwas berührte sanft seine Hüfte, als er weiterging und sich der Gestalt näherte, die leblos im Wasser trieb, zog sich aber zu schnell zurück, als dass er auch nur richtig Zeit gefunden hätte zu erschrecken. Trotzdem beeilte er sich den Toten an Land zu zerren. Es fiel ihm erstaunlich leicht. Der Mann war ungefähr so groß wie er und von kräftigem Wuchs, musste also relativ schwer sein, doch er spürte sein Gewicht kaum.

Ohne spürbare Anstrengung zog er den Leichnam ans Ufer und ein Stück weit die Felsen hinauf. Als er fast aus dem Wasser heraus war, spürte er Widerstand. Er zog noch einmal und kräftiger – und ebenso vergebens – drehte den Kopf und sah etwas, was ihn im Nachhinein erschrecken ließ: Ein daumendicker, schwarz glänzender Strang hatte sich um den Knöchel des Toten gewickelt und hielt ihn mit eiserner Kraft fest.

Er ließ den Toten los, ging wieder zum Wasser und versuchte den Tentakel zu lösen, aber der Fangarm saß so fest, als wäre er mit dem Bein des Toten verwachsen. Er brauchte ein Werkzeug; vielleicht einen scharfen Stein. Er ließ los, ließ seinen Blick suchend über die Felsen streifen und entdeckte etwas weit Besseres: Der Tote trug einen schmalen Dolch im Gürtel. Er nahm ihn an sich, setzte die rasiermesserscharfe Klinge an dem schwarzen Strang an und hatte es kaum getan, als sich der Tentakel auch schon mit einem schmatzenden Laut vom Bein des Toten löste und im Wasser verschwand. Eine Erfahrung, die sich später als nützlich erweisen konnte: Das Ungeheuer war in der Lage Schmerzen zu empfinden.

Da er nicht besonders versessen darauf war herauszufinden, ob die Kreatur auch *Rachedurst* verspürte, schob er den Dolch rasch wieder unter den Gürtel des Toten zurück und beeilte sich dann den Leichnam ein gutes Stück weit das Ufer hinaufzuzerren. Er wusste nicht, wie groß die Reichweite des Ungeheuers war, hatte aber keine Lust eine böse Überraschung zu erleben. Er war dem Tod zu knapp entronnen, um jetzt ein Risiko einzugehen. Vorsichtshalber schleifte er den Toten noch ein gutes Stück weiter den Strand hinauf, ehe er ihn zu Boden sinken ließ und sich daranmachte, ihn zu untersuchen.

Sein erster Eindruck schien sich zu bestätigen: Der Mann war ihm sowohl an Größe als auch an Wuchs ähnlich, schien aber wesentlich jünger gewesen zu sein. Nicht nur seine Glieder, sondern auch ein Teil seines Gesichts war zerschmettert, sodass man sein Alter – oder gar sein Aussehen – nur schätzen konnte, aber er war wohl noch ein halbes Kind gewesen; ein Leben, das geendet hatte, noch bevor es richtig begann. Trotzdem wies sein Körper unter den frischen Verletzungen eine Anzahl alter Narben auf. Er musste ein Krieger gewesen sein. Ein *Satai*.

So wie er selbst.

Ein seltsames Gefühl überkam ihn, als er die Kleider des Toten genauer in Augenschein nahm. Er hatte den Leichnam aus dem einzigen Grund aus dem Wasser gezogen, um sich seiner Kleider zu bemächtigen und nicht länger schutzlos und nackt der Sonne ausgeliefert zu sein, aber plötzlich wagte er es fast nicht mehr, sie zu berühren. Es war ein Gefühl zwischen Ehrfurcht, Wiedererkennen und dem Empfinden, etwas ... *Falsches* zu tun. Ein Teil seiner Erinnerung war wieder da, ausgelöst durch den Anblick der vertrauten Kleider: Der Tote trug eng anliegende, wadenhohe Stiefel aus fein gegerbtem Leder, die sich weich und anschmiegsam wie Seide anfühlten. Ein knielanger, schwarzer Umhang wurde von einer silbernen Fibel über seiner rechten Schulter zusammengehalten. Sein einziger Schmuck war ein dünnes ledernes Stirnband, an dem ein daumennagelgroßer, fünfzackiger Stern aus Silber befestigt war.

Die Kleidung eines Satai.

Er war ein Satai gewesen, Anhänger einer Kaste, die Krieger waren, zugleich aber auch weit mehr, Verteidiger uralter Werte und Bewahrer eines Glaubens, der vielleicht mehr Wissen als Glauben war und nichts mit Religion zu tun hatte. *Satai.*

Es war seltsam: Er sollte das Gefühl haben einen Teil seines alten Lebens zurückzuerhalten, während er in die grob gewebten schwarzen Hosen des Toten schlüpfte und anschließend seine Stiefel anzog, aber das genaue Gegenteil war der Fall. Er fühlte sich unwohl. Wenn er wirklich ein Satai gewesen war – woran er mittlerweile kaum noch zweifelte –, so gehörte dies zu einem Teil seiner Vergangenheit, der abgeschlossen war. Er hatte eine Aufgabe gehabt und sie erfüllt. Er sollte diese Kleider nicht mehr tragen.

Trotzdem legte er auch den Brustharnisch und den Umhang an, schloss den komplizierten Mechanismus der Fibel über seiner rechten Schulter, als hätte er sein Leben lang nichts anderes getan, und bückte sich als Letztes, um den Waffengurt anzulegen. Er war sehr schmal, hatte eine schmucklose Schließe aus mattem Silber und schien aus einer Art gegerbter Reptilienhaut zu bestehen. Neben dem Dolch, den er schon einmal benutzt hatte, befand sich eine viel längere Scheide aus der gleichen Drachenhaut, in der ein prachtvolles Schwert steckte. Als er den reich ziselierten

Griff herauszog, stellte er fest, dass die Klinge zwar länger als sein Arm, aber kaum so breit wie zwei nebeneinander gelegte Finger war. Dann wusste er, was er in der Hand hielt: Ein *Tschekal*, die heilige Waffe eines Satai. Sie zu berühren, bedeutete den Tod für jeden Nicht-Satai. Die Klinge aus geschmiedetem Sternenstahl war härter als jedes andere Material auf dieser Welt und konnte ebenso mühelos einen Diamanten zerschmettern, wie sie ein Haar zu spalten vermochte.

Aber etwas stimmte mit dem *Tschekal* nicht. Es war nicht so gut ausbalanciert, wie es hätte sein müssen, und der Griff sollte ebenso schmucklos wie massiv sein, eine einfache Parierstange und ein mit festem Leder umwickeltes Griffstück, kein fein ziseliertes Kunstwerk aus Silber und Gold.

Trotzdem schob er die Waffe nach kurzem Zögern in ihre Umhüllung zurück, band sich den Waffengurt um die Hüften und wandte sich wieder der Felswand zu. Mit den Kleidern hatte sich nicht nur sein Aussehen verändert. Seine Bewegungen waren geschmeidiger und schneller geworden und seinen Schritten war nicht das geringste Zögern anzumerken. Es war ihm nicht einmal selbst bewusst, aber hätte es jemanden gegeben, der ihn beobachtete, so wäre der Unterschied nicht zu übersehen gewesen: Der Mann, der in der vergangenen Nacht aus dem See aufgetaucht war und sich mit letzter Kraft ans Ufer geschleppt hatte, war ein Verlorener gewesen, namen- und erinnerungslos und voller Furcht vor der Welt, die ihn erwartete.

Der, der sich nun der Klippe näherte, war ein Krieger.

2

Der Pfad zog sich am Fuße der Felswand entlang, so weit sein Blick reichte – was in diesem Fall nicht besonders weit war. Schon in dreißig oder vierzig Schritten Entfernung begann das Felsband hinter hochsprühender staubfeiner Gischt zu verschwimmen, und zudem war die Klippe leicht gekrümmt, sodass er ohnehin nicht hätte sehen können, was vor ihm lag.

Trotzdem wusste er, dass er sich in der richtigen Richtung bewegte. Irgendwo vor ihm, vielleicht noch hundert, vielleicht auch zweitausend Schritte entfernt, lag sein Ziel.

Er hatte zwei- oder dreimal begonnen seine Schritte zu zählen, war aber jedes Mal schon nach kurzem durcheinander gekommen und hatte es schließlich aufgegeben. Es spielte keine Rolle, wie viele Schritte noch vor ihm lagen. Außerhalb des Sturzes von Ninga führte kein Weg die Klippe hinauf. Sein Ziel lag irgendwo vor ihm.

Er ging weitere hundert Schritte, dann noch einmal und noch einmal. Die Gischt wurde immer dichter, sodass sie ihm fast den Atem nahm und seine Kleider vor Nässe triefend an seinem Körper herabhingen, und auf dem letzten Stück kam er der brüllenden Wasserwand so nahe, dass er nur die Hand hätte auszustrecken brauchen, um sie zu berühren; ein Experiment, das wahrscheinlich tödlich verlaufen wäre. Die Wand, die unmittelbar neben ihm in die Tiefe stürzte, war wie Glas. Er konnte sich selbst darin spiegeln, als wäre sie aus fester Materie. Weniger als eine Armeslänge entfernt und unter ihm jedoch explodierte sie in einem Chaos aus weißem Schaum und wütender Bewegung.

Nach einer Ewigkeit begann die Wand und damit auch der herausgemeißelte Pfad an ihrem Fuß wieder von der Wassermauer zurückzuweichen; zuerst nur sacht, sodass er es kaum bemerkte, aber dann immer rascher und rascher, bis er aus Dunst und stiebender Gischt hervortrat und sich urplötzlich in einer gewaltigen halbrunden Höhle wieder fand, deren Boden, Decke und vordere gerade Wand aus Wasser bestanden. Genau im Scheitelpunkt des Halbrundes, dort, wo sich der Pfad mit seinem aus der anderen Richtung kommenden Spiegelbild vereinigte, begannen die Stufen einer gewaltigen, immer breiter werdenden Treppe, die zu einem Torbogen von wahrhaft zyklopischen Abmessungen emporführte. Sowohl die Treppenstufen als auch der Torbogen selbst – er musste zwanzig Manneslängen, wenn nicht mehr, messen – bestanden aus schimmerndem Sternenstahl, dem gleichen Metall, aus dem das Schwert an seiner Seite gefertigt war.

Für die Dauer vieler, schwerer Herzschläge stand er einfach da und starrte das phantastische Gebilde an, erfüllt von einem Gefühl zwischen Ehrfurcht und Staunen, aber auch ein wenig Furcht. Es war fast unheimlich: Er wusste, dass dies sein Ziel war, der Weg, der ihn nach oben auf die Klippe bringen würde, aber gleichzeitig wusste er auch, dass er noch nie zuvor hier gewesen war. Und wenn er zehn Leben statt nur einem hinter sich gebracht hätte, *diesen* Anblick hätte er doch niemals vergessen.

Es war nicht die Größe des Tors, die ihn erschütterte. Er hatte Bauwerke gesehen, die zehnmal größer und hundertmal prachtvoller waren. Es war das Material, aus dem es erbaut worden war. Sternenstahl war die härteste Materie, die es auf dieser Welt gab. Selbst die heiligen *Tschekals* zu schmieden hatte Jahrzehnte gedauert und der Anstrengung nicht nur der klügsten Alchimisten, sondern auch der mächtigsten Zauberer der *Errish* bedurft, und nur zu oft waren diese Anstrengungen nicht von Erfolg gekrönt gewesen. Keine Macht dieser Welt, nicht einmal die eines Gottes, konnte ausreichen, *so etwas* zu erschaffen.

Nachdem er eine ganze Weile dagestanden und den zyklopischen Torbogen angestarrt hatte, gewann der logische Teil seines Denkens wieder Oberhand. Unmöglich oder nicht, jemand *hatte* dieses Gebilde erschaffen und er musste es nun einmal als gegeben akzeptieren, ob er es nun erklären konnte oder nicht. Er war nicht hierher geschickt worden, um diesen Torbogen anzustarren.

Er löste sich mit einem Ruck von seinem Platz und ging

schneller als nötig weiter; vermutlich sogar schneller, als auf dem unsicheren Grund aus nassem Stein gut war. Der Pfad war an dieser Stelle so schmal, dass er mit der Schulter an der Wand entlangstreifte und ein paarmal fast Gefahr lief seinen Mantel zu verlieren, sodass er immer wieder zugreifen und die Fibel wieder schließen musste. Bei einer dieser Gelegenheiten fiel sein Blick zufällig nach unten ins Wasser, und er sah etwas, was ihm schier das Blut in den Adern gerinnen ließ: Der See unter ihm war nicht leer. Vielleicht eine Handbreit unter der Wasseroberfläche, aber überall, so weit sein Blick reichte, bewegten sich dunkle Schatten, schwarze, armdicke Tentakel, die wie die Fangarme gewaltiger Kraken peitschten, zuckende Schlangen, dick wie sein Finger, scheinbar ohne Ende, aber auch dünne Büschel, die sich wie Haare im Wind bewegten. Er war dem Seeungeheuer keinesfalls entronnen, sondern befand sich noch immer in seiner unmittelbaren Reichweite. Vielleicht war es nicht einmal die gleiche Kreatur wie die, der er um ein Haar zum Opfer gefallen wäre, sondern ein zweites, gleichartiges Geschöpf, aber der Anblick brachte ihn auf jeden Fall dazu, seine Schritte noch mehr zu beschleunigen. Trotzdem war es irgendwie … seltsam. Ganz tief in sich spürte er, dass ihm von der Kreatur keine Gefahr drohte, so schrecklich sie auch war.

Er folgte dem Pfad bis zum Ende, lief mit raschen Schritten die Treppe hinauf und trat nach einem letzten, fast unmerklichen Zögern durch den gewaltigen Torbogen. Aus irgendeinem Grund hatte er erwartet sich in vollkommener Dunkelheit wieder zu finden, aber das war nicht der Fall. Vor ihm lag eine halbrunde, hohe Kammer von vielleicht zwanzig Schritt Durchmesser, deren Wände und Decke aus dem gleichen Material wie der Torbogen und das Schwert an seiner Seite bestanden. Ein Muster aus komplizierten Runen und Hieroglyphen bedeckte die Wände, vielleicht zeremonieller Bestimmung, vielleicht auch eine Schrift, die er nicht entziffern konnte. Ein blasses, ganz leicht grün gefärbtes Licht erhellte die Kammer. Seltsamerweise konnte er seine Quelle nicht ausmachen. Es schien aus dem Nichts zu kommen, so als leuchte die Luft aus sich selbst heraus.

Es gab vier Türen, die vermutlich tiefer ins Innere des Berges hineinführten. Drei von ihnen waren verschlossen, die Vierte führte in einen schmalen, von dem gleichen sonderbaren Licht erfüllten Gang, der sich weiter in den Berg hineinwand, als sein Blick ihm folgen konnte.

Dieser Gang war nicht leer. Hier und da bedeckte ein schwarzes Geflecht Wände und Boden, Fetzen eines Netzes oder auch einzelne, schlangengleiche Stränge. Es mochten Wurzeln sein, die sich mit der unaufdringlichen Beharrlichkeit von Pflanzen einen Weg durch die stählernen Wände und Decken gegraben hatten, aber der Anblick erinnerte ihn zugleich zu sehr an den, den das Geschöpf draußen im Wasser geboten hatte, als dass er es wagte, ihm näher als unbedingt nötig zu kommen.

Er folgte dem Gang bis zu seinem Ende und gelangte in eine Art Treppenschacht, der mindestens so weit nach oben wie tiefer hinab in den Leib der Erde führte: Er war kreisrund und hatte einen Durchmesser von gut fünfzig Metern, und vermutlich diente er noch einem anderen Zweck als bloß dem, die schmale, geländerlose Treppe aufzunehmen, deren Stufen sich in einer schier endlosen Folge nach oben und unten wanden. Dem Krieger war es gleich. Er spürte, dass diese unterirdische Welt voller düsterer Geheimnisse, uralter Rätsel und unvorstellbarer Gefahren war. Er wollte nichts davon in diesem Moment ergründen. Wichtig war allein, dass er einen Weg nach oben gefunden hatte.

Auch hier war die Luft von jenem unheimlichen, graugrünen Glanz erfüllt, der aus dem Nichts zu kommen schien und eigentlich mehr ihre Illusion als *wirkliche* Helligkeit erzeugte. Trotzdem gewöhnten sich seine Augen allmählich daran, sodass er mehr Einzelheiten erkannte, während er der schneckengleich um den gewaltigen Schacht gewundenen Treppe nach oben folgte. Der Schacht hatte wahrhaft gigantische Ausmaße. Er musste eine Meile oder mehr in die Erde hinabführen. Boden und ein Teil der Wände waren vom Feuer geschwärzt und auch die Treppe war hier und da in Mitleidenschaft gezogen worden. Dieser Schacht war nicht immer leer gewesen und er war lange nicht der Einzige seiner Art. Im Gegenteil. Es gab unzählige: bodenlose, schwarze Gruben, in denen der Tod in gewaltigen schwarzen Pfeilen aus Stahl eingefangen war und darauf wartete, aus der Erde hervorzubrechen und ganze Städte mit Feuer und Glut vom Antlitz dieses Planeten zu tilgen.

Diese Erinnerung verscheuchte er. Es gab Dinge, die *wollte* er gar nicht mehr wissen.

Die Treppe endete vielleicht hundert Meter unter der Decke vor einer halbrunden Tür, die waagerecht weiter in den Berg hineinführte. Von dem Gang, in den er gelangte, zweigten zahlreiche weitere Türen ab. Er warf neugierige Blicke durch die meisten und blieb hier und da sogar stehen, hütete sich aber den Gang zu verlassen. Die meisten Türen führten ohnehin nur in weitere, endlose Gänge, von denen weitere Türen abzweigten – dieser ganze Berg musste ausgehöhlt sein wie ein Bienenstock! –, manche in große, saalähnliche Räume voller unverständlicher Dinge, einige aber auch in weitere Schächte, gleich dem, durch den er diese unterirdische Anlage betreten hatte. Er beachtete nichts davon, sondern ging mit ruhigen Schritten weiter. Seine Aufgabe wartete nicht hier auf ihn, in dieser unterirdischen Anlage hinter dem Wasserfall. Hier hatte es geendet und hier würde es wieder beginnen.

Er passierte eine weitere Tür, blieb stehen und ging wieder zurück, von einem sonderbaren, kaum in Worte zu fassenden Gefühl erfüllt. Die Kammer war nicht besonders groß und vollkommen leer. Der Boden war mit einer zentimeterdicken Staubschicht bedeckt, so als wäre dieser Raum seit mindestens einem Jahrhundert nicht mehr betreten worden. Der schwarze Sternenstahl der Wände wirkte irgendwie … verzerrt, als wäre er geschmolzen und wieder erstarrt, ganz kurz, bevor er *wirklich* seine Form verlieren konnte. Er wagte es nicht, den Raum zu betreten – eine sonderbare Mischung aus Ehrfurcht und Unbehagen hatte ihn ergriffen, so als stünde er am Eingang eines Grabes –, aber er streckte die Hand aus und berührte das Metall unter der Staubschicht.

Aus der Vermutung wurde – fast – Gewissheit. Es *war* ein Grab. Und er war nicht zufällig hier, sondern weil jemand – etwas – ihn hierher geführt hatte. Um sich zu erinnern.

Er senkte die Hand, drehte sich fast hilflos einmal im Kreis und wollte weitergehen, tat aber dann das Gegenteil: Er wich in die Kammer zurück, ließ sich zu Boden sinken und lehnte Kopf und Schultern gegen den verbogenen Stahl der Wände. Dieser Ort hatte Erinnerungen gespeichert. Es musste ihm nur gelingen, sie sich zugänglich zu machen, und er würde endlich alles wissen. Er schloss die Augen und wartete darauf, dass die Erinnerungen kamen.

Nichts geschah. Er schlief ein.

Und erwachte, als jemand die Kammer betrat. Geräusche und Bewegung hatten ihn direkt aus einer Tiefschlafphase gerissen, sodass er im ersten Moment noch benommen war; optische und akustische Eindrücke wirbelten hinter seiner Stirn durcheinander, vermengten sich mit sinnlos aufblitzenden Bildern und Fetzen von Gefühlen – zum größten Teil *negativen* Gefühlen, die zu schnell aufflackerten und wieder erloschen, um sie zu identifizieren, aber ein allgemeines, unangenehmes Gefühl in ihm hinterließen. Es vergingen einige Sekunden, ehe aus den tanzenden Schatten vor ihm zwei Gestalten wurden. Einer der beiden Männer war ein wahrer Riese, ein Gigant von mehr als sieben Fuß Größe und Ehrfurcht gebietend breiten Schultern. Er war verletzt. Die Hälfte seines Gesichtes war verheert, das Auge ausgelöscht. Er schien kaum noch genügend Kraft zu haben, um sich auf den Beinen zu halten, denn er lehnte schwer an der Wand, seine Knie zitterten. Er trug ein schlankes, schmuckloses Schwert in der Rechten, von dessen Klinge hellrotes Blut tropfte.

Die zweite Gestalt lag verkrümmt und inmitten einer allmählich größer werdenden Blutlache vor dem Riesen auf dem Boden. Beide trugen Mantel, Harnisch und Stirnband eines Satai, und trotzdem wusste der Krieger, dass sie keine Freunde waren, sondern der eine das Opfer des anderen. Sie hatten sich die tödlichen Wunden gegenseitig zugefügt.

Dann wurde ihm klar, dass er Zeuge seines eigenen Todes wurde.

Der Mann am Boden war er. Es war der Mann, der er gewesen war, vor langer, *sehr* langer Zeit. Er war hier gestorben, in dieser Kammer, und das, dessen Zeuge er wurde, war kein wirkliches Geschehen, sondern die Vergangenheit, trotzdem aber keine bloße Illusion und auch nicht nur seine Erinnerungen, die endlich zurückkamen, sondern weit mehr: Bilder, die *geschickt* worden waren, damit er sah, was geschehen war, und vielleicht begriff, was geschehen musste.

Er wandte den Kopf und sah die dritte, schattenhafte Gestalt, die in der gegenüberliegenden Ecke des Raumes stand und aus kalten Insektenaugen auf ihn herabstarrte. Nicht nur die Bilder waren gekommen, sondern auch der, der sie geschickt hatte, der *Dai-Djan*, dürr, spinnengliedrig und grausam, die *Sternenbestie*, die ebenso Teil seines früheren Selbst wie Faust und Auge der gigantischen Netzkreatur gewesen war, die einst ganz Enwor bedroht hatte.

Nun war sie es, die Hilfe brauchte.

Er sah wieder zu den beiden Satai hin. Der Riese – Del – begann langsam in die Knie zu sinken. Irgendwoher nahm er die Kraft, sich noch einmal in die Höhe zu stemmen, aber es war nur ein letztes Aufbäumen. Die Wunde, die ihm der sterbende Mann am Boden zugefügt hatte, war so tödlich wie die, die er selbst erlitten hatte, nur dass sie vielleicht nicht ganz so schnell wirkte. Der Schwertstich, mit dem Del seinen alten Lehrmeister niedergestreckt hatte, war barmherziger gewesen.

Das Bild wechselte. Del und der tote Satai waren nun nicht mehr allein. Zwei weitere Gestalten hatten den Raum betreten, die eine davon eine junge Frau, fast noch ein Mädchen, die trotzdem die Kleider eines Satai trug, ihr Begleiter ein schuppiger Gigant mit einem brutalen Schildkrötengesicht. Beide starrten Del an, aber der schwer verwundete Satai schien sie nicht einmal zu bemerken. Er hatte sich in die Hocke sinken lassen und stützte sich mit der linken Hand schwer auf dem Boden auf. Die andere hatte er nach der Hand des Toten ausgestreckt, um einen schmalen, schmucklosen Ring von seinem Finger zu ziehen.

Als er versuchte ihn sich selbst überzustreifen, stürzte sich der geschuppte Quorrl auf ihn, riss ihn wie ein Kind in die Höhe und brach ihm ohne die geringste Anstrengung beide Handgelenke. Del brüllte vor Schmerz, dann wurde sein Schrei zu einem erstickten Keuchen, als der Quorrl ihn gegen die Wand warf.

»Halt!«

Der Quorrl erstarrte. Sein Gesicht loderte vor Hass, aber er gehorchte dem Befehl des Mädchens.

»Töte ihn nicht, Titch«, sagte sie. »Noch nicht.«

Del schob sich wimmernd vor Schmerz weit genug an der Wand in die Höhe, bis er halbwegs aufrecht dasaß. Sein Gesicht war grau vor Pein und trotzdem war in seinen Augen keine Furcht, als er zu dem Quorrl und seiner kaum halb so großen Begleitung hochsah. Nur Trotz.

»Weißt du, Del«, sagte Kiina und deutete auf den Leichnam des Toten hinab, »er hatte Recht. Ihr habt verloren.«

»Ich habe ihn besiegt, oder?«, fragte Del trotzig.

»Besiegt?« Kiina schüttelte den Kopf. »Oh nein, Del. Das hast du nicht. Niemand konnte ihn besiegen. Du hast ihn getötet, aber selbst das nur, weil er es wollte.«

»Was für ein Unsinn«, murmelte Del. »Sieh mich an. Er hat gekämpft wie niemals zuvor, aber ich war besser.«

»Er hat jemanden gesucht, der ihn tötet«, sagte Kiina, als hätte sie seine Worte gar nicht gehört. »Und du warst der Einzige, dem er es gestattet hätte.«

»Dann war er ein Narr!«, sagte Del. »Wir werden gewinnen, du dummes Kind. Es gibt keinen *Wächter* mehr.«

Kiina lächelte erneut. Sie nahm den Ring an sich, den Del vom Finger des Toten gezogen hatte, dann stand sie auf und hob etwas Kleines, Silberglänzendes, das sie auf Del richtete.

Der junge Satai beachtete die *Scannerwaffe* gar nicht. Er starrte entsetzt in Kiinas Augen und ein neuer, unendlich tiefer Schrecken begann sich auf seinem Gesicht auszubreiten; der Blick eines Mannes, der am Ende seines Lebens begriff, wie unendlich tief und vollkommen seine Niederlage war.

»Oh doch, Del«, sagte sie. »Es hat ihn immer gegeben und es *wird* ihn immer geben.« Sie hob die Scannerwaffe. Ein dunkelrotes, pulsierendes Licht begann in dem Rubinauge an ihrer Vorderseite aufzuglühen. »Ich bin seine Tochter.«

Del starrte sie an. Und Kiina ließ noch genügend Zeit verstreichen, um ihn ihre Worte wirklich verstehen zu lassen, ehe sie den Auslöser drückte. Ein greller Lichtblitz löschte den Körper des Satai und in der nächsten Sekunde die gesamte Szene aus.

Als er wieder sehen konnte, hatte sich die Szenerie abermals geändert. Sie waren nicht mehr in der kleinen Kammer, sondern in einem anderen Teil der unterirdischen Tempelfestung, einem langen, düsteren Gang aus *Sternenstahl*, dessen Ende zum Wasserfall hin offen war, sodass das Dröhnen des Wassers Eingang in den Berg fand. Das Wasser des Sturzes rauschte so unbeteiligt und kraftvoll nieder, wie er dies seit Millionen Jahren tat, und wie er es vermutlich auch noch in Millionen Jahren tun würde; eine gewaltige, schweigende Macht, die in ihrer ruhigen Majestät selbst die bizarre unterirdische Welt der *Alten* zu einem Nichts degradierte.

Zu Kiina und Titch hatte sich ein weiterer Quorrl gesellt. Sie hatten den Leichnam des älteren Mannes in den golddurchwirkten schwarzen Mantel eines Satai gewickelt und hierher gebracht. Wortlos und sehr ernst gab Kiina den beiden Quorrl-Kriegern einen Wink und die geschuppten Giganten warfen den toten Körper mit aller Macht in den Sturz hinein. Die gläserne Wand teilte sich, schien ihn für den Bruchteil einer Sekunde schwerelos zu halten – und schloss sich wie ein Vorhang aus kristallklarer Schwärze.

»Eine Minute«, murmelte einer der Quorrl. »Wären wir nur eine Minute früher gekommen …«

»Es hätte nichts geändert«, sagte Kiina. »Ich glaube, er hat es so gewollt.« Sie stand eine Weile still, dann hob sie die Hand und zog den Ring ab, den sie von Del genommen hatte. Bevor Titch oder der andere Quorrl sie daran hindern konnten, warf sie ihn so weit in den Sturz hinein, wie sie nur konnte.

»Was … was tust du?«, keuchte Titch. »Du hast soeben ein Königreich verschenkt! Wer diesen Ring besitzt, ist der Herrscher der *Errish*!«

»Wenn es sie noch gibt, dann brauchen sie keinen Herrscher«, antwortete Kiina leise. »Niemand braucht einen Herrscher, Titch. Vielleicht war es das, wofür Skar wirklich gekämpft hat, Titch. Wir sollten aufhören zu herrschen.«

Skar.

Sein Name war also Skar. Er wusste es im gleichen Moment, in dem er das Wort hörte. Sein Klang war so vertraut, dass es fast wehtat.

»Und wo willst du jetzt hin, Menschenjunges?«, fragte Titch nach einer Weile.

Kiina zuckte mit den Schultern. »Enwor ist groß, Fischgesicht.« Sie hob abermals die Schultern, lächelte traurig und machte eine vage Bewegung mit beiden Händen. »Irgendwohin.«

»Das trifft sich gut«, antwortete Titch und trat neben sie. »Dann haben wir denselben Weg.« Die beiden lachten, drehten sich um und gingen nebeneinander davon, und mit jedem Schritt, den sie taten, entfernten sie sich nicht nur räumlich, sondern verloren auch mehr und mehr an Substanz; gleichzeitig wurde die Wirklichkeit realer, als glitte er unendlich langsam über die Grenze zwischen Traum und Wachsein.

Als die Vision endete, befand er sich noch immer am gleichen Ort. Er konnte sich nicht erinnern, sich bewegt zu haben, musste es aber wohl. Er saß noch immer auf dem Boden, aber die Wand in seinem Rücken, gegen die er sich gelehnt hatte, gehörte nicht mehr zu der Kammer, in der er eingeschlafen war. Das Dröhnen des Wasserfalles erfüllte die Luft. Etwas Schmales, Silbernes blitzte neben ihm auf dem Boden.

Es war der Ring. Der heilige Ring der *Errish*, den Kiina in den Wasserfall geworfen hatte. Er war zurückgekommen, so, wie auch Skar zurückgekommen war.

Warum?

Er hob den Ring auf, schob ihn jedoch nicht auf den Finger, sondern verbarg ihn in einer der zahlreichen Taschen, die in den Gürtel des toten Satai eingearbeitet waren. Dann stand er auf und ging mit langsamen Bewegungen zum Ende des Stollens.

Skar stand lange, endlos lange so da und starrte in die dröhnende Tiefe hinab. Er stand vor seinem Grab; einem Grab, in dem er für alle Zeiten hätte bleiben sollen und aus dem er zurückgekommen war; und er wusste nicht einmal, warum. Seine Erinnerungen kehrten nun immer schneller und schneller zurück. Aus dem Tröpfeln einzelner Gedanken war längst ein reißender Strom geworden, als wäre die Szene, die er mit angesehen hatte, vielleicht auch nur der bloße Klang seines eigenen Namens, der Schlüssel gewesen, der das Tor endgültig öffnete. Er erinnerte sich nun an alles. Sein Leben. Die entsetzliche Erkenntnis, *wer* er in Wirklichkeit war, *was* er war, der furchtbare Schmerz, als er begriff, dass der einzige Freund, den er jemals gehabt hatte, in Wirklichkeit sein schlimmster Feind gewesen war …

Er war gestorben. Es war so, wie Kiina gesagt hatte: Er hatte es gewollt und Del war trotz allem der einzige Mensch auf der Welt, dem er gestattete, ihn zu töten. Doch nun war er wieder hier.

Und er wusste nicht einmal, warum.

Er hatte dieses neue, geschenkte Leben nicht gewollt.

Und er war nicht freiwillig hier. Jemand hatte ihn *geschickt*. Doch welches Wesen – gleich ob Mensch oder Gott – hatte die Macht, dem Tod zu trotzen?

Skar zog den Heiligen Ring der *Errish* aus dem Gürtel, schob ihn sich nun doch auf den Finger – den einzigen, auf den er passte: den kleinen Finger der linken Hand – und betrachtete dann sehr nachdenklich genau diese Hand. Etwas stimmte nicht damit. Sie sollte nicht da sein. Er selbst hatte sie sich abgeschnitten, um sich des Sklavenarmbands zu entledigen, das ihn gefangen hielt. Er sah jedoch nicht einmal die winzigste Narbe. Seine Hand war unversehrt. Er bewegte die Finger und stellte keinen Unterschied zu seiner rechten Hand fest. Wer immer ihn hierher geschickt hatte, hatte ihm nicht nur das Leben zurückgegeben, sondern auch die Unversehrtheit seines Körpers.

Er ließ die Hand wieder sinken, drehte sich um und ging mit langsamen Schritten zurück in die Tempelfestung. Nun, wo er sich wieder an alles erinnerte, wusste er auch, wie er hier heraus und an die Oberfläche kam. Dort würde er die Antworten auf alle Fragen finden.

Er war nicht sicher, ob sie ihm gefallen würden.

Skar hatte die Kälte schon gespürt, lange bevor er das Tageslicht sah, das sich in die mattgrüne Helligkeit mischte, die die unterirdische Tempelfestung erfüllte: ein am Anfang sachter, aber unangenehmer Hauch, der rasch zu einem Prickeln und bald darauf zu wirklicher Kälte wurde, deren Intensität genau auf den schmalen Grat zwischen *unangenehm* und wirklich *schmerzhaft* pendelte. Als er endlich ins Freie trat, blinzelte er in die unerwartete Helligkeit hinaus und er war – gelinde gesagt – irritiert. Am Morgen war seine größte Sorge die gewesen, nicht in der Sonnenhitze zu verbrennen.

Hier oben lag *Schnee.*

Nicht besonders viel und längst nicht überall – die zerborstende Landschaft aus Mauerresten, Trümmern und kümmerlichem blassem Buschwerk, die sich vor ihm ausbreitete, war mit unregelmäßigen schmutzig weißen Flecken gesprenkelt, die zu einem Großteil bereits zu schmelzen begonnen hatten –, aber es *hatte* geschneit und in der Luft lag noch ein Hauch der beißenden Kälte, die diesen Schnee hervorgebracht hatte. Eigentlich, dachte Skar, war das unmöglich.

Aber das galt schließlich nicht nur für die Temperaturen hier.

Was er sah, war im Grunde noch viel unwahrscheinlicher.

Die Tempelfestung der Quorrl lag in Trümmern. Rowl und seine Bastard-Krieger hatten Wort gehalten und buchstäblich keinen Stein auf dem anderen gelassen. Die stolzen Mauern und Kuppeln waren geschleift, die dem Himmel trotzenden Türme eingestürzt, Wehrgänge und Dächer zertrümmert. So weit sein Blick reichte, sah er nur Ruinen und Chaos.

Aber wie war das möglich? So wie das unterirdische Labyrinth war auch die Tempelfestung der Quorrl eine Hinterlassenschaft der *Alten,* die diese Welt erschaffen hatten, und so wie sie bestanden ihre Mauern aus *Sternenstahl,* einem Metall, das zu Recht als unzerstörbar galt. Nicht einmal das Sternenfeuer, das Elay verbrannt hatte, hätte diesen Mauern etwas anhaben können. Aber etwas *hatte* sie zerstört.

Skars Phantasie kapitulierte vor der Aufgabe sich die Gewalten vorzustellen, die notwendig wären, um eine solche Verheerung anzurichten. Magie, zweifellos. Dass er nicht an Magie glaubte, bedeutete nicht unbedingt, dass er ihre Existenz vollkommen ausschloss. Es war alles eine Frage des Standpunkts.

Außerdem gab es Dinge, die wollte er gar nicht so genau wissen …

Er machte einen vorsichtigen Schritt hinaus aus der halb zerschmolzenen Türöffnung, in der der Treppenschacht geendet hatte, und sah sich aufmerksam um. Er befand sich im vorderen Teil dessen, was von der Tempelfestung übrig geblieben war. Kaum ein Dutzend Schritte neben ihm zerbarst das Wasser des Flusses an einer Riffbarriere, um dann brüllend in die Tiefe zu stürzen. Diese Riffe waren neu. Das Wasser hatte Millionen und Abermillionen Jahre Zeit gehabt jedes Hindernis abzuschleifen und zu polieren, doch irgendeine unvorstellbare Gewalt – zweifellos die gleiche, die die Tempelfestung zerstört hatte – hatte den Flussgrund aufgebrochen und diese neue Barriere aufgetürmt. Das Wasser würde vielleicht wieder eine Million Jahre brauchen, um sie niederzureißen, vielleicht auch hundert; den Unterschied zwischen einem und hundert Lidschlägen in der geduldigen Zeitrechnung der Natur.

Er drehte sich weiter und mit jeder Sekunde, die verging, wuchs seine Anspannung. Dabei deutete nichts von dem, was er sah, auf irgendeine Gefahr hin. Er sah nur Ruinen, Schnee und halb erfrorenes Gebüsch. Aber etwas in ihm – der *Krieger*, der er trotz allem immer noch war – spürte die Gefahr, die sich hinter diesem Bild scheinbarer Normalität verbarg. Er hatte die beiden Toten nicht vergessen. Es mochte sein, dass sie der Kante zu nahe gekommen und einfach vom Wasser ergriffen oder von einer unerwarteten Windböe getroffen und in die Tiefe geschleudert worden waren, ebenso gut konnten sie auch gegeneinander gekämpft und sich so gegenseitig in den Tod gerissen haben. Ein Satai und ein Quorrl. Untrennbare Kampfgefährten oder unversöhnliche Feinde – das eine war so denkbar wie das andere. Und er war vermutlich gut beraten, von der schlimmeren der beiden Möglichkeiten auszugehen.

Wie sich zeigte, vermutlich mit Recht. Während er sich langsam dem Ufer der künstlichen Insel näherte, die inmitten des Flusses errichtet war, fand er deutliche Spuren eines Kampfes. Einem weniger geübten Auge als seinem wären sie vermutlich entgangen, aber für Skar waren sie so deutlich, wie es nur ging: Ein Stück zerrissener Stoff hier, eine zerbrochene Waffe da, Blut, das an einem Mauerrest einzutrocknen begann, eine Handvoll zerborstener, metallischgrüner Schuppen ... er konnte nicht sagen, wer wen angegriffen oder gar, wer den Sieg davongetragen hatte, aber ihm wurde doch bald klar, was hier passiert sein musste. Eine der beiden Gruppen – Mensch oder Quorrl – hatte im Schutze der Ruinen ihr Nachtlager aufgeschlagen und war von der anderen – Satai oder Ungeheuer – überfallen worden. Der Kampf musste erbittert gewesen sein, aber das wunderte Skar nicht: Ein Zusammenprall zwischen den bestausgebildetsten Kriegern Enwors und den gefürchteten Reptilienmännern *konnte* nur erbittert sein.

Der Gedanke stimmte ihn traurig. Die neuen Herrscher der Quorrl hatten ihr Wort gehalten und diese Tempelfestung ausgelöscht. Möglicherweise hatten sie die Gefahr für eine ganze Welt, die von ihr ausgegangen war, damit gebannt, aber ihr allergrößtes und ehrgeizigstes Ziel, nämlich den Frieden, schienen sie verfehlt zu haben. Satai kämpften weiter gegen Quorrl. Die Menschen führten weiter Krieg gegen die Wesen, die ihre Vorfahren eigentlich erschaffen hatten, um den Krieg ein für alle Mal abzuschaffen.

Dann fiel Skar der Fehler in diesem Gedankengang auf. Er ging von Voraussetzungen aus, die er gar nicht kannte. Er wusste weder, worum es bei diesem Kampf gegangen war, noch, *wer* hier eigentlich gegen wen gekämpft hatte. Es war genauso gut möglich, dass Satai und Quorrl Schulter an Schulter gegen einen dritten Feind gekämpft hatten – auch wenn sich Skar beim besten Willen keinen Gegner vorzustellen vermochte, der verrückt genug wäre sich mit Satai *und* Quorrl zugleich anzulegen.

Aber er wusste nichts über diese Welt. Er wusste nicht

einmal etwas über die Zeit, in der er sich befand. Es konnte Tage her sein, seit Kiina und Titch ihn im Sturz von Ninga beerdigt hatten, ebenso gut aber auch Wochen oder Monate. Vielleicht Jahre. Vielleicht war seine Tochter jetzt eine erwachsene Frau und vielleicht sogar –

Daran wollte er nicht denken.

Er beendete seine Musterung der Umgebung und betrat die halb zusammengestürzte Brücke, die zum eigentlichen Ufer hinführte. Seine Schritte wurden langsamer und nach einem Moment blieb er stehen. Die Brücke war nicht vollends eingestürzt, und den reißenden Strom auf dem schmalen verbliebenen Band zu überqueren stellte im Grunde keine besondere Gefahr dar, zumal für einen einigermaßen geschickten Mann, wie er es war. Aber er hatte mit Wasser bisher eigentlich nur schlechte Erfahrungen gemacht, und viel schwerer wog: Wenn an diesem Ort ein Kampf stattgefunden hatte und wenn es noch jemanden gab, der ihn beobachtete und ihm vielleicht auflauern wollte, konnte er sich keinen besseren Ort dafür aussuchen. Auf dem letzten Stück zum Ufer hin bestand die Brücke im Grunde nur noch aus einem ausgeglühten Stahlskelett, das auf eine kaum in Worte zu fassende Weise verzerrt und in sich verdreht war. Er würde sein ganzes Geschick brauchen, um dort hinüberzugelangen, und infolgedessen so gut wie hilflos sein. Aber es gab keinen anderen Weg.

Skars Befürchtungen erwiesen sich als übertrieben. Er erreichte unbehelligt das Ufer und fand weitere Spuren eines Kampfes, aber keine Überlebenden; und schon gar keinen Hinterhalt. Dafür umso mehr Spuren, die nun allmählich eine Geschichte zu erzählen begannen. Er war jetzt sicher, dass es die Quorrl gewesen waren, die auf der Insel Zuflucht gesucht hatten, wo sie von ihren Gegnern überrascht worden waren. Satai, die gegen Quorrl kämpften. Immer noch. Nichts hatte sich geändert.

Er entfernte sich weit genug vom Ufer, um aus dem eisigen Sprühregen heraus zu sein, zu dem das reißende Wasser an den Felsen zerspellte, und zog fröstelnd den Mantel enger um die Schultern zusammen. Seine Kleider waren durchnässt. Er fror, wenn auch nicht so schlimm, wie er befürchtet hatte. Trotzdem musste er in Bewegung bleiben. Die Situation war schon fast grotesk: Noch vor wenigen Stunden hatte er Angst gehabt zu verbrennen. Jetzt musste er eine Feuerstelle finden, um seine nassen Kleider zu trocknen, wollte er nicht in Gefahr laufen zu erfrieren.

Es gab nur zwei Richtungen, in die er sich wenden konnte: weiter nach Norden und dem Fluss folgend oder in östlicher Richtung an der Klippe entlang. Im Norden lagen die endlosen Wälder, die Heimat der Quorrl, im Osten das Meer, die Toten Länder und schließlich Combat. Keine der beiden Richtungen erschien ihm wirklich verlockend; nicht nach dem, was er gerade gefunden hatte.

Skar gestand sich ein, dass er im Moment vollkommen hilflos war. Ein Gefühl, das er hasste. Er war in seinem Leben stets bestrebt gewesen die Initiative zu behalten, gleich, was geschah. Er *tat* Dinge, statt sie mit sich *tun zu lassen*.

Er ging wieder ein kleines Stück den Weg zurück, den er gekommen war, und folgte dann – in respektvollem Abstand – dem Ufer, bis er unmittelbar am Ende der Klippe stand. Der Wind schlug ihm eisig ins Gesicht, zerrte an seinen Kleidern und ließ ihn noch mehr frieren, aber er wurde auch mit einer Aussicht belohnt, die der Mühe wert gewesen war: Neben ihm, scheinbar zum Greifen nahe, ergoss sich eine tosende Wasserflut in die Tiefe, um am Fuße der Klippe einen gewaltigen, unregelmäßig oval geformten See zu bilden. Der Fluss, der daraus entsprang, verlief so schnurgerade nach Süden, als wäre er mit einem gewaltigen Lineal gezogen. Die Berge, die er von unten aus gesehen hatte, waren auch jetzt nur verschwommene Schatten, aber irgendwo auf der Ebene dazwischen … *bewegte* sich etwas. Etwas Großes.

Skar versuchte sich auf die Bewegung zu konzentrieren, um mehr Einzelheiten zu erkennen, erreichte damit aber nur, dass seine Augen zu schmerzen begannen. Er konnte nicht mehr als reine, nebelhafte Bewegung erkennen, als wäre ein Teil der Ebene selbst zum Leben erwacht. Das Land hatte sich erhoben, um auf die Klippe zuzukriechen.

Skar lächelte dünn über seine eigenen Gedanken. Natürlich war es Unsinn. Was immer dort unten war, es war gigantisch, aber es würde auch eine ganz natürliche Erklärung dafür geben. Vielleicht war es wirklich Nebel. Vielleicht ein Spiel von Licht und Schatten, das seine Sinne narrte. Es spielte keine Rolle. Es war weit weg und es war ganz gewiss nicht der Grund, aus dem er hier war.

Er trat wieder einen Schritt von der Klippe zurück, drehte sich herum – und alle seine Sinne signalisierten Gefahr. Er duckte sich, war mit einer einzigen, fließenden Bewegung im Schutz eines niedrigen Felsens und spähte mit klopfendem Herzen über den Rand seiner natürlichen Deckung hinweg.

Im ersten Moment sah er nichts Außergewöhnliches und das Dröhnen des Wasserfalls machte es auch unmöglich, irgend etwas zu hören. Aber er *hatte* etwas registriert; ein Detail, das er noch nicht zu erkennen vermochte, das aber den Gesamteindruck veränderte, sodass –

Das Unterholz hundert Schritte entfernt brach auseinander und zuerst zwei, dann zwei weitere und schließlich ein einzelner und fünfter Quorrl stürmten heraus. Zwei von ihnen waren bewaffnet, ein dritter so schwer verletzt, dass er sich auf die Schultern eines seiner Kameraden stützen musste, um überhaupt zu gehen. Trotzdem bewegten sie sich sehr schnell und warfen immer wieder rasche, gehetzte Blicke über die Schultern zurück. Sie waren auf der Flucht.

Skar duckte sich noch tiefer in seine Deckung und senkte die Hand auf den Schwertgriff, ohne die Waffe allerdings zu ziehen. In einem Kampf gegen gleich fünf Quorrl hätte er keine Chance. Niemand hatte das. Aber diese Quorrl waren auch nicht gekommen, um ihn anzugreifen. Vermutlich wussten sie nicht einmal, dass er hier war.

Skar sah die Verfolger, als die Quorrl ungefähr die halbe Distanz zwischen dem Waldrand und seinem Versteck überwunden hatten. Es waren Reiter, ein gutes Dutzend ausgesucht großer, barbarisch gekleideter Gestalten, die auf roh gepanzerten Pferden herangesprengt kamen und mit Speeren, Schwertern und vor allem Armbrüsten und Bögen bewaffnet waren, mit denen sie aus vollem Galopp auf die flüchtenden Schuppenkrieger schossen. Nicht ein einziger Pfeil oder Armbrustbolzen traf sein Ziel, aber der mörderische Geschosshagel trieb die Quorrl zu noch größerer Hast an.

Skar verlängerte den Kurs in Gedanken, den die flüchtenden Quorrl nahmen. Das Ergebnis gefiel ihm nicht. Die Schuppenkrieger stürmten nicht direkt auf ihn zu, aber sie würden seiner Deckung doch gefährlich nahe kommen, und dasselbe galt für ihre Verfolger. Skars Hand schloss sich fester um den ziselierten Griff des *Tschekal*, aber er zog die Waffe immer noch nicht. Die Quorrl versuchten schneller zu laufen, aber nun, als die Verfolger aus dem Wald heraus waren, machte sich die überlegene Schnelligkeit ihrer Pferde deutlich bemerkbar. Der Pfeilhagel verfehlte sein Ziel noch immer, aber Skar war mittlerweile nicht einmal mehr sicher, ob die Männer die Quorrl überhaupt treffen wollten. Sie jagten die Schuppenkrieger auf die Klippe zu – und damit auch auf ihn.

Selbst Skar fiel es schwer, das Geschlecht eines bekleideten Quorrl zu erkennen, aber er war mittlerweile fast sicher, dass nur die beiden bewaffneten Quorrl männlich und damit Krieger waren. Das machte die anderen kaum weniger gefährlich – selbst ein trächtiges Quorrl-Weibchen vermochte einen gut ausgebildeten Satai in Stücke zu reißen, ohne sich dabei sonderlich anzustrengen –, aber es verriet ihm eine Menge über das, was hier geschehen sein musste. Quorrl nahmen ihre Familien *niemals* mit auf ihre Raubzüge. Sie mussten sich in der Nähe einer Siedlung der Schuppenkrieger befinden. Er hatte jetzt eine ungefähre Ahnung, wer hier Angreifer und wer der Angegriffene war.

Die Reiter hatten die Quorrl mittlerweile eingekreist. Keiner von ihnen beging den Fehler, den gezackten Schwertern der beiden riesigen Krieger zu nahe zu kommen; sie umkreisten das knappe halbe Dutzend geschuppter Giganten in respektvollem Abstand und stocherten dann und wann mit ihren Speeren nach ihnen, griffen aber nicht wirklich an, und auch die Quorrl auf der anderen Seite begnügten sich damit, ihre Schwerter drohend durch die Luft pfeifen zu lassen. Der Anblick war … irritierend. Skar hatte oft genug selbst gegen Quorrl gekämpft, um zu wissen, dass das Kräfteverhältnis mehr als ausgeglichen war. Fünf Quorrl gegen ein Dutzend Menschen wäre nicht einmal dann fair gewesen, wenn es sich bei den Reitern um Satai gehandelt hätte. Die Angreifer waren jedoch keine Satai, sondern wahrscheinlich Bauern, die mit einem Sammelsurium vermutlich zusammengestohlener oder gefundener Waffen ausgerüstet waren. Schon die Art, mit der sie ihre Speere und Schwerter hielten, machte Skar klar, dass sie nicht besonders gut damit umzugehen wussten. Sie taten gut daran, sich nicht auf ihre zahlenmäßige Überlegenheit zu verlassen und einen Frontalangriff zu wagen. Vermutlich warteten sie auf Verstärkung.

Skar bewegte sich geduckt zwischen den Felsen weiter. Er hatte nicht vor sich in diesen ungleichen Kampf einzumischen. Er wusste zu wenig über seine Hintergründe, um sich ein Urteil erlauben zu können, und er hatte auch nicht die Zeit sich in einen Krieg einzumischen, der nicht der seine war.

Hinter ihm erklang ein gellender Schrei. Skar fuhr herum und sah genau das, was er erwartet hatte: Ein weiteres Dutzend Reiter war aus dem Unterholz hervorgebrochen und sprengte auf die Quorrl zu. Einer von ihnen trug den schwarzen Mantel eines Satai, dazu aber – völlig untypisch – einen Helm mit einem goldenen Gesichtsschutz in der Form eines Wolfsschädels.

Skar zögerte. Ihm war noch immer nicht wohl dabei, sich in diesen Kampf einzumischen, aber der Mann dort drüben war ein Satai, ein Krieger wie er. Wenn ihm jemand erklären konnte, was hier vorging, dann er. Ohne selbst genau zu wissen, warum, blieb er jedoch im Schutz der Felsen, während er sich an den Kampfplatz anschlich.

Mit der Ankunft des zweiten Dutzends Reiter änderten die Angreifer ihre Taktik: Sie zogen sich ein kleines Stück von den Quorrl zurück, wechselten Speere und Schwerter gegen ihre Bögen und eröffneten dann ohne Vorwarnung und gezielt das Feuer. Einer der beiden Quorrl-Kämpfer taumelte zurück, von gleich drei Pfeilen getroffen, verletzt, aber keineswegs kampfunfähig oder auch nur ungefährlich, während der andere seinerseits zum Angriff überging. Mit einer Schnelligkeit, die die Angreifer einem Wesen seiner

Größe augenscheinlich nicht zugetraut hätten, sprang er vor, stieß einen der Männer samt seinem Pferd zu Boden und schleuderte einen zweiten aus dem Sattel. Sein Ziel war der Satai mit dem goldenen Visier. Skar fragte sich, wie sich der Satai verteidigen würde. Er an seiner Stelle hätte sich beeilt, aus dem Sattel zu kommen. Die einzige Chance, dem Angriff eines Quorrl zu entgegnen, war Schnelligkeit.

Der Satai tat jedoch nichts dergleichen. Er zog nicht einmal sein Schwert, sondern ließ sein Pferd nur ein kleines Stück zur Seite tänzeln und gab seinen Begleitern einen Wink, und die Reiter warfen sich dem Quorrl entgegen. Der Kampf war hart, aber nur sehr kurz: Der tobende Gigant schmetterte zwei, drei Reiter aus den Sätteln und tötete ein Pferd durch einen Hieb mit der bloßen Faust, aber am Ende wurde er überwältigt und getötet.

Skar war verwirrt, gelinde ausgedrückt. Ein Verhalten wie das, das er gerade beobachtet hatte, war eines Satai nicht nur nicht würdig, es war im Grunde genommen *undenkbar*. Nicht in der Welt, die er kannte. Vielleicht hatte sich hier doch mehr verändert, als er auf den ersten Blick geglaubt hatte.

Auch der Kampf gegen die übrigen Quorrl war so gut wie vorüber. Die Reiter begingen nach wie vor nicht den Fehler, den Nahkampf mit den Giganten zu suchen, sondern hielten sie mit ihren Speeren auf Distanz, während ihre Kameraden aus sicherer Entfernung Pfeile und Armbrustbolzen auf sie herabregnen ließen. Der Anblick erfüllte Skar mit einem Zorn, der ihn im ersten Moment fast selbst erstaunte. Er war Krieger. Kampf und Tod gehörten so sehr zu seinem Leben wie der Wechsel zwischen Tag und Nacht. Aber das, was er hier beobachtete, war kein Kampf, sondern ein feiges Gemetzel. Es fiel ihm schwer, *nicht* aufzuspringen und dem unwürdigen Schauspiel ein Ende zu bereiten.

Es war jedoch ohnehin fast zu spät. Nur zwei Quorrl waren noch am Leben – ein Weibchen und der geschuppte Riese, der schon verletzt aus dem Wald gekommen war. Der Kreis aus Lanzenspitzen und Speeren hatte sich eng um sie geschlossen und auch der weibliche Quorrl blutete bereits aus zahlreichen, tiefen Wunden. Trotzdem hätten die Männer die beiden Quorrl längst niederschlagen können, wenn sie gewollt hätten. Sie spielten mit ihnen; ein grausames, durch und durch unwürdiges Spiel, das Skar die Zornesröte ins Gesicht trieb.

Er würde ihm ein Ende bereiten.

Als er sich hinter seiner Deckung aufrichtete, durchbohrte einer der Reiter den Hals des Quorrl-Weibchens mit seinem Speer. Der geschuppte Koloss brach zusammen, schlug die Hände gegen den Hals und begann schaumiges, hellrotes Blut hervorzuwürgen, und der zweite Quorrl warf sich mit einem schrillen Kreischen auf ihn. Seine Pranken fuhren mit sinnlosen, hektischen Bewegungen über Hals und Gesicht des Quorrl, als versuchte er die schreckliche Wunde irgendwie zu verschließen, aus der das Leben seiner Gefährtin heraussprudelte.

Der Anblick erfüllte Skar mit einer schwer in Worte zu fassenden Mischung aus Verwirrung und Mitleid. Er kannte Quorrl und wusste, dass sie mehr als die stumpfsinnigen, aggressiven Tiermenschen waren, die die meisten in ihnen sahen – aber er hatte sie niemals *so* erlebt.

Und es machte ihn wütend. Die Männer mochten ihre Gründe haben die Quorrl zu töten, aber niemand hatte das Recht ein anderes Lebewesen so zu quälen. Er trat mit einem entschlossenen Schritt hinter dem Felsen hervor und rechnete fest damit, spätestens jetzt die Aufmerksamkeit der Reiter zu erregen, aber keiner von ihnen nahm auch nur Notiz von ihm. Die Männer sprangen einer nach dem anderen aus den Sätteln und begannen die beiden Quorrl einzukreisen. Nicht einmal der Satai mit der Wolfsmaske bemerkte etwas von Skars Erscheinen, was Skar mit einem leisen Gefühl der Verwirrung erfüllte. *Er* an seiner Stelle *hätte* es gemerkt. Er hätte es *gespürt*.

Noch immer, ohne bemerkt zu werden, näherte er sich dem Kreis aus mittlerweile fast zwei Dutzend Bewaffneten, der sich um die beiden Quorrl gebildet hatte. Er machte sich nicht die Mühe irgendetwas zu sagen – dazu war er zu zornig –, sondern stieß den ersten Mann, der vor ihm stand, einfach zur Seite – gröber, als er selbst gewollt hatte, denn der Bursche stolperte zwei Schritte rückwärts und stürzte dann ungeschickt zu Boden. Zwei weitere Männer fuhren wütend herum und einer hob sogar seine Waffe. Dann aber teilte sich der Kreis vor ihm und an die Stelle von Ärger und Zorn auf den Gesichtern der Männer traten Überraschung und Schrecken, als sie erkannten, wen sie vor sich hatten. Offensichtlich verbreitete die Kleidung eines Satai noch immer einen gewissen Respekt.

Skar verschwendete nicht einmal einen Gedanken daran, sondern näherte sich mit schnellen Schritten den beiden Quorrl. Auch der zweite Schuppenkrieger war mittlerweile zu Boden gestürzt und blutete aus neuen, tiefen Wunden, von denen allerdings keine tödlich war. Die Angreifer hatten ohnehin Wert darauf gelegt, das Wesen nur zu verwunden, um seine Qual möglichst lange hinauszuzögern.

Er wandte sich dem zweiten Quorrl zu und stellte mit einem Blick fest, dass dieser nicht mehr zu retten war. Aus dem Schnitt in seiner Kehle lief noch immer hellrotes Blut, an dem er qualvoll erstickte. Aber Skar wusste auch, wie unglaublich zäh diese Geschöpfe waren. Sein Todeskampf konnte noch Stunden dauern. Skar zog sein Schwert, beugte sich vor und stieß dem sterbenden Quorrl die Klinge tief ins Herz. Es war ein Akt der Barmherzigkeit, das Einzige und Letzte, was er noch für dieses Geschöpf tun konnte. Trotzdem kam er sich vor wie ein Mörder.

Er trat zurück, schob das *Tschekal* mit einer ruhigen Bewegung wieder in die Hülle an seinem Gürtel und drehte sich ohne Hast herum. Der Ausdruck auf den Gesichtern der Männer war überall der gleiche: Verwirrung, Schrecken, hier und da vielleicht sogar eine Spur von Furcht. Vielleicht war etwas auf *seinem* Gesicht, was ihnen Angst machte.

Skar war sich darüber im Klaren, welches gewaltige Risiko er einging. Aus der Nähe betrachtet, erwies sich seine erste Einschätzung als richtig. Sie waren nicht mehr als Bauern, schlecht bewaffnet und vermutlich noch schlechter ausgebildet, wenn überhaupt, aber sie waren immerhin mehr als *zwanzig*. Selbst für ihn eindeutig zu viele. Wenn diese Männer ihn angriffen, hatte er kaum eine Chance. Er konnte nur darauf bauen, dass ihnen klar sein musste, dass er im Falle eines Kampfes noch etliche von ihnen töten würde, bevor es ihnen gelang, ihn zu überwältigen, und dass keiner von ihnen Lust hatte zu diesen *Etlichen* zu gehören.

»Was … warum habt Ihr das getan, Herr?«, fragte einer der Männer. Skar identifizierte ihn ohne Mühe als Anführer der Reiter: Er war groß, ausgesprochen muskulös und hatte ein brutales Gesicht, das allerdings von einem Paar erstaunlich intelligenter Augen beherrscht wurde. Die Art, auf die er das Wort *Herr* betont hatte, machte die Wahl des Begriffs zu purem Hohn.

Skar ignorierte sowohl die Frage als auch den Mann und wandte sich stattdessen direkt an den Satai mit der Wolfsmaske. Er war als Einziger nicht aus dem Sattel gestiegen, sondern beobachtete die Szene aus einiger Entfernung. Skar versuchte die Augen hinter den schmalen Schlitzen der goldenen Maske zu erkennen, aber sonderbarerweise gelang es ihm nicht. Hinter dem schimmernden Visier schien nichts als Dunkelheit zu herrschen.

»Was geht hier vor?«, fragte er. »Was haben euch diese Quorrl getan?«

Der Satai legte den Kopf auf die Seite und sah ihn weiter aus seinen unheimlichen, scheinbar pupillenlosen Augen an, und an seiner Stelle antwortete auch wieder der Reiter, der zuerst gesprochen hatte.

»Es sind nur Quorrl, Herr.«

»Und ihr wollt sie töten«, vermutete Skar. »Dann tötet sie. Aber quält sie nicht.«

Er konnte sehen, dass die Männer nicht einmal verstanden, wovon er überhaupt sprach. Und irgendetwas an der Haltung des Satai … änderte sich. Skar konnte nicht sagen, was, aber er spürte, wie sehr seine Worte den Reiter mit dem goldenen Visier überrascht hatten. Vielleicht hatte er einen Fehler gemacht. Skar mahnte sich in Gedanken selbst zur Vorsicht.

»Ich … verstehe nicht.« Der Mann zwang sich zu einem unsicheren, nervösen Lächeln, senkte hastig sein Schwert und deutete dann mit der freien Hand auf den zweiten Quorrl. »Wenn … wenn Ihr ihn töten wollt, Herr …«

»Nein, das will ich nicht«, antwortete Skar. Ein weiterer

Fehler. Er spürte es, noch bevor er die Worte ganz ausgesprochen hatte. Aber es war zu spät, um noch einen Rückzieher zu machen, und so fuhr er fort: »Ich komme von weit her. In meiner Heimat tötet man keine Quorrl, nur weil sie Quorrl sind.«

»Von weit her?« Die Stimme des Satai drang nur verzerrt hinter seinem Visier hervor, aber Skar entging der lauernde Ton darin trotzdem nicht. »Wie weit genau ist weit her? Wie ist dein Name?«

»Skar«, antwortete Skar. »Ich komme aus dem Süden. Ich war …«

Einer der Männer neben ihm stieß einen überraschten Laut aus. Skar bemerkte eine Bewegung aus den Augenwinkeln und fuhr herum, aber seine Reaktion kam zu spät. Sie alle waren für einen Moment abgelenkt und der Quorrl nutzte die verzweifelte Chance, die sich ihm bot. Mit einer Schnelligkeit, die selbst Skar überraschte, sprang er in die Höhe, stieß zwei, drei Männer gleichzeitig zur Seite und riss einen vierten als lebenden Schutzschild an sich. Mit einem gewaltigen Brüllen durchbrach er den Kreis der Belagerer, schleuderte seine zappelnde Last von sich und raste im Zickzack davon.

Mindestens ein halbes Dutzend Männer hoben ihre Bögen und Armbrüste und legten auf den flüchtenden Quorrl an, aber Skar kam ihnen zuvor: Er schlug einem der Männer die Waffe aus der Hand, stieß einen zweiten zu Boden und rannte hinter dem fliehenden Quorrl her.

Der Fluchtversuch des Schuppenkriegers war ebenso verzweifelt wie aussichtslos. Er bewegte sich schnell, für einen Quorrl, aber er war verletzt, und selbst wenn er es nicht gewesen wäre, hätte er keine Chance gehabt – es gab einfach nichts, wohin er fliehen konnte. Skar holte ihn ohne große Mühe ein, zog im Laufen das *Tschekal* aus dem Gürtel und schlug nach seinen Kniekehlen. Im letzten Moment drehte er die Klinge, sodass sie den Quorrl mit der stumpfen Seite traf. Der Hieb brachte den Quorrl aus dem Gleichgewicht und ließ ihn nach einem letzten, ungeschickten Stolperschritt zu Boden fallen, durchdrang die zähen Horn schuppen allerdings nicht. Der Quorrl fiel, rollte wimmernd auf die Seite und riss die Arme vor das Gesicht, und Skar war mit einem Satz über ihm, schleuderte seine Hände mit einem Fußtritt zur Seite und senkte die Schwertspitze auf sein Herz.

»Das wird jetzt wehtun«, zischte er. »Aber wenn du leben willst, dann spiel jetzt den Toten.«

Er stieß zu. Die Schwertklinge glitt fast ohne spürbaren Widerstand durch die schuppige Haut des Quorrl, durchdrang seinen Körper einen oder zwei Fingerbreit unterhalb des Herzens und trat zwischen seinen Schulterblättern wieder hervor. Das Wesen brüllte vor Schmerz, bäumte sich auf und griff im verzweifelten Todeskampf nach Skars Schultern. Seine Krallen hinterließen tiefe, blutige Schrammen auf Skars Armen. Selbst jetzt noch hätte er ihm ohne Mühe jeden Knochen im Leib brechen können. Das Geschöpf war doppelt so schwer wie ein Mensch und mindestens fünfmal so stark. Skar ging ein entsetzliches Risiko ein, dem Quorrl eine Chance zu lassen, und er wusste nicht einmal, warum.

Aber seine Rechnung ging auf. Statt ihn zu zermalmen, lockerte der Quorrl seinen Griff wieder. Seinen Hände fielen kraftlos herab und die schrecklichen Krallen, härter als Stahl, gruben sich knirschend in den Boden. Ein fassungsloser, durch und durch *ungläubiger* Ausdruck erschien in seinen gelben Reptilienaugen.

»Skar«, keuchte er kaum hörbar. »Du bist … Skar. Du bist zurück! Ich … wusste es!«

»Spiel mit, verdammt noch mal!«, zischte Skar. »Oder ich muss dich wirklich töten!«

Er war nicht einmal sicher, ob der Quorrl seine Worte überhaupt verstand. Sein Blick begann sich zu verschleiern. Seine Augen wurden dunkel vor Schmerz, aber unter der körperlichen Qual und dem Entsetzen war noch mehr, etwas Neues und Erschreckendes, das irgendetwas tief in Skar berührte und erschauern ließ. Er begriff weniger denn je, was hier vorging, aber ihm war plötzlich klar, dass diese Welt anders war als die, an die er sich zu erinnern glaubte, so vollkommen und radikal anders, wie es nur ging.

Hinter ihm wurden Schritte laut, das Geräusch von Metall und grobem Leder, die aneinander schlugen. Ihm blieb keine Zeit weiter mit dem sterbenden Quorrl zu reden. Skar zog das Schwert mit einem schnellen Ruck aus der Brust des Quorrl und drehte die Klinge im allerletzten Moment um eine Winzigkeit, sodass die Wunde heftiger zu bluten begann. Einen Menschen hätte er damit auf der Stelle getötet, aber er kannte die Anatomie der Quorrl gut genug, um zu wissen, dass das Geschöpf selbst diese Verletzung überleben konnte – mit ein wenig Glück. Der Quorrl spielte auf jeden Fall mit: Er bäumte sich auf, stieß ein letztes, qualvolles Röcheln aus und sank dann zurück.

Skar drehte sich schnell herum und trat den Männern entgegen, die ihm gefolgt waren; vier oder fünf, unter ihnen auch der Mann, den er als Anführer der Männer identifiziert hatte. Die anderen waren dort zurückgeblieben, wo sie die Quorrl niedergemacht hatten. Skar konnte nicht genau erkennen, was sie taten, aber er sah immerhin, dass einer von ihnen mit dem Satai sprach, wobei er heftig gestikulierte und in seine Richtung deutete. Etwas an der Art seiner Bewegungen gefiel ihm nicht. Schließlich machte der Satai eine entschiedene Geste und schüttelte den Kopf. Das Gespräch war beendet. Skar hatte die Worte nicht verstehen müssen, um zu wissen, dass es dabei um ihn gegangen war.

Einer der Männer, die ihm gefolgt waren, wollte an ihm vorbeitreten und sich dem verwundeten Quorrl nähern, aber Skar hielt ihn mit einer befehlenden Geste zurück.

»Was hast du vor?«, fragte er. »Willst du dich überzeugen, dass er auch wirklich tot ist?«

»Nein, Herr«, antwortete der Mann verwirrt. »Ich will nur …«

»Oder möchtest du ihn ein bisschen verstümmeln und seinen Leichnam schänden?« Skar legte bewusst einen sachten, aber unüberhörbaren Ton von Verachtung in seine Stimme. Er musterte den Mann kalt, schob das Schwert mit einem Ruck in den Gürtel zurück und flehte insgeheim, dass man ihm seine Nervosität nicht zu deutlich anmerkte. Er spielte mit dem Feuer, und das Schlimmste war, er spielte ein Spiel, dessen Regeln er nicht einmal kannte. Er hatte bereits mindestens einen schweren Fehler gemacht und vielleicht war das schon einer zu viel.

Ohne die Männer auch nur eines weiteren Blickes zu würdigen, ging er zum Rand der Gruppe zurück. Er konnte zwar hören, dass ihm einige von ihnen folgten, aber nicht, wie viele. Falls seine Rechnung nicht aufging und sie sich davon überzeugten, dass der Quorrl tot war, hatte er ein Problem. Schlimmstenfalls würde er sich darauf hinausreden müssen, einen Fehler begangen zu haben. Schließlich hatte er das Herz des Quorrl nur um einen knappen Zoll verfehlt. Er widerstand dem Impuls, einen Blick über die Schulter zurückzuwerfen, nur mit Mühe.

Der Satai mit der Wolfsmaske blickte ihm ruhig entgegen. Skar war ihm jetzt näher als gerade, aber es gelang ihm immer noch nicht, die Augen hinter den schmalen Sehschlitzen zu fixieren. Irgendetwas an ihnen war unheimlich.

»Das war beeindruckend«, begann er mit einer Geste auf den scheinbar toten Quorrl. »Du bist schnell. Aber auch ziemlich leichtsinnig. Du hättest dir leicht einen Pfeil einfangen können.«

»Ihr würdet einem Satai nicht in den Rücken schießen, oder?« Was stimmte nicht mit diesem Satai? Es waren nicht nur seine sonderbaren Augen. Etwas an seiner ganzen Erscheinung war … falsch.

»Das kommt ganz auf den Satai an.« Der Wolfsgesichtige legte den Kopf auf die Seite. »Wie, sagtest du gleich, war dein Name? Skar?«

»So ähnlich«, antwortete Skar bedächtig. »Nur etwas kürzer: *Ska.*«

»Mein Name ist Marna«, sagte der Wolfsgesichtige. Einen Moment lang herrschte Stille, dann drang ein kehliges, metallen verzerrtes Lachen hinter dem Visier hervor. »*Skarissa* Marna, um genau zu sein. Ich nehme an, das sagt dir nichts …«

»Sollte es?« Skar versuchte erneut die unwirkliche Dunkelheit hinter dem Wolfsvisier zu durchdringen, aber die gespannte Erwartungshaltung der anderen sagte ihm, dass ihn Name oder Titel beeindrucken sollten.

»Nicht unbedingt. Aber du scheinst wirklich von sehr weit her zu kommen. Hat man dort, wo du lebst, so großes

Mitleid mit Quorrl, dass man sein eigenes Leben riskiert, um ihnen einen gnädigen Tod zu gewähren?«

»Man hat Respekt vor dem Leben«, antwortete Skar. Er ignorierte die Frage, die sich in Marnas Worten verbarg. Er würde bestimmt kein Wort darüber verlieren, woher er kam. Er hatte schon viel zu viele Fehler gemacht. »Ich töte einen Feind, wenn ich muss. Aber ich quäle ihn nicht.«

»Und das sagt ein Satai? Ein Mann, der das Töten gelernt hat wie kein anderer?« Marna schüttelte den Kopf, aber Skar schwieg. Er würde sich dieses Gespräch nicht aufzwingen lassen. Nicht bevor er wusste, was mit diesem sonderbaren Satai nicht stimmte.

Statt zu antworten, fragte er: »Was ist hier passiert?«

»Ich hatte gehofft, dass du uns diese Frage beantworten könntest, *Ska*«, sagte Marna. Die Art, auf die er seinen angeblichen Namen betonte, war der reine Hohn. Skar ignorierte es.

»Ich muss Euch enttäuschen«, sagte Skar. »Ich kam zufällig vorbei. Als ich die Quorrl aus dem Wald brechen sah, habe ich mich versteckt. Dann kamt Ihr und Eure Leute … den Rest der Geschichte kennt Ihr.«

»Meine Leute?« Marna schüttelte den Kopf. »Roun und seine Miliz gehören nicht zu mir. Ich bin genau wie du *zufällig* vorbeigekommen. So sind wir Satai nun einmal. Aber das weißt du ja sicherlich. Suchst du Arbeit, *Ska*?«

»Wenn sie gut bezahlt wird.«

»Wenn du Geld brauchst, dann gehst du am besten mit Roun und seinen Männern. Ich bin sicher, dass sie gut für ein Schwert bezahlen, das sie und ihre Familien vor den Quorrl beschützt. Falls du dem *Ruf* folgen willst, dann komm zu uns.«

Marnas Stimme klang ruhig, fast beiläufig, aber vielleicht war es gerade das, was Skar alarmierte. Er spürte, dass von seiner Antwort viel abhing. Wenn nicht alles.

»Und wo finde ich Euch?«, fragte er.

»Roun wird dir den Weg zeigen«, antwortete Marna. »Er wird dir auch ein Pferd und warme Kleidung geben – nicht wahr, Roun?«

»Natürlich«, sagte Roun – ganz wie Skar vermutet hatte,

der Mann, der am Anfang das Wort ergriffen hatte. »Wir werden ihm das beste Pferd geben, das wir haben.«

»Wie schön«, antwortete Marna. Er klang gelangweilt. »Und jetzt sollten wir von hier verschwinden, bevor noch mehr von diesen Bestien auftauchen. Wenn ihr das Buch gefunden habt, dann gebt es *Ska* mit.«

Und damit riss er sein Pferd herum und sprengte ohne ein weiteres Wort davon.

3

Roun und seine Männer stammten aus einem Dorf, das eine halbe Stunde scharfen Trab östlich des Sturzes lag. Er und zwei seiner Begleiter waren zusammen mit Skar in die Sättel gestiegen und losgeritten, aber der größte Teil des Trupps war am Wasserfall zurückgeblieben – vermutlich, um nach dem *Buch* zu suchen, von dem Marna gesprochen hatte. Skar hatte sich gehütet danach zu fragen.

Er hatte überhaupt während des gesamten Rittes zurück ins Dorf sehr wenig gesprochen, dafür jedoch umso genauer zugehört und sich umgesehen. Die Landschaft hier war karg, hatte aber ihren eignen, schroffen Reiz und die zuerst spärliche und dann immer üppiger werdende Vegetation sah kräftig und gesund aus, so als wäre die Versorgung mit Wasser hier überhaupt kein Problem. Skar war sich nicht ganz sicher, ob er schon jemals hier gewesen war. Doch wenn, dann hatte sich die Gegend dramatisch verändert: Kleine Seen hatten sich in Senken gebildet, die merkwürdig frisch aussahen, und als sie einen schmalen Pfad zwischen ein paar zwergenhaften Kalypso-Bäumen hinabritten, erkannte er nicht weit entfernt zu seiner Rechten einen gigantischen Einbruch in der Landschaft, der aussah, als hätte ein unglaublich großer Riese zu fest aufgetreten.

Als sie aus dem Wald herauskamen und die Hand voll Hütten und einfacher Gebäude vor ihnen lag, wusste er bereits, dass Rouns Miliz tatsächlich die gesamte männliche Bevölkerung des Dorfes darstellte und dass sie in größerer Sorge gewesen waren, als sie zugeben mochten. Sie waren Marnas ausdrücklichem Befehl gefolgt, aber nun waren sie erleichtert ihr Dorf unversehrt und ihre Familien lebendig wieder zu sehen. Offensichtlich war das in dieser Gegend nicht unbedingt selbstverständlich.

Ihre Annäherung blieb nicht unbemerkt. Schon während sie den flachen Hang hinabgaloppierten, der den Waldrand von den ersten Häusern trennte, kamen ihnen einige Kinder entgegengelaufen, zu denen sich bald darauf auch noch etliche Erwachsene gesellten – Frauen, Alte, auch zwei oder drei Männer, die aber ausnahmslos verletzt oder krank zu sein schienen. Roun schien tatsächlich alle waffenfähigen Männer mitgenommen zu haben; eine ziemlich leichtsinnige Vorgehensweise, wie Skar fand.

Während Roun und seine beiden Männer absaßen und sein Pferd weiter am Zügel ins Dorf hineinführten – als Skar ebenfalls hatte absitzen wollen, hatte Roun so erschrocken den Kopf geschüttelt und dazu ein fast entsetztes Gesicht gemacht, dass er die Bewegung instinktiv nicht zu Ende geführt hatte –, musterte er den Ausdruck auf den Gesichtern der Dorfbewohner. Er entsprach im Großen und Ganzen dem, den er erwartet hatte: Neugier, Scheu, Bewunderung – vor allem bei den Kindern –, hier und da eine Spur von Abneigung und Neid, aber auch Furcht. Skar war all dies gewohnt, aber weder in dieser Ausprägung noch in dieser *Verteilung* der zum Teil widersprüchlichen Gefühle. Er war es gewohnt, dass die Menschen ihn fürchteten; nicht einmal so sehr ihn, sondern das, was er war.

Roun geleitete ihn zu einem Gebäude, das sich zusammen mit einem halben Dutzend anderer um einen halbkreisförmigen Platz im Zentrum des Dorfes gruppierte und vielleicht nicht das größte, aber eindeutig eines der besseren Häuser hier war – trotzdem war es eine ärmliche Hütte. Das roh errichtete Fachwerk war mit Stroh und Lehm verfüllt und das Dach mit Schindeln gedeckt, die mit sehr viel mehr gutem Willen als Können aus der Rinde eines Baumes herausgeschnitten worden waren. Als Skar absaß und das Haus betrat, kamen ihm eine junge Frau und zwei Kinder von kaum zehn Jahren entgegen.

»Deine Familie?«, fragte er.

Roun wartete, bis die Frau und die beiden Jungen außer Hörweite waren, ehe er nickte und seine einladende Geste wiederholte. »Meine Frau und meine beiden Söhne, ja. Aber sie werden Euch nicht zur Last fallen. Das Haus gehört Euch, solange Ihr unser Gast seid.«

»Und wenn ich mich entschließe zu bleiben?«

Roun ging mit schnellen Schritten an ihm vorbei und öffnete die Läden vor den Fenstern, ehe er antwortete. »Dann würde es Euch gehören, wenn Ihr es wünscht, Hoher Herr. Doch es gibt bessere Häuser hier. Wir könnten eine angemessene Unterkunft für Euch errichten.« Er drehte sich herum, lehnte sich gegen die Wand neben eines der beiden Fenster und verschränkte die Arme vor der Brust. »Aber Ihr werdet nicht hier bleiben, nicht wahr?«

Skar schloss die Tür und sah sich um – obwohl es wahrlich nicht viel zu sehen gab. Das Innere des Hauses entsprach vollkommen seinem äußeren Erscheinungsbild: Es war ärmlich. Der Boden bestand aus festgestampftem Lehm, in dem sich hier und da tiefe, zum Teil noch frische Kratzspuren zeigten; vermutlich von den Kindern im Spiel hinterlassen. Die Möbel mussten von dem gleichen wenig talentierten Handwerker angefertigt worden sein wie das Dach, und auch sie waren sehr armselig. Es gab einen Tisch, vier Stühle, eine offene Feuerstelle und ein Regal, das war alles. In der gegenüberliegenden Wand war eine niedrige, äußerst massive Tür, die ein wenig schief in den Angeln hing.

»Bitte urteilt nicht vorschnell, Hoher Herr«, sagte Roun. Skars Blick war ihm nicht entgangen und ganz offensichtlich war ihm der Eindruck peinlich, den seine Behausung hinterlassen musste. »Wir sind noch nicht lange hier.«

»Und ihr habt auch nicht vor lange zu bleiben«, vermutete Skar. Er wusste, wie hart und vor allem lang die Winter in diesem Teil des Landes waren. Dieses Haus machte nicht den Eindruck, als ob es einen solchen Winter überstehen konnte. So wenig übrigens wie der Rest des Ortes. Er hob die Hand, als Roun antworten wollte, und fügte in verändertem Tonfall hinzu: »Ich habe mich noch nicht entschieden, was ich tue. Im Moment bin ich einfach nur müde – und ein wenig hungrig. Könntest du mir etwas zu essen besorgen?«

»Selbstverständlich, Hoher Herr.«

»Und hör auf, mich ständig *Hoher Herr* zu nennen«, fügte Skar hinzu. »Ich habe einen Namen.«

Roun senkte den Blick und begann wie ein gescholtenes Kind mit den Füßen zu scharren. »Natürlich, Hoher ... *Ska*. Verzeiht. Es ist nur ... hier nicht üblich, einen Satai mit Namen anzusprechen.«

»Da, wo ich herkomme, schon«, murmelte Skar. Er machte zwei Schritte auf den Tisch zu, blieb dann wieder stehen und maß die Schemel davor mit einem so eindeutigen Blick, dass Roun hastig auf die Tür deutete und sagte: »Die Betten sind nebenan. Sie sind nicht luxuriös, aber bequemer als der Boden.«

Wenn Roun sie wie den Rest der Möblierung selbst gebaut hatte, dann bezweifelte Skar das. Er ersparte sich jedoch eine entsprechende Bemerkung, sondern ließ sich mit einem demonstrativ müden Seufzen am Tisch nieder und sah an seinem Gastgeber vorbei aus dem Fenster. Roun verstand und beeilte sich das Haus zu verlassen und die Tür hinter sich zuzuziehen. Trotzdem konnte Skar erkennen, dass sich in den wenigen Augenblicken seit ihrer Ankunft ein regelrechter Aufruhr vor dem Haus gebildet hatte. Der Anblick eines Satai gehörte hier offensichtlich nicht zum Tagesgeschehen.

Skar war froh einen Moment allein zu sein. Er hatte nicht einmal gelogen, als er behauptet hatte zu müde und zu hungrig zu sein, um eine Entscheidung zu treffen. Er hatte Antworten haben wollen, aber gefunden hatte er nur neue Fragen.

Was ihn am meisten verwirrte, war seine eigene Reaktion. Er hatte nicht reagiert, wie er erwartet hatte. Er hatte überhaupt nicht so gehandelt, wie er *es von sich gewohnt* war. Statt das Einzige zu tun, was überhaupt Sinn ergeben hätte – nämlich abzuwarten und zu beobachten, um so viele Informationen wie nur möglich zu sammeln –, hatte er sich in etwas eingemischt, von dem er weder wusste, worum es ging, noch, welche Rolle die daran Beteiligten spielten. Er hatte sein Leben riskiert, um einen *Quorrl* zu retten! Und er hatte nicht einmal darüber nachgedacht, sondern es einfach *getan*.

Verrückt.

Die Tür ging auf, aber es war nicht Roun, der zurückkam, um das verlangte Essen zu bringen. Stattdessen erkannte Skar nur eine schmale, sehr kleine Silhouette im grellen Gegenlicht, die zu einem vielleicht vierzehn-, oder fünfzehnjährigen Mädchen wurde, als sie das Haus betrat. Es hatte langes, glattes Haar und ein schmales Gesicht, das noch ein paar Jahre davon entfernt war, bald aber zu dem einer sehr schönen Frau werden würde. Selbst ein Blinder hätte erkannt, dass es Rouns Tochter war.

»Hallo«, sagte Skar.

Das Mädchen antwortete nicht, sondern sah ihn nur aus Augen an, die die Furcht dunkler erscheinen ließ, als sie waren. Noch größer allerdings war die Neugier, die darin glitzerte.

»Komm ruhig rein«, sagte Skar. »Ich fresse keine kleinen Mädchen. Jedenfalls heute nicht. Wie ist dein Name?«

»Esanna«, antwortete das Mädchen. »Ich bin ... Roun ist mein Vater.«

»Ich weiß.« Skar machte eine Geste zu Esanna, die Tür zu schließen und sich zu ihm an den Tisch zu setzen. Während sie gehorchte, warf er einen Blick an ihr vorbei nach draußen. Der Platz war wieder fast leer, obwohl erst einige Augenblicke vergangen waren. Vermutlich hatte Roun dafür gesorgt, dass sich die Menge zerstreute. Aber Skar konnte die Spannung regelrecht fühlen, die sich über dem kleinen Ort ausgebreitet hatte.

»Ich ... möchte Euch nicht stören, Herr«, begann Esanna

zögernd. Ihre Stimme schwankte ganz leicht. Sie hatte Angst vor ihrem eigenen Mut und bedauerte vermutlich längst überhaupt hergekommen zu sein. »Ich wollte nur …« Sie brach ab, streckte die Hand aus und zog den Arm wieder zurück, kurz bevor sie ihn berührt hätte.

»Darf … darf ich Euren Mantel berühren, Hoher Herr?«

»Wenn du aufhörst mich Hoher Herr zu nennen, ja.« Skar lächelte. »Mein Name ist Ska.«

»Skar?« Esannas Augen wurden groß. »So wie der Heilige Skar?«

»An mir ist nur sehr wenig Heiliges, fürchte ich«, seufzte Skar. »Mein Name ist *Ska*, nicht Skar. Mein Vater hat wohl nicht geahnt, was er mir antat, als er mir diesen Namen gab.«

»Es ist ein sehr berühmter Name«, antwortete Esanna.

»Nicht dort, wo ich herkomme. Er hat mir bisher mehr Ärger als Vorteile eingebracht.« *Wen glaubte er mit dieser Geschichte zu überzeugen? Sie klang ja sogar in seinen eigenen Ohren lächerlich.* Nicht einmal dieses Kind hätte sie ihm geglaubt, wäre es nicht von seinem Erscheinen und seinem Schwert so beeindruckt gewesen, dass es praktisch keinen klaren Gedanken fassen konnte.

Esanna streckte abermals die Hand aus und sah ihn fragend an. Als Skar nickte, führte sie ihre Bewegung zu Ende und strich scheu mit den Fingerspitzen über seinen Mantel. »Darf ich … Euer Schwert berühren, Herr?«, fragte sie.

»Gern«, antwortete Skar lächelnd. »Verrätst du mir auch, warum?«

»Es heißt, es bringt Glück, das Schwert eines Satai zu berühren«, sagte Esanna.

»Nicht jedem«, sagte Skar. »Glaub mir, Kind, nicht jedem.«

Esannas Gesicht spiegelte einen Moment lang Verwirrung wieder, dann aber siegte ihre kindliche Neugier und sie zog die schmale Klinge aus schwarzem Sternenstahl aus ihrem Futteral an Skars Gürtel. Obwohl sie fast so groß wie er und trotz ihres schlanken Wuchses eigentlich kräftig war, musste sie beide Hände zu Hilfe nehmen und es fiel ihr sichtbar schwer, die Waffe nicht fallen zu lassen. Der Anblick amüsierte Skar, aber er führte ihm auch vor Augen, wie groß die Kluft zwischen ihnen war. Sternenstahl war nicht nur unzerstörbar, sondern auch schwerer als jedes andere Metall, das Menschen jemals geschaffen hatten.

»Sei vorsichtig«, sagte Skar. »Es ist sehr scharf.«

»Und sehr schwer.« Esanna runzelte die Stirn. »Es ist kein Blut daran. Mein Vater hat erzählt, dass Ihr einen Quorrl damit erschlagen habt.«

»Nichts haftet an diesem Metall«, antwortete Skar. »Und es rostet auch nicht.«

»Das ist Sternenstahl, nicht wahr?« Esannas Stimme war der Stolz auf ihr eigenes Wissen deutlich anzuhören. »Manche sagen, dass die Götter selbst es von den Sternen geschickt haben.«

»Ja, das sagt man.« Skar nahm dem Mädchen das *Tschekal* aus der Hand und schob es wieder in seine Scheide zurück. »Und andere wieder behaupten, dass unsere Vorfahren selbst es von den Sternen mitgebracht haben.«

»Unsere Vorfahren?« Esanna blinzelte. »Wie können sie zu den Sternen gereist sein? Es sind nur Lichter am Himmel. Und außerdem wohnen die Götter dort oben.«

»Vielleicht ist dieser Unterschied gar nicht so groß, wie du meinst.« Skar stand auf und ging ein paar Schritte, um seinen Kreislauf in Schwung zu bringen. Während er mit dem Mädchen sprach, hatte sich eine Schwere in seinen Gliedern ausgebreitet, die ihm missfiel. Er hatte einen anstrengenden Tag hinter sich und durfte müde sein, aber nicht *so* müde. Irgendetwas stimmte nicht mit ihm.

»Dieses Schwert.« Esanna deutete auf den ziselierten Griff des *Tschekal.* »Werdet Ihr es benutzen?«

»Nur wenn ich muss.«

Esanna schüttelte den Kopf. »Das meine ich nicht. Um uns zu verteidigen.«

»Verteidigen?« Skar blieb stehen. »Gegen wen?«

»Gegen die Quorrl. Mein Vater hat gesagt, dass Ihr hier seid, um dem *Ruf* zu folgen. Aber er will Euch trotzdem bitten für eine Weile hier bei uns zu bleiben.«

»Dein Vater hat dir vor allem gesagt, dass du nicht hierher kommen und unseren hohen Gast belästigen sollst.« Roun schob die Tür mit dem Fuß hinter sich zu, bedachte seine Tochter mit einem strafenden Blick und trug das Tablett zum Tisch, das er mit hereingebracht hatte. Es enthielt eine Schale mit Fleisch, mehrere Scheiben dünn geschnittenen schwarzen Brotes und einen Becher Wein. Ohne ihn probieren zu müssen, wusste Skar, dass er dünn und viel zu süß war.

»Bitte verzeiht meiner Tochter, Herr. Sie hat ...«

»... mich bestens unterhalten«, sagte Skar, während er Esanna verschwörerisch zublinzelte. »Ich sollte dir böse sein, dass du sie mir vorenthalten hast, Roun. Sie ist ein sehr aufgewecktes Kind.«

Roun lächelte nervös und deutete auf das Tablett. »Euer Essen, Herr.« Er schien geradezu krampfhaft darum bemüht zu sein, das Thema zu wechseln. Der Grund dafür war nicht besonders schwer zu erraten.

Skar nahm wieder Platz, schlug seinen Mantel zurück und begann ohne sonderlichen Appetit zu essen. Er war hungrig, aber er musste sich trotzdem beinahe zwingen jeden einzelnen Bissen herunterzuwürgen. In seinem Mund war noch immer der gleiche schlechte Geschmack, mit dem er am Morgen aufgewacht war.

»Es schmeckt Euch nicht, Herr«, sagte Roun, nachdem er ihm eine Weile schweigend zugesehen hatte.

»Das Essen ist gut«, erwiderte Skar. »Es liegt nicht daran, sondern an mir.« Er schob das Tablett davon, obwohl er kaum die Hälfte des Fleisches und gerade eine Scheibe Brot verzehrt hatte; wenige Bissen, die seinen Hunger mehr geweckt als gestillt hatten. Trotzdem spürte er, dass er nichts mehr herunterbekommen würde. Er wiederholte noch einmal in Gedanken, was ihm schon längst klar war: Irgendetwas stimmte nicht mit ihm. Andererseits: Für einen Mann, der eigentlich tot sein sollte, befand er sich in einer erstaunlich guten Verfassung.

»Seid Ihr krank?«, erkundigte sich Roun besorgt.

»Wahrscheinlich nur müde«, antwortete Skar. »Ich war lange unterwegs. Alles, was ich brauche, ist ein wenig Ruhe. Selbst ein Satai wird dann und wann einmal müde.«

»Ihr könnt hier bleiben, so lange Ihr wollt«, sagte Roun. »Es ist uns eine Ehre, Euch Unterkunft zu gewähren.«

»Und während ich mich ausruhe, könnt ihr weiter versuchen mich zum Bleiben zu überreden.« Skar lächelte matt. »Erzähl mir etwas über euch, Roun. Ihr seid noch nicht lange hier, nicht wahr?«

»Wir sind Digger«, antwortete Roun. »Man findet viel *Kaol* in der Nähe des Sturzes.«

Skar hatte weder eine Ahnung, was ein Digger war, noch Kaol. Aber er hütete sich eine entsprechende Frage zu stellen. Er benahm sich ohnehin schon auffälliger, als gut war. Stattdessen sagte er: »Und eine Menge Quorrl.«

Roun fuhr ganz leicht zusammen und unterdrückte im letzten Moment ein nervöses Lächeln.

»Lassen wir es gut sein«, sagte Skar. »Ich bin müde. Vielleicht setzen wir das Gespräch fort, wenn ich mich ausgeruht habe.«

»Selbstverständlich, Herr«, sagte Roun hastig. »Verzeiht. Ich wollte Euch nicht bedrängen.«

Skar verdrehte innerlich die Augen, aber er widersprach nicht mehr. Dafür war er viel zu müde. Er hatte mit einem Mal Mühe Rouns Worten zu folgen, ja, selbst die Augen offen zu halten. Um nicht auf der Stelle einzuschlafen, stand er auf und machte ein paar Schritte durch den Raum, aber es half nicht viel. Seine Glieder fühlten sich an wie mit Blei gefüllt.

»Ist … alles in Ordnung mit Euch, Herr?«, fragte Roun. Skar sah ihn nicht an, aber allein der Ton, in dem er die Frage stellte, machte deutlich, dass mit ihm *nicht* alles in Ordnung war.

Er schüttelte den Kopf, doch schon diese kleine Bewegung war zu viel. Ihm wurde schwindelig. Er wankte, machte einen Schritt und streckte hastig die Hand aus, um sich an der Tischkante fest zu halten; hätte er es nicht getan, wäre er vermutlich gestürzt. Alles drehte sich um ihn.

»Herr?« Rouns Stimme klang jetzt nicht mehr besorgt. Sie hörte sich *panisch* an.

»Es ist … wirklich alles in Ordnung«, murmelte Skar. Jedenfalls vermutete er, dass er es tat; ganz sicher war er nicht. Das Zimmer drehte sich noch immer um ihn herum und, wie es ihm vorkam, sogar noch schneller. »Ich bin einfach nur … müde. Sehr müde.«

So müde, dass er nicht einmal mehr registrierte, wie Roun ihn am Arm ergriff und ins Nebenzimmer führte.

Skar träumte wieder und diesmal war es ein gestaltloser, düsterer Traum; keine Bilder aus seiner Vergangenheit, sondern ein dunkles Chaos, durch das er trieb und in dem er sich ebenso zu verlieren drohte, wie es ihn aufzusaugen schien; wenn dieser Traum eine Botschaft enthielt, dann blieb sie ihm verborgen.

Er erwachte in Schweiß gebadet, mit hämmerndem Puls und dem schon gewohnten, üblen Geschmack auf der Zunge. Es war schlimmer geworden. Skar schluckte, um den Geschmack loszuwerden, erreichte damit aber nur das Gegenteil. Das widerliche Gefühl überstieg die Grenzen zu echter körperlicher Übelkeit und für einen Moment musste er all seine Willenskraft aufbieten, um sich nicht zu übergeben.

Erst danach öffnete er die Augen.

Er befand sich in einem kleineren Raum mit niedriger Decke, der Roun und seiner Familie offenbar zugleich als Schlaf- und Vorratskammer diente: Es gab einfache Schlafplätze direkt auf dem nackten Boden sowie ein bis unter die Decke reichendes Regal, das einfach zusammengezimmert war – Skar nahm mit einem flüchtigen Lächeln zur Kenntnis, dass man Rouns Handwerkskunst tatsächlich auf den ersten Blick erkannte – und bis zur Decke voll gestopft: Säcke, Bündel, Kisten, Flaschen und Töpfe, Bündel mit Kleidung und einfaches Werkzeug. Offenbar lagerte in diesem Regal die gesamte Habe Rouns und seiner Familie.

Skar richtete sich behutsam weiter auf. Roun hatte gesagt, dass sie erst seit einigen Monaten hier waren, was den unfertigen Zustand seines Hauses erklärte. Anscheinend hatten sie allerdings auch nicht vor, allzu lange hier zu bleiben.

Er streifte die Decke ab, stellte ohne große Überraschung fest, dass man ihn ausgezogen hatte, und sah sich nach seinen Kleidern um. Sie lagen, ordentlich zusammengelegt, auf der anderen Seite des »Bettes« auf dem Boden. Als Skar sich vorbeugte und die Hand danach ausstreckte, fiel ihm eine Anzahl blutunterlaufener dunkler Stellen auf seinem Unterarm auf, die gestern noch nicht da gewesen waren. Überrascht zog er den Arm zurück, ballte die Hand zur Faust und bewegte prüfend den Arm und das Handgelenk. Seine Bewegungsfreiheit war nicht eingeschränkt und die dunklen Flecken auf seiner Haut schmerzten auch nicht, fühlten sich aber sonderbar taub an, als er mit der Hand darüber tastete.

Skar stand vollends auf, trat ans Fenster und unterzog seinen Körper einer genauen Inspektion. Er entdeckte weitere Flecken auf seinen Armen und Beinen und einige wenige auch auf seiner Brust. Möglicherweise war er krank. Das würde auch seine ungewohnte Müdigkeit und den permanent schlechten Geschmack in seinem Mund erklären. Skar war besorgt; mehr vielleicht, als er sich selbst gegenüber zugeben wollte. Andererseits konnte er momentan an seinem Zustand ohnehin nichts ändern; und *wenn* es eine Krankheit war, dann schien sie zumindest im Moment nicht lebensbedrohlich zu sein. Er würde mit Roun darüber reden. Sobald er ihm ungefähr fünftausend andere Fragen gestellt hatte.

Er hob seine Kleider auf, zog sich in aller Hast an und machte dabei eine weitere verwirrende Entdeckung: Der Boden bestand hier genau wie in dem Raum, in dem er gestern gewesen war, aus festgestampftem bloßem Erdreich, war aber an zahlreichen Stellen aufgebrochen und zerwühlt; als hätte jemand noch vor kurzem darin gegraben. Roun hatte ihm zwar erzählt, dass er und seine Leute Digger waren, aber Skar konnte sich kaum vorstellen, dass er in seinem eigenen Schlafzimmer grub. Geschweige denn, wonach.

Er ließ sich in die Hocke sinken, nahm ein wenig Erde auf und zerrieb sie zwischen Daumen und Zeigefinger. Sie fühlte sich normal an, verströmte jedoch einen einzigartigen, strengen Geruch, der so etwas wie das Echo einer Erinnerung in ihm wachrief. Er kannte diesen Geruch, konnte sich aber im Moment nicht erinnern, woher.

Als er sich wieder aufrichtete, ging die Tür auf und Roun kam herein. Er trug noch dieselben Kleider wie gestern und der Müdigkeit auf seinem Gesicht nach zu schließen, hatte er sie wohl aus dem einfachen Grund nicht gewechselt, weil er in der vergangenen Nacht nicht geschlafen hatte.

»Guten Morgen, Herr ... *Ska*«, begann er. »Bitte verzeiht, aber ich habe Geräusche gehört und ... und wollte nachsehen, ob Ihr schon auf seid.«

»Wie du siehst.« Skar schloss die silberne Spange, die seinen Mantel über den Schultern hielt, und lächelte Roun zu. Er fragte sich, ob der Ausdruck in Rouns Augen nur Müdigkeit war oder vielleicht auch Sorge. Und wenn ja, weshalb.

»Wie ... fühlt Ihr Euch heute, Ska?« Roun *war* besorgt und er hatte sich nicht annähernd gut genug in der Gewalt, um sich diese Sorge nicht anmerken zu lassen. Sein Blick wich dem Skars aus, tastete nervös durch den Raum und blieb einen Moment lang an einer Stelle unmittelbar neben ihm haften. Skar folgte ihm und stellte fest, dass Roun den zerwühlten Fleck im Boden anstarrte. Er wirkte irritiert. So als sähe er ihn zum ersten Mal.

»Ich bin nicht ganz sicher«, antwortete Skar. »Der Schlaf hat mir gut getan, aber ...«

Er zuckte mit den Schultern, überlegte einen kurzen Moment und kam dann zu dem Schluss, Roun vorerst nichts von den sonderbaren Flecken auf seiner Haut zu erzählen. Er hatte das sichere Gefühl, dass sein Gastgeber im Augenblick ganz andere Sorgen hatte.

»Dann ... können wir miteinander reden?« Roun riss seinen Blick fast gewaltsam von der Stelle neben Skars Füßen los und sah ihm mit einiger Mühe direkt in die Augen.

»Genau darum wollte ich dich auch gerade bitten.« *Was ging hier vor? Roun hatte Angst. Aber wovor?*

Sie verließen den Raum. Das Haus war leer, aber Roun – vermutlich wohl eher seine Frau – hatte ein Frühstück vorbereitet und allein der Anblick ließ Skar spüren, wie hungrig er war. Ohne ein weiteres Wort ließ er sich am Tisch nieder und begann mit einem Appetit zu essen, der nicht nur ihn selbst überraschte, sondern auch Roun zu einem fragenden Stirnrunzeln veranlasste. Er stellte jedoch keine entsprechende Frage, sondern geduldete sich, bis Skar seine Mahlzeit beendet hatte.

»Wie ich sehe, hat es Euch geschmeckt.«

»Hervorragend«, sagte Skar, was der Wahrheit entsprach. »Mein Kompliment an deine Frau. Sie ist eine hervorragende Köchin … ich muss doch kein schlechtes Gewissen haben?«

»Wir haben genügend zu Essen«, antwortete Roun. »Und die Gastfreundschaft ist unser oberstes Gebot.«

»Für das ihr aber die eine oder andere Gegenleistung erwartet«, vermutete Skar. Er lächelte, um seinen Worten ein wenig von ihrer Schärfe zu nehmen, hielt Roun dabei aber scharf im Auge.

»Gastfreundschaft existiert um ihrer selbst willen«, erwiderte Roun in einem Ton schlecht gespielter Empörung.

Skar seufzte. »Lass uns nicht länger um den heißen Brei reden«, sagte er. »Was genau wollt ihr von mir?«

»Ihr seid ein Satai, Herr«, antwortete Roun, fast als wäre dies Erklärung genug. Vielleicht war es das, in seinen Augen.

»Ich weiß«, sagte Skar. »Man kann es auch anders ausdrücken: Ich bin ein Krieger. Habt ihr vor einen Krieg zu führen?«

Er sah an Rouns Reaktion, dass er den falschen Ton gewählt hatte. Die Rolle des Satai schien sich nachhaltig verändert zu haben. In der Welt, die er kannte, waren sie ein Symbol für Gerechtigkeit und Ordnung. Man hatte ihnen Respekt gezollt. Doch mittlerweile schienen sie eher Angst und Schrecken zu verbreiten.

»Wir brauchen jemanden, der uns beschützt, Herr«, antwortete Roun. Etwas leiser, aber in eindeutig hastigem Tonfall, fügte er hinzu: »Wir können bezahlen. Gut bezahlen.«

»Ich brauche kein Geld«, sagte Skar.

Roun machte ein eindeutig enttäuschtes Gesicht. »Ihr werdet dem Ruf folgen, um mit Marna und seiner Streitmacht in die Schlacht gegen die Quorrl zu ziehen.«

»Das habe ich noch nicht entschieden«, antwortete Skar. Was zum Teufel hatte dieser Marna vor? Einen Vernichtungsfeldzug gegen die Quorrl? »Erzähl mir etwas über euch. Ihr braucht Schutz. Vor wem?«

Schon wieder die falsche Frage. Diesmal wirkte Rouns Blick nicht verwirrt. Er sah eindeutig erschrocken aus.

»Vor … den Quorrl, Herr«, sagte er nach einer Weile. Er sah Skar an, als zweifele er an seinem Verstand und vermutlich tat er es auch. Zumindest begann er sich zu fragen, was für einen sonderbaren Satai er da eigentlich in seinem Haus beherbergte.

»Natürlich«, sagte Skar. »Die Quorrl sind überall ein Problem. Ich dachte nur, dass es hier nicht so schlimm wäre. Immerhin bin ich nicht der einzige Satai in diesem Teil des Landes.«

Für einen Moment änderte sich der Ausdruck auf Rouns Gesicht auf eine Weise, die Skar nicht zu deuten vermochte. Dann lächelte er traurig. »Marna«, sagte er. »Ihr kommt wirklich von sehr weit her, scheint mir. Ich verstehe.«

»Wie schön«, sagte Skar. »Aber ich nicht.« Er machte eine entsprechende Geste, als Roun antworten wollte. »Wie du selbst schon gesagt hast: Ich komme von weit her und weiß wenig über das, was in diesem Teil der Welt vorgeht.«

»Das … das mag sein«, sagte Roun hastig, für Skars Geschmack sogar ein bisschen zu hastig. »Es ist nur so … uns bleibt nicht mehr allzu viel Zeit. Die Quorrl … sie rotten sich zusammen.«

»Was heißt das: Sie rotten sich zusammen?«, fragte Skar alarmiert. Er dachte an den halb toten – oder besser gesagt: fast toten – Quorrl, den er dort draußen irgendwo in der steinigen Wüste hatte liegen lassen. Es war merkwürdig, dass ihm dieser Gedanke fast entglitten war. Vielleicht hatte das etwas mit seiner *Krankheit* zu tun, mit dieser Veränderung, die sich über seinen ganzen Körper ausgebreitet hatte wie die ersten Anzeichen eines nahenden Zusammenbruchs, den Vorboten von Vernichtung und Tod. »Hast du Angst, dass sich die Quorrl dafür rächen wollen, weil ihr ihre Freunde niedergemacht habt?«

»Nein«, sagte Roun, wobei ihm anzusehen war, dass ihm das Wort Freunde in Zusammenhang mit Quorrl mehr als nur befremdete. »Wie sollen sie sich rächen wollen, wenn sie nicht wissen, wer ihre Artgenossen zur Strecke gebracht hat?«

Skar nickte mühsam. Den Quorrl am Leben gelassen zu haben, konnte sich als kapitaler Fehler erweisen, aber es war nichts, was sich jetzt noch ändern ließ und auch nichts, was er hätte ändern *wollen*, selbst wenn er es gekonnt hätte. »Wie weit ist die nächste Quorrl-Siedlung entfernt?«

»Ich weiß nicht genau, wo diese Tiere hausen«, sagte Roun achselzuckend. »Ich weiß nur, dass wir sie nicht gewähren lassen können. Das Ungeziefer muss ausgerottet werden, bevor es uns zur Gefahr wird.«

»*Ungeziefer*!« Skar spuckte das Wort geradezu aus. »Das ist eine etwas ungewöhnliche Bezeichnung für eine machtvolle Kriegerkaste.«

Roun sah ihn an, als hätte er einen Idioten vor sich. »Es sind Tiere«, sagte er dann stockend. »Aber ich denke … wir sollten das Gespräch zu einem anderen Zeitpunkt fortsetzen. Ich muss mich um die Vorbereitung der nächsten *Erweckung* kümmern.«

Skar verspürte einen raschen Anflug von Ärger in sich, hinderte Roun aber nicht daran, aus der Hütte zu stürmen, als wäre ihm eine ganze Hundertschaft Quorrl auf den Fersen. Offensichtlich hatte er den Anführer der Digger vollkommen aus dem Konzept gebracht. Das war kein Wunder. Roun glaubte miterlebt zu haben, mit welcher grausamen Eleganz der fremde Krieger zwei Quorrl getötet hatte – dass es ihm um Menschenwürde und das Leben eben eines dieser Quorrl gegangen war, konnte er ja nicht wissen – und musste nun miterleben, dass sich der Satai in seinen Augen vollkommen widernatürlich für die geschuppten Giganten einsetzte.

Aber das war jetzt nicht weiter wichtig. Es wurde Zeit, dass er wieder die Initiative ergriff. Er hatte gehofft, dass er von den Diggern mehr über sich erfahren könnte, nur um begreifen zu müssen, dass ihn nichts aber auch gar nichts mit diesen Leuten hier verband. Doch so, wie er jeden Gedanken an seinen eigenen schrecklichen Tod durch die Hand seines ehemals besten Freunds verdrängt hatte, hatte er versucht den wahren Grund seines Hierseins zu leugnen, und für eine Weile war ihm dies sogar gelungen; erstaunlich gut sogar. Zu behaupten, dass etwas mit ihm nicht stimmte, wäre eine maßlose Untertreibung gewesen. Er war ein lebender Toter, gelenkt von jemandem – *etwas* – das ihn vielleicht sogar dazu getrieben hatte, den Quorrl zu retten wider jede Vernunft und wider jede Vorsicht, die einem Krieger in einer vollkommen fremden Situation mehr als angeraten war.

Wenn dieses *Etwas* glaubte ihn in der Hand zu haben, hatte es sich getäuscht. Vielleicht konnte es ihn mühelos töten, so wie er gedankenlos eine Fliege zerquetschen konnte. Vielleicht waren die dunklen Flecken auf seinen Armen und Beinen eine Warnung, die Schwäche, die ihn gestern fast niedergerungen hatte, nichts als Sendboten einer fremden Macht, gedacht ihn daran zu erinnern, dass ihn jederzeit der Strudel der Vernichtung mit hinabziehen konnte. Aber die Drohung zog nicht. Der Tod hatte schon Jahre vor seinem Ableben den Schrecken für ihn verloren, ja, war ihm sogar als milder Freund erschienen im Vergleich zu dem, was der böse Bruder aus ihm gemacht hatte, der *Wächter*, der sich in ihm eingenistet hatte und den er nicht anders losgeworden war als durch seinen eigenen Tod, durch diese Verzweiflungsaktion Dels, der ihn in einem wahnsinnigen Kampf mit vorbestimmtem Ende geradezu zerfleischt hatte.

Nur, damit er jetzt wieder erweckt wurde, um einer unbekannten Macht zu dienen? Das war geradezu lächerlich. Nein, seine Stärke war nicht die eines Satai, sie war die Stärke eines wieder erwachten Toten, der seine Vernichtung nicht fürchtete, keinen Schmerz und kein Leid – denn all das waren ihm treue Weggefährten gewesen und würden es weiterhin sein, wenn es sein musste. Und wenn er jetzt innerlich verfaulte? Wenn diese dunklen Stellen so etwas wie Leichenflecken waren und er am lebendigen Leib verrottete?

Er wischte den Gedanken mit einer ärgerlichen Handbewegung beiseite, öffnete die Tür und trat hinaus. Was er sah, gefiel ihm nicht: Dichte Nebelwolken hatten sich erstickend über die ärmlichen Häuser gelegt. Wie eine herabstürzende Wolke lag der Nebel auf dem Dorf, grau und wogend und von unheimlich flackerndem Leben erfüllt; selbst die Häuser auf der anderen Seite des Dorfplatzes waren nur als blasse Schemen erkennbar. Ein Schwall warmer, nach Feuchtigkeit und brennendem Holzfeuer riechender Luft schlug ihm entgegen und schien ihn ersticken zu wollen, ließ jeden Atemzug zur Qual werden.

Aber das war nicht alles, was ihn beunruhigte. Mochte er auch Tod und Verletzung nicht fürchten, so verfügte er doch über die Reflexe und Instinkte des geborenen Kriegers, der keinen Vorteil aus der Hand gibt, wenn er nicht muss, und der eine Gefahr erspürt, bevor sie greifbar wird. Und *hier* war Gefahr, hier lauerte Tod und Verderben. Mit gespannten Sinnen trat Skar einen weiteren Schritt vor und lauschte in das graue, verschlingende Nichts hinein.

Kein Zweifel: Das leise, kaum wahrnehmbare Geklirr, das nervöse Schnauben mehrerer Pferde, das fast unhörbare Geraune und Getrappel – im Schutz des Nebels braute sich etwas unheilvoll zusammen. Skar begriff, wie blind und hilflos die Menschen hier waren. Kein Krieger würde sinnlose Diskussionen mit Fremden führen, wenn er übermächtige Feinde in der Nähe weiß und sich selbst im Nebel gefangen sieht. Wenn er Roun und die Digger richtig einschätzte, würden sie es trotz der unheilvollen Witterung versäumen doppelte Wachen aufzustellen und kein Mensch würde hier auf die Idee kommen alles für einen Abwehrkampf vorzubereiten, Gräben zu ziehen, Barrikaden aufzubauen und Fallen zu errichten.

Hinter ihm war etwas. Leise Schritte, die kaum den Boden zu berühren schienen. Skar wirbelte herum, die Hand auf den Griff seines *Tschekals*, bereit im gleichen Augenblick die fürchterliche Waffe aus geschliffenem Sternenstahl zu ziehen.

»Habe ich dich erschreckt?«, fragte Esanna. Das Mädchen lächelte leicht, als mache ihr die Vorstellung Spaß den mächtigen Krieger bei einer Unvorsichtigkeit zu ertappen.

»Wo ist dein Vater?«, fragte Skar barsch, und als Esanna nur verständnislos den Kopf schüttelte, fuhr er fort: »Bring mich sofort zu ihm!«

»Warum?«, fragte Esanna. »Ist etwas passiert?«

»Das kann man wohl sagen.« Skars Stimme bekam einen unangenehm metallischen Klang. »Wenn mich nicht alles täuscht, werden wir gleich Besuch bekommen. Ungebetenen Besuch.«

»Woher willst du das denn wissen?«

»Hörst du es nicht?«, fragte Skar leise. »Die vielen kleinen Geräusche? Wenn es nicht eure Leute sind, die dort im Nebel unterwegs sind, dann, fürchte ich, sind es Quorrl.«

Esanna legte den Kopf schief und lauschte. »Da ist etwas«, sagte sie zögernd und mit einem Mal wirkte sie sehr ängstlich. »Es ... da ... ein Klirren ...«

»Und?« Skar packte sie grob bei der Schulter. »Sind es deine Leute – oder ist das jemand anders?«

»Du meinst«, stammelte Esanna, während sie sich unter Skars Griff wand, »die *Quorrl*!«

Das letzte Wort hatte sie fast geschrien. Und trotzdem antwortete ihr auch jetzt noch nichts, nicht der fragende Ruf eines Wächters, nicht das Trampeln von Füßen, das davon kündete, dass der geschriene Name des Todfeinds einen Alarm ausgelöst hatte, einfach nichts.

Skar ließ das Mädchen los. Er hatte zu fest zugedrückt und Esanna krümmte sich vor Schmerzen, während sie gleichzeitig versuchte vorwärts zu taumeln. »Selbst wenn es stimmt ...«, stammelte sie, »sie bereiten die Erweckung vor ... wir dürfen sie jetzt keinesfalls stören! Das heilige Kaol muss von der Gemeinschaft erweckt und bereitet werden – auf dass es uns nähre und uns Kraft gibt unseren Feinden zu trotzen!«

Skar seufzte. »Zu irgendwelchen Spielchen fehlt uns die Zeit, Kind. Wenn wir sie nicht rechtzeitig warnen, ist das Dorf dem Untergang geweiht.«

Esanna starrte ihn einen Herzschlag lang blass und verstört an, dann nickte sie. »Hier entlang, Herr«, sagte sie und deutete nach vorne auf eine Hütte, die größer war als alle anderen, ein massiver Schemen im verschlingenden Nebel. »Aber du darfst auf keinen Fall das Wort ergreifen.«

Skar hatte keine Ahnung, wovon sie sprach, aber das war im Moment auch nicht weiter wichtig. Er folgte dem Mädchen, das mit kleinen, trippelnden Schritten, aber erstaunlich schnell auf die Eingangstür zulief und sie atemlos aufriss.

Der Anblick übertraf alle seine Erwartungen. Männer und Frauen standen vor roh gezimmerten Tischen, auf denen

Schaufeln, Spaten, Hacken und anders Ausgrabungsgerät sorgfältig ausgebreitet waren, dazwischen Säckchen und andere Behältnisse mit irgendetwas, was er nicht erkennen konnte. In dem Raum herrschte ein unglaublicher Gestank; eine scheußliche, atemberaubende Ausdünstung von fast stofflicher Beschaffenheit, die sich ekelhaft klebrig über sein Gesicht und seine Atemwege zu legen schien. Es war gleichzeitig Tod und Verwesung, was er dort mit jedem Atemzug in sich aufnahm, wie auch etwas auf vollkommen falsche Weise Lebendiges und nur mit Mühe schüttelte er die Vorstellung ab, dass etwas über die Atemwege von ihm Besitz zu erlangen versuchte.

Die Menschen in dem Raum wandten sich langsam und mit fast grotesk verzögerten Bewegungen zu ihm um, so als müssten sie sich erst überzeugen, dass ein Eindringling es wagte, sie in ihrer selbstvergessenen Prozedur der *Erweckung* zu stören. Skar erkannte einige der Männer und Frauen unter ihnen wieder, die am Tag zuvor Jagd auf die Quorrl gemacht hatten und andere, die er beim Eintritt ins Dorf bemerkt hatte, aber es waren auch nicht wenige dabei, die er noch nie zu Gesicht bekommen hatte und die so sonderbar, ja teilweise abscheulich aussahen, dass es ihm erst einmal die Sprache verschlug.

Einer von ihnen war der Mann, der direkt an der Tür und mit dem Rücken zu ihm gestanden hatte, und sich nun vollends zu ihm umdrehte. Er war völlig missgestaltet. Augen und Nase schienen ein gutes Stück nach unten gerutscht zu sein und dabei an Größe zugenommen zu haben, doch wo die Stirn und das rechte Ohr sein sollten, wucherte ein Fladen aus grauem, nässendem Fleisch, dessen Ausläufer so weit bis zur Kopfmitte wucherten, dass sie von seiner einfachen Kopfbedeckung nur unvollkommen verdeckt wurden. Auch einige anderen Menschen wiesen Missbildungen auf, hatten Verwachsungen oder eine rötlich entzündete Haut, verdrehte Gesichtsproportionen, geschwollene Gliedmaßen oder ebenfalls Fladen nässenden Fleischs im Gesicht.

»Was bringst du den Fremden hierher?«, fragte Roun, der wie selbstverständlich in der Mitte des Raumes stand. »Er hat hier nichts verloren.«

»Aber ... die Quorrl«, sagte Esanna hilflos. »Er meint, sie könnten uns angreifen.«

»Na klar, Kindchen«, sagte eine dickliche Frau, während sie etwas Unförmiges unter dem Tisch verschwinden ließ, dessen Aussehen Skar nur entfernt erahnen konnte, »sie könnten uns jederzeit angreifen. Aber diese Tiere trauen sich nicht an uns heran. Sie haben Angst vor uns.«

Fast war Skar geneigt ihr zu glauben. Der Mann mit den verrutschten Augen und der nach unten wuchernden Nase trat einen weiteren Schritt auf ihn zu und er konnte seinen stinkenden Atem riechen. Er wusste nicht, wie ein Quorrl auf ihn reagieren würde, aber er selbst empfand mit Sicherheit eines: Ekel. Angewidert schob er den Mann ein Stück von sich fort, wobei er, als er ihn an den Armen packte, ein merkwürdig glibberiges Gefühl hatte, so als wäre da gar nicht lebendiges Fleisch unter den Ärmeln der armseligen Jacke, sondern irgendetwas anderes.

»Aber es ist Nebel«, sagte Esanna verzweifelt. »Begreift ihr denn gar nicht? Sie könnten sich unbemerkt an uns anschleichen. Der Posten auf dem Felsen würde sie nicht einmal sehen, wenn sie direkt vor ihm stünden.«

Wenn er überhaupt noch lebt, dachte Skar. Er fühlte eine merkwürdige Art der Unruhe in sich. Es war fast etwas wie eine *Vorfreude*, wie die Genugtuung, dass nun endlich das Unglück über diese Menschen und teilweise abscheulichen Kreaturen hereinbrechen würde, dass sie das bekommen würden, was ihnen zustand – ein Gefühl, das so heftig war, dass es ihn erschreckte und gleichzeitig abstieß.

»Quorrl greifen an, wenn wir in kleinen Gruppen diggen«, sagte Roun mürrisch. »Nur deswegen brauchen wir Schutz. Aber wie ich sehe, ist der Hohe Herr eher damit beschäftigt, uns hinterherzuschnüffeln.«

»Ich hoffe, ihr habt mehr als nur eine Wache aufgestellt«, Skars Lippen verzogen sich geringschätzig, »denn es könnte sein, dass euer Dorf gerade umzingelt wird. Ich würde es nicht darauf ankommen lassen, sondern sofort alle zusammentrommeln.«

»Und du meinst, du hast anschleichende Quorrl gehört, während wir alle nichts davon mitbekommen haben?«, fragte Roun spöttisch. »Für wie dumm hältst du uns eigentlich, solche Lügengeschichten aufzutischen? Wenn du mich fragst«, er sah sich Beifall heischend in der Runde um, »willst du uns nur ausspionieren.«

Ein zustimmendes Gemurmel ging durch den Raum und die eine oder andere Hand wanderte in einer mehr oder weniger bewussten Geste an einen Messergurt, zu einem Holzknüppel oder was sich sonst noch als Waffe gebrauchen ließ. Wäre die Situation nicht tatsächlich bedrohlich gewesen, hätte Skar wahrscheinlich laut aufgelacht. Die Männer und Frauen in diesem Raum hier taten das, was er schon dutzende Male erlebt hatten: Sie rotteten sich gegen einen Fremden zusammen, weil sie ihn für das Übel verantwortlich machten, für das sie doch nur selbst etwas konnten. Draußen waren die Quorrl wahrscheinlich gerade dabei, die Bewohner am Rande des Dorfs auszulöschen, und diese Idioten hatten nichts Besseres zu tun, als sich mit einem Satai anzulegen, dessen Gebeine eigentlich schon seit vielen Jahren vermodern sollten.

»Du kannst denken, was du willst, Roun«, sagte Skar ruhig. »Ich habe deine Gastfreundschaft genossen und dafür danke ich dir. Als dein Gast ist es meine Verpflichtung, dich vor drohendem Unheil zu bewahren – und das habe ich hiermit getan. Weitere Verpflichtungen habe ich nicht und darum werde ich jetzt gehen. Allerdings nicht, ohne dir einen letzten Rat zu geben: Nimm deine Leute hier und den Rest eurer Familien und versteckt euch in den Wäldern, bis der ganze Spuk vorbei ist.«

Roun lachte unsicher auf. »Du hast den Verstand verloren, *Hoher Herr*. Auf ein bloßes Wort von dir sollen wir unser Dorf räumen? Selbst wenn die Quorrl kämen: Was sollten diese Bestien schon gegen uns ausrichten? Wir sind *Menschen* und ihnen schon alleine deswegen haushoch überlegen.«

»Und deswegen lag dir so sehr an meiner Hilfe?«, fragte Skar. Er erschrak ein wenig, als er hörte, wie fremd und hart seine Stimme klang, aber einmal begonnen, konnte er nicht mehr aufhören. »Mach dir nichts vor, Roun. Die Schuppenkrieger überrennen euch schneller als ihr bis fünf zählen könnt. Und ich fürchte, sie haben schon damit begonnen.«

Roun schenkte ihm einen finsteren Blick. »Dann müssten wir sie ja eigentlich hören, deine Reptilienfreunde.«

»Wie dumm bist du eigentlich?«, schnaubte Skar. »Sie schleichen sich im Schutz des Nebels an euer Dorf an. Was würdest du denn machen, wenn du eine feindliche Siedlung überfallen wolltest? Etwa laut schreiend um das Dorf herumhüpfen, bis jeder Depp merkt, was da vorgeht?«

»Du willst mich doch wohl nicht mit diesen Monstern vergleichen?« Rouns Hand legte sich auf seinen Schwertgriff, während sich der Kreis der Leiber immer enger um ihn schloss – und damit auch um Skar. »Ich habe langsam genug von deinem Gerede. Du schwafelst uns die Ohren voll, wie hochanständig die Quorrl sind, wie wichtig es ist, diesen Tieren einen ehrenhaften Tod zu gewähren – *ehrenhafter* Tod für diese Fischgesichte! –, und jetzt platzt du mitten in unsere Vorbereitungen zur nächsten *Erweckung* herein mit der Behauptung, sie wären gerade dabei, sich geschickt wie eine Gruppe Satai an uns anzuschleichen, um uns dann meuchlings zu ermorden!«

»Genauso ist es«, sagte Skar schroff. Es war offensichtlich ein Fehler gewesen, den halsstarrigen Digger warnen zu wollen, zumal er sich gar nicht sicher war, welche Seite hier im Recht war: Quorrl oder Digger. Das schlampig zusammengezimmerte Digger-Dorf machte jedenfalls nicht den Eindruck, als ob es schon jahrelang an diesem Ort stand. Es sah eher so aus, als ob es schnell und unter Zeitdruck errichtet worden war, nichts weiter als eine provisorische Unterkunft, damit die Digger ihrer Lieblingsbeschäftigung nachgehen konnten: der Suche nach irgendetwas, das sie für so wichtig hielten, dass sie ihr ganzes Leben danach ausrichteten. Wenn sie dabei dem Quorrl-Gebiet zu nahe gekommen waren und dazu noch glaubten, auf die Schuppenkrieger Jagd machen zu müssen, war es eigentlich nur legitim, dass sich die Reptilienmänner mit allem zur Wehr setzten, was sie hatten.

Und das war nicht gerade wenig.

Aber da war noch etwas anderes. Esanna, beispielsweise,

ein junges Mädchen, hineingeboren in diese Welt, ohne die Chance zu entscheiden, ob es die für sie passende war. Das Mädchen stand dicht neben ihm und er konnte ihre Erregung spüren, das Unverständnis, mit dem sie den Streit verfolgte, hatte sie doch genauso wie Skar die verräterischen Geräusche der Angreifer gehört und wusste, dass es jetzt auf jede Sekunde ankam, falls sich ein Trupp geschuppter Kolosse ans Dorf anschlich, um sie alle im Handstreich zu überrennen. Sie stand stellvertretend für die anderen Kinder und die unschuldigen Frauen und Männer, die in ihren Hütten von der gewalttätigen Flut geschuppter Leiber überrascht werden würden, um allesamt niedergemetzelt zu werden. Skar wusste aus eigener bitterer Erfahrung nur zu gut, dass die Quorrl keine Gefangenen machten, ja, im Gegenteil, dass sie auch Kinder mit derselben Erbarmungslosigkeit töteten, für die sie auf ganz Enwor bekannt waren.

»Spar dir deinen Atem«, fuhr Skar dennoch fort, während er langsam das Gewicht nach hinten verlagerte. »Ich werde dich nicht länger belästigen.«

»Nicht so hastig, Hoher Herr«, sagte Roun. Die Männer und Frauen um ihn herum wirkten mit einem Mal wacher und sprungbereiter als noch vor Sekunden. Es erschien Skar beinahe so, als ob dieses Kaol, das diese Menschen möglicherweise wie eine Droge konsumierten, nicht nur ihre Körper deformierte, sondern auch ihre Sinne und ihren Verstand durcheinander brachte. Statt gutmütiger Dorfbewohner sah er sich launischen Bestien gegenüber und er begriff, dass ein einziger Wink Rouns genügen würde, um sie zu einem Angriff zu bewegen.

Doch vielleicht hatte er diese Menschen auch grundlegend falsch eingeschätzt, vielleicht hatte das Kaol sie bereits vor langer Zeit so tiefgreifend verändert, dass sie sich ganz anders verhielten, als er es von Menschen ihres Schlags gemeinhin erwartete. Oben auf der Klippe, als sie die Quorrl verfolgten, hatte er sie für einfache Bauerntölpel gehalten, denen es mit mehr Glück als Verstand gelungen war, eine kleine Gruppe der Geschuppten vor sich herzujagen. Doch offensichtlich hatte er sein Urteil zu vorschnell gefällt. Zwar waren die Digger keine ausgebildeten Krieger, aber sie waren erfahrene Kämpfer, die über das Wichtigste verfügten, was einer Gruppe Stärke verlieh: Kampfbereitschaft und Zusammenhalt.

»Vater, bitte«, sagte Esanna. »Ich habe es auch gehört. Da draußen ist etwas … jemand.«

»Ja, mein Kind«, sagte Roun geistesabwesend. »Darum werden wir uns kümmern, wenn wir mit dem da fertig sind.«

Die Warnung in seiner Stimme war unüberhörbar. Es wurde mit einem Mal sehr still in dem großen, dunklen Raum, so still, dass ihm selbst das Knacken und Knistern der roh gezimmerten Hütte unerträglich laut erschien. Skars Hand kroch wie von selbst zum Griff seines *Tschekals* und umfasste das harte, kalte Metall, das Versprechen des schnellen Todes für alle, die den Fehler machen würden ihm in einem plumpen Angriff zu nah zu kommen. »Ich werde jetzt gehen«, sagte er betont langsam, »und ich würde euch raten, mich in Frieden ziehen zu lassen.«

»Du hast dein Gastrecht verwirkt«, sagte Roun eisig. Eine steile Falte erschien auf seiner Stirn, als müsse er sich darauf konzentrieren, die richtigen Worte zu finden, die Entschuldigung dafür, dass sie gleich über ihn herzufallen gedachten. »Du hast uns verraten an unsere Todfeinde. Und jetzt drohst du uns mit ihrem Angriff.«

Das war eine mehr als freie Interpretation der Ereignisse, aber das Schlimme daran war: Vollkommen Unrecht hatte Roun nicht. Wenn es wirklich eine Schar Quorrl-Krieger war, die sich da draußen anschlich – und dessen war sich Skar so sicher, dass er seinen rechten Arm darauf verwettet hätte –, dann konnte es durchaus sein, dass sie durch den von ihm verschonten Schuppenkrieger auf die Spur der Digger gekommen waren. Keine sehr angenehme Vorstellung, aber nichts, was Rouns Verhalten in irgendeiner Art rechtfertigte.

»Nichts liegt mir ferner als eine Drohung«, sagte Skar. Die explosive Stimmung in dem Raum behagte ihm immer weniger. Aus den Augenwinkeln heraus bemerkte er die tausend kleinen Anzeichen eines bevorstehenden Angriffs, die Verlagerung der Haltung, den Griff zur Waffe, das Anspannen von Armen und Beinen, und er fragte sich besorgt, ob es ihm gelingen würde, den Raum ohne Blutvergießen zu verlassen. Die Tür war kurz hinter ihm, das war sein Vorteil, aber zu seiner Linken und Rechten standen ein paar Männer und Frauen, die während des Wortwechsels fast unmerklich näher gerückt waren. Alles, was er tun musste, war nach hinten zu springen und gleichzeitig ein paar der traurigen Gestalten zurückzustoßen, damit er in der Verwirrung entkommen konnte.

Doch was würde dann aus Esanna und den anderen werden, die er hilflos dem Angriff der Quorrl überließ? Er fühlte sich nicht als Beschützer der Armen und Schwachen, hatte in harten Jahren lernen müssen, dass es oft um mehr ging als um das Leben oder Wohlergehen weniger Menschen, dass es ganz andere Zusammenhänge waren, die über Wohl oder Wehe eines Dorfes, einer Stadt, eines Landstrichs oder gar ganz Enwors entschieden. Und doch war es etwas anderes, wenn ein vor Lebendigkeit sprühender junger Mensch neben ihm stand, ein Mädchen, das *Angst* hatte, das gerechtfertigterweise einen grauenvollen Tod fürchtete durch eine Horde Ungeheuer, die es auf sie, das ganze Dorf und vielleicht sogar alle Digger abgesehen hatten; es war etwas anderes, weil er Esanna durch einen schmachvollen Rückzug mehr gefährden würde, als wenn er den Kampf mit ihrem Vater auf sich nahm, um diesen alten Narren davon zu überzeugen, dass nur rasche Flucht ihn und die anderen noch zu retten vermochte.

Dieser Mischmasch von Gedanken und Gefühlen ließ ihn zögern, schwächte seine Aufmerksamkeit für den Bruchteil einer Sekunde. Es war Pech, dass Roun gerade in diesem Moment das Zeichen zum Angriff gab und dass Skar das Zeichen nicht gleich als solches erkannte: ein kurzes Hochziehen der Augenbrauen. Die drei, vier Digger, die direkt neben ihm waren, sprangen ansatzlos nach vorne. Ein flüchtiges Aufblitzen, der Lichtreflex an einer Messerklinge und Skar wusste, wo er zuerst zupacken musste: Er packte das Handgelenk des Angreifers, drehte es mit einem brutalen Ruck herum. Das Messer sauste pfeilgleich durch den Raum und bohrte sich irgendwo weiter hinten in ein Holzbrett.

Die kurze Aktion hatte einem anderen die Gelegenheit

gegeben in Skars Rücken zu gelangen. Zwei kräftige Arme umklammerten seinen Brustkorb und versuchten ihn zusammenzudrücken. Skar sprengte seinen Griff mit einer kurzen, ärgerlichen Handbewegung und schlug ihm den Handrücken ins Gesicht. Der Mann taumelte rückwärts, wild mit den Armen um sich schlagend, und riss dabei ein paar andere Angreifer mit, die ihm den Rückzug zur Tür abschneiden wollten, was ihnen durch eben dieses wüste Manöver sogar zu gelingen schien, denn in dem Durcheinander wild rudernder Arme, Beine und Leiber war kein Durchkommen, es sei denn, er zog sein *Tschekal* und hieb sich den Weg frei.

Seine Gegner kannten weniger Skrupel. Mit gezogenem Schwert stürzte sich der Mann mit dem deformierten Gesicht auf ihn; seine sowieso schon viel zu großen Augen schienen geradezu aus seinem Gesicht zu quellen, als er zum alles entscheidenden Schlag ausholte. Skar hatte nicht vor es so weit kommen zu lassen. Er sprang nach vorne, warf sich dem Mann in den Arm, packte ihn und schleuderte ihn in seine Kumpane. Ein Aufschrei aus einem Dutzend wütender Kehlen antwortete ihm. Die Digger hatten sich in einen Mob verwandelt, der nur noch ein Ziel kannte: zu vernichten, zu töten, auszulöschen. Plötzlich verstand Skar, wie es ihnen gelungen war, die Quorrl vor sich herzutreiben. Diese Menschen hier waren nicht bei Verstand, wenn sie kämpften, es waren Bestien, Straßenkötern ähnlich, die nicht eher abließen, bis sie ihre Beute zerfleischt hatten.

Er kam nicht dazu, den flüchtig aufschießenden Gedanken weiterzuverfolgen. Von allen Seiten drangen sie jetzt auf ihn ein, mit Schwertern, Stöcken, Äxten und was sonst sich auch immer als Waffe gebrauchen ließ. Skar begriff, dass sie es ihm nicht so einfach machen würden, hier wieder lebend rauszukommen. Der Instinkt des Kriegers zwang ihn dazu, alle bewussten Gedanken aus seinem Geist auszublenden und nur noch ums nackte Überleben zu kämpfen. Er ließ sich nach unten gleiten und zog noch im Fall sein *Tschekal*.

Einer der Männer schien dieser schnellen Bewegung folgen zu können; der Satai hatte den flüchtigen Eindruck eines vollkommen zerstörten Gesichts mit geradezu grotesken Proportionen, einer riesigen Nase und eines vor Feuchtigkeit sabbernden Fladens, der sich quer über sein Gesicht zog. Für einen endlosen Augenblick trafen sich ihre Blicke, und es war der Blick des Missgetalteten, der Ausdruck der flackernden Augen in seinem verhärmten Gesicht, der ihn schließlich dazu brachte, alle Hemmungen fallen zu lassen. Der Mann, der sich mit gezogener Waffe auf ihn stürzen wollte, schrie gellend auf, als ihn die Waffe aus geschliffenem Sternenstahl durchschnitt; er ließ sein eigenes Schwert fallen und stürzte dicht neben Skar schwer zu Boden. Der Satai rollte sich ab, stieß mit der Schulter die dicke Frau beiseite, die bei ihrem Eintritt in die Hütte Esanna mit *Kindchen* angeredet hatte, und kam mitten im Raum wieder auf die Füße.

Die Digger wurden von seiner blitzschnellen, kaum wahrnehmbaren Aktion vollkommen überrascht. Die Hälfte von ihnen bildete ein dichtes Knäuel im Türbereich, in dem sie ihren Gegner noch immer vermuteten. Etliche von ihnen drehten sich mit einem ungläubigen Ausdruck auf ihren Gesichtern zu ihm um. Die Bewegungen seiner Gegner erschienen Skar von bizarrer Langsamkeit, als müssten ihre Glieder einen unsichtbaren, zähen Widerstand überwinden. Doch er wusste, dass es eine Täuschung war. Er selbst bewegte sich mit katzenhafter Geschicklichkeit und Geschwindigkeit und die Digger sich wie ein schwerfälliges Ungeheuer; doch sobald der Mob seine Bewegungen koordiniert hatte, würde er wie eine Sturmflut über ihn kommen – wenn er es so weit kommen ließ.

Die ersten Männer und Frauen stürmten mit merkwürdig ausdruckslosen Gesichtern auf ihn zu. »Bleibt an der Tür«, schrie Roun über den Kampflärm hinweg. Insgeheim addierte Skar einen weiteren Pluspunkt für den Mann: Wenn es sein Ziel war, ihm das Verlassen das Raumes unmöglich zu machen, musste er in der Tat dafür sorgen, dass ihm der Ausgang weiterhin versperrt blieb. Was der Digger allerdings nicht wissen konnte, war, dass Skar keineswegs vorhatte, den Raum auf dem üblichen Weg zu verlassen.

Es gab schließlich noch die Wand.

Sternenstahl hatte den Vorteil Holz wie Butter durchschneiden zu können. Zwei, drei wuchtige Hiebe und das morsche Gebälk würde so weit nachgeben, dass er diesen verfluchten, stinkenden Raum verlassen konnte.

Er hatte jedoch nicht damit gerechnet, dass bereits jemand anders auf den gleichen Gedanken gekommen war. Während er einen Digger mit einer kraftvollen Armbewegung beiseite schleuderte und einen anderen mit einem wuchtigen Hieb seines Schwertknaufs ausschaltete, wurde er von einer berstenden Explosion geradezu nach vorne geschleudert. Die ganze Seitenwand hinter ihm brach mit einem wahnsinnigen Getöse in sich zusammen; eine alles verschlingende Staub- und Dreckwolke wirbelte auf, Holzsplitter surrten durch die Luft, Männer und Frauen wurden von einer unglaublichen Wucht nach vorne gestoßen und stürzten schreiend zu Boden und ein Balken fiel so unglücklich auf einen Digger, dass der Mann wie von einer Axt gefällt und mit blutüberströmtem Kopf zusammenbrach. Das alles ging so schnell, dass Skar seine schwungvolle Vorwärtsbewegung nicht mehr abbremsen konnte: sein *Tschekal* donnerte nun vollkommen sinnlos in die gegenüberliegende Wand und schnitt einen meterlangen Streifen in die wacklige Konstruktion hinein, die durch den Zusammenbruch des anderen Seitenteils bereits der Vernichtung preisgegeben war.

Es war wie ein Traum, ein böser, grausamer, nicht enden wollender Traum, aber er war von fürchterlicher Realität und es dauerte nur Sekunden, aber sie dehnten sich zu Ewigkeiten der Qual. Das ganze klapprige Gebäude bebte, Strohpartikel rieselten vom Dach herab, gefolgt von Latten und Steinen, die wohl als Beschwerung gedient hatten und nun zu Geschossen wurden. Menschen duckten sich unter dem gefährlichen Hagel, warfen Waffen beiseite, um ihre Gesichter mit Händen und Armen zu schützen oder krochen unter die Tische, die einen, wenn auch sehr zweifelhaften Schutz vor dem Grauen boten. Schrecklicher aber noch als das Bersten, Splittern und Zusammenkrachen waren die Alptraumgestalten, die die Zerstörung ausgelöst hatten. Es waren mehrere Quorrl, drei, vier, fünf der Giganten, die mit wahnsinniger Geschwindigkeit den Raum stürmten und mit ihren Zackenschwertern eine furchtbare Schneise von Tod und Vernichtung schnitten. Die geschuppten Kolosse hatten gar nicht vor sich auf einen Kampf einzulassen, sondern führten eine vollkommen neue Variante davon vor, wie man ein Gebäude stürmen konnte: Mitten durch die Wand auf der einen Seite rein und auf der anderen Seite raus.

Ihre Geschwindigkeit war so hoch, dass Skar es gerade noch schaffte herumzuwirbeln, aber nicht mehr sein Schwert in Position bringen konnte – das sich unglücklich in der Wand verklemmt hatte und sich nur mit einem kräftigen Ruck wieder befreien ließ –, wodurch er dem Quorrl, der quasi durch ihn und die Wand wieder ins Freie stürzen wollte, nur passiven Widerstand entgegensetzen konnte; er steppte im letzten Moment beiseite, sodass der beiläufig und dennoch wuchtig geführte Hieb der Quorrl-Waffe ihn nur mit der stumpfen Seite streifte und zu Boden taumeln ließ.

Dann waren die Quorrl auch schon an ihm vorbei. Ohne merklich an Geschwindigkeit zu verlieren, durchbrachen die Kolosse, doppelt so schwer wie Menschen und mindestens fünfmal so stark, die zweite Wand und versetzten so dem Gebäude den endgültigen Todesstoß. Holz, Steine, Metallteile, Späne regneten auf Skar hinab; ein wahrer Splitterregen ergoss sich über ihn und alle anderen, die es nicht rechtzeitig geschafft hatten, sich unter den Tischen in vorläufige Sicherheit zu retten. Doch dann folgten auch schon die größeren Stücke und Holzbalken und stürzten mit grausamer Wucht hinab und aus dem Schutz der Tische wurden Todesfallen mit zusammenknickenden Beinen und Tischplatten, die mit grausamer Wucht auf die Schutzsuchenden prallten. Binnen weniger Augenblicke glich die Mitte des Raums einem Hexenkessel aus schreienden Menschen, herabstürzendem Baumaterial, dichten Staubschwaden und absoluter Hoffnungslosigkeit. Wer konnte, sprang durch eine der Öffnungen ins Freie, hinein in den grauen Nebel, nur weg aus dem Chaos von Tod und Verderben, das so unglaublich schnell hier Einzug gehalten hatte, dass niemand Zeit gehabt hatte auch nur einen einzigen klaren Gedanken zu fassen.

Skar hatte Glück im Unglück: So nahe der Stelle, an der

die Quorrl die Wand durchbrochen hatten, waren keine schweren Trümmer niedergegangen. Er kam mit einer schnellen Bewegung in eine sprungbereite Hockstellung hoch; wie von selbst stießen seine Finger das *Tschekal* in die Schwertscheide zurück, der Reflex des Kriegers, der seine Waffe schützen will und muss, um jederzeit gegen einen wie auch immer gearteten Feind antreten zu können. Gerade, als er sich vollends aufrichten wollte, um wie die überlebenden Digger fluchtartig das zusammenstürzende Gebäude zu verlassen, hörte er neben sich einen Aufschrei, einen spitzen, entsetzten Laut, der trotz des Chaos um ihn herum an ihn herandrang und ihn zögern ließ.

Es bedurfte nur eines kurzen Blicks, um zu erkennen, wer dort geschrien hatte: Es war Esanna. Das Mädchen lag kaum zwei Fuß von ihm entfernt, ein undeutlicher Schemen inmitten einer Staub- und Partikelwolke, die es fast gänzlich einhüllte. Die Beine des Mädchens waren von etwas eingeklemmt, was wie der zerborstende Rest eines Dachbalkens aussah. Mit einem Schritt war Skar bei ihr. Ein Digger, der an ihm vorbeitaumelte in Richtung der vermeintlichen Rettung – also dorthin, wo die Quorrl verschwunden waren –, starrte ihn einen Augenblick aus weit aufgerissenen Augen an und hob dann die mit einem Schwert bewehrte Hand, als wollte er Skar mit einem einzigen Schlag in zwei Stücke spalten. Aber dann taumelte er weiter, ohne auch nur den Versuch eines Angriffs unternommen zu haben.

Skar beugte sich zu Esanna herab. Es blieb ihm nicht mehr viel Zeit, streng genommen gar keine mehr, denn das Gebäude schien nun den Widerstand gegen die mutwillige Zerstörung aufgeben zu wollen, um dann endgültig einzustürzen und zuvor als ersten Sendboten der totalen Zerstörung den Rest der Dachkonstruktion auf all die herabzuschicken, die sich noch nicht in Sicherheit hatten bringen können. Ohne zu überlegen, ging Skar in die Hocke, packte Esanna am Handgelenk und sprang im gleichen Moment schon wieder auf; das Mädchen wurde wie eine Puppe hochgerissen und der Rest des Balkens rutschte von ihren Füßen. Ein fürchterliches Krachen im noch verbliebenen Gebälk über ihnen kündete die nächste Schuttlawine an. Skar brauchte nicht nach oben zu sehen, um zu wissen, dass er die wenigen Meter bis zur zerstörten Wand kaum noch zurücklegen konnte, bevor er und das Mädchen von den herabfallenden Trümmern erschlagen wurden. Er setzte zu einem gewaltigen Sprung an, der sie mit einem Schritt aus der Gefahrenzone bringen sollte, doch im selben Moment ging ein massiver Querbalken vor ihm krachend nieder, gefolgt von einer Flut weiterer schwerer Holzteile. Skar bremste seine Bewegung gerade noch rechtzeitig ab, um nicht mitten in die hinabstürzenden Trümmer hineinzulaufen, die sie andernfalls beide zweifelsohne zerschmettert hätten, schlug einen Haken und setzte dann, immer noch Esannas Handgelenk fest umklammernd, über den Trümmerhaufen hinweg.

Keinen Augenblick zu früh. Hinter ihnen stürzte das größte Gebäude des Dorfes wie ein Kartenhaus in sich zusammen; der Rest des Dachs krachte mit einer Reihe gewaltiger Explosionen auf den Boden, gefolgt von den wenigen Stützbalken, die die bereits zerstörten Wände noch halbwegs in ihrer Position gehalten hatten. Ein mehrfaches Wummern, dumpf und erschreckend laut für eine solche instabile Konstruktion, erschütterte den Boden, und dann folgte eine aufgewirbelte Staub- und Dreckwolke, die sich über die Trümmer ausbreitete, als wollte sie das Ausmaß der Zerstörung vor neugierigen Blicken verbergen.

Doch das war absolut nicht nötig, denn wie ein erstickendes Leichentuch hing der Nebel über dem Tal und machte es unmöglich, viel mehr als nur die Hand vor Augen zu erkennen. So sehr sich Skar auch anstrengte, das feuchte Grau zu durchdringen, hatte er doch kaum einen anderen Ansatzpunkt zur Orientierung als die Kampfgeräusche, das Wimmern und Schreien überall um sich herum und er begriff, dass die Quorrl die systematische Vernichtung des Dorfes mit der ihnen eigenen Gründlichkeit und Grausamkeit zu Ende führen würden, egal, wie viel erbitterten Widerstand die Digger auch zu leisten bereit waren.

Was ihn selber aber nicht aus der Gefahrenzone brachte. Er hatte nur zwei, drei Sekunden lauschend dagestanden, dann lief er wieder los, ohne die mittlerweile sich sträubende Esanna loszulassen, aber auch ohne sich ihr zuzuwenden, um zu überprüfen, wie es ihr ging; dafür würde gleich Zeit sein, wenn er den Kampftumult erst einmal hinter sich gelassen hatte. Es war mehr ein Gefühl als ein bewusstes Wahrnehmen, das ihn dazu brachte, sich nach links zu wenden und damit direkt an mehreren Diggern vorbei, die wohl gleich ihm noch in letzter Sekunde aus dem einstürzenden Gebäude hatten entkommen können. Zwei, drei Männer wandten sich zu ihm; sie waren ihm so nah, dass Skar trotz des Nebels das kalte Funkeln in ihren Augen zu sehen glaubte, als sie ihn entdeckten, wie er auf sie zustürmte, die Tochter ihres Anführers wie eine Trophäe hinter sich herziehend. Auch unter weitaus günstigeren Umständen wäre es Skar wahrscheinlich schwer gefallen zu erklären, was er mit Esanna vorhatte und wieso er gar keine andere Wahl gehabt hatte, als die mittlerweile Zappelnde und um sich Schlagende mitzuschleifen.

Als Skar im dicken Nebel das Aufblitzen eines kampfbereit umklammerten Schwertes bemerkte, das einer der Männer auf ihn zusausen ließ, war es schon fast zu spät. Es war ein recht plump geführter Schwerthieb, der den Satai unter normalen Bedingungen nicht in Bedrängnis gebracht hätte, doch für einen überraschend geführten Angriff war er im Moment denkbar schlecht vorbereitet: Seine linke Hand umklammerte nach wie vor Esannas Handgelenk und seine Rechte war zu weit von seinem Schwertgriff entfernt, um das *Tschekal* schnell genug aus der Scheide ziehen zu können. Einem zielgenauen Schwerthieb unter diesen Bedingungen zu entkommen war nahezu unmöglich oder doch nur, wenn er seinen Gegner mit einer unvorhergesehenen Finte austrickste.

Er stieß Esanna kraftvoll zurück und setzte ihr gleichzeitig nach: Als das Schwert durch die Luft pfiff, fand ihn der Digger dort vor, wo eben noch das Mädchen gewesen war; unmöglich jetzt noch den Hieb zu korrigieren. Der Mann taumelte, vom Schwung seiner eigenen Waffe nach vorne gerissen, direkt an Skar vorbei. Der Satai streckte den Fuß vor und sorgte damit dafür, dass der darüber stolpernde Mann endgültig das Gleichgewicht verlor und schwer zu Boden stürzte.

Die anderen Männer handelten entschlossener, als es ihm lieb war. Einer von ihnen, ein fast sieben Fuß großer und breitschultriger Hüne, stürzte sich mit einem Aufschrei auf ihn, mit weit ausgebreiteten Armen wie ein gigantischer Bär, der es gewohnt war, den Brustkorb seiner Opfer mühelos zu zerquetschen. Blitzschnell drehte sich Skar herum, versetzte dem Angreifer einen Tritt vor die Brust und zog gleichzeitig das Schwert aus der Scheide. Der Hüne schwankte leicht, ließ sich aber nicht von seinem Angriff abbringen. Mit einem Aufschrei stürzte er sich auf den Satai, bevor dieser sein *Tschekal* nach oben bringen konnte.

Skar ließ den Angreifer so nah herankommen wie möglich, drehte sich dann in einer fließenden Bewegung zur Seite und riss das Knie hoch. Der Hüne schrie auf – diesmal vor Schmerz –, krümmte sich und taumelt haltlos ein paar Schritte weiter in den alles verschlingenden Nebel hinein. Dem dritten Mann ließ Skar nicht den Hauch einer Chance. Sein *Tschekal* strich mit spielerischer Leichtigkeit durch die Luft, streifte das Schwert des Diggers und riss es mit einer gleichzeitig kraftvollen und eleganten Bewegung aus seiner vorbestimmten Bahn. Als ihm seine Waffe aus der Hand geprellt wurde, taumelte der Mann mit einem Aufschrei zurück und verschwand im grau wabernden Nichts.

Doch da war der Hüne schon wieder heran. Skar ließ das *Tschekal* einen Bogen beschreiben und schlug dem Koloss mit voller Wucht der breiten Seite seines Schwertes auf die Schläfe. Er verabscheute es, einen Mann zu töten, der ihn waffenlos angriff, aber in diesem Fall wäre er vielleicht besser beraten gewesen es zu tun. Denn statt zu Boden zu stürzen, torkelte der Hüne mit grotesk rudernden Armen weiter auf ihn zu und erwischte ihn mit seinem Handrücken, der plötzlich hochzuckte. Skar hatte das Gefühl, vom Huf eines Pferdes getroffen zu werden; er hatte den Schlag nicht kommen sehen und war deshalb nicht mehr in der Lage, seine Energie durch ein Wegtauch-Manöver verpuffen zu lassen. Während er zurücktaumelte öffnete sich seine linke Hand, die während des ganzen schnellen Kampfs Esanna fest umklammert gehalten hatte, und ließ das Mädchen ins graue Wallen entkommen.

4

Hätten ihn Roun und seine Kumpane nicht so erbarmungslos angegriffen, dann hätte Skar wohl ganz automatisch Partei für die Digger ergriffen und den Kampf gegen die Quorrl aufgenommen, ob er nun eine Chance gehabt hätte oder nicht. Doch so fühlte er sich keiner Seite verpflichtet: weder den Schuppenkriegern, die mit dem Angriff auf das Dorf wohl nichts weiter taten, als ihr Territorium zu verteidigen, und schon gar nicht den Diggern, die hier auf der Grenze zum Niemandsland nach etwas suchten, dass für sie wichtiger als das eigene Leben zu sein schien. Es war nicht sein Kampf, aber es war auch nichts, was ihn unberührt ließ, nicht das Schreien und Toben und Sterben, dass noch viele ewig lang dauernde Minuten anhalten würde, bis auch der letzte Digger niedergemacht worden war, und nicht die Verzweiflung von Müttern und Kindern, die unschuldig in den Strudel der Gewalt mit hineingezogen wurden.

Es war sinnlos, in dem Chaos nach Esanna suchen zu wollen, und es war Schwachsinn, nicht sofort das Weite zu suchen und anderenorts nach der Antwort auf die bohrende Frage zu suchen, warum er wieder geboren war und: *wer zum Teufel dahinter steckte*. Und trotzdem ... er hatte kaum die Grenze des Dorfes erreicht, als er auch schon wieder kehrtmachte, so als ob das Schlachten und Töten eine magische Anziehungskraft auf ihn ausüben würde, der er sich nicht entziehen konnte. Schon von weitem wehte der charakteristische Geruch des Todes mit dem Wind zu ihm heran: das süßliche, schwere Aroma von Blut und Vernichtung, das er schon so oft aufgenommen hatte; in dieser anderen Welt, die ihn ausgespuckt hatte in die Schwärze allumfassenden Vergessens, die ihnen allen zuteil wurde, wenn die Zeit gekommen war – oder war dort, jenseits dessen, was Menschen als ihr Leben zu betrachten pflegten, noch etwas anderes gewesen, etwas gänzlich Anderes und doch nur allzu Vertrautes?

Dieser Gedanke versetzte ihm einen scharfen, schmerzhaften Stich. Obwohl er absolut nichts erkennen konnte, als er mit schnellen Schritten den feuchten Pfad zurück ins Dorf trabte, gaukelten ihm seine Erinnerungen die Bilder von Toten und Erschlagenen vor, aufgerissene Augen, gebrochen und blind und mit einem Ausdruck tiefsten Entsetzens, der sich noch über den Tod hinaus in seinen Blick gebrannt hatte. Nun näherte er sich wieder einem Ort der Gewalt, einem Ort, der ein sinnloses Morden und Schlachten erlebte, und es waren die Schreie Sterbender und Verwundeter, deren Wehklagen er hörte, von Menschen, die bald da sein würden, wo er eine unermessliche Ewigkeit gewesen war – wenn *er überhaupt irgendwo gewesen war*, hieß es, wenn da nicht bloß eine riesige große Lücke klaffte zwischen seinem früheren Leben und seinem jetzigen Zustand, der mit Leben wohl kaum richtig umschrieben war.

Als er den Dorfplatz erreichte, wallte der Nebel in tiefen, dunklen Fetzen über einer gespenstischen Szene, zerrissen von einem plötzlich aufgekommenen Wind, der sich in Sekundenschnelle zum Sturm steigerte, so als hätte ihn jemand geschickt, um dem grässlichen Treiben zumindest teilweise den Schleier vom Gesicht zu reißen. Es war ein gnadenloser, durch und durch unwirklicher Kampf. Wie üblich griffen die Quorrl mit der Wut reißender Ungeheuer an und der Dorfplatz hallte wider vom Krachen und Bersten aufeinander prallender Menschen und geschuppter Reptilienmänner, von Wut- und Schmerzensschreien und dem Klirren von Stahl – aber der Nebel, obwohl bereits gelichtet, tauchte noch immer alles in sein graues, erstickendes Kleid. Selbst die Männer und Frauen, die nur wenige Schritte von ihm entfernt waren, wurden zu flachen Silhouetten; das feuchte Grau verschlang nicht nur die in unscheinbare Lumpen gekleideten Digger, sondern auch die unheimlichen Schemen der mit schier übermenschlicher Kraft ausgestatteten Kolosse.

Der Anblick jagte ihm einen Stich durchs Herz. Die Quorrl machten wahllos alles nieder, was ihnen vor die Schwerter kam, Männer, Frauen und Kinder, wahllos wie sinnlos wütende Ungeheuer, für die sie die Menschen hier ja auch hielten und zu denen sie vielleicht erst dann wurden, wenn man ihnen entsprechend begegnete. Die Schreie Sterbender vermischten sich mit dem Klirren von Waffen, mit dem Wiehern von Pferden, dem Trampeln von Füßen, den stumpfen Schlägen, mit denen einige Quorrl mit bloßer Faust ihre Gegner zerschmetterten, und mit dem Geräusch zusammenstürzender Hütten, durch die die Reptilienmänner in blinder Angriffslust stürzten, als seien sie aus Papier.

Obwohl es mehr als nur ein Gemetzel war und sich einige Digger geradezu draufgängerisch und mit erstaunlichem Erfolg den wütenden Kolossen entgegenstellten, konnte am Ausgang des Kampfes kein Zweifel bestehen. Selbst wenn die Dorfbewohner ausgebildete Kämpfer gewesen wären, wären sie kaum in der Lage gewesen dem wütenden Ansturm Einhalt zu gebieten, geschweige denn ihn zurückzuschlagen. Doch so war es nicht viel mehr als ein sinnloses Aufbegehren gegen eine besondere Form der Naturgewalt, die unerbittlich über sie hinwegbrandete und dabei alles ins Verderben riss, was sich ihr entgegenstellte. Er sah kaum etwas von dem Schrecklichen, das vor ihm auf dem Dorfplatz geschah, nicht mehr als dunkle, hässliche Flecken, hier und da ein paar Tote oder Verwundete, vom Nebel zu formlosen dunklen Klumpen verschmolzen, aber vielleicht war gerade das das Schlimme, weil seine Phantasie Bilder schuf, Bilder, die tausendmal entsetzlicher waren, als es die Wirklichkeit jemals sein konnte: Bilder aus seiner Vergangenheit, von Menschen, die er geliebt hatte, als er noch zur Liebe fähig gewesen war, und die vor seinen Augen gestorben waren, zugrunde gegangen nicht zuletzt an dieser verdammten Rastlosigkeit, zu der ihn sein dunkler Bruder getrieben hatte.

Mit ein paar Schritten war er unter den Kämpfenden. Der Nebel war gerade weit genug zurückgewichen, um ihn mehrere Quorrl erkennen zu lassen, die mit Schwertschlägen von grausamer Wucht eine kleine Menschenmenge vor sich hertrieben, wie Hirten ein paar Schafe absondern mochten, die sie zu schlachten gedachten. Es war kein Kampf, es war nicht einmal ein Gemetzel, es war eine Verhöhnung der Digger, die nicht begriffen hatten, dass Quorrl mehr waren als nur ein paar stumpfsinnige, monströse Tiere, viel mehr, und dass es der Verhöhnung eines höheren Gleichgewichts gleichkam, wenn sie die Geschuppten wie räudige Hunde jagten.

Selbst wenn Skar gewollt hätte, hätte er die geschuppten Kolosse nicht aufhalten können. Und doch riss er sein Schwert aus der Scheide und stürmte auf sie zu, automatisch und ohne nachzudenken und vielleicht nur deshalb, weil eines der in Bedrängnis geratenen Kinder Esanna zu sein schien, aber vielleicht auch, weil er das Abschlachten menschlicher Wesen nicht so einfach hinnehmen konnte. Die Quorrl bemerkten ihn zuerst gar nicht oder nahmen nicht weiter Notiz von ihm, hielten ihn wahrscheinlich nur für einen einzelnen Dorfbewohner, der in seiner Verwirrung so vermessen war einer Gruppe Reptilienkrieger zu nahe zu kommen.

Keinesfalls rechneten sie damit, dass er sie angreifen würde. Kein Wunder, denn ein einzelner Mensch gegen fünf Quorrl – das war eine Rechnung, die nicht aufgehen konnte. Und doch war Skar ein, zwei Sekunden lang versucht, mit seinem *Tschekal* unter den Geschuppten so lange Verwirrung zu stiften, bis die Digger fliehen konnten. Irgendetwas in seinem Inneren sagte ihm jedoch, dass sie die Chance selbst dann nicht nutzen würden, wenn er sie ihnen auf einem Silbertablett präsentierte.

Er nahm kurz Anlauf und sprang mit einem Satz mitten in die Gruppe hinein, zwischen Quorrl und Menschen, und im gleichen Sekundenbruchteil wirbelte er auch schon herum. Sein *Tschekal* durchschnitt mit einem pfeifenden Laut die Luft, pfeilschnell, machte eine komplizierte Bewegung und schnellte dann zurück in die klassische Kampfposition der Satai, während er mit festem und doch gleichzeitig elastischem Stand wie unverrückbar stehen blieb.

»Stopp.« Seine Stimme klang so eiskalt schneidend wie der Wind, der sich in seinem Körper festzubeißen begann.

Die zwei Quorrl, die ihm am nächsten standen, blieben überrascht stehen; ihre Schwerter fuhren drohend hoch, bereit zuzuschlagen, und doch schien sie etwas zögern zu lassen, vielleicht der ungewohnt befehlende Klang seiner Stimme, vielleicht seine Kampfhaltung oder auch sein entschlossener Gesichtsausdruck, der so gar nichts gemein hatte mit den selbst in höchster Not stumpfen und teilnahmslosen Gesichtern der Digger.

Doch ob all das wirklich mit verantwortlich war für ihr Zögern, war mehr als fraglich. Eher schienen sie auf ein Machtwort des größten Quorrls in der Gruppe zu warten, eines angeschlagen wirkenden Reptilienkriegers, der sich an den beiden anderen mit mühsamen, steifen und doch sehr bestimmten Bewegungen vorbeischob. *Seine Schwertklinge glitt fast ohne spürbaren Widerstand durch die schuppige Haut des Quorrl, durchdrang seinen Körper einen oder zwei Fingerbreit unterhalb des Herzens und trat zwischen seinen Schulterblättern wieder hervor …*

Er war es, daran konnte kein Zweifel bestehen, der Quorrl, dem er sein *Tschekal* durch den Körper gejagt hatte, so entschlossen, dass er fast, aber eben auch nur fast sein Herz durchbohrt hatte. Bei dem Gedanken daran spürte er noch jetzt die tiefen, blutigen und kaum verheilten Schrammen auf seinen Armen; der Schuppenkrieger hatte ihm in seinem halb gespielten, halb echt empfundenen Todeskampf so glaubhafte Wundmale versetzt, dass keiner seiner menschlichen Angreifer misstrauisch geworden war und auch nur im Entferntesten daran gedacht hatte, der Tod des Quorrls könnte mehr sein als nur ein grandios inszeniertes Schauspiel.

Es war unglaublich, wie schnell das Wesen wieder zu Kräften gekommen war, viel schneller, als es einem Mensch möglich gewesen wäre. Und nun standen sie sich hier gegenüber, in endlos schweigenden Sekunden, in denen sie sich beide erkannten, nur zu bewusst, wie nah sie sich gekommen waren, fast so etwas wie heimliche Verbündete und doch so unfassbar fremd und nicht zu fassen, wie es zwei Wesen auf diesem verfluchten Planeten nur sein konnten. Wenn Skar bei ihrer letzten Begegnung sein *Tschekal* nur ein klein wenig weiter gedreht hätte, wenn nicht Verschonung sein Ziel gewesen wäre, sondern Vernichtung … wer weiß, vielleicht hätten die Quorrl dann nie dieses Dorf angegriffen mit dem Ziel, hier alles menschliche Leben erbarmungslos auszulöschen.

Es war schließlich der Schuppenkrieger, der als Erster das Wort ergriff. »Du … du bist zurückgekehrt … aber warum an diesen unheiligen Ort?«

Skar spürte in seinem Rücken eine unruhige, verräterische Bewegung. Trotz der bei weitem immer noch nicht perfekten Sicht bemerkte er aus den Augenwinkeln den Unwillen der Digger, unmerkliche, aber eindeutige kleine Bewegungen der Menschen, die sein Auftauchen erst einmal überrascht hatte, aber die jetzt offensichtlich nicht länger stillzuhalten bereit waren. Vielleicht war jemand unter ihnen, der mit an der Hetzjagd auf die Quorrl oben an den Klippen beteiligt war und der den damals schwer verletzten und für Tod gehaltenen Schuppenkrieger erkannte; nicht sehr wahrscheinlich, da gewöhnlich Menschen die *Fischgesichter*, wie sie sie verächtlich nannten, kaum auseinander zu halten vermochten, aber nicht undenkbar.

»Was macht deine Wunde?«, fragte Skar so leise, dass seine Stimme fast im Schlachtgetümmel unterging.

Die Digger reagierten schlimmer, als er erwartet hatte. Statt sein Eingreifen als eine glückliche Fügung des Schicksals zu begreifen und ihr Heil in der Flucht zu suchen, griffen sie an: nicht die Quorrl, sondern ihn. Skar bekam einen kräftigen Stoß in den Rücken und musste sein Gewicht weit nach vorne verlagern, um nicht mit dem Schwert in der Hand auf die Quorrl zuzustolpern. Im gleichen Moment glitt er auch schon in einer fließenden Bewegung herum, sich nur zu bewusst, damit den Schuppenkriegern den Rücken zuzukehren und ihnen die Gelegenheit zur schnellen und tödlichen Attacke zu geben.

Aber es waren nicht die grün geschuppten Kolosse, die er fürchtete, sondern diese völlig unkontrollierbare Meute verblendeter Menschen, die er nicht töten wollte und doch erbarmungslos bekämpfen musste, wollte er ihnen nicht leichtfertig einen Vorteil einräumen. Es waren gleich mehrere Digger, die ihn angriffen, zwei Männer und eine Frau, die mit hasserfüllten Gesichtern auf ihn eindrangen, unter ihnen der Missgestaltete mit dem bis zur Kopfmitte wuchernden Fladen aus grauem, nässendem Fleisch. Skar schlug die vor ihm stehende Frau, eine mittelgroße Person mit kurz geschnitten Haaren und fast männlichen Gesichtszügen, beiseite und stieß das *Tschekal* in den dicklichen Leib eines weiteren Angreifers, mit einem wahrscheinlich nicht tödlichen, aber dennoch kompromisslosen Stoß. Die anderen wurden von seiner blitzschnell vorgetragenen Attacke überrascht, nur der missgestaltete Mann wirbelte in einer grotesk schnellen Drehung zu ihm herum. Seine nach unten gerutschten, stark vergrößerten Augen suchten Skar und brannten sich geradezu in seinen Blick ein. »Verfluchter«, schrie er. »Du hast uns verraten!«

Es wäre müßig gewesen, darüber zu streiten, ob der Mann Recht hatte oder nicht. Die Quorrl sorgten dafür, dass er sowieso nicht zu einer Antwort kam. Die beiden hinter ihm stehenden Schuppenkrieger stürmten wie auf ein Kommando vor und trieben die Digger-Gruppe erbarmungslos vor sich her, während ihre Scharten-Schwerter gleichzeitig reiche Ernte unter ihnen hielten. Einer der Männer, die sich ihnen mit dem Mut der Verzweiflung entgegenstellten, brach wie vom Blitz getroffen zusammen und blieb liegen, während ein Zweiter noch einen schwerfälligen Schritt tat, zuerst auf die Knie und dann ganz nach vorne fiel. Ein paar der anderen wurden von den kraftvollen Schwerthieben ihre Waffen aus den Händen geprellt; sie taumelten zurück in dem vergeblichen Versuch dem wütenden Angriff durch schnelle Ausweichbewegungen zu entgehen, und es konnte nur noch Sekunden dauern, bis auch sie Opfer der Quorrl-Waffen wurden.

Skar war sich nur zu bewusst, dass er jetzt eigentlich gar nichts unternehmen konnte; die Situation war ihm viel schneller entglitten, als er geglaubt hatte. Sich auf die Seite der Digger zu schlagen, die ihn eben noch mit erbarmungslosem Fanatismus angegriffen hatten, verbot sich von selbst, und den Quorrl zu helfen war weder sinnvoll noch notwendig – einmal abgesehen davon, dass es undenkbar für ihn war, Quorrl auf einem ihrer Vernichtungsfeldzüge gegen eine Menschensiedlung zu unterstützen.

In diesem Moment schrie Esanna. Er hatte keine Ahnung, warum er sich so verdammt sicher war, dass *sie* es war, und noch weniger Ahnung hatte er, warum ihm das Schicksal dieses einen Digger-Mädchens so wichtig war, während ihm der Rest der Dorfbevölkerung gestohlen bleiben konnte. Aber es war wohl kaum der rechte Augenblick, sich wegen ein paar Haarspaltereien Gedanken zu machen; wenn er Esanna retten wollte, dann musste er schnell und konsequent handeln.

Seine Augen entdeckten das Mädchen beinahe wie von selbst. Es war halb unter einem Sterbenden begraben worden, zusätzlich eingeklemmt von einem Speer, der sich dicht neben ihr in den Boden gebohrt hatte. Skar sprang ansatzlos auf sie zu. Ein Armbrustbolzen sauste haarscharf an ihm vorbei und bohrte sich in den Arm eines Quorrl, der gerade an ihm vorbei auf den Sterbenden und damit wahrscheinlich auch auf Esanna zustürmen wollte; Skar stattete dem Schützen in Gedanken einen kurzen Dank ab, denn der Bolzen brachte den Quorrl ins Stolpern und damit von seinem Vorhaben ab. Mit wütendem Gebrüll stürzte sich der Geschuppte in die Richtung, in der er den Schützen vermutete.

Das verschaffte Skar genau die Atempause, die er für sein Vorhaben brauchte. Kaum hatte er sein Ziel erreicht, riss er auch schon den halb toten Digger zur Seite, packte Esanna an den Armen und warf sie sich in der gleichen Bewegung über die Schulter. Seine Augen suchten derweil in dem von Nebelfetzen und übel riechendem Rauch nur verschwommen erkennbarem Kampftumult nach dem Schlupfloch, durch das er mit seiner leichten, kaum spürbaren Last entkommen konnte.

Er entdeckte es genau zwischen dem von ihm zu seiner eigenen Rettung schwer verletzten Quorrl, der ganz offensichtlich innerhalb der Hierarchie der Geschuppten eine wichtige Funktion erfüllte, und Roun, dem es mit ein paar anderen Diggern gelungen war, dem ersten Ansturm auszuweichen. Vielleicht hatte er Roun abermals unterschätzt: Wenn der Mann begriffen hatte, dass der durch Skar verletzte Reptilienkrieger so etwas wie der Kommandant der ganzen Quorrl-Truppe war, dann lag es nahe, dass er ihn zuallererst angreifen würde – zumal auch er erkannt haben musste, dass dieser geschuppte Gigant sich kaum auf den

Beinen halten konnte, geschweige denn sich energisch verteidigen würde.

Ein Fehler, den nur jemand begehen konnte, der die Mentalität der Quorrl nicht kannte. Skar hatte schon miterleben müssen, wie Reptilienkrieger ihre eigenen Verwundeten getötet hatten, nur um eines winzigen strategischen Vorteils willen, und er war fest überzeugt, dass es den Diggern keinen Vorteil bringen würde, den Kommandanten dieser Kriegerschar umzubringen: Statt Verwirrung zu stiften, würden sie noch mehr Wut, Zorn aber auch Entschlossenheit ernten.

Ihm konnte es in diesem Moment egal sein. Mit Esanna auf den Schultern hechtete er auf die Lücke zu, die wie gemacht für ihn aufklaffte, und wäre mit zwei weiteren raschen Schritten hindurch gewesen, wenn ihm die Quorrl nicht einen Strich durch die Rechnung gemacht hätten. Wie hingezaubert tauchten sie plötzlich aus dem Nebel vor ihm auf, in so dichter Formation, dass an ein Durchkommen nicht mehr zu denken war.

Skar bremste seinen Lauf mit einer abrupten Bewegung ab, suchte nach einem neuen Ausweg, nach einer winzigen Lücke in den im Kampf miteinander verschränkten Leibern und sah sich stattdessen schneller als ihm lieb war einem halben Dutzend geschuppter Giganten gegenüber, die sich mit gezogenen Zackenschwertern zwischen ihm, den Diggern auf der einen Seite und ihrem Anführer auf der anderen Seite aufbauten.

Jetzt konnte gar kein Zweifel mehr daran bestehen, dass er einem ganz ungewöhnlichen Quorrl das Leben gerettet hatte. Das Verhalten der Schuppenkrieger entsprach in nichts dem, was er von dieser Rasse gewohnt war. Statt einfach wild draufloszuschlagen, wie es bei einem Angriff normalerweise ihre Art war, verhielten sie sich wie eine wohl disziplinierte Leibwache, deren oberstes Ziel darin bestand, Leib und Leben ihres Führers zu beschützten. Doch wenn das so war – wo war diese Leibwache dann gestern gewesen? Hatte sich der Quorrl-Führer Zeit für einen kleinen Rundgang mit ein paar Quorrl-Frauen und wenigen Vertrauten genommen und war zufällig von einem Trupp Digger überrascht worden oder war es ein gezielter Hinterhalt gewesen, den Marna, der Satai mit der Wolfsmaske, sorgfältig inszeniert hatte?

Die Gedanken purzelten blitzschnell durch Skars Kopf, während sein Instinkt vollauf damit beschäftigt war, die für die ungewöhnliche Situation passende Strategie zu entwickeln. Die Lösung war gleichermaßen einfach wie unbefriedigend: Er blieb stehen und senkte die Spitze seines *Tschekals*, um zu signalisieren, dass er keinesfalls beabsichtigte die Reptilienkrieger anzugreifen. Selbst Roun und seine Kumpane schienen einzusehen, dass ein Angriff Selbstmord war; sie rückten näher zusammen und zwei, drei Männer streckten ihre Lanzen vor in einer grotesken Parodie einer geordneten Abwehrhaltung, wie sie die Soldaten der großen Städte wie Ikne und Wolan praktizierten.

Zu behaupten, dass sich Skar in diesem Moment unwohl gefühlt hätte, wäre die Untertreibung des Tages gewesen. Es waren nicht nur die Digger, die ihn offensichtlich abgrundtief hassten und von denen trotz ihrer generell hoffnungslosen Lage eine große Gefahr ausging – jetzt, wo er ruhig stand, um die Quorrl nicht zu provozieren, war er eine leichte Beute für einen Armbrust- oder Bogenschützen; es waren auch die unberechenbaren Schuppenkrieger selber, die ihn jederzeit niedermachen konnten und gegen die er in seiner augenblicklichen Lage wohl kaum den Hauch einer Chance hatte. Zu allem Übel randalierte auch noch Esanna auf seinem Rücken, die wohl nicht begriff, dass er sich zu ihrer Rettung in dieses Abenteuer gestürzt hatte.

»Es wäre freundlich, wenn ihr mich durchlassen würdet«, sagte Skar. »Euer Konflikt ist nicht der meine.«

Er wusste, dass Quorrl eine solche Bitte als höchst ungewöhnlich, um nicht zu sagen als unverschämt betrachten mussten, aber was er nicht wusste, war: Warum er Esanna nicht einfach vom Rücken ließ, sein Schwert einsteckte und sich damit ein klein bisschen unterwürfiger zeigte, so wie es seiner augenblicklichen Situation wohl eher angemessen war – schließlich waren die Quorrl nicht gerade für ihr Zartgefühl bekannt, sondern eher dafür, ungebetene Einmischung auf sehr direktem Wege mit dem Schwert zu ahnden.

Ein paar Sekunden lang schien die Zeit stehen zu bleiben. Noch immer tobte hinter ihnen ein erbitterter Kampf; ein paar Hütten weiter hatten sich ein paar züngelnde Flammen zu einem regelrechten Brand ausgebreitet, der sicherlich schnell weiter um sich greifen würde – die schlichten, eng zusammenstehenden Hütten würden einer wütenden Feuerwalze nicht lange standhalten – und der um den Dorfplatz konzentrierte Widerstand der Digger schien sich noch einmal zu steigern, dem letzten Aufbäumen eines Todkranken gleich, der nicht bereit ist in sein Schicksal einzuwilligen.

Als die Quorrl nicht reagierten, setzte Skar noch einmal nach: »Bitte, lasst mich durch.«

Erst dann begriff er, warum die Reptilienkrieger nichts unternommen hatten. Wie schon einmal kurz zuvor warteten sie auf die Entscheidung ihres Kommandeurs, der sich vor sie schob und Skar mit einem undefinierbaren Blick musterte. »Was verlangst du, *Mensch*?«

»Ich verlange nicht, ich bitte dich«, sagte Skar rasch, »und zwar um freies Geleit für mich und meine Begleiterin.«

Der Quorrl erstarrte mitten in der Bewegung. In seinem ausdruckslosen Reptiliengesicht zuckte es; für einen Quorrl ein Zeichen äußerster Erregung.

»Lasst das Menschenkind los«, sagte der Schuppenkrieger. Es war keine Bitte, nicht einmal eine halbwegs höfliche Aufforderung, sondern ein Befehl und genauso gut hätte er auch sein Schwert ziehen können, um seine Worte mit einem kraftvollen Hieb zu unterstreichen.

»Das halte ich für keine gute Idee«, sagte Skar leise. »Ihr habt doch, was ihr wolltet: eure Rache.« Er war sich dabei bewusst, dass ein einziges falsches Wort reichen würde, ein winziger Funke, ein missgedeuteter Blick oder eine zu hastige Bewegung und die Quorrl würden sich auf ihn stürzen: oder aber die Digger.

Die Augen des Quorrl schienen zu brennen, als er ihn anstarrte. Sein Gesicht war verzerrt und sein rechter Arm zitterte, als böte er all seine Kraft auf, das Schwert *nicht* aus der Scheide zu reißen und sich damit auf Skar zu stürzen. Dann entspannte er sich, nickte kurz. »Ich habe, was ich wollte, *Mensch*, auch wenn es etwas anderes ist, als du und deinesgleichen je verstehen werdet.«

»Lass mein Kind runter«, schrillte in diesem Moment eine Stimme. Es war Roun, ein von den Ereignissen der letzten Stunde vollkommen verwirrter und innerlich gebrochener Mann, den einzig und allein sein Hass vorantrieb, ein Vernichtungswille, wie ihn Skar schon bei vielen Menschen in Extremsituationen beobachtet hatte und der sich doch bei dem Digger in einer unbegreiflichen Nuance von dem ansonsten Üblichen unterschied. Es war verständlich, dass er seine mittlerweile heftig strampelnde Tochter nicht dem Mann anvertrauen wollte, dem er die Vernichtung seines Dorfes zuschrieb, aber eigentlich hätte auch er begreifen müssen, dass einzig und allein Skar für ihr mögliches Überleben garantieren konnte.

Als sich Roun auf ihn stürzte, tat Skar das Einzige, was ihm als Möglichkeit blieb, um das Leben des Diggers zu schützen: Er wirbelte mitsamt Esanna auf dem Rücken herum und trat mit aller Kraft zu. Der wuchtig geführte Tritt schleuderte den Mann zurück, als wäre er ein hilfloses Kind, aber das war er nicht, denn als er sich mühevoll wieder aufrappelte, blitzte in seiner Faust etwas auf, ein Messer wahrscheinlich, mit dem er einen neuen Angriff starten wollte.

Skar ließ ihm nicht den Hauch einer Chance. Sein Fuß traf die Rippen des Mannes und hob ihn damit ein Stück hoch, bevor er ihn wieder auf den Boden krachen ließ. Roun stöhnte auf und krümmte sich wie ein Säugling. »Hund«, wimmerte er. »Du verdammter Verräter. Du … du stehst auf ihrer Seite. Du …«

»Ich stehe auf niemandes Seite«, unterbrach ihn Skar kalt. »Es war ein Fehler von dir zu glauben, du könntest mich kaufen, um auf Quorrl-Jagd zu gehen.«

Einen winzigen Augenblick lang fürchtete Skar, damit zu weit gegangen zu sein; und das war er wohl in der Tat. Einer der Quorrl griff ihn ohne Vorwarnung an, stieß sein Schwert nach vorne, als wollte er den Satai wie eine lästige Fliege aufspießen. Skars Schwert beschrieb einen präzisen Halbkreis und blockte mit der stumpfen Seite die Waffe des

Quorrls ab. Der Schlag war mit Kraft geführt und doch nicht stark genug, um den tödlichen Schlag des geschuppten Giganten vollkommen blocken zu können; um nicht das Gleichgewicht zu verlieren, musste der Satai einen Schritt zurücksteppen.

Das war genau die Situation, die er befürchtet hatte: die Eskalation, die dazu führen würde, dass ihn im Zweifelsfall Digger und Quorrl, wenn auch nicht gemeinsam, so doch gleichzeitig angreifen würden. Doch er hatte die Rechnung ohne den Anführer der Reptilienmänner gemacht.

»Genug«, donnerte der Quorrl und in seinen Augen blitzte es, als er mit diesem einen Wort der Attacke seiner Artgenossen ein Ende bereiten wollte.

Der Quorrl, der ihn angegriffen hatte, ließ seine Waffe mit einem murrenden Geräusch sinken, doch seine Reaktion auf den Befehl war so halbherzig, dass Skar fürchtete, er würde ihn einfach ignorieren und den Angriff weiter fortführen – bis ihm plötzlich bewusst wurde, dass er eine solche Reaktion geradezu provozierte: Er hielt noch immer sein *Tschekal* drohend in der Hand. Angesichts des halben Dutzend Giganten, die ihn mit gezogenen Waffen umringten und nur durch den Befehl ihres Anführers davon abgehalten wurden, ihn schlicht und einfach zu überrennen, musste das reichlich lächerlich wirken: Was hatte er geglaubt zu sein? Ein Einzelkämpfer für Freiheit und Gerechtigkeit?

»Ich bitte dich im Namen der Menschlichkeit«, hörte er sich selbst sagen, während er sein *Tschekal* in den Schwertgurt gleiten ließ, »lass mich und das Mädchen in Frieden ziehen.«

»Im Namen der Menschlichkeit?« Der Anführer der Quorrl schüttelte traurig den Kopf, als hätte er von dem Satai etwas anderes erwartet als gerade eine solch abstruse Bitte.

»Nenn es, wie du willst.« Skars Stimme klang flach, nur ein heiseres, fast ausdrucksloses Flüstern, und so fühlte er sich auch. leer, kalt, erstarrt durch den Anblick der geschuppten Giganten und betäubt von der Woge finsterer, zerstörerischer Macht, die die Quorrl ausstrahlten.

»Das Mädchen gehört nicht zu dir«, stellte der Quorrl fest. »Sie gehört zu den Diggern.«

»Das kann sein«, gab Skar zu. »Zumindest war es bislang so.«

Der Schuppenkrieger schüttelte fast angewidert den Kopf. Skar kannte die Gemütsregung der Reptilienmänner gut genug, um zu wissen, dass er aufs Äußerste gereizt war. »Du verlangst viel«, sagte der Geschuppte schließlich. »Dein Leben gegen mein Leben? Ist das die Menschlichkeit, von der du sprichst?«

»Es ist zumindest ein für Menschen nicht ganz unüblicher Handel.«

»Ein Handel?« Die Stimme des Quorrls klang jetzt eindeutig verächtlich und der Satai begriff, dass er ein vollkommen unpassendes Wort gewählt hatte. Was war bloß los mit ihm? Es war schließlich nicht gerade das erste Mal, dass er es mit Quorrl zu tun hatte.

Vielleicht war es ganz gut, dass der Quorrl nicht mehr zu der Antwort kam, zu der er angesetzt hatte: Roun stemmte sich mit einer erstaunlich schnellen Bewegung hoch. »Du Schwein!«, schrie er mit sich überschlagender Stimme. »Das wirst du mir büßen!«

Bevor Skar etwas zu seiner Verteidigung unternehmen konnte, riss der dem Digger am nächsten stehende Quorrl den Mann hoch, zog ihn zu sich heran, wie eine Mutter ihren Säugling zum Stillen an sich ziehen würde, und schleuderte ihn, ehe es Skar verhindern konnte, mit aller Kraft zu Boden. Roun schrie gellend auf und versuchte abermals auf die Füße zu kommen, aber seine Kraft reichte nicht mehr; er stürzte erneut und blieb wimmernd liegen. Dann erschlaffte der Mann so abrupt, als wäre er nicht mehr als eine Marionette gewesen, deren Fäden urplötzlich durchschnitten wurden.

Esannas Vater war tot.

ZWEITER TEIL
In der Falle

1

Irgendwann mitten in dieser stürmischen und eiskalten Nacht erwachte Skar, atemlos und gehetzt und voller Unruhe. Er hatte geträumt, etwas Entsetzliches, unbeschreiblich Grauenhaftes, aber er erinnerte sich an kaum mehr als ein Gefühl unendlicher Panik, das sich wie ein schwerer Druck auf seine Brust gelegt hatte. Trotzdem glaubte er für einen Moment dünne Fäden zu sehen, die sich um seinen Körper wanden, mit ekelhaft viel Verästelungen und zielgerichteten Bewegungen, so als wollten sie ihn einweben wie in einem gigantischen Spinnennetz, in dessen Mitte ihm das Schicksal die Rolle als Beute zugedacht hatte *und in ihm war eine Panik, als griffen eiskalte Finger nach ihm, die ihm die Luft zum Atmen aus dem Körper pressen wollten.*

Der Sturm heulte noch immer mit ungebrochener Wut und trieb eisige Ausläufer in den Schutz der Höhle, in der sie kurz vor der Dämmerung Zuflucht gefunden hatten. Sie hatten großes Glück gehabt, dass sie den tobenden Naturgewalten noch in letzter Sekunde entkommen waren, und auch wenn die Höhle feucht, dunkel und muffig war und die strenge Ausdünstung von Tierkot ihn anfangs fast zum Würgen gebracht hatte, war sie ein ideales Versteck, ein Unterschlupf, um wenigstens in dieser einen Nacht zur Ruhe zu kommen. Doch statt sich auch nur halbwegs entspannen zu können, hatte er erst mit Esanna einen erbitterten und vollkommen sinnlosen Streit geführt und hatte dann lange nicht einschlafen können; dabei hätte schon alleine der eiskalte Wind gereicht, um ihm einen höchst unruhigen Schlaf zu bescheren.

Merkwürdigerweise fror er nicht, im Gegenteil; er schien von Innen heraus zu glühen, so als hätte er starkes Fieber. Zu allem Übel hatte er entsetzlichen Durst, aber ihm fehlte selbst die Kraft, sich mit der Zunge über die Lippen zu fahren, und er erwachte auch nicht *wirklich*. Es war, als gestatte ihm der Traum – der kein Traum als solcher war, sondern ein unbegreiflicher Ausläufer dessen, das ihn hierher gebracht hatte – nur einen kleinen Ausflug an den Rand der Wirklichkeit, um ihm zu zeigen, dass er nichts weiter als ein Spielball unbekannter Kräfte war.

Doch die Szene, in der er sich wieder fand, war nicht die Gegenwart, konnte nicht die Gegenwart sein. Etwas hatte sich verändert. Er fand sich wieder in einer Vergangenheit, doch diesmal waren es nicht die Schatten seines früheren Lebens, nicht die Erinnerung an Del und Kiina, die nach ihm griffen, sondern etwas ganz Nahes, zu traumhaft, um vollkommen überzeugend die gestrigen Ereignisse im Detail wiederzugeben und doch so nah an der Realität, dass es fast körperlich greifbar war. Er sah sich vor Gor stehen, vor dem gewaltigen Quorrl, der ihn aus irgendeinem unbegreiflichen Grund schon bei ihrer ersten Begegnung *wieder erkannt* zu haben glaubte, und um das Leben Esannas schachern. Doch ganz anders als in der gestrigen Wirklichkeit standen hinter dem Quorrl nicht nur wenige Schuppenkrieger, sondern eine riesige Armee, die wie ein endloser Ozean hinaus in ein gewaltiges Tal brandeten, sich auf den Hängen aneinander drängten, kaum genug Platz habend für ihre gezogenen Zackenschwerter und das andere Kriegsgerät, das sie für ihren Vernichtungsfeldzug gegen die Digger mitschleppten. Er sah sich Esannas Hand ergreifen, als wäre sie sein eigen Fleisch und Blut, als wäre sie seine wieder auferstandene Tochter Kiina, deren Gebeine in der Wirklichkeit schon längst vermodert sein mussten, oder mehr noch, die Tochter, die er sein ganzes Leben lang in seinem Herzen getragen hatte, ohne ihr Abbild jemals auch nur im Entferntesten in der Wirklichkeit zu finden.

Die Szene verblasste, wurde zuerst seltsam farblos und doch gleichzeitig so intensiv, dass ihn das Geschehen fast schmerzte. Er sah sich selbst und Esanna einen hellen, lichtüberfluteten Korridor aus Bruchstücken der realen Welt entlangschweben, sah sich durch Städte, Häuser und Arenen gleiten, die wie alles Übrige auf dieser Welt fest verwoben waren mit einem ganz und gar unbegreiflichen Ganzen, vorbei an grotesk veränderten, farbig schillernden Menschengesichtern, die auf eine ganz neue, unfassbare Weise mit ihrer Umgebung verschmolzen, dann hinaustrieben, vorbei an Wäldern, Seen, Gebirgen, die gleich kostbaren Edelsteinen eingefügt zu sein schienen in das mysteriöse Gebilde, in den Kosmos und in das Gefüge der ganzen Welt. Er sah sie einschweben in ein Tal, das vollkommen durchzogen war von dem unbegreiflichen *Etwas*, das ausgefüllt war von ihm wie vielleicht sonst nichts auf Enwor und doch mehr war als ein Knotenpunkt oder eine zufällige Ansammlung, sondern das, was die Digger wohl als ihr Ziel betrachtet hätten, als Zentrum ihrer Suche, als das, was sie ihr Leben lang angelockt hatte und nun doch verderben würde.

Und dann, plötzlich und von einem Moment auf den anderen, veränderte sich alles und die Gesetze der Zeit selbst schienen aufgehoben. Es war wie der Durchbruch zu einer anderen Welt, wie ein Verschlingen der Wirklichkeit. Er war da, mitten in der Nacht, gefangen in einem grauenvollen Traum, und dann, von einem Zeitabschnitt auf den anderen, wich die erstickende Schwärze einem schattenerfüllten Halbdunkel, in dem er im ersten Moment nicht richtig sehen konnte, nichts wirklich erkannte, bis sich schließlich seine Umgebung schemenhaft aus dem Nichts herausschälte, Konturen bildend, die er erst halbwegs erriet und dann mit so glasklarer Deutlichkeit wahrnahm, dass es fast schmerzte …

Übergangslos saß er auf kaltem, hartem Felsboden, im flackernden Licht eines mit wenigen trockenen Holzscheiten entfachten Feuers, das ihn gleichzeitig wärmte und auf eine merkwürdige, peinigende Art auszutrocknen schien. Es war schon spät und der Sturm, der vor der Höhle tobte, hatte ihren Aufstieg zur Qual werden lassen *und er wusste plötzlich, dass es wieder die Vergangenheit war, die ihn in einer unglaublich lebendigen Vision eingeholt hatte …*

… dass ihn gleichzeitig ein tranceähnlicher Schlaf gefangen hielt und er doch hier war, an diesem gestrigen, längst vergangenen Abend, der wie aus den Tiefen der Zeit für einen endlosen Augenblick zurückgekehrt war …

»Es wäre besser, du würdest etwas schlafen«, sagte er gerade zu Esanna, in diesem Gestern, das plötzlich zur Gegenwart geworden war.

Das Mädchen schüttelte beinahe erschrocken den Kopf. »Nein«, sagte es hastig. »Ich will nicht schlafen. Nicht jetzt. Nicht … nachdem das alles geschehen ist.«

Erst jetzt, als es ihm auf Armeslänge gegenübersaß, sah er, *wie* erschöpft und mitgenommen das Mädchen aussah. Aber das war kein Wunder; nicht, nachdem die Quorrl ihr Dorf überrannt hatten und sie vielleicht die letzte Überlebende ihrer Familie war … *und er wusste jetzt mit geradezu übernatürlicher Klarheit, dass er diesen, den gestrigen Abend nach dem erschwerten Aufstieg, nun tatsächlich noch einmal erlebte, ohne seinen Ablauf ändern zu können.*

»Warum habt Ihr mich entführt, Satai?«, fragte sie mit erstickter Stimme. Ihre Worte überraschten ihn nicht sehr und er hatte auch nicht vor auf die Beschuldigung darin einzugehen. Er musste endlich herausbekommen, was hier eigentlich los war und wieso er in diese unsägliche Auseinandersetzung zwischen Quorrl und Digger mit hineingezogen worden war.

»Ich habe dich nicht entführt, sondern *gerettet*«, stellte er fest. »Und jetzt will ich endlich wissen, warum die Quorrl euch angegriffen haben.«

Einen endlosen Herzschlag lang trafen sich ihre Blicke und zum wiederholten Male wurde sich Skar bewusst, wie sehr ihn Esanna in ihrer herausfordernden, temperamentvollen Art an Kiina erinnerte, an diese Kindfrau, die sein eigen Fleisch und Blut war und ihm trotz der Abenteuer, die sie zusammen erlebt hatten, merkwürdig fremd geblieben war – wie konnte er dann erwarten, dass das Digger-Mädchen ihn verstand?

Skar konnte geradezu sehen, wie sich die Gedanken hinter der Stirn des Mädchen überschlugen. »Die Ungeheuer haben uns angegriffen, weil Ihr uns verraten habt.« Sie schüttelte den Kopf, als könne sie etwas nicht verstehen, und fuhr dann anklagend fort: »Mein Vater hat Euch Gastrecht gewährt. Und wie habt Ihr es ihm gedankt?«

»Wie hätte ich es ihm denn danken sollen?«, fragte Skar mit einer Schroffheit, die ihn selbst überraschte. »Indem ich mich von ihm und seinen Freunden hätte umbringen lassen?«

Esannas Augen wurden groß und dunkel vor Angst. »Mein Vater hat Euch nur angegriffen, weil er begriffen hat, dass Ihr ein dreckiger Verräter seid.«

»Ich habe niemanden verraten.«

»Und wie kommt es dann, Satai, dass die Quorrl unser Dorf ausgerechnet in der Vorbereitung zur *Erweckung* angegriffen haben?« Esannas Stimme zitterte. »Ihr habt uns ausspioniert und ihnen verraten, dass wir die Erweckung vorbereiten. Das genau war ihre Chance. Der einzige Zeitpunkt, zu dem unsere Wachsamkeit nicht so groß war wie sonst.«

»So ein Schwachsinn«, knurrte Skar. »Es war der Schutz des Nebels, den die Quorrl genutzt haben. Obwohl ich nicht einmal glaube, dass sie irgendeinen Schutz gebraucht hätten.«

»Sie brauchten keinen Schutz, weil Ihr uns verraten habt.« In Esannas weit aufgerissenen Augen stand ein Ausdruck fassungslosen Entsetzens, so als würde sie dem Mörder ihrer Familie ins Gesicht blicken und könnte einfach nicht glauben, dass ihn noch nicht einmal das geringste Schuldgefühl plagte. »Aber das ist Euch gleichgültig, nicht wahr? Es interessiert Euch nicht im Geringsten, wie viel Leid Ihr über mich und all die anderen gebracht habt!«

»Es tut mir Leid, was passiert ist«, sagte Skar. »Aber ich habe nichts mit dem Hass zwischen euch und den Quorrl zu tun. Und verraten habe ich schon gar nichts.«

Esannas Hände begannen für einen Moment zu zittern. »Ihr seid ein Verräter«, sagte sie erschüttert. »Möge Euch der Tod noch heute Nacht im Schlaf ereilen.«

»Danke für die frommen Wünsche«, sagte er schroff und dachte daran, dass *ihn* der Tod schon längst geholt hatte – was aber nicht hieß, dass er es nicht noch einmal tat. »Menschen und Quorrl dreschen aufeinander ein, wo auch immer sie können – aber das heute ... das war *anders*. Ich will wissen, warum.«

»Natürlich war es *anders*«, sagte Esanna wütend. »Schließlich sind wir Digger. Die Quorrl sind unsere Todfeinde. Wann immer sie einen von uns erwischen, metzeln sie ihn nieder ...« Sie brach ab und schluchzte. Es war offensichtlich, dass sie gegen Tränen ankämpfte, aber auch genauso sinnlos. Sie weinte leise vor sich hin, in einem Schmerz, dessen ganze Kraft sich sicherlich erst in den nächsten Tagen entfalten würde, wenn der Schock nachließ und sie die ganze Tragweite des heute Geschehenen nicht mehr länger vor sich verleugnen konnte.

Skar starrte in das prasselnde Feuer, das er nur mit Mühe in Gang hatte setzen können; es war kaum trockenes Laub oder Reisig in diesem Teil der Höhle zu finden gewesen, aber immerhin einige, wohl von einem früheren Besucher dieses ungastlichen Unterschlupfs zusammengesammelte Holzstücke. Er wollte Entsetzen empfinden, Furcht, Schmerz, Verzweiflung, aber in ihm war *nichts*. Jedenfalls nichts von alledem. Der mannigfache Tod der Digger, ihr Sterben und Leiden, ließ ihn merkwürdig kalt. Es war sogar beinahe so, als würde etwas in ihm so etwas wie Genugtuung bei dem Gedanken empfinden, dass das Dorf der Digger nun dem Erdboden gleichgemacht worden war.

Ein paar Atemzüge lang verlor er sich vollkommen in den Flammen, ihrem Züngeln und spielerischen Ausfällen in die kalte Nacht hinein, ins Spiel der Rauchschwaden, die, von der immer noch eiskalten, zugigen Luft mitgerissen, in verwirrenden Mustern zum fernen Ausgang gewirbelt wurden, und in das Knistern und Prasseln des Holzes, das ihm nach den schrecklichen Schreien, dem Stöhnen und dem Waffengeklirr wie das Versprechen einer fernen heilen Welt erschien. Während ihn das unergründliche Züngeln der kleinen Flämmchen noch gefangen nahm, bemerkte er aus den Augenwinkeln eine andere Bewegung, ein vorsichtiges

Voranschieben von Esannas zierlicher Hand, die sich unter ihren Rock schob wie eine Schlange auf der Suche nach einer schnellen Beute. Es war vielleicht den sich schrecklich überstürzenden Ereignissen des Nachmittags zuzuschreiben, der Erschöpfung der äußerst bizarren Wanderung durch das unwegsame, kaum einsichtige Gelände, durch das sie auf ihrem wie von einer unsichtbaren Hand gelenkten Weg hierhin gelangt waren: Seine Reaktion war viel langsamer, als man sie von einem Ausnahmekrieger wie ihm erwarten durfte.

Esannas Hand kam wieder vor und sie war nicht leer. Spätestens das metallische Aufblitzen hätte ihn warnen müssen oder die in einer schnell Bewegung nach oben gerissene Hand. Nichts von alledem geschah. Er wandte in einer geradezu grotesk langsamen Bewegung den Kopf zu ihr um, wie es vielleicht ein Bauer tun würde, der sich in einem Wirtshaus einem überraschenden Angriff gegenübersah. Auch als sich Esanna mit einem Aufschrei auf ihn stürzte, reagierte er nicht. Ihre Hand, die den zierlichen Schaft des Messers so fest umklammerte, dass das Weiß ihrer Knöchel hervortrat, zuckte nach unten, genau in Richtung seines Halses.

Erst in diesem Moment handelte er, endlich, und mit der ihm eigenen Schnelligkeit und Konsequenz. Seine rechte Hand schoss wie ein Falke nach oben, um ihr Handgelenk zu packen, gleichzeitig drehte er den Oberkörper zur Seite und so nah übers Feuer, dass die Hitze seine Augenbrauen versengte. Das scharf geschliffene Messer sauste mit unvermindert tödlicher Wucht auf seinen Hals hinab und ritzte die Haut, kurz oberhalb der Halsschlagader. Doch da umklammerte seine Hand auch schon Esannas Handgelenk; mit einer kräftigen Bewegung verdrehte er es so kräftig, dass ihr gar nichts anderes übrig blieb, als die Waffe mit einem Aufschrei loszulassen. Das Messer trudelte ins Feuer hinab und tauchte mit einem dumpfen Aufprall in die Hitze hinein. Funken stoben auf und begruben die Waffe unter sich in ihrer Glut.

Skar ließ Esannas Handgelenk wieder los und versetzte ihr einen Stoß gegen die Schulter, der sie ein paar Meter zurücktaumeln ließ. »Tu das besser nicht noch mal«, sagte er, ohne aufzusehen, aber jetzt wachsam und gespannt genug, um jeden weiteren Angriff schon im Ansatz abwehren zu können.

Esanna reagierte ganz anders, als er erwartet hatte. Statt sich wie eine Furie auf ihn zu stürzen, gab sie nur einen fast lautlosen, jammernden Laut von sich, griff dann mit der Linken nach ihrem Handgelenk und massierte die Stelle, an der Skar sie gepackt hatte. Der Satai beließ es dabei. Es hatte keinen Sinn, ihr Vorhaltungen zu machen; außerdem konnte er sie verstehen, nur zu gut sogar. Wahrscheinlich machte sie ihn allein für die Vernichtung ihrer Familie verantwortlich und sicherlich glaubte sie, dass er irgendetwas Entsetzliches mit ihr vorhatte – was sie allerdings nicht ungefährlich machte, denn Rache und Angst waren starke Motive für einen erbarmungslosen Angriff und möglicherweise bereitete sie schon jetzt die nächste Attacke vor.

Aus den Augenwinkeln gewahrte er eine zuerst fast unmerkliche Veränderung in ihrer Körperhaltung, die dann zur eindeutigen Absicht wurde: Esanna trat ein paar Schritt vor und damit so nah ans Feuer, dass die Flammen fast ihre Füße versengten. Im ersten Moment glaubte Skar, sie wollte nach dem von feuriger Gischt verschlungenen Messer greifen, aber dann begriff er seinen Irrtum – sie wollte mit ihm reden.

»Gebt mich frei«, sagte sie tonlos. »Ich bin Euch doch nur im Weg. Was will schon ein Herr wie Ihr von einem wertlosen Digger-Mädchen?«

Skar starrte wieder ins Feuer, beobachtend, wie die leckenden Flammen nach dem Messer griffen. Zuerst schien das gehärtete Metall dem Angriff zu widerstehen, doch dann machten sich erste Verfärbungen bemerkbar, ein Wechselspiel verschiedener Farben, ein violett-grünliches Flammenspiel, das ihm verriet, dass die Waffe aus billigem Eisen gefertigt worden war. Einen Herzschlag lang war er versucht, sie mit einem Ast aus der Mitte der Funken sprühenden, hell brennenden Holzscheite zu angeln, um Esanna nicht in Versuchung zu führen – doch eine unerklärliche und vor allem ungewohnte Trägheit hinderte ihn daran, diese einfache Vorsichtsmaßnahme durchzuführen.

Und vielleicht war es ja auch gar nicht so wichtig. Sollte Esanna wirklich mit einer schnellen Bewegung nach dem glühend heißen Messer greifen, würde sie eine unliebsame Überraschung erleben: Außer ein paar Brandblasen würde ihr das nichts einbringen. Skar blinzelte ein letztes Mal in die gleißende Helligkeit des Feuers und sah dann zu dem Mädchen hinauf. Ihre Blicke begegneten sich und schienen ein stummes Duell auszufechten; in Esanna Augen funkelte so viel Hass und Wut, dass es Skar fast erschreckte. Wenn sie nur im Entferntesten das Gefühl gehabt hätte ihn auf die eine oder andere Weise überrumpeln zu können, das begriff er in diesem Moment, dann hätte sie es getan.

»Ich werde jetzt einfach gehen«, sagte Esanna mit der Entschlossenheit eines kleinen Kindes, das seinen Kopf durchsetzen will. »Und auch Ihr werdet mich nicht aufhalten, Satai.«

Skar sah sie einen Augenblick vollkommen überrascht an, bis er begriff, dass sie es durchaus ernst meinte. »Du täuschst dich, wenn du glaubst, ich wollte dir irgendwelche Steine in den Weg legen.«

Esanna setzte zu einer wütenden Entgegnung an, verschluckte sich aber dann beinahe an den Worten, die ihr schon auf der Zunge lagen, als sie die Bedeutung seiner Worte begriff und trotzig fragte: »Und was soll das heißen?«

»Wenn du gehen willst, dann geh«, sagte Skar ruhig und sich durchaus bewusst, dass sie andernfalls nicht Ruhe geben würde, bis er sie nicht gefesselt und geknebelt in eine Ecke der Höhle warf – oder bis sie einsah, dass jeder Fluchtversuch an den Unbilden der Natur scheitern würde. »Ich gebe dir sogar noch einen Rat auf den Weg: Such dir ganz schnell eine neue Unterkunft, eine Höhle oder zumindest einen tiefen Felsspalt, und sieh zu, dass du genug Holz findest, um dir ein Feuer machen zu können. Ansonsten wirst du bei dieser Witterung die Nacht wohl kaum überleben.«

Esanna zögerte. »Heißt das, du lässt mich wirklich frei und ich kann machen, was ich will?«, fragte sie misstrauisch. »Auch zurückgehen in mein Dorf?«

»Natürlich«, nickte Skar. »Ich werde dich nicht daran hindern.« *Aber vielleicht die Quorrl,* fügte er in Gedanken hinzu.

In Esannas Augen glitzerte kalte Entschlossenheit. Sie war wohl noch zu jung, den Ernst seiner Warnung zu begreifen und ihn gegen den Drang abzuwägen, ohne ihn die Nacht zu verbringen. Alles was sie sah, war die Chance sich von ihm zu befreien, ohne zu begreifen, dass sie ohne den Satai kaum mehr als ein paar Stunden in der stürmischen, menschenfeindlichen und nebelverhangenen Nacht überleben würde. Aber trotzdem – sie war nicht die Erste und würde nicht die Letzte sein, die für einen Hauch trügerischer Freiheit bereit war ihr Leben aufs Spiel zu setzen. Irgendwie neidete Skar ihr diese jugendliche Naivität.

»Also dann«, sagte sie und unterstrich ihre Worte mit einer kurzen, entschlossenen Geste *und dann schien sie ein kurzes Flackern zu durchzucken, sich ihre Gestalt aufzulösen und genauso ihr Gewand und die vorgestreckten Hände, während der Rest ihres Körpers noch in der letzten Bewegung erstarrt war und in Feuerwirbeln auseinander jagte, zu schwirrenden grellweißen Funken wurde …*

Zurück in der Gegenwart war er sich trotzdem im ersten Moment nicht sicher, ob er nun wirklich erwacht war oder ob er nur eine besonders niederträchtige Fortsetzung des Alptraums erlebte. Sein ganzer Körper war ein einziger, brennender Schmerz und er hatte ein fürchterliches Brennen in seiner Kehle; es war ein Gefühl, als hätte er tütenweise Sand geschluckt und danach tagelang keine Quelle, keinen Bach, kein Rinnsal gefunden, um seinen entsetzlichen Durst zu stillen. Das erstickende Gefühl war so stark, dass er noch nicht einmal frei husten konnte, geschweige denn schlucken.

Das Schlimmste aber: Er war auf eine widernatürliche Weise in zwei Wirklichkeiten hinein erwacht. Auf der einen Seite lag er in der alles verschlingenden Kälte inmitten der stürmischen Nacht mit dem leisen Knistern und Prasseln des erlöschenden Feuers neben sich und auf der anderen Seite war es der Abend zuvor, an dem er eingenickt war, kaum dass Esanna die Höhle verlassen hatte. Während ihn der brennende Durst fast um den Verstand brachte, fühlte er sich zerrissen, als ob zwei Personen in ihm wären: Der gestern Abend Schutz suchend in diese Höhle eingekehrte Skar und der von einem Alptraum gebeutelte Skar, der wenige Stunden später in einen alles verschlingenden Wahnsinn hinein erwachte.

Es dauerte nicht lange, bis ein Geräusch am Höhleneingang davon kündete, dass jemand von draußen hereintappte, jemand, der so müde, erschöpft und wahrscheinlich verfroren war, dass er kaum noch gerade gehen konnte, sondern eher darum kämpfen musste, noch einen Fuß vor den anderen zu setzen. Skar brauchte nicht aufzusehen, um zu wissen, *wer* das war, der da triefend und erschöpft von einem vermeintlichen Ausflug in die Freiheit zurückkehrte.

»Schon gut«, sagte Esanna, als sie zitternd und nass wie eine Flussratte, die stundenlang einen Kanal durchschwommen hatte, ans Feuer trat, »du brauchst nichts zu sagen.«

Skar stemmte sich auf den Ellbogen, um zu erkennen, *welche* der Esannas ihn angesprochen hatte. Die Feuerstelle schien währenddessen zu eigenem, gespenstischem Leben erwacht zu sein: Sie sprang zwischen fast erloschen und munter prasselnd ständig hin und her. Auch Esanna war von der Veränderung betroffen; durch ihre Gestalt ging ein ständiges Flackern wie von irisierendem Licht und ihre Konturen verschwammen im raschen Wechsel, so als könnten sich seine Augen nicht entscheiden, wie sie sie sehen wollten. Doch in beiden Fällen stand sie vor Kälte geschüttelt vor ihm und ihre Kleidung war so voller Feuchtigkeit, dass sich dunkle Flecken auf ihr abzeichneten.

»Ja«, krächzte er, benommen und immer noch gefangen in dem Traum (*welchem Traum? Zu welcher Zeit?*) und er wunderte sich, dass seine zerstörte Kehle überhaupt einen Laut hervorgebracht hatte.

»Es ist nichts dort draußen«, stieß Esanna wütend hervor und deutete hinter sich auf den Höhleneingang, »nichts, außer einem Schneesturm und Dunkelheit und Nebel – warum musstest du mich auch ausgerechnet in diese verdammte Gegend mitschleppen?«

»Weil …«, sagte Skar und versuchte sich verzweifelt an das zu erinnern, was er hatte sagen wollen. Er kämpfte gegen das Gefühl an, dass die Wirklichkeit abrutschte, dass sie sich wie ein Boot in stürmischer See überschlug und ihn mitriss in die alles verschlingende Unendlichkeit. Esannas Frage war berechtigt, das begriff er, doch gleichzeitig schien es ihm unmöglich, sie zu beantworten – vielleicht, weil es keine Antwort gab oder weil die Antwort zu schrecklich war, um sie sich bewusst zu machen, oder weil jemand – etwas – ihn daran zu hindern suchte, den Gedanken weiterzuverfolgen …

»Weil was?«, fragte Esanna.

Die Antwort, die Antwort … Sie war von zentraler, fast lebenswichtiger Bedeutung. Sicherlich, er hatte sich schon oft in den verrücktesten Situationen befunden und nicht gewusst, ob er überhaupt die geringste Chance hatte, den nächsten Tag unversehrt oder zumindest lebend zu erreichen – aber das hier war etwas ganz anderes, etwas viel Bedrohlicheres, auch wenn es nur um die Beantwortung einer an sich simplen Frage ging.

Und dann, von einer Sekunde auf die andere, ging die Welt um ihn abermals zu Bruch, tanzten bunt schillernde Farbkreise um ihn herum und verschlangen alles, was er vorher noch mit durchbrochener Klarheit hatte sehen können, rissen das gerade noch Sichtbare in einen gigantischen Strudel mit sich hinab, zerstörerisch, verschlingend und vernichtend … Sand füllte seinen Mund, knirschte zwischen seinen Zähnen, kroch brennend und heiß unter seine Kleidung und scheuerte auf seiner bloßen Haut; ein grauenhaftes Gefühl, als würde er unter Sandmassen verschüttet, die ihn zuerst nur ausgedörrt hatten, um ihn jetzt gänzlich zu ersticken, als wollten sie ihn lebendig unter sich begraben, ihn, den ja schon seit einer kleinen Ewigkeit Toten und Verdammten, ihn, der keine Lebensberechtigung mehr hatte außer *Es* zu dienen, seinen Auftrag zu erfüllen, der Welt den Willen des *Unbegreiflichen* aufzuzwingen …

Die Welt um ihn herum explodierte in tausend Farben, in tausend Splittern, nur um dann wahnsinnig rasch, *aber irgendwie verkehrt und verdreht* wieder zusammenzuwachsen. Die Magie der Bilder war gleichzeitig grauenvoll und entsetzlich schön, riss ihn allumfassend mit sich, ergänzt durch einen tausendfachen Choral brüllender, tobender, infernalisch kreischender Stimmen und knatternder Geräusche, die auf ihn eindrangen und den Rest seines Bewusstseins mit sich rissen, als wollten sie ihn mitnehmen auf eine Höllenreise ohne Wiederkehr und einen fürchterlichen Augenblick lang erkannte er ihn: *den Kern der Dinge, umgeben vom Feuerwerk netzförmiger Strukturen, die sich durch alles zogen, alles unterwanderten, nichts unberührt ließen, um, von einem unbekannten Trieb getrieben, immer weiter hinauszuwachsen in die Welt, bis sie auch den letzten Gegenstand, jeden Menschen und jedes beliebige andere Lebewesen in Besitz genommen hatten …*

… und auch ihn und Esanna, die miteinander verwoben waren, sich im Tiefsten bereits in dem Moment erkannt hatten, als sie sich zum ersten Mal gegenübergestanden hatten, in all ihrer Fremdartigkeit und trotz des drohenden Abgrunds der Zeit, der zwischen ihnen klaffte. Aber da war noch etwas anderes, etwas, das sich vom Anfang der Zeit, vom Nabel der Welt, vom Ursprung her ausdehnte und in sie hineinfraß, das gleichzeitig erschreckend fremd und unglaublich vertraut war. Es bohrte sich in ihn hinein und, dessen war er sich mit erschreckender Klarheit bewusst, gleichzeitig auch in Esanna, suchte nach etwas, nach einer Antwort, nach dem Erkennen. Das Tasten und Suchen in seinem Geist wurde stärker, glitt hinab auf eine Ebene seines Bewusstseins, die ihm bislang vollständig verschlossen geblieben war, und noch tiefer, tief unter sein Denken und Fühlen und bis auf den Grund seiner Seele und …

… plötzlich stand sie wieder vor ihm.

Esanna.

Auch er stand nun und es war etwas ganz Selbstverständliches in dieser schmerzhaft vertrauten Art, mit der sie sich gegenüberstanden, wie zwei Menschen, die sich lange nicht gesehen hatten und nun nicht wussten, wie sie miteinander umgehen sollten. Zitternd starrte sie Skar an, erwartungsvoll, fragend und doch wissend, und dann streckte sie die Hände zu ihm vor, fassend, berührend und ertastend, bis sie seine Finger gefunden hatte und sie mit sanftem Griff umschloss.

Er wusste nicht, was sie tat, geschweige denn, wie, aber er spürte, wie sie seine Kraft mit diesem erschreckend fremden *Etwas* verband. Es war ihm, als berührten unsichtbare kalte Finger seinen Geist; es war ein unangenehmes Gefühl, fremd und auf unfassbare Weise drohend und düster. Er kämpfte einen Moment gegen den Impuls ihre Hände mit Gewalt von den seinen loszureißen und sie von sich zu stoßen.

Und dann tat Esanna plötzlich etwas, was er als Letztes von ihr erwartet hatte.

Sie glitt dicht an ihn heran, stellte sich auf die Zehenspitzen und küsste ihn, sehr sanft und ohne irgendwelches Verlangen; auf eine mädchenhaft scheue und doch gleichzeitig selbstsichere Art, wie sie Skar noch nie kennen gelernt hatte. Es war eine Berührung, aus der tiefe Vertrautheit sprach. Und – ja, sicher – auch Hingabe, aber eine Hingabe sonderbar fremder, verwirrender Art, seltsam substanzlos, als hätte sie gar nichts mit ihnen beiden zu tun, sondern mit einer vollkommen fremden, unergründlichen Macht – mit *Es*. Einen Herzschlag lang versuchte er sich gegen ihre Umarmung zu wehren, aber dann entspannte er sich und genoss das Gefühl einem Menschen nahe zu sein, der auf eine vollkommen unbegreifliche Weise mit ihm verbunden war – tiefer vielleicht, als es selbst zwischen Liebenden jemals möglich war.

»Sieh«, flüsterte Esanna so sanft wie ein Luftzug, der über die Blätter eines Baums strich, »und begreife.«

Er schloss unwillkürlich die Augen, stieg hinab in sich selbst, erlag dem Lockruf des Unfassbaren, das ihn im gleichen Moment mit unbarmherziger Kraft anzog und abstieß. Ein Bild stieg in ihm auf, zuerst kaum fassbar, dann immer konkreter … es nahm Form an und verlor sie doch gleichzeitig, war gut und doch bis auf den Grund *böse*, abgrundtief *schlecht*, fremd und unmenschlich … war nichts mehr als Schaum, weiß und federleicht, auf der Oberfläche eines massiven, schwerfälligen Ozeans, einer dunklen Masse aus Wasser, die auf Enwor schwappte und sich ständig ausbreitete, nicht aufhörte zu wachsen, solange es lebte, ein riesenhaftes Gebilde, Lage um Lage, Schicht um Schicht seine ursprüngliche Form, seinen Zusammenhalt verlierend, wie ein Schneckenhaus mit Millionen Kammern, eine Zwiebel aus tausendfach ineinander geschichteten Ablagerungen. Die Vision war nicht klar vor seinen Augen, sondern blieb seltsam unfassbar, aber es drängte sich ihm auf mit einer Zwanghaftigkeit, die ihn erschreckte und bis ins Tiefste berührte und sein Innerstes aufwühlte, weil er ahnte, nein, wusste, dass es der Wirklichkeit näher kam, als es ihm lieb sein konnte …

Und er begriff. Es war kein intellektuelles Verstehen, nicht einmal der Hauch eines bewussten Gedankens, sondern etwas ganz anderes, viel tieferes. Er und *Es*, sie waren eins und dennoch Unendlichkeiten voneinander getrennt; sie waren wie ineinander verwachsene Zwillinge und doch wie zwei feindliche Geschwister, wie sie sich fremder nicht sein konnten, und während er *Es* sah, veränderte sich alles um ihn, warfen die tausendfachen realen Gegenstände dieser Welt Dutzende von Schattenbildern an Hunderten von Orten, gleichzeitig und dennoch getrennt durch unbegreifliche Abgründe der Zeit.

Dann zerstob das Bild, löste sich von einem Moment auf den anderen auf und ließ ihn zerstört und leer zurück. Er hätte aufschreien können in diesem Augenblick, aufschreien, weil der Verlust ihn fast zerriss und ihn mit einer unbekannt brennenden Sehnsucht zurückließ, die sich in seine Eingeweide wühlte und in seine Seele stahl, als wollte sie ihn vernichten.

»Weil was?«, fragte Esanna.

Ihre Worte rissen Skar in die Wirklichkeit zurück. Er öffnete die Augen und griff Halt suchend an die Stelle, an der eben noch Esanna gestanden hatte, und zwar direkt vor ihm – *jetzt aber hockte er am Boden vor der Feuerstelle und stand nicht mehr länger!* , doch dann begriff er seinen Irrtum und zog hastig die Hand zurück, als hätte er etwas glühend Heißes berührt.

»Nun sag schon, warum du den Weg in diese Einöde gewählt hast«, drängte Esanna.

Eine dumpfe, noch unfassbare Ahnung stieg in Skar empor, verblasste aber, bevor er sie greifen konnte. »Weil es ... ein gutes Versteck ist«, sagte er mühsam. »Keine Quorrl, keine Menschen ... Hier sind wir erst einmal sicher.«

Esannas Augen zogen sich zu dünnen Schlitzen zusammen. »Du hättest es mir sagen können«, beschwerte sie sich.

»Was?«, fragte Skar, während ihm ein kurzer eisiger Schauer über den Rücken lief. »Dass wir an einem der unwirtlichsten und entlegensten Flecken der bekannten Welt sind? Aber ich dachte, das wüsstest du. Schließlich seid ihr Digger freiwillig in diese Gegend gekommen.«

»Ja. Nein.« Esanna schüttelte sich und trat näher ans Feuer heran, während sie gleichzeitig die Arme um sich schlang.

Aber irgendetwas stimmte nicht. Er blinzelte ein paarmal, versuchte zu begreifen, was dort vor ihm gerade geschah. Er sah Esanna verfroren am Feuer stehen, müde, zerschlagen und immer noch am ganzen Körper zitternd. Aber da war noch etwas anderes, glitzerte etwas in ihrer Hand, was eigentlich harmlos in der Feuerstelle liegen sollte: das Messer.

Im nächsten Augenblick war die Vision schon wieder verschwunden, um nur ein paar Sekunden später flackernd wieder zum Leben zu erwachen. Was ging hier vor? War es eine Warnung aus den Tiefen seiner Seele, ein Hinweis vor einem künftigen Angriff Esannas, den sie schon plante, nachdem ihr Versuch, in der tobenden Nacht einen anderen Unterschlupf zu finden, an den Naturgewalten gescheitert war? Vielleicht – und doch ... es war so, als würde er sie *zwischendurch* tatsächlich in einer ganz ähnlichen, aber grundverschiedenen Pose sehen, als stünden zwei Esannas vor ihm, die eine fröstelnd, aber harmlos, am Feuer und die andere mit einer tödlichen Waffe in der Hand, die sie ihm, dem gerade Erwachten, ins Herz stoßen wollte.

»Ich frage mich, warum du dir ausgerechnet diese Gegend hier ausgesucht hast, Herr«, sagte Esanna. In ihren Augen flackerte etwas, das er nicht zu deuten vermochte. »Ihr hättet vor den Quorrl doch auch ein anderes Versteck finden können als ausgerechnet hier.«

Ganz nebenbei fiel Skar auf, dass sie zwischen dem vertrauten *du* und dem ehrfurchtsvollen, aber wohl mehr spöttisch oder sogar abfällig gemeinten *Ihr* hin und her schwankte – etwas, das aber ganz im Hier und Jetzt stattfand und nichts zu tun hatte mit der mittlerweile verblassten Vision der mörderischen Esanna. Trotzdem – wenn er die Warnung ernst nahm, sollte er sofort das mittlerweile glühende Messer aus den Flammen nehmen und, nachdem es abgekühlt war, in seinem Waffengurt verstauen.

»Ich will jetzt endlich wissen, was du von mir willst!« Esanna wirbelte mit einer erschreckend schnellen Bewegung zu ihm herum. »Ich bin doch nur Ballast für Euch!«

Skar schwieg noch immer. Es gab auch nichts, was er hätte sagen können, nichts, was irgendeiner Verteidigung noch Sinn gegeben hätte. Das zwischen ihm und Esanna bestehende Band war nichts, was sich in Worte kleiden ließ und was auch immer sie zusammengeführt hatte: Mit ihm selbst, mit einer bewussten Entscheidung hatte das wohl am wenigsten zu tun.

»Erzähl mir mehr über die Digger«, sagte er nach einer weiteren Minute des Schweigens, während in ihm gleichzeitig ein erbitterter Kampf tobte und sich Gedanken glasklar aneinander reihten, mit messerscharfer Logik, als ob sie ihn zerschneiden wollten: Dunkler Bruder, *Sternenbestie Daij-Djan*, Vernichtung der alten Ordnung, Kampf ums Überleben, Tod, Tod, Tod und Tasten und Suchen in der alles verschlingenden Ewigkeit des Immertoten, aus dem Nichts und Niemand zurückkehrte ins Reich des Lebens … Und doch war er hier, Skar, dem die Geschichtsschreibung der Welt das *Elfte Buch* widmete, den die Prophezeiung dazu auserkoren hatte, Enwor zu retten, nachdem Narren auf allen Seiten zur umfassenden Vernichtung aufgerufen hatten … ein Skar, der tot war, gestorben vor unendlich langer Zeit …

Und der er deswegen nicht selber sein konnte!

Wer aber war er dann?

Skar versuchte den Gedanken weiterzuverfolgen, zu ergründen, was es mit dem Geheimnis seiner Existenz auf sich hatte. »Ich will wissen, warum dein Volk ausgerechnet hier lebt«, hörte er sich jedoch stattdessen sagen, als bestünde er aus zwei Wesen, als wäre der eine vollkommen auf das Gespräch mit dem Mädchen konzentriert und als würde der andere voller Panik und Entsetzen versuchen zu begreifen, was mit ihm geschah und *wer* oder *was* er eigentlich wirklich war.

»Schon wieder ein Vorwurf, Satai?«, fragte Esanna hart. »Erst verratet Ihr uns an diese Ungeheuer, dann schlagt Ihr Euch im Kampf auf ihre Seite und schließlich entführt Ihr mich – und nun tut Ihr so als hätten wir kein Recht dem Ruf zu folgen und das zu tun, was getan werden muss!«

»*Dem Ruf folgen*?«, wiederholte Skar verwirrt. Diese Formulierung schlug in ihm eine Saite an, weckte eine Erinnerung, die wie eine alte Wunde aufplatzte. »Was genau meinst du damit?«

»Als ob Ihr das nicht genau wüsstet«, schnaubte Esanna. »Wir sind nun mal Digger und Digger folgen ihrem Ruf so wie … wie … ach, das ist ja auch egal.«

»So wie Quorrl dem Ruf des Blutes folgen und Digger auslöschen, sobald sie ihrer habhaft werden, und so wie andererseits Satai dem Ruf folgen, um gegen die Quorrl zu ziehen?«, half Skar ihr aus.

»Ja, genau«, funkelte ihn Esanna an. »Das wisst Ihr ja wohl besser als jeder andere, nicht wahr? Ich habe nicht gewusst, dass sich Satai auf einen Blutpakt mit den Quorrl einlassen, obwohl es mich kein bisschen wundert, so wie sich deinesgleichen in letzter Zeit verhält, vielleicht mal abgesehen von Marna, dem Satai mit der Wolfsmaske, und seinen Gefolgsleuten.«

Skar schwieg einen Moment. Seine Verwirrung wuchs, je länger das Gespräch anhielt. Doch gleichzeitig wurde das von seinen (*seinen*?) Augen vermittelte Bild der Höhle und der vor ihm stehenden Esanna auch schärfer, als ob sich ein bislang vorhandener Schleier auflöste und auch das Pfeifen und Heulen des Sturms erschien ihm mit einem Mal viel deutlicher: Stärker als je zuvor schien es bemüht zu sein, das fröhlich prasselnde Feuer zu übertönen. Immerhin ließ zumindest das beklemmende Gefühl nach, das die Visionen mit sich gebracht hatten, und er konnte sich nur noch verschwommen an die Trugbilder erinnern, an die tanzenden

Schatten, die ihn gerade noch genarrt hatten – falls da wirklich überhaupt etwas gewesen war – und an Esannas Umarmung und an das kratzende, erstickende Gefühl in seiner Kehle und die brennende Frage nach Ursprung und Sinn seiner Existenz.

»Es ist nicht ganz einfach, dir zu folgen«, sagte er schließlich, während er mit einem Kopfschütteln den Schrecken der letzten Minuten endgültig von sich zu schütteln versuchte. »Wie du weißt, komme ich von weit her und der Ort, von dem ich komme – na, man könnte fast sagen, die Zeit sei dort stehen geblieben.«

»Ich glaube dir kein Wort«, sagte Esanna verächtlich. »Du bist doch nicht viel mehr als ein Strauchdieb in der Maske des ehrbaren Satais.«

»Du hast es erkannt«, sagte Skar und mit einem Mal fielen alle Fragen, alles Drängen von ihm ab und etwas Altbekanntes gewann in ihm die Vorherrschaft: blanker, menschenverachtender Zynismus: »Ich schleiche mich nachts in die Hütten armer Leute, schlitze die Männer auf, schände die Frauen und verspeise die kleinen Kinder zum Frühstück.«

Er zuckte zusammen, als er merkte, was für eine Geschmacklosigkeit ihm da über die Lippen gekommen war. Eine vollkommen überflüssige Bemerkung angesichts des Gemetzels, das gerade – und doch, wie es ihm schien, vor unendlich langer Zeit – in Esannas Heimatdorf stattgefunden hatte und bei dem wahrscheinlich neben ihrem Vater auch andere enge Verwandte von ihr den Tod gefunden hatten.

»Verzeih«, sagte er mitten in Esannas entsetzten Gesichtsausdruck hinein, »ich glaube, wir sind beide etwas mit der Situation überfordert. Für den Anfang würde es mir schon genügen, wenn du dich entscheiden könntest, wie du mich ansprechen willst: Ob du es vielleicht über dich bringen kannst, beim *du* oder beim *Ihr* zu bleiben, ganz wie es dir gefällt.«

»Wie es mir gefällt?«, wunderte sich Esanna. »Was soll dieser Schwachsinn. Du – also gut, Ihr – habt mich doch nicht ohne Grund hierher mitgeschleppt.«

»Ich verstehe nicht ganz«, behauptete Skar, obwohl er natürlich nur zu gut verstand. Alles, was er mit dieser Bemerkung erreichen wollte, war Zeit gewinnen: Zeit, um sich darüber klar zu werden, was ihn dazu getrieben hatte, ausgerechnet dieses Mädchen zu retten, und Zeit, um begreifen zu lernen, was es mit ihm selbst auf sich hatte.

»Was ist denn daran zu verstehen?«, fragte Esanna mit der ganzen Empörung der Jugend, die sie trotz des frisch erlebten Grauens kraftvoll gegen ihr Schicksal ankämpfen ließ. »Du hast dich bei uns als Gast eingeschlichen, uns schmählich verraten ...«

»Das hatten wir doch schon alles«, sagte Skar. »Fangen wir lieber bei den Dingen an, die mir noch nicht bekannt sind: so trivial sie dir auch erscheinen mögen.«

»Und das wäre?«, fragte Esanna im gereizten Tonfall eines Kindes, dessen Mutter ihm gerade zu erklären versucht, warum es besser ist, *nicht* nachts allein durch einen Wald zu gehen.

»Beginnen wir mit den Diggern«, sagte Skar leise, während er die Augen schloß, um die verschiedenen, ihn quälenden Bilder in den Hintergrund zu schieben. »Was genau sucht ihr so nah an der Grenze zum Quorrl-Gebiet?«

»Was für eine Frage«, sagte Esanna, immer noch erschüttert. »Jedermann weiß doch, wer wir sind und was wir tun. Ganz Enwor kennt uns! Das kann doch nicht sein ... es sei denn«, ihre Augen verdüsterten sich, als hätte sie einen furchtbaren Verdacht, »du kommst von jenseits des Eises.«

Skar schüttelte den Kopf. »Nein«, sagte er. »Ich bin ein Bewohner Enwors wie du auch. Aber ... ich komme aus einer sehr abgelegenen Gegend ...«

»Aus welcher Gegend?«, fragte Esanna misstrauisch.

»Das tut nichts zur Sache«, wehrte Skar rasch ab. »Wir hatten schon sehr lange keine Besucher, waren vollständig von der Außenwelt abgeschnitten. Nimm einfach an, dass bei uns die Zeit stehen geblieben ist.«

»Dann muss sie vor sehr, sehr langer Zeit stehen geblieben sein«, sagte Esanna und warf ihre langen, dunklen Haare zurück. »Seit nunmehr dreihundert langen Jahren suchen wir nach *Kaol*, und wenn wir zuerst auch nur wenige waren und verspottet wurden, so sind wir doch schon lange zu einer großen, mächtigen Bewegung geworden, die niemand auf Enwor noch zu ignorieren wagt!«

Stolz schwang in ihrer Stimme mit und noch etwas anderes, so etwas wie religiöse Inbrunst. Aber nicht das war es, was Skar zusammenzucken ließ, sondern die Zeitangabe. »Dreihundert Jahre«, murmelte er fassungslos.

»Ja.« Esanna ließ sich in die Hocke nieder und wärmte ihre Hände am Feuer; fast schien es Skar, als würde sie gegen die Versuchung ankämpfen mit einem schnellen Griff ins Feuer das Messer wieder in ihren Besitz zu bringen. Doch selbst wenn es ihr gelänge: Die glühend heiße Waffe würde ihr zu nichts nutze sein, ganz im Gegenteil, sie würde sich nur damit die Hände versengen. »Es war der Tod des *Großen Skar*, der die Welt veränderte, der uns Kaol schenkte und erst damit die Veränderung zum Guten und Reinen bewirkte ...« Sie blinzelte leicht. »Aber ich nehme an, das weißt du alles«, fügte sie rasch hinzu.

»Rede ruhig weiter«, sagte Skar, ohne auf ihre Frage einzugehen. »Was hat es mit diesem ... mit Skar auf sich? Welche Rolle spielt er für euch Digger?«

»Schon wieder so eine merkwürdige Frage«, seufzte Esanna. »Man könnte wirklich meinen, du wärst geradewegs aus der Tiefsee aufgestiegen. Vielleicht bist du ja gar kein Mensch, sondern ein Monster der Tiefe, das uns zur Prüfung geschickt wurde ...« Es sollte wohl eine leicht dahingesagte Bemerkung sein, aber das Zittern in Esannas Stimme verriet, dass ihr nach allem anderen als nach Albernheiten zumute war.

Skar war noch immer wie vor den Kopf geschlagen. *Der große Skar* – ob er nun wollte oder nicht, er musste begreifen lernen, dass die Menschen damit ihn meinten – oder doch zumindest das Bild, das sie sich über die Jahrhunderte von ihm gemacht hatten. Mit der Wirklichkeit, mit ihm selbst hatte das wohl kaum etwas zu tun. Aber das hatte es in solchen Fällen ja wohl nie; wann immer die Menschen jemanden als ihr Idol vereinnahmten, drängten sie sein tatsächliches Leben und Wirken immer weiter in den Hintergrund zurück und ersetzten es durch ein Wunschbild, an dem sie so lange änderten und feilten, bis es ihren eigenen Vorstellungen gerecht wurde, gleichgültig, welche Absichten und Motive den ursprünglichen Menschen getrieben hatten und gleichgültig, ob ihn das große Kotzen überkommen würde beim Anblick dessen, was man ihm alles andichtete – wenn er es zu seinen Lebzeiten denn überhaupt noch mitbekam.

Dass jemand dreihundert Jahre nach seinem Tod auf die Welt zurückkehrte und erst dann sah, was man aus ihm gemacht hatte, war ja nicht gerade üblich. *Dreihundert Jahre!* Das war unglaublich. Bislang hatte es sich Skar immer noch irgendwie einzureden versucht, dass sein Tod vielleicht doch nicht so endgültig gewesen war, wie es ihm seine Erinnerung hatte vorgaukeln wollen, dass sein Gedächtnis trog, ihm vielleicht irgendwelche Lügengeschichten eingetrichtert worden waren, dass er vielleicht eine Weile im Koma gelegen hatte, ein paar Wochen, Monate oder vielleicht auch Jahre, dass er dann ohne Gedächtnis an Land gespült worden war, nur scheinbar wieder auferstanden, weil er auf irgendeine unbegreifliche Weise doch nicht wirklich tot, sondern nur *scheintot* gewesen war – doch jetzt, in diesem einen entsetzlichen Augenblick begriff er, dass das alles ein Trugschluss war, dass etwas vollkommen Unbegreifliches mit ihm geschehen war. Natürlich konnte es sein, dass ihn Esanna belogen hatte – wissentlich oder unwissentlich. Aber er schob diese Möglichkeit ohne zu Zögern beiseite. Er *spürte* einfach, dass sie die Wahrheit gesagt hatte, er *spürte,* dass tatsächlich Jahrhunderte zwischen seinem früheren Leben und seiner jetzigen Existenz lagen.

»Wenn ihr Kaol sucht«, sagte Skar, »dann wird es vielleicht doch eine leichtere Möglichkeit geben, als es ausgerechnet den Quorrl unterm Hintern wegzustehlen.«

»Sicherlich gibt es leichtere Möglichkeiten«, sagte Esanna ärgerlich. »Doch unser Clan musste neue Schürfgründe suchen. Alles, was einfach auszubeuten ist, ist in der Kontrolle des Clans der Ältesten.« In ihren Augen blitzte es wütend auf. »Die Ältesten – sie haben uns gezwungen bis zum Äußersten zu gehen. Wir *mussten* einfach hierher kommen, denn hier gibt es jede Menge Kaol und niemanden, der ein Recht darauf beansprucht.«

»Die Quorrl sehen das vielleicht ein bisschen anders.«

»Die Quorrl! Das sind doch bloß Tiere. Die wissen doch gar nicht, auf welchem Schatz sie sitzen. Alles, was wir machen müssen, ist sie ein Stück weit zurückzudrängen, um unseren Anspruch auf die hiesigen Kaol-Vorkommen zu sichern.«

»Und dann kommen nach euch andere Digger, die wieder ein Stück weiter ins Quorrl-Gebiet ziehen müssen, um Rechte an Kaol zu erwerben und immer so weiter fort.« Skar nickte ärgerlich. »Das ist ein altbekanntes Muster. Und am Ende stehen Vernichtung, Hass und womöglich die Ausrottung eines ganzen Volkes …«

»Die Quorrl sind Mörder«, unterbrach ihn Esanna mit überkippender Stimme. »Sie haben unser ganzes Dorf ausgelöscht.«

»Das mag sein«, sagte Skar hart. »Die Quorrl haben gemordet. Das haben sie schon immer getan. Zumindest einige von ihnen. Aber bei den Menschen ist das doch kein bisschen anders!«

»Was soll das heißen?«

»Das heißt, dass unser beider Anliegen sein sollte dem Kampf ein Ende zu setzen … Also setzen wir dort an, wo er – zumindest zum guten Teil – seinen Ursprung nimmt.«

»Du willst also doch gegen die Quorrl in den Krieg ziehen?«

»Wenn du es so sehen willst«, sagte Skar, wobei er bewusst die Wahrheit strapazierte und seine nächsten Worte so wählte, dass Esanna ihn missverstehen *musste.* »Ich werde dem Ruf folgen und an Marnas Hof ziehen.«

Esanna starrte ihn vollkommen fassungslos an. »Das verstehe ich nicht«, bekannte sie. »Alles, was du bislang gesagt hast, alles, was du getan hast, weist dich als Freund dieser Ungeheuer aus, als Verräter der heiligen Sache … Und jetzt willst du all das von dir weisen, so tun, als ob nichts gewesen sei?« Ihre Augen verengten sich. »Oder hast du vielleicht ganz andere Gründe zu Marna zu gehen? Bist du ein gedungener Mörder, der den Auftrag hat ihn umzubringen?«

»So ein Blödsinn«, sagte Skar. »Wenn das so wäre: Hätte ich nicht oben an der Klippe reichlich Gelegenheit dazu gehabt? Hätte ich mich nicht nur im Schutz eines Felsens auf die Lauer legen müssen, um ihn mit einem Pfeil vom Sattel zu holen. Nein«, er schüttelte entschieden den Kopf, »ich wünsche genauso wenig wie du den Tod Marnas. Alles, was ich will, ist ihn davon zu überzeugen, dass es einen anderen Weg gibt, als die Quorrl auszulöschen.«

Esanna starrte ihn mit weit aufgerissenen Augen an. »Ich glaube dir kein Wort, Satai«, sagte sie. »Du hast doch irgendeine Schweinerei vor.«

2

Ein heller, metallischer Laut mischte sich in das Winseln des Sturms, ein Geräusch, als schlage eine Klinge auf harten Stein. Skar war mit einem Schlag hellwach. Es war ihm nur zu bewusst, dass er die Nacht wie in fiebrigen Visionen verbracht hatte und noch immer fühlte sich seine Kehle wie mit Sand gefüllt an; aber er konnte wenigstens schlucken und damit den brennenden Schmerz etwas mildern.

Es war das metallische Geräusch, das ihn gewarnt hatte und automatisch an Esanna und das Messer hatte denken lassen, aber es war seine Umgebung, die ihn fluchend zurückweichen ließ in den Höhleneingang, zurück aus dem Nebel, der mit gierigen Fingern nach ihm griff und der kalten Feuchtigkeit, die sich wie ein erstickendes Tuch auf ihn legte. Während sein Kopf fast explodiert war von dem Schrecken, der sich darin abgespielt hatte und der mehr gewesen war als nur das ferne Echo von ein paar Alpträumen, sondern etwas entsetzlich Anderes, musste er sich selber in der Höhle und schließlich aus ihr herausbewegt haben. Seine Finger fuhren zu seinem Mund und entfernten irgendwelche Dreckreste, die ihm in den Mundwinkeln hingen. Das Knirschen zwischen seinen Zähnen war immer noch da, aber es hatte sich verändert. Es fühlte sich nicht mehr wie feiner Wüstensand an, sondern eher wie ein ekelhaftes Gemisch von Dreck, Erdklumpen und etwas Anderem, Undefinierbarem, dessen Beschaffenheit er lieber nicht hinterfragte.

Er spukte im hohen Bogen aus und dann nochmals und immer wieder, bis er den größten Teil des Dreckszeugs aus seinem Mund entfernt hatte. Anschließend fuhr er sich mehrfach mit dem Handrücken über die Lippen, bis er die verräterischen Spuren – *wieso verräterisch?* – zum größten Teil beseitigt hatte. Es wäre ihm peinlich gewesen, wenn ihn Esanna so überrascht hätte und gleichzeitig war er sich bewusst, dass er sich schwachsinnig verhielt, aber es war eine Art innerer Logik in seinen Handlungen und Empfindungen, die er nicht leugnen konnte und denen er nachgeben musste, weil der dumpfe Druck in seinem Kopf ihn dazu zwang.

Schließlich wischte er sich mit dem Zipfel seines Umhangs noch einmal über die Mundwinkel, drehte sich aus der Eiseskälte der feuchten Nacht heraus, um wieder in die Höhle zurückzukehren. Obwohl er sich auf der einen Seite noch immer benommen fühlte und ihm ein Gefühl von Realitätsverlust und Unwirklichkeit zu schaffen machte, war er auf der anderen Seite doch hellwach und geradezu euphorisch. Es war wie ein Fieber, als würde die Zeit selbst brennen. Alles in ihm war aufgewühlt, aber auf eine unglaublich faszinierende Art. Das Grauen der Nacht erschien ihm plötzlich meilenweit entfernt zu sein und statt unglaublichem Schrecken war es jetzt ein wahnsinniges Gefühl der Erleichterung und des Triumphs, das ihn durchströmte, als hätte er eine Quelle neuer Kraft angezapft, die alle Gefahren und Herausforderungen der nächsten Zeit zur harmlosen Spielerei werden ließ.

Doch die Wirklichkeit schien nur darauf zu warten, ihn mit grausiger Wucht wieder einzuholen …

Er hatte kaum die Hälfte des Weges zur mittlerweile nur noch schwach glimmenden Feuerstelle zurückgelegt, als das passierte, was er die ganze Zeit über insgeheim erwartet hatte. Ein fast unhörbares Scharren warnte ihn, eine kaum wahrnehmbare Bewegung zu seiner Linken. Er reagierte darauf mit einer erstaunlichen Ruhe und Heiterkeit, die den Ereignissen der letzten Nacht geradezu Hohn sprachen. Als Esanna aus ihrem Versteck hervorstürmte, einem kleinen Felsvorsprung, hinter dem sie nur mit Mühe Schutz gefunden haben konnte, erwartete er sie bereits, sicher, dass sie die Klinge in seine Richtung vorschnellen lassen würde, und genauso sicher, dass er ihr Handgelenk im ersten Ansatz packen konnte, um sie so zu zwingen die Waffe fallen zu lassen.

Doch es kam anders. Esanna wollte sich nicht auf einen Nahkampf mit ihm einlassen und sie war gut beraten, es auch gar nicht erst zu versuchen. Stattdessen verriet ihre schwungvolle Armbewegung, dass sie das Messer werfen wollte, und es lag so viel Kraft und Geschicklichkeit in dieser Bewegung, dass Skar verwundert den Kopf geschüttelt hätte, wenn er die Zeit dazu gehabt hätte.

Die Klinge sauste mit erstaunlicher Geschwindigkeit auf ihn zu. Und doch erschien sie ihm langsam, fast träge – ein Phänomen, dass er schon öfters an sich beobachtet hatte im Anblick größter Gefahr, inmitten eines Kampfes gegen überlegene Gegner, wenn sein Zeitgefühl sich auf einer anderen Ebene zu befinden schien als das seiner Umgebung.

Diesmal jedoch war es noch viel krasser. Er *wusste*, dass das Messer so schnell auf ihn zuflog, dass kaum jemand noch die Chance gehabt hätte ihm auszuweichen. Aber er wusste auch genauso, dass es für ihn keine Gefahr darstellte. Mit einer geradezu spielerischen Bewegung fischte er es aus der Luft.

Esanna stürzte sich mit einem Aufschrei auf ihn, hämmerte mit ihren Fäusten gegen seine Brust. »Du Schwein«, schrie sie mit überschnappender Stimme. »Lass mich endlich in Ruhe.«

Skar stieß sie auf Armlänge zurück. »Nun übertreib mal

nicht. Ich habe nicht vor, dir irgendetwas zu tun. Und außerdem habe ich es dir freigestellt zu gehen.«

Die Sätze schienen nicht bis zu Esanna vorzudringen. Mit verzerrtem Gesicht stürzte sie sich erneut auf Skar, ihre Hände Quorrl-Klauen ähnlich, mit Fingernägeln, die sie ihm ins Gesicht krallen würde, wenn er es zuließ. Ihr Gesichtsausdruck war Furcht erregend, auf eine schreckliche Art selbstvergessen wie bei einem Tier im Todeskampf, das noch einmal alle Kraftreserven mobilisiert.

Skar schlug ihr ins Gesicht.

Es war kein sehr harter Schlag, aber kräftig genug, um sie zur Vernunft zu bringen und in ihrer Vorwärtsbewegung zu stoppen. Jedenfalls hätte er es sein müssen. Doch Esannas Kopf flog nur einen kurzen Augenblick zurück und ihre Hände wurden lediglich so weit abgelenkt, dass sie nicht mehr sein Gesicht erreichten, sondern sich in seinen Umhang und in den Lederschnallen seines Brustharnischs verkrallten. Mit geradezu unglaublicher Kraft riss sie an ihm und es blieb ihm nichts anderes übrig, als wieder zuzuschlagen, etwas härter diesmal und entschlossen genug, um sie zurücktaumeln zu lassen.

Das Feuer der Wut schien in ihr dennoch nicht bereit zu sein, so schnell zu erlöschen; sie riss ihn förmlich mit und zwang ihn so zu einem Ausfallschritt. Dabei zerrte sie so energisch an den Schnallen seines Harnischs, dass sie ausglitten und er plötzlich mit halb nackter Brust in der zugigen Kälte der Höhle stand.

»Hör endlich auf!«, schrie Skar, während er versuchte sie mit der einen Hand, in der er noch immer Esannas Messer hielt, zurückzuhalten und mit der anderen seinen Harnisch zu schließen.

Das Mädchen reagierte ganz so, wie er es hätte erwarten können: Es versuchte seine das Messer umklammernde Hand zu öffnen, um wieder an die Waffe zu kommen. Das war lächerlich; genauso gut hätte sie versuchen können den zugeschnappten Kiefer eines Alligators aufzubiegen. Trotzdem spürte Skar jetzt eine Welle kalten Ärgers in sich aufsteigen. Es machte wahrlich keinen Spaß, mit diesem durchgeknallten Etwas von Digger-Mädchen im Halbdunkeln herumzubalgen und gleichzeitig die beißende Kälte auf seiner Haut zu spüren, nur weil ihr einziger Kampferfolg darin bestanden hatte, ihm seinen Harnisch aufzureißen.

»Wenn du nicht gleich aufhörst, setzt's was«, knurrte er, während er plötzlich das Gefühl hatte einen Piranha bändigen zu müssen: bissig, klein, aber höchst aggressiv und gefährlich; denn mit einer Heftigkeit, die Skar nur diesem kleinen Raubfisch zugebilligt hätte, biss sie in die Hand, deren Finger sie nicht hatte aufbiegen können. Skar schrie auf und hätte tatsächlich fast das Messer losgelassen. Bevor sie zu einem zweiten Biss kam, schlug er sie wieder ins Gesicht, diesmal mit dem Handrücken und so heftig, dass sie nicht anders konnte, als endlich von ihm abzulassen und zurückzutaumeln.

»Du Biest hast mir fast die Finger abgebissen«, keuchte Skar. »Verdammt noch mal! Was willst du eigentlich damit erreichen? Dass ich dich umbringe?«

»Ich …«, stammelte Esanna, während sie sich ihre schmerzende Wange hielt und ihn hasserfüllt anstarrte.

»Ja, bitte?«, fragte Skar. »Ich höre.«

Etwas veränderte sich in ihrem Blick; es war ein Flackern in ihm, das eine Sekunde zuvor noch nicht da gewesen war, ein Nichtbegreifen, wo vorher nur Hass und bitterste Ablehnung vorhanden gewesen waren.

So merkwürdig es auch war: Es war genau dieser Anblick, der Skar in die Wirklichkeit zurückbrachte und sowohl das überheblich-abgehobene Gefühl in ihm zerstäuben ließ als auch jegliche Form verzerrter Wahrnehmung. Von einem Moment auf den anderen war er sich wieder völlig bewusst, dass sie sich an einem der unwirtlichsten und auch wohl tödlichsten Flecken der Welt befanden, einem Ort, der im Grunde aus nichts anderem als menschenfeindlicher Natur bestand, an dem sie die Nacht nur überstanden hatten, weil sie diese Höhle gefunden hatten, dem vielleicht einzig sicheren Unterschlupf im Umkreis vieler Meilen. Aber was das Schlimmste, weil für ihn selbst Unbegreifliche, dabei war: Er hatte das Mädchen *verschleppt*, gegen ihren Willen hierher gebracht, ohne jegliche Spur von Feingefühl und ohne auch nur einen Hauch von Rücksicht darauf zu nehmen, dass kurz zuvor all ihre Angehörigen und Freunde niedergemacht worden waren.

Kein Wunder, dass sie nahe dran war, vollkommen durchzudrehen.

»Wenn du dich beruhigt hast, können wir wieder zum Feuer gehen«, sagte er deshalb fast behutsam. »Ich muss ein paar neue Scheite auflegen. Sonst frieren uns gleich die Gedärme weg.«

Sie ließ nicht erkennen, ob sie ihn verstanden hatte. Sie ließ überhaupt nichts anderes erkennen als Verwirrung und eine Art abgrundtiefes Entsetzen, das er überhaupt nicht zuordnen konnte – doch immerhin machte sie keine Anstalten, ihn erneut anzugreifen.

»Ich sagte, wir sollten zum Feuer zurückkehren«, wiederholte Skar, während er die kunstvoll verzierten Lederschnallen des Harnischs wieder schließen wollte.

»Nicht!«

»Bitte? Was nicht?« Als Esanna mit nichts weiter darauf antwortete als mit einem entsetzten Kopfschütteln – und er sich langsam Sorgen um ihren Geisteszustand zu machen begann –, fuhr er fort: »Gefällt dir der Platz am Feuer nicht, oder was ist los?«

»Zieh das nicht wieder an!«, sagte Esanna, als wäre er im Begriff etwas Entsetzliches zu tun.

»Entschuldige mal«, sagte Skar, »ich friere. Mal ganz abgesehen davon, was du mit meinen Fingern angestellt hast: Du hättest mich nicht auch noch halb auszuziehen brauchen.«

»Aber das Zeichen!« In Esannas Stimme mischte sich so etwas wie Panik und Ehrfurcht. »Du trägst das Zeichen!«

»Quatsch«, entgegnete Skar schroff. »Was für ein Zeichen? Es ist nichts mehr als das Gewand eines Toten, das ich trage.«

»Nicht doch.« Esanna schüttelte den Kopf. »Nicht deine Kleidung. Das Zeichen über deinem Herzen.«

Skar seufzte und sah an sich hinab. Tatsächlich. Eigentlich hätte es ihm schon früher auffallen müssen. Etwas leuchtend Schillerndes hatte sich in seine Brust eingegraben, etwas, dass seine ganze Umgebung mit einem milden, schwach golddurchwirkten roten Licht erfüllte. Auf den ersten Blick sah es aus wie ein riesiger Diamant, der in tausend kunstvoll geschliffenen Facetten leuchtete, als würde er von geheimnisvollen Lichtquellen angestrahlt. Es war ein gleichzeitig so schöner wie bizarrer Anblick, dass Skar automatisch ein kalter Schauer über den Rücken jagte.

»Was ist das?«, keuchte er.

»Das Zeichen«, sagte Esanna leise. »Das Zeichen, das nur der tragen kann, den das *Elfte Buch* als den Retter bezeichnet – *Skar.*«

»Das *Elfte Buch*?«, fragte Skar verständnislos.

»Ja«, nickte Esanna, »das *Elfte Buch*, das erst dann fertig gestellt werden kann, wenn sich seine Prophezeiung erfüllt und *Skar die Welt rettet vor der unsichtbaren Gefahr …*«

Skar hob vorsichtig die Hand und führte sie zu dem *Gebilde*, das in seine Brust eingewachsen zu sein schien. Seine Oberfläche fühlte sich glatt und gleichermaßen angenehm kühl und gut temperiert an, tatsächlich ähnlich wie ein Edelstein, aber auch anders – *lebendig*. Das Gebilde erschien ihm gleichermaßen vollkommen fremd wie auch vertraut, gar nicht so, als ob er es zum ersten Mal sähe. Gleichwohl – als er vor ein paar Tagen nackt dem Wasser unterhalb des Sturzes von Ninga entstiegen war, war es noch nicht an ihm gewesen. Oder war es ihm nur nicht aufgefallen?

»Was ist das für ein Ding?«, fragte er misstrauisch.

»Kein Ding.« Esanna schüttelte schnell den Kopf. »Es ist das Zeichen. *Und haltet Ausschau nach ihm, auf dass ihr ihn erkennt, wenn er vor euch steht*«, zitierte sie. »*Denn sein ist die Macht, das Unmögliche zu vollbringen und die Welt vor der Vernichtung zu erretten wider die Verblendung, die sich wie ein dunkler Schatten über das Land legt.*«

»Das steht im *Elften Buch*?«, fragte Skar irritiert. »Was verrät diese Schrift denn sonst noch so?«

Esanna zuckte mit den Schultern. »Keine Ahnung. Es ist der einzige Teil des Buches, der unter der Bevölkerung ganz Enwors verbreitet werden sollte. Natürlich zusammen mit der genauen Beschreibung des Zeichens und der Aufforderung, das Auftauchen des großen Skars kundzutun …« Ein kurzer Schatten lief über ihr Gesicht, ein Hauch bitterer Enttäuschung und tiefen Zweifels.

»Aber das kann natürlich nicht sein«, fuhr sie fort und trat auf Skar zu, rasch, aber nicht ganz so schnell wie zuvor.

Trotzdem wäre er fast automatisch einen Schritt zurückgewichen, wohl auch deshalb, weil er intuitiv wusste, was sie vorhatte. Ihre Hand kam fast zögernd nach oben und ihre Finger tasteten nach dem *Zeichen*, wie sie es bezeichnet hatte, oder nach dem *Gebilde*, wie Skar es für sich nannte.

»Es fühlt sich … merkwürdig an«, sagte sie stockend. »So … glatt. Und … gleichermaßen kühl und warm. Fast wie eine kühle Hand.«

Ihre Zungenspitze fuhr nervös über ihre Lippen. Skar konnte direkt sehen, wie es hinter ihrer Stirn arbeitete. Es vergingen endlose Sekunden, in denen sie noch mehrfach über das *Gebilde* fuhr, als wollte sie sich von seiner Echtheit überzeugen, und es waren Augenblicke, in denen die Gesetze der Zeit außer Kraft gesetzt zu sein schienen.

»Du bist Skar«, sagte Esanna schließlich und obwohl auch eine Frage in ihren Worten mitklang, weiteten sich ihre Augen vor Entsetzen, während sie gleichzeitig die Hand sinken ließ und einen Schritt zurückwich. »Du bist dieser … Mann, diese Legende, das Versprechen der Rettung?«

»Ich weiß nichts von einer Legende«, sagte Skar überrascht. »Und ich weiß auch nicht, wie dieses … dieses *Ding* da in meine Brust gekommen ist.«

»Aber wer bist du dann?«, fragte Esanna. »Wenn du nicht Skar bist … verdammt noch mal, dann sag mir, wer du bist!?!«

»Das ist eine gute Frage«, sagte er unsicher, »aber ich bin sicherlich nicht der Skar eurer Legenden. Es ist … es ist viel Zeit vergangen, seitdem ich das letzte Mal …« *Lebte*, hätte er fast den Satz beendet. Aber das verbiss er sich lieber; es hätte nicht nur makaber, sondern auch vollkommen unverständlich geklungen.

»Woher kommst du?«, fragte Esanna hartnäckig. »Dann sag mir wenigstens das!«

»Ich sagte doch schon, dass ich von weit her komme …«

Das war, wurde ihm in diesem Moment schmerzhaft bewusst, stark untertrieben. Es fiel ihm schwer zu glauben, dass er wirklich noch vor wenigen Tagen tot gewesen sein sollte und mit einem Mal rastete wieder ein Stück Erinnerung ein:

WIR WERDEN DIE WELT BEHERRSCHEN, SKAR. UND SPÄTER DAS UNIVERSUM. KOMM ZU MIR UND ICH MACHE DICH ZU EINEM GOTT.

Aber das hatte er nicht gewollt. Oh ja, er wollte es – alles in ihm schrie danach, den letzten Schritt zu tun und zum Herrn der Ewigkeit zu werden, er wollte die Macht über Welten, vielleicht Galaxien.

Es war wie eine getreuliche Fortsetzung des Alptraums, der in der Nacht begonnen hatte und gleichzeitig so intensiv wie die Halluzination, die ihm kurz nach seinem Erwachen die letzten Momente seines Lebens vorgegaukelt hatte, den schmählichen Verrat Dels und sein Ende durch die Hand Kiinas

ICH WEISS, DASS DU DIE MACHT HAST ZU TUN, WAS DU SAGST. ABER WER BIST DU?

»Ich bin dein Schöpfer«, sagte Skar. »Und ich befehle dir: Geh. Geh und lass den Menschen und Quorrl ihre Welt, so wie sie dir die deine lassen werden.«

War das tatsächlich ein Erinnerungsfetzen oder eine Vision, eine Verhöhnung von jenseits der Wirklichkeit? Er wusste es nicht, aber etwas in ihm, ein gleichzeitig unbekannter und nur allzu bekannter Teil von ihm wisperte von purer Wahrheit, von der Verheißung nach Unsterblichkeit und unglaublicher Macht. Wie schon unzählige Male zuvor versuchte Skar den Gedanken weiterzuverfolgen, zu ergründen, wer diese geheimnisvolle Macht war, und ob vielleicht die *Sternenbestie* dahinter steckte, der *Daij-Djan*, aber bei diesem Versuch steigerte sich der latent vorhandene Druck in seinem Kopf und wurde zu einem unerträglich bohrenden Schmerz.

»Also, woher kommst du nun?«

Skar zuckte zusammen und bemerkte erst jetzt, dass er eine ganze Zeit lang mit leerem Gesicht vor sich hin gestarrt hatte. *Geh und lass den Menschen und Quorrl ihre Welt, so wie sie dir die deine lassen werden.* War es das, was in Gefahr geraten war, das Gleichgewicht zwischen der *Sternenkreatur* und den Menschen und Quorrl? Hatte eine Seite ihre Abmachung nicht eingehalten, war sein Verzicht auf die Macht und Unsterblichkeit letztlich sinnlos geblieben? In diesen wenigen Sekunden schien sich ihm die Vergangenheit wie ein offenes Buch vor ihm zu eröffnen, doch schon im nächsten Moment entglitt ihm der Zipfel des Wissens wieder und entließ ihn mit einem Gefühl unendlichen Verlustes.

Esanna besaß offensichtlich genug Gespür, um ihre Frage kein weiteres Mal zu stellen. Sie blickte ihn einfach wortlos an, aber etwas in ihrem Gesicht sagte ihm, dass sie sich nicht lange mit den wenigen Brocken zufrieden geben würde, die er ihr aufgetischt hatte. Ganz im Gegenteil: Das Funkeln in ihren Augen verriet, dass ihr noch tausend Fragen auf der Seele brannten – und offensichtlich war nur eine davon die nach seiner wahren Existenz, die Frage, ob er wirklich der einzige und wahre Skar war.

»Ich erinnere mich nur noch daran, dass ich in der Nähe des Sturzes von Ninga an Land gespült worden bin …« – *genau dort, wo ihn vor Jahrhunderten Kiina und sein Quorrl-Freund Titch der gläsernen Wand aus Wasser übergeben hatten, dieser letzten Ruhestätte in elementarer Gewalt …*

»So, wie es die Legende sagt«, unterbrach ihn Esanna schaudernd.

Die Legende! – Das klang wie Hohn in Skars Ohren. Er hatte die Verlockung der Macht gespürt, damals, und er spürte sie auch heute noch. Irgendetwas war geschehen, in diesen letzten Tagen seines Lebens, das unter Dels Schwert sein Ende gefunden hatte. Er hatte die schimmernde Wand aus Wasser gesehen, die mit ungeheurer Wucht über den Rand des Sturzes von Ninga schoss, an ihm vorbei in eine unglaubliche Tiefe, um Meilen unter ihm mit explosiver Wucht auf hartem Gestein aufzuschlagen – aber er hatte sie von *hinten* gesehen! Irgendwie war er in den riesigen unterirdischen Komplex hinter den gewaltigen Wasserfall gelangt, der das unglaubliche Geheimnis Enwors barg und gleichzeitig den Schlüssel zu seinem Untergang …

Dann verlosch das Bild wieder. Er hätte in diesem Moment seine rechte Hand dafür gegeben, wieder tiefer in seine Vergangenheit einsteigen zu können. Aber der Zugang zu seinen gerade noch so lebhaften Erinnerungen glitt weiter zu, kaum dass er sich einen Spalt weit geöffnet hatte.

Mit einer missmutigen Kopfbewegung schüttelte er die Erinnerung ab. »Jetzt weißt du plötzlich doch Einzelheiten?«, fragte er so ärgerlich, als sei Esanna am Versagen seines Gedächtnisses Schuld. »Wie kommt das? Gerade noch hast du mir gesagt, dass du das *Elfte Buch* nicht weiter kennen würdest.«

»Das stimmt ja auch«, antwortete Esanna rasch. »Es sind nur ... nur ein paar Brocken der Überlieferung. Wenn du mehr wissen willst, musst du dich an die Satai wenden, die ... die *seine* Lebensgeschichte aufschreiben.«

»Vielleicht habe ich dazu bald Gelegenheit«, murmelte Skar. Er war sich nicht sicher, ob Esanna wirklich die Wahrheit sagte und nur ein paar Brocken der alten Überlieferung kannte, die sie das *Elfte Buch* nannte – in logischer Reihenfolge, da die ihm bekannte Geschichtsschreibung Enwors in den Heiligen Zehn Büchern zusammengefasst worden war, geführt von den *Ehrwürdigen Frauen*, den *Errish*, und gehütet von ihrem Oberhaupt, der *Margoi*. »Wobei ich allerdings nicht ganz verstehe, was die Satai mit dem Verfassen heiliger Bücher zu tun haben. Ihr Handwerkszeugs war bislang eher das Schwert als Schreibzeug.«

»Heilige Bücher ...«, wiederholte Esanna verstört. »Vielleicht sind es ja doch nur lauter alte Legenden. Genauso wie ihre Drachen ...«

»Die *Daktylen*«, half ihr Skar aus und von einem Moment auf den anderen kehrte die Erinnerung zurück: *In der Höhle befanden sich die Kadaver von mehr als einem Dutzend Drachen. Die meisten waren zu Boden gestürzt, aber einige standen auch aufrecht da, in absurden Stellungen eingewoben in die Fäden des schwarzen Netzes, das die Höhle in ein Labyrinth sich überschneidender Fäden und dunkler Klumpen verwandelte. Kiina hob die Hand und deutete auf eine titanische Echse, die halb zusammengebrochen, halb auf den Hinterläufen stehend, in einem Gewirr schwarzer, schenkel-*

artiger Netzfäden hing: Die Augen des gewaltigen Staubdrachens der Margoi, der mächtigen Herrscherin der Errish, strahlten noch im Tode Wildheit aus …

»Ja, genau. All das ist doch längst vergangen – wenn es denn überhaupt wirklich existiert hat.«

… Das Gesicht der Margoi war ein Totenschädel, kahl, bedeckt mit rissiger Pergamenthaut und von eiternden Wunden entstellt. Eines der Augen der Margoi war blind, überzogen von einem milchigen Netz, und der Mund hinter den entzündeten Lippen hatte keine Zähne mehr.

»Großer Gott!«, wimmerte Kiina. »Was ist mit Euch geschehen?«

Der Totenschädel der Margoi verzerrte sich zu einer Grimasse, die wohl der Versuch eines Lächelns sein sollte. »Wir haben bekommen, was wir … verdient haben.«

Fast gegen seinen Willen riss sich Skar aus der Erinnerung zurück. »Das ist mir neu«, sagte er schließlich leise. Dass die heilige Geschichtsschreibung von den *Ehrwürdigen Frauen* auf die Satai übergegangen sein sollte, verwirrte ihn fast noch mehr als der Umstand, dass die *Errish* in der Bedeutungslosigkeit verschwunden sein sollten. Den Niedergang der Errish hatte er schließlich zum größten Teil noch selber miterlebt … *Ein Teil des Netzes stürzte brennend im hinteren Drittel der Höhle zusammen und Skar spürte das Beben, das durch den Körper des toten Staubdrachens ging, an dem die Margoi lehnte. »Ich war feige«, sagte die sterbende Herrscherin. »Ich ließ mein Volk im Stich, statt mit ihm zu sterben, wie es meine Pflicht gewesen wäre. Zwei Tage und Nächte blieb ich hier unten und als ich zurückkam, da … da gab es kein Elay mehr.«*

Das Bild, das Skar so greifbar deutlich vor sich sah, verschwamm und machte etwas anderem Platz und … *Der Flammenschein wurde heller und die Luft merklich wärmer. Die zyklopische Mauer, in deren Schatten Kiina und er immer noch standen, war unversehrt geblieben, aber das, was sich vor ihnen erstreckte, war ein Schlachtfeld, die Reste einer Stadt, die ihren Bewohnern zum Grab geworden war. Die von Gewalten zermalmt worden war, die sich Skar weder vorstellen konnte noch vorstellen wollte. Was von den Häu-*

sern und Palästen noch stand, das waren ausgebrannte Ruinen, den geschwärzten Skeletten großer gepanzerter Tiere gleich, zwischen denen es hier und da noch immer brannte, ungeachtet des unablässig strömenden Regens. Die Straßen waren voller Schutt und verkohlter Trümmer und über allem lag Staub, den der Regen zu einer schwarzen, schmierigen Schicht gemacht hatte. Und überall lagen Tote – verkrümmte Gestalten in den schmucklosen grauen Mänteln der Errish, Dienstboten, Krieger, Männer, Frauen, Kinder … der Tod hatte keinen Unterschied gemacht, wo und bei wem er zuschlug.

Es war ein erschreckender Gedanke, der ihn aus seiner Verwirrung riss: *Du stirbst, Satai. In einer Woche, längstens in einem Monat.*

Er blickte überrascht hoch, als hätte jemand laut mit ihm gesprochen. Doch es war die Vergangenheit, die sich mit einem anderen Erinnerungsfetzen gemeldet hatte, wie schon so oft zuvor vollkommen unerwartet. Er wusste nicht, wer diese Drohung vor unendlich langer Zeit ausgesprochen hatte, aber er war sicher, dass er kurz darauf tatsächlich den Tod gefunden hatte … *Das Sternenfeuer ist keine Legende, Skar. Es existiert und es liegt in unserer Macht, es zu entfesseln. Willst du das? Willst du, dass ganz Enwor verbrennt?*

»Ich will wissen, ich muss wissen, wer du wirklich bist«, sagte Esanna verzweifelt. »Du tauchst wie ein Gespenst aus der Vergangenheit auf und bringst Leid über mich und die meinen … Was soll das alles nur für einen Sinn haben?«

Skar schwieg. Es gab auch nichts, was er im Moment hätte sagen können. Zwischen ihm und Esanna bestand ein Graben, eine Mauer, die er niemals würde ganz einreißen können, selbst wenn er es gewollt hätte. Es waren zwei verschiedene Welten, seine und die ihre, getrennt nicht nur von den Jahrhunderten, die seit seinem Tod verstrichen waren, sondern auch von einem vollkommen unterschiedlichen Erfahrungshorizont, wie er verschiedener nicht hätte sein können: Während sie auf die dreihundertjährige Geschichte ihres Volks zurückblickte, aber auf nur wenige Jahre eigenen, bewussten Lebens, hatte er weit mehr Erfahrungen, Leid und

Schmerzen aufgehäuft, als einem Menschenleben gut tat. Seine einzige ruhige Zeit waren die friedvollen Jahre in den unendlichen Prärien Malabs gewesen, eine Zeit, die ihm damals langweilig und verschwendet vorgekommen war, während sie ihm mittlerweile als unendlich kostbar erschien.

»Es tut mir Leid, dass ich dich da mit hineingezogen habe«, sagte er. »Morgen kannst du selbstverständlich deiner Wege ziehen.«

»Mit hineingezogen«, ächzte Esanna. »Scherzt du? Wer weiß, vielleicht machst du ja mit den Quorrl gemeinsame Sache, ohne dich könnten vielleicht mein Vater und alle anderen noch leben.«

»Glaubst du das wirklich? Wahrscheinlich haben die Quorrl schon seit Tagen den Angriff auf euer Dorf geplant. Es spricht vieles dafür. Wenn die Quorrl nicht blindwütig über irgendjemanden oder irgendetwas herfallen, dann planen sie ihre Aktionen sorgsam ...«

»Was soll dieses Geschwafel, *großer* Skar?«, fragte Esanna. »Willst du dich damit rein waschen von der Schuld, die du auf dich geladen hast?«

»Nein«, sagte Skar, obwohl ihm schmerzlich bewusst war, dass sie, wenn auch vielleicht auf eine verdrehte Art, Recht hatte. »Ich will dir damit nur deutlich machen, dass jede Münze zwei Seiten hat. Und ich will dir klarmachen, dass ich euer Dorf nicht verraten habe, sondern dass seine Vernichtung in einem größeren Zusammenhang stand.«

»Das ist keine Antwort«, fauchte Esanna.

»Vielleicht habe ich auch keine Antwort für dich«, sagte Skar ärgerlich. »Vielleicht gibt es überhaupt keine befriedigende Antwort auf die Frage, warum jemand gewaltsam aus dem Leben scheiden musste. Vielleicht ist es immer eine Verkettung unglücklicher Umstände, die dazu führt.«

»Alles nur faule, stinkende Ausreden«, sagte Esanna verächtlich. »Nichts, was meinem Vater und den anderen das Leben wiedergibt. Nichts, was rechtfertigt, dass du uns nicht beschützt hast und damit unsere Vernichtung in Kauf genommen hast!«

Während sie ihre bittere Anklage vorbrachte, hatte sich ihr Gesicht zunehmend verfinstert. Doch es war wohl nicht

Wut, die sie so hatte sprechen lassen, sondern Trauer und je mehr sie sie übermannte, umso mehr brach ihre Selbstbeherrschung zusammen. Die damit einhergehende Veränderung erschreckte ihn: Die soeben noch tapfere junge Frau wurde zum kleinen Mädchen, das vielleicht zum ersten Mal die ganze Tragweite des Geschehens begriff.

Sie schluchzte laut auf und in ihren Augen glitzerte es verdächtig. Ehe sie es verhindern konnte, rannen ihr Tränen die Wangen hinab; zwei feuchte Spuren des Entsetzens, gegen das sie sich jetzt nicht mehr zu wehren vermochte.

Skar hatte Männer und Frauen weinen sehen und das aus den verschiedensten Gründen. Vor allem Frauen setzten ihre Tränen manchmal als Waffe ein, aber genauso hätten sie versuchen können, ihn mit einem während eines Handstands ausgeführten Grimassenschneiden zu beeindrucken. Andere weinten vor tiefem Entsetzen und vor Trauer, was er zu gegebenem Anlass durchaus akzeptierte. Kinder aber, egal welchen Alters, die gerade unglaubliches Leid erlebt hatten: Deren Tränen hatte Skar kaum etwas entgegenzusetzen.

»Es tut mir Leid«, sagte er leise. »Ob ich mitschuldig bin an der Vernichtung deines Dorfes oder nicht: Es tut mir Leid.«

»Was ... was nutzt das jetzt noch?« Esanna wandte sich ab und wischte sich mit dem Ärmel ihres Gewands über die Augen. Das machte es beinahe noch schlimmer. Hätte sie ihren Tränen freien Lauf gelassen ... aber so, dieser Versuch Gefühle unter Kontrolle zu bringen, die nicht dafür da waren, kontrolliert zu werden – das schmerzte Skar mehr, als er im Augenblick ertrug.

»Es ist vorbei«, sagte er. »Du hast nichts zu befürchten. Im Gegenteil.«

Doch während er es aussprach, wusste er, dass es eine Lüge war. Es war beinahe so, als wäre durch ihre Tränen ein Schleier ganz besonderer Art von seinen Augen gerissen worden. *Glaubst du wirklich, dass dich nur ein Zufall dazu gebracht hat, dieses Mädchen mitzunehmen, sie ihrem Vater und den Quorrl zu entreißen?*, fragte eine Stimme in ihm. Er glaubte es natürlich nicht. Er hatte sich während des Gemetzels in Esannas Heimatdorf beinahe so verhalten, als sei sie *seine* Tochter und nicht die eines zweifelhaften Diggers, die er einer Todesgefahr entreißen musste.

Sie wollte antworten, aber Skar trat rasch auf sie zu, von einem Impuls getrieben, der ihn wohl selbst mehr überraschte als sie, schloss sie in die Arme und presste sie an sich wie ein Ertrinkender, der Halt sucht. Seine Umarmung war fest, viel fester als nötig gewesen wäre. Er spürte es, lockerte den Griff ein wenig und strich ihr übers Haar, sanft und doch voller Selbstverständlichkeit, wie man den Kopf eines Kindes streichelt, das Schutz vor einem Erwachsenen sucht.

»Deswegen dieses Wortspiel mit Ska statt Skar«, stammelte Esanna. »Du wolltest nicht erkannt werden … aber wie kann es sein, dass du hier bist?«

»Dreihundert Jahre nach meinem Tod, meinst du?«, fragte Skar ohne jede Bitterkeit. »Ich weiß es nicht. Aber es hat auch etwas mit … mit dir zu tun.« Er versuchte die Worte aufzuhalten, die aus ihm herausdrängten, aber es gelang ihm nicht. Die ganze Zeit über war etwas in seinem Kopf blockiert gewesen, hatte er noch nicht einmal ernsthaft über die Frage nachgedacht, warum er Esanna erst gerettet und dann mit in diese Einöde geschleppt hatte. Dabei gab es nur eine Antwort: »Es gibt eine Aufgabe, die ich zu lösen habe, und bei der ich auf deine Hilfe zählen muss.«

»Ein Aufgabe, bei der ich dir helfen soll?«, echote Esanna entsetzt und schob ihn automatisch ein kleines Stück von sich, ohne sich aber aus seiner Umarmung zu lösen. »Was soll das heißen? Ich bin doch nur ein einfaches Digger-Mädchen.«

»Da bin ich mir nicht so sicher«, murmelte Skar.

Esanna reagierte ganz anders auf seine Worte, als er erwartet hatte: Sie begann am ganzen Körper zu zittern. »Das ist nicht wahr«, stammelte sie.

»Was ist nicht wahr?«, fragte er, während seine Hand tröstend und doch gleichzeitig fast spielerisch durch ihr glattes, schwarzes Haar fuhr. »Ist es nicht wahr, dass es eine Verbindung zwischen uns beiden gibt, die wir im gleichen Moment gespürt haben, als wir uns zum ersten Mal gesehen haben? Ist es nicht wahr, dass du es genauso gespürt hast wie ich?«

»Ich weiß nicht …« Durch Esannas Körper ging ein leichtes, kaum spürbares Zittern. »Es macht mir Angst.«

»Das sollte es nicht«, murmelte Skar wider besseres Wissen. »Du hast nichts zu befürchten.« Seine Hand löste sich von ihrem Haar und drückte ihr Kinn mit sanfter Gewalt nach oben. Sein Blick bohrte sich in den ihren und einen Herzschlag lang verlor er sich in ihren Augen: zwei geheimnisvollen Seen gleich, unendlich warm und tief und auf unbeschreibliche Weise schön. Es war ein Moment tiefer Ruhe, ein Versprechen einander Kraft zu schenken, eine Ahnung lang vermisster Vertrautheit und doch auch die Angst alles zu verlieren, was das Leben lebenswert machte.

Er beugte sich vor und küsste sie.

Es kam so überraschend, dass sich Esanna im ersten Moment versteifte und ihn von sich schieben wollte, aber Skar hielt sie fest, presste sie beinahe mit Gewalt an sich. Ihr Widerstand brach und nach einer Sekunde wurden ihre Lippen weich. Sie wehrte sich nicht mehr, sondern erwiderte seinen Kuss, stürmisch und mit gieriger Kraft und schließlich war er es, der sich von ihr löste und sie sanft von sich schob.

Esannas Blick flackerte. Ihr Atem hatte sich beschleunigt und instinktiv wollte sie ihn wieder an sich ziehen, doch Skar ergriff ihre Handgelenke und hielt sie fest. Er wirkte betroffen, verwirrt und schuldbewusst, als wäre ihm plötzlich klar geworden, dass er etwas getan hatte, was ihm nicht zustand.

»Ich … es tut mir Leid«, murmelte er verstört. »Ich hätte das nicht tun sollen.«

Esanna reagierte nicht auf seine Worte, befreite sich stattdessen aus seinem nicht allzu festen Griff, um ihn mit einer erstaunlich kraftvollen Bewegung erneut an sich zu ziehen.

»Nicht«, sagte Skar, während er das fordernde Hämmern seines Herzschlags zu überhören versuchte. Schließlich schüttelte er energisch den Kopf und schob das Mädchen von sich. »Es darf nicht sein.«

Esanna sah ihn verstört an, so, als habe er sie geschlagen. »Warum darf es nicht sein?«, fragte sie verständnislos. »Und was darf nicht sein?«

Es darf nicht sein, dass wir uns gegenseitig Trost spenden, hätte Skar beinahe herausgeschrien, aber das war so nah an der Wahrheit, dass es wehgetan hätte. Im Laufe seines Lebens hatte Skar viele Frauen kennen gelernt und sich der unterschiedlichsten Vergnügen mit ihnen hingegeben, ohne jedes Mal Einwände oder Gegenargumente zu suchen, aber er hatte beileibe auch nicht jede Gelegenheit genutzt, die sich ihm geboten hatte. Und dennoch: Bei Esanna war das etwas gänzlich anderes. Ihre Jugend war dabei noch nicht einmal das ausschlaggebende Argument – für jemanden, der bereits vor dreihundert Jahren gestorben war, waren eigentlich alle Frauen zu jung oder, besser gesagt, das Alter spielte keine Rolle mehr und außerdem waren Mädchen in Esannas Alter oft schon verheiratet und hatten bereits ein oder zwei Kinder zur Welt gebracht.

Nein. Sich mit Esanna einzulassen wäre ihm einfach – *verkehrt* erschienen. Der Pakt mit Unbekannt mit dem Ziel seiner Wiedergeburt, um eine ganz bestimmte Aufgabe zu erfüllen, beinhaltete nicht so etwas wie Zuneigung oder gar Liebe und hatte auch nichts mit einem naiven kleinen Digger-Mädchen zu tun, das er aus einer plötzlichen Laune heraus etwas zu stürmisch geküsst hatte.

Skar blickte sie sehr lange und sehr nachdenklich an. »Es ist besser so«, sagte er deshalb. »Wir sollten uns nicht zu sehr aufeinander einlassen.«

»Warum stößt du mich von dir?«, fragte Esanna leise und offensichtlich tief verletzt. »Bin ich dir etwa nicht gut genug?«

»Das hat damit überhaupt nichts zu tun«, behauptete Skar. »Es ist doch eher andersherum. Ich bin nicht ganz auf der Höhe der Zeit. Jedenfalls niemand, an den sich ein junges Mädchen hängen sollte.«

»Das ist mir egal. Ich will doch nur …«

Skar unterbrach sie mit einem raschen Kopfschütteln; schnell und abgehackt und so befehlend, dass sie mitten im Satz verstummte. »Unsere Aufgabe ist … zu wichtig. Alles andere zählt nicht.«

Esanna sah ihn an, als hätte er komplett den Verstand verloren. »Was hat denn das mit irgendeiner *Aufgabe* zu tun? Habt ihr früher wirklich so gedacht und gehandelt?« Sie schürzte verächtlich die Lippen. »Wenn das so ist, dann tust du mir Leid. Dann frage ich mich, wozu du überhaupt wieder auf die Welt gekommen bist.«

Der Hieb saß. Der Funke, den der leidenschaftliche Kuss in Skar entbrannte hatte, war noch lange nicht erloschen; möglich, dass er eine Glut erweckt hatte, die noch ein paar Tage vor sich hin glimmen würde, bis sie gänzlich erstickt war.

Aber wenn Skar an andere Frauen in seinem Leben zurückdachte, die ihm einst eine Menge bedeutet hatten – etwa an Coar, die Stadtkommandantin von Cearn, oder an Gowenna, die Mutter Kiinas –, dann war das aus seiner jetzigen Sicht doch nicht viel mehr als die Erinnerung an einen fernen schönen Frühlingstag. Und Esanna wollte damit konkurrieren?

Unsinn. Das Mädchen bedeutete ihm nichts und würde ihm auch nie etwas bedeuten. Er hatte ja nicht einmal eine Ahnung, wie lang das ihm geschenkte neue Leben sein würde und überhaupt sein konnte; möglicherweise würde er schon in ein paar Wochen in eine sabbernde, alte Hülle zusammensacken, selbst wenn ihn nicht vorher ein Pfeil durchbohren oder ein Schwert tödlich verletzen würde. Ganz schwach nur streifte ihn der Gedanke, dass gerade deshalb dieser eine Moment so kostbar war, dass ihm vielleicht nur diese eine Chance blieb, das Leben zu fassen.

Aber er schwieg. Seine Brust schien unter dem Druck der nicht gesprochenen Worte zerbersten zu wollen und ein, zwei Herzschläge lang war er versucht Esanna einfach wieder in den Arm zu nehmen und einer Leidenschaftlichkeit freien Lauf zu lassen, die sich im Hier und Jetzt ausleben wollte.

Das Mädchen schien zu spüren, was in ihm vorging, wandte sich wortlos um und ging mit langsamen, kraftlosen Schritten zum Feuer. Ohne ihm noch einen Blick zu schenken, warf sie zwei, drei der Holzscheite nach, die Skar am Abend vorausschauenderweise neben dem Feuerplatz aufgeschichtet hatte, und stocherte in der Glut herum, um sie wieder in Gang zu setzen.

Skar ließ sich neben Esanna am Feuer nieder und trank einen Schluck kristallklar schmeckenden Wassers aus seinem Wasserschlauch, den er vor ihrem Aufstieg zur Höhle noch an einem kleinen Bach gefüllt hatte. Die kalte Flüssigkeit tat ihm gut und brachte seine Lebensgeister einigermaßen zurück. Trotzdem war er sich fast schmerzhaft bewusst, dass nichts war, wie es sein sollte.

»Was ist mit den *Ehrwürdigen Frauen*, mit den *Errish* geschehen?«, fragte er schließlich.

»Ich … ich weiß es nicht.« Esanna wirkte noch immer aufs Äußerste verwirrt. »Ich bin weder Satai noch Schriftgelehrter, aber soviel ich weiß – es soll unter den Satai noch einige wenige *Errish* geben, erzählt man sich. Ob da etwas dran ist, weiß ich natürlich nicht.«

Und so, wie sie es sagte, war es ihr auch egal. Sie starrte die ganze Zeit über ins Feuer und vermied es, auch nur einen einzigen Blick in seine Richtung zu werfen.

»Was hast du morgen vor?«, fragte sie in das Prasseln der Flammen hinein.

»Ich werde mich auf den Weg zu Marna machen«, sagte er.

»Und du erwartest, dass ich dich begleite?«

»Ja. Nein. Ich weiß nicht.« Skar fingerte in seinem Waffengurt aus gegerbter Reptilienhaut herum, in den er Esannas Messer hatte verschwinden lassen und legte es neben ihr auf den Boden. »Hier«, sagte er. »Du wirst es brauchen, fürchte ich. So oder so.«

Sie warf ihm einen raschen Seitenblick zu. »Du vertraust mir?«

»Ja.« Diesmal blieb er bei der einfachen Antwort.

»Warum? Nur weil du mich geküsst hast?«

»Nein.« Skar legte den Kopf in den Nacken und starrte in die verrußte Höhlendecke hinauf. Mit einem Mal merkte er, wie müde er war. Müde und zerschlagen, als hätte er eine fürchterliche Anstrengung hinter sich. Aber das war es ja auch gewesen: Der Kampf gegen die Quorrl, der Aufstieg bei Nacht und Nebel, der ihn mit instinktiver Zielsicherheit hierher geführt hatte und schließlich diese quälenden Visionen (oder was sonst immer es gewesen war) und die Auseinandersetzung mit Esanna.

»Warum dann?«, hakte sie nach, nachdem sie das Messer wieder unter ihrem Gewand hatte verschwinden lassen.

»Weil es jetzt keinen Sinn mehr haben würde, wenn du mich als deinen Feind betrachten würdest«, sagte Skar. »Nicht, nachdem du begriffen hast, dass unsere Begegnung kein Zufall war und dass wir eine gemeinsame Aufgabe zu erfüllen haben.«

Esanna stocherte weiter in der mittlerweile bereits entfachten Glut herum, bis Funken stoben. In dem flackernden Licht wirkte ihr bleiches Gesicht fast so durchscheinend wie das einer der teuren bemalten Glaspuppen, wie sie vor einer Ewigkeit von reisenden Händlern auf dem Markt von Besh an die Töchter reicher Häuser verkauft worden waren. Es war etwas Unnatürliches an ihr, fand Skar in diesen Sekunden, etwas, dass so gar nicht zu einem ungehobelten Haufen verrückter Digger passte.

»Ich glaube, du siehst irgendjemanden in mir, der ich nicht bin«, stellte Esanna nach einer Weile fest. Ihre Stimme verlor sich fast im Prasseln der letzten Holzscheite, die sie jetzt nachgelegt hatte. Wenn das Feuer heruntergebrannt war, würde es schon Minuten später empfindlich kalt werden.

»Kann sein«, gab Skar zu. »Aber es könnte natürlich auch anders herum sein.«

»Anders herum?«, fragte sie misstrauisch. »Was meinst du damit?«

»Dass du eine Bestimmung hast, derer du dir selbst noch nicht bewusst bist. Etwas, das die ganzen Jahre in dir geschlummert hat und das jetzt zum Ausbruch kommt.«

»Wie kommst du nur auf einen solchen Unsinn?«, fragte sie.

»Vielleicht deshalb, weil es mir vor einer Ewigkeit ganz ähnlich ging …«, sagte Skar und erinnerte sich an sein Widerstreben, als er Stück für Stück hatte begreifen müssen, was der *Dunkle Bruder* in ihm gewesen war: mehr als nur eine innere Stimme, der *Wächter*, etwas unglaublich

Fremdes und dennoch nur allzu bald sehr Vertrautes, das ihm die Verantwortung für ganz Enwor auf die Schultern gelegt hatte. »Das Schicksal sucht sich manchmal in bestimmten Menschen ein Werkzeug zur Erledigung großer Aufgaben«, murmelte er nach einer Weile. »Und es fragt nicht, ob dieser Mensch sein Schicksal nun annehmen will oder nicht.«

»Na, vielen Dank. Und wenn ich nun kein Werkzeug sein will?«

Skar schloss für einen Moment die Augen. *Der Boden glänzte unter einer feuchten, schlierig-klaren Schicht. Die Luft stank so durchdringend, dass das Atmen zur Qual wurde. Die skelettierten Reste von sieben, acht Quorrl lagen auf dem Boden oder zerbrochen über Stühlen und dem breiten Bett, dessen Seidenbezug schwer und dunkel vom Blut der* Sternenbestie *geworden war.*

Er hatte Tod und Vernichtung unter die Quorrl gebracht wie auch unter die Menschen, er hatte zu lange gezögert, weil er sich dem Schicksal hatte entgegenstemmen wollen. Es durfte nie wieder geschehen. Was auch immer da in seinem Inneren aufgeflackert war, diese ferne Erinnerung einer grauenvollen Katastrophe: Er durfte nie die mir ihr verbundene Warnung vergessen.

»Du hast meine Frage noch nicht beantwortet«, drängte ihn Esanna.

Aber das hatte Skar auch gar nicht vor. Er konnte es nicht.

3

Ein Geräusch riss ihn aus seinen Gedanken, das hier nicht hingehörte, ein leises, kaum hörbares Tapsen, dessen Ursprung er nicht orten konnte. Vielleicht ein Tier, möglicherweise sogar ein Bär – auch wenn er sich das nicht vorstellen konnte, denn dann hätte er seine Anwesenheit schon vorher spüren müssen. Das Geräusch wiederholte sich und dann glaubte Skar noch etwas anderes zu hören: einen leisen Singsang, sanft und fern wie ein Windhauch, aber doch so deutlich wie das Geräusch der ersten feinen Tropfen, das einen Regen ankündigte.

Skar glitt förmlich in die Töne hinein, die er hörte, versuchte sie zu fassen und zu ergründen, während er noch immer in das prasselnde Feuer vor sich starrte. Es war nicht einfach, die Feuergeräusche so weit auszublenden, bis er die Quelle der anderen Laute feststellen konnte.

»Warum antwortest du nicht auf meine Frage«, wollte Esanna wissen.

»Still«, zischte Skar kaum vernehmbar und legte den Finger auf den Mund, um seine Worte zu bestärken.

»Warum?«, fragte Esanna trotzig, doch ein Blick in Skars Gesicht ließ sie verstummen und erschrocken die Augen aufreißen.

Skar erhob sich langsam und ohne Eile. Wer oder was auch immer dort im Hintergrund der Höhle war, bewegte sich langsam und vorsichtig. Womöglich wurden sie die ganze Zeit über schon beobachtet. Wenn das so war, dann wollte er den oder die Lauscher nicht mit der Nase darauf stoßen, dass er sie entdeckt hatte.

»Was ist denn nun ...«, begann Esanna, brach dann aber mitten im Satz ab, als Skar den Kopf schüttelte.

Es war merkwürdig: Aber in diesem Moment wünschte er, Del wäre an seiner Seite und nicht ein unbeholfenes Digger-Mädchen, das sich mit jeder Bewegung und jeder Äußerung einem heimlichen Beobachter verdächtig machen musste.

Aber Del war nicht nur tot. Er war auch ein dreckiger Verräter gewesen. Der Mann, den er als seinen besten Freund, seinen engsten Vertrauten und letztlich auch als eine Art Ziehsohn betrachtet hatte, hatte ihn von Anfang an betrogen.

»Wir brauchen noch etwas Holz«, sagte er laut. »Halte die Flammen so lange in Gang, bis ich welches gefunden habe.«

Esanna nickte hektisch und sah sich gehetzt nach allen Seiten um. Verdammt. Genauso gut hätte sie sich ein Schild um den Hals hängen können mit der Aufschrift: *Wir haben euch entdeckt. Und Skar sucht euch jetzt.*

Mit langsamen, elastischen Bewegungen ging Skar tiefer in die Höhle hinein, dorthin, wo das flackernde Licht des Feuers ein verwirrendes Spiel zuckender Bewegungen auf die Wände zauberte, die kaum noch ausreichten, um ein paar Schritt weit sehen zu können. Seine Phantasie gaukelte ihm hinter jedem Vorsprung, hinter jedem Knick eine Horde unbekannter Angreifer vor, die nur darauf lauerte, sich mit einem Kampfschrei auf ihn zu stürzen.

Trotzdem vermied er es, seine Waffe zu ziehen. Er wollte niemanden unnötig provozieren. Und dass hier jemand war, das bezweifelte er schon nach ein paar Schritten nicht mehr. Es waren jetzt weniger Geräusche, die ihn bei seiner Wahrnehmung bestärkten, als vielmehr das sichere Gefühl, von mehreren Augen beobachtet zu werden. Skar verfügte über genug Erfahrung, um zu wissen, dass dieses Gefühl absolut verlässlich war: Fast jeder Mensch war in der Lage, die Blicke eines heimlich in der Nähe kauernden Beobachters zu spüren, doch die meisten überlagerten solche Empfindungen mit trägen Gedanken oder Zweifeln.

Das hatte Skar nicht vor. Er schlich weiter hinein in das Halbdunkel, die ganze Zeit über darauf vorbereitet, jederzeit einen Angriff parieren zu können. Er wusste, dass er dabei im Nachteil war: Während er keine Ahnung hatte, wo die anderen steckten, hatten sie ihn die ganze Zeit im Blickfeld und konnten so in Ruhe die beste Angriffsstrategie ersinnen.

»Warte«, ertönte hinter ihm eine Stimme. »Lass mich hier nicht alleine.«

Skar hätte am liebsten laut geflucht. Dieses blöde Kind. Es reichte nicht, dass es sich auffällig umsah, nein, es musste ihm jetzt auch noch hinterherlaufen wie ein Kleinkind, das sich vor einem Gewitter fürchtet.

Zu spät erinnerte er sich daran, dass Ärger ein schlechter Ratgeber war. So auch in diesem Fall. Seine Wut auf Esanna ließ ihn eine Wurzel übersehen, die in einem Knick vor ihm lag und wahrscheinlich von übereifrigen Holzsammlern dort vergessen worden war. Prompt stieß er mit dem Fuß dagegen, wodurch sie ein paar Schritt über den Boden glitt und mit einem lauten Geräusch an einen Vorsprung krachte.

»Hier bin ich, Feuerfee«, sagte er säuerlich und versetzte dem Wurzelstück, über das er gestolpert war, einen wütenden Fußtritt. »Vielleicht hättest du die Güte zu warten, bis ich genug Holz zusammenhabe.«

»Ich weiß nicht … ob das so eine gute Idee ist«, sagte Esanna und dann war sie auch schon heran, mit so raschen Schritten, dass ihre offenen Haare in der Zugluft flatterten. »Es war mir fast so, als ob jemand am Höhleneingang war.«

»Na, wunderbar«, sagte Skar betont leichthin, um möglichen heimlichen Zuhörern die Gelegenheit zu geben, ihm immer noch den unbekümmerten Holzsammler abzunehmen. »Wahrscheinlich ein Bärenjunges, das einen Unterschlupf sucht.«

»Kurz vor Morgengrauen?«, fragte Esanna nervös. »Das kann ich mir nicht vorstellen.«

Skar seufzte. »Ich kümmere mich gleich darum«, sagte er, was er durchaus ernst meinte. Er konnte sich nicht des Gefühls erwehren, dass ihn jemand in eine Falle gelockt hatte: ein paar Geräusche, die den Satai vom Feuer weg tiefer in das unterirdische Labyrinth lockten, um dann in aller Ruhe den Höhleneingang zu verriegeln und ihnen so den Fluchtweg aus der Höhle abzuschneiden. Diese Idee hätte von ihm stammen können.

Doch ehe er auch nur ansatzweise begriff, was geschah, glitten schwarze Schatten aus dunklen Wänden und verdichteten sich zu einer Gruppe fremdartig wirkender Wesen, die einen fast perfekten Kreis um sie bildeten.

Skar schluckte verblüfft. Er hatte in den letzten Sekunden

kein anderes Geräusch gehört als seinen eigenen Herzschlag, das Rauschen des Blutes in seinen Ohren und das Rascheln und Knistern, das durch seine und Esannas Bewegungen entstanden war. Er begriff nicht, wie es hatte geschehen können, dass ihn plötzlich mehrere knabenhaft wirkende Gestalten geräuschlos umringten. Das gefiel ihm nicht, ganz und gar nicht.

Seine Hand wanderte wie von selbst zum reich ziselierten Griff seines *Tschekals* und zwei Dutzend Augen schienen der Bewegung zu folgen. Plötzlich hatte Skar Angst. Diese Gestalten erinnerten ihn an irgendetwas, die Art, wie sie sich bewegten, schnell, leise und geisterhaft. Er war sich sicher, schon früher mit Menschen (oder Wesen?) diesen Schlags zu tun gehabt zu haben. Aber er kam nicht darauf, wann das gewesen war und in welchem Zusammenhang seine Erinnerung stand.

Es war so dunkel in diesem Teil der Höhle, dass er ihre Gesichter nicht erkennen konnte und auch nicht zu sagen vermochte, ob sie ihn feindselig, misstrauisch oder auch nur abwartend anstarrten. Ihre eleganten, leichtfüßigen Bewegungen hatten etwas fast Insektenartiges an sich und es wurde ihm bewusst, dass sie wahrscheinlich genauso schnell wieder mit der Dunkelheit verschmelzen konnten, wie sie aus ihr hervorgetreten waren.

Doch das war nicht unmittelbar das, was ihm Sorgen bereitete. Er wusste nicht, wie viele von ihrer Sorte sich noch in der Höhle aufhielten. Aber auch die rund zehn Männer, die sie bereits umringten, erschienen ihm gefährlich genug und er ahnte, dass er einen schweren Stand haben würde, wenn sie ihn angriffen. Zwar waren ihre Hände waffenleer, doch ihre geschmeidigen Bewegungen verrieten, dass es durchaus ernst zu nehmende Gegner waren – falls sie entsprechend geschult waren. Andererseits – *schmale, braun gebrannte, auffallend zerbrechlich wirkende Menschen*: Wann hatte er schon einmal mit diesem Schlag zu tun gehabt? Er konnte sich beim besten Willen nicht daran erinnern.

Eine der Gestalten trat vor, langsam aber mit einer fließenden, fast huschenden Bewegung, die Skars ersten Eindruck von der Gefährlichkeit der Männer bestärkte. »*Norpah!*«, sagte der Mann schnell. »*Sena konngif immenisten.*«

Esanna rückte näher an ihn heran. Ihre Hand glitt in Skars Waffengurt und krallte sich dort ein. Hoffentlich unternahm sie nichts Unbedachtes.

»Ich spreche eure Sprache nicht«, sagte Skar betont ruhig, doch ohne seine Nervosität ganz aus seiner Stimme bannen zu können. Er spürte, wie sich Esanna anspannte und gab ihr mit einem kleinen Wink zu verstehen, dass sie sich ruhig verhalten sollte. Erst dann brachte er seine Waffenhand nach oben und verschränkte seine Arme vor der Brust.

»Du … sprechen Tekanda?«, fragte der kleine braune Mann mühsam und mit einem fürchterlichen Akzent.

»Ja«, bestätigte Skar. »Ich spreche Tekanda.«

Und plötzlich begriff er, erinnerte er sich an Menschen, die er schon längst vergessen geglaubt hatte, an die dunklen, grünbraun gemusterten Kleider, die sie in einem Wald genauso gut tarnten wie hier im finsteren Teil der Höhle, an Körbe voller kleiner, beerenartiger Früchte, hölzerne Schalen und feinmaschige Netze aus geflochtenem Gras, die ihr alltägliches Werkzeug darstellten.

Die Männer waren Nahrak, Hüter des *Wandernden Waldes*. Es war wie der Rückfall in eine weit entfernte Ewigkeit, in eine Vergangenheit, die so fremd und verschüttet war, dass ihm seine eigenen Erinnerungen wie die eines anderen vorkamen.

Del und er hatten die Nonakeshwüste durchquert, gejagt von einer Horde Quorrl. Er hatte bei dem Kampf mit den Verfolgern zahlreiche Verletzungen davongetragen, aber Del war schlimmer dran gewesen: Seine Schulter war bis auf den Knochen gespalten. Fast wahnsinnig vor Durst, ausgedörrt und kraftlos waren sie auf den Wandernden Wald gestoßen, einem von einem unterirdischen Fluss gespeisten gigantischen Waldstück, das mit wuchernder Beharrlichkeit immer weiter hinauskroch in die Wüste, gehegt von den Hütern des Waldes, kleinen, braunen Menschen …

… den Nahrak!

»Was macht ihr hier?«

»Wir sind die Hüter«, sagte der kleine Mann mit großem Ernst. »Müssen schützen.«

Skar nickte. Die Nahrak waren nicht die einzigen Bewohner des Wandernden Waldes gewesen, sondern eher so etwas wie seine Gestalter, die Architekten und Bewahrer eines künstlich geschaffenen Wunders. »Ihr seid Nahrak?«, fragte er.

»Ja«, sagte der Mann einfach. »Mein Name ist Kama. Aber das … das ist nicht wichtig.«

»Nicht wichtig?«, ächzte Esanna. »Du kennst sie, Skar?«

Er nickte. »Sein Volk, ja. Aber es ist lange her …«

»Wir müssen uns beeilen«, sagte Kama.

»Wieso?«, fragte Skar, während sich seine Gedanken überschlugen. Er verstand nicht, warum die Nahrak hier plötzlich aufgetaucht waren – ohne Waffen und trotz der beißenden Kälte nur mit ihren üblichen leichten grünbraunen Kleidern gekleidet –, aber er war sich so gut wie sicher, dass von ihnen keine Gefahr ausging. Ganz im Gegenteil. Die Männer wirkten besorgt, aber nicht etwa, weil sie auf ihn und Esanna gestoßen waren, sondern … *weil hier vielleicht noch etwas anderes war, auf sie lauerte, etwas, das das Geräusch am Höhleneingang verursacht hatte.*

»Gehen«, drängte Kama. »Schnell.«

Skar packte Esannas Arm. »Wir sollten besser tun, was er sagt«, meinte er.

»Wieso?«, wollte Esanna wissen.

»Weil es besser sein«, sagte Kama. »Schnell!«

Der Kreis der kleinen Männer schloss sich enger um sie und einen Moment lang fürchtete Skar, dass er einen Fehler gemacht hatte, dass es falsch gewesen war, den Hütern des Waldes zu vertrauen. *Wieso waren sie überhaupt hier? Was wollten sie und wovor warnten sie ihn?* Aber dann sagten ihm sowohl Gefühl als auch Verstand, dass von diesen Männern keine Gefahr drohte, zumindest im Moment nicht, aber dass es dafür hier etwas ganz anderes gab, eine unheimliche, unaussprechliche Gefahr, deren Anwesenheit er instinktiv schon seit Stunden gespürt hatte, die in seine Visionen eingedrungen war und die ihm nun von Sekunde zu Sekunde bewusster wurde.

Auch Esanna schien es zu spüren, denn ihre Füße bewegten sich immer schneller, gefangen und beschützt von den Nahrak, die sie und Skar zurückdrängten, in Richtung Lagerfeuer. Die kleinen Männer bewegten sich so geschickt, dass weder einer von ihnen an einen Felsvorsprung anstieß noch Skar und das Mädchen Gefahr liefen, irgendwo anzurempeln.

»Da ist was«, keuchte Esanna, als sie die Hälfte der Strecke zum Feuer zurückgelegt hatten.

»Still«, zischte Kama kaum hörbar.

Während sie weiterliefen, versuchte Skar das flackernde Halbdunkel zu durchdringen. In den Schatten der Nischen und Vorsprünge glaubte er etwas Dunkles, körperlos Rauchiges wie schwarzen Nebel hervorquellen zu sehen, eine schwarze, von schauderhaftem, schleimigem Leben erfüllte Masse, die sich wie eine finstere Woge über den Boden ergoss. Ein dumpfes Rascheln und Schaben wie das Geräusch unzähliger kleiner, horniger Füße hallte von den Wänden wider und etwas wie Raubtiergestank, vermischt mit einem ekelhaften, an verfaulten Seetang erinnernden Geruch, wehte zu Skar hinüber.

»Vorsicht!«, schrie er. »Vor uns!«

Die Nahrak schienen die Gefahr gleich ihm instinktiv wahrzunehmen und bremsten ihren eleganten Lauf ab. Nur Esanna reagierte mit unerträglicher Trägheit, starrte mit tiefem Nichtbegreifen auf das bizarre Bild, während sie gleichzeitig einen der Nahrak anrempelte und fast gestrauchelt wäre, wenn Skar sie nicht am Handgelenk gepackt und zurückgerissen hätte.

Die Hüter des Waldes reagierten wie eine gut ausgebildete Söldnertruppe. Mit hohen, hellen Schreien wichen sie zurück, bildeten um Skar und das Mädchen eine Schutzmauer, fast wie eine Leibgarde, und drängten sie wieder zurück, in Richtung Höhle.

Keine Sekunde zu früh. Der Boden unter ihnen zuckte und bebte, als wäre er ein lebendes Wesen. Die Wände selbst schienen zu gespenstischem Leben erwacht zu sein, zogen sich zusammen, pulsierten, führten komplizierte, rasche Bewegungen aus, wie die Zuckungen eines Todkranken. Im flackernden, kaum wahrnehmbaren Licht, das vom Dunkel fast vollständig aufgesogen wurde, vollzog sich die Umwandlung von etwas so Fremdem und Bösartigem, dass Skar den Odem des Todes wahrzunehmen glaubte.

»Lauf, Esanna«, schrie er voller Panik. »Lauf!«

Seine Beine bewegten sich ohne sein Zutun, fielen in einen schnellen Rhythmus, im Gleichklang mit den elastischen und erstaunlich kraftvollen Bewegungen der Nahrak. Esanna konnte jetzt gar nicht mehr anders, als mit schnellen Schritten zurückzustolpern; eingeschlossen in die Gruppe der schlanken, braunen Männer, die ohne jede Absprache wie ein Lebewesen handelten, jagten sie und Skar unglaublich schnell zurück.

Die dunklen Schleier begannen sich zu verdichten, wurden zu einem länglichen, fließenden Umriss, wie die Finger einer gigantischen Hand, die mit erbarmungslosem Griff nach ihnen langte. Etwas Gewaltiges, Formloses raste auf sie zu, griff nach dem direkt vor Skar laufenden Mann und schleuderte ihn zu Boden. Der Nahrak schrie auf: ein grausiger, spitzer, gellender Schrei, der sich mit dem berstenden Geräusch seines Aufpralls mischte und dann mit erschreckender Plötzlichkeit abbrach.

Als wären die an den Wänden entlanggleitenden Schatten zu Leben erwacht, schoss erst ein weiterer, dann noch einer und schließlich eine ganze Gruppe der widerlichen Kreaturen auf sie zu. In diesem einen Sekundenbruchteil, der sich zur Ewigkeit dehnte, durchlebte Skar seine erste Begegnung mit diesen Wesen: auf einem Gemälde in Went, der Hauptstadt des wandernden Waldes von Cearn. Obwohl der Eindruck, den dieses plastisch und lebendig wirkende Gemälde bei ihm hinterlassen hatte, eine Ewigkeit zurücklag, war er doch gleichzeitig ungeheuer frisch und von geradezu ekelhafter Präsenz – *eine schwarze, unangenehm anzuschauende Masse, die an ein Nest sich windender Schlangen, an Spinnenbeine und glitschige Krakenarme erinnerte,* die wie damals auf dem Gemälde nun in der Wirklichkeit zu ihm vorschossen. Er hatte sich damals versucht vorzustellen, wie es sein musste, einer derartigen Scheußlichkeit wirklich gegenüberzustehen, aber allein der Gedanke daran hatte ihn erfüllt mit Furcht, beinahe Panik …

PANIK!

Die Höhle verwandelte sich von einem Moment auf den anderen in einen brodelnden Hexenkessel, in dem er keine einzelnen Bewegungen mehr wahrzunehmen vermochte, sondern nur noch ein gewaltiges Stürmen und Brodeln undefinierbarer Bewegungen. Schon einmal hatte Skar gegen die *Khtaám* gekämpft, gegen die schwarzen Nachtmahre des Grauens, die Wiedergeborenen, vor denen es kein Entrinnen gab und die ihn nach kurzem, verzweifeltem Kampf geschlagen hatten – *irgendetwas klatschte gegen Skars Rücken und versuchte sich mit Millionen und Abermillionen winziger spitzer Zähne festzukrallen. Ein grausamer Schmerz zuckte durch seine Eingeweide. Sein Rücken schien in Flammen zu stehen. Er schrie, taumelte einen Schritt und brach mit einem wimmernden Laut in die Knie.*

Aber das war Vergangenheit, verdammt, und er durfte nicht zulassen, dass sich der Kreis der Geschichte auf so sinnlose Art schloss.

Dann waren sie heran, Hunderte, wie es Skar schien. Mit einem unerträglichen Fauchen, grässlichen Lauten, die sich geradewegs in die Gehörgänge zu fressen schienen, stürzten sie sich auf die Nahrak.

Die Männer handelten bewundernswert kaltblütig und geschickt. Mit geradezu übernatürlicher Geschwindigkeit tauchten sie unter den Angreifern weg, wichen zur Seite, wehrten mit bloßen Händen und Füßen mehrere der Alptraumkreaturen ab, schleuderten etliche von ihnen zurück – wäre es nicht eine so bedrohliche Situation gewesen, hätte ihnen Skar Beifall gezollt. Doch so begriff er, dass sie trotz all ihrer Anstrengungen den wütenden Angriff nicht zurückwerfen konnten. Sie waren wie kleine, bewegliche Bäume, die einem Wirbelsturm erstaunlich lange zu trotzen vermochten, doch den Gewalten auf Dauer nichts entgegenzusetzen hatten – wenn der Angriff zu gewaltig war.

Und das war er. Die *Khtaám* brachen wie eine wogende Flutwelle über sie herein und die Nahrak waren der Staudamm, der die Welle zu brechen versuchte. Es gelang ihnen erstaunlich lange. Doch dann wurde ein Nahrak von einem widerlich saugenden Ungeheuer getroffen, das sich in seiner Schulter festbiss. Das Wesen war eine Ausgeburt der Hölle, eine Mischung zwischen Spinne und Tintenfisch mit mindestens einem Dutzend Fangarmen, kaum größer als eine Männerhand, aber gefährlicher als alle Lebewesen, die Skar auf Enwor kennen gelernt hatte, und als der Mann direkt neben ihm in die Knie ging, war er schon heran, ließ sein *Tschekal* eine aus dem Handgelenk kreisende Bewegung vollführen. Das Schwert schlitzte die Kreatur in der Mitte auf, trennte sie in zwei Hälften, ohne der Schulter des Nahrak mehr als nur einen kleinen blutigen Kratzer zuzufügen, und mit zwei kurzen seitlichen Hieben wischte Skar die sich noch immer windenden Körperteile des *Khtaám* zur Seite.

Und doch war es zu spät. Das Gift der Kreatur war schon in den Körper seines Opfers gedrungen, die unzähligen spitzen Zähne des Monsters hatten sich einen Sekundenbruchteil zu lange in sein Fleisch gegraben. Der Mann war dadurch nur einen kurzen Augenblick lang angeschlagen, schwankte leicht und kam dann wieder auf die Beine. Aber diese kurze Zeitspanne hatte drei weiteren Monstren genügt, um seine unbeholfene Verteidigung zu durchbrechen und sich in seinen Körper zu vergraben: Eines hatte sich in seinen rechten Oberschenkel verbissen, ein weiteres seine linke Hand erwischt – das Dritte aber, ein sich widerlich schlängelndes und zuckendes Etwas, klatschte erst gegen seine Schulter und wand sich dann um seinen Hals; es sah aus wie ein lebendig gewordener Alptraum eines Halstuchs, das seinen Besitzer erdrosseln wollte.

Skar war mit einem Satz bei ihm und sein Schwert sauste nahezu unsichtbar hinab, grub sich in die Kreaturen, zerstückelte sie, als wäre es ein eigenständiges Lebewesen, und obwohl dieses *Tschekal* weit schlechter ausbalanciert war als sein eigenes, vor dreihundert Jahren verschollenes, glitt es so schwerelos durch die Luft und die schleimig-feste Masse der *Khtaám*, als wäre es mit Skar verwachsen.

Und doch hatte der Nahrak keine Chance. Die sich um seinen Hals windende Kreatur war nicht mehr als ein von Skars Schwert zerstückeltes Etwas, aber es war noch Leben in ihm, widerliches, unnatürliches Leben, das nichts anderes kannte als den Willen zur Vernichtung, zur Versklavung oder Schlimmerem. Das Blut, das aus dem Hals des Nahrak strömte, aus den hundert kleinen Wunden, die ihm der Nachtmahr zugefügt hatte, und den wenigen, nicht allzu tiefen Schnitten, die Skar bei seinem Befreiungsversuch in seine Haut geritzt hatte, vermischte sich mit etwas ekelhaft Schleimigem, einer fast schwarzen, öligen Flüssigkeit, in der die roten Farbtupfer wie Fremdkörper wirkten.

Der Nahrak schrie auf und trotz des Tobens um sie herum hallte sein gellender Schrei noch in Skars Ohren weiter, als sich der Mann schon zusammenkrümmte, mit einer verzweifelt vorgestreckten Hand ein, zwei, drei weitere *Khtaám* abzuwehren versuchte, die ebenfalls auf seinen Hals, seine Schultern und sein Gesicht zuhielten und schließlich mit blitzschnellen Bewegungen einhüllten, sodass sein ganzer Kopf von einer schmierigen, zappelnden Masse bedeckt war, noch bevor er zu Boden stürzte.

Skar blieb keine Zeit, sich über den Todgeweihten Gedanken zu machen. Nachdem die lebendige Mauer der Nahrak erst einmal an einer Stelle durchbrochen war, kippte das Gleichgewicht und es wurde offenbar, dass sie alle in kürzester Zeit den ersten Opfern folgen würden. Skars Klinge glich einem Wirbelwind, der sich durch nachtschwarze, tentakelzuckende Ungeheuer fraß. Mit der gleichen Eleganz und Zielstrebigkeit versuchte er Esanna zu schützen. Das Mädchen presste sich ganz instinktiv an seinen Rücken, ohne dort aber auch nur einen Moment lang sicher zu sein, denn der Tod stürmte jetzt von allen Seiten auf sie ein.

Die *Khtaám* rasten mit pfeilschneller Geschwindigkeit heran, umschlangen einen Mann in tödlicher Umarmung und zermalmten ihn, noch während er in die Knie ging, sodass eine ekelhafte Gischt aus Blut, Knochensplittern und Gewebeteilen hochspritzte und alles benetzte. Währenddessen jagte ein ganz ineinander verklumpter, zuckender Ball mehrerer Ungeheuer auf einen weiteren Nahrak zu und schmetterte ihn mit der Kraft einer Riesenechse zu Boden, bevor sich die Nachtmahre züngelnd über ihn ergossen und ihr fürchterliches Mahl begannen.

Skar begriff, dass sie keine Chance mehr hatten ihren unglaublich schnellen und aggressiven Angreifern zu entkommen, aber der Instinkt des Kriegers zwang ihn seine Anstrengungen nochmals zu vervielfachen. Um sich auch nur einigermaßen seiner Haut erwehren zu können, hätte er in diesem Moment vier Arme und vier Schwerter gebraucht, und selbst dann hätte er sich nicht durch die schwarze, tentakelbewehrte Wand vorwärts kämpfen können, um den rettenden Höhlenausgang zu erreichen, geschweige denn, für seine und Esannas Sicherheit garantieren können.

Es war aus – AUS – und obwohl er das begriff und obwohl er keine Hoffnung mehr kannte, kämpfte er mit einer schier unmenschlichen Kraft und Geschicklichkeit weiter. Etwas in ihm schrie auf, wie ein verwundetes Tier, während er gleichzeitig sein *Tschekal* in eine tiefschwarze Wolke tintenfischähnlicher Monstren zucken ließ wie ein Gewitter seine Blitze in eine ihm schutzlos ausgelieferte Landschaft. Etwas schwarz Glänzendes mit viel zu vielen peitschenförmigen Tentakeln schrammte an seinem Gesicht vorbei und zwang ihn zu einer blitzschnellen Drehung, die Esanna aus der Deckung seines Körpers brachte.

Als hätten die *Khtaám* nur darauf gewartet, stürzten sich gleich mehrere auf das Mädchen. Esanna schrie auf und riss schützend die Hände vors Gesicht; sie versuchte nicht einmal ihr Messer zu ziehen und sich damit gegen die Nachtmahre zur Wehr zu setzen. Doch dafür geschah etwas ganz Anderes, schier Unglaubliches: Kurz bevor die schwarzen Ungeheuer heran waren, stieß Esanna die Hände nach vorne und mit Bewegungen, die so schnell waren, dass selbst Skar sie nicht mehr mit dem Auge verfolgen konnte, schlug sie die schleimigen Monster beiseite. Für einen winzigen Augenblick hatte er das Gefühl, dass Esanna tatsächlich mehr als zwei Arme hätte, als hätte sich sein verrückter Wunsch für sie erfüllt, um ihr die Möglichkeit zu geben sich freizukämpfen, als wäre sie selber mit vielen kleinen peitschenähnlichen Extremitäten ausgestattet, die es ihr gestatteten, so unter den *Khtaám* zu wüten wie zuvor die Monster unter den Nahrak.

Skar kam nicht einmal für den Hauch eines Lidschlags

dazu, das unglaubliche Schauspiel weiterzuverfolgen. Eine schwarze, ekelhafte Wolke raste auf ihn zu, so groß und so widerlich, dass er automatisch zur Seite sprang, sich abrollte und hinter den Ungeheuern wieder auf die Beine kam. Sein *Tschekal* stieß mit blitzschnellen Schnitten zwischen die ineinander verklumpte, zuckende und schwänzelnde Masse und riss sie auseinander.

Ein kurzer Blick zu Esanna zeigte ihm, dass sich das Mädchen – zumindest im Augenblick – auf unglaubliche Weise ihrer Haut zu wehren verstand, aber er lenkte ihn auch den entscheidenden Sekundenbruchteil ab, sodass er die nächste Angriffswelle der Nachtmahre nicht rechtzeitig kommen sah.

Ein Schlag traf seine Schulter. Für einen Moment spürte er einen furchtbaren, unerträglichen Schmerz, der sich wie eine weiß glühende Schlange tiefer und tiefer in seinen Leib grub, mit scharfen Zähnen an seinen Eingeweiden riss und unbarmherzig zerrte und wühlte. Dann begann auch schon etwas Dunkles, Schweres nach seinen Gedanken zu greifen; er krümmte sich, presste die Hände auf die Wunde und stürzte haltlos vornüber, während sein Schwert klappernd auf den Boden aufschlug und aus seinem Blickfeld verschwand.

Die Kampfgeräusche um ihn herum begannen sofort zu verschwimmen und in ihm war nichts mehr als Schmerz und gleichzeitig eine große Gleichgültigkeit, mit der er den Tod erwartete wie einen alten Freund. Aber er starb nicht und selbst die Erlösung der Ohnmacht wurde ihm nicht gewährt. Es war, als würden wabernde Schatten nach ihm greifen, sein Gehirn zusammenquetschen und seine Gedanken durcheinander purzeln lassen, als wäre schon immer nichts als Chaos in ihm gewesen.

Irgendwo nahm Skar dennoch die Kraft her, zur Seite zu greifen und sein Schwert aufzunehmen. Aber die Klinge schien plötzlich Tonnen zu wiegen. Er hatte kaum mehr die Energie, sie zu heben, und er konnte sich auch nicht auf irgendetwas konzentrieren, weder auf einen Angriff noch auf einen so kindischen Plan, wie sich einfach tot zu stellen. Noch immer spürte er einen brennenden Schmerz, der sich wie ein glühender Draht seinen Rücken und den Hals hinaufzog, aber er hatte gelernt aus Schmerz Energie zu machen und die Energie zu nutzen, um sich freizukämpfen, wann immer das nötig war.

Dass er dazu nicht seinen Verstand brauchte, war sein Glück. Wie von selbst stemmte er sich nach oben. Das Chaos in seinem Kopf kam wie brüllendes Höllenfeuer über ihn, riss alles weg, was ihn jemals am Leben erhalten hatte bis auf diesen ganz tief in ihm verwurzelten Kern, die elementarsten Instinkte des geborenen und hervorragend geschulten Kriegers, der zu kämpfen gelernt hatte, ohne von störenden Gedanken oder gar Zweifeln abgelenkt zu werden.

Ein Blitz aus schwarzem Nebel streifte eisig und gleichzeitig erbärmlich stinkend sein Gesicht. Sein Schwert zuckte nach oben, folgte der Bewegung des *Khtaám* und grub sich tief in das schwarze zappelnde Etwas, das ihm den Todesstoß hatte versetzen wollen.

Dann war er wieder auf den Beinen. Er bemerkte überhaupt nicht die Veränderung um sich herum, er nahm nichts mehr bewusst wahr, er war nur noch eins mit seinem *Tschekal* und eins mit dem brennenden Verlangen, um jeden Preis zu überleben. Sein Schwert wütete wie ein Dämon unter den Nachtmahren, vernichtete sie mit einer Schnelligkeit und Präzision, mit der diese Klinge sicherlich noch nie zuvor bewegt worden war. Doch schließlich erlahmten seine Bewegungen, verloren an Kraft und Geschmeidigkeit, verlangsamten sich auf ein normales Maß und damit auf eine Geschwindigkeit, mit der den *Khtaám* nicht mehr beizukommen war.

Mit einer letzten schwungvollen geschlagenen Acht erwischte er zwei der Ungeheuer. Torkelnd stolperte er einen Schritt vor, stieß die Klinge vollkommen blind und ohne zu treffen in die Luft und brach dann abermals zusammen, mitten hinein in widerlich zuckendes Gewirr abgeschlagener Tentakel und zerschlagener Schleimteile. Ein letztes Mal begehrte sein Geist auf, gewann sein Verstand die Kontrolle über die Gedanken und riss den Schleier des Fremden, ihn vernichten Wollenden entzwei und erwischte einen letzten

Blick auf Esanna, die wie durch ein Wunder immer noch auf den Beinen war und sich so schnell zu bewegen schien, dass ihr seine Augen nicht mehr zu folgen vermochten.

Dann verschwamm die Szene, riss auseinander wie ein Gemälde, in das ein Schwert geschlagen wurde, und erlosch.

Wie lange er bewusstlos dagelegen hatte, hätte er später nicht mehr zu sagen vermocht. Irgendetwas kitzelte in seiner Nase. Es war ein widerliches Gefühl, so als wollte etwas in sein rechtes Nasenloch fahren und in seine Stirnhöhle hochkrauchen.

Er schlug die Augen auf. Es war fast noch schlimmer, als er befürchtet hatte, schlimmer, als der bedrückendste Alptraum sein konnte: Er lag kopfüber in einer schleimigen, stinkenden, sich windenden Masse, aus der ein einzelner Tentakel hochgekrochen war und sich an seiner Nase zu schaffen machte. Er versuchte die Hand vorschnellen zu lassen, um sich von dem gleichermaßen ekelhaften wie gefährlichen Auswuchs zu befreien, aber es gelang ihm nicht einmal, die Finger zu bewegen. Er wollte schreien, aber es war nur ein einzelner ächzender Laut, der über seine Lippen kam. Zu allem Überfluss schien er das, was den Tentakel steuerte, so damit zu motivieren, dass es den schleimigen Fühler nach einem kurzen Zucken schneller über seine Oberlippe schob, sodass dieser jetzt bereits bis auf Daumenlänge in seinem Nasenloch verschwunden war. Hämmernde, harte Panik begann sich in Skar breit zu machen. Er versuchte irgendetwas zu machen, einen Finger zu bewegen oder auch einen ganzen Arm, die Beine anzuziehen oder den Kopf zu drehen: Aber er war wie gelähmt.

Schleimig tastend fuhr der Tentakel weiter in seiner Nasenhöhle hinauf. Es wäre Skar in diesem Moment tausendmal lieber gewesen, von einem Schwert durchbohrt zu werden, als diesem grauenvollen Angriff eines angeschlagenen *Khtaám* ausgeliefert zu sein. Was passierte, wenn sich der Tentakel immer weiter nach oben schob, konnte er sich nur zu genau ausmalen.

Was ihn schließlich rettete, war so banal, dass es geradezu grotesk war: Er musste niesen. Der Tentakel hatte seine Schleimhaut so gereizt, dass er von einem explosiven Niesen durchgeschüttelt wurde. Sein Kopf flog ein Stück zurück. Die Saugnäpfe des Tentakels spreizten sich auf, versuchten sich festzusaugen. Doch dann glitt der widerliche fühlerähnliche Auswuchs plötzlich ab, rutschte die Nasenhöhle hinunter und verabschiedete sich mit einem letzten Hieb auf Skars Lippen, im wahrsten Sinne des Wortes ausgeniest.

Skar atmete erleichtert auf, bereute den tiefen Atemzug aber im selben Moment schon wieder: Der Gestank der Masse, in die er mit dem Kopf eingetaucht war, brachte ihn zum Würgen. Er versuchte den Kopf etwas höher zu drehen, Stückchen für Stückchen, und schließlich hatte er zumindest das Gesicht aus der noch immer zuckenden Masse befreit. Er wusste nicht, wie viel Leben noch in den Ungeheuern war, in die er eingetunkt war, oder ob ihre Zuckungen vielleicht nur bedeuteten, dass sie wieder zu sich kamen, zu einem Leben erwachten, das mit etwas Natürlichem nichts zu tun hatte.

Er hatte auch nicht vor es herauszufinden.

Die Arme so weit anzuziehen, dass er sich auf sie stützen konnte, fiel ihm unglaublich schwer. Er versuchte sich aufzurichten, aber die Bewegung überforderte ihn. Wie ein Kleinkind robbte er weg von dem schwarzen, zuckenden und ekelhaft lebendigen Gewimmel, aus dem sich bereits wieder Tentakel in seine Richtung schlängelten. Seine rechte Hand tauchte in etwas Glitschiges ein, das sie ein paar Zoll weit über den verschleimten Boden gleiten ließ, sodass er mit dem Gesicht wieder in das schwarze Gezappel eintunkte. Züngelnde, schlängelnde Auswüchse glitten über sein Gesicht, tastend und fordernd, gleichermaßen zielgerichtet wie schnell.

Er hustete verzweifelt, stemmte sich wieder ein Stück in die Höhe, ohne jedoch alle Tentakel abschütteln zu können. Mit der einen Hand in die schleimige Masse gestützt, versuchte er sich mit der anderen Hand von dem widerlichen Gewimmel in seinem Gesicht zu befreien. Zwei, drei Auswüchse konnte er mit einer einfachen Handbewegung beiseite wischen, aber ein Tentakel glitt kraftvoll über sein Kinn und seinen rechten Mundwinkel in Richtung Nase.

Was auch immer die *Khtaám* antrieb, es war nicht beendet, wenn man sie zerstückelte und zerquetschte. Es war kein einziger Körper der Nachtmahre mehr erkennbar, sondern nicht mehr als ein schmieriger, stinkender Brei, der aber von Sekunde zu Sekunde mehr Konturen annahm und zu einem Schlangennest zu mutieren schien, aus dem die giftige Brut gerade ins Freie kroch, gierig und blutrünstig auf der Suche nach einem ersten Opfer.

Skar begriff, dass ihm nicht mehr viel Zeit blieb, wenn er dem noch fast harmlos anmutenden Tasten und Glibbern entkommen wollte. Um ihn herum war ein Stöhnen, Rascheln, Schaben und Wimmern, eine Mischung unterschiedlichster Laute der Angreifer und ihrer Opfer, aber keine Geräusche, die auch nur im Entferntesten auf einen regelrechten Kampf der Nahrak gegen die schwarze Brut hindeuteten. Was auch immer passiert war: Die erste Angriffswelle der *Khtaám* schien beendet zu sein. Was nicht hieß, dass die nächste nicht schon bevorstand.

Das sich windende, schlängelnde Etwas, das sich nicht hatte abschütteln lassen und nach wie vor in seine Nase vorzustoßen versuchte, schnellte mit einer kraftvollen Bewegung vor. Skar schrie auf. Diesmal gelang es ihm, den Tentakel zu packen. Aber das Ding hatte nicht vor so schnell aufzugeben. Die abstoßende Mischung aus Saugfüßen und spitzen Zähnen krallte sich in ihm ein, saugte an seinem Unterkiefer und durchbohrte schmerzhaft seine Oberlippe. Skar spannte seine gewaltigen Muskeln an und ließ ihre gesamte Energie in einer einzigen Bewegung frei.

Er hatte das Gefühl, als ob er sich selbst einen Teil seines Gesichts herausreißen würde. Seine durchstochene und mittlerweile heftig blutende Oberlippe dehnte sich weit über den Punkt des Erträglichen hinaus, so als wäre sie bereits mehr in dem Peitschenarm verwurzelt als in seinem eigenen Körper. Sein eigener Schrei mischte sich mit dem zischenden Geräusch von dem glitschigen Etwas, zu dem der Tentakel gehörte, und einen winzigen Augenblick entbrannte ein absurder Kampf um seine Oberlippe, die beide Seiten nicht herzugeben bereit waren.

Und wenn er sich dabei seine Lippe ausreißen würde, er musste sich von dem gierigen Peitschententakel befreien, das bereits wieder wild um seine Nase schlängelte und nichts unversucht lassen würde, um von ihm Besitz zu ergreifen. Es war in ihm kein Platz mehr für Schmerzempfinden oder Zaudern, er war nur noch personifizierter Wille und die Kraft, die diesen Willen in die Tat umsetzen würde, jetzt, hier und ohne Zögern.

Mit einem gellenden Schrei schleuderte er den Tentakel von sich. Schwarze, schleimige Flüssigkeit vermischte sich mit seinem eigenen Blut, das in einer spitzen Fontäne dem Peitschenarm nachjagte. Er stöhnte laut auf und krümmte sich zusammen, als seine überdehnte Lippe wieder zurückschnellte und für einen Augenblick schoss ihm der vollkommen nebensächliche und verrückte Gedanke durch den Kopf, dass er nun in nächster Zeit wohl kaum noch ein Mädchen würde küssen können …

ESANNA.

Der Gedanke an sie riss den Schleier auseinander, der sich wieder auf sein Bewusstsein gesenkt hatte. Aus trüben Augen erkannte er, dass das passiert war, was er befürchtet hatte: Das Mädchen war unter den Angriffen zusammengebrochen und lag nur ein paar Schritte entfernt von ihm.

Mühsam schleppte er sich zu ihr hinüber, vorbei an einem bereits angeschlagenen Nahrak, der mit der Abwehr begehrlicher, hektisch zuckender Peitschenarme beschäftigt war.

Esanna hatte nicht so viel Glück wie der Nahrak gehabt. Er kniete neben ihr in der übel riechenden, sich ringelnden, matschigen Masse, die mit tausend Fingern nach ihm zu greifen schien. Er achtete nicht darauf, bemerkte sie kaum. Das, was dem Mädchen zugestoßen war, schockierte ihn zu sehr.

Zuerst hatte er geglaubt, dass Esanna unter dem Angriff Dutzender von *Khtaám* in die Knie gegangen wäre. Doch das stimmte nicht. Die Nachtmahre hatten sich erschreckend verändert. Es waren keine einzelnen Lebewesen mehr, sondern ein Kollektiv, ähnlich der übel riechenden Masse, in der er gelegen hatte, als er aus seiner Ohnmacht erwacht war. Aber anders als er war Esanna über und über mit der schwarzen, schlierigen Schicht bedeckt, *eingehüllt* wie in ein grausiges lebendiges Leichentuch, das sich immer enger um sie schlang. In dem ganzen Krabbeln, Zappeln und Schlängeln glaubte Skar für einen Moment so etwas wie eine einzige zielgerichtete Intelligenz zu erkennen, etwas Gewaltiges, Großes und so Unverständliches, dass ihn allein der Zipfel des Begreifens wie unter einer schweren Last aufstöhnen ließ.

Es war schockierend.

Er hatte keine Ahnung, wie er Esanna retten könnte. Ihre schwarzen Haare vermischten sich mit der noch weitaus dunkleren, zuckenden Masse, ansonsten erkannte er kaum mehr als ein Aufblinken nackter Haut an den Hand- und Fußgelenken und an einer einzigen noch freien Stelle im Genick. Der Körper des Mädchens bewegte sich im gleichen Rhythmus wie ihr lebendiges Gefängnis. Vielleicht war sie schon tot.

Oder Schlimmeres.

Skar starrte wie hypnotisiert auf die formlose Masse, aus der sich Tentakel wanden und drehten. Ein schmatzendes, glucksendes Geräusch kam aus dem Schleim und einen verrückten Augenblick lang hatte er das Gefühl, als ob ihn die zischende Erscheinung *anschaute*, mit bösartigen, feindseligen Augen. Obwohl er nichts genau erkennen konnte, war er sich sicher, dass da … Mäuler waren, formlos, klaffend, hungrig … als ob sich dieses *Etwas* Esanna gerade einverleiben würde. Es war ein Augenblick der Ewigkeit, angesichts des unabänderlich erscheinenden Grauens. Die Höhlenwände schienen sich wie eine erstickende, lebendige Mauer um ihn herum zuzuziehen und ihm die Luft zum Atmen zu nehmen.

Erst als er glaubte irgendwo unter seinen Füßen ein mächtiges Knirschen und Rumoren zu hören, erwachte er aus seiner Erstarrung. Er hätte zugreifen können, mit beiden Händen in die widerliche Masse greifen, an ihr reißen und zerren können, um Esanna aus der todbringenden

Umklammerung zu befreien. Aber er tat es nicht. Was immer da mit ihr geschah – er war machtlos dagegen. Ein Rettungsversuch hätte vielleicht sogar das Gegenteil von dem bewirkt, was er damit hätte erreichen wollen.

Das Beben unter seinen Füßen verstärkte sich und gleichzeitig glitt etwas über den Stiefelschaft in seine Hose, etwas glitschig Saugendes. Skar schlug mit der geballten Faust auf die Stelle, an der sich gerade das fordernd tastende Teil des Tentakels befand. Der peitschenähnliche Fühler verharrte einen Moment, um dann nur noch schneller nach oben zu gleiten.

Skar sprang fluchend einen Schritt zurück – und wäre fast auf der glitschigen Masse ausgerutscht, die jetzt den ganzen Boden bedeckte. Mit beiden Händen und aller Kraft, getrieben von unbändiger Wut packte er zu, erwischte den Tentakel am Oberschenkel und quetschte ihn zusammen. Ein Zittern ging durch den Fühler und irgendetwas kreischte im Hintergrund des Höhlengewölbes auf.

Es ging sehr schnell und beinahe lautlos, aber Skar sah es mit geradezu phantastischer Klarheit. Gewaltige Stücke lösten sich aus den Höhlenwänden vor ihm, dann neigte sich ein dunkler Felsenvorsprung zur Seite und stürzte krachend zu Boden. Die Detonation war so gewaltig, dass sich eine Wolke von feinem Gestein und schwarz-glitschiger *Khtaám*-Substanz über ihn ergoss. Ohne es verhindern zu können, taumelte Skar ein paar weitere Schritte zurück. Seine Stiefel rutschten auf der ekelhaft zuckenden Masse weiter, als würde er sich auf einem zugefrorenen See befinden.

Für den Bruchteil einer Sekunde hatte er den Eindruck, ein unerträglich helles, blendendes Licht zu sehen, das aus den Wänden brach und dicht hinter ihm in den Boden schlug. Er blinzelte verblüfft und gleichzeitig immer noch entsetzt, dass er den ihn attackierenden Tentakel immer noch nicht vollends hatte abschütteln können, der sich mit unverminderter Wut in seinem Hosenbein zu schaffen machte. Wieder und wieder griffen seine Hände zu, während er gleichzeitig in komisch anmutenden Sprüngen durch die Höhle jagte, vorbei an zwei Nahrak, die ihrerseits damit beschäftigt waren, sich der unaufhaltsamen dunklen Flut zu erwehren.

Der Boden unter ihm erbebte wie von einem gigantischen Faustschlag getroffen. Ein ungeheuerliches Donnern erscholl, als ob die ganze Höhle in sich zusammensacken würde. Was er kurz vor dem Angriff der *Khtaám* nur aus den Augenwinkeln wahrgenommen zu haben glaubte, dass die gleitenden Schatten der Nachtmahre direkt *aus* den Wänden hervorquellen würden, wurde nun zu grausiger Wirklichkeit. Die Gesteinsschicht wurde porös, durchlässig für das, was wohl die ganze Zeit über schon in ihr eingeschlossen gewesen war und sich nun mit Macht nach draußen bohrte. Gestein und Felsteile splitterten weg, als sich die grausige Brut ihren Weg in die Freiheit sprengte.

Sekundenlang starrte Skar wie gelähmt auf das unglaubliche Bild, das sich ihm bot, ungeachtet des Krabbelns an seinem Bein. Es waren tausende, abertausende Wesen, die hervorquollen, übereinander wegrutschten und -sprangen, und instinktiv wusste er, um was es sich handelte: um *Khtaám*-Larven, haarige, hell quietschende Ungeheuer, auf den ersten Blick Spinnen nicht unähnlich und doch ganz anders, mit viel zu vielen Beinen und schwarz schimmernden Gehäusen, auf denen sich grauer, schmieriger und fast flockig wirkender Flaum abzeichnete.

In diesem Moment hatte der Fangarm Skars Leiste erreicht. Fluchend erwachte er aus seiner Erstarrung. Blitzschnell öffnete er den Gürtel seiner schwarzen Satai-Hose und ließ das Beinkleid hinabgleiten. Noch nie zuvor hatte er sich so schnell entkleidet wie jetzt, und doch war es fast zu langsam. Der Tentakel schnellte in eine besonders empfindliche Region vor. Bevor er sich festbeißen konnte, packte ihn Skar am oberen Ende. Diesmal gelang es ihm, das ganze Ding zu umklammern und mit einem gewaltsamen Ruck von seinem Bein zu reißen.

Keinen Augenblick zu früh. Immer noch mit runtergelassener Hose flüchtete er vor der heranrasenden Woge der *Khtaám*-Larven, die wie eine Flutwelle in die Höhle hineinbrach, Gestein, Splitter und Dreck vor sich herschiebend. Aber es gab keinen Ausweg, keine Fluchtmöglichkeit; er, die

Nahrak und Esanna waren gefangen in dieser Höhle, die zu grässlicher, eigenständiger Lebendigkeit erwachte. Zurückstolpernd tat er doch nichts anderes als ein aufgescheuchtes Beskne-Ferkel, das durch das Blätterdach in eine Fallgrube der Sumpfmenschen geraten war und nun voller Panik nach einem Ausweg suchte, den es nicht gab.

War es bislang einzig und allein die Wand vor ihm gewesen, die dem Druck der Larven nachgegeben hatte, so warnte ihn jetzt ein dumpfes Grollen hinter ihm davor, dass sich die gleiche Katastrophe auch in seinem Rücken abzeichnete. Perfekter konnte eine Falle nicht sein: Sie verwandelte sich in etwas Lebendiges, mutierte zu tausenden kleinen Körpern inmitten des Felsgesteins, die so widernatürlich waren, dass sich in Skar bei ihrem Anblick selbst dann alles zusammengekrampft hätte, wenn zwischen ihm und den behaarten Ungeheuern ein stabiler Zaun gewesen wäre.

Aber ein Zaun, egal aus welchem Material, hätte die schwarzen, flockig-flaumigen Monstren wohl kaum aufhalten können. Skar wirbelte herum und noch in der Drehung sah er, wie auch diese Höhlenwand dem Druck hunderter drängender Wesen nachgab, für die das kalte Gestein wohl nichts anderes war als die Eierschale für ein Küken. In diesem Moment wäre er froh gewesen, wenn ihm Schalen um die Ohren geflogen wären. Doch stattdessen war es ein wahrer Regen an mehr oder minder scharfen Gesteinssplittern, die in einer gewaltigen Detonation auf ihn niedergingen. Seine Haut wurde von scharfkantigen Splittern aufgerissen, aber er merkte es nicht einmal.

Die Wand explodierte in einer Woge von schwarzen und glitzernden Gesteinsbrocken und etwas, das wie Fischschuppen aussah. Und dann, im nächsten Moment, schossen auch schon die *Khtaám*-Larven hervor. Hinter Skar stieß einer der überlebenden Nahrak einen wimmernden, halb erstickten Laut aus, der fast unterging in dem Gepolter und Geraschel und der doch merkwürdig deutlich an Skars Ohr drang. Die Nahrak, Esanna und er – sie waren verloren, wenn nicht noch ein Wunder geschah. Sie würden lebendig begraben werden von den Larven, den schleimigen Tentakeln der ausgewachsenen *Khtaám* oder dem zusammenstürzenden Gestein.

Zumindest, wenn sie nicht mehr rechtzeitig den Ausgang der Höhle erreichten.

Ein verzweifelter Plan begann in ihm Gestalt anzunehmen. Mit ein, zwei Sätzen sprang er über die glitschig-klebrige Masse, aus der gierige Tentakel zu ihm emporzuckten und erreichte die Stelle, an der Esanna von dem schleimigen Gewimmel gerade beerdigt wurde. Seine Hände stießen dort in die Masse, wo er ihre Schultern vermutete, fanden Widerstand und rissen mit einem einzigen, gewaltigen Ruck ihren Oberkörper in die Höhe, ohne allerdings im ersten Anlauf ihre Füße befreien zu können. Er bekam sie in eine Schräglage, bevor aus dem Boden züngelnde Fangarme hochschnellten, um ihm die Beute wieder zu entreißen.

Skars Muskeln spannten sich an, als er mit aller Kraft dagegenhielt. Zuerst sah es trotzdem so aus, als könnte ihm die wütend fauchende Masse das Mädchen wieder entreißen, doch dann gelang es ihm, Esanna stückweise etwas höher zu ziehen. Und dennoch ging es nicht schnell genug. Ein Zittern ging durch den Boden, als erneut ein Teil der Höhlenwand zusammenbrach, und Skar begriff, dass er verlieren würde. Seine einzige Chance bestand darin, Esanna ihrem Schicksal zu überlassen und so schnell wie möglich in Richtung Höhlenausgang zu fliehen.

Falls er überhaupt noch eine Chance haben würde.

Zum Glück wirkten die *Khtaám*-Larven noch benommen und ziellos, aber es wurden mit jeder Sekunde mehr und mittlerweile hatten sie bereits die Stelle erreicht, in die er sich in die schleimige Masse gestemmt hatte. Das Gewimmel in der Höhle wurde nun vollends unübersichtlich. Behaarte Larven und der tentakelbewehrte Bodenschleim quirlten in- und übereinander, Schwaden pulverisierten Gesteins erschwerten sowohl die Sicht als auch das Atmen und immer wieder aufplatzende Wandteile schleuderten Gesteinswolken und weitere Larven in den Raum.

Ganz in seiner Nähe begann einer der Nahrak laut und gellend zu schreien. Aus den Augenwinkeln sah Skar, wie der heftig strampelnde und sich immer noch verzweifelt wehrende Mann von ein paar Peitschenarmen zu Boden gerungen wurde, während gleichzeitig eine Wolke flaumiger Larven seinen Kopf einnebelte. Auch Skar selbst geriet nun wieder in Gefahr ein Opfer der Tentakel zu werden, die wie bösartige Schlangen über seine nackten Beine glitten.

Vielleicht, *vielleicht* hatte er noch eine Chance, wenn er das Mädchen, ohne zu zögern, losließ und lossprintete.

Er glaubte es nicht. Aber es änderte auch nichts. Ohne auf das widerwärtige Gekrabbel an seinen Beinen zu achten, ließ er seine ganze Energie in die Arme fließen, eine Fertigkeit, die man jungen Satai während ihrer Ausbildung als Geheimtechnik beibrachte, um in ausweglosen Situationen Zusatzkräfte zu entwickeln, mit denen sich überlegene Gegner überraschen ließen. Durch seine Arme ging ein Kribbeln und gleichzeitig schienen sie wärmer und schwerer zu werden. Währenddessen glitt alles andere aus seiner Wahrnehmung und er war nur noch Kraft und Energie.

Als er aufschrie, war sein Schrei gleichzeitig die Verbindung der in seine Arme geflossenen Zusatzenergie. Er legte so viel Kraft in diese eine Bewegung, dass Esanna drohte, regelrecht auseinander gerissen zu werden. Ihr Oberkörper schnellte ihm entgegen. Tentakel hingen plötzlich in der Luft, peitschten dem Mädchen nach, erbärmliche und viel zu träge Versuche sie noch zu erreichen, bevor Skar den ganzen Körper aus der Masse gerissen hatte und mit dem zuckenden Mädchen einen kraftvollen Schritt zurücksprang.

Das Geschmeiß schien nicht bereit zu sein, sein schon sicher geglaubtes Opfer kampflos aufzugeben. Ein Nebel von *Khtaám*-Larven hüllte ihn augenblicklich ein und aus der schwarzglänzenden, wimmelnden Schicht zuckten zungengleich Arme empor. Skar schrie vor Zorn und Entsetzen, als er begriff, dass weder er noch die Nahrak das Hauptziel der unheimlichen Attacke waren, sondern das tot wirkende Mädchen in seinen Armen.

Es war ein bizarrer, unwirklicher Kampf. Die – das? – *Khtaám* schienen nur noch ein Wesen zu sein, beseelt von dem Gedanken Esanna zu sich zu ziehen, *in sich aufzunehmen*, und alles andere, das Zusammenbrechen der Höhle, das Poltern und Aufschlagen von Gesteinsbrocken, das Heranwirbeln der Larven, die Angriffe auf die wenigen noch lebenden Nahrak oder auf Skar selbst, wurde seltsam unwichtig. Endlose Augenblicke hatte nur der Kampf um das Mädchen Bedeutung, den Skar mit dem *Khtaám* ausfocht, das in so vielfältiger Gestalt über ihn hereinbrach und dem er sich kaum erwehren konnte.

Er hätte nie eine Chance gehabt, wenn er nur auf sich selbst angewiesen gewesen wäre. Dutzende von Fangarmen zerrten an ihm und dem Mädchen. Seine verkrampften Muskeln wollten ihm den Gehorsam verweigern, aber er gestattete sich nicht den Schmerz an sich herankommen zu lassen. Und dennoch – ein einzelner Mensch gegen die Vielfältigkeit des Grauens, gegen die titanische Macht einer bösartigen und fremden Intelligenz: Das war absurd.

Es wurde etwas in ihm erweckt, etwas, das nichts mehr mit normalem Menschensein zu tun hatte, nicht minder fremdartig und vielleicht auch nicht minder bösartig als der Angreifer. Sein Körper wurde zum Gefäß für eine Kraft, die weit über alles Menschliche hinausging. Eine ungeheure Energiewelle durchflutete ihn.

Es war kein Kampf, es war ...

Unbeschreiblich. Die Zeit schien stehen zu bleiben. Etwas Grauenhaftes ging mit ihm vor, etwas, das viel mehr war als der Kraftzuwachs, den er gewann, weil er, wieder einmal, über sich hinauswuchs. Er wurde zum Werkzeug von irgendetwas Anderem, Unbeschreiblichem ...

Aber es war zu spät. Sein Körper war dem Kraftzuwachs nicht gewachsen. Seine Finger hatten sich so fest in Esannas Schultern gekrallt, dass er sie nicht mehr bewegen konnte. Sein ganzer Körper fühlte sich wie abgestorben an. Es tat entsetzlich weh, aber es war nichts, was ihn beunruhigte. Er war es gewohnt, Schmerz an den Rand seines Bewusstseins zu drängen. Was ihn schockierte, war vollständig die Kontrolle über seinen Körper verloren zu haben. Halb nackt, wie er inmitten der zusammenstürzenden Höhle stand, vollkommen verspannt und verkrampft, war er das Zentrum von etwas, das aus der Unendlichkeit in ihn einströmte.

Der schwarze Peitschenarm, der Skars Handgelenk umklammert hielt, löste sich plötzlich. Die Tentakel, die sich gerade noch um seine Arme und Beine gewunden hatten und zu seinem Hals, zu seinem Gesicht hinauffingerten, glitten von ihm ab, als würden sie keinen Halt mehr finden, rutschten ab, schlugen klatschend in den sich windenden Pfuhl zu seinen Füßen. Ein helles Singen setzte ein, ein Geräusch, das Gläser zum Zerspringen gebracht hätte und das Donnern, Zischen, Krachen mit einer erschreckenden Leichtigkeit übertönte, sich in seine Gehörgänge bohrte und ihn fast wahnsinnig vor Schmerz machte.

Der Schmerz raste wie ein Blitzschlag durch seinen Körper. Er schrie auf und fiel auf die Knie, mit grotesk hochgereckten Armen, die immer noch Esanna stützten, ohne sie auch nur einen Zoll sinken zu lassen. Der Schmerz war so schlimm, dass er ihm die Tränen in die Augen trieb und in ihm kein Platz mehr war außer für Entsetzen. Er wusste, dass er sterben würde, dass nichts und niemand diese Energie länger als nur ein paar Sekunden aushalten konnte, die ihn in diesem Moment durchflutete.

Aber es kam anders; völlig anders.

Die schwarze, glitschige Masse wich vor ihm zurück, als wäre er zur personifizierten *Khtaám*-Waffe geworden. Funken sprühten in seiner direkten Umgebung auf, etwas kokelte und blauweiße Blitze huschten über den Boden, fuhren in den dunklen Angreifer und verbrannten zischend, was sich nicht schnell genug zurückgezogen hatte. Aus einer anderen Lage heraus hätte Skar jetzt vielleicht Erleichterung verspürt. Aber etwas in ihm ahnte die schreckliche Wahrheit, bevor sie sich in der Wirklichkeit manifestierte.

Es gleißender Blitz schlug vor ihm in den Boden ein.

Dann ging alles so schnell, dass er nicht mehr die geringste Gegenmaßnahme ergreifen konnte. Die Höhle brach in sich zusammen. Es war nur die logische Konsequenz, nachdem Teile der Wände zerbröselt waren, tragendes Gestein zerborsten und Nischen in sich zusammengestürzt waren. Jetzt geriet auch die Decke in Gefahr, platzten Gesteinsbrocken weg, glitten, sprangen, krabbelten die kleinen *Khtaám*-Larven aufgeregt übereinander, als wollten sie der unausweichlichen Katastrophe in letzter Sekunde entkommen.

Der Boden unter ihnen schwankte, als wäre er nicht aus massivem Gestein, sondern aus dünnem Weidengeflecht. Es erschien ihm wie eine reine Verhöhnung des Schicksals, dass er nun mit der reglosen Esanna in den Armen inmitten der Höhle wie ein Sieger dastand, der diesen ungleichen Kampf gegen den personifizierten Schrecken vorerst zu seinen Gunsten entschieden hatte – nur um jetzt lebendig begraben zu werden.

Ein Donnerschlag erschütterte die Höhle und dann war der Alptraum auch schon über ihm. Ein Großteil der Höhlendecke hinter ihm ging krachend zu Boden. Der Aufprall erschütterte den Boden, als wollte er ihn gleich mit in die Tiefe reißen, als wäre die Höhle weit weniger massiv, als er bislang geglaubt hatte. Skar sah die begleitende Gerölllawine nur aus den Augenwinkeln, aber er wusste auch so, dass jetzt das Ende kam. Ein wütender Hagel aus kleineren und größeren Felssplittern ging auf ihm nieder; etwas Hartes traf seinen Hinterkopf und ließ ihn taumeln.

Aus dem Splitterregen schoss wie aus dem Nichts eine Gestalt auf ihn zu und er erkannte Kama, den Anführer der Nahrak, der furchtbar zugerichtet war, aber immerhin noch lebte. »Lauf!«, schrie der kleine Mann gegen den Höllenlärm an. »Wir müssen weg hier!«

Die Warnung kommt ein bisschen spät, hätte ihm Skar am liebsten entgegengeschrien. Doch stattdessen stolperte er verblüfft in die Richtung, in die ihn der Nahrak stieß, hinein in ein Spinnennetz von Blitzen inmitten einer flackernden Masse und ohne Esanna loszulassen, die er noch immer fest umklammert hielt. Dicht vor ihm rauschte ein großer Gesteinsbrocken in die Tiefe und er wich mit einer schnellen Bewegung aus. Kama hätte ihn jetzt gar nicht mehr antreiben müssen; er folgte dem Nahrak auch so, als würde ihm eine Stimme in seinem Inneren zuflüstern, dass er nur so noch eine verschwindend geringe Chance hatte hier lebend herauszukommen.

Erneut ging ein Teil der Decke zu Bruch; mehrere große Felsplatten schmetterten auf die Stelle nieder, an der er gerade noch gestanden hatte. Etwas schrie auf – ein animalischer Schrei, kein menschlicher, und er war so laut, dass er das Chaos übertönte und all das in Skar mit sich fortriss, was noch an bewusstem Verstehen vorhanden war. Irgendwo zwischen den Trümmern des verbliebenen Restes blitzte es erneut auf. Ein durchdringender Knall hallte in der Höhle wider, ein Laut wie von einer alles vernichtenden Explosion.

Kama sprang vor ihm in das Gewimmel der *Khtaám*-Larven, dort, wo Minuten vorher noch eine massiv wirkende Wand gestanden hatte, die in Wirklichkeit nichts anderes gewesen war als eine makabre Brutstätte der Larven. Skars Hoffnung, dort einen Fluchtweg zu finden, zerbarst von einem Moment auf den anderen. Etwas Ekelhaftes, nur schemenhaft Erkennbares hatte ihren Platz eingenommen, etwas, das auf den ersten Blick wie ein Schlangennest aussah …

»Schnell!«, schrie Kama und stürzte auf die Stelle zu, von der aus ein alptraumhaftes Gewirr in die Höhle hineinfingerte.

Als hätten sie nur auf ihn gewartet, stürzten sich die Larven auf ihn. Er schrie auf und wirbelte mit den Händen hin und her, um die Angreifer abzuwehren. Doch immer mehr der dunklen Schatten rasten auf ihn zu, zielgerichtet und ohne zu zögern, als müssten sie sein Vorhaben auf alle Fälle unterbinden.

»*Weeiiiiter*!«, schrie Kama erstickt, während er taumelnd zu Boden ging, und Skar verstand sofort den Sinn seiner Worte; aus irgendeinem Grund wollte ihn der Nahrak dazu bewegen, in dieses *Schlangennest* hineinzuspringen, das sich vor ihnen auftat.

Kamas Schrei brach jäh ab. Die graue Wand aus *Khtaám*-Larven hüllte seinen Kopf und seine Schultern nun vollständig in einer Umarmung ein, die ihn wie eine lebendige Wolke zu ersticken suchte – und offensichtlich gelang ihr das auf Anhieb.

Die Zeit war abgelaufen. Auch auf Skar und Esanna raste jetzt eine Gruppe schwarzer Larven zu und er ahnte, dass es nur noch Sekunden dauern konnte, bis es ihnen so wie dem Nahrak erging. Ob das allerdings einen Unterschied machte, wusste er nicht; die Höhle brach vollends in sich zusammen und würde sie so oder so unter Geröllmassen begraben.

Instinktiv stieß er sich ab und schnellte vor, weg von den Larven und über die Reste der Wand hinaus in ein Gewirr von schlangenartigen Fangarmen, dem Ausgangspunkt der Brut und dem Endpunkt seines Kampfes gegen sie. Er kam inmitten grauen Nebels an; etwas seltsam Amorphes schlängelte sich darin, ein substanzloser Wirrwarr von Lichtbahnen und abschreckender Dunkelheit, und dann war er auch schon eingetaucht in das lauwarme, feuchte Etwas. Er rutschte aus, musste um sein Gleichgewicht kämpfen und hätte um ein Haar Esanna fallen lassen in dem Versuch sich rechtzeitig wieder zu fangen.

Der Boden begann wie eine geköpfte Schlange zu zucken, dann durchlief ihn ein abgrundtiefes Zittern – und er erkannte seinen Irrtum. Das, was er für massives Felsgestein gehalten hatte, war in Wirklichkeit nur eine dünne Steinschicht gewesen, die sich über irgendetwas anderem gewölbt hatte, vielleicht einer weiteren Höhle oder einem Abgrund …

Der Boden unter ihm brach genau in dem Moment zusammen, als das Höhlendach endlich einstürzte. Die Welt ging unter in einer Orgie aus Krach, Donner, Explosionen und so schweren Erschütterungen, als würde es den ganzen Berg zerreißen, und Skar verlor das Bewusstsein, bevor er mit Esanna im Arm in die Tiefe sauste.

4

Der erste halbwegs klare Gedanke war Erstaunen, Verwunderung darüber, dass er noch lebte, dass er zum zweiten Mal innerhalb kürzester Zeit das Bewusstsein verloren hatte, ohne vollends in die lockende Schwärze abzudriften. Aber irgendetwas stimmte nicht mit ihm. Er spürte seinen Körper nicht, sondern hatte das Gefühl, schwerelos in einem großen, warmen Nichts zu schweben, in dem es kein Oben, kein Unten, kein Rechts oder Links gab, sondern nur Leere und Einsamkeit. Er war sich vollkommen bewusst, dass sich das Dunkel nur widerwillig lichtete, so als zöge ihn etwas immer weiter zurück in die Behaglichkeit grenzenlosen Vergessens, als verspräche ihm etwas das Ende allen Leidens. Aber da war auch noch etwas anderes; ein kaum hörbares Wispern und Herantasten. Es hatte nichts zu tun mit dem mühsamen Emportasten in die Wirklichkeit, wie sonst, wenn er aus einem sehr tiefen, erschöpften Schlaf erwachte. Es war etwas … *in ihm*, eine zarte, nur allzu vertraute Berührung, die dennoch so fremd war, dass ihn ein kalter Schauder überlaufen hätte, wenn er seinen Körper gespürt hätte. Das fremde, substanzlose Etwas ließ nicht nach, sondern im Gegenteil: Es griff entschlossen nach seinen Gedanken, streckte seine Fühler aus … wie ein feines, filigranes Netz, das sich fast unmerklich über ihn stülpte, um die Kontrolle über ihn zu erlangen.

Das sich langsam steigernde Bohren und Herumstochern wurde allmählich immer unangenehmer, steigerte sich zu einem peinigenden Drängen, bis es so unerträglich wurde, dass alles in ihm danach schrie, die tiefe Schwärze der Bewusstlosigkeit endlich vollkommen abzuschütteln und hinaufzutauchen in die Welt, was auch immer ihn dort erwarten würde. Doch die unsichtbare zähe Wand, die ihn in einem Kosmos aus Schwärze und Wärme gefangen hielt, ließ sich nicht so ohne weiteres beiseite schieben und fast schien es ihm, als wollte sie ihn für immer ins Vergessen zurückdrängen. Er kämpfte dagegen an, versuchte die Fesseln der Ohnmacht abzustreifen, obwohl er sie andererseits genoss: das Gefühl, frei von jeder Verantwortung und Entscheidung zu sein und nicht einmal denken zu müssen, solange er nur nicht die Augen aufschlug. Denn er ahnte, dass die Wirklichkeit schlimmer sein würde als alle quälenden Erinnerungen und als das fremd-vertraute Tasten in seinem Kopf.

Dann berührte eine Hand seine Schulter und der Schleier zerriss; er erwachte. Bevor er überhaupt noch begriff, wo er war und wie er hierher gekommen war, jagte glühender Schmerz durch seinen Körper, ein Schmerz, der keinen Ursprung zu haben schien und sich ausdehnte und in seinem Körper wühlte, als wollte er ihn gleich wieder in die Schwärze des Vergessens zurückschicken. Doch dagegen hatte offenbar jemand etwas. Der Unbekannte schlug ihm ins Gesicht, nicht sehr fest, aber beständig, und eine helle Stimme rief immer wieder seinen Namen.

Er versuchte die Augen zu öffnen, aber es wurde nur ein schwaches Blinzeln daraus, kaum ausreichend, um zu erkennen, dass er auf dem Rücken inmitten einer gewaltigen Trümmerhalde lag. Das schwache grünliche Licht, das diesen Teil der Höhle erleuchtete, blendete ihn zwar nicht, war ihm aber merkwürdig unangenehm und um ein Haar wäre er wieder in das schwarze Treiben zurückgeglitten, das ihn noch immer mit ewigem Vergessen lockte und umwarb.

Eine erneute und diesmal deutlich heftigere Ohrfeige brachte ihn in die Wirklichkeit zurück und dann zerriss der dünne Schleier endgültig, den die Bewusstlosigkeit zwischen ihn und seine Sinne gesenkt hatte, und er begann zu begreifen, woher die Bruchstücke und Gesteinsbrocken gekommen waren, die diesen Bereich der Höhle wie eine Abbruchhalde zugeschüttet hatten. Noch immer halb verzerrt von treibenden grauen Schleiern, starrte er in Esannas Gesicht.

Zwei kräftige Hände hatten ihn am Kragen gepackt und halbwegs in die Höhe gezerrt, während Esanna ihn abwechselnd rechts und links ohrfeigte, als sei das der einzige Weg ihn aus dem Reich der Schatten zurückzuholen.

Vielleicht war er das auch, denn noch immer fühlte Skar das begehrliche Versprechen der Dunkelheit, nie wieder Verantwortung übernehmen zu müssen, wenn er sich ihr nur ergab.

Esanna schlug noch drei-, viermal zu, dann schien sie endgültig davon überzeugt zu sein, dass er wieder bei Bewusstsein war. Die andere Person, die Skar nicht erkennen konnte, weil sie in seinem Rücken war, zog ihn wie eine willenlose Puppe ein Stück weiter und lehnte ihn gegen einen kalten Steinquader. Sofort sackte er wieder zusammen, aber Esanna zerrte ihn hoch und stützte ihn mit einer fast behutsamen Bewegung, die nach ihren Schlägen seltsam deplatziert wirkte.

»Verstehst du mich?«, fragte sie besorgt.

Er nickte und auf ihrem Gesicht machte sich ein erster Schimmer vorsichtiger Erleichterung breit. »Alles in Ordnung mir dir?«, fragte sie noch einmal.

»Ja«, stöhnte er. »Aber du kannst aufhören auf mich einzuschlagen. Ich habe für heute genug.«

Esanna atmete hörbar auf, ließ seine Schultern los – und griff rasch wieder zu, als er erneut zur Seite zu kippen drohte. Die Schmerzen ebbten allmählich ab, aber in seinem Kopf drehte sich alles und er hätte nicht sagen können, dass er auch nur im Entferntesten eine Ahnung hatte, was genau passiert war.

»Was … ist … passiert?«, fragte er. Seine Stimme war nicht viel mehr als ein heiseres Krächzen, das mit menschlichen Lauten kaum noch etwas zu tun hatte.

»Ich dachte, du seist tot«, sagte Esanna leise. »Du bist voller Blut … und voller Wunden.«

Skar starrte sie an, als sähe er sie zum ersten Mal und nickte dann langsam. »Das … dachte ich auch.«

»Das du tot seist?«

»Ja. Nein.« Skar schüttelte mühsam den Kopf. »Ich dachte, die *Khtaám* hätten dich erwischt.«

»Die *Khtaám*? Meinst du damit diese fliegenden Ungeheuer?«, fragte Esanna entsetzt und fügte hinzu, nachdem Skar genickt hatte: »Bei den schwarzen Göttern von Moron: Du kennst diese Monster?«

Skar seufzte und legte den Kopf gegen den harten Stein. Das hätte er besser nicht getan, denn sofort zuckte ein scharfer Schmerz durch seinen Kopf. »Kennen … ist zu viel gesagt«, murmelte er mühsam.

»Er kennt sie nicht«, stellte eine andere Stimme nüchtern fest.

Skar war nicht sonderlich überrascht, dass sich Kama in sein Blickfeld schob. »Er sie haben vielleicht schon einmal gesehen«, sagte Kama. Er hockte sich wie selbstverständlich neben Esanna auf den Boden, mit übereinander geschlagenen Beinen und einer entspannten Haltung, die seiner blutverkrusteten Stirn und den zerrissenen Kleidern Hohn sprach. »Aber kennen? Nein.«

»Natürlich kenne ich sie«, knurrte Skar. »Ich hatte schon mal das Vergnügen. Vor ein paar … Jahrhunderten.«

»Nein, nein.« Kama schüttelte den Kopf. »Du nicht haben die geringste Ahnung.«

»Von … was?«, fragte Skar

Kama antwortete nicht gleich und sein Blick ging an Skar vorbei in das wattige Schwarz, das am Rand des von dem grünlichen Licht einigermaßen beleuchteten Höhlenteils wie ein Ungeheuer auf sie lauerte. Skar hatte für einen Moment die absurde Vorstellung, dass sich die Schwärze stückchenweise vorschob, wie ein lebendiges Wesen, das es auf sie abgesehen hatte. Aber vielleicht war es ja auch nicht die Schwärze – vielleicht war es irgendetwas *in* der Schwärze.

»Von dem, was alles zusammenhält«, antwortete Kama schließlich, ohne den Blick von der Dunkelheit zu wenden.

»Zusammenhält«, wiederholte Skar. Er versuchte die immer noch drohende Bewusstlosigkeit zurückzudrängen, die sich wie ein schwarzes Tuch über ihn legen wollte. »Was hält denn … alles zusammen?«

Kama machte ein Zeichen und plötzlich, wie aus dem Nichts, standen zwei weitere Nahrak neben ihnen. Obwohl auch sie von größeren und kleineren Wunden übersät waren, bewegten sie sich mit einer geradezu unglaublichen Eleganz. »Das wirst du noch verstehen«, sagte Kama schließlich. »Aber erst sammle Kraft, damit wir können gehen. Wir hier nicht sind mehr lange sicher.«

Alle drei Nahrak starrten wie gebannt in das Schwarz hinter ihnen und Skar begriff, dass sie vor irgendetwas Angst hatten. Mühsam versuchte er sich weiter aufzurichten, um ihren Blicken besser folgen zu können, aber selbst diese kleine Anstrengung überstieg seine Kräfte. Zudem schien es ihm so, als arbeiteten seine Sinne nicht mehr richtig und zeigten ihm nur noch einen kleinen, auf das Wesentliche reduzierten Ausschnitt der Welt, sodass er kaum mehr erkennen konnte als grünlich angestrahltes Gestein, das sich irgendwo in einer pechschwarzen Nacht verlor.

»Wo sind die *Khtaám*?«, fragte er. »Wo … wo sind wir? Und wo müssen wir hin?«

»Eine Menge Fragen«, stellte Kama fest.

»Die Höhle ist … zusammengebrochen«, sagte Skar. »Und wir sind … hinabgestürzt«. Er legte den Kopf in den Nacken, ignorierte den stechenden Schmerz in seiner Schultermuskulatur und starrte hinauf in die schwarze Unendlichkeit, aus der sie gekommen sein mussten, hinabgestürzt, nachdem der Boden unter ihren Füßen plötzlich nachgegeben hatte. Doch dort, über ihm, war einfach … nichts. Die äußersten Ausläufer des grünen Lichtes endeten ein paar Zoll über den Köpfen der Nahrak. »Nach dem Zusammensturz der Höhle … was ist aus den *Khtaám* geworden? Wieso haben sie uns nicht verfolgt?«

»Das ist doch nicht wichtig«, sagte Esanna. »Ein Glück nur, dass du den Sturz überstanden hast.«

Skar wandte sich gleichermaßen mühsam wie überrascht zu ihr um. Ihr schmaler, zierlicher Körper wirkte noch zerbrechlicher als der der Nahrak, aber offenbar war sie genauso zäh wie die Hüter des Waldes. Soweit er erkennen konnte, war sie bis auf ein paar Prellungen und einen blutigen Kratzer auf der Wange unverletzt. »Wie … wie hast du das gemacht?«

»Was gemacht?«

Skar zog ächzend die Knie an den Körper. Die Umgebung verschwamm fast vor seinen Augen und er musste ein paarmal blinzeln, bevor er Esanna wieder einigermaßen erkennen konnte. »Du bist … unverletzt.«

»Ja, ich habe Glück gehabt«, sagte das Mädchen leise.

Obwohl Skar das leichte Zittern in ihrer Stimme nicht entging, setzte er nach: »Die *Khtaám* hatten dich doch schon erwischt. Ich dachte schon, du seist tot.«

»Ich weiß«, sagte Esanna noch einmal. »Ich habe Glück gehabt. Oder auch nicht …« Sie brach gequält ab. Erst nach einer Weile fuhr sie niedergeschlagen fort: »Vielleicht wäre es besser gewesen, die Quorrl hätten mich gleich erschlagen. Dann wäre ich mit meinem Vater und den anderen zusammen statt … *hier*.«

Skar nickte. Er konnte sie verstehen. Und doch traute er ihr nicht. Irgendetwas war geschehen, dort oben in der Höhle, kurz nachdem die *Khtaám* sie angegriffen hatten: Er hatte nicht vergessen, *wie* sie ein paar der Monstren abgewehrt hatte. Und er konnte sich auch noch allzu gut daran erinnern, dass sie wie tot in einer schmierigen, zuckenden Schicht gelegen hatte, die sie eigentlich hätte ersticken müssen – oder bei lebendigem Leib auffressen.

»Wie hast du die *Khtaám* vertrieben?«, fragte er.

»Ich weiß nicht, was du meinst«, sagte Esanna. Ihre Hände zitterten so heftig, dass sie sie in ihrem Schoß versteckte.

»Als sie dich angriffen, hast du die Hände vorgestreckt«, fuhr Skar fort, doch während er es aussprach, kam er sich vor, als würde er einen Frevel begehen, als wäre es besser, nicht an diesen Punkt zu rühren. »Und dann hast du irgendetwas … *gemacht*, was sie vertrieben hat. Aber was?«

Esanna antwortete nicht, klammerte stattdessen die Arme um die Knie und wippte wie selbstvergessen hin und her. Es war ein bedrückendes Schweigen, das sich in der Höhle ausbreitete, mehr ein Lauern auf eine Gefahr, auf den nächsten Angriff – oder auch auf eine Bemerkung, die besser ungesagt blieb. Aber das war nicht alles, wie Skar fast schmerzlich bewusst wurde. Es war still in diesem unterirdischen Teil des Berges, viel stiller, als es hätte sein sollen. Das Stöhnen und Wimmern der Sterbenden und Schwerverletzten, das nach dem brutalen und hinterhältigen Angriff und dem Sturz aus großer Höhe in seinen Ohren hätte klingen müssen, fehlte und selbst sein eigenes Atemgeräusch klang gedämpft und unwirklich.

»Wo sind die anderen?«, fragte er in Kamas Richtung.

Der Mann verstand sofort, was er gemeint hatte: Sie waren fast ein Dutzend gewesen, weiter oben in der Höhle, kurz vor dem Angriff. Jetzt waren die Nahrak nur noch zu dritt.

»Tot«, antwortete er.

Esanna sah zur Seite, als er das sagte und irgendetwas in ihrem Blick irritierte ihn, sodass er ihm folgte … und innerlich erstarrte.

Nur ein paar Schritte weiter lagen vier, fünf Männer, säuberlich nebeneinander aufgereiht wie für eine bizarre Zeremonie. Es dauerte ein paar Sekunden, bis Skar die Gemeinsamkeit dieser toten Nahrak begriff, bis er erkannte, dass sie trotz verschiedenster schwerer Verletzungen ein gemeinsames Merkmal hatten: Man hatte ihnen die Kehle durchgeschnitten.

»Wer war das?«, ächzte Skar.

Kama verzichte auf eine Antwort, aber Skar begriff sie auch so. »Ihr … du …?«

Kama schwieg lange. Doch dann nickte er und blickte Skar offen in die Augen. »Ja«, sagte er einfach. »Wir sie haben gerettet. Die anderen.« Er zuckte mit den Schultern und der Schatten eines undefinierbaren Schmerzes huschte über sein Gesicht. »Die anderen wir nicht konnten retten.«

»Gerettet, indem ihr sie umgebracht habt?«, fragte Skar fassungslos. »Warum?«

»Wir nicht sie können mitnehmen«, sagte Kama leise, aber so gefasst, wie sonst allenfalls kampferprobte Krieger über den Tod sprachen. »Und wir sie auch nicht können den *Khtaám* zum Fraß lassen.«

Skar machte eine zornige Bewegung, bereute sie aber sogleich wieder, da ein scharfer Schmerz durch seinen Körper zuckte. »Was soll das alles?«, fragte er ärgerlich. »Warum habt ihr mir dann nicht auch die Kehle durchgeschnitten?«

Kama runzelte die Stirn, was ihn mit einem Mal zehn Jahre älter aussehen ließ. »Weil du der *Eine* bist«, sagte er dann. »Wir dich schützen. Aber nicht umbringen.«

Weil du der Eine bist. Dieser für ihn vollkommen unverständliche Satz echote noch lange in Skars Kopf herum, auch nachdem er sich wieder ein Stück hatte zurücksinken lassen – gezwungenermaßen, denn auch diese kleine Bewegung löste wahre Schmerzwellen in ihm aus. »Was soll das alles?«, fragte er nach einer Weile. Er machte eine abwehrende Handbewegung, als Kama etwas entgegnen wollte. »Fangen wir ganz von vorne an: Wer hat euch geschickt?«

Kamas Gesicht blieb starr, aber Skar spürte, wie die Anspannung in seinem Inneren wuchs. »Das du solltest wissen«, sagte er.

»Ich weiß es aber nicht«, begehrte Skar auf. »Verdammt!« Er keuchte, um der Schmerzwelle in seinem Inneren Zeit zu lassen sich abzubauen, und fuhr dann fort: »Ihr taucht aus dem Nichts auf – kurz bevor diese lebendige Falle zuschnappt …«

»Eine Falle: Ja«, unterbrach ihn Kama. »Wir dich nicht hätten hierher geschickt, wäre es anders gewesen. Wir dachten, die Larvanda sei sicher.«

»*Larvanda*?«

Die Augen des Mannes wurden zu schmalen Schlitzen. »Das, was du Höhle in der Höhle nennen würdest, Satai«, erklärte der Mann. »Aber warum du das nicht wissen? Das alles stehen im Elften Buch.«

»Ich kenne dieses blöde Buch nicht«, sagte Skar unwirsch.

»Du hättest es lesen sollen«, sagte Kama vorwurfsvoll. »Du hättest es lesen *müssen!*«

»Wie denn?«, fragte Skar. Er erinnerte sich an Marna, den Satai mit der Goldmaske, der hinter diesem Buch her gewesen war und zu Esannas mittlerweile totem Vater Roun gesagt hatte: *Wenn ihr das Buch gefunden habt, dann gebt es Skar mit.*

Der Nahrak wirkte ehrlich verwirrt. »Aber du haben das Buch doch an dich genommen und versteckt«, sagte er. »Oben am Wasserfall.«

Skar schüttelte den Kopf. »Nein«, sagte er. »Das habe ich nicht.« Hätte er damals geahnt, dass das Elfte Buch so wichtig für ihn werden würde, hätte er ihm mehr Beachtung geschenkt – und sich weniger Sorgen um Gor, den Quorrl-Kriegsherrn gemacht, dessen Leben er geschont hatte.

Kama starrte ihn so bestürzt an, als ob Skar Anstalten gemacht hätte sich mit gezogenem Schwert auf ihn zu stürzen. »Du ... du brauchst doch das Buch«, keuchte er. »Wie sonst ... willst du ...«

»Will ich was?«, fragte Skar, als der Nahrak nicht weitersprach.

Kama antwortete nicht gleich. Sein Gesicht glich einer unbeweglichen Maske – bis auf sein rechtes Augenlid, das plötzlich zu zittern begann. »Das haben wir nicht gewusst«, sagte er. »Das ist ...«

»Ja?«

Kama schüttelte den Kopf. Ganz offensichtlich kämpfte er um sein inneres Gleichgewicht. »Es ist sehr mächtig geworden, in den letzten Jahren«, sagte er. »Das ändern alles. Aber vielleicht ... ist es noch nicht zu spät.«

»Zu spät für was?«, fragte Skar. Es fiel ihm immer schwerer, der Erregung Herr zu werden, die ihn angesichts der Gesprächswendung ergriffen hatte. In ihm war ein unüberhörbares Locken und Wispern, etwas, das sich über den Rand der Bewusstlosigkeit hinübergerettet hatte in die Wirklichkeit, als riefe etwas sehr Fremdes und gleichzeitig sehr Vertrautes nach ihm – und als wüsste dieses Etwas sehr genau, wovon Kama gesprochen hatte.

Der Nahrak machte eine wegwischende Bewegung. Seine Augen starrten blicklos durch Skar und im ersten Moment glaubte er, dass er ein verdächtiges Geräusch gehört hatte, das auf einen bevorstehenden Angriff hindeutete. Doch dann begriff er, dass er sich getäuscht hatte. Es war eher so ... als würde Kama nach *Innen* lauschen, tief in sich hinein, als suche er dort die Antwort auf die drängenden Fragen nach der für ihn unvorhersehbaren Wendung.

Es dauerte noch eine Weile, die Skar wie eine Ewigkeit vorkam, bevor der Nahrak wieder aus seiner Erstarrung erwachte. »Wenn du nicht gelesen hast, ich müssen dir einiges erklären«, sagte er so langsam, als bereite ihm das Sprechen Schwierigkeiten. »Aber das nichts ändern daran, dass du das Buch brauchst.«

»Wozu?«

»Um zu erfahren, wer in Wirklichkeit dein Feind ist.«

Skar fuhr überrascht zu Esanna um, denn es war nicht der Nahrak gewesen, der diese Worte gesprochen hatte, sondern das Mädchen. Er hatte noch nie zuvor einen so gleichzeitig erschrockenen wie verwirrten Ausdruck auf ihren Zügen gesehen.

»Was meinst du damit?«, fragte Skar scharf.

»Das … das liegt doch auf der Hand, oder?« Esanna schlang noch fester als bislang die Arme um die Knie. »Ich hab es … mir nur so … gedacht.«

Einen Moment lang herrschte fast atemloses Schweigen. Obwohl der Nahrak es vermied, in Richtung des Mädchens zu blicken, hatte Skar das Gefühl, als ob ein unsichtbares Band zwischen den beiden so ungleichen Menschen bestand. Aber das war natürlich Blödsinn. Ein Nahrak und ein Digger-Mädchen? Unter normalen Umständen wären sie sich auf Enwor niemals begegnet und es stand außer Frage, dass sie sich vor der Begegnung in der Höhle noch nie gesehen hatten.

Es war der Nahrak, der das Schweigen brach. »Du erst mal solltest dich wieder bekleiden«, sagte er ruhig.

Skar runzelte die Stirn und sah an sich herab. »Huch«, sagte er. Seine Hose, die er hatte herunterlassen müssen, um sich von dem besonders penetranten Tentakel zu befreien, war bei dem Sturz in die Tiefe vollends verloren gegangen. Oberhalb seiner Stiefel bis zum Harnisch war er nackt; blutige Kratzer und bissähnliche Spuren zeugten von den verzweifelten Versuchen der *Khtaám* von ihm Besitz zu ergreifen.

»Hat vielleicht jemand meine Beinkleider gesehen?«, fragte Skar, während er es Esanna gleich tat, die Knie anzog und die Arme um sie schlang. Die relativ raschen Bewegungen jagten Schmerzschauer durch seinen Körper, die ihm mehr als deutlich zeigten, dass er alles andere als kampfbereit war.

Während er gleichzeitig Esanna einen verstohlenen Blick zuwarf (warum hatte sie nichts gesagt?), tastete seine rechte Hand nach seiner Schwertscheide. Zu seiner Beruhigung fand er den ungewöhnlich verzierten Griff des *Tschekal*s an seinem angestammten Platz vor und er erinnerte sich, dass er das Schwert hatte zurückgleiten lassen, bevor er das Mädchen aus den Fängen der schleimigen, tentakelbewehrten Kreatur befreit hatte. Es war gut zu wissen, dass er zumindest seine Waffe noch in Griffweite hatte.

»Von den Resten deiner Kleidung wir haben nichts gefunden«, sagte Kama ernsthaft.

»Ja.« Skar schloss für einen Moment die Augen und augenblicklich tanzten wieder dunkle Schatten vor ihm. »Es ist ja vielleicht auch nicht so wichtig. Aber ... es ist kalt hier.«

»Stimmt«, bestätigte Esanna. »Ich friere auch. Ohne Feuer ...«

»Wir hier können kein Feuer machen, selbst wenn wir Holz hätten«, sagte Kama. »Zu gefährlich. Außerdem wir nicht haben viel Zeit.«

»Wieso haben wir nicht mehr viel Zeit?«, fragte Skar. »Fürchtest du, dass die *Khtaám* uns noch einmal angreifen könnten?«

»Die *Khtaám* ... vielleicht. Aber sicher ... etwas anderes.«

»Etwas anderes? Was meinst du damit?«

Kama schluckte ein paarmal. Sein Gesicht war jetzt so bleich, dass es sich in dem schwach-grünlichen Licht als heller Fleck abzeichnete. »Es hat viele ... Formen«, sagte er so vorsichtig, als spräche er ein streng gehütetes Geheimnis aus. »Es ist mächtiger geworden seit ... seit damals, Skar. Es unterwandert ganz Enwor. Es wird alles mitreißen, wenn wir es nicht verhindern.« Seine Hände verkrampften sich, als wollten sie etwas fassen. »Und dennoch«, fuhr er nach einer Weile fort, »den ersten Sieg hast du bereits davongetragen. Das Khtaám hat versucht dich zu vernichten – oder zumindest dich in seinen Bann zu ziehen. Du musst ihm auch weiterhin widerstehen. Erst wenn dir das gelingt, wirst du den Kampf aus eigener Kraft auf dich nehmen können.«

Skar schüttelte verwirrt den Kopf, eine Geste, mit der er nicht nur seinen Unglauben dokumentieren, sondern auch Zeit gewinnen wollte. Kamas Worte berührten ihn tief, viel tiefer, als er es sich vielleicht im ersten Moment eingestehen wollte. Sie zerstörten irgendetwas in ihm, trieben Risse in eine Mauer, die jetzt langsam zu zerbröseln begann und hinter der irgendetwas lauerte, das vielleicht noch schrecklicher war, als es der Angriff der *Khtaám* gewesen war. Bruchstücke bereits verloren gegangener Erinnerungen tauchten vor Skars innerem Auge auf. *Enwor ist groß genug für mehr als ein Volk, Bruder. Geh. Nimm dir die eisigen Inseln des Nordens. Nimm die Tiefen des Meeres und die brennenden Wüsten, nimm dir die Berge und die Höhlen unter der Erde. Nimm dir jeden Ort, an dem Menschen nicht existieren können und lebe einfach.*

Er war sich sicher, dass er das zu irgendjemandem – oder zu *irgendetwas* – gesagt hatte. Er war sich sicher, dass er bereits einmal den Schlüssel zum Schicksal Enwors in den Händen gehalten hatte … und plötzlich bekam er einen anderen Zipfel seiner Erinnerungen zu fassen, ein Bruchstück von dem Verständnis des großen Zusammenhangs, das ihn schon einmal in den Strudel von Zerstörung und Vernichtung mitgerissen hatte …

Er stöhnte auf, und ohne es zu bemerken, begann sein Kopf hin und her zu pendeln. Esanna sah auf, zuerst nur beiläufig, aber dann besorgt, als sie sah, dass sein Gesicht alle Farbe verloren hatte, er seine Wangenmuskeln anspannte, als würde er seinen Kiefer mit aller Macht aufeinander pressen, und dass auf seiner Stirn feine Schweißperlen glitzerten.

Plötzlich begannen seine Lippen zu beben und ein röchelnder, unmenschlicher Laut entrang sich seiner Brust. Sein Oberkörper begann leise hin und her zu schaukeln, im Anfang fast unmerklich und dann immer stärker. Schon kurz darauf begann Skar wie in Agonie zu zucken, seine Hände zitterten und sein Kopf bewegte sich immer schneller und ruckhaft, bis er schließlich mit der linken Seite an den Stein schlug, nicht allzu hart, aber kräftig genug, um ihm einen weiteren Kratzer zuzufügen …

Esanna stieß einen erschrockenen Laut aus. Mit einer hastigen Bewegung richtete sie sich auf, griff nach Skars Kopf und umschlang ihn mit beiden Händen. Er schien die Berührung nicht einmal zu spüren, schlug weiter mit dem Kopf hin und her, als wollte er ihn sich an dem Felsen, an dem er lehnte, einschlagen. Das Mädchen versuchte ihn festzuhalten, versuchte anzukämpfen gegen die mittlerweile fast zornigen Bewegungen, mit denen etwas in ihm aufbegehrte, aber sie war zu schwach, um ihn halten zu können. »Hilf mir«, brüllte sie Kama an.

Aber der Nahrak schüttelte nur stumm den Kopf. Er sah ungerührt zu, wie weißer Schaum auf Skars Lippen trat, wie sein Oberkörper krampfhaft aufbebte und seine Lider mit einem Ruck aufglitten. In der fürchterlichen Grünfärbung der unnatürlichen Höhlenbeleuchtung sah der Blick seiner trüben Augen noch schrecklicher aus, als er es bei normaler Beleuchtung gewesen wäre. Er starrte an Esanna vorbei ins Nichts oder in etwas Erschreckendes, denn sein Gesicht war vor Entsetzen verzogen.

Die Sternenkreatur erwartete ihn, und als Skar sie sah, war er im ersten Moment beinahe enttäuscht, denn auch sie ähnelte einem Menschen, wie das Geschöpf, das geschickt worden war, um ihn zu holen. Aber dann wurde ihm klar, wie unbedeutend ein Körper war. Sie konnte jedes beliebige Aussehen annehmen, sie war der Dronte gewesen, das gigantische schwarze Gespinst unter dem Wald von Cearn und die Brücke, die Titchs Heer auf die Insel gebracht hatte, und auch diese Gestalt hatte sie nur gewählt, um mit ihm zu reden, ihm in einem Aussehen gegenüberzutreten, das dem seinen entsprach.

»Er erinnert sich nur«, sagte Kama. »Lass ihn los. Er wird sich schon wieder beruhigen.«

Esanna schüttelte verzweifelt den Kopf. »Skar«, wimmerte sie. »Wach auf!«

Doch Skar stieß nur ein einzelnes Wort aus, nein, kein Wort, sondern nur einen kehligen, unglaublich düster klingenden Laut. Sein Mund war weit aufgerissen; Schaum stand vor seinen Lippen. Seine dunklen Augen glänzten wie im Fieberwahn.

Sie hatte kein Herz, kein irgendwie geartetes Zentrum oder etwas, das einem menschlichen Gehirn entsprach. Sie war einfach eine ungeheuerliche Masse lebender Materie, ein Netz aus finsterem Protoplasma, das vielleicht nicht nur Cant, sondern die ganze Welt durchdrang, und ihr kleinster

Teil war so mächtig und unverwundbar wie ihre Gesamtheit. Sie alle hatten geglaubt, sie wäre vernichtet, zerstört bis auf einen winzigen Rest, aus dem sie zu neuer Größe heranwachsen musste, aber das stimmte nicht. Sie hatte immer existiert. Es hatte sie immer gegeben, wie die Quorrl, wie die Menschen, wie diese Welt. Vielleicht war sie das älteste lebende Ding auf diesem Planeten, älter als die Sonne, denn das, woraus sie entstanden war, war von den Sternen gekommen; zusammen mit ihren Schöpfern.

Skars Kiefer mahlte und in seinen Augen erschien ein fast hilfloser Ausdruck. Seine Lippen waren so blutleer, dass sie wie aufgemalte Striche wirkten. Er war so weggetreten, dass er nichts und niemanden mehr in seiner Umgebung zu beachten schien und doch war keine Ruhe in ihm, sondern ein wildes Feuer, das ihn hin und her warf, eine Gefahr für sich selbst angesichts des Felsens, an dem er sich den Schädel einzuschlagen drohte.

»Hilf mir«, schrie Esanna nochmals, aber der Nahrak rührte sich immer noch nicht. In ihrer Verzweiflung wusste sich das Mädchen nicht anders zu helfen, als Skar zu ohrfeigen. Mehrere Schläge prasselten auf ihn ein, heftiger vielleicht, als es nötig gewesen wäre und doch nicht kräftig genug, um ihn aus dem herauszureißen, was ihn weiter unbarmherzig gepackt hielt.

Er wusste, dass etwas Unvorstellbares geschehen würde, wenn er sich weigerte seinen Teil der Abmachung zu erfüllen. Enwor würde untergehen, nicht im Feuer der Sterne, sondern im Würgegriff der Bestie, die so oder so erwachen würde, unter seinem Willen und seiner Lenkung oder als reißende Bestie, die zu nichts anderem fähig war, als zu töten …

Ein Zittern lief durch seinen Körper und er stieß einen spitzen Schrei aus. Mit einer ungezielten, hektischen Bewegung wischte er Esannas Arme beiseite und richtete sich halb auf. Er hatte einen Blick hinter den Vorhang der Wirklichkeit geworfen und er hatte gesehen, was dahinter lauerte: der Wahnsinn und etwas, gegen das alle Schrecken der Kriege zwischen Quorrl und Menschen, alle von Menschen und ihren Gegnern verursachten Gemetzel und Katastrophen verblassten wie harmlose Streitigkeiten zwischen Kindern. Er hatte den Zipfel der Wahrheit zu fassen bekommen und er war ganz nah dran gewesen, aber nicht nah genug, um das ganze schreckliche Geheimnis zu erfassen. Er wusste nur eins: Es gab eine zweite Wirklichkeit hinter den Dingen, und wenn er bereit war sich diesem Gedanken mit aller Konsequenz zu stellen, dann musste er sich mit aller Kraft dem entgegenstellen, das Enwor vernichten wollte.

»Was ist das«, keuchte er, »wer bist du ...« Aber er sprach nicht weiter, denn in diesem Moment erklang ein singendes Geräusch, leise wie der Lockruf eines kleinen Vogels zur Morgenstunde und doch so durchdringend, dass ihn ein rascher Schauer durchrieselte.

Bevor Skar begriff, was da an sein Ohr drang, war es auch schon wieder vorbei. Es herrschte die mittlerweile vertraute unnatürliche Stille, wie sie nur tief in einem Berg möglich war, in einer weit verästelten Höhle, an die kein Außengeräusch drang und nichts weiter zu hören war als die Lebensgeräusche der wenigen ihn begleitenden Lebewesen. Aber trotzdem war er vollkommen sicher irgendetwas gehört zu haben – oder vielleicht auch nur gespürt oder erahnt. Etwas, das nicht in diese Höhle gehörte und möglicherweise doch hier zu Hause war.

»Was war mit dir los?«, fragte Esanna. Sie hatte sich wieder ein Stück zurückgezogen, sich auf den Boden gehockt und die Arme um die Knie geschlungen – wie ein kleines Kind, das die Wirklichkeit ausblenden will. Aber vielleicht war es ja auch gar nicht die Wirklichkeit: Vielleicht war es etwas ganz anderes, etwas viel Monströseres und gleichzeitig viel Realeres. Etwas, das im Grunde genommen jeder Bewohner Enwors wusste oder doch zumindest ahnte, ein Geheimnis, das keines war, weil es so offensichtlich war und gerade deshalb im Verborgenen existierte, jederzeit bereit entdeckt und gleichzeitig verleugnet zu werden.

Alles war eins und nichts war so, wie es auf den ersten Blick schien.

Genau das war das Geheimnis und doch war es das auf seltsame Weise auch wieder nicht; es konnte es schon deshalb nicht sein, weil die Natur der Verästelungen, des Ineinandergreifens und der Wucherungen unbegreiflich war. Es war nicht in Gedanken fassbar und würde es nie sein und bereits in dem Moment, in dem Skar es zu fassen glaubte, hatte er es auch schon wieder verloren.

»Was war mit dir los?«, wiederholte Esanna. »Du warst vollkommen geistesabwesend.«

Er war es nicht nur gewesen, er war es immer noch – auf eine nur schwer begreifliche Art. Und trotzdem fragte er sich in diesem Augenblick nur, was mit Esanna geschehen war. War es tatsächlich erst ein paar Stunden her, dass dieses zarte, unscheinbare Digger-Mädchen mit einem Messer auf ihn losgegangen war? Hatte sie wirklich die ersten Angriffe der *Khtaám* nahezu mühelos beiseite gewischt?

»Du nicht können von ihm andere Antworten erwarten als von dir selbst«, sagte Kama.

»Was?«, fauchte Esanna und wandte sich zu ihm um. »Was soll denn das heißen?«

»Dass er brauchen Zeit«, sagte der Nahrak ungerührt. »Und du auch. Eure Bestimmung drängt. Aber trotzdem dürft ihr nichts überstürzen.«

Skar spielte nervös mit dem Griff seines *Tschekals*. Er kam sich beobachtet und belauert vor. Es war ähnlich wie unzählige Male zuvor, wenn er die Vorbereitungen seiner bislang noch unsichtbaren Gegner zum Angriff gespürt hatte, wenn winzige Laute sich zu dem sicheren Gefühl verdichtet hatten, dass es besser war, sich in Kampfposition zu begeben. Und doch war es auch ganz anders. Vielleicht allein deshalb, weil es diesmal weder Geräusche noch optische Anzeichen waren, die sich zu einer Bedrohung verdichteten und das Kribbeln in ihm hervorriefen, das eine Mischung zwischen ängstlicher Anspannung und fast freudiger, in jedem Fall aber entspannter Erwartung war.

Fröstelnd zog er die nackten Beine näher an den Leib. Drei Nahrak. Ein ganz und gar ungewöhnliches Digger-Mädchen. Ein halb toter Satai, der keine Ahnung hatte, was er hier sollte. Er konnte sich nicht daran erinnern, jemals in einer so verrückten Konstellation auf einen Angriff übermächtiger Gegner gewartet zu haben.

Und wieder einmal wünschte er sich, Del wäre hier. Der

hühnenhafte Satai hatte mit seiner unbekümmerten und oft respektlosen Art den exakten Gegenpunkt zu ihm selbst gesetzt. Mit ihm zusammen hatte er sich … ein Stück weit als *unbesiegbar* empfunden. Nicht in der Art, dass er in jedem Kampf siegreich zu bestehen geglaubt hatte. Auch nicht so, dass er keine Todesfurcht mehr empfunden hatte. Es war einzig und allein so gewesen, dass mit Del zusammen eine Niederlage keine Niederlage gewesen war, nicht im Sinne ihres Wortes.

Er fing einen Blick Esannas auf und zuckte zusammen. Ihr Blick war – zu wissend. So, als hätte sie seine Gedanken erraten. Er erinnerte sich an den Rhythmus ihres Herzschlags, als sie sich an ihn gepresst hatte und es bedeutete ihm gleichzeitig überhaupt nichts und sehr viel. Vielleicht, weil sie gleich alle tot sein würden.

»Ich verstehe das nicht«, sagte Esanna. »Was für eine Bestimmung?«

»Jetzt … nicht«, flüsterte der Nahrak. »Frag jetzt nichts. Wir müssen weg!«

»Weg?«, fragte Esanna. Ihre Stimme klang flach und gleichermaßen gepresst. »Aber wohin?«

Diese Frage, fand Skar, war nur allzu berechtigt. Während er sich von dem Felsen hochstemmte und den brennenden Schmerz in seinem Rücken zu ignorieren versuchte, der wie ein glühender Dolch seine Wirbelsäule hinabfuhr, wurde er sich nur zu bewusst, dass Kama die Führung ihrer kleinen Truppe übernommen zu haben glaubte. Sollte er. Wenn es an der Zeit war, würde Skar ihn eines Besseren belehren. Keinesfalls jedenfalls würde er ihm blindlings irgendwohin folgen.

»Zum Ausgang«, sagte Kama.

»Warum sind wir dann nicht schon früher los?«, fragte Skar. Er stand mittlerweile oder besser gesagt, er stützte sich mit der linken Hand an dem Felsen ab und versuchte das Zittern in seinen Beinen zu unterdrücken.

Kama schüttelte nur unwillig den Kopf und deutete in die Richtung hinter ihnen. »Los jetzt«, zischte er.

Skar stieß sich wortlos ab. Er wusste, dass die Bedrohung aus dem Bereich der Höhle kommen würde, in die die drei

Nahrak schon seit Minuten nervös geblickt hatten, und dass sie Kama somit tatsächlich in die richtige Richtung führte. Die Frage war nur, ob sie noch rechtzeitig wegkamen – und ob sie nicht in eine Falle liefen.

Ein Teil seiner Frage wurde sofort beantwortet. Noch bevor sie die ersten Meter hinter sich gebracht hatten, hielten Schatten auf sie zu, die in ihrem Dunkelgrün eine Spur zu tief waren, um ganz von der schummrigen Beleuchtung aufgesogen zu werden. Schatten, die zu wachsen schienen, langsam, fast unmerklich, und die gleichzeitig dunkler wurden, eine Schwärze annahmen, der etwas Widernatürliches anhaftete. Ihm war, als würde ein leiser Ruck durch die Wirklichkeit laufen, als würde sich die Realität um ein winziges Stückchen in jene Richtung verschieben, wo Alpträume und Wahnsinn nisteten, und in seinem Kopf drehte sich alles, während er gleichzeitig Esanna brutal am Arm packte und mit sich zog.

Es war absurd. Bei dem Sturz aus der zusammenbrechenden Höhle irgendwo über ihnen mussten seine gesamten Knochen und sein Rückgrat zusammengestaucht worden sein, wenn er sich nicht sogar bislang unbemerkt gebliebene Brüche eingehandelt hatte; vielleicht hatte er auch innere Verletzungen davon getragen. Seine Beine wollten jedenfalls seinen Befehlen nicht gehorchen und er wäre wahrscheinlich eingeknickt und jämmerlich zu Boden gegangen, wenn ihn Esanna nicht gestützt hätte. Zum wiederholten Male fragte sich Skar, woher dieses schmale Wesen die Kraft dazu nahm.

Dann war es heran; was immer es war. Er nahm die Bewegung nur aus den Augenwinkeln wahr. Aus den dunklen Schatten formten sich bizarre Wirbel, manifestierten sich zu etwas Festem, Stofflichem, schnellen Kriegern ähnlich, die ihre ganze Geschicklichkeit einsetzten, um einen Feind zu überraschen.

Aber es waren keine Menschen. Skars Herz setzte für einen Schlag aus. Dann noch einen. Und noch einen. Als es weiterhämmerte, geschah es mit zehnfacher Schnelligkeit und so hart, dass er schlagartig am ganzen Leib zu zittern begann. Er wartete darauf, dass die Angst zuschlug, aber das geschah nicht. Sein Körper reagierte schneller auf den Schock als sein Geist. Er empfand … nichts.

Esanna war mitten im Schritt stehen geblieben. Sie zitterte am ganzen Leib und plötzlich war Skar es, der *sie* stützen musste. Er merkte es nicht einmal. Alles in ihm war nur noch Aufruhr und Panik, wirre Gedanken und Gefühle, die sich nicht bändigen ließen, der Drang wegzulaufen und sich doch gleichzeitig dem Kampf, der eigenen und unaufhaltsamen Vernichtung zu stellen, nur um dem Ganzen so schnell wie möglich ein Ende zu machen.

Es war nur ein Augenblick, vielleicht der zehnte Teil einer Sekunde, aber für diesen winzigen Moment hatte er das Gefühl eine Woge aus kompaktem schwarzem Nichts auf sich zugleiten zu sehen. Irgendetwas war *falsch* an dieser verschlingenden Schwärze, auf entsetzliche, nicht in Worte zu fassende, aber unübersehbare Weise *falsch*. Alles in ihm schien nichts weiter als ein einziger Warnschrei zu sein, ein Nichtbegreifen, eine Fassungslosigkeit …

Dann veränderte es sich. Ein waberndes, grünes Licht brach aus der schwarzen Finsternis hervor. Wieder dauerte es nur den Bruchteil einer Sekunde, bevor es sich abermals änderte, und diesmal so massiv, dass er nicht mehr als ein Stöhnen hervorbringen konnte angesichts des pulsierenden grünen Lichts, dieser ungesunden, diffusen Helligkeit, aus der es herausbrach, die es durchschritt, direkt auf ihn, Esanna und die Nahrak zu …

Es war ein unerträglicher Anblick, dort, noch etliche Schritte vor ihnen, ein unbeschreibliches Wesen, mit nichts vergleichbar, was ansonsten auf Enwor existierte, nicht mit den Drachen, den die *Errish* geritten hatten, nicht mit den *Ssirhaa*, gegen die die Quorrl nichts als harmlose Popanze waren, und auch nicht die Insektenkrieger mit ihren stahlharten Chitinpanzern, gegen die Skar seinen wohl erbittertsten Kampf geführt hatte. Es war etwas wie aus einer anderen Welt und doch vertraut, etwas wie der Urahn der *Khtaám*, unendlich viel größer als ein Einzelnes dieser nachtschwarzen Wesen und doch von fast gedrungener Gestalt.

Aber dann wurde ihm klar, wie unbedeutend ein Körper war.

In ihm war keine Angst vor dem Tod. Es war tausendmal schlimmer. Er packte die Hand der in Panik erstarrten Esanna und lief los, direkt auf die Kreatur zu und doch von ihr weg. Er war sich nicht einmal sicher, ob sie wirklich einen Körper hatte, oder ob sie nicht vielmehr aus tausenden winziger Larven bestand oder aus etwas gänzlich anderem, was sein Verstand nicht zu erfassen vermochte.

Kama war vor ihm und die beiden anderen Nahrak an seiner Seite, als wären sie noch immer bereit ihn und das Mädchen wie perfekte Leibwächter mit ihrem Leben zu schützen. Dennoch versuchte Skar einen Haken zu schlagen – soweit das die Höhlenwände zuließen – und stürmte wie von Sinnen weiter, sodass sein gemarterter Körper mit einer neuen Schmerzwelle reagierte; die Anstrengung trieb blutige Schleier vor seine Augen. Noch immer hielt er dabei Esannas Hand fest umklammert, mit eisenhartem Griff, als würde sein Leben davon abhängen, und das, obwohl der Tod überhaupt keine Bedeutung mehr für ihn hatte, jedenfalls nicht die, die er für normale Menschen hatte.

Er kam nicht weit. Bitterer, toter Geschmack verklebte ihm Mund und Nase, legte sich auf seine Lungen und nahm ihm die Luft zum Atmen, ließ ihn gierig nach Luft schnappen, während seine Beine mit jedem Schritt schwerer wurden und sein Rücken zu einem einzigen brennenden Flammenmeer wurde. Gleichzeitig schien die Dunkelheit vor ihm intensiver zu werden, als sauge die Erscheinung das letzte bisschen Licht auf, das diesen Teil des geheimnisvollen unterirdischen Komplexes erleuchtete, der sich in eine tödliche Falle verwandelt hatte.

Was aber den Ausschlag gab, waren die Nahrak, die im selben Moment wie er losgestürmt waren und ebenfalls sehr schnell zu begreifen schienen, dass ein Entkommen unmöglich war. Als die Kreatur vor ihnen aus dem grün wallenden Nebel auftauchte, machten sie seine rasche Ausweichbewegung im ersten Moment mit, verlangsamten dann aber schon sehr bald ihre Schritte. Um Kama nicht über den Haufen zu rennen, mussten Skar und Esanna abrupt abbremsen.

Kama breitete die Arme aus und einen Herzschlag lang

glaubte Skar, er wollte eine komplizierte Abwehrbewegung einleiten. Doch als sich der Nahrak mit einer abstrusen Drehung zu ihm umwandte, begriff er, dass der Mann fassungslos und mit einer Mischung aus schierem Unglauben und abgrundtiefem Entsetzen auf die groteske Erscheinung gestarrt hatte und nun gleich ihm nicht mehr weiterwusste: In seinen Augen stand ein Grauen, das nicht hätte größer sein können, hätte er alleine einem Tausend-Mann-Heer gegenübergestanden.

»Stehen bleiben!«, schrie er. »Oder wir sein verloren!«

Skar hätte dazu keine Aufforderung mehr gebraucht. Er war am Ende seiner Kraft, ausgelaugt von den wenigen Bewegungen, die seinem Körper die letzten Reserven abverlangt hatten und er hätte sich jetzt auch gar nicht mehr vom Fleck rühren können, selbst wenn er gewollt hätte. In seinem Inneren tobte ein Sturm widersprüchlichster Gefühle, während er gleichzeitig keuchend nach Luft rang und versuchte den Schleier vor seinen Augen wegzublinzeln.

Zitternd kam das Ungeheuer näher. Die blutigen Schleier vor Skars Augen lichteten sich, aber er vermochte dennoch das abstoßende Etwas nicht viel klarer zu erkennen als bisher. Das, was er sah, genügte allerdings, um ihn aufstöhnen zu lassen; ein Geräusch, das in einem spitzen Schrei Esannas unterging.

Der Leib des Monsters war riesig, viel größer als der eines Menschen und massig wie eine Flugechse und doch fast durchscheinend, ständig in fließend-glibberiger Bewegung. Dutzende von peitschenden, ineinander verwundenen Tentakeln zuckten aus seinen Schultern, und da, wo sein Kopf sein sollte, war nichts als eine formlose, glitschige Masse, die Flüssigkeit sabberte aus einer Vielzahl kleiner Körperöffnungen, die zu verschwimmen schienen, wenn er versuchte mit Blicken zu erkunden, was dieses Wesen vorhatte.

Skars Herzschlag ging hämmernd und laut. Er versuchte seine Gedanken in Bahnen zu zwingen, die der Situation angemessen waren, sich auf seine Umgebung zu konzentrieren, um ein Schlupfloch zu finden aus der bedrohlichen Lage, aber es funktionierte nicht. Er stand da wie gelähmt und es war, als hätte sich ein unsichtbarer, eisiger Schatten über sein Denken und Fühlen gelegt. Er ahnte, nein, er wusste, dass diese Kreatur verwandt war mit dem tentakelbewehrten Kraken, der ihn am Fuße des Falles von Ninga angegriffen hatte und dessen unglaublicher Kraft er nichts anderes entgegenzusetzen gehabt hatte als die tiefste Entschlossenheit des Satai, der Kraftreserven zu mobilisieren verstand, von deren Existenz die meisten Menschen noch nicht mal etwas ahnten. Doch im Angesichts des vor ihm kreisenden Monsters war er nicht in der Lage, dieses antrainierte Wunder übermenschlicher Kraft noch einmal zu vollbringen.

Er war zu überhaupt nichts mehr in der Lage.

Er stand regungslos da, während das Monstrum auf ekelhafte Art glibberte, sabberte und gleichzeitig zu zerfließen schien und mit der Standfestigkeit einer mächtigen *Daktyle* verharrte – bevor es zum endgültigen Angriff ansetzte. Seine Tentakel bewegten sich zitternd vor seinem Gesicht auf und ab, aber irgendetwas schien es noch davon abzuhalten, ihn zu berühren. Dann schob es langsam, fast zögernd einen hin und her zuckenden Tentakel auf seine Schulter zu. Als es ihn berührte, jagte ein mörderischer Schmerz durch seinen Arm und setzte jeden einzelnen Nerv in Brand. Er hatte das Gefühl, als würde sein Verstand mitgerissen, als bräche der Damm zwischen seinem bewussten Begreifen und etwas ganz anderem, tiefer Gehendem, das wie ein eigenständiges Lebewesen auf den Angriff reagierte …

Formlose Scheußlichkeiten, die sich in schwarzrot glühenden Seen aus brodelnder Lava suhlten, aus denen sich gleißende, rote Ströme in die schwarze, erstickende Unendlichkeit ergossen. Schlangengruben voller gestaltloser Schrecken, aus denen der Odem der dunklen, erstickenden Hölle emporwehte, die Hölle, auf der der Druck von tausend Tonnen Wasser lastete, der Hölle, in der nichts als Finsternis war und Schrecken und Tod, eine Hölle, die durch nichts anderes erhellt wurde als durch die breiten Lavaströme und durch makaber leuchtende, grauenvolle Gestalten, Höllenboten mit unglaublich fremdartigen Gesichtern, aufgeblasenen Körpern und grauenvollen Raubtiergebissen.

Es waren keine Bilder, die er sah. Keine Gedanken, die er empfing. Es war keine Erinnerung aus den Tiefen seiner Vergangenheit, keine Form der Kommunikation, sondern etwas vollkommen Fremdes, Bizarres. Für einen Moment, einen winzigen, zeitlosen und doch ewig währenden Moment, schien sein Geist mit dem der Kreatur zu verschmelzen, waren sie wie ein Wesen, das nur zufällig in zwei Körpern wohnte. Er fühlte den Kampf, der tief in seinem Inneren stattfand, kein Ringen unterschiedlicher Kräfte, sondern ein blitzartiges, ungeheures Zusammenprallen zweier entgegengesetzter Pole ungeheurer Macht, ein Gefühl, als explodierte tief in seinem Inneren eine gewaltige, lodernde Sonne, in einem Bereich seiner Seele, der seinem bewussten Zugriff normalerweise verschlossen war.

Er war nicht viel mehr als ein unbeteiligter Zuschauer,

Dafür begann etwas anderes mit einer zielgerichteten Aktivität, etwas, das sich bislang so sehr im Hintergrund gehalten hatte, dass er noch nicht einmal seine Anwesenheit bemerkt hatte. Eine Anzahl der *Khtaám*-Larven, die bisher keine Notiz von ihm genommen hatten, lösten sich aus dem nun plötzlich wimmelnden Hintergrund der Höhle und huschten auf ihn zu, glitten über seine Stiefel und krochen seine nackten Beine hoch. Die Berührung der feuchten, saugenden Füßchen war so widerlich, dass er sie sich am liebsten von der Haut gerissen hätte. Aber nach wie vor war er wie gelähmt. Schwäche und Übelkeit verschleierten seinen Blick. Ein scharfer, stechender Schmerz zuckte durch seinen Schädel, Krämpfe schüttelten seinen Körper und vor seinen Augen tanzten flammende und wogende Schatten, Visionen von unvorstellbarer Fremdheit. Er schrie, verlor sich in den um ihn herum tanzenden Wirbeln.

Schwarze Schlangen aus Finsternis bebten und zuckten auf ihn zu, bizarre Grimassen aus Substanz gewordener Dunkelheit grinsten ihn an, glitzernde Spinnenbeine tasteten sich zitternd in die Luft und etwas Großes, Körperloses, Schwarzes waberte und wogte wie brodelnder Nebel über den Boden, wie eine stürmische, von wilden Windböen aufgerissene See, die an die Küste anbrandete in Abermillionen Jahren währendem Bestreben sich das einzuverleiben, was einst zu ihr gehört hatte, vor unendlichen Zeiten nichts anderes als Meeresboden gewesen war und nun wieder das werden sollte, was ihr einst einverleibt gewesen war und ihr erst durch die Kraft gewaltiger Vulkane genommen worden war …

Dann zerstob die Illusion.

Es war wie ein Hieb gewesen, blitzschnelles, wütendes Zuschlagen einer unsichtbaren Macht, der gleichen Kraft, deren Anwesenheit er gespürt hatte, in den Höhlen oberhalb des Falls von Ninga … das gleiche geistige Flüstern … und doch auch wieder ganz anders. Ein Verdacht keimte in ihm auf, so selbstverständlich und doch so vollkommen unerwartet, dass er ihn kaum in Worte hätte fassen können. Bilder mehrerer im Todeskampf verbissener, unvorstellbarer Kreaturen tauchten in ihm auf, Bilder, die schon allein deswegen so unverständlich waren, weil es sich nicht um Leben handelte im üblichen Sinne …

Während er in die Knie ging und dabei Esanna mitzog, weil er – ohne es zu merken – ihre Hand in schmerzhaftem Griff umklammert hielt, tauchte etwas anderes vor seinem inneren Auge auf, ein Fragment, eine Erinnerung an einen Streit in einer gewaltigen Festung inmitten des Drachenlandes, in die ihn ein verzweifelter Kampf gegen ein namenloses Wesen verschlagen hatte. Seine Haut brannte wie Feuer, als wäre er mit einer ätzenden Flüssigkeit überschüttet worden und Esanna schrie und versuchte sich von seiner Umklammerung zu lösen – aber er merkte nichts von alledem. Er war wieder auf Drasks Festung, stand Kiina gegenüber, die ihm die erschütternde Nachricht brachte, wusste Del neben sich und …

… BEGRIFF

Es ist gigantisch, Satai. Es … es hat Elay überwuchert wie ein Geschwür und … und Tausende verschlungen. Aber nicht alle. Ich habe in der Burg gelebt, am Hof der Margoi. Ich habe vieles erfahren und vieles gesehen. Nicht alle sind mit dem Netz verbunden. Nur die Mächtigen und die Krieger. Es tötet seine Träger, manche in Tagen, andere in Monaten oder Jahren, aber es tötet sie. Vielleicht frisst es sie innerlich auf – ich weiß es nicht. Aber es ist wählerisch. Es beherrscht uns, aber es braucht uns auch.

Das Netz! Dieses ... *Etwas*, das die gigantische Metropole Elay überwuchert hatte und sich immer weiter schob ... wer sagte ihm, dass es nicht immer weiter gewuchert war in den letzten dreihundert Jahren und sich nicht noch immer weiter ausdehnte. Und vielleicht war es nicht alleine ... vielleicht gab es mehr als nur ein Netz!

Der Gedanke zerstob so schnell, wie er gekommen war. Skar schrie auf, ließ Esanna los und schlug die Hände vors Gesicht. Sein Herz begann erneut zu hämmern und das Verlangen aufzuspringen und nur weg-, weg-, wegzulaufen, wurde übermächtig – raus aus diesem Wahnsinn, aus der Konsequenz, die seine Erinnerung mit sich gebracht hatte, dachte man den Gedanken nur ein kleines Stück weiter ... *frisst sie innerlich auf ... tötet sie ...* und weg von der tödlichen Umarmung der Bestie, die sich seiner bemächtigen wollte für einen Zweck, der in der Zerstörung Enwors enden konnte, enden würde, wenn er es zuließ ...

Skar sprang auf. Es war erstaunlich viel Kraft in ihm, beinahe so, als wären all seine Verletzungen wie fortgeblasen, und noch im Sprung riss er sein *Tschekal* aus der Scheide, um sich mit einem Kampfschrei auf die Kreatur zu stürzen, die für seine Qualen verantwortlich war.

Aber das schwarze Ungeheuer war schneller. Zwei, drei seiner Schlangenarme peitschten in seine Richtung, wanden sich wie dünne, schleimige Vipern um seine Arme und rissen ihn mit einer brutalen Bewegung herum. Er schrie auf. Seine Haut brannte wie Feuer, wo sie von den glitschigen Armen des Ungeheuers berührt worden waren. Ein betäubender Schmerz peitschte durch seine Arme, explodierte in seinen Schultern und lähmte seinen Körper. Die Höhle schien vor seinen Augen zu verschwimmen. Das Ungeheuer ragte wie ein gewaltiger, verzerrter Schatten vor ihm auf. Seine Tentakel hatten sich von Skars Armen gelöst, aber er war trotzdem unfähig sich zu bewegen ...

... und tauche stattdessen wieder in die Vergangenheit ein.

»Es gab noch niemals einen Krieg wie diesen«, hörte er Dels Stimme über die Schranken der Zeit hinweg. »Es geht hier nicht um die Macht in einem Königreich. Es geht nicht

um Schätze oder Landgewinn. Es geht nicht einmal um Macht. Es geht um die Existenz unserer Welt.«

»Aufhören!«, schrie Skar und hämmerte sich mit geballten Fäusten selber ins Gesicht, als könnte er damit die quälende Erinnerung auslöschen.

»Vielleicht ist das immer noch besser, als wenn sie von Männern wie dir beherrscht würde«, schleuderte Skar Del entgegen und der Satz war so lebendig, als hätte er ihn nicht vor Jahrhunderten ausgesprochen, sondern erst gerade in diesem Moment.

Er erschrak über seine eigenen Worte und auch Del fuhr wie unter einem Hieb zusammen. Skar begriff, dass er ihn zum allerersten Mal wirklich getroffen hatte, seit sie diesen endlosen Streit begonnen hatten. Seine Worte taten ihm Leid. Aber er spürte auch gleichzeitig, dass sie die Wahrheit gewesen waren. Und dass sie das wenige, was noch zwischen ihnen gewesen sein mochte, endgültig zerstört hatten.

Er hatten den Mantel des Hohen Satais getragen, damals, und er hatte Del die Wahrheit sagen gehört … *Es geht um die Existenz unserer Welt* …, ohne wirklich zu ahnen, was für Konsequenzen das mit sich brachte. Als er den Mantel des Hohen Satais mit zitternden Händen von seinen Schultern gelöst hatte, um ihn vor Dels Thron zu Boden zu werfen, war das der Anfang des Endes ihrer Freundschaft gewesen, eine Freundschaft, die im Grunde erst in dem Moment geendet hatte, als ihn der hühnenhafte Satai niedergestochen hatte. Aber das Schlimme war … in diesem einen Moment hatte nicht er, sondern Del Recht gehabt: Es wäre besser gewesen, ein Mann wie er hätte über Enwor geherrscht, damals, vor dreihundert Jahren, als dieses Etwas, das sich mittlerweile wie eine schwärende Krankheit immer weiter über den ganzen Planeten ausbreitete, mit seinen Fühlern alles unterwanderte, was sich seiner nicht erwehren konnte, getrieben von einem unheimlichen Instinkt, der es nie würde enden lassen, bis nicht alles durchsetzt war von diesem unbegreiflichen Geschöpf, das auf einer Welt wie dieser keine Existenzberechtigung haben sollte.

Es war wie ein Hinübergleiten in eine andere Wirklichkeit. »*Verdammt, rede ich so undeutlich oder willst du mich nicht verstehen*«, brüllte er Del in seiner Erinnerung an, und gleichzeitig sah er in der Gegenwart, wie sich die Nahrak bei den Händen fassten wie ängstliche Kinder und eine Dreierformation bildeten. Eine Linie aus unerträglich grellem, zischendem Licht jagte im Zickzack über den Boden, brannte eine rauchende Spur in den Boden, berührte fast spielerisch die Ausläufer der Kreatur. Ein grollender und zugleich unheimlich hoher Laut dröhnte in seinen Ohren … *und Dels Lächeln erlosch nach und nach, als er seinem Blick begegnete, und schließlich machte sich so etwas wie Betroffenheit auf seinen Zügen breit. »Was ist nur mit dir geschehen, Del«, flüsterte Skar* … und dann traf die zackende Energiespur den Körper der Kreatur.

Der Blitz fror regelrecht ein, wurde zu einem zuckenden, hin und her peitschenden Tentakel aus purer, blauweiß knisternder Energie, der beinahe liebkosend über das unförmige Etwas glitt, das ihnen den Weg versperrte. Doch da war schon ein neuer armdicker Tentakel aus gleißendem Licht heran, schlug sich seine Bahn und … *Del schoss einen zornigen Blick in Skars Richtung ab, aber als er weitersprach, klang seine Stimme fast normal. »Erinnerst du dich, was du uns erzählt hast, als du hergekommen bist? Dass diese Festung eine Falle ist, einzig dazu erbaut, um uns zu vernichten?«*

Es war die Höhle, die diese Falle war. Es war nicht das, was er zu sehen glaubte, nicht dieses glitschige, monströse Ding dort vor ihm, das sich als etwas aufspielte, das es nicht war. Es waren die Wände, die Decke, der Boden und jeder einzelne verfluchte Gang in diesem Labyrinth. Die Erinnerung an Del hatte ihm auch die Erinnerung an das Netz wiedergebracht, an das mikroskopische Gewebe, das Steine durchzog, sich durch Decken bohrte. *»Großer Gott!«, flüsterte Del entsetzt. »Schaut euch das an. Als ob es aus der Wand herausgekrochen wäre!«*

Das Netz war weniger dicht, bedeckte die Wände zwar wie eine kompakte, schwarze Masse, ließ im eigentlichen Gang aber genug Platz, um ihn vorsichtig zu durchqueren und trotzdem erschien es Skar, als fühle er seine dunkle Ausstrah-

lung hier tausendmal stärker. Was immer das Herz dieses schwarzen Dämons war, es war hier präsenter. Er wusste plötzlich, dass das, was sie das Netz und Kiina den Wächter nannten, nur das Werkzeug von etwas viel Gefährlicherem, Böserem war, die Millionen Arme und Hände einer uralten, durch und durch feindseligen Kreatur.

Und er war ihr jetzt ganz nahe.

Als ihn die Vision verließ, zitterte er am ganzen Körper. Seine Beine waren taub und ein unbeschreiblicher Schmerz zuckte durch seinen Rücken. Er wusste nicht mehr, was Erinnerung gewesen war und was Wirklichkeit; er wusste nicht einmal mehr, ob so etwas wie Wirklichkeit tatsächlich noch für ihn existierte – bis er die neue Entladung sah, die wie ein Blitz durch die Höhle und auf die Bestie zuraste, einer gewaltigen, lodernden Energiekugel gleich, die sich durch nichts würde aufhalten lassen.

In einem gewaltigen Donnerknall barst die Energiekugel; der Boden unter ihnen erzitterte und von der Decke sausten scharfkantige Splitter herab. Es war bei weitem nicht so dramatisch wie beim Zusammenbruch der oberen Höhle und doch war es ein kleiner Weltuntergang. Das Schlimme daran war, dass er wusste, dass es kein Ende haben würde. Was immer die Nahrak taten, um die Bedrohung abzuwehren: Sie würden damit auch diese Höhle zum Einsturz bringen

Er wusste plötzlich, dass er etwas tun musste. Die blendenden Energieladungen fraßen sich kalt und zerstörend in die Wände, kräuselten sich auf Boden und Decke und krochen bis zu ihm und Esanna.

»Hört auf!«, schrie Skar. Er kam taumelnd auf die Beine, doch unterhalb seines Bauches, dort, wo blässlichblaue Funken in ihn hineinkrochen, spürte er nichts weiter als ein Brennen und ein ekelhaftes Ziehen, das ihn förmlich zurückzuhalten schien. Er versuchte es zu ignorieren, trotzdem weiterzugehen, aber es funktionierte nicht. Seine Füße versagten ihm den Dienst und er wäre vornübergekippt, wenn ihn nicht plötzlich Esanna am Arm gepackt und mit erstaunlicher Kraft hochgezogen und festgehalten hätte.

Einen Moment nur trafen sich ihre Blicke. In dem grünlichen, von Blitzen zerrissenen Licht konnte er kaum mehr erkennen als ihr bleiches Gesicht mit den weit aufgerissenen, dunklen Pupillen. Und trotzdem las Skar eine ganz klare Botschaft in ihren Augen: *Tu es!*

Mühsam quälte er sich mit Esannas Hilfe auf die Nahrak zu. Sie hielten sich mit festem Griff umklammert, bildeten ein Dreieck, selbstvergessen und ohne aufzusehen, als wollten sie sich an einer magischen Beschwörung versuchen. Ohne genau zu wissen, was sie da taten, war sich Skar ohne Nachzudenken vollkommen sicher, dass es *falsch* war, von Grund auf und ohne jeden Zweifel. Sie kämpften gegen etwas an, das sich nicht im Kampf besiegen ließ; jedenfalls nicht so, mit ein paar Zauberkunststückchen, welcher Art sie auch immer sein mochten. Er hatte keine Ahnung, woher er diese Sicherheit nahm – vielleicht aus einem Erlebnis aus seiner Vergangenheit, das ihm noch nicht wieder vollständig als Erinnerung zur Verfügung stand oder vielleicht auch nur aus einer plötzlichen Eingebung heraus – aber es war im Grunde genommen auch gleichgültig; er hatte gelernt sich auf seine Intuition zu verlassen und würde es auch diesmal tun.

Ein neuer Blitz raste durch die Höhle, brach seine Energie an den Wänden, erschütterte mit einem dumpfen Knall die über diesem Bereich noch weitgehend intakte, aber stark zerklüftete Höhlendecke und ließ damit erneut eine Wolke aus Splittern und Dreck auf sie herabregnen. Das grelle Zucken, das Donnern von Explosionen riss nicht mehr ab; die Kreatur wehrte sich gegen die Nahrak auf angemessene Art, schleuderte Blitze in ihre Richtung, die Skar an die Scannerwaffen der *Errish* erinnerten.

Verdammt. Wenn sie so weitermachten, würde das gesamte Höhlensystem einstürzen. Ihr einziger Vorteil war ihre eigene Ohnmacht: Keine der beiden kämpfenden Parteien nahm Notiz von ihnen; sie waren zu sehr mit ihren wechselseitigen Attacken und der Vernichtung der Höhle beschäftigt. Dabei blitzte ganz kurz hinter seiner Stirn der Verdacht auf, dass das Monster die Nahrak absichtlich zu ihrem wütenden Angriff provozierte, um so die Höhle zum Einsturz zu bringen und damit die fünf Überlebenden des

Khtaám-Angriffs lebendig unter tonnenschweren Gesteinsmassen begraben zu lassen.

Esanna schien das ganz ähnlich zu sehen, denn sie stieß sich ohne Vorwarnung ab und war mit einem Satz bei den Nahrak. Skar wäre ihr gerne mit der gleichen Eleganz gefolgt, doch er hatte schon alle Mühe überhaupt auf den Beinen zu bleiben und das weitere Geschehen halbwegs zu verfolgen.

Das Mädchen streckte die Hand aus in Richtung des Nahrak, der ihr am nächsten stand. Mit einer fast komisch langsam anmutenden Bewegung wandte er sich zu ihr um. Skar erkannte in diesem Moment, dass er sich getäuscht hatte: Die Hände der Männer waren nicht leer. Es war eine Art Stab, den jeder von ihnen fest umklammerte, nicht größer als Jagdmesser, aber rund und aus einem Material, das ihm nur zu bekannt vorkam: *Sternenstahl*!

Doch anders als bei seinem *Tschekal* ging ein leichtes Leuchten von dem Sternenstahl in ihren Händen aus. Was immer da vorging, was immer die Nahrak da taten; es hatte wohl kaum etwas mit Magie zu tun, sondern vielmehr mit der Technik der Alten, mit der unbegreiflichen Macht der Menschen, die sich so weit von aller Vernunft entfernt hatten, dass sie sich selbst und ihre Welt fast vollständig zerstört hatten, die das Sternenfeuer über die Welt gebracht hatten, als ob sie nur in ihrem eigenen Tod Erfüllung hatten finden können.

Der Nahrak schüttelte fassungslos den Kopf und es zeichnete sich ein Entsetzen auf seinem Gesicht ab, das Esanna eigentlich hätte davon abbringen müssen, ihre Bewegung zu Ende zu führen. Doch stattdessen packte sie entschlossen zu, griff, ohne zu zögern, an ihm vorbei und ließ entschlossen ihre rechte Hand auf den leuchtenden Stab aus Sternenstahl vorzucken.

Ein ekelhaftes Zischen war genau in dem Moment zu hören, als sie den Stab berührte; ein Laut, als berührte glühendes Eisen Fleisch. Ehe Skar eingreifen konnte wurde Esanna wie ein Spielzeug durch die Luft gewirbelt, flog quer durch die Höhle und krachte gegen eine der Wände, um dann an ihr abzugleiten und wie leblos auf dem Boden liegen zu bleiben.

Die Bestie, die das Ziel der Energieblitze war, stieß im gleichen Augenblick zu, pulsierte mit heftig hin und her schaukelnden Bewegungen auf die Nahrak zu, stieß ein wütendes Zischen aus und schlug mit ihren Tentakeln nach dem ihm am nächsten stehenden Mann. Der Nahrak tauchte mit einer fast spielerischen Bewegung unter dem Angriff hinweg, ohne den Leuchtstab loszulassen, und wich zusammen mit Kama und dem dritten Mann ein paar Meter zurück, um aus der Reichweite des wütenden Angreifers zu kommen.

Das Gefühl, dass hier etwas schrecklich falsch lief, verstärkte sich in Skar. Er hatte gesehen, was die *Khtaám* anrichten konnten, die winzig waren im Vergleich zu diesem ekelhaften Monstrum, und er konnte sich nicht vorstellen, dass dieser ungeschickte Angriff alles war, was die Bestie zustande brachte. Es hätte nicht seiner jahrzehntelangen Erfahrung als Krieger bedurft, um darauf zu kommen, dass es nicht mehr war als eine plumpe Finte, die die Nahrak dazu bringen sollte, ihr tödliches Spielzeug zur Entfaltung zu bringen: um sich damit selbst und nicht zuletzt ihn und Esanna unter einem Berg von Gesteinsmassen zu verschütten.

Es gab nur eine Möglichkeit das zu verhindern. Seine Hände hinterließen blutige Abdrücke auf dem Griff seines *Tschekals*, als es wie von selber in seine Hand glitt. Der Sternenstahl fühlte sich ungewohnt kalt an und gleichzeitig viel leichter, als er eigentlich hätte sein sollen. Aber vielleicht waren auch nur seine Sinne verwirrt. Es machte keinen Unterschied.

Durch ihre Ausweichbewegung befanden sich die Nahrak jetzt genau neben ihm. Das Ungeheuer stand vor ihnen, schwankend und mit zuckenden Tentakeln, und als ein neuer Energieblitz auf es zuraste, in grotesken Ausläufern zerfaserte und es fast vollständig einhüllte, stieß es ein dumpfes, monströses Grollen aus, das trotz seiner grausamen Lautstärke fast unterging in dem Poltern, Krachen und Beben, mit dem jetzt bereits größere Brocken Felsgestein inmitten der Höhle niedergingen.

»Schluss!«, wollte Skar schreien, denn er wusste mit untrüglicher Sicherheit, dass die Vernichtung der Höhle unmittelbar bevorstand, wenn sie nicht sofort mit dem Wahnsinn aufhörten, aber ein losgeschlagener Stein, der seine Schulter traf, ließ ihn erneut um sein Gleichgewicht kämpfen und trieb ihm die Luft aus den Lungen.

Die Nahrak allerdings hätten wohl sowieso nicht auf ihn gehört. Ungeachtet des Chaos um sie herum verstärkten sie ihre Anstrengungen. Das von den Stäben aus Sternenstahl ausgehende Leuchten hatte sich verstärkt und war irgendwie *bösartiger* geworden und gleichzeitig nahm die Intensität der Entladungen zu, die um das Monster tobten, ohne es allerdings dorthin zurückzuschicken, wo es hergekommen war.

Er durfte keine Zeit verlieren. Ohne auch nur noch einen Moment auf das Krachen, Donnern und Blitzen zu achten, packte er sein *Tschekal* fester und ließ es mit der Breitseite auf den Kopf des neben ihm stehenden Nahrak niedersausen. Der Mann stieß einen überraschten Laut aus und schwankte leicht; aber zu Skars Verblüffung hielt er sich weiter auf den Beinen und dachte gar nicht daran, zu Boden zu gehen.

Skar kam nicht dazu, ihn mit einem kräftigeren Hieb außer Gefecht zu setzen, denn das von grellen Entladungen gepeinigte Ungeheuer fuhr mit einem entsetzlichen, zischelnden Laut herum und stampfte auf ihn zu, als begriffe es, was er vorhatte. Er duckte sich, riss mit einer verzweifelten Bewegung sein *Tschekal* hoch und ließ es in die Peitschenarme kreisen, aber der Sternenstahl prallte von der wütenden Bestie ab, als ob er ein Holzschwert in den Händen halten würde. Das aggressive Zischen des Monsters verstärkte sich, und als es näher kam, spreizten sich seine Tentakel, öffneten sich zu einer schwerfälligen, tödlichen Umarmung.

Es war genau so, wie Skar es befürchtet hatte. Selbst wenn er mit doppelter Wucht auf diese schwarzgrüne Masse einschlagen würde, käme es nur dem Versuch einer Mücke gleich, mit einem wütenden Angriff seines Stachels einen Menschen erstechen zu wollen. Möglicherweise hielten die Nahrak die geeignete Waffe für den Kampf gegen ein solches Monstrum in den Händen, möglicherweise hätten sie es damit auch unter freiem Himmel auslöschen können, ohne sich selbst zu gefährden. Doch hier, in der Höhle, würde ihre Art zu kämpfen ihrer aller Untergang bedeuten.

Deshalb blieb ihm nur noch eine Chance: Seine Taktik zu ändern und etwas vollkommen Unerwartetes zu unternehmen.

Mit einer Geschicklichkeit, die seinem angeschlagenen Zustand Hohn sprach, tauchte Skar unter dem nächsten Angriff der nach ihm peitschenden Fangarme durch, war mit einem Satz außerhalb ihrer Reichweite und in der nächsten Bewegung auch schon unter den Nahrak. Das *Tschekal* sauste wie ein eigenständiges Lebewesen auf Kama hinab und hätte ihm den Schädel gespalten, wenn Skar es nicht um neunzig Grad gedreht hätte.

Der Mann rechnete nicht mit einem Angriff von der Seite aus, natürlich nicht, und tat deswegen auch nichts zu seiner Verteidigung. Als ihn die Breitseite des Schwerts traf, ging Kama wie vom Blitz getroffen zu Boden. Seine Hände glitten von den fluoreszierenden Stäben ab. Das dumpfe Grollen, das die nächste Entladung angekündigt hatte, lief in einem Knistern aus, das von wenigen gekräuselten und eindeutig schwächlich wirkenden Energiebahnen begleitet wurde. Doch Skar blieb keine Zeit sich um die Auswirkungen seines Angriffs auf seinen merkwürdigen Verbündeten zu kümmern.

Die beiden anderen Nahrak wandten sich ihm zu. In ihren Gesichtern stand ein Entsetzen, fast schon ein tiefer Schmerz, der sich mit völligem Unverständnis mischte. »Du Narr«, stieß einer der beiden aus.

Skar hätte nicht überraschter sein können, wenn sich der Mann vor ihm in Luft aufgelöst hätte. Er war wie selbstverständlich davon ausgegangen, dass keiner der Nahrak – bis auf Kama – *Tekanda* sprach. Aber das war jetzt unwichtig. Auf ihren Zügen lag ein Ausdruck von Furcht, der nichts mit übersteigerten Reaktionen zu tun hatte. Sie hatten Angst, beinahe panische Angst.

Und das nicht zu Unrecht. Kaum war das Energiefeld in sich zusammengebrochen, ging ein Ruck durch die Bestie und ihre Tentakel fuhren kraftvoller als je zuvor durch die Luft, schlugen dicht neben Skar auf den Boden, als hätte sie zwar bereits ihre Kraft, nicht aber ihre Zielsicherheit vollständig wiedererlangt. Mit einer verzweifelten Bewegung warf sich Skar herum und wich so schnell wie möglich zurück: und dennoch fast zu spät, denn das wabbelnde Monster schien jetzt ihn zu seinem Hauptgegner erkoren zu haben, ohne Dankbarkeit dafür, dass er den Angriff der Nahrak unterbrochen hatte.

Was vielleicht ein fürchterlicher, ein tödlicher Fehler gewesen war.

Ein Monsterarm peitschte wild in seine Richtung und schrappte an seinen nackten Beinen vorbei. Es war nicht viel mehr als eine beiläufige Berührung und doch spürte Skar, wie seine Haut aufriss und Blut an seinem Fuß herablief. Der Schmerz war furchtbar – aber er war nichts im Vergleich zu dem, was ihn erwartete, wenn ihn einer der Tentakel voll erwischte. Das schleimige Äußere der Kreatur suggerierte Schwäche, aber in seinen Bewegungen steckte eine Kraft, die einem mächtigen Staubdrachen in nichts nachstand.

In diesem Moment hätte Skar sonst etwas dafür gegeben, wenn er seinen Angriff auf Kama wieder hätte rückgängig machen können. Vielleicht hätten die Nahrak ja Erfolg gehabt mit ihrer Abwehr des Monsters, ohne dass die Höhle zusammengestürzt wäre … müßige Gedanken und absolut unsinnig angesichts des zuckenden und blitzartig zuschlagenden Biestes, das sich erneut mit einem Zischen auf ihn stürzte.

Die Hilfe kam von vollkommen unerwarteter Seite. Gerade als Skar mit einer verrückten Drehung an einem der Fangarme vorbeitanzte und unter einem anderen hinwegtauchte, schrie einer der Nahrak auf, warf sich mit einem Satz nach vorne und riss den Arm hoch. Der leuchtende Stab, den er in den Händen gehalten hatte, flog durch die Luft und klatschte in die widerlich schwabbelnde Masse des Ungeheurs.

Das Ergebnis war verblüffend. Das Monster blieb so abrupt stehen, als wäre es gegen eine unsichtbare Mauer geprallt. Ein Zucken jagte wellenartig über seinen Körper und seine Arme peitschten wild hin und her. Die schleimig grüne Masse, aus der sein Körper bestand, schien von einer Sekunde auf die andere ihren Halt zu verlieren. Dünne, glitzernde Schleimfäden tropften zu Boden, gefolgt von faustgroßen Klumpen und Brocken. Es ging unheimlich schnell. Der Leib des Ungeheurs zerschmolz zu einer glibberigen amorphen Masse und seine undefinierbare Körpersubstanz begann zu kochen, zu brodeln und hin und her zu wogen. Mehr und mehr Rauch quoll hoch, während es gleichzeitig prasselte und knisterte wie bei einem Lagerfeuer, das gerade jemand mit einem Eimer Wasser zu ersticken versucht hatte.

Es dauerte nicht einmal eine Minute. Der Rauch wurde so dicht, dass er Skar die Sicht auf das Ungeheuer verwehrte, aber als er sich verzog, war der tentakelbewehrte Koloss verschwunden, als hätte er nie existiert. Doch an seiner Stelle war irgendetwas – *anderes*. Etwas Kleines, kaum Sichtbares; ein Huschen und Wegkrabbeln, haarfeine Äderchen, die darin zuckten und winzige glänzende Klümpchen, kleinen beinlosen Tieren aus schwarzem Schleim gleich, die blind hin und her krochen.

Langsam schob sich Skar vorwärts. Seine Hände und Knie zitterten und der furchtbare Anblick ließ seinen Magen rebellieren; aber er zwang sich weiter zuzusehen und trat sogar noch einen Schritt näher.

Von dem Monster selbst war nichts mehr zu entdecken. Dort, wo es gestanden hatte, breitete sich jetzt eine glitzernde Pfütze mit einem Durchmesser von fast fünf Metern aus. Schillernde Blasen stiegen an ihre Oberfläche und zerplatzten lautlos, und als sich Skar noch ein Stück weiter vorwagte, stieg ihm ein atemberaubender Gestank in die Nase. In der Mitte der Pfütze lag jetzt das rohrähnliche Teil, das eben noch hell aufgeleuchtet hatte. Doch jetzt war es matt und grau und schien fast mit den grünbraunen Schlieren des Bodens zu verschmelzen und Skar ahnte, dass alle Energie, die in ihm gesteckt hatte, vollständig verbraucht war.

Was Skars Aufmerksamkeit aber mehr auf sich zog, waren die winzigen huschenden Kreaturen, die sich vom Rand der

Pfütze hinweg in den Hintergrund der Höhle ausbreiteten wie ein lebendig gewordener Teppich. Auf den ersten Blick hätte er nicht zu sagen vermocht, ob es sich dabei um *Khtaám*-Larven handelte oder um irgendetwas anderes – aber das war auch nicht so wichtig. Entscheidender war, dass sie sich von ihm wegbewegten und nicht auf ihn zu.

Der Nahrak, der den Energiestab geworfen hatte, wandte sich langsam mit ausdruckslosem Gesicht zu ihm um. »Das du niiiiicht hättest maaaachen dürfen«, sagte er.

»Was?«, krächzte Skar. »Dass du dieses … *Ding* vernichtet hast? Was ist verkehrt daran.«

»Eiiiine Meeeenge«, sagte der Mann leise, »denn jeeeetzt sind wir weeeehrlos. Wir brauchen dreeei *Jaertiks*, um das Feld zu … zu maaachen. Wir aber haben nur noch zweeeei.«

Skar nickte geistesabwesend. Er verstand kein Wort von dem, was der Mann sagte, zumal eine Welle der Übelkeit durch seinen Körper jagte. Die Anstrengungen des Kampfes und der Schmerz, der jetzt nahezu ungehindert durch seinen Körper jagte, waren zu viel gewesen. Er kämpfte den aufkommenden Brechreiz mit aller Macht nieder und sah sich nach Esanna um, die weit entfernt hinter ihm gegen die Wand geknallt war.

Sie war nicht mehr da.

Zuerst glaubte er, seine Augen spielten ihm einen Streich, denn noch immer tanzten bunte Schlieren vor ihnen und außerdem war das schwache, grünliche Licht in der Höhle kaum dazu geeignet, jede Einzelheit zu erkennen. Doch dann begriff er, dass er sich nicht getäuscht haben konnte. Er sah Gewimmel an den Rändern der Höhle, überall, nur nicht in ihrer unmittelbaren Umgebung; huschende, schemenhafte Bewegungen, die sich nicht fassen ließen und doch mehr als deutlich wahrnehmbar waren.

Wenn er diese zuckende Brut sah, konnte er einen menschlichen Körper wohl kaum übersehen. Er riss sich von dem grässlichen Anblick der huschenden Schemen los, fuhr herum und stürmte mit immer noch gezogenem *Tschekal* in die Richtung, in die das Mädchen nach seinem Angriff auf die Nahrak gestürzt war.

»Bleeeeib hier!«, schrie jemand hinter ihm.

Es war der Nahrak, der die Kreatur vernichtet hatte. Nur ganz am Rande seines Verstands nahm Skar wahr, dass dieser Mann, bis auf seinen Sprachfehler, fast besser *Tekanda* sprach als Kama. Wenn er Esanna wieder gefunden hatte, würde er den Nahrak ein paar unangenehme Fragen stellen müssen.

Er rannte, so schnell er konnte. Seine Füße schmerzten unerträglich. Eine dünne Spur glitzernder Blutstropfen blieb auf dem schlierigen Boden hinter ihm zurück und sein Rücken brannte immer noch wie Feuer. Jeder einzelne Schritt war eine Qual, aber er bemerkte es kaum. Es hatte in seinem Leben zu oft Situationen gegeben, in denen Schmerz eine untergeordnete Bedeutung gespielt hatte im Vergleich zu dem, was zu tun gewesen war. Und er wusste, dass Schmerz alleine vollkommen bedeutungslos und damit auch nahezu komplett ausblendbar war.

Nicht Schmerz war tödlich. Tödlich waren nur Verletzungen, die sich nicht mehr heilen ließen.

Er spürte, dass ihm einer, wenn nicht beide Nahrak nachliefen – Kama lag immer noch regungslos dort, wo er ihn niedergeschlagen hatte –, und er verdoppelte seine Anstrengungen, aber seine Verletzungen beeinträchtigten ihn zu sehr, um sie abhängen zu können; und im Grunde genommen war es egal. Auch wenn die Nahrak über seine Einmischung alles andere als erfreut waren und kaum begreifen konnten, warum er Kama niedergeschlagen hatte – er begriff es ja selbst nicht, wenn er ehrlich war –, so waren sie doch nicht seine Feinde.

Er fand weder Esanna noch eine Spur von ihr. Mit hämmerndem Herzen blieb er stehen, sah sich um, versuchte das Gekribbel und Gewirr zu seinen Füßen auszublenden und fragte sich, warum ihm dieses Digger-Mädchen so wichtig war. Er hatte mit ansehen müssen, wie die Quorrl ihr ganzes Dorf ausgelöscht hatten, ohne auf Frauen und Kinder Rücksicht zu nehmen. Und jetzt machte er sich Sorgen wegen eines einzelnen Mädchens.

»Wiiiiir müssen weeeeg«, sagte der Nahrak neben ihm und berührte ihn fast sanft am Arm. »Wiiiiir müssen … flieeehen. Können keinen Angriiiiiff meeeehr abweeehren.«

Skar schüttelte benommen den Kopf und schob die Hand des Mannes von seinem Arm. »Ihr habt doch noch zwei von den Dingern …«

»Deeen *Jaertiks* …«

»Ja. Damit könntet ihr diesen schleimigen Kreaturen doch ganz schön einheizen.«

»Deeen *Khtaám.*«

»*Khtaám?*«, fragte Skar verwirrt. »Ich dachte, das wären diese«, er ballte eine Faust, »diese kleinen, flitzenden Dingern mit den vielen Zähnen.«

»Auch«, nickte der Nahrak. »*Khtaám* hat viiiiiiiele Gesichter.«

»Auch das noch«, stöhnte Skar. »Heißt das etwa, dass es noch Schlimmeres gibt als diesen … diesen letzten, diesen großen *Khtaám*, den du vernichtet hast?«

»Es giiiiibt immer Schliiiiiiimmeres«, sagte der Nahrak ausweichend. »Aber nun komm.«

»Und das Mädchen?«

Der Mann runzelte die Stirn, als hätte er die Frage nicht verstanden. Erst als er begriff, dass Skar auf einer Antwort bestehen würde, sagte er: »Sie ist jetzt niiiicht wiiiichtig. Vielleicht später.«

Skar war versucht den Nahrak kurzerhand bei den Schultern zu packen und durchzuschütteln. Er war nie cholerisch gewesen, aber dieses ausweichende und umständliche Gerede machte ihn wahnsinnig. »Es ist mir egal, was du sagst«, brummte er jedoch stattdessen. »Ich werde sie jetzt suchen gehen. Sie kann ja nicht weit gekommen sein.« *Wenn sie überhaupt noch lebt*, fügte er in Gedanken hinzu.

Ohne weiter auf die beiden Männer zu achten, humpelte er weiter. Das Gewimmel zu seinen Füßen wirkte noch immer ziellos und zufällig. Aber er war sich sicher, dass das nicht mehr lange so bleiben würde. Irgendetwas braute sich hier zusammen … etwas, das mit *nächster Angriffswelle* nur sehr unvollkommen beschrieben wäre. Vielleicht hatten die Nahrak ja Recht und es lauerte hier unten noch etwas ganz anderes, etwas, das auch zu dieser Gattung der *Khtaám* gehörte. Es war ein tief beklemmendes Gefühl, das Skar mit diesem Gedanken verband, etwas, das tief in ihm auf eine Resonanz stieß, auf ein geheimes, vielleicht uraltes Wissen, auf etwas, das mit mehr zu tun hatte als mit einem simplen Machtkampf unbekannter und unbegreiflicher Mächte …

Der Felsvorsprung, auf den er zusteuerte, sah aus der Nähe ganz anders aus, als er vermutete hatte. Er war nicht nur eine Unregelmäßigkeit in der Wand, ein zufälliges Spiel der Natur, die diese Höhle geschaffen hatte, sondern eher ein Zugang, der in einen anderen, halb verborgenen Bereich des unterirdischen Labyrinths führte. Er wünschte sich, er hätte eine Fackel bei sich, denn die schwache, grünliche Beleuchtung leuchtete den Bereich hinter dem Vorsprung nur sehr unvollkommen aus.

»Faaalscher Weg«, sagte der Nahrak neben ihm nervös, während seine Augen unruhig hin und her wanderten, als suche er nach den Anzeichen eines bevorstehenden Angriffs.

»Ihr solltet besser nach Kama sehen«, sagte Skar. »Ich mach das hier schon. In einer paar Minuten bin ich zurück.«

Der Nahrak schüttelte den Kopf. »Wir niiiicht haben so viel Zeit«, wiederholte er stur. »Wenn wir niiiicht gleich gehen, es kaaann sein zu spät.«

»Natürlich«, sagte Skar. »Es kann immer zu spät sein.« Er machte eine ungeduldige Handbewegung. »Und nun geht – und lasst mich in Ruhe.«

Die Reaktion des Nahrak war ganz so, wie er befürchtet hatte. Er wechselte mit seinem Artgenossen einen Blick und es sah ganz so aus, als ständen sie kurz davor, sich auf Skar zu stürzen, um ihn mit Gewalt von seinem Vorhaben abzubringen. Das hätte ihm gerade noch gefehlt. Nachdem er bereits Kama ohne viel Zartgefühl ausgeschaltet hatte, wollte er sich nicht auch noch an diesen beiden die Hände schmutzig machen.

Die Nahrak schienen die unruhige Bewegung, die sein *Tschekal* beschrieb, als das zu deuten, was sie war: als Drohung. Dennoch sagte der Mann, der sich zum neuen Wortführer aufgeschwungen hatte: »Es ist niiiicht gut. Niiiicht richtig.«

»Je länger wir darüber streiten, umso mehr Zeit vertrödeln wir«, stellte Skar fest. »Ich sehe jetzt zu, dass ich Esanna finde, und dann verschwinden wir von hier.«

»Dann wiiiir kommen mit«, sagte der Nahrak ungerührt.

Skar seufzte und drehte sich wieder um, ohne seine ungeliebte Leibgarde weiter zu beachten. Es war eine unwirkliche Atmosphäre, in die er schon nach wenigen Schritten eintauchte. Das grüne Leuchten reichte weiter, als er gedacht hatte, aber es veränderte sich, wurde intensiver, glich eher dem Farbton einer frischen Pflanze, die durch einen kräftigen Regenguss zum Leben erweckt worden war. Auch hier wimmelte und kroch es um die Wände herum; schwarze, dunkle Ungeheuer, ähnlich den behaarten, vielfingerigen Wesen, die er für *Khtaám*-Larven gehalten hatte, die aber vielleicht etwas ganz anderes waren, vielleicht nicht mehr als eine Manifestation dessen, was sich ganz allgemein hinter dem Begriff *Khtaám* verbarg.

Skar versuchte diesem widerlichen Treiben keine Aufmerksamkeit zu schenken. Solange sie ihn in Ruhe ließen, brachte ihm eine Auseinandersetzung mit diesen Wesen nichts. Irgendetwas in seinem Inneren flüsterte ihm zu, dass er sich dennoch vor ihnen in Acht nehmen sollte, dass sie jederzeit über ihn herfallen konnten wie eine vor Hunger wahnsinnige Rattenschar – aber dann blieb immer noch genug Zeit, sich darüber Gedanken zu machen.

Was ihm dagegen akut Sorgen bereitete, war, dass er keine Spur von Esanna entdecken konnte. Es konnte sein, dass sich das Mädchen bei dem Sturz so schwer verletzt hatte, dass sie benommen und ohne zu wissen, was sie eigentlich tat, weggekrochen war, aber genauso gut konnte sie verschleppt worden sein.

»Habt ihr gesehen, was aus dem Mädchen geworden ist?«, fragte er leise.

Der neben ihm gehende Nahrak schüttelte den Kopf. »Nein. Anderes war wiiiichtiger.«

»Ja«, sagte Skar mit einem ungerechten Zorn in der Stimme, »und deswegen müssen wir sie jetzt suchen.«

»Das wir niiiicht müssen«, widersprach der Nahrak. »Auch jetzt sein anderes wiiiichtiger.«

»Und was?«, fragte Skar fast gegen seinen Willen.

»Dem *Khtaám* zu entkommen«, sagte der Nahrak. »Und danach deeeen Krieg gegen die Quorrl zu beeeenden. Das Töten muss ein Ende haben.«

»Im Augenblick ist mir *dieses* Töten herzlich egal«, sagte Skar. »Für den Anfang würde es mir schon reichen, wenn wir endlich aus der Höhle rauskämen. *Mit dem Mädchen.*«

Trotz seiner schroffen Ablehnung spürte er das tiefe Unbehagen, das die Worte des Nahrak in ihm ausgelöst hatten. Er wollte nichts mit einem Krieg zu tun haben, er wollte keine Verantwortung übernehmen – und er wollte nicht von ein paar dahergelaufenen kleinen, waffenlosen Männern zu irgendetwas genötigt werden.

»Es ist etwas daaa vorne«, sagte der Nahrak plötzlich.

Skar starrte angestrengt in das Halbdunkel. Auch ihm war während der letzten Schritte eine fast unmerkliche Veränderung aufgefallen; während die hinter ihnen liegende Höhle so groß war wie der Thronsaal der Margoi, kamen sie jetzt in einen schmalen, verwinkelten Bereich, mit vielen Nischen und Vorsprüngen, und teilweise schrumpfte die Breite des Durchgangs auf wenige Schulterbreiten, während gleichzeitig die zerklüftete Decke stellenweise so tief hinabreichte, dass er an einigen Stellen den Kopf einziehen musste. Doch irgendwo, dicht vor ihm, das konnte er geradezu spüren, tat sich wieder eine Höhle auf, die gigantisch sein musste und schon jetzt, kurz bevor sie sie erreichten, das Echo ihrer Stimmen merkwürdig verzerrt zurückwarf.

Aber was der Nahrak gemeint hatte, war etwas anderes. Es war etwas, was ihn auf beängstigende Weise an seine Vergangenheit erinnerte, obwohl er wusste, dass er es noch nie gesehen hatte … und er spürte plötzlich, wie heiß und stickig es hier war und wie etwas seine Gedanken verwirrte, ein Entsetzen, eine Vorahnung oder schon eher das Wissen, dass ihm eine grausige Entdeckung bevorstand.

Der kühle Hauch, der bislang für einen ständigen frischen Wind gesorgt hatte, war einem stickigen, abgestandenen und fast brackigen Gestank gewichen, aber da war auch noch etwas anderes – der süßlich bittere Geruch nach Verwesung und Tod. Seine Bewegungen wurden schwerfälliger und er hatte das Gefühl kaum noch Luft zu bekommen. Vor seinen Augen tanzten bunte Kreise und seine Lungen schmerzten, als hätte er soeben eine außergewöhnliche körperliche Leistung vollbracht.

»Da«, sagte der Nahrak ungewöhnlich aufgeregt und deutete vor sich auf eine Reihe von Nischen, die sich wie aufgereiht vor ihnen an einer fast ebenmäßigen Wand entlangzogen. »Dort ist etwaaas.«

Skar schüttelte verwirrt den Kopf. Es waren nicht nur die Nischen, es war die ganze Höhle, die sich vor ihnen in unglaublichen Dimensionen eröffnete: Er konnte das drohende Unheil geradezu körperlich spüren. Vielleicht würde er hier auf die tote Esanna stoßen, vielleicht aber auch auf etwas anderes, von dem er nichts wissen wollte und das sich ihm in geradezu obszöner Weise präsentieren wollte.

Er ertappte sich dabei, wie er den Griff seines Schwerts fester umklammerte, so als habe er Angst, dass es ihm jemand entreißen könnte. Wie kam er bloß auf so verschrobene Gedanken? War es die morbide Atmosphäre hier unten oder war es tatsächlich so etwas wie eine Vorahnung?

»Warum du niiiicht gehen weiter?«, fragte der Nahrak.

Die Frage war berechtigt, fand Skar, und doch konnte er sich nicht aufraffen auch nur einen weiteren Schritt in die Höhle vor ihm zu machen. Ganz im Gegenteil. Das beklemmende Gefühl in ihm nahm genauso zu wie die Atemnot und aus den vor seinen Augen tanzenden Flecken wurde eine Schwärze, die ihn vollkommen gefangen nahm … er knickte in die Knie ein und wäre zweifelsohne gestürzt, wenn die Nahrak nicht schnell und konsequent reagiert hätten.

»Es … geht … schon«, hörte er sich sagen, aber seine Stimme klang in seinen eigenen Ohren so weit und fern, als würde sie jemand anderem gehören. Zugleich hämmerte sein Herz so laut und heftig, dass ihn jeder einzelne Schlag schmerzhaft durchzuckte. Trotzdem versuchte er die stützenden Hände der helfenden Nahrak beiseite zu schieben.

»Wiiir müssen weiter«, sagte der Nahrak.

Die Worte ließen Skar schaudern und er hätte am liebsten *Nein!* geschrien, denn er hatte die abstruse Vorstellung, die beiden Männer wollten ihn nur wieder zurück in die

Höhle schleifen, weg von Esanna, die hier irgendwo vor ihm wartete, und gleichzeitig hatte er die Angst, Decken und Wände konnten aufplatzen unter dem Druck tausender von *Khtaám*-Larven, und dann durchzuckte ihn die Erkenntnis, dass vielleicht das gesamte Höhlensystem der *Khtaám* war und er, Esanna und die Nahrak nichts weiter waren als eine willkommene Zwischenmahlzeit, die auch noch freiwillig in die Verdauungsorgane dieses unbegreiflichen Lebewesens spaziert waren.

»Niiiicht mehr weit«, hörte er die Stimme des Nahrak aus grausamer Entfernung. Aber er wollte nicht zurück, er wollte weitergehen und er musste etwas unternehmen und vielleicht waren ja auch die Nahrak Bestandteile des bösen Spiels, mit dem er hier in die Falle gelockt werden sollte.

5

Es war wie ein Traum, ein böser, grausamer, nicht enden wollender Traum, aber er war von fürchterlicher Realität und er dauerte nur Minuten, aber sie dehnten sich zu Ewigkeiten der Qual. Skar zwang sich weiter, Schritt für Schritt, und er wäre gestürzt, wenn ihn nicht die beiden Nahrak gestützt hätten. Zuerst wusste er nicht, ob sie ihn nicht doch zurückschleppten in die Höhle, in der sie Kama zurückgelassen hatten, ohne sich auch nur ein einziges Mal von der Schwere seiner Verletzung überzeugt zu haben. Doch dann drang das weiß-grünliche Licht durch seine Lider, das er von außen gesehen hatte und das die Nischen anstrahlte wie eine besondere Kostbarkeit, die es zur Schau zu stellen galt.

Nach einer Weile ebbten die krampfhaften Schmerzen ab

und sein Atem beruhigte sich wieder – und trotzdem war er nach wie vor auf die Hilfe der Nahrak angewiesen, die sich wie huschende, lautlose Schatten bewegten und so sehr mit ihrer Umgebung verschmolzen, dass er sich ihrer kaum bewusst gewesen wäre, würde er nicht ihren sanften und dennoch kraftvollen Druck auf seinen Armen gespürt haben, mit dem sie ihn erstaunlich rasch vorwärts schoben.

»Das Wabengespinst«, sagte einer der Nahrak und in seiner Stimme schwang so viel Entsetzen und Überraschung mit, dass Skar unwillkürlich die Luft anhielt.

»Was … was ist das?«, krächzte Skar. Er riss so weit wie möglich die Augen auf und erkannte nichts anderes als ein feines Gespinst, das sich mannshoch aus den Nischen vorwölbte, sodass sie ähnlich wie eingewobene Statuen aussahen und doch viel bizarrer; er glaubte feine Bewegungen in dem Netz zu erkennen und auch in dem, was dahinter steckte …

Vor Jahren hatte er einen Sarkophag in einem Tempel von Karanda gesehen, der den auf eigentümliche Art mumifizierten Leichnam des obersten Priesters der Steppenmenschen enthielt, auch dieser hatte sich bewegt: Ekelhaft krabbelndes Gewürm war über den frisch Einbalsamierten gekrochen und in ihn hinein, bis er nahezu eigenständige Bewegungen vollführt hatte: durchaus gewollt, denn so nahm er, glaubten die Steppenmenschen, Abschied von seiner Priesterschaft und den Gläubigen. Erst wenn seine erzwungenen Bewegungen erlahmten, konnte sein Nachfolger die Weihe empfangen.

Das hier aber war etwas ganz anderes. Die auf dem Boden huschenden Monster waren nicht eingebunden in das Zittern und Beben des Gespinstes, das sich über jede einzelne dieser *Statuen* zog, und es waren auch sonst keine Kreaturen daran beteiligt. Das Gespinst als solches war es, das lebte, ein filigranes Netz, das sich eng um das hüllte, was immer es verbarg und das mit seinem Beben etwas ausdrücken wollte, das er nicht verstand.

»Vorsiiiiicht!«, schrie der Nahrak und packte seinen Arm mit einer erstaunlichen Kraft, sodass Skar gar nichts anderes übrig blieb, als stehen zu bleiben. Als er begriff, dass er fast ins Leere getreten war, schien sein Herz für einen Moment auszusetzen, um dann mit doppelter Wucht und fast schmerzhaft weiterzuhämmern.

Es war ein unglaublicher Anblick. Direkt unter ihm, nur wenige Zoll von seinen Fußspitzen entfernt, tat sich ein Abgrund auf, wie er gewaltiger nicht hätte sein können. Ein Schwall feuchtwarmer, nach Fäulnis riechender Luft schlug ihm entgegen, der Odem von etwas, das nicht nur einen Modergeruch verströmte, sondern auch so präsent war, dass Skar seine Anwesenheit fast spüren konnte.

Aber das war noch nicht alles. Mit weit aufgerissenen Augen starrte Skar in die Unendlichkeit unter sich, bevor sein Blick nach oben und dann fassungslos hin und her wanderte. Das sonderbar gebrochene und diffuse Licht machte es unmöglich, Entfernungen richtig einzuschätzen, aber Skar war sich sicher, dass er noch nie so etwas Gigantisches gesehen hatte wie diesen Abgrund und den sich darüber spannenden Höhlenhimmel.

Er hatte geglaubt, dass sie in einen engeren und überschaubareren Bereich des Höhlenlabyrinths geraten waren. Aber das genaue Gegenteil war der Fall: Er war geradewegs in einen so monströsen Bereich dieser unterirdischen Falle gelangt, dass er nicht einmal im Ansatz begriff, wie so etwas existieren konnte, ohne dass sich die Kunde von diesem Weltwunder auf ganz Enwor wie ein Lauffeuer verbreitete – und wie hätte es über die Jahrtausende verborgen bleiben können? Man hätte eine komplette Stadt wie Besh-Ikne oder Went in dieser Höhle verstecken können – vorausgesetzt, sie hätte massiven Boden gehabt.

Aber das hatte sie nicht. Es war nicht mehr als ein schmaler Rand, der sich um diese fast obszöne Öffnung schlängelte, nicht sehr regelmäßig, aber doch breit genug, um die Höhle ohne Gefahr begehen zu können. Die von dem feinen, sich bewegenden Gespinst überzogenen Nischen an den Wänden, die sich zu beiden Seiten von ihm wegschlängelten, waren beklemmend genug, aber diese .... diese übersteigerte Öffnung im Schoß des Berges und der sich darüber wölbende Himmel aus scharfkantigem Gestein überforderten seine Sinne und seinen Verstand.

»Weeeg«, schrie der Nahrak und versuchte Skar zurückzuziehen.

Skar wandte sich zu ihm um, immer noch leicht schwankend, aber mit einer so eindeutig drohenden Bewegung, dass die meisten Menschen automatisch ein paar Schritte zurückgewichen wären, doch die beiden Nahrak dachten gar nicht daran. Sie blieben vollkommen verwirrt und erschrocken stehen – aber weniger seinetwegen als vielmehr wegen dieses unglaublichen Lochs im Boden, in das sie fast hineingestolpert wären und das einen so gigantischen Durchmesser hatte, dass Skar noch nicht einmal den Rand auf der anderen Seite sehen konnte.

»Weeeg«, wiederholte der Nahrak noch einmal, aber statt seiner Aufforderung selbst Folge zu leisten, trat er sogar noch einen Schritt auf ihn zu.

Skar schüttelte den Kopf. Er wollte nicht zurück, hatte es nie gewollt – und nun schon gar nicht mehr, wobei es ihm nicht mehr nur um Esanna ging (war sie vielleicht in diesen unendlichen Abgrund gestolpert?), sondern auch darum, das Geheimnis dieses Schlunds zu ergründen, in dessen Zentrum er den Ursprung der Angriffe vermutete. »Nein«, sagte er, als der Nahrak ihn packen wollte. »Nicht. Lasst mich in Ruhe, beide.«

Schweiß stand auf der Stirn des Mannes und er sah ihn so entsetzt an, als habe Skar endgültig den Verstand verloren, als wäre er bereit freiwillig in den Tod zu gehen. Einen Augenblick glaubte er schon, die beiden würden aufgeben, sich einfach umdrehen, um auf Nimmerwiedersehen zu verschwinden, aber das Funkeln in ihren Augen sprach eine andere Sprache.

Es war ausgerechnet der Mann, der bislang noch kein Wort gesagt hatte, der glaubte ihn mit Gewalt umstimmen zu können. Die Hand des Nahrak krallte sich jetzt in Skars Brustharnisch und riss mit erstaunlicher Kraft an ihm. Wäre Skar ausgeruht und unverletzt gewesen, hätte er den Mann mit einem Schlag seiner flachen Hand zurücktaumeln lassen, um dann nachzusetzen und ihn auf eine Art unschädlich zu machen, die ihm keine ernsthafte Verletzung zugefügt hätte. Doch so war seine Abwehr zu langsam und ungeschickt. Statt die Brust des Mannes traf er seine Schulter. Der Nahrak nahm dem Schlag mit einem Seitwärtsschritt die Energie, glitt in einer eleganten und gleichzeitig blitzschnellen Bewegung an Skar vorbei und war in seinem Rücken, bevor der Satai wusste, wie ihm geschah.

In jeder anderen Situation wäre diese Reaktion richtig gewesen. Am Rande des Abgrunds allerdings war sie Selbstmord. Als der Nahrak das begriff und mit einem gewaltigen Satz zurückspringen wollte, war es schon zu spät. Sein Pech war es, dass Skar genau in diesem Moment mit der Kraft eines gereizten Bären den Ellbogen zurückrammte, ohne sich umzudrehen und ohne in diesem Sekundenbruchteil zu erfassen, was diese an sich recht harmlose Abwehr für Folgen haben konnte.

Der Aufprall schleuderte den Mann zurück, ein, zwei Schritt nur, aber zu weit, um ihn noch rechtzeitig Boden unter den Füßen finden zu lassen. Einen verzweifelten Augenblick lang ruderte der Nahrak wie wild mit den Armen in der Luft. Er stieß einen entsetzten Laut aus und schaffte tatsächlich das unglaubliche Kunststück, noch in der Fallbewegung den Oberkörper vorschnellen zu lassen. Seine Hände stießen vor, auf den Rand des verschlingenden Schachts zu.

Als Skar herumschwang, sah er den Mann im wahrsten Sinne des Wortes hinabfahren. Er reagierte langsam und ungeschickt und mit dem Reflex des stark angeschlagenen Kriegers, der auch dann ohne Nachzudenken handelt, wenn es besser gewesen wäre, erst einmal innezuhalten. Mit einem kurzen, schlecht gezielten Satz sprang er vor, auf den Nahrak und damit auf den Abgrund zu. Als seine Füße dicht am Rand aufkamen, rutschte er noch ein Stück weiter auf die verschlingende Finsternis zu, mehr in Gefahr selbst hinabzustürzen, als dem Mann eine Hilfe zu sein.

Der Nahrak hatte es durch seine artistische Leistung geschafft, den sofortigen Absturz zu verhindern und klebte jetzt regelrecht an der Wand. Seine Finger hatten in der fast glatten Wand kaum genügend Halt gefunden, um sein Körpergewicht zu tragen, und wahrscheinlich wäre jeder normale Mensch schon mit einem Aufschrei in der Tiefe verschwunden, aber er schaffte es sogar, Zoll für Zoll seinen Oberkörper nach oben zu schieben.

Seine Schulter war gerade auf der Höhe des Rands, als Skar auf ihn zugeschlittert kam. Für Skar bedeutete es die Rettung, da so sein Fuß Widerstand fand und nicht Gefahr lief, vollends über den Rand zu schlittern.

Der Nahrak war weniger glücklich dran. Skars Schubser mit dem Satai-Stiefel brachte ihn endgültig aus der Balance, zerstörte das fragile Gleichgewicht, in das er seinen Körper ausgependelt hatte und ließ ihn zurückschwingen. Der Mann stieß einen verzweifelten Schrei aus, kein Wunder angesichts der Unendlichkeit unter ihm; doch trotzdem bewies er auch diesmal eiserne Nerven und unglaubliche Geschicklichkeit, indem er seine Hände zurückriss, ein Stück weit hinabrutschte, um dann wieder in einer gezielten Bewegung vorzuschnellen und sich in der Wand zu verkrallen.

Es war allerdings fraglich, ob er es schaffen würde, sich aus dieser Position wieder von selbst nach oben zu hangeln. Skar konnte ihm nicht helfen, zumindest nicht im Augenblick; dazu war er viel zu sehr mit sich selbst beschäftigt. Wie ein Hochseilartist auf dem Draht breitete er die Arme aus, um sein Gleichgewicht auszubalancieren, damit er nicht Gefahr lief dem Nahrak zu folgen.

»Zur Seite«, zischte der andere Nahrak.

Skar wäre der Aufforderung gerne nachgekommen, aber er registrierte seine Umgebung nur mit einem Teil seines Bewusstseins. Er war fast besinnungslos und fast wahnsinnig vor Angst – einer Angst, die viel größer war, als es angesichts der Situation gerechtfertigt war. Es war fast so, als wäre er nicht mehr Herr seines Willens, als wolle ihn etwas hinabziehen in den Schlund, der ihm wie das weit aufgerissene Maul eines Monsters vorkam. Trotzdem ließ er sich, kaum hatte er das Gleichgewicht wieder gefunden, auf die Knie hinab und streckte die rechte Hand in die lockende Tiefe hinab, nachdem er das Schwert in die Scheide zurückgeschoben hatte. Der Nahrak hatte ein Recht darauf, gerettet zu werden, von ihm gerettet zu werden, denn er war es gewesen, der ihn in diese fürchterliche Lage gebracht hatte …

Er sah den anderen Nahrak neben sich aufragen, spürte seine Hand, mit der er ihn beiseite schieben wollte, auf seinem Nacken. Einem grausamen Reflex folgend, packte er das Handgelenk des Mannes, um es herumzudrehen und den Mann wie eine willenlose Puppe an sich vorbeifliegen zu lassen.

Der Nahrak stieß einen gellenden Schrei aus und versuchte noch im Fall, seinem Körper durch eine schnelle Drehung eine andere Richtung zu verleihen. Aber es war zu spät. Er stürzte hilflos in die Tiefe, ein zappelndes, sich sträubendes Bündel Mensch, ohne die geringste Chance und mit dem sicheren Tod vor Augen.

Auch als Skar sich schon wieder hochgestemmt hatte, hallte sein Schrei noch aus der Tiefe empor. Skar verstand überhaupt nicht, wie es dazu hatte kommen können. Etwas rebellierte in ihm angesichts des unsinnigen Todes dieses Mannes, der nichts anderes gewollt hatte, als ihm zu helfen, und sein Herz jagte, als wäre er um sein Leben gerannt; und ganz beiläufig fragte er sich dabei, *wie* tief sich der Abgrund eigentlich in die Tiefe bohrte, dass er immer noch den Todesschrei des Nahrak hörte.

In diesem Moment verstummte der Schrei, riss einfach von einem Sekundenbruchteil auf den anderen ab. Es war kein Aufprallgeräusch zu hören, einfach überhaupt nichts mehr. Aber es war klar, was mit einem Menschen passierte, der aus so großer Höhe auf eine harte Oberfläche aufschlug: Er wurde zerrissen, vollkommen zerstückelt und die herumfliegenden Teile seines Körpers würden wie Wurfgeschosse durch die Luft sausen, gefolgt von Hirn- und Knochensplittern, und bei dem Gedanken an den bedauernswerten Nahrak spürte Skar, wie sich eine Eiseskälte in seinem Körper ausbreitete.

Erst nach ein paar weiteren, fassungslosen Herzschlägen begriff er, dass er über den Todessturz den anderen Nahrak vergessen hatte, der noch immer verzweifelt um sein Leben kämpfte.

Ganz vorsichtig schob er sich an den Rand heran, bemüht, nicht die dräuenden Schatten aus seinem Blickfeld zu bannen, die sich unter ihm auftaten. Es kam ihm vor wie ein entsetzlicher, nicht enden wollender Traum, in dem sich Sekunden zu Stunden dehnten und in dem er nicht verantwortlich war für das, was er tat, kaum mehr als ein stummer Beobachter, der seine Handlungen nicht wirklich kontrollieren konnte – und das, obwohl er mit einem anderen, klar gebliebenen Teil seines Bewusstseins durchaus begriff, dass er etwas Schreckliches getan hatte und im Begriff war noch etwas viel Grausameres zu tun.

Der Nahrak war erstaunlich. Mühsam, aber effektiv schob er sich Stück für Stück weiter nach oben. Es konnte nicht mehr lange dauern, bis er seine Hand über den Rand hinausschob und sich endgültig aus der Gefahrenzone ziehen würde.

Skar schob sich ein Stück vor, weit genug, um sein Vorhaben auszuführen, den Plan in die Tat umzusetzen, den etwas Anderes für ihn bereits die ganze Zeit über verfolgt hatte, und trat ihm mit aller Wucht auf die Hand. Der Mann stieß einen erstickten Schrei aus, schaffte es aber immer noch, sich festzuhalten. Skar musste noch zweimal zutreten, bis er endlich losließ und dem anderen in die Tiefe folgte.

Diesmal war Skar nicht überrascht, wie lange der Schrei des zu Tode stürzenden Nahrak dauerte. Aber er spürte unglaubliches Entsetzen über seine Tat. Ihm war, als wäre er für einen Moment weggetreten, in einen Sekundenschlaf gefallen, um einer vergifteten Eiseskälte Platz zu machen, die sich in seine Seele, in seinen Körper eingeschlichen hatte, um etwas zu tun, was nicht hätte getan werden dürfen. Die innere Qual, das Schuldgefühl, die Selbstanklage und der Geschmack von Schändlichkeit in seinem Mund – auf alles war er gefasst, aber da war noch etwas anderes, ein marterndes Reißen und Zerren, das ihm die Brust zusammenschnürte und die Muskeln verkrampfte, sodass er nur noch schreien wollte, schreien, schreien …

Ihm wurde übel. In seinem Kopf pochte es und brannte. Ihm war, als würde sein Körper zerbröckeln, in Stücke zerfallen. Verdammt, er war tot gewesen, TOT, und nun war er nur wieder zurückgekehrt, um ein Monster zu werden, um Dinge zu tun, die er sich früher nicht einmal in seinen wildesten Rachephantasien erträumt hatte. Er starrte blind vor sich hin und wurde sich der Leere bewusst, die immer mehr zunahm und sich eng um seine Kehle wand und versuchte ihn herunterzuziehen, hinab in den Schlund, in das lockende Nichts, in den Anfang und das Ende einer ganzen Welt, die hier ihren Ursprung genommen hatte und immer wieder ihren Ursprung nehmen würde, um alles zu überfluten, zu überschütten und mit riesigen Flutwellen zu begraben

Er sah und hörte nichts mehr. Er starrte. Er starrte aus seiner Leere in eine Leere. Er starrte aus einem Abgrund in einen Abgrund – von einem Ende zu einem Anfang, von seinem Anfang zu seinem Ende.

Er schob sich vorwärts … langsam. Die Leere nahm zu. Der Abgrund vertiefte sich. Sein Mund war wie mit flüssigem Blei ausgegossen. Die kleinste Bewegung tat weh. Er hielt inne. Sein Kopf wirbelte. Seine Hände krallten sich in seine nackten Beine.

Aber er sprang nicht. Noch nicht.

Eine neue Plage wand sich wurmgleich aus der Tiefe in sein Bewusstsein empor, ein leises Flüstern, das zur donnernden Gewissheit wurde und ihn durchpulste, als wäre das brennende Schuldgefühl nichts weiter als eine belanglose Nebensächlichkeit. Einen kurzen Augenblick lang versuchte er es niederzukämpfen und zu leugnen, doch dann streckte er die Waffen vor der unbestreitbaren Tatsache, dass er nicht sicher sein konnte, ob er in einer ähnlichen Situation nicht wieder so handeln würde. Es war etwas in ihm, etwas, das ihn als einen willenlosen Spielball betrachtete, und wenn er dieser Gewissheit ihren unausweichlichen Platz einräumte, folgte eine andere: dass er keine Ahnung hatte, was da mit ihm geschah und dass er noch weniger wusste, wie er dem Einhalt gebieten konnte.

Er schauderte. Ein Gefühl eisiger Kälte durchflutete ihn und ganz plötzlich hatte er Angst, panische Angst. Er wusste, dass er dieses fremde Etwas eingeschlossen halten musste, dass er lernen musste es zu kontrollieren, da es sonst nicht nur ihn, sondern noch weit mehr vernichten würde: vielleicht nicht nur ein paar wenige Menschen, sondern etwas, was das labile Gleichgewicht Enwors endgültig zerstören würde.

Er hatte keine Wahl, er musste sich der Auseinandersetzung stellen; nichts außer seiner Vergangenheit, keine einzelne Erfahrung hatte ihn auf eine solche Situation vorbereitet, konnte ihm einen Hinweis darauf geben, wie er sich zu verhalten hatte – nach einem kaltblütigen Mord. Es mochte Gründe geben, dass sein Instinkt (oder was er dafür hielt) ihn so hatte handeln lassen und möglicherweise gab es einen größeren Zusammenhang, der ihn irgendwann würde begreifen lassen, dass diese unmenschliche Tat ihren ganz eigenen Sinn gehabt hatte und letztlich damit richtig gewesen war.

Aber das war Blödsinn. Jeder Mensch hatte eine Grenze, eine allerletzte Barriere, die zu überwinden bedeutete, alle Selbstachtung zu verlieren und sich einem alles verschlingenden Sog auszuliefern. Er war sich durchaus bewusst, dass ihn eine Kraft antrieb, die stärker war als er selbst, und dass sie ihn den Pforten des Irrsinns und des Todes entgegentrieb, nun, nachdem er seine Grenze soeben überschritten hatte – aber das wusch ihn nicht frei von der Schuld, die er auf sich geladen hatte.

Trotzdem – er konnte hier nicht einfach stehen bleiben in dieser gewaltigen, von einer natürlichen Kuppel überspannten Höhle. Er musste tun, was getan werden musste.

Obwohl ihm allein die Vorstellung großen Widerwillen bereitete, schob er seinen Oberkörper weiter vor, sodass er ungehindert hinabblicken konnte – so weit an das Unbeschreibliche heran, das sich vor ihm auftat, wie er es wagte, ohne vom Sog der Tiefe hinabgerissen zu werden. Je näher er rückte, umso weniger verstand er, was er sah, und noch viel weniger verstand er, welchen Sinn dieser abstruse Schacht hatte, der sich wie ein Höllenschlund vor ihm in die klaffende Tiefe bohrte.

Im ersten Moment hatte er das Gefühl, dass vor ihm der Rand der Welt lag, das große Nichts, die Leere, aus der alles Leben kam und in die es zurückkehrte, ein Abgrund, Meilen um Meilen tief, um im Nirgendwo zu enden, in einer Tiefe, aus der es keine Wiederkehr gab. Soweit es die beiden Nahrak betraf, die er hinabgestürzt hatte, traf das ja auch zu. Aber möglicherweise nicht für das Gekrabbel, das er erst in diesem Moment bemerkte.

Und dann sah er auch, warum.

Das Loch dehnte sich zwar unendlich weit in die Tiefe aus, aber die Innenwand war bei weitem nicht so glatt, wie er im ersten Moment geglaubt hatte: Es taten sich zahllose unterschiedlich große und verschieden geformte Vorsprünge und Auswüchse auf, die nicht leer waren, sondern wimmelndes, kreuz und quer schleimendes Leben beherbergten. Zwischen den Vorsprüngen spannten sich schwarze Felswülste wie steinerne Adern, die in scheinbar willkürlichem Hin und Her nach unten führten und sich an vielen Stellen berührten, ohne sich aber regelrecht zu kreuzen; denn dort, wo sie aneinander stießen, glitten sie übereinander wie riesenhafte, bösartige Würmer, die mitten in der Bewegung erstarrt waren.

Auch auf diesen Wülsten waren die schauderhaften Auswüchse der *Khtaám* am Werk; ein Wuseln, Krabbeln und Schleimen unterschiedlichster Kreaturen, die hin und her huschten, rauf oder runter, als seien die steinernen Adern nichts anderes als Pfade zwischen dieser merkwürdigen Ober- und einer noch viel unfassbareren Unterwelt. Es war ein Anblick, der ihm den Atem stocken ließ, und plötzlich, von einer Sekunde auf die andere, machte sich ein dumpfer, quälender Schmerz in ihm bemerkbar, eine völlig neue Art der Pein, fast, als begriffe er erst jetzt wirklich, was er dort vor sich hatte.

Es war so etwas wie die Brutstätte dieser Monster, die sich da unter ihm auftat. Vielleicht lag sie noch viele Meilen unterhalb dieser gigantischen Höhle, aber sie war hier, dessen war er sich absolut sicher. Die Frage war nur, was er mit seinem Wissen anfing. Einen Augenblick lang war er versucht nach einen Felswulst Ausschau zu halten, der ihn nach unten führen konnte, aber dann verwarf er den Gedanken sofort wieder. Selbst, wenn er besser in Form gewesen wäre, wäre es mehr als fraglich, ob ihm ein Abstieg in dieses gigantische Loch gelingen würde. Es war nicht nur die mehr als riskante Kletterpartie als solche, es waren auch die abertausende kleinerer und größerer Kreaturen, die dort auf den Vorsprüngen lauerten, an denen er gezwungenermaßen vorbeikommen musste – oder in die er sogar treten musste, so dicht, wie dort das Gewimmel war.

Er konnte sich nur zu gut vorstellen, dass auch einige *Wächter* unter ihnen waren, die nur darauf lauerten, dass sich ein Unbefugter zur Brutstätte durchzuschlagen versuchte, um dann gnadenlos über ihn herzufallen. Skar konnte sich nicht an einen einzigen kollektiven Brutplatz erinnern, der nicht hervorragend gesichert gewesen wäre – dass die *Khtaám* ihren Stammplatz um ein Vielfaches heftiger verteidigen würden als ein Adler seinen Horst, lag dabei auf der Hand.

Das drängende Pochen in ihm zog ihn sowieso in eine andere Richtung. Es waren die in ihrer Ebenmäßigkeit fast künstlich wirkenden Nischen, deren Fädengeflecht sanft und unregelmäßig, aber in einem erkennbaren Rhythmus pulsierte, die ihn anzogen. Der Anblick hatte bereits beim Betreten der Höhle einen fernen Widerhall in seiner Erinnerung ausgelöst, so als hätten sie einen sehr starken Bezug zu seiner Vergangenheit, obwohl Form und Zusammenhang ganz anders waren …

Fast behutsam richtete er sich wieder auf, warf noch einmal einen letzten Blick in die Tiefe und in das gespenstische Treiben auf den Steinadern, das so vollkommen selbstverständlich wirkte wie der Verkehr auf den breiten Straßen einer großen Stadt wie Besh-Ikne und doch zehnmal erschreckender und hundertmal widerwärtiger war als alles, was er bislang erlebt hatte, und ging dann ein paar Schritte zurück in Richtung der Nischen, die jetzt eine geradezu morbide Anziehungskraft auf ihn ausübten.

Je näher er kam, umso mehr fiel ihm auf, dass die krabbelnde Flut in diesem Bereich der Höhle vor ihm zurückwich. Es war keine Flucht und es war auch kein Anzeichen von Furcht oder gar Panik in ihren Bewegungen erkennbar, sondern eher das Ausweichen wie vor einem Artgenossen, der vollkommen selbstverständlich respektiert wurde. Was für ein grässlicher, widerlicher Gedanke.

Als er der ersten Nische näher kam, erkannte er, dass das

feine Gespinst eher einem Kokon glich als irgendetwas anderem, einer Hülle, wie sie Insekten um ihre Eier spannen. Einen Augenblick fürchtete er, das sich raschelnd bewegende Geflecht würde in allen Nischen gleichzeitig aufplatzen und eine Horrorarmee schwarzer, chitingepanzerter Insektenkrieger mit riesigen Klauen und scharfkantigen Scheren hervorspucken, aber natürlich geschah nichts dergleichen. Trotzdem verstärkte sich seine Unruhe und er spürte, wie sich seine brennende Kehle zuschnürte.

Der Griff zu seinem Schwert brachte ihm diesmal keine Beruhigung; als er es zog und spielerisch in der Hand wog, fühlte er sich sogar unruhiger als zuvor, so als habe er Angst davor, dass er mit ihm irgendeinen Unsinn anstellen konnte. Er hatte keine Wahl, wollte er herausbekommen, was es mit diesen verfluchten eingewebten Nischen auf sich hatte, und dennoch scheute er davor zurück, die Distanz endgültig zu überwinden, die ihn noch von dem Kokon trennte.

Die letzten wenigen Schritte wurden zur aufreibenden Qual. Beim Anblick des feinen Gewebes, das nach unten viel weitmaschiger wurde, als er es von weitem erkannt hatte, spürte er förmlich, wie ihm das rußig trübe Grau unter die Haut kroch und ihm der säuerliche Geruch, der von ihm ausging, Nase und Kehle verklebte. Sein Blick suchte in dem glänzenden, weißen Kokon ein Zeichen, einen Hinweis darauf, was sich dahinter verbergen könnte. Die zitternden, unregelmäßigen Bewegungen des Geflechts schienen nicht von innen zu kommen, sondern von ihm selbst auszugehen; aber ganz sicher war er sich nicht. In jedem Fall war es ein abstoßender Anblick und er brauchte nicht seine Phantasie zu strapazieren, um zu ahnen, dass das hier mehr war als nur ein zufälliges Naturphänomen.

Dann, ganz plötzlich, wusste er, was hinter dem Kokon steckte. Die Umrisse, mochten sie auch noch so undeutlich sein, deuteten eindeutig auf eine menschliche Gestalt hin. Er spürte, wie seine innere Verkrampfung mit jeder Sekunde zunahm, als wollte der auf ihm lastende Druck ihn zerstören. Es war etwas in ihm, das genau wusste, was er vorfinden würde, aber sein Verstand weigerte sich immer noch die Botschaft zu akzeptieren.

Skar begann am ganzen Körper zu zittern und auch sein Kopf zitterte so heftig, dass er kaum noch etwas sehen konnte und plötzlich stolperte er einen Schritt zurück, der ihn fast aus dem Gleichgewicht brachte.

Es war ein Trugbild gewesen, konnte gar nichts anderes sein. Er wusste gar nicht, wie er auf eine solch verrückte Idee kommen konnte. Wie konnte er nur glauben, jemand hinter diesem dicht gewobenen Kokon zu erkennen? Das war unmöglich, vollkommen ausgeschlossen.

Und doch ...

Zögernd trat er wieder vor, auf das übel riechende, abstoßende Gespinst zu, das nun stärker pulsierte, als wolle es sich dem Rhythmus seines schnell schlagenden Herzens anpassen. Sein ganzer Körper brodelte vor Empfindungen, die ihn zu überwältigen drohten. Trotzdem nahm er das Hämmern in seiner Brust kaum wahr, ebenso wenig wie das Zucken und Ziehen in seinen Eingeweiden und das leichte Zittern seiner Schwerthand, das seinem *Tschekal* zu einem unruhigen Eigenleben verhalf.

Er wollte sich umdrehen, weglaufen, seinen verwirrten Gedanken eine Ruhepause schenken, aber eine Kraft, stärker als er, schien ihn anzutreiben, den Pforten des Irrsinns oder des Todes entgegen, und er steckte das Schwert weg, das ihm jetzt sowieso nichts nutzen würde ...

Esanna? Wenn sie es wirklich war ... aber es konnte nicht sein ... er wusste nicht, warum, aber er war sich sicher, dass es nicht das junge Digger-Mädchen war ... es war jemand anderes, ihm nur zu gut Bekanntes ...

Er hatte noch nicht einmal die Gewissheit, dass es wirklich ein Mensch war, der von dem Kokon eingewoben war, geschweige denn ein junges Mädchen. Keiner der Fäden, die sie umgarnten, war dicker als ein Haar, aber sie erschienen Skar sehr fest und irgendwie ... lebendig. Vielleicht täuschten sie nur eine dahinter liegende Form vor, die es in Wirklichkeit gar nicht gab. Vielleicht war es nur eine besonders perverse Form einer Vision, mit der er gefoppt werden sollte.

Aber dieser Gedanke änderte nichts an seinen Empfindungen. Er empfand ein Gefühl abgrundtiefer Trauer und unwiederbringlichen Verlustes. Er suchte nach einer Spur von Leben hinter dem Gespinst oder zumindest nach einer lebendigen Erinnerung an die Zeit ihres gemeinsamen Kampfes und wurde sich ihres Fehlens schmerzhaft bewusst. Neben Del war sie der Mensch gewesen, der ihm für viele, für lange Jahre am nächsten gestanden hatte.

Kiina.

Dreihundert Jahre war es für ihn her, dass er seine Tochter zum letzten Mal gesehen hatte, aber für ihn war diese Zeitspanne nicht mehr als ein Fingerschnippen, und es erschien ihm gerade jetzt als eine Ironie des Schicksals, dass es ausgerechnet Kiina gewesen war, die seinen Tod gerächt und Del getötet hatte.

Kiina. Er hatte nie begriffen, nicht einmal vermutet, dass er glücklich gewesen war, wenn er mit ihr zusammen gewesen war. Sie hatte so viel Kraft und unerschütterliche Hoffnung besessen, selbst in den Momenten größter Verzweiflung nie aufgegeben. Kiina, die Tochter Gowennas.

Er wollte zugreifen, überprüfen, ob das stimmte, was seine Seele nicht infrage stellte, sein Verstand aber nicht fassen konnte, er wollte die Hand vorstrecken, den Kokon zerreißen und sich gleichzeitig davon überzeugen, dass er wirklich die junge Kiina gefangen hielt und sich andererseits aber damit vergewissern, dass es nur eine verrückte Idee war, denn wenn überhaupt ein Mensch hier eingesponnen war, dann sicherlich nicht seine vor langer Zeit verstorbene Tochter. Es waren diese zwei gleich starken Impulse in ihm, die ihn fast wahnsinnig machten …

Und dann wurde er sich plötzlich der Leere in seinem Inneren bewusst, die immer mehr zunahm und sich eng um seine Kehle wand und versuchte ihn herunterzuziehen, tief hinab in den Schlund, der nur wenige Schritte hinter ihm die Wirklichkeit durchschnitt und hinabreichte bis ins Zentrum des Bösen.

Als ob das noch nicht reichen würde, brach die Erinnerung wie ein Woge über ihm zusammen und er sah sich zurückversetzt in eine andere Zeit, an einen anderen Ort, auf ein Schlachtfeld, auf dem sich der Geruch des Todes mischte mit dem Gestank nach Schweiß, Urin und Blut, und er wusste, dass es eine dunkle Woge gewesen war, die sich in seinen letzten Lebensjahren über Enwor ergossen hatte und weitergeschwappt war, bis auf den heutigen Tag, die nicht eher ruhen würde, bis sie alles mit sich gerissen hatte.

Vollkommen deplatziert überkam ihn die Erinnerung, ein Stück seiner Vergangenheit, das ihm wichtig war, aber nicht im Hier und Jetzt seinen Platz haben sollte, obwohl es doch entscheidend sein konnte und irgendetwas – vielleicht – mit dem zu tun hatte, was hier gerade passierte. Er starrte vor sich hin, ohne etwas anderes zu sehen oder zu hören als eine körperlose Stimme aus der Vergangenheit, die Satzbruchstücke ausspuckte, in denen von der *Sternenbestie* die Rede war und vom *Dunklen Bruder*, von einer *Kreatur, die voller Ungeduld darauf wartete, das Sternenfeuer zu entfachen …*

»Es ist vorbei!«, hatte Kiina gesagt, Stunden vor seinem Tod, und sie hatte es immer wieder gesagt, als hätte sie gehofft, dass es dadurch Wahrheit würde, »Alles wird wieder werden, wie es war. Du … du wirst doch wieder anders! Es ist doch vorbei! Es gibt keinen Grund mehr für dich, so … so … so anders zu sein!«

Er wusste, dass unmöglich dreihundert Jahre vergangen sein konnten, seit sie so mit ihm gesprochen hatte, und doch konnte es nicht anders sein, und in welcher Weise er auch an die Zeit dachte – es waren und blieben dreihundert Jahre, und nun, nach Jahrhunderten, stimmte es einfach nicht mehr, war es schief und verkehrt. Doch das Nachdenken darüber führte zu nichts, denn er hatte keine Ahnung, wie lange er noch dagegen ankämpfen konnte – gegen was auch immer es war, was in ihm die Herrschaft beanspruchte. Er sah das feine Gespinst des Kokons vor sich und spürte, noch bevor es wirklich geschah, die nach ihm greifenden Fäden in sich einsickern, und was immer ihn nun erwarten würde – er befand sich nach wie vor jenseits der Zeitbarriere, dutzende von Jahrzehnten von der jungen Kiina getrennt, die scheinbar alterslos hier überdauert hatte, und es gab keine Möglichkeit für ihn, wieder auf die andere Seite zu gelangen …

Nie mehr! Die allgegenwärtigen Fäden ließen jeden Zweifel daran verstummen und schließlich musste er einsehen, dass die in ihm schäumenden Erinnerungen nichts weiter waren als alter Ballast, der vielleicht – aber eben auch nur vielleicht – etwas mit der heutigen Situation zu tun hatte.

»Die Macht hat die ganze Zeit über in deiner Seele geschlummert, Skar. Es hat immer Männer wie dich gegeben, seit den Zeiten der Alten, und sie haben ihre Macht weitervererbt, meist, ohne auch nur zu ahnen, wer sie waren.«

Es war nicht Kiina gewesen, die das gesagt hatte, sondern Yul, eine *Errish*, die ihm im gleichen Atemzug das Geheimnis der Ehrwürdigen Frauen verraten hatte und noch mehr. *»Die Waffen der Alten sind mit ihrer Welt untergegangen, während die Sternengeborenen ihre Schöpfer überdauerten«, hatte sie gesagt. »Denn was sie schufen, war Leben. Leben, das nur einem Zweck diente: zu töten.«*

Aber was hatte das mit ihm und Kiina zu tun? Oder mit ihm selbst? Eine Erinnerung schoss durch seinen Geist, blitzschnell, aber nicht ohne Spuren zu hinterlassen. *Töten. Nur ein Zweck. Töten.*

... UND DASS ER UNSTERBLICH WAR, DENN ES VERMOCHTE SICH ALLEN NUR DENKBAREN VERÄNDERUNGEN ANZUPASSEN.

Töten – auch das hatte ihm die Errish gesagt. *Töten.* Aber er wusste nicht, was es mit ihm zu tun hatte und was *Nur ein Zweck* in diesem Zusammenhang zu bedeuten hatte. Es sei denn, er schaffte es, diese Spur aufzunehmen, diesen immer wieder abdriftenden Gedanken, dass er *nur einem Zweck diente: zu töten.*

Als die logische Schlussfolgerung in Skars Bewusstsein drang, kämpfte er sie nieder und versuchte sie zu vernichten, doch sie wollte nicht sterben, sie wollte ihm zuschreien, dass er schuldig wäre ... und er hörte wieder den Schrei, der plötzlich abriss, erst den einen und dann den anderen, bis die beiden Nahrak tot und zerschmettert unten bei der Brut lagen, die sich wahrscheinlich schon schmatzend und saugend über ihre Überreste hergemacht hatte.

Die Konsequenz war ungeheuerlich. War er nur geschaffen worden, um zu töten? Er presste die Hände gegen die Ohren, als könnte er damit das Hämmern in seinen Gedanken eindämmen, dieses Reißen, das seinen Kopf auseinander sprengen wollte. Und wieder behauptete etwas in ihm,

DASS ER UNSTERBLICH WAR.

Nein!

ES VERMOCHTE SICH ALLEN NUR DENKBAREN VERÄNDERUNGEN ANZUPASSEN.

Nein! Untersterblichkeit – er hatte sie verweigert, irgendwann, im Angesicht der *Sternenbestie*, mit der er verschmolzen wäre, hätte er nachgegeben, auf der verbotenen Insel, die kein Mensch betreten durfte, und vielleicht war es gar keine Unsterblichkeit gewesen, sondern so etwas wie Langlebigkeit oder auch nur Lebensverlängerung, die er hätte erlangen können, oder etwas Ähnliches, aber vollkommen anderes, weil sein Menschsein nicht genügte, um es zu verstehen. Aber wieso … wieso war er dann … hier? Wenn es wirklich stimmte, dass dreihundert Jahre vergangen waren – und daran zweifelte er keineswegs, nach allem, was er gesehen hatte –, dann war seine Existenz in höchstem Maße widernatürlich. Er konnte sich nicht vorstellen, dass er tatsächlich wieder geboren worden war; das war zu phantastisch, widersprach zu sehr den Erfahrungen der menschlichen Rasse, als dass er das wirklich akzeptieren konnte. Vielleicht hatte er die ganzen Jahre in einem lebensverlangsamenden Koma gelegen, das den Alterungsprozess während dieser Zeit so sehr verlangsamt hatte, dass er all die Jahre im Tiefschlaf überstanden hatte …

Seine Gedanken purzelten durcheinander und während er doch gleichzeitig versuchte eine Entscheidung zu treffen und irgendetwas zu tun, stand er gleichzeitig wie erstarrt da. Er war bleich, fast grau im Gesicht, fühlte sich aber dennoch erhitzt und seine Augen blickten glasig starr, als wüte ein Fieber in ihm, und dann zwang ihn wieder die Erinnerung in alte Bahnen, als wollte sie ihm damit etwas mitteilen, eine geheime Botschaft übermitteln …

Du hast Recht, Skar. Wir können diesen Krieg nicht gewinnen.

War es wirklich die *Erish* Yul gewesen, die vor unendlich langer Zeit entschieden hatte, wie viel Wahrheit er in einer gewissen Zeit ertragen konnte und wie viel nicht? Vielleicht war die Erinnerung an sie jetzt nicht viel mehr als ein Aufflackern der gegenwärtigen, nicht erträglichen Wahrheit. Vielleicht war da etwas in ihm, das gerade sagte: Du hast Recht, Skar.

Wir können diesen Krieg nicht gewinnen.

Wir? Skar zuckte wie unter einem Peitschenhieb zusammen. Wer war wir? Was hatte Kiina damit zu tun, was jetzt passierte, hier und heute, während er in dieser gigantischen Höhle gefangen war? Was, bei allen Göttern, hatte sie mit diesem Krieg zu schaffen, der bereits überall auf Enwor seine Spuren hinterlassen hatte, einem Krieg, den Satai und Digger gegen die Quorrl führten oder der doch nur die Spitze eines Eisbergs war, und was hatte sie zu tun mit den *Khtaám* und dieser Höhle und dieser Brut in dem unendlichen Schacht?

Kiina war tot und das war die ganze Wahrheit. Vor dreihundert Jahren war sie ein junges Mädchen gewesen. Was, bei allen Feuerdrachen, sollte sie dann heute sein? Was sollte sie mehr sein als eine bereits vollkommen verweste, zu Staub zerfallene Leiche?

Während er noch fassungslos dastand, mit nicht angespannten und doch bis zum Zerreißen überanstrengten Muskeln, bemerkte er eine Veränderung in dem feinen Gespinst, die beinahe so wirkte, als ergriffe ein feiner Luftzug den Kokon und wirbele ihn durcheinander. Einzelne Fäden stießen aneinander und verklumpten, bildeten ständig wachsende Knotenstellen; wie ein Netz aus der Haut gequollener Adern, die Stück für Stück durch die ständig größer werdenden freien Stellen sichtbar wurden.

Schon nach wenigen Sekunden schälte sich dahinter tatsächlich der Umriss eines Menschen heraus, eines schlanken, nackten Menschen, der in grotesker Erstarrung von dem jetzt gröber gewordenen Geflecht gehalten wurde. Jeder Knochen und jeder Muskel in Skars Körper schrie vor Schmerz, als er sie erkannte.

Kiina!

Es war tatsächlich seine Tochter, und zwar ganz so, wie er sie in Erinnerung hatte – auch wenn er sie nur sehr unvollkommen erkennen konnte, immer noch vollständig verhüllt von dem Netz, dessen Veränderung sich jetzt verlangsamte und dann ganz zum Stillstand kam. Der Anblick traf ihn so, wie er erwartet hatte, nur hundertmal schlimmer. Über seine Wange rann eine Träne und ein salziger Geschmack benetzte seine Lippen, während er gleichzeitig wie erstarrt dastand, unfähig, auch nur die Hand zu heben.

Seine Tochter. Sie um Jahrhunderte überdauert zu haben: welch grauenvoller Gedanke. Und doch war da noch etwas anderes, etwas, das ihm einen Hauch von Hoffnung vermittelte, während es doch gleichzeitig so schrecklich war, dass er am liebsten den Gedanken nicht weiterverfolgt hätte: *Aber, bedenke, Skar: Die Macht hat die ganze Zeit über in deiner Seele geschlummert. Es hat immer Männer wie dich gegeben, seit den Zeiten der Alten, und sie haben ihre Macht weitervererbt, meist, ohne auch nur zu ahnen, wer sie waren.*

Wer die Macht weitervererbte, gab damit auch alles Kranke, Verderbte mit, aber auch alle Fähigkeiten und damit eine fast übermenschliche Kraft. Er starrte auf das Wesen, das wie seine Tochter aussah und es deshalb für ihn auch war; und nicht die mitten in der Bewegung erstarrte Puppe, die andere in ihr vielleicht gesehen hätten. Wenn er selbst dreihundert Jahre unbeschadet überstanden hatte – und das, obwohl er sich bereits tot geglaubt hatte –, dann hatte sie es vielleicht auch. Wenn Kiina im Besitz der gleichen Macht wie er selbst war, dann befand sie sich vielleicht in einer Art Dämmerschlaf …

Es war ein so grotesker Gedanke, dass er sich unter normalen Umständen geweigert hätte ihn weiterzuverfolgen. Aber in seiner Situation war nichts mehr normal; er hatte eine Grenze überschritten, von deren Existenz die meisten Menschen noch nicht einmal eine Ahnung hatten und die zu überwinden nichts als Unglück bedeutete – aber er konnte es nicht mehr rückgängig machen. Seine Muskeln spannten sich an, doch sein Körper versagte ihm den Gehorsam; es hatte ihn eine plötzliche und unerwartete Lähmung ergriffen, die nicht bereit war nachzulassen.

Er nahm alle Kraft zusammen und kämpfte gegen die Panik an, die ihn bei dem Gedanken ergriff, sich nie wieder frei bewegen zu können. Er kannte verschiedene Giftsorten, die partielle oder vollständige Lähmungen verursachten, und er konnte sich durchaus vorstellen, dass sein jetziger Zustand die Spätfolge der *Khtaám*-Angriffe war, bei denen sicherlich giftige Körpersäfte in seine Adern gelangt waren. Seine Hände schienen wie durch weiß glühende Lava zu gleiten und durch seine Arme raste ein unbeschreiblicher Schmerz; aber dann schaffte er es wenigstens, die Finger zu bewegen. Schließlich gelang es ihm im nächsten kleinen Schritt, seine verkrampften Nackenmuskeln zu lockern und seinen Kopf leicht kreisen zu lassen.

Er bedauerte es sofort, denn dadurch kamen die anderen, benachbarten Nischen in sein Blickfeld. Der Anblick überraschte ihn so stark, dass er keuchte. Überall hatte der gleiche Prozess eingesetzt wie bei dem Kokon vor ihm, überall hatte sich das zuvor filigrane Gewebe verklumpt, wodurch eine – wenn auch eingeschränkte – Sicht auf die bislang verborgen gebliebenen eingesponnenen Menschen möglich wurde.

Er hatte sich keine Gedanken gemacht, wer dort gefangen gehalten worden sein könnte. Dass das ein Fehler hätte sein können, hätte er nicht für möglich gehalten. Doch jetzt begriff er seinen Irrtum: So weit sein Auge auch reichte, so viele eingewobene Nischen er auch im Blick hatte; überall war das gleiche Bild, überall waren es junge Frauen, die von dem Netz nur noch unvollständig verhüllt wurden.

Aber es waren nicht irgendwelche Mädchen. Immer und überall blickte er auf den Körper Kiinas, auf das gleiche schmale, blasse Gesicht, auf die exakt identische Haltung des leicht vorgeschobenen Oberkörpers und der eng zusammenstehenden schlanken Beine …

Ein eisiger Splitter schien in sein Herz zu fahren. Er verstand nicht, was er sah, aber er wollte es auch gar nicht verstehen. Irgendwo in einem verborgenen Winkel seines Gehirns regte sich Widerstand, ein letztes Aufbegehren seines Verstandes, der ihn zwang wegzublicken und sich auf das zu konzentrieren, was vor ihm lag. *Es kann nicht sein*, flüsterte eine Stimme in ihm, *Kiina kann nicht mehrfach existieren. Oder vielleicht doch?*, *wehrte sich eine andere*

Stimme. Vielleicht existierst du selbst auch mehrmals. Vielleicht hast du auch in mehreren dieser Kokons gestanden, dreihundert Jahre alt, vielleicht bist du nicht nur der eine Skar, sondern nur einer von der Gattung Skar, und vielleicht gibt es noch andere Skars …

Skars Mund war weit aufgerissen, aber er wehrte sich; wehrte sich gegen die tanzenden Schatten des Wahnsinns, die nach ihm greifen wollten, um ihn mitzureißen in den Taumel sich überschlagender und gegenseitig auslöschender Gedanken und Gefühle. Die Nische vor ihm und mit ihr die halb freigelegte Kiina verschwand wie im Nebel und ein Gefühl durchflutete ihn, als wollte sich seine ganze Umgebung, als wollte sich die ganze Welt auflösen. Sein Kopf drohte zu bersten und ihm war, als drückten sich zwei riesige Daumen in seine Augen. Alles, was an ihm Körper war, schien sich in seiner Kehle zu konzentrieren, aus der ein Schrei des Entsetzens entweichen wollte.

Dann war es vorbei.

Es hatte sich nichts geändert und er wusste noch immer nicht, was die anderen Kokons in den vielen weiteren Nischen umhüllten – aber er blendete es aus seinem Verstand aus, verschwendete nicht mehr einen einzigen Gedanken daran. Ihn interessierte nur noch, was vor ihm war. Jetzt war es an der Zeit zu überprüfen, was es mit der Kiina vor ihm auf sich hatte; was mit den anderen Nischen war, wer dort in dem jeweiligen Kokon steckte – Kiina 2, Kiina 3, Kiina 4? Bei dem Gedanken daran explodierte erneut ein scharfer Schmerz hinter seiner Stirn –, war im Augenblick vollkommen nebensächlich.

Nach ein paar qualvollen Minuten gelang es ihm, röchelnd und schwer atmend seinen Arm zu heben, während er gleichzeitig seinen verspannten Nacken ein Stück vorwärts zwang. Das Blut in seinen Adern schien dick und zähflüssig wie in einem verstopften Kanal zu fließen und Arme und Beine waren so hart und steif, dass er sich wie eine zum Leben erwachte Statue vorkam. Es war ihm beinahe so, als müsse er jeden einzelnen Finger *hochstemmen*, doch immerhin kehrte mit jeder Bewegung ein Stück der alten Elastizität zurück.

Seine immer noch verkrampften und schmerzenden Finger fuhren prüfend über das filigrane, unregelmäßige Netz, das Kiinas nackten Körper nur unvollständig bedeckte. Das Gewebe der dünnen Fäden ... Es fühlte sich fast lebendig an. Warm und wie von strömend warmem Blut durchflossen. So ganz anders als die ekelhaften Tentakel der *Khtaám* und doch auf irgendeine perverse Art und Weise mit ihnen verwandt. Was aber das Merkwürdigste war: Während er über das Gespinst strich, schien Lebenskraft in ihn zurückzukehren. Mit jeder Berührung brach die Starre weiter auf, die ihn bis zuletzt gefangen gehalten hatte, und statt Chaos und Irrsinn begann so etwas wie Entspannung in ihn einzukehren, fast unmerklich zuerst und dann immer deutlicher, bis sich eine warme Trägheit in ihm breit machte, die so gar nicht zu der Situation passte, in der er sich befand.

Seine mittlerweile wieder voll beweglichen Finger verharrten viele Herzschläge lang auf dem dünnen Gewebe. Er konnte Kiina jetzt ganz genau erkennen, beinahe so, als würde er sie durch ein engmaschiges Fischernetz hindurch beobachten. Es konnte kein Zweifel daran bestehen, dass sie es war. Die fein geschwungenen Augenbrauen, die von Gowenna geerbte Mund- und Nasenpartie, die sich bei einem ihrer gar nicht so seltenen Wutanfälle so charakteristisch zusammenzog, dagegen aber so anmutig sein konnte, wenn sie lachte und unbeschwert war, die Haare, die ihr wie üblich etwas wirr ins Gesicht hingen und perfekt zu dem temperamentvollen Funkeln in ihren Augen passten ... Augen, die jetzt allerdings stumpf und starr geöffnet waren, und, obwohl ihre Farbe und Form perfekt mit seiner Erinnerung übereinstimmten, eher an den leblosen Blick eines toten Fisches erinnerten ...

Ihm war, als ersticke er, wenn er in diese Augen blickte. Kiina wirkte blass und fast durchsichtig wie eine wertvolle Porzellanpuppe, wie sie etliche Könige der alten Zeit nach dem Abbild ihrer Kinder hatten anfertigen lassen, doch sie sah dabei vollkommen menschlich und natürlich aus. Nur die Augen ... Er schauderte.

Er wusste nicht, wie lange er so dagestanden und sie stumm betrachtet hatte. Es wurde Zeit, sich davon zu überzeugen, mit wem er es zu tun hatte, aber er hatte Angst Kiina zu berühren – oder das, was so aussah wie sie, so täuschend echt, dass es niemand anders sein konnte als sie selbst. Er verspürte das unendliche Verlangen sie in den Arm zu nehmen und hatte doch Angst menschliche Wärme zu spüren. Er hatte Angst vor der Hoffnung. Vor der bitteren Enttäuschung, die unweigerlich kommen würde.

Ihre weit geöffneten Augen starrten gleichzeitig an ihm vorbei und blickten ihn doch direkt an. Er blinzelte ein paarmal, wich einen halben Schritt zurück. Seine Phantasie ging mit ihm durch. Und doch fürchtete er, es könnte plötzlich ein Zittern durch ihren Körper gehen, sie könnte von einem Moment auf den anderen den Kopf bewegen, ihre jahrhundertealte Benommenheit abschütteln und mit einer kraftvollen Bewegung das Netz zerreißen, um direkt auf ihn zuzugehen.

Nichts dergleichen geschah. Schließlich tat er das Einzige, was einem Krieger anstand. Sein *Tschekal* glitt wie von selbst aus der Scheide. Mit gleichzeitig schnellen wie geschickten Schnitten schlug er eine kreisförmige Figur in das Netz. Keine Sekunde verschwendete er dabei mit dem Gedanken, ob er damit nicht vielleicht etwas Lebendiges verletzte oder sogar tötete. Die Klinge fuhr dicht unterhalb von Kiinas Hals in das Gewebe, trennte es bis zu ihrem Oberschenkel und schließlich ihrem Knie auf und fuhr dann auf der anderen Seite wieder zu ihrem Hals hinauf.

Wie ein Stück Stoff sackte das netzförmige Gewebe zusammen und glitt auf den Boden. Kiina war frei, nichts behinderte sie mehr. Aber auch ihn hinderte nun nichts mehr sie zu fassen und hinauszuziehen aus dieser Grotte, die zu ihrem Gefängnis geworden war.

Und doch … Es waren die anderen Kiinas, die ihn an dem zweifeln ließen, was er tat. Was immer es war, was dort vor ihm stand: Es konnte kein Mensch sein. Es gab keine Menschen, die sich wie ein Ei dem anderen glichen, außer vielleicht manche Zwillinge. Soweit er in der schummrigen Beleuchtung aber erkennen konnte, waren es mehr als ein Dutzend Kiinas, die hier auf ihre *Erweckung* warteten.

Wenn er Gewißheit haben wollte, dann brauchte er bloß

die Hand auszustrecken. War diese Kiina kalt und hart wie Stein, dann wusste er Bescheid. Wenn nicht – dann würde er weitersehen.

Skar spürte, dass seine Augen feucht wurden. Er begriff es nicht. So viel Leid. So viel Entbehrung. So viel Verzicht. Nur, um nach einem viel zu hektischen Leben von einem See ausgespuckt zu werden hinein in einen unbegreiflichen Wahnsinn, nur um seine Tochter – oder was oder wer auch immer das hier war – an diesem vollkommen verrückten Ort wieder zu begegnen. Die mit ihr verbundenen Gefühle und Erinnerungen brachten nichts weiter als die Erkenntnis, dass nichts im Leben vollständig vorbei war, was einen irgendwann einmal wirklich berührt hatte.

Er streckte behutsam die linke Hand vor.

»Ich würden das nicht tun«, sagte eine Stimme hinter ihm.

Skar zuckte zusammen. Die konzentrierte Erregung, die ihn ergriffen hatte, hielt an, als er sich langsam umdrehte, das *Tschekal* noch immer in der rechten Hand und ein wenig zu hoch, so als wolle er dem Ankömmling klarmachen, dass er auf alles gefasst war.

»Wieso nicht«, hatte er fragen wollen. Aber der Satz blieb ihm im Hals stecken. Denn es war nicht nur Kama, den er zweifelsfrei an der Stimme erkannt hatte und der sich ihm bis auf wenige Schritte genähert hatte.

»Esanna«, stammelte Skar fassungslos.

Das Mädchen nickte müde. Ein tiefer, heftig blutender Riss zog sich von ihrer Stirn bis zu ihrem Kinn hinab und das Blut fiel in großen Tropfen auf ihr Gewand. Sie schien es noch nicht einmal zu bemerken. »Ich bin geflohen und habe mich dabei verirrt«, sagte sie knapp. »Kama hat mich gefunden.« Dann deutete sie auf die Nische hinter ihm. »Wer ist das?«

Skar zuckte zusammen, als hätte man ihn bei einer obszönen Handlung überrascht. »Das geht dich nichts an«, sagte er schroff.

Er erschrak über den Klang seiner eigenen Stimme. Sie war rau und kratzig, aber auch irgendwie *böse* und es war so viel Hass darin, dass Esanna unwillkürlich zusammenzuckte.

Er wollte ein Wort der Entschuldigung hinzufügen oder wenigstens eine Erklärung, eine Frage, wie es ihr ging, einen Hinweis, dass sie ihre Wunde im Gesicht versorgen musste – aber er brachte nichts heraus. Es schien ihm, als würde sich etwas in ihm splitternd durch seine Schädeldecke bohren und einen fürchterlichen Moment bebte in ihm wieder der gellende Schrei der Nahrak, die er hinab in die Tiefe gestoßen hatte.

Die ganze Zeit über starrte ihn Kama an, eine stumme Anklage, die noch durch die frische Platzwunde auf seinem Kopf verstärkt wurde, genau an der Stelle, an der ihn Skar mit der Breitseite seines Schwerts erwischt hatte.

Es war ihm unmöglich, dem Blick Kamas standzuhalten; er blieb so sehr eingekapselt in sich selbst, dass er nichts anderes zu fühlen imstande war als den Schmerz des Verlustes, den Kiinas Anblick in ihm ausgelöst hatte, und die alles durchdringende Krankheit, die seinen Körper durchfloss, vom Kopf hinab in seine Arme und Beine und Finger und Knochen und gespeist wurde durch das Übel und die Schuld, die er auf sich geladen hatte, und ihm blieb nichts anderes übrig, als in sich selbst zu verharren und immer mehr Teil seines eigenen Untergangs zu werden, der ihn immer stärker herabriss, in eilender Fahrt auf die tiefste Stelle des Schlunds zu, der ihn verschlingen würde, auf ewig …

»Was ist mit dir los, Skar?«, fragte Esanna. »Was, bei allen Göttern, ist mit dir *los*?!?«

Da stand dieses schwache, aus einer klaffenden Gesichtswunde blutende Digger-Mädchen vor ihm, schwankend und so erschöpft, dass es sich kaum auf den Beinen halten konnte: Und dann fragte es ihn, was mit *ihm* los war? Das war grotesk.

»Wo sind Daral und Berat?«, fragte Kama. Seine Stimme klang kein bisschen vorwurfsvoll, sondern nur leicht besorgt, aber das war viel schlimmer, als wenn er Skar bitterste Vorwürfe entgegengeschrien hätte.

»Ich«, begann Skar heiser und kämpfte gegen das Gefühl an, das ihn erbarmungslos immer tiefer in sich hineinzuziehen versuchte und gleichzeitig seine Beine so kraftlos machte, dass er kaum noch stehen konnte, sondern hinabsinken wollte in die Tiefe …

»Wo sind Daral und Berat?« Kamas Stimme klang jetzt so schneidend, dass Skar abgelenkt wurde von dem lockenden Sog, der ihn mit sich ziehen wollte, immer tiefer, tiefer und tiefer …

»Ich weiß nicht«, sagte Skar. Er hätte Kama die Wahrheit entgegenschreien können oder zumindest die halbe Wahrheit, ihm sagen können, sie seien abgestürzt – doch er brachte es nicht über sich. Die Lüge glitt ihm so leicht über die Lippen … aber dann erkannte er in Kamas Augen, dass er ihm seine Worte nicht abnahm und Übelkeit hämmerte von innen an seine Schädeldecke.

»Sie seien doch mit dir mitgegangen«, beharrte Kama. »Wo also sind sie geblieben?«

Bei einer anderen Gelegenheit hätte sich Skar über seine Besorgnis gewundert angesichts der Tatsache, dass der Nahrak ohne Skrupel seinen schwer verletzten Männern die Kehlen durchgeschnitten hatte. Doch jetzt wand er sich nur innerlich vor Pein.

»Ich … ich weiß es nicht.« Skar deutete mit einer krampfhaften Handbewegung in die Richtung dieses monströsen Lochs, in dem es krabbelte und wimmelte, und während er dorthin deutete, wurde er sich auch bereits bewusst, dass es ein Fehler war, dass er ein erbärmlicher Lügner war und er fragte sich, ob er es nicht dem letzten Rest seiner Selbstachtung schuldig war, Kama ganz einfach die Wahrheit zu sagen.

Doch statt *Ich habe sie hinabgestoßen* herauszuschreien, sagte er nur: »Sie waren da drüben. Ich … ich habe mich … um Kiina gekümmert … und dann … dann hörte ich auf einmal diesen Schrei.«

Es war eine erbärmliche Vorstellung und ein Blick in Kamas Augen genügte, um ihn erkennen zu lassen, dass der Nahrak ihm kein Wort glaubte.

»Etwas hat die *Khtaám* erweckt«, stellte Kama fest. »Leben gegen Leben. Du hast ihr Leben gegeben, um dir ein bereits verdammtes Leben wieder zu nehmen.«

Skar starrte ihn mit offenem Mund und vollkommen entsetzt an. »Nein«, stieß er hervor. Er begriff nicht, was Kama meinte, nicht wirklich, und doch war da eine Ahnung tief in seinem Herzen, die zu unglaublich war, um sie wirklich fassen zu können. »Sie sind … es war ein Unglück.«

»Ja«, sagte Kama. »Ein Unglück. Ein Unglück, bei dem du nachgeholfen hast.«

»Ich? Nein …« Skar warf einen hilflosen Blick auf Esanna, aber das Mädchen schien vor Schreck wie gelähmt zu sein und immer noch tropfte Blut von ihrem Gesicht herab, benetze wie ein Leben verströmender Regen ihr sowieso schon eingerissenes und besudeltes Gewand. Statt von ihr Hilfe zu erwarten, hätte er ihr eigentlich beistehen müssen.

»Du hast nachgeholfen, damit *Khtaám* das da formt«, sagte der Nahrak und deutete an Skar vorbei auf Kiina. »Und das da und das da und das da.« Sein Zeigefinger glitt anklagend von Nische zu Nische.

»Ich habe … ich habe das nicht gewollt.«

»Ihr Satai nie wolltet etwas. Ihr immer nur töten.« Kama atmete tief durch. »Es reicht. Ich habe Hilfe gerufen. Wir müssen sehen, dass wir so lange leben, bis sie kommt.«

Skar verstand immer weniger; wollte ihm Kama etwa drohen und von welcher Hilfe sprach er? Sein Inneres war ein einziges Wirrwarr widersprüchlichster Gefühle und Gedanken und in seinem Mund war der Geschmack bitterer Galle. Er spürte, wie sich ein unbestimmtes Wissen aus den Tiefen seiner Persönlichkeit zu seinem Bewusstsein hochdrängte, und er versuchte dieses Wissen zu ignorieren, aber es nagte unablässig an ihm, gleich einer in die Nebel der Vergangenheit gehüllten schmerzlichen Erinnerung.

»Ich muss … ich muss mich um Kiina kümmern«, sagte er. »Sie braucht meine Hilfe.«

Schon während er das sagte, wusste er, dass es nicht stimmte. Es gab keine Kiina, um die er sich kümmern musste oder konnte. Es gab ein Dutzend oder mehr Monster, die wie Kiina aussahen, die diese Form aus irgendeinem ihm unbegreiflichen Grund angenommen hatten und vielleicht nicht einmal, um ihn damit zu vernichten, sondern nur aus einem Reflex heraus. Aber das alles waren nichts als wilde Spekulationen und nichts, was ihn wirklich berührte.

Er musste herausbekommen, was es damit auf sich hatte – koste es, was es wolle.

»Geh weg von den *Khtaám*«, sagte Kama. »Wir müssen zum Treffpunkt.«

Skar brauchte ihn nicht zu fragen, wen oder was der Nahrak in diesem Fall mit *Khtaám* gemeint hatte. Ein Teil in ihm war sich durchaus bewusst, was Kiina wirklich war. Dass sie sich wie nach einem langen Schlaf erfrischt aus dem Gespinst befreien würde, um ihn dann freudestrahlend zu begrüßen, war eine absurde Vorstellung; viel wahrscheinlicher war es, dass sie etwas genauso Widernatürliches wie die Nachtmahre war, dass irgendetwas Düsteres in eine Hülle geschlüpft war, die ihr nur äußerlich glich – aber er weigerte sich diesen Gedanken weiterzuverfolgen.

Er drehte sich wieder um, noch immer mit gezogenem Schwert und noch immer halb nackt, wie ihm in diesem Moment ganz nebenbei bewusst wurde. Wahrscheinlich bot er einen erschreckenden Anblick: verletzt, verwirrt und am Rande seiner Kraft, aber mit einem Funkeln in den Augen, das ihn immer weitertreiben würde, bis er die Antwort auf seine stumme Frage nach Kiinas Existenz gefunden hatte.

Er brauchte nicht lange darauf zu warten. Er hatte kaum seine linke Hand vorgestreckt, um das sich immer mehr verklumpende Netz zu berühren, als es sich auch schon zu ändern begann.

»Tu es nicht«, sagte Esanna. »Geh da weg!«

Aber selbst, wenn er ihrer Aufforderung sofort gefolgt wäre, wäre es zu spät gewesen. In dem kurzen Moment, den er mit Kama und dem Mädchen gesprochen hatte, waren die von seinem *Tschekal* zerschnittenen Fragmente des Netzes schon wieder aufeinander zugewandert wie eigenständige Wesen, Würmern gleich, die sich über eine Leiche schlängeln auf der Suche nach einer Körperöffnung, in die sie gleiten könnten, um ihr Zerstörungswerk zu beginnen. Skar fühlte sich unangenehm an den Tentakel erinnert, der versuchte hatte durch sein Nasenloch von ihm Besitz zu ergreifen.

Doch in diesem Fall passierte nichts dergleichen. Das Netz schloss sich ganz einfach wieder, als könne es nicht dulden, Kiina unverhüllt dastehen zu lassen. Doch auch nachdem sich seine einzelnen Fragmente wieder vereint hatten, bebten sie wie ein lebendiges Wesen, das in höchste Erregung versetzt worden war. Die Veränderung setzte über den Brüsten Kiinas ein; die Knotenstellen der Fäden begannen stärker zu pulsieren, in einem heftigen Rhythmus, ähnlich dem Trommelschlag eines Trancetanzes, wie ihn einige Völker des Ostens bei der Bestattung ihrer Toten aufführten. Das Netz war jetzt so weitmaschig geworden, dass die nackte Brust auffallend stark betont wurde, zumal auch sie sich zu bewegen begann, ganz langsam und vorsichtig zuerst, sodass es Skar anfangs für eine optische Täuschung hielt, dann aber immer heftiger, bis sie zyklisch zu zucken begann, im Gegenschlag zum Netz, aber nicht minder schnell und damit keineswegs so, wie man es bei einem lebendigen Menschen erwarten konnte.

Skar hätte jetzt seine Hand durch das Netz stecken können, um Kiina zu berühren, aber irgendetwas hielt ihn davon ab. Die vormals haarfeine Struktur des Gespinsts war jetzt einem grobmaschigen Netz gewichen, bei dem einzelne Verknüpfungen bereits die Stärke von Bindfäden erreicht hatten. Gleichzeitig schien sich die Konsistenz des Geflechts zu verändern; es wurde immer dunkler, fast schwarz, glänzte dabei und schien erst faserig zu sein, bevor sich seine Oberfläche veränderte und so glatt wie ein polierter Spiegel wurde.

Es war ein abstoßender Anblick. Als Kiinas Gesicht erst leicht und dann immer stärker zu zucken begann und sich ihr Mund wie zu einem stummen Schrei öffnete, stöhnte Skar benommen auf. Es war nichts Menschliches in diesen Bewegungen und doch erinnerte es ihn so stark an den Menschen, an seine Tochter, die mit ihm gestritten, gekämpft und gelacht hatte, die ebenso wenig bereit gewesen war aufzugeben oder eine Niederlage einfach hinzunehmen wie er selbst, die so unendlich tapfer gewesen war, nachdem mit Elay auch die *Errish* niedergegangen waren und damit alles, was ihr zuvor Rückhalt geboten hatte.

Sie in diesem Zustand vor sich zu sehen, erfüllte ihn mit Entsetzen.

Eine Hand berührte seine Schulter und im ersten Reflex wollte er sie wegschlagen. Doch dann bemerkte er, dass es nicht Kama war, wie er zuerst geglaubt hatte, sondern Esanna. Ein merkwürdig vertrautes Gefühl stieg in ihm auf, ähnlich jenem, das er empfunden hatte, als er den jungen Del nach einer Schlägerei mit ein paar betrunkenen Stadtsoldaten aus der Gosse aufgelesen hatte und schon kurz darauf den Beistand des jungen Hünen gebraucht hatte, als sie in den Hinterhalt einer Bande von Strauchbanditen geraten waren. Es war ein Gefühl, das ihm Schutz verhieß, obwohl doch er der stärkere und erfahrenere Kämpfer war – damals wie heute.

»Sie hat dir viel bedeutet, nicht wahr?«, fragte Esanna.

»Das hat sie«, nickte Skar. »Sie ist … sie war meine Tochter.« Seine Kehle fühlte sich ausgetrocknet und verkrampft an, ein einziger Klumpen aus Schmerz, der ihm den Gehorsam verweigerte. Er schluckte mühsam, räusperte sich und versuchte es dann noch einmal. »So hat sie ausgesehen … damals … als ich … als ich …«

»Als du gestorben bist?«

Skar starrte weiter wie gebannt auf das Netz, dessen Veränderung immer rascher voranschritt; jetzt, wo es sich wieder vereint hatte, schien es bösartiger zu werden, so als wolle es sich gegen einen neuen Angriff wappnen. Der Anblick erinnerte ihn an eine ähnliche Situation in seiner Vergangenheit. Er hatte so etwas wie dies schon einmal gesehen, in anderer Form und anderem Zusammenhang, aber er wusste nicht mehr, wann und wo.

»Ist sie mit dir …«

Als Esanna nicht weitersprach und er den Sinn ihrer Frage begriff, schüttelte er den Kopf. »Nein«, sagte er. »Sie ist nicht mit mir umgekommen. Sie hat sogar noch … meinen Mörder getötet.«

»Das weißt du?«, fragte Esanna erstaunt. »Woher?«

Skar zuckte mit den Achseln. »Das hat keine Bedeutung«, behauptete er, während er an die glasklare Vision dachte, die ihm gezeigt hatte, wie Kiina Del mit einer Scannerwaffe der *Errish* erschossen hatte.

»Was ist dann aus ihr geworden?«

Skar starrte endlose Sekunden auf das immer heftiger pulsierende Netz, das nun vollends schwarz und abstoßend geworden war. »Ich weiß es nicht«, sagte er. »Ich habe nicht die geringste Ahnung, wie ihr Leben verlief.« Er schluckte hart. »Aber es ist drei lange Jahrhunderte her.«

»Du meinst … da muss sie tot sein?«

»Ja. Natürlich.« Skars Stimme war zu einem fast nicht mehr wahrnehmbaren Flüstern geworden. »Was denn sonst?«

»Es könnte aber auch anders sein«, meinte Esanna. »Schließlich lebst du auch noch.«

»Nein«, protestierte Skar. »Ich lebe nicht *noch*, ich lebe *wieder*.«

»Der aus dem Schaum wieder geborene Skar«, sagte Kama, der bislang dem Gespräch schweigend gefolgt war, ohne aber seine Befremdung verbergen zu können. »Ganz so, wie es das Elfte Buch sagt.«

»Dieses verfluchte Buch«, murmelte Skar. »Kein Mensch wird so einfach wieder geboren. Ich glaube es einfach nicht. Es muss etwas anderes passiert sein.«

»Ja«, sagte Kama. »Es ist etwas anderes passiert.«

»Und was?«, fragte Skar, ohne Kiina auch nur eine Sekunde aus den Augen zu lassen. Die einzelnen Stränge des Netzes glichen mittlerweile fatal gequollenen Adern, aber zumindest war das ekelhafte Zucken von Kiinas Brüsten zu Ende gekommen.

»Das sein nicht einfach zu erklären«, wich der Nahrak aus. »Außerdem wir müssen jetzt gehen.«

»Einfach so?«, fragte Skar. »Ohne abzuwarten, was mit Kiina geschieht?«

»Besser, wir es nicht mehr kriegen mit«, sagte Kama.

»Da bin ich mir nicht so sicher«, sagte Skar. Er musste einfach wissen, was mit diesem lebenden und atmenden Etwas geschah, das wie seine Tochter aussah. »Ich kann doch jetzt nicht einfach so gehen, ohne zu wissen, was mit ihr geschieht.«

»Und was ist mit den anderen … den anderen, diesen *Wesen*, in den anderen Nischen?«, fragte Esanna.

»Was soll damit sein?«, fragte Skar.

»Sie sehen alle aus wie deine Tochter«, sagte Esanna. »Aber sie können doch nicht alle deine Tochter sein.«

Es war ein Gedanke, dessen Konsequenz Skar bislang ausgewichen war. Er war zufällig an diese Nische getreten. Aber es konnte auch jede andere beliebige Nische die einzig wahre, die echte Kiina beherbergen – oder auch gar keine. Was nicht nur wesentlich wahrscheinlicher war, sondern, wenn er ehrlich war, auch die einzig wirklich denkbare Alternative.

»Wir müssen gehen«, beharrte Nahrak. »Die Zeit des Wachstums ist schon fast abgeschlossen.«

»Des *was?*«, fragte Esanna entsetzt.

»Es wächst«, sagte der Nahrak nervös. »Wenn es aufhört zu wachsen: Dann *bum*.«

»Dann will ich mir dieses *Bum* doch mal ansehen«, sagte Skar grimmig.

»Nein, nein«, stieß Kama hervor. »Auf keinen Fall. Wir gehen jetzt zum Treffpunkt. Bevor es passiert.«

»Das werden wir sehen«, sagte Skar gedankenverloren. Manchmal war es besser, Fakten zu schaffen, statt sich auf einen Streit einzulassen.

Doch dann glaubte er für einen winzigen Moment eine zielgerichtete Bewegung in dem Geflecht wahrzunehmen. Sein Herz machte einen schmerzhaften Sprung. Irgendetwas bewegte sich dort, etwas Unfassbares und Lauerndes …

Er schob sein *Tschekal* vor, direkt auf die schwarz verklumpten Fäden zu – und ließ die Klinge schnell und präzise vorschnellen.

6

N*ein!*«, schrie der Nahrak und sprang in seinen Waffenarm. Die Bewegung kam so überraschend, dass Skar ganz automatisch reagierte. Er riss seinen Arm blitzschnell an sich heran und stieß ihn dann samt Kama mit aller Kraft von sich. Kama wurde abkatapultiert wie eine Heuschrecke, die die volle Energie in ihre Sprungbeine gelegt hatte. Er flog auf die Wand zu, sauste direkt auf eine der Kiina-Kreaturen zu, die wie alle anderen zu eigenständigem Leben zu erwachen schien, zog noch im Flug die Beine an und riss den Arm nach oben – und doch war seine Reaktion zu langsam. Er konnte nicht verhindern, dass er direkt ins schwarz zuckende Netz prallte und in das, was es einhüllte.

Der Effekt hätte nicht gewaltiger sein können, wenn ein Staubdrache aus vollem Flug in eine Menschengruppe gestürzt wäre. Mit einem Knall, einem Bersten und Krachen wurde die Nische auseinander gesprengt, explodierte das Netz, spritzten dunkle Klumpen und Knotenstellen durch die Höhle, faserten Fäden auf, barst zerquetschte Gewebemasse auseinander. Gleichzeitig verschlang eine fürchterlich saugende Dunkelheit die ohnehin schon gedämpfte, weißgrüne Helligkeit, die zuvor von überall und nirgendwo gekommen war; eine Dunkelheit, die jeden Ton und jedes Licht zu verschlingen schien, je gewaltiger sich die Schockwelle der Explosion ausbreitete, sodass nach dem ersten Donnern eine fast gespenstische Stille einkehrte.

Skar sprang automatisch einen Schritt zurück, riss Esanna mit sich, in den zweifelhaften Schutz seines *Tschekals*, das er in Kampfhaltung vor sich hielt, absolut sicher, dass ein Angriff erfolgen würde, aber genauso ungewiss, aus welcher Richtung er erfolgen würde.

Er brauchte nicht lange zu warten. Es war nicht nur die Nische, in die der bedauernswerte Nahrak gestürzt war, die nun widernatürliches Leben ausspuckte, es waren alle Nischen. Mit abgehackten, bedrohlich wirkenden Bewegungen, die in der nun fast vollkommenen Dunkelheit mehr zu erahnen als zu sehen waren, brach eine Kiina nach der anderen aus ihrem Gefängnis hervor. Skar war nicht überrascht zu sehen, dass sie allesamt auf ihn und Esanna zuhielten.

Hektisch sah er sich nach einer Fluchtmöglichkeit um – sofern das im verbliebenen Restlicht möglich war. Hinter ihm lockte der abgrundtiefe Schlund, als böte er einen Ausweg aus all diesem Wahnsinn, in den er gestolpert war, nachdem er auf so mysteriöse Weise halb tot an Land gespült worden war. Um dieses gigantische Loch herum führte ein relativ schmaler Streifen ins unbekannte Höhleninnere. Wie weit die Reihe der Nischen reichte, wusste er nicht; wenn er Pech hatte, zogen sie sich wie Wachposten komplett um den Schlund herum. Einziger einigermaßen sicherer Fluchtweg blieb der Tunnel zu seiner Rechten, durch den sie die Höhle betreten hatten.

Der Haken an der Sache war, dass er sich dann an den schwarzen Schatten vorbeikämpfen musste (hatte er tatsächlich noch vor wenigen Augenblicken nicht ausgeschlossen, dass eines dieser Monster seine Tochter sein konnte?), die ihn mit plumpen, aber zielstrebigen Bewegungen einzukesseln versuchten, wohl um jede Gelegenheit für einen Ausbruch schon im Ansatz zu ersticken.

So weit wollte es Skar nicht kommen lassen. Er hatte zwar keine Ahnung, von welcher Hilfe Kama gesprochen und wo dieser ominöse Treffpunkt sein sollte, aber er wusste plötzlich mit instinktiver Sicherheit, dass es nicht der Tunnel sein konnte. Ansonsten blieben nur noch zwei Möglichkeiten: links oder rechts am Schlund vorbei, egal, was sich ihnen entgegenstellen wollte.

»Lauf!«, schrie er Esanna zu und versetzte ihr einen Schubs, der sie nach hinten, auf den Schlund zustolpern ließ. Er selbst sprang im selben Moment und keine Sekunde zu früh los: Eines der Monster mit dem schwarzen Schattenriss Kiinas setzte ihm mit einem Fauchen nach und etwas, das wie eine groteske Mischung zwischen einem menschlichen Arm und der Klaue eines zu groß geratenen Käfers aussah, ratschte dicht an ihm vorbei.

Esannas Hand krallte sich schmerzhaft in Skars Arm und

dicht nebeneinander hetzten sie weiter, nur weg von den Kreaturen. Es war zu dunkel, um mehr als ein paar Schritte weit sehen zu können und es war mehr als fraglich, ob er noch rechtzeitig den Rand des Abgrunds sehen würde, bevor sie in ihrem selbstmörderischen Tempo über ihn und in die nahezu unendliche Tiefe stürzen würden. Aber sie hatten keine andere Wahl. Die schwarzen Schatten hetzten von allen Seiten auf sie zu.

Es wurde in doppeltem Sinne ein Wettlauf mit dem Tod. Wenn sie zu langsam waren, würden sie eher früher als später ein Opfer der Monster werden, waren sie aber zu schnell, konnte das den Absturz in den sicheren Tod bedeuten. Obwohl Skar wusste, dass sie eine unbedachte Richtungsänderung in die unmittelbare Nähe des unermesslichen Lochs inmitten des Höhlenbodens bringen konnte, schlug er einen wilden Haken, als eine schwarz glänzende Kiina auf ihn zuzischelte. Sein ausgemergelter, überanstrengter Körper gehorchte ihm trotz der Strapazen der letzten Stunden und der vielen Verletzungen mit erstaunlicher Präzision, und war dennoch einen entscheidenden Sekundenbruchteil zu langsam.

Die Kreatur erwischte ihn an der Brust. Skar fühlte sich hochgehoben und zurückgeschleudert; mit wild rudernden Armen kämpfte er einen Moment um sein Gleichgewicht, da erwischte ihn ein zweiter Schlag und er ging endgültig zu Boden. Obwohl er im Fallen noch versuchte sich zur Seite zu drehen, schaffte er es nicht mehr ganz; er landete mit seinem vollen Gewicht auf Esanna und rammte sie damit geradezu in den Boden.

Dummerweise wurde nicht nur Esanna Opfer seines plumpen Sturzes, sondern auch sein rechter Arm; sein Handgelenk knickte ab und die Klinge seines *Tschekals* schrammte dicht an Esannas Oberschenkel vorbei auf den harten Boden. Wäre sein Schwert nicht aus spezialgehärtetem Sternenstahl, wäre es zweifellos bei dem Aufprall geborsten. Doch auch so nutzte ihm die Waffe nichts mehr; bevor er sich auch nur halb von Esanna und seinem Schwert gerollt hatte, war die Kreatur schon heran. Ein Schlangenschädel beugte sich über ihn, veränderte sich wie eine lebendig gewordene Halluzination eines Wahnsinnigen, halb Kiina und halb Monster, halb Mensch und halb unbegreiflich fließende Bewegung. Esanna stöhnte auf, gleichermaßen aus Benommenheit wie aus Panik, und Skar versuchte sich an einer Sprungtechnik, mit der es jeder halbwegs vernünftig ausgebildete Satai schaffen sollte, blitzschnell aus einer liegenden in eine stehende Position zu wechseln.

Daran gemessen versagte Skar kläglich. Er kam gerade halb hoch, da patschte die Klaue der Kiina-Kreatur auch schon wieder auf seine Brust und schleuderte ihn erneut auf das Mädchen herab. Esanna gab einen röchelnden, erstickten Laut von sich und zuckte einmal auf, um gleich darauf wie erstarrt unter ihm liegen zu bleiben. Skar hatte keine Zeit sich darum zu kümmern.

Als sich das Monster mit einem schmatzenden Geräusch auf ihn stürzen wollte, ließ er das durch den nur halb missglückten Sprung wieder freigekommene *Tschekal* einen präzisen und mit aller Kraft geführten Halbkreis beschreiben, der zu seiner eigenen grenzenlosen Verblüffung das Monster im ersten Ansatz sauber durchtrennte.

Der Torso der Kreatur blieb schwankend über ihm stehen, während der Oberkörper mit dem schlangengleichen Gesicht Kiinas direkt neben Skar auf den Boden krachte. Einen fürchterlichen Augenblick starrte Skar dabei in Kiinas gebrochene Augen, die so täuschend echt aussahen, dass er das Gefühl hatte, ein eiskalter Dolch durchstoße sein Herz. Dann schwappte eine ekelhafte, klebrige Brühe über ihn und der Torso stürzte auf ihn.

Skar zog die Knie an und traf den abscheulichen Unterleib mit einem gewaltigen Tritt im oberen Drittel; seine Hände zitterten dabei so stark, dass er kaum noch das Schwert halten konnte. Bevor der Torso in hohem Bogen davonschleuderte, wurden er und Esanna über und über mit der schwarzen, stinkenden Flüssigkeit besudelt, die zäh wie Blut an ihnen klebte. Obwohl er wusste, dass es Unsinn war, schrie ihm eine innere Stimme zu, dass er soeben sein eigen Fleisch und Blut, seine eigene Tochter umgebracht hatte.

Das nächste Kiina-Monster, das in diesem Moment auf

ihn zustürmte, belehrte ihn eines Besseren. Ein Schlangenschädel beugte sich über ihn, als er sich erheben wollte, und krabbenähnliche Scherenarme pfiffen wütend an seinem Gesicht vorbei. Skar rammte dem Monster über sich den Griff seines *Tschekals* an die Stelle, bei denen bei Menschen der Magen gewesen wäre und das Kiina-Monster torkelte zurück.

Er musste aufpassen, sich durch ihr Aussehen nicht täuschen zu lassen. Als die Kreatur erneut auf ihn zustürmte, empfing er sie mit einer Achterkombination, die ihr in einer kreisenden Bewegung zuerst beide Klauen vom Leib trennte und dann tief die Klinge seines Schwertes in ihren Leib versenkte; merkwürdig und überraschend leicht auch diesmal. Mit einem fast menschlich-erstaunten Gesichtsausdruck taumelte die Kreatur auf ihn zu und riss die Armstümpfe empor, als wollte sie ihn damit angreifen. Der Laut, mit dem sie dann schließlich auf den Boden prallte, ließ ihn innerlich erschauern.

»Weg hier«, schrie jemand und Skar starrte mit weit aufgerissenen Augen und vollkommen fassungslos auf Kama, der mit grotesk großen Sprüngen auf ihn zugestürmt kam. Er hatte den Nahrak für tot gehalten, zerschmettert von der Explosion, den sein Sturz in die Nische ausgelöst hatte.

»Sie werden schon stärker«, brüllte ihm Kama ins Ohr, während er ihn am Arm packte und herumwirbelte.

Skar schüttelte seinen Arm ab und beugte sich zu Esanna herunter. Das Mädchen stöhnte leise und versuchte ihn abzuwehren, als er ihren Oberkörper packte, sie nach oben riss und sie sich ohne viel Federlesens über die Schulter warf. Es war schon zum zweiten Mal, dass er sie auf diese Weise aus einer drohenden Gefahrenzone zu retten versuchte; das erste Mal war im Digger-Dorf gewesen, inmitten des Gemetzels, das die Quorrl unter der Dorfbevölkerung veranstaltet hatten. Im Gegensatz zu dem Kampf gegen diese Monster in dieser vollkommen übersteigerten Höhle – und nur ein paar Schritte entfernt von dem ins unendliche Nichts hinabstürzenden Sog unfassbarer Tiefe – kam ihm der Kampf der Quorrl gegen die Digger allerdings eher wie ein harmloser Spaziergang vor.

Er hatte sich gerade wieder aufgerichtet und wollte Kama hinterherstürzen, als er begriff, was der Nahrak mit *Sie werden stärker* gemeint hatte. Das Monster, das aus der Dunkelheit auf ihn zuraste, war nicht nur schneller; seine Bewegungen wirkten auch deutlich koordinierter als die der beiden Kreaturen, die er mit Leichtigkeit hatte töten können. Ein schwarzer Scherenarm jagte auf ihn zu und er musste sein *Tschekal* blitzschnell hochreißen, um nicht schon im ersten Ansturm schwer getroffen zu werden. Nur mit Mühe konnte er den Schlag auffangen, ohne allerdings seinem Gegner eine ernsthafte Verletzung zufügen zu können. Die Schlagenergie der Kiina-Kreatur stand der eines Quorrl in keiner Weise nach und es gelang ihm nur mit Mühe, mit einem Seitwärtsschritt den größten Teil der tödlichen Wucht wirkungslos verpuffen zu lassen.

Der Schock der Erkenntnis traf ihn erst den Bruchteil einer Sekunde später: *Dieser* schwarze Scherenarm, der sich mit seinem *Tschekal* gekreuzt hatte, musste fast so hart sein wie Sternenstahl; er stocherte, nahezu unverletzt, schon wieder vor seinem Gesicht herum, kaum dass Skar mit einem weiteren Ausfallschritt aus seiner Reichweite hatte entkommen wollen. Die Veränderung der Monster zu schier unbesiegbaren Kampfmaschinen besiegelte seinen und ihrer aller Untergang – wenn er sich nicht ganz schnell etwas einfallen ließ und es vor allem vermied, sich auf einen längeren Kampf mit seinem Angreifer einzulassen. Bis die Kreatur Verstärkung bekam, konnte es nicht mehr lange dauern, und sich gegen mehrere der schwarzen Schattenwesen zu verteidigen würde bedeuten das Ende allerhöchstens noch ein paar Minuten hinauszuschieben, bis er unweigerlich unter einer wütenden Attacke zu Boden gehen würde.

In einer einzigen Drehung explodierte seine gesamte Energie. Sein Fuß sauste wie ein eigenständiges Wesen herum, getrieben von dem absoluten Willen zur Vernichtung, wie ihn außer einem Satai nur wenige Menschen mobilisieren konnten. Mit ungestümer Gewalt traf er den verformten Hals des Monsters.

Skar hatte das Gefühl, gegen puren Fels getreten zu

haben. Und trotzdem hatte der Tritt Erfolg. Das Ungeheuer stieß einen kläglichen Laut aus, torkelte einen halben Schritt an Skar vorbei und fiel dann wimmernd zu Boden. Das Skar zugewandte Profil ähnelte immer noch in erschreckender Weise dem Kiinas; sogar einzelne Haarsträhnen waren noch erkennbar, allerdings liefen sie in grün verklumpten Hautfetzen aus.

Ein eisiger Schauer überlief Skar, als er erkannte, wie sich das Wesen verändert hatte, das er für seine Tochter gehalten hatte. Dicht unter einer merkwürdig eckigen Körperöffnung, die wohl eher ein Maul als ein Mund war, sah er entsetzliche Beißzangen, die aus dem Unterkiefer wucherten. Sie sahen kräftig genug aus, um einem Mann den Oberschenkel durchzubeißen. Als wäre das noch nicht genug, verfügte die Kreatur über ein ganzes Arsenal weiterer widerlicher Auswüchse – von den mit spitzen Widerhaken versehenen Höckern auf seinem Rücken über gewaltige, dornenbewehrte Sprungbeine bis hin zu ein paar Dutzend dolchspitzer Stacheln auf seinen Armen, die vorne zu krabbenähnlichen Scheren ausliefen.

»Schnell!«, schrie Kama und in seiner Stimme schwang eine für ihn ganz ungewohnte Panik mit. »Wenn die Verwandlung abgeschlossen ist, wir sein verloren.«

Skar riss sich von dem morbiden Anblick los. Gerade noch rechtzeitig, denn das Monster rappelte sich schon wieder auf. Eine sichelförmige Klaue hackte nach Skars Bein, dann war er schon an ihm vorbei und jagte, Esanna eng an sich geklammert, dem Nahrak hinterher.

»Hier lang«, keuchte Kama, ohne sich umzusehen.

Skar hatte Mühe ihm zu folgen; der Nahrak gab ein unglaubliches Tempo vor und Skar war noch immer zu angeschlagen, um längere Zeit die geheimen Kraftreserven zu mobilisieren, über die jeder Mensch verfügte, die aber die wenigsten bewusst zu nutzen verstanden. Er hoffte nur, dass Kama wusste, was er tat, denn er selber hatte mittlerweile vollkommen die Orientierung verloren.

Die Kiina-Kreaturen schienen sie für den Moment abgehängt zu haben, doch es bestand kein Grund sich bereits in Sicherheit zu wähnen. Etwas Großes, Glitzerndes bewegte sich in dem verschwommenen Halbdunkel vor ihnen, ein heller, schleifender Laut war zu hören und plötzlich schien die Höhle selbst zu erwachen und sich mit tausendfach krabbelnden und wimmelnden Bewegungen über sie hermachen zu wollen. In Skar flammte die noch frische und schmerzende Erinnerung an die Höhle auf, die zusammengekracht war, nachdem die Wände selbst lebendig geworden waren und er fragte sich verzweifelt, ob denn dieser Wahnsinn nie ein Ende haben würde.

Im Moment zumindest nicht. Was oder wer auch immer ihre Angreifer koordinierte, schien sich jetzt wieder vollkommen auf sie eingeschossen zu haben. Noch waren es eher kleinere Wesen, die auf sie zuhielten, abscheuliche Gliedmaßen ausformten und Schlangenarme mit dünnen, nadelscharf auslaufenden Horndolchen nach ihnen ausstreckten. Es war ein Zittern und Beben in diesen Kreaturen, als seien sie dabei, sich zu sammeln, und ihre Angriffe wirkten eher zufällig und keineswegs so zielgerichtet wie die der *Khtaám*, die sie in der oberen Höhle überrascht hatten. Dennoch fiel es Skar bereits schwer, sich der vielfältigen Attacken der Nachtmahre zu erwehren, die mit ihren stachel- und zackenbewehrten Auswüchsen und Gliedmaßen nach ihm hackten, wann immer er in ihre Nähe kam, und er ahnte, dass sie ihre Offensive nur deshalb nicht mit aller Entschlossenheit vorantrieben, weil sie sich ihrer Opfer absolut sicher wähnten.

Wie von einer unsichtbaren Hand nach vorne geschoben, wogte eine Flut undefinierbarer Kreaturen auf die Stelle zu, auf die sie gerade zuhielten, und Skar fragte sich besorgt, ob der Nahrak wirklich wusste, was er tat. Zu allem Überfluss blieb Kama auch noch in genau diesem Moment stehen. »Da ist er«, schrie er, während er sich zu Skar umdrehte, der ihn fast in vollem Lauf niedergerannt hätte. »Wir müssen nur noch kurz durchhalten.«

Das war leichter gesagt als getan – Skars Stiefel fegten in schneller Folge dutzende der hartnäckigen Angreifer weg, ohne dass der flutartige Angriff auch nur eine Sekunde abebbte – und außerdem hatte er überhaupt keine Ahnung, wen oder was Kama meinte. Aber dann begriff er es.

Es war eine unglaubliche Szene. Ein dumpfes Grollen erklang vor ihnen, das aus der Tiefe des Berges zu kommen schien und einen fürchterlichen Augenblick lang fürchtete Skar, dass sich der Boden vor ihnen auftun würde, um hunderte der *Khtaám*-Larven auszuspucken. Doch dann erkannte er seinen Irrtum; das Grollen kam nicht von unten, sondern von *oben*. Etwas Monströses bewegte sich dort mit gigantischem Schwingenschlag auf sie zu, etwas, was Skar gleichzeitig vollkommen unbekannt vorkam und gleichermaßen vertraut erschien. Es konnte doch nicht sein …

Er kam nicht dazu, den Gedanken weiterzuverfolgen.

»Vorsicht!«, schrie Esanna, die sich eng um seinen Oberkörper gewunden hatte, bei Bewusstsein zwar, aber offensichtlich nicht willens, hinab in die krabbelnde Flut zu springen. Immerhin verfügte Skar durch sie über das zweite Augenpaar, das er sich schon so oft im Kampf gewünscht hatte – und gerade jetzt war das von unschätzbarem Vorteil.

Er wirbelte herum. Nicht weit entfernt zeichneten sich die im Halbdunkel kaum erkennbaren Schemen der Kreaturen ab, die inzwischen kaum mehr Ähnlichkeiten mit einem Menschen hatten und ihn dennoch vor kurzem mit ihrer täuschend echten Imitation Kiinas genarrt hatten. Sie glitten langsam näher, fast lautlos, und als Skar über den Absatz einmal um seine eigene Achse glitt, erkannte er, dass sie einen nahezu perfekten Kreis bildeten, der sich rasch enger zog.

Es war eine Situation wie aus einem strategischen Lehrbuch. Wenn er noch eine Chance hatte, dann nur die eines sofortigen Ausbruchversuchs, in den er seine ganze Energie steckte.

Doch dazu kam es nicht mehr.

Ein greller Blitz schoss ihm entgegen, glitt so dicht über ihn hinweg, dass er die Feuersäule in seinem Rücken spüren konnte. Zwei, drei Monster hinter ihm verwandelten sich in grelle Fackeln; ihr schrilles Kreischen übertönte ein paar Herzschläge lang jedes andere Geräusch und hätte Skar einen Schauder über den Rücken gejagt, wenn er nicht immer noch gleichermaßen fasziniert wie kampfbereit dem Biest entgegengeblickt hätte, das dort auf sie herabschoss.

Es war ein Anblick, der ihm in einer anderen Situation das Blut in den Adern hätte gefrieren lassen. Aus der alles verschlingenden Dunkelheit schob sich der hellere Schatten eines Drachens hervor, absurd groß und mit einer solch gewaltigen Spannweite, dass er wohl in jeder anderen als dieser überdimensionierten Höhle nahezu manövrierunfähig gewesen wäre. Zuerst glaubte Skar eine *Daktyle* auf sich zufliegen zu sehen, auf der eine mit einer Scannerwaffe ausgerüstete *Errish* hockte. Aber er braucht nicht lange, um seinen Irrtum zu bemerken. Es war keine *Daktyle* und es war auch keine Reiterin auf dem fliegenden Ungeheuer zu sehen.

Für ein paar Sekunden schien die Zeit stehen zu bleiben.

Skar hatte sich nur selten Gedanken um die Panzerechsen gemacht, die auf Enwor beheimatet waren, und lange Zeit hatte er geglaubt, die Drachen der mächtigen *Errish* wären die einzigen Geschöpfe dieser Art in den Grenzen seiner Welt. Später erst hatte er erfahren, dass es neben den *Daktylen* noch andere Echsen gab, nämlich die *Tyrr*, die als einfache Flugtiere Verwendung fanden, während die *Daktylen* eine tiefe Symbiose mit ihren Reiterinnen eingingen. Diese *Drachen* waren auf unverständliche Art und Weise mehr als nur Tiere gewesen, in tiefer Verbundenheit für ein Leben lang verschmolzen mit ihrer Reiterin, auf geradezu selbstvergessene Art an ihre *Errish* gebunden und doch gleichzeitig so stolz und unbeugsam wie kaum ein anderes Wesen auf Enwor. »Einen Drachen kannst du nicht beherrschen«, hatte ihm einst eine *Errish* erklärt, »du musst seine Freundschaft gewinnen oder er wird dich töten.«

Der *Frarr*, der auf ihn zugesaust kam, den er bislang lediglich auf einem Gemälde in Besh-Ikne gesehen hatte, ohne zu ahnen, dass es dieses abscheuliche Geschöpf wirklich gab, war nichts von alledem. Dieser hässliche, mörderische Drache hatte nichts mit den mächtigen Riesenechsen gemein, die vor langer Zeit den *Errish* gedient hatten, und er ähnelte auch nicht den *Tyrr*. Er war nicht stolz, sondern höchstens verschlagen, und das heimtückische Funkeln in seinen Augen versprach nicht Freundschaft, sondern Tod.

Doch das alles war Skar im Augenblick egal. Es ging einzig und allein darum, hier rauszukommen. Möglicherweise bot dieser mörderische Koloss dazu eine einmalige Chance – denn wen sonst hätte Kama als *Hilfe* bezeichnen können? – und wenn der *Frarr* in diese Höhle hereingekommen war, würde er auch wieder herauskommen. Die Frage war nur, wie Esanna, Kama und er auf seinen Rücken kommen würden; ihre Angreifer schienen jedenfalls nicht willens das zuzulassen.

Bevor er irgendetwas unternehmen konnte, tat der *Frarr* das, was Skar befürchtet hatte: Er setzte zur Landung an. Seine mächtigen Schwingen wischten ein paar ihrer Angreifer zur Seite, die so unvorsichtig gewesen war, nicht rechtzeitig zur Seite zu springen. Wenn er weiter mit so mörderischer Geschwindigkeit auf den Boden zuhielt, würde er nicht nur die *Khtaám* erwischen, sondern auch sie selbst; allen voran Kama, der dem Drachen entgegensprang, irgendetwas in der Hand haltend, das ein schwaches, irisierendes Licht ausstrahlte.

Ungeachtet des Sturzflugs des Drachens explodierte der Bereich um sie herum plötzlich vor hektischer Aktivität und Angriffslust. Wenn Skar jemals begriffen hatte, dass es nicht viele *Khtaám* gab, sondern nur einen *Khtaám* mit vielen Erscheinungsformen, dann in diesem Moment. Das unbegreifliche Wesen hatte erfasst, was der Drache wollte, und es wehrte sich auf die ihm eigene Weise, indem es alles in die Schlacht schmiss, was ihm zur Verfügung stand.

Von einer Sekunde auf die andere fühlte sich Skar von dutzenden kleiner Monster bedrängt, die dem Alptraum eines unter einer Rattenphobie leidenden Menschen entsprungen zu sein schienen. Während aber auch die aggressivsten Ratten im Vergleich zu den *Khtaám*-Manifestationen wie harmlose Schoßtierchen wirkten, glichen diese mit Krallen, Stacheln, dornenbewehrten Sprungbeinen und winzigen, aber mörderischen Reißzähnen ausgestatteten Angreifer wahren Ausgeburten der Höhle.

Als sich die ersten dieser Viecher in seine nackten Beine verbeißen wollten, federte Skar mit einem Riesensatz nach oben, drehte sich einmal um die eigene Achse, erschlug mit dem *Tschekal* eines der kleinen Monster, das sich in seiner

Wade verkrallt hatte, und kam dann zwei, drei Schritte hinter der Angriffswelle wieder auf dem Boden auf.

Es war sinnlos. Statt einer Flut kleinerer Monster sah er sich jetzt mehreren Kreaturen gegenüber, die die Nischen ausgespien hatten; mit Kiina hatten sie mittlerweile keine Ähnlichkeit mehr. Esanna, die sich nach wie vor an seinen Rücken klammerte, fing wild an zu strampeln und schrie irgendetwas, aber Skar konnte sich nicht um sie kümmern – obwohl er den Grund ihrer Panik ahnte; wahrscheinlich hatte auch sie eine Klette in Form einer wahren Scheußlichkeit von *Khtaám* an ihren Beinen hängen.

Als die beiden ersten Monster mit ihren vorgestreckten, krabbenähnlichen Klauen auf ihn zurasten, getrieben von ihren gewaltigen, dornenbewehrten Sprungbeinen, versuchte Skar nicht auszuweichen, sondern glitt stattdessen in den elastischen *Falarn-Stand*, der es ihm ermöglichte, fast die gesamte Energie eines Angreifers aufzunehmen und auf ihn zurückzulenken. Der erste Klauenarm sauste auf ihn zu und Skar ließ ihn ohne Widerstand seine Bahn verfolgen. Er gestattete es ihm sogar, seinen Harnisch leicht zu touchieren, bevor er sich seitlich und rückwärts drehte und der Kreatur mit einem mit voller Wucht geführten Schlag seines *Tschekals* in den Rücken dazu verhalf, wie von einem Katapult fortgerissen in eine Gruppe seiner Artgenossen zu sausen. Diese von der lebenden Bombe getroffenen Monster, die rücklings versucht hatten Skar einzukreisen, purzelten nun wie ein Haufen überraschter Schulkinder durcheinander.

Skar blieb keine Zeit sich seines Erfolgs zu erfreuen. Der zweite Angreifer war im letzten Moment seinem Ausweichmanöver gefolgt und schien nicht bereit zu sein, auf die gleiche Finte wie sein Artgenosse hereinzufallen. Er bediente sich einer genauso brutalen wie einfachen Taktik: Er wollte Skar schlicht und einfach überrennen. So nah wie er heran war und dank seiner hohen Geschwindigkeit konnte das aus seiner Sicht eigentlich kein Problem sein. Doch Skar wäre nicht er selbst gewesen, wenn er es dabei belassen hätte.

Mit Esanna auf dem Rücken konnte er weder unter dem

Angreifer durchtauchen noch ihn überspringen; für einen Seitwärtsschritt war es aber bereits zu spät. Also sprang Skar nach hinten, packte Esanna mit der linken Hand und riss sie wie eine Puppe hoch. Mit einer gewaltigen Bewegung schleuderte er sie genau in dem Moment der Kreatur entgegen, als sie auch schon heran war, riss den Kopf nach hinten, sodass sich sein Oberkörper durchbeugte, weg von den gefährlichen Scheren, und ließ sich nach unten plumpsen.

Ein untrainierter Mann wäre zweifelsohne mit dem Hinterkopf auf dem harten Felsen aufgeschlagen und hätte sich zudem den Rücken verstaucht. Skar dagegen verspürte nichts weiter als einen harten Ruck, dem er durch eine elastische Ausweichbewegung die vernichtende Wucht nahm. Dann war die Kreatur auch schon über ihm und die mit spitzen Widerhaken versehenen Beinsicheln der Kreatur schrammten an seiner Wange vorbei.

Hinter ihm raste der verdutzte Angreifer in seine Artgenossen, die sich gerade wieder aufgerappelt hatten, und riss sie erneut zu Boden. Auch Skar war nicht gerade glücklich dran: Esanna, die er hochgeschleudert hatte und deren Flugbahn durch eine unsanfte, wenn auch nicht allzu heftige Begegnung mit einer der Scheren des Angreifers abgelenkt worden war, sauste mit voller Wucht auf ihn hinab und rammte ihn in den Boden.

Skar wurde die Luft aus den Lungen gepresst und vor seinen Augen begannen graue Schatten zu treiben. Er versuchte sie wegzublinzeln, aber es wurde nur noch schlimmer. Die auf ihm liegende Esanna schien vor ihm zu verschwimmen und der ganze sichtbare Bereich der Höhle begann sich um ihn zu drehen, als würde er plötzlich nicht mehr den normalen Naturgesetzen gehorchen. Dumpfe Übelkeit stieg aus seinem Magen empor und seine Arme und Beine fühlten sich mit einem Mal taub und schwer an.

Dabei durfte er sich gerade jetzt keine Schwäche leisten: Die nächste Welle der kleineren *Khtaám*-Monster wimmelte bereits heran und würde ihn und Esanna bei lebendigem Leib zerstückeln, wenn er nicht sofort etwas zu ihrer Rettung unternahm.

Doch dann passierte das, was er die ganze Zeit über gehofft hatte, ohne die geringste Chance zur Realisierung zu sehen: Ein anderer nahm ihm den Kampf gegen die Monster ab. Es war der mittlerweile gelandete *Frarr*, der sich auf seine ganz eigene Art in den Kampf mischte. Eine gigantische Feuerwalze schlug den schwarzen Nachtmahren entgegen und brannte sich in ihre Leiber ein. Die Luft war schlagartig erfüllt von einem unbeschreiblichen Gestank nach verbrannter Körpersubstanz und verschmorten Weichteilen, einer Ausdünstung des Todes, seltsam süßlich und herb zugleich, aber dabei so penetrant, dass sie jeden Atemzug zur Qual werden ließ. Das Verblüffendste aber war: Wie Feuerfackeln fingen selbst jene Kreaturen sofort an zu brennen, die die Flammen nicht voll getroffen, sondern nur gestreift hatten; so als hätte sie der Odem der Höhle entflammt. Die Dunkelheit wurde durchbrochen von diesen lebendigen Fackeln, ein zerrissenes, gespenstisches Licht, das sich in den Weiten der Höhle verlor, aber gleichzeitig mit erschreckender Deutlichkeit erkennen ließ, wie viele Monster der *Khtaám* aufgeboten hatte, um sie zu vernichten; so weit das Auge reichte, brandete die Woge der Kreaturen heran, unterschiedliche Formen und Gestalten, von denen sich einige überraschend schnell und andere erstaunlich langsam bewegten.

Ein leichter Schwenk des Drachenkopfes schob eine wabernde Feuerwand und gleißende Hitze genau in seine und Esannas Richtung und ließ Skar ganz schnell vergessen, wie schwach und übel er sich gerade noch gefühlt hatte; er hatte das Gefühl, bei lebendigem Leibe gegrillt zu werden und die tosende Hitze durchbrach den Schutzpanzer der ansonsten in diesem verdammten Höhlensystem herrschenden Kälte, um ihn innerhalb weniger Sekunden auszudörren.

Das war, endlich, das Signal für Esanna, sich so schnell wie möglich hochzustemmen – nein, schon eher *hochzuschießen* –, und damit war auch Skar endlich in der Lage sich aufzurappeln, wenn auch zuerst nur auf alle viere, und sich vor dem Flammenmeer zu retten, das sich jetzt bereits von selber ausbreitete, wütende Nahrung in den Nachtmahren fand, die ihm offensichtlich nicht den geringsten Widerstand entgegensetzen konnten. Es kroch, krabbelte und quirlte, nur weg, raus aus der Gefahrenzone; wie eine durchgehende Pferdeherde jagten die größeren Kreaturen über die kleineren *Khtaám*-Erscheinungen hinweg, offenbar getrieben von unendlicher Panik, nur weg, weg, weg vom Schauplatz des Entsetzens …

Und damit auch von Skar, Esanna und dem Nahrak.

Während sich Skar fassungslos aufrichtete, auf das Schauspiel starrte und ein paar Schritte zurückstolperte, jagten sich seine Gedanken. Wenn er das gewusst hätte … wenn er nur geahnt hätte, mit welcher Panik die *Khtaám* auf Feuer reagierten … aber jetzt begriff er auch, warum sie ihn so umständlich vom Feuerplatz weggelockt hatten, statt ihn und Esanna gleich an Ort und Stelle zu überfallen.

Der Drache spuckte den fliehenden Monstern eine letzte Feuerwalze hinterher, die wie eine sengende Verdammnis über sie hinwegglitt und rauchende, vor Hitze knackende Vernichtung über sie brachte; es sah aus, als wäre der Zorn wütender Götter über die *Khtaám* und die ganze Höhle gekommen, um sie für ihr verdammenswertes Treiben abzustrafen. Die Kreaturen stießen schrille, unmenschliche Laute aus bei dem Versuch, noch in letzter Sekunde der drohenden Vernichtung zu entkommen, doch etliche von ihnen schafften es nicht mehr, wurden zu flammenden, Hitze abstrahlenden Säulen. Die Luft war voll beißenden Rauchs und schmeckte nach Feuer, und der lodernde Feuerschein erhellte die gigantische Kuppel der Höhle, brach und reflektierte sich in dunklem, wie poliert wirkendem Gestein in Schwindel erregender Höhe; ein unvorstellbarer Lärm, Schreie, das Krachen berstender Kreaturen, das Prasseln von Feuer, das die kleineren *Khtaám* ergriffen hatte und über sie hinwegwogte und ein schrilles, in den Ohren schmerzendes Heulen und Kreischen riss an ihren Nerven …

Nachdem der *Frarr* sein Vernichtungswerk beendet hatte, schnappte das gigantische Maul mit ein paar fürchterlichen Beißbewegungen in Skars und Esannas Richtung und ein tiefes Grollen entrang sich seiner Brust. Es war ein Anblick, der einem weniger beherzten Mann als Skar das Blut in den Adern hätte gefrieren lassen. Das riesige, mit rasiermesserscharfen Alligatorzähnen bewehrte Echsenmaul war groß genug, um einen Mann mit einem einzigen Biss zu zerteilen. Die Bestie war grün, von einem so kranken, widerwärtigen Grün, wie er es nie zuvor gesehen hatte, und ihr Rumpf erinnerte bei genauerem Hinsehen an einen ins Groteske vergrößerten Leib einer Riesenschlange, der zu allem Überfluss auch noch mit einem zackenbewehrten Wulst ausgestattet war.

Skar starrte wie gebannt auf das Wesen, sich nur zu bewusst, dass die nächsten Sekunden darüber entscheiden würden, ob der Drache auch sie angreifen würde oder nicht. Die Bösartigkeit und Erbarmungslosigkeit dieser Riesenechse war beinahe körperlich spürbar. Das ganze Wesen wirkte irgendwie missgestaltet, zumindest im Vergleich zu einer *Daktyle*. Sein langer, lanzenförmiger Schwanz diente offenbar dazu, seinen Flug zu steuern und gleichzeitig sein Gleichgewicht auszubalancieren, war aber darüber hinaus auch eine fürchterliche Waffe, die sicherlich mühelos eine ganze Menschengruppe beiseite wischen konnte. Seine Füße waren groß und fünfzehig wie die von Menschen, doch wirkten sie eher wie Klauen, die reißen und zerstören wollten. Am grässlichsten jedoch war der Schädel mit seiner höhnischen Mundpartie, den gefährlichen Reißzähnen und dem arglistigen Blick aus dunkel schimmernden Echsenaugen.

Skar konnte nicht gerade behaupten, dass es ihn beruhigte, einen solchen Kampfgefährten zu haben. Er warf einen besorgten Blick zu Kama herüber, der immer noch mit diesem merkwürdigen Teil in seiner Hand hantierte, dessen schwacher Lichtschein allerdings nicht mehr zu sehen war – wahrscheinlich ganz einfach deshalb, weil er in der tobenden Feuersbrunst verendender Kreaturen unterging.

Kama erwiderte seinen Blick und machte dann mit dem Kopf eine Bewegung, die wohl bedeuten sollte, dass er und Esanna zu ihm herüberkommen sollten. Skar legte seine Hand auf die Schulter des Mädchens, das ganz selbstverständlich zu ihm gerannt war und sich nun schluchzend an ihn presste. Er spürte das Zittern und Beben ihres Körpers und er konnte sie nur zu gut verstehen. Was in den letzten Stunden passiert war, hätte selbst dann an Aufregung für ein ganzes Leben gereicht, wenn ihnen jetzt die Konfrontation mit dem Drachen erspart geblieben wäre.

»Das ist … grauenvoll«, stieß Esanna so leise hervor, dass er sie kaum verstand.

Skar nickte, unsicher ob er etwas sagen oder tun konnte, was sie beruhigte. Es war ein merkwürdiges Gefühl, sie so im Arm zu halten, fast tröstlich angesichts des unglaublichen Chaos um sie herum und doch gleichzeitig seltsam unwirklich angesichts der Lebensgefahr, in der sie sich nach wie vor befanden.

»Los!«, rief Kama besorgt zu ihnen herüber, während er langsam und vorsichtig auf den gigantischen *Frarr* zuging, ohne das Teil in seinen Händen auch nur eine Sekunde aus den Augen zu lassen. »Bevor die sich was Neues ausdenken!«

Skar löste sich so behutsam wie möglich von Esanna und schob mit seinem Stiefel den Überrest eines brennenden *Khtaám* zur Seite. »Komm jetzt«, sagte er, während seine Augen wachsam über die vielfachen lodernden Brände in der Höhle glitten. »Wir müssen gehen.«

Esanna schüttelte entsetzt den Kopf und warf einen verzweifelten Blick auf das gigantische Untier, das ihre gemeinsamen Feinde vertrieben hatte – zumindest für den Moment. »Ich … du … du willst doch nicht … mit diesem *Ding* …«

Die heimtückischen Augen des *Frarr* schienen sich in die seinen festzubrennen und Skar fragte sich besorgt, ob er vielleicht verstand, was hier vorging. Aber das war eine müßige Frage. Er war sich sogar ganz sicher, dass dieser Feuer speiende Drache sehr genau über das im Bild war, was geschah, wenn auch vielleicht nicht auf der bewussten Ebene eines Menschen. Und er war sich auch sicher, dass diese monströse Flugechse alles andere als begeistert von seiner Rolle als Rettungsengel war; dass sie überhaupt gekommen war, konnte nichts mit ihren natürlichen Impulsen zu tun haben, sondern nur mit einem speziellen Lockruf, der wahrscheinlich auf das Ding zurückzuführen war, das Kama nach wie vor in den Händen hielt.

So fahrig, wie sich der Nahrak verhielt, schien er sich allerdings selber nicht ganz sicher zu sein, ob er den *Frarr* wirklich noch lange kontrollieren konnte.

»Es ist unsere einzige Chance«, versuchte Skar das aufgeregte Mädchen zu beruhigen. »Wir werden jetzt da rübergehen und genau das tun, was Kama von uns verlangt. Er weiß, was er tut.«

»Dieses … dieses Vieh auch«, stotterte Esanna. »Es hasst uns. Ich kann es spüren.«

»Der *Frarr* hat uns gerettet«, stellte Skar fest. »Und selbst wenn er uns nicht mag: Er hat uns geholfen und wird es auch weiter tun – wenn wir ihn nur lassen.«

»Der will uns doch gar nicht helfen«, sagte Esanna verzweifelt. »Der will doch etwas ganz anderes.«

»Vielleicht ist er nicht ganz freiwillig hier«, korrigierte sie Skar. »Aber das macht keinen Unterschied …«

»Los jetzt«, unterbrach ihn Kama. »Ich weiß nicht, wie lange ich ihn hier noch kontrollieren können. Diese Höhle … zu gefährlich.«

Skar stöhnte. Es fehlte ihm noch, dass der Nahrak das sowieso schon vollkommen überforderte und panische Mädchen zusätzlich verängstigte. »Wenn du nicht freiwillig mitkommst, werde ich dich rübertragen«, sagte er mühsam beherrscht. »Aber vielleicht schaffst du es ja auch alleine – diesmal.«

Esanna warf ihm einen so verzweifelten Blick zu, dass Skar in diesem Moment alles getan hätte, um sie zu beruhigen. Oder besser gesagt: fast alles oder zumindest das, was er auch für Kiina zu tun bereit gewesen wäre in dieser gleichzeitig abstrusen und bedrohlichen Situation. Wider die Vernunft zu handeln konnte er sich allerdings nicht leisten, und das musste auch das bockige Mädchen einsehen.

»Jetzt los!« Kama wirkte so aufgeregt, wie ihn Skar noch nie erlebt hatte. »Das Opfer darf nicht umsonst sein.«

Skar hatte keine Ahnung, von welchem Opfer der Nahrak sprach. Aber in der Sache als solcher konnte er ihm nur zustimmen. Er packte Esannas Arm, eindeutig grob diesmal, und zerrte sie mit.

»Lass mich los, du Idiot!«, schrie Esanna und kratzte ihm mit scharfen Fingernägeln blutige Striemen auf den Handrücken.

»Nicht den *Frarr* anschreien«, sagte Kama besorgt. »Er sein nervös.«

»Das ist Esanna auch«, knurrte Skar, während er gleichzeitig Esannas Hand packte und recht unsanft zusammendrückte, um sie von weiteren Kratzattacken abzubringen. »Und wenn ich ehrlich bin: ich auch.«

Sie waren jetzt bei Kama angekommen, nur zwei Schritte von einem der mächtigen Säulenbeine der Flugechse entfernt; kein unbedingt beruhigender Anblick. Das einzig Positive war, dass sie sich jetzt nicht im Sichtfeld der gereizten Echse befanden.

»Wir müssen aufsteigen«, sagte Kama.

»Oh nein!«, kreischte Esanna. »Das kommt doch gar nicht infrage! Und überhaupt – wie sollte ich denn da hochkommen?«

Der *Frarr* stieß einen tiefen, knurrenden Laut aus, so als hätte er das Gespräch bislang aufmerksam verfolgt und sei die lächerlichen Einwände dieser winzigen Menschlinge nun leid.

»Hier, hier«, stieß Kama aufgeregt hervor und ruckelte an etwas, das Skar erst durch diese Bewegung als eine schmale grüne Strickleiter erkannte, die fast bis auf den Boden reichte. »Ich haben schon alles vorbereitet.« Er schluckte krampfhaft. »Ich gehen als Erster. Du dann kommen mit dem Mädchen nach. Klar, Skar?«

»Klar, Kama«, sagte Skar wenig überzeugt.

In diesem Moment bemerkte er aus den Augenwinkeln ein Aufbäumen, einen Flammenwirbel, der aus einem der brennenden Müllhaufen der *Khtaám* auf sie zuschoss. Es waren fast nur Flammen erkennbar, aber in ihrer Mitte war etwas, etwas Schwarzes, Dunkles, absolut Bösartiges, das keinesfalls gewillt zu sein schien, ihre Flucht mithilfe des Drachen zuzulassen. Skar blieb kein einziger Augenblick, um sich die Frage zu beantworten, wie überhaupt irgendetwas in dieser brennenden Fackel zu existieren vermochte. Ihm blieb gerade noch Zeit, sein *Tschekal* mit einer schnellen, aber schlecht gezielten Bewegung nach oben zu bringen und sich dem Monster entgegenzustellen.

Eine Atem raubende Hitzewelle schlug ihm entgegen. Es war nichts Lebendiges, was ihm da entgegenschoss, jedenfalls nicht in herkömmlichem Sinne; es war eine von Vernichtungswillen beseelte Kreatur, zu nichts anderem geschaffen, als zu töten und auszulöschen, und vielleicht war sie sogar erst in diesem einen Moment ins Leben gerufen worden, von dem *Khtaám*, der von der Feuerwalze zurückgeschlagen aber keinesfalls ernsthaft getroffen worden war.

Im allerletzten Augenblick änderte Skar seine Strategie. Er hatte vorgehabt sich dem Monster entgegenzuwerfen, doch das war Wahnsinn angesichts der brutalen Gewalt der Kreatur, die über ihn hinwegfegen würde wie eine Flutwelle über einen ungesicherten Küstenstrich. Mit einem Aufschrei stieß sich Skar ab und sprang hoch, mehr als zwei Mannslängen, wirbelte mit einer Rolle über die lebendige Feuersbrunst hinweg und kam hinter ihr wieder auf die Füße.

Die lodernde Kreatur hielt auf Esanna zu und einen fürchterlichen Sekundenbruchteil lang sah Skar sie schon unter dem Flammenwirbel verschwinden; doch dann änderte die brennende Ausgeburt ihre Richtung, so mühelos und schnell wie ein Vogel, der aus einem Sturzflug heraus wieder hochzieht. Offenbar wollte der *Khtaám* erst ihn vernichten, bevor er sich Esanna und den Nahrak vornahm.

Plötzlich packte Skar eine rasende, fast unbezwingbare Wut. Nach all der Gewalt und dem Leiden, nach allem, was Esanna mitgemacht hatte, ohne zusammenzubrechen wie die meisten Menschen, die noch nie mit einem unfassbaren Schrecken konfrontiert gewesen waren, nach allen Anstrengungen, die Kama und seine Nahrak unternommen hatten, um ihn hier rauszuhauen, durfte doch nicht alles umsonst gewesen sein. In diesem Moment war sich Skar ganz sicher, dass das alles nur geschah, um ihn davon abzuhalten, sich in den Konflikt zwischen Satai und Quorrl einzumischen – aber doch waren seine Gedanken fast ausschließlich bei Esanna und nicht bei den tausenden von Menschen und geschuppten Reptilienwesen, die einem sinnlosen Gemetzel zum Opfer fallen würden, wenn er versagte.

Der Sternenstahl in seinen Händen schien zu eigenem Leben zu erwachen, und als er das *Tschekal* mit aller seiner Kraft, unter Einsatz aller Energiereserven dem nun wieder auf ihn zustürmenden Flammenwirbel entgegenschleuderte, legte er seinen ganzen Hass, seinen ganzen Vernichtungswillen, seinen Wunsch zu *töten, töten, töten* in diese eine Bewegung …

Das Monster kreischte auf und versuchte in letzter Sekunde dem schwirrenden Sternenstahl auszuweichen – aber dafür war es zu langsam. Das spezialgehärtete Material fraß sich durch die Flammen, bohrte sich in das unbegreifliche Etwas, das sich dahinter verbarg, durchschlug, durch seine verrückt hohe Geschwindigkeit getrieben, gnadenlos die unfassbare Art der Panzerung der Kreatur und trat auf der anderen Seite mit fast unverminderter Wucht wieder aus.

Ein Zittern ging durch das Wesen, der Aufschrei einer gequälten Kreatur zerriss die Luft; etwas streckte sich Skar entgegen, keine Arme, Hände oder Klauen, sondern irgendetwas anderes; und dann brachen die Wirbel in sich zusammen, erloschen die Flammen wie durch Sauerstoffentzug erstickt – und das Wesen stürzte mit einer grotesk langsamen Bewegung in sich zusammen.

Aber der Kampf war noch nicht vorüber. Das Monster stürzte zwar und blieb auch einen Moment wie benommen liegen, aber dann sah er inmitten der schwirrenden Wirbel einen monströsen, missgestalteten Schatten, der rasend schnell seine Form zu ändern schien, von einem fließenden zu einem äußerst kompakten Umriss wurde; inmitten kalten, grünen Feuers verwandelte es sich in etwas, das nichts glich, was er je zuvor gesehen hatte, nichts, was ein menschlicher Geist je ersinnen könnte, und sei er noch so krank. Das unglaubliche Bündel von Gliedmaßen und tödlichen Klauen und etwas ständig Fließendem, Waberndem war mit schier unglaublicher Geschwindigkeit wieder auf den Beinen und griff an.

Aber diesmal galt die Attacke des Unfassbaren nicht Skar oder Esanna, sondern Kama, den es als seinen wichtigsten – und vielleicht einzigen ernst zu nehmenden – Gegner erkannt zu haben schien. Denn er lenkte den Drachen und ohne ihn würde die Flugechse wieder zu dem werden, was sie war: ein primitives, mordlüsternes Wesen, das sich eher gegen sie wenden würde, statt ihnen zu helfen.

Dem substanzlosen, wabernden und doch gleichzeitig mörderisch kraftstrotzenden Etwas hatte Skar nichts mehr entgegenzusetzen. Er packte dennoch sein *Tschekal* mit festem Griff und sprang nach vorne, um Kama zu schützen, mitten hinein in die Bewegung eines Gegners, der ständig vor ihm zu verschwimmen schien und doch so real war, dass alles in ihm aufschrie voller Entsetzen; ein riesiges, pupillenloses Auge schien ihn voll abgrundtiefer Bosheit anzustarren und er spürte einen Hass, der so alt wie Enwor war, einen unauslöschlichen, mörderischen Hass auf alles, was sich ihm entgegenstellte.

Ein dünner, grellroter Blitz zuckte aus der Mitte dieses Auges hervor und gleichzeitig fühlte sich Skar zurückgeschleudert wie vom Prankenhieb eines Bären. Etwas Blitzschnelles, Gigantisches zuckte an ihm vorbei und er wartete auf den alles vernichtenden Schlag, der ihn endgültig zu Boden schmettern würde, um sein Bewusstsein für immer und alle Zeiten auszulöschen, und danach Kama und Esanna …

Es kam nicht dazu. Es war nicht das unfassbare Wesen gewesen, dessen schnelle Bewegung er gesehen hatte, sondern die des *Frarr*, der während des Angriffs erstaunlich ruhig geblieben war, jetzt aber gezielt seinen gefährlichen Peitschenschwanz hatte vorschnellen lassen. Mit unglaublicher Wucht und Präzision sauste der Schwanz so nah an Skar vorbei, dass er von dem begleitenden Luftwirbel zur Seite gedrückt wurde und um sein Gleichgewicht kämpfen musste; dann hatte er sein Ziel gefunden. Mit mörderischer Gewalt riss er die angreifende Kreatur von den Füßen und zerschmetterte sie mit einer so beiläufigen Bewegung, wie Menschen Ungeziefer zerquetschten. Das unbegreifliche Etwas wurde auseinander gerissen und zerstob in einer abscheulichen Wolke unbeschreiblicher, giftig schwarzer, ätzender Flüssigkeit, und dann war plötzlich alles voller Rauch und Flammen und Hitze an der Stelle, an der es einen

Sekundenbruchteil zuvor noch zu einem alles vernichtenden Schlag ausgeholt hatte.

Der *Frarr* ließ seinen Schwanz sofort wieder zurückschnellen, zuckte danach aber mit der Schwanzspitze ähnlich wie eine gereizte Katze und stieß ein bedrohliches Grollen aus. Skar schüttelte einen Moment ungläubig den Kopf. Es war unglaublich, wie leicht der Drache mit dem Angreifer fertig geworden war. Doch dann fürchtete er einen Herzschlag lang, dass er sich nach der erfolgreichen Abwehr des Angreifers gegen die drei Menschen wenden würde, die sich erdreisteten auf seinem Rücken aus der Höhle fliehen zu wollen.

»Rauf jetzt«, schrie er Kama zu und versetzte dem kleinen Mann einen Stoß, der ihn nach vorne in Richtung der grünen Strickleiter taumeln ließ. »Verschwinden wir.«

Der Nahrak ließ sich das nicht zweimal sagen. Mit affenartiger Geschicklichkeit kletterte er die schmale, schwankende Leiter nach oben und sprang, ohne zu zögern, auf den Rücken des *Frarr*, der als Begrüßung ein drohendes Knurren ausstieß und mit einem fast wütenden Ruck seinen gewaltigen Schädel in Kamas Richtung wandte, als wollte er ihn mit einem Bissen verspeisen.

Skar kümmerte sich nicht darum. Wenn der Drache Schwierigkeiten machte oder sie sogar angriff, waren sie sowieso verloren; so wie er mit der unfassbaren *Khtaám*-Mutation fertig geworden war, musste es für ihn kaum mehr als ein Lidzucken bedeuten, Skar und die beiden anderen auszulöschen. Jede verdammte Sekunde aber, die sie noch länger hier zubrachten, brachte sie der nächsten Attacke der *Khtaám* näher – und er ahnte, dass sie beim nächsten Mal noch weitaus erbarmungsloser ausfallen würde als bislang.

Er packte Esanna und zerrte sie mit sich, auf die schmale Strickleiter zu. Das Mädchen wehrte sich nicht. Ganz im Gegenteil, der letzte Angriff schien sie überzeugt zu haben und sie beeilte sich, als er sie förmlich auf die schwankenden Sprossen der Leiter warf, sich anzuklammern und mit schnellen Bewegungen nach oben zu ziehen.

Der Drache bewegte sich unruhig und einen Moment lang

sah es aus, als wollte er sich auf drastische Weise von seiner Last befreien. Kama drehte sich zu Skar um und schrie irgendetwas Unverständliches; sein Gesicht war eine angstverzerrte Maske. Er fuchtelte mit dem leuchtenden Stab vor seinem Gesicht hin und her und Skar hatte den verrückten Eindruck, dass er versuchte mit diesem hektischen Gezappel den Drachen zu *beruhigen*; aber dann veränderte sich das Licht, das von dem Stab ausging, nahm einen rötlichen Schimmer an und Kama wurde schlagartig ruhiger – und der Drache auch. Sein gewaltiger Echsenfuß, den er schon ein Stück weit gelüftet hatte, glitt geradezu sanft wieder in seine Ausgangsstellung zurück und sein massiver, grün geschuppter Leib kam mit einem letzten Zittern zur Ruhe.

Skar hatte keine Ahnung, wie lange diese Ruhepause währen würde. Und dennoch – er hatte noch etwas zu tun, bevor er Esanna folgen konnte. Mit raschen, von Panik getriebenen Schritten war er dort, wo das *Tschekal* niedergegangen war. Seine Stiefel quetschten ein paar verkohlte Überreste ausgebrannter Monster beiseite, dann bückte er sich rasch, um das Schwert aufzunehmen. Als seine Finger die Waffe berührten, wären sie fast wieder zurückgeschnellt: Der Sternenstahl war so heiß, als hätte er stundenlang in einem Schmiedefeuer gelegen. Skar wusste, dass der Schmelzpunkt dieses speziellen Materials so hoch lag, dass ihm mit normalem Feuer nicht beizukommen war. Trotzdem glaubte er geringfügige Verfärbungen auf dem Material zu erkennen.

Es war nicht der rechte Zeitpunkt, auch nur einen einzigen Gedanken daran zu verschwenden, was mit der Klinge geschehen sein könnte. Er packte sie mit spitzen Fingern und schob sie so schnell wie möglich in den Schwertgurt zurück, bevor er aufsprang und wieder zum Drachen eilte.

Keinen Augenblick zu früh, denn irgendwo im Hintergrund der Höhle grummelte und zuckte es bereits wieder, so als würden sich die *Khtaám* auf den nächsten Angriff vorbereiten; ein Angriff, dessen war er sich sicher, den sie kaum überstehen konnten, wenn ihnen der *Frarr* nicht beistand. Mit fliegenden Bewegungen packte Skar die Strickleiter und zog sich nach oben.

Er kam nicht weit.

Der Drache – oder vielleicht auch Kama, der den Drachen lenkte – wartete nicht darauf, bis er es sich auf seinem Rücken bequem gemacht hatte. Skar hatte gerade mit zwei Zügen die halbe Strecke überwunden, als ein Zittern durch den mächtigen Körper lief und die Echse ihre ledrigen Flügel wie gewaltige Sensen in Bewegung setzte. Der Wind, den die gewaltigen Schwingen verursachten, packte mit zahllosen ungestümen Klauen zu und drohte Skar hinabzustoßen.

»Halt dich fest«, brüllte er Esanna zu, die sich zu ihm hinabgebeugt hatte, vielleicht, um ihm zu helfen, vielleicht aber auch, um im letzten Augenblick doch noch vom Rücken der Flugechse zu springen.

Dabei wusste er selber nicht, ob er sich noch lange würde halten können; das Beben des Drachens schüttelte ihn durch und eine ungestüme Seitwärtsbewegung fegte die leichte Strickleiter zur Seite, an die er sich verzweifelt klammerte. Wenn dieser verdammte Drache glaubte ihn abschüttelten zu können, hatte er sich getäuscht. Allerdings bestand die Gefahr, dass die dünnen, aus einem leichten geflochten Material bestehenden Sprossen bei den ruckhaften Bewegungen durchrissen und er dann nur noch an zwei brüchigen Seilen hing …

Dann sah er einen entsetzlichen Sprühregen durch die Luft spritzen und hörte, wie sein eigenes, von Grauen und bersekerhaftem Zorn erfülltes Brüllen im Fauchen des Drachens unterging. Vor seinen Augen wirbelte alles mit halsbrecherischer Geschwindigkeit durcheinander. Etwas traf ihn mit vernichtender Wucht am Hals, schleuderte ihn herum; er schlug mit dem Hinterkopf gegen den Drachen und es war, als wenn er versucht hätte mit dem Kopf eine Mauer einzuschlagen: Die Schuppen des Viechs waren massiver als sein eigener Brustharnisch.

Die Sprossen der Strickleiter hielten, aber der Schlag gegen seinen Kopf machte ihn so benommen, dass er Mühe hatte sich weiter an ihr festzuhalten. Zudem begann die Leiter wild hin und her zu schlagen und sich dann zu drehen, als der Drache in einem wilden Flugmanöver spiralförmig in

Richtung Höhlendecke aufstieg. Voller Grauen erkannte er, dass der Abflug des Giganten nur zu berechtigt war: Von überall her schossen jetzt *Khtaám* auf die Flugechse zu; schwarze, handgroße Nachtmahre mit viel zu vielen Reißzähnen und ekelhaften, tentakelähnlichen Auswüchsen, Monster, die sie schon beim ersten Mal niedergemacht hätten, hätten ihnen nicht die Nahrak vollkommen überraschend beigestanden.

Skar fürchtete, dass sie selbst der Riesenechse gefährlich werden konnten. Doch offensichtlich war der *Frarr* ein überaus ungewöhnlicher Drache. Soweit Skar wusste, vermochte keiner seiner weitläufigen Artgenossen Feuer zu spucken. Und er kannte auch keine andere Flugechse, die trotz ihrer Masse so schnell und wendig war wie der *Frarr*. Ein paar *Khtaám* klatschen dennoch gegen seinen Bauch, aber er schüttelte sie ab, wie ein Hund ein paar lästige Flöhe loswerden würde.

Sein rasantes Flugmanöver, seine Kraft und seine blitzschnelle und konsequente Abwehr waren von Vorteil, um die ihnen nachjagenden *Khtaám* auf Distanz zu halten. Aber sie waren ein echter Nachteil für jemanden, der sich verzweifelt in die dünnen Seile einer Strickleiter klammerte, die nur als Notbehelf gedacht war, um auf den Rücken eines der gewaltigsten Wesens Enwors zu klettern. Skar ahnte, dass seine verkrampften Finger nicht mehr lange die Last seines Körpers tragen würden, zumal er bei jedem unerwarteten Flugmanöver erbarmungslos durchgeschüttelt wurde. Es musste etwas geschehen, was ihn aus dieser unangenehmen Lage befreite oder er würde früher oder später den Halt verlieren und in das stürzen, was die ganze Zeit über schon eine morbide Anziehungskraft auf ihn ausgeübt hatte.

Als sie in Schwindel erregende Höhe aufgestiegen waren, drehte der *Frarr* in einer atemberaubenden Kurve ab, legte sich wie ein Segelflieger in den Aufwind und gab damit Skar die Gelegenheit zu fühlen, was passierte, wenn Arme, an denen ein ganzes Körpergewicht hing, erbarmungslos überdehnt wurden. Die Luft rauschte hörbar an ihnen vorbei und überdeckte den erstickten Laut, mit dem Skar seine letzten Kraftreserven mobilisierte, um sich endgültig hochzuziehen.

Kaum auf dem Rücken des fliegenden Ungeheuers angekommen, kämpfte er einen verzweifelten Moment lang um sein Gleichgewicht. Die glatten Schuppen des Drachen boten ihm kaum Halt und seine Stiefel rutschten ab, als er sich von der an einer Zacke befestigten Strickleiter auf den Rücken zu schwingen versuchte. Einen fürchterlichen Augenblick hing er fast frei in der Luft, zwischen Höhlendach und dem Schlund tief unter ihnen. Ein Sturz aus dieser Höhe würde absolut tödlich sein, doch die Vorstellung, in das schwarze Gewimmel unter ihnen hinabzustürzen, erschien ihm noch erschreckender.

Schließlich schaffte er es, sich auszubalancieren und sein rechtes Bein so weit zu überdehnen, dass er hinter dem Digger-Mädchen in einen Spalt zwischen zwei der scharfen Zacken auf dem Wulst des fliegenden Ungeheuers rutschen konnte. Esanna hatte sich mittlerweile so weit wie möglich nach vorne gelehnt und krallte sich bebend und zitternd in den Drachenschuppen fest; offenbar vermied sie es krampfhaft, in die Tiefe zu schauen. Bei Skar hingegen siegte die Neugier. Er legte Esanna beruhigend eine Hand auf die Schulter und starrte über die giftgrün glänzenden Drachenschuppen hinab in die Unendlichkeit.

Sie waren jetzt genau über dem Schlund. Für einen Moment nur hatte Skar freie Sicht in die schier unermessliche Tiefe des senkrecht nach unten verlaufenden Lochs, das wie ein gewaltiger Krater das Zentrum der Höhle ausfüllte. Aus dieser Höhe konnte er nicht das hektische Treiben auf den kreuz und quer laufenden Steinadern beobachten, aber er hatte dafür freien Blick in das Zentrum des *Khtaám*. Zuerst verstand er nicht, was er da sah; dann stieg ein leises Flüstern in ihm hervor und wurde immer lauter, bis er seine Botschaft verstand: Es sah aus wie das Auge eines Zyklopen, ein gigantisches, ovales Gebilde viele Meilen unter ihm, das ihn geradewegs zu beobachten und zu durchbohren schien. In seiner Mitte glitzerte es schwarz und böse, während es zum Rand hin heller und verwaschener wurde.

Aber es war kein Auge. Es war Wasser. Ein verfluchtes unterirdisches Meer, ein Strudel, der sich in wahnsinniger Geschwindigkeit drehte, Gischt schlagend am Rand und vom Sog im Zentrum in die Tiefe gedrückt; ein wie verrückt kreisendes Ding, aufgeputscht von Gewalten, die er nicht verstand, aufgewühlt von Strömungen, die er nicht sah – und doch war er sich sicher: Dieses Ding beobachtete ihn, dieses Etwas kreiste von Sekunde zu Sekunde schneller, voller Schmerz und Entsetzen, dass ihm sein sicher geglaubtes Opfer im letzten Moment entwischte.

DRITTER TEIL

Das elfte Buch

1

Nachdem sie den Höhlenausgang hinter sich gelassen hatten, schraubte sich der Drache mit gewaltigen Bewegungen seiner Riesenschwingen immer höher und hielt auf die dünne Wolkendecke zu, als wolle er etwaige Verfolger abschütteln. Einen gewaltigen Flügelschlag später durchstieß er das feuchte Nass und dann breiteten sich die Wolken unter ihnen auch schon aus; ein flockiges Meer aus Zuckerwatte, durch dessen Lücken es grün und braun schimmerte. Nach Minuten, die Skar wie Stunden vorkamen, breitete der *Frarr* seine ledernen Flügel so breit wie möglich aus und vertraute sich den Aufwinden an, die ihn erst noch ein Stück höher gleiten ließen, bis sie ein entgegengerichteter Luftwirbel sanft und dann immer schneller hinabdrückte. Sie durchstießen für einen kurzen Moment die Wolkendecke und schossen in eine beeindruckende frühmorgendliche Landschaft hinaus; doch bevor Skar Einzelheiten ausmachen konnte, tauchten sie erneut zwischen zwei Wolkenschichten ein – so als ob der *Frarr* ihren Schutz suchte, um sich möglichst unauffällig in eine friedvolle und unberührt wirkende Welt hineinzuschwingen.

Es war ein unglaublich erhabenes Gefühl, auf dem Rücken des jetzt friedlich gleitenden Drachens zu sitzen und das hinter sich zu wissen, was schlimmer als der schlimmste Alptraum war, der je einen Menschen aus dem Schlaf hochgeschreckt hatte. Sie durchstießen eine dichtere Wolkenschicht, die träge vor sich hin trieb und stießen hinauf in einen Bereich, in dem nichts war außer Sonne: Die flirrenden Strahlen spielten mit Esannas Haar, verliehen ihren dunklen, von Schweiß und Blut verklebten Haaren eine lichtdurchflutete Aura, die etwas Unwirkliches und Friedliches hatte wie der erste Frühlingstag nach einem harten Winter. Skar spürte den Wind auf seinen nackten Beinen und Esannas Wärme an seinen Armen und er fragte sich, warum sie nicht ewig so weitergleiten konnten durch die Unendlichkeit dieses frühen Morgens, um für immer alles hinter sich zu lassen, was mit Gewalt, Grausamkeit und Tod zu tun hatte.

Skar umklammerte Esanna instinktiv fester, als eine mächtige Wellenbewegung durch den Drachenkörper lief und sie noch ein Stück höher stiegen. Viele Meter über ihnen wob das Sonnenlicht ein verwirrendes Netz aus flirrenden Rechtecken in die Luft, das nach den endlosen Stunden in dem lebenden Tunnel- und Höhlensystem geradezu wie eine Verheißung auf ihn wirkte. Die vor ihm sitzende Esanna eng umklammernd, deren Zittern sich eher noch verstärkt hatte als nachzulassen, starrte er hinein in das ihm entgegenschlagende, gleißende Lichtspiel, das seine Augen mit einer wahren Woge von Helligkeit überflutete, sodass er sie für ein paar Sekunden fast vollständig schloss, bevor er sie vorsichtig wieder zu schmalen Schlitzen öffnen konnte.

Dann hatten sie die Ausläufer der Wolkendecke erreicht und um sie herum war nichts als strahlend blauer Himmel. Trotz seiner Erschöpfung konnte Skar die Augen nicht vor dem phantastischen Anblick verschließen, der sich ihm bot. Es war ein gigantischer Cañon, der sich unter ihnen auftat, eine tiefe Schlucht, eingeschnitten von einem brausenden Fluss, der weit unter ihnen in wildem Lauf das steinerne Land durchpflügte, irgendwo, weit weg, nahe am Horizont einen See durchquerte und fast direkt unter ihnen mit seiner tobenden Gischt ein unberührt wirkendes, weitläufiges Waldgebiet speiste. Zerklüftete, vom Regen und der Witterung abgewaschene und wie der Rücken einer alten Frau gebogene Steinmassive ragten ihnen entgegen und schimmerten im Licht der aufgehenden Sonne hell und weiß, als läge auf ihnen frischer Schnee.

Der Kontrast hätte kaum großer sein können: Hinter ihnen lag das Reich dunkler, unbegreiflicher Schatten, eine nicht nur düstere und gefährliche Welt für sich, sondern auch die Quelle der vielleicht unheimlichsten und grausamsten Bedrohung, der Enwor je ausgesetzt gewesen war. Vor ihnen eröffnete sich dagegen eine taufrische, unschuldig wirkende Landschaft, die in ihrer Großartigkeit nicht nur beeindruckend war, sondern auch tiefen Frieden versprach – und damit auch die Erholungspause, die sie alle so dringend brauchten.

Das erste Hochgefühl bei diesem idyllischen Anblick und die Erleichterung, ihrer lebenden Falle entkommen zu sein, währte jedoch nicht lange an. So harmonisch und erhaben die gewaltige Landschaft auch wirkte, berührte sie Skar fast zwiespältig. Es war der Fluss, der weit unter ihnen im Berg verschwand, der in ihm unangenehmes, fast hartnäckiges Kribbeln auslöste. Er konnte sich nur allzu gut vorstellen, wo die gischtende Flut verschwand und was sie nährte: Das unterirdische Meer am Boden des Schlunds, diesen Pfuhl sich windender, unvorstellbarer Kreaturen, die einen ganz eigenen Eroberungsfeldzug gestartet hatten, ohne dass die Bewohner Enwors auch nur im Entferntesten die Gefahr ahnten, die von ihnen ausging …

Doch das war nicht das, was ihm im Augenblick Sorge bereitete. Der wenig Vertrauen erweckende *Frarr* verhielt sich durch Kamas spezielle Kontrollmöglichkeit zahm wie ein Schoßhündchen, aber er hatte trotz seiner gewaltigen Schwingen offensichtlich Probleme seine drei Reiter sicher durch die jetzt zunehmenden Luftturbulenzen zu transportieren. Hin und wieder ging ein Ruck durch seinen mächtigen Körper und sie sausten ein Stück in die Tiefe, bevor der Drache seinen Flug wieder stabilisieren konnte. Skar, der bereits früher nicht immer die Gelegenheit hatte ausschlagen können mit einer *Daktyle* zu fliegen, kannte das Verhalten der großen Flugdrachen und wusste, wie unberechenbar sie waren, wenn sie von mehr als einem gewohnten Reiter durch die Lüfte bewegt wurden. Er hatte sich nie ganz mit dieser Art der Fortbewegung anfreunden können, aber er empfand mittlerweile auch kaum mehr als ein leichtes

Unbehagen, wenn die Flugechse für ein paar Sekunden von der idealen Flugbahn abwich.

Esanna erging es da wesentlich schlechter. Sie hatte die Hände in die harten Schuppen der Echse gekrallt, die so ineinander griffen, dass dadurch fast so etwas wie natürliche Haltegriffe entstanden, und sie saß so fest eingeklemmt zwischen zwei Höckern, dass sie selbst bei einem abrupten Abkippen zur Seite nicht hätte herunterfallen können. Zudem hielt sie der hinter ihr sitzende Skar in solch festem Griff umklammert, dass er sie selbst dann nicht hätte loslassen müssen, wenn der Drache plötzlich einen Salto geschlagen hätte.

Doch solch gefährliche Flugmanöver waren nicht zu erwarten. Während der Drache mit schwerfälligen, durch seine ungewohnte Reitlast erschwerten Flugbewegungen sein Gleichgewicht zu halten versuchte, schlug die Anstrengung und Erschöpfung mit unbarmherziger Macht und von einem Moment auf den anderen über Skar zusammen, und es hätte nicht viel gefehlt und er wäre in einen unruhigen Dämmerschlaf gefallen. Der unsichtbare Folterknecht in seinem Geist gestattete es jedoch nicht, dass ihn wohlige Umnachtung umfing; stattdessen hielt eine Unruhe in ihm an, die er normalerweise als überdreht empfunden hätte – was sie letztlich wohl auch war –, die ihm andererseits aber als Nachhall nicht nur der Geschehnisse allgemein, sondern vor allem der monströsen Begegnung mit Kiina erschien. Selbst, nachdem er gesehen hatte, in was sich das mannigfaltige Abbild seiner Tochter verwandelt hatte, glaubte irgendein Teil in ihm immer noch, dass er der über den Abgrund der Zeit verschollenen Kiina gegenübergestanden hatte; so verrückt und sinnlos es auch war.

Die Flugechse machte plötzlich eine scharfe Linkskurve und Skar verstärkte automatisch den Druck, mit dem er Esanna festhielt, während er hinabspähte und die Ursache der Richtungsänderung zu erkennen versuchte. Kama, der immer noch mit einer Selbstverständlichkeit direkt vorne hinter dem Kopf der fliegenden Bestie hockte, als hätte er sein ganzes Leben nichts anderes getan, drehte sich zu ihm herum und schrie ihm etwas zu.

Skar verstand nur die Worte *nicht* und *steuern* und schüttelte den Kopf, um ihm zu signalisieren, dass er die vom auffrischenden Wind zerrissene Botschaft nicht komplett verstanden hatte.

»Ich ihn nicht mehr lange kann steuern«, rief Kama nochmals.

Eine Bö schlug ihm fast die Worte aus dem Mund. Sie mussten in heftige Aufwinde gekommen sein, denn obwohl der Drache jetzt den Kopf vornüber und ein Stück nach unten gebeugt hatte und offensichtlich tiefer gehen wollte, drückten ihn die Turbulenzen wieder ein Stück nach oben. Esanna stieß einen Schrei aus und krümmte sich in die Schuppen hinein, als fürchtete sie, dass sie jeden Moment abstürzen könnten.

Vollkommen abwegig war diese Vorstellung nicht.

Skar hatte schon oft beobachtet, dass große Flugechsen empfindlicher als Raubvögel auf Aufwinde reagierten und einmal hatte er sogar beobachtet, wie ein mächtiger Staubdrache von einer thermischen Turbulenz an einen Felsen geschmettert wurde; die gigantische Echse hatte dabei ihren Reiter verloren und selbst so schwere Verletzungen bei dem Aufprall davongetragen, dass ihr danach nur noch mit Mühe und Not eine Landung gelungen war. Skar hatte keine Lust auszuprobieren, wie sicher das Flugverhalten des *Frarr* unter ähnlichen Bedingungen war. Er konnte nur hoffen, dass Kama wusste, was er tat. Seine Befürchtung, die Echse nicht mehr lange steuern zu können, trug dabei allerdings nicht gerade zu seiner Beruhigung bei.

Es war ein großer Felsen, den die Echse jetzt umrundete, und hier schienen Winde aus verschiedenen Richtungen förmlich aufeinander zu prallen; sie wurden so heftig durchgeschüttelt, dass sich jetzt auch Skar mit aller Gewalt in den Halt der Schuppen duckte, um nicht von einer Bö heruntergerissen zu werden.

»Warum landen wir nicht?«, brüllte er Kama zu, aber wahrscheinlich hörte ihn der Nahrak gar nicht; er war vollständig damit beschäftigt, den Drachen durch die tobenden Winde zu steuern.

Es war Skar ein Rätsel, was Kama vorhatte. Eben noch

hatte sie eine nicht allzu weit entfernte liebliche Waldlandschaft angelockt, nahe an einem Plateau gelegen, das wie für eine Landung gemacht schien. Von dort aus hätten sie ohne ihren speziellen und nicht ganz geheuren Rettungsengel zu Fuß weitergehen können – nach einer ausgiebigen Rast und nachdem sie ihre Wunden versorgt hatten. Doch nun ließ der Nahrak die Echse in die entgegengesetzte Richtung fliegen, mitten hinein in gefährliche Turbulenzen und damit in die sonnenabgewandte Seite des Berges, aus dessen Schoß sie gerade erst entflohen waren.

Vor ihnen tat sich jetzt eine karge und düstere Landschaft auf; Schnee bedeckte die Wipfel weniger, krank aussehender oder sogar abgestorbener Bäume, Nebelschwaden zogen über feuchtes, finsteres Buschwerk und schroffe Felsen bildeten eine natürliche Barriere, die zu überwinden dem Drachen sichtlich schwer fiel. Es war dies die Seite, über die sie zur Höhle hinaufgestiegen waren – und Skar wäre es lieber gewesen, sie nie wieder zu sehen.

»Warum fliegen wir weiter?«, schrie er gegen den Flugwind an. »Wir hätten doch auf der anderen Seite niedergehen können.«

Kama drehte sich kurz zu ihm um. Er wirkte irritiert. »Wir müssen weiter weg«, brüllte er. »Weg vom Fluss.«

Zu seiner eigenen Verblüffung löste diese Antwort des Nahrak in ihm eine tiefe Resonanz aus, so als würde etwas in ihm verstehen, warum der Fluss eine Bedrohung für ihn war. Doch auch wenn ihr Schwenk in die kalten, unfreundlichen Regionen begründet sein mochte, war er doch höchst unerfreulich und raubte ihm die Illusion, dass sie nach der Landung in einer sonnendurchwärmten, friedlichen Landschaft Ruhe und Entspannung finden könnten. Dabei hatten sie das bitter nötig. Sie alle hatten grauenvolle Stunden hinter sich, hatten Dinge erlebt, die selbst seinen nicht gerade geringen Erfahrungshorizont mühelos gesprengt hatten, und sie konnten das nicht so einfach wegstecken, ohne früher oder später dafür bezahlen zu müssen.

Die Kälte kroch schon jetzt seine nackten Beine empor und ließ ihn frösteln. Doch trotz der kalten, frischen Luft und dem durchaus nicht gerade Vertrauen erweckenden Gelände, auf das sie zusteuerten, fiel es ihm zunehmend schwerer, seiner Umgebung die gebührende Aufmerksamkeit zu schenken. Immer wieder fiel er in einen Sekundenschlaf, tauchte nur kurz wieder an der Oberfläche seines Bewusstseins auf, um dann wieder in die Dämmerung kurzen Vergessens hinabzugleiten.

Der Flug dauerte nur noch wenige Minuten, aber Skar war so müde, dass er innerhalb dieser Zeitspanne beinahe eingeschlafen wäre. So entscheidend wichtig es ihm auch erschien, bekam er von der Landung der Riesenechse kaum etwas mit. Erst als der *Frarr* auf einem halb eingeschneiten, halb matschigen Plateau niedergehen wollte, ruckte sein Kopf wieder hoch.

Die Landung gestaltete sich kaum weniger abenteuerlich als der Start. Der *Frarr* donnerte mit der Wucht einer Geröll-lawine auf eine kleine Lichtung zu, die kaum groß genug war, um ihm genug Platz zum Landeanflug zu lassen. Das schien ihn jedoch nicht weiter zu kümmern, im Gegenteil: Inmitten eines ungeheuren Luftsogs ließ er sich geradezu auf die Lichtung fallen, eher einem Stein ähnlich als einem Vogel, der federsanft aufsetzen wollte.

Esanna stieß einen spitzen Schrei aus und Skar verstärkte den Griff, mit dem er sie hielt, bis er begriff, dass es des Guten vielleicht ein wenig zu viel war, und ihn erschrocken wieder lockerte.

Erst im allerletzten Moment breitete der Drache die Schwingen fast senkrecht aus und nutzte so eine Luftturbulenz, die er wohl als Einziger schon von weitem zu spüren im Stande gewesen war. Die ganze, ungeheuerliche Flugechse erbebte, als das Monstrum mit einem harten Ruck auf dem Boden aufkam, die Schwingen halb angezogen, damit sie eine möglichst große Fläche bildeten, um Geschwindigkeit abzubauen, und den Hals grotesk nach vorne gestreckt, als wollte es ganz bewusst seine Reiter nach vorne und über seinen Kopf schießen lassen, damit sie sich möglichst allesamt das Genick brachen.

Skar hatte nicht vor, ihm diesen Gefallen zu tun. Seine blanken Beine krampften sich um den Rückenwulst zusammen und seine Arme schlangen sich so fest um Esanna, als wollte er ihr jetzt endgültig das Rückgrat brechen. Trotzdem prellte ihm der Aufprall fast das Mädchen aus den Händen und er selbst wurde ein Stück nach oben geschleudert und krachte mit solcher Gewalt wieder auf den Rückenwulst, dass er das Gefühl hatte, seine ungeschützte Männlichkeit würde zu Brei zerstampft.

Er stieß ein kraftloses Röcheln aus und hätte Esanna um ein Haar losgelassen – und damit zu früh, denn die gewaltige Echse schob ihre Klauen so tief und fest in den relativ weichen Boden, dass sie sich – bedingt durch die plötzliche Bremswirkung – beinahe überschlug; sie tippte mit ihrem mächtigen Schädel kurz auf dem Boden auf und riss den Schwanz und damit ihr ganzes Hinterteil in die Höhe, als wollte sie ihre Reiter nun endgültig abschütteln.

Skar hätte später nicht mehr zu sagen vermocht, wie er es in diesem Moment geschafft hatte, dem explosionsartigen Ruck zu widerstehen. Der Schmerz in seinem Unterleib brachte ihn fast um den Verstand und ließ bunte Flecken vor seinen Augen tanzen. Er klammerte sich gleichzeitig an den Körper der gigantischen Echse und an Esanna und spürte eine schreckliche Übelkeit in sich hämmern, die ihn zwang sich erneut vornüberzukrümmen und sich verzweifelt mit beiden Händen an ihr festzuklammern, da alles in ihm und um ihn herum sich wirbelnd drehte und der Schmerz in seinem Kopf und in seinem Körper eins waren.

Aber er schaffte es; als die Echse endlich zum Stillstand kam, saß er noch immer hinter Esanna auf dem unbequemen Rücken des Drachen, fast besinnungslos zwar, aber dennoch erleichtert, dass die Landung für ihn und das Mädchen noch einmal glimpflich abgelaufen war. Eine andere Frage war, was aus dem Nahrak geworden war …

»Kama!«, stieß Esanna hervor.

Skar riss die Augen so weit er konnte auf und versuchte den Schmerz zurückzudrängen, was ihm allerdings nur sehr unvollkommen gelang. Dann begriff er, was das Mädchen gemeint hatte: Der Nahrak hatte nicht so viel Glück wie sie beide gehabt und war durch den Aufprall der Landung von der Echse geschleudert worden. Ein paar verzweifelte Sekunden vermochte Skar keine Spur von ihm auszumachen, doch dann entdeckte er ihn.

»Da ist er«, stöhnte er.

»Wo?«

»Na, da!« Skar streckte eine zitternde Hand nach vorne und deutete auf einen Baum, an dem eine kleine, grünbraun gekleidete Gestalt in sehr unglücklicher Haltung klebte. »Hoffentlich ist ihm nichts passiert.«

Eine Bewegung des Nahrak ließ ihn Hoffnung schöpfen. Kamas merkwürdig verdrehter Arm wischte ein paar Blätter beiseite und winkte ihnen dann. »Weg«, rief er mit heiserer Stimme. »Macht dass ihr runterkommt! Ich hab die Steuerung verloren!«

Skar und der Drache schienen gleichzeitig zu begreifen, was das hieß. Während der Satai das Mädchen am Kragen packte, aufsprang und sie mit zur Strickleiter schleifte, durchlief das grün geschuppte Untier ein Zittern und dann schwang sein mächtiger Kopf nach hinten. Mit tückischen Augen beobachtete er, wie Esanna mit zitternden Händen die oberste Sprosse der Leiter ergriff, dann schüttelte er sich, einmal kurz und heftig, aber so gewaltsam, dass sich unter normalen Umständen kein Mensch mehr auf seinem Rücken hätte halten können.

Esanna flog samt Strickleiter ein, zwei Manneslängen von dem gigantischen Leib weg und krachte dann wieder mit voller Wucht gegen den geschuppten Körper. Skar war weitaus weniger glücklich dran: Er verlor das Gleichgewicht, ruderte noch einmal hilflos mit den Armen und stürzte dann zu Boden. Wäre er nicht so angeschlagen gewesen, hätte er sich gekonnt abgerollt, um dann sofort wieder auf den Beinen zu sein. Doch so misslang die Rolle und er prallte hart auf dem Rücken auf. Mühsam rappelte er sich wieder auf – und hüpfte gleich mit ein paar raschen Sprüngen zur Seite. Dabei hatte der Drache offenbar keineswegs vor, ihn oder Esanna mit einer beiläufigen Bewegung zu töten. Er schien vielmehr seine wiedererlangte Freiheit zur Flucht nutzen zu wollen; möglicherweise hatte er so viel Respekt vor dem Teil, mit dem ihn der Nahrak beherrschen konnte, dass sein ganzer Trieb einzig und allein darauf ausgerichtet war, so schnell wie möglich seinem Einfluss zu entkommen.

Mit einem ganz und gar nicht schwerfälligen Tapsen schwang sich der Drache herum und jagte damit auch Skar zwangsläufig vor sich her, der sich mit einem schnellen Ausweichmanöver in Sicherheit zu bringen suchte. Das Mädchen hing währenddessen noch immer an der Strickleiter und schrie voller Entsetzen.

»Spring«, rief ihr Skar zu. »Nun mach schon!«

Esanna dachte offensichtlich gar nicht daran. Ihre gellenden Schreie zeugten davon, dass sie vollkommen in Panik geraten war. Statt einfach loszulassen, klammerte sie sich nur noch fester an das Untier.

Das war ein fataler Fehler, denn der *Frarr* donnerte bereits los, mit wuchtigen und schnellen Schritten, die den Boden erzittern ließen. Skar blieb nichts anderes übrig, als hinter ihm herzuhetzen. Der gnadenlose Schmerz zwischen seinen Beinen ließ jede Bewegung zur Qual werden und kostete ihm damit nicht nur Mühe, sondern auch Zeit; dabei kam es gerade jetzt auf jeden Sekundenbruchteil an, denn er wollte weder mit den gefährlichen Klauen der Echse Bekanntschaft machen noch Esanna ihrem Schicksal überlassen, die eine unfreiwillige Flugreise sicherlich nicht unbeschadet überstehen würde.

Mit Riesensätzen und schmerzverzerrtem Gesicht hetzte er dem *Frarr* hinterher. Es war erstaunlich, wie schnell der Gigant an Geschwindigkeit gewann; seine Sprungbeine verfügten über eine schier unglaubliche Elastizität und Kraft, die ihn vorwärts katapultierten, mit nichts vergleichbar, was Skar bislang auf Enwor kennen gelernt hatte. Skar holte das letzte aus seinem Körper heraus, um den Anschluss nicht zu verlieren. Dennoch glaubte er zuerst, dass er es nicht mehr schaffen würde – der *Frarr* hätte mittlerweile mühelos eine flüchtende Pferdeherde niederrennen können –, doch dann wich der Drache von der Ideallinie ab, wahrscheinlich um eine für ihn geeignete Luftströmung auszunutzen, und büßte dabei einen Teil seines Vorsprung ein.

Skar ließ sich diese Chance nicht entgehen. Er sprang mit einem zugleich verzweifelten und gewaltigen Satz hoch und erwischte Esannas Füße. Durch den Körper des Mädchens ging ein Ruck und ihr Schrei wurde noch um eine Spur schriller. Dennoch war sie immer noch nicht bereit loszulassen. Dem Drachen schien das egal zu sein: Er war offenbar willens mitsamt seiner menschlichen Last aufzusteigen. Wahrscheinlich glaubte er sie dann in der Luft mit Leichtigkeit abschütteln zu können.

Dazu wollte es Skar nicht kommen lassen. Während er sich noch immer an Esanna klammerte, versuchte er sein *Tschekal* zu ziehen. Es schien ihm die einzige noch verbleibende Chance zu sein, das Mädchen zu retten: Ein schneller Schnitt vermochte die Halterung der Strickleiter zu durchtrennen und sie damit herabpurzeln zu lassen, bevor der *Frarr* in die Lüfte entschwand.

Die heftigen Bewegungen der Strickleiter machten es ihm allerdings unmöglich, den Schwertgriff rechtzeitig zu erreichen; stattdessen musste er sich mit beiden Händen an Esanna festhalten, um nicht abgeschüttelt zu werden. Der Drache erzitterte und stieß sich mit einem monströsen Beben ab, hinein in den Himmel und damit weg von der Möglichkeit, ihn noch irgendwie unter Kontrolle zu bringen.

In diesem Moment gaben die Stricke der Leiter unter der doppelten Belastung nach. Während der Drache mit phantastischer Geschwindigkeit in den grauen Himmel hineinjagte, stürzten Esanna und Skar zu Boden wie zwei Puppen, die von einem unartigen Kind in die Ecke geschleudert wurden. Der Aufprall schlug Skar die Luft aus den Lungen, als dann auch noch Esanna an ihm vorbeischrammte und dabei mit ihrem Fuß genau zwischen seine Beine traf, brach die Welt um ihn herum in einem bunten Farbwirbel zusammen.

2

Mit dem Morgen war auf dieser Seite des Berges der Nebel aus dem Boden gekrochen und mit dem Nebel Kälte und ein Hauch alles durchdringender, unangenehmer Feuchtigkeit, die durch seine Kleidung kroch und geradewegs in seine Knochen einzudringen schien. Skars Gaumen war so trocken und ausgedörrt, dass er kaum sprechen konnte, und seinen Beinen schien die Kraft zu fehlen das Gewicht seines Körpers zu tragen. Doch immerhin hatte der Schmerz zwischen seinen Beinen nachgelassen und kurz danach waren auch seine Gedanken zur Ruhe gekommen. Das leise innerliche Wispern, das ihn selbst während des Kampfes gegen die *Khtaám* nicht vollständig in Ruhe gelassen hatte, war einem Gefühl entspannter Erschöpfung gewichen; von der Ausgeglichenheit, in die er früher mit Leichtigkeit hineingeglitten war, war er dennoch meilenweit entfernt. Aber alles war besser als der rastlose, unwirkliche Zustand, den er so oft in den letzten Tagen empfunden hatte und der ihm wie eine gleichermaßen bedrohliche wie penetrante Verbindung mit etwas Gefährlichem und ungemein Fremdem erschien, von der nichts Gutes zu erwarten war.

Der Himmel über ihnen, in dem der Drache vor einer knappen halben Stunde verschwunden war, war innerhalb der diesigen Glocke nicht mehr zu erkennen und je mehr sich das Tal zuzog, umso kälter wurde es. Aber vielleicht war es auch nur die zunehmende Entspannung und das Nachlassen des Schmerzes an seiner empfindlichsten Stelle, die ihn die Kälte deutlicher spüren ließ. Skar rieb sich schaudernd die Hände und drückte sich so tief wie möglich in die windgeschützte Ecke in dem Gewirr herabgefallener morscher Äste und zusammengeklaubter Blätter, das ihm, Esanna und dem Nahrak halbwegs Schutz vor der unangenehmen Witterung bot.

»Das nicht hätte passieren dürfen«, sagte Kama kläglich. Der Nahrak starrte zum wiederholten Mal auf das Ding in seinen Händen, das er Steuerung genannt hatte und das jetzt nur noch wie ein besonders glänzendes Stück Eisen aussah; von einem irisierenden Licht war keine Spur mehr zu erkennen.

»Was?«, fragte Esanna einsilbig. Das Mädchen hatte sich erstaunlich schnell erholt. Sein eingerissenes, besudeltes Gewand war zwar nicht mehr als ein dreckiger Lumpen und es hatte mehr Prellungen, Abschürfungen und Bissverletzungen abbekommen als eine ganze Thekenmannschaft, die in eine Wirtshausschlägerei verwickelt gewesen war – aber dass sie sich nach ihrem gemeinsamen, etwas rauen Sturz von dem *Frarr* überhaupt wieder so weit aufgerappelt hatte, dass sie jetzt auf Kamas Worte reagieren konnte, war mehr als erstaunlich.

»Dass mir sein der *Frarr* entwischt«, sagte Kama. »Ohne ihn wir nicht kommen rechtzeitig zu den Satai.«

»Von den Satai habe ich die Schnauze voll«, murmelte Skar.

Über Kamas Züge huschte so etwas wie ein flüchtiges Lächeln. »Da du sein nicht der Einzige«, sagte er. »Viele Menschen und Quorrl empfinden so.«

Skar nickte nur und schlang die Arme enger um die Beine. Die Anstrengungen des vergangenen Tages und der verrückten Nacht forderten ihren Tribut – jetzt, wo er zur Ruhe kam, und seinen gröbsten Hunger und Durst durch die hauptsächlich von Kama zusammengesammelten wasserreichen Roten Beeren, Schmerling-Pilze und Alarcon-Wurzeln gestillt hatte. Zum ersten Mal in seinem Leben war er das Kämpfen wirklich leid. Hätte sich in diesem Augenblick vor ihm der Nebel gelichtet und ein Dutzend *Khtaám* ausgespuckt, hätte er sich nicht mehr gewehrt. Es war ein Gefühl, das ihm fremd war, gegen das er aber nicht anzukämpfen versuchte. Vielleicht war es der Einfluss der lebendigen Höhle und dieses abscheulichen Schlunds, der ihn dazu gebracht hatte, zwei Nahrak in die Tiefe zu stoßen; eine Tat, die er nicht einzuordnen vermochte und die er so weit es ging an den Rand seines Bewusstseins drängte.

»Auch viele Digger hassen die Satai«, fügte Esanna hinzu.

»Obwohl sie andererseits auf ihren Schutz angewiesen sind.«

Skar sah flüchtig zu ihr hoch. Während sie mit einem wenig begeisterten Gesichtsausdruck auf einem der kleinen braunen Schmerling-Pilze herumkaute, die hier überall wuchsen und die ihnen Kama als besonders nahrhaft angepriesen hatte, erschien sie ihm auf eine schwer zu bestimmende Art gleichzeitig aufgeregt und vollkommen erschöpft, und dabei so angespannt, dass sie sich ganz anders als ein junges Digger-Mädchen verhielt, eher wie eine junge Kriegerin. Vor allem aber wirkte sie wie ein Mensch, der über einer schwerwiegenden Entscheidung brütet und sich noch nicht ganz sicher ist, zu welcher Seite das Pendel für ihn ausschlagen wird.

»Die Satai sein ein sehr zweifelhafter Schutz«, sagte Kama. »Mir sein der *Frarr* viel lieber.«

»Wo ist er denn jetzt hin, dein famoser *Frarr?*«, fragte Esanna verächtlich, betrachtete misstrauisch den Pilz, den sie gerade in der Hand hielt, und schnippte ihn dann weg. »Warum beschützt er uns nicht weiterhin?«

Kama zögerte. Dann überzog ein trauriges Lächeln seine Züge. »Er ist entwischt«, gestand er. »Er hat etwas … etwas in seinem Hals.«

»Er hat etwas in seinem Hals«, echote Esanna fassungslos. »Was meinst du damit? Dass er Halsschmerzen hat – oder was?«

»Keine Halsschmerzen«, sagte Kama unglücklich. »Etwas … etwas, das mir geben die Macht ihn zu steuern.«

Esanna deutete auf das Metallteil in seinen Händen. »Ich denke, dieses Ding da steuert den *Frarr*.«

»Ja. Schon. Aber es brauchen einen … einen Widerpart. Der *Frarr* sein eine sehr wilde Kreatur. Es geben nur noch sehr, sehr wenige seiner Art. Man sie nicht kann zähmen.«

Esanna starrte den Nahrak verblüfft an. »Aber … wie hast du es dann geschafft? Verfügst du über einen mächtigen Zauber?«

»So etwas … in der Art.« Kama ließ das Metallteil in seinen Händen kreisen, warf dann einen unglücklichen Blick darauf und legte es auf seinem Schoß ab. »Es sein der

Bestandteil der spirituellen Kultur der *Twuorth*. Etwas, was auf die Tradition der großen Alten gehen zurück.«

»*Twuorth?*«, fragte Esanna. »Was soll das sein?«

»Die *Twuorth* waren unsere Vorfahren, Digger-Mädchen«, sagte Kama leise. »Wir nicht immer waren die Hüter des Waldes. Unsere Geschichte reichen viel weiter zurück. Die *Twuorth* waren sehr mächtig, haben gehabt großen Einfluss auf Enwor. Ihre mächtigste Waffen sein gewesen Geschöpfe wie der *Frarr*.«

»Oh«, machte Esanna, während sie gleichzeitig eine der erstaunlich saftigen Alarcon-Wurzeln in die Hand nahm und damit vor ihrem Gesicht hin und her wedelte. »Dann gibt es also nicht nur diese Drachen, sondern auch noch andere ... *Geschöpfe*. Aber warum hast du sie dann nicht beim Kampf gegen die *Khtaám* zu Hilfe gerufen?«

Der Nahrak lächelte flüchtig und schenkte ihr ein anerkennendes Nicken. »Das hätten gemacht Sinn«, gab er zu. »Nur, leider: Wir nicht haben die Macht unserer Ahnen.« Ein flüchtiger Schatten glitt über sein Gesicht. »Es kostet ... sehr viel Kraft ... sehr viel Opfer einen *Frarr* zu rufen. Und es sein ungewiss, ob wir je wieder bekommen ihn unter Kontrolle – danach.«

Esanna wurde – so weit das möglich war – noch etwas bleicher. »Heißt das etwa, dieses Vieh fliegt hier jetzt unkontrolliert herum und kann uns jederzeit angreifen?«

Kamas Gesichtsausdruck verdüsterte sich. »So ähnlich«, brummte er. »Aber auch nicht ganz richtig.« Er schwieg einen Moment und als er weitersprach, wirkte er wie ein Mensch, der mehr zugab, als er eigentlich wollte. »Es sein für mich sehr schwer, den *Frarr* zu steuern. Aber es muss getan werden. Ich euch nicht kann begleiten, ich muss suchen den *Frarr* und ...«

»Und was?«, fragte Esanna, als er nicht weitersprach.

»Und ... dann ...« Sein Gesicht war grau vor Schrecken. Allein die Vorstellung, die er mit seinen Gedanken heraufbeschwor, schien beinahe über seine Kräfte zu gehen. »Ich muss sehen, dass ich ihn wieder unter Kontrolle bringen.«

»Hast du solche Angst, dass er uns angreifen könnte?«, fragte Esanna, während sie begann die Wurzel abzulutschen und so das Wasser aus ihr herauszupressen; ganz wie es ihnen der Nahrak gezeigt hatte.

»Nein.« Kama gab sich einen Ruck und widersprach sich dann schon im nächsten Satz: »Nicht nur. Aber wir brauchen seine Hilfe. Unbedingt.«

»Wozu?«

Der Nahrak schwieg wieder eine ganze Weile. »Um uns beizustehen im Kampf gegen den *Khtaám*«, sagte er dann. »Und wenn wir den *Frarr* noch hätten, wir könnten bequem weiterreisen. Aber so wir hängen in dieser Einöde hier fest. Es sein eine Schande.«

»Mir ist nicht ganz klar, was du damit meinst«, sagte Esanna mühsam beherrscht und ein leichtes Zittern lief über ihren Körper, das ihre Hände wie selbstständige Wesen wirken ließ. »Ich hatte nicht vor eine weite Strecke zurückzulegen.«

»Was du hattest vor, ist jetzt nicht mehr wichtig«, sagte Kama. »Es haben sich alles geändert.«

»Ja, es hat sich alles geändert«, sagte Esanna. Sie sprach jetzt ruhig und ihre Hände zitterten nicht mehr. Aber ihre Stimme war kalt wie Eis und selbst die nüchterne Wahl ihrer Worte klang wie eine Herausforderung. »Meine Familie ist tot. Meine Freunde sind tot. Die Quorrl haben alle erschlagen.«

»Ja.« Kama sah kurz auf und wandte dann den Kopf ab, als wäre es ihm unangenehm weiterzureden. »Die Dinge … haben sich geändert … über Nacht. Nicht nur für dich und Skar. Nicht nur für die Männer, die mit mir sein aufgewachsen und die nun alle tot sind. Zehn gute Männer.«

Zehn gute Männer. Der Satz hämmerte in Skars Kopf, als wollte er ihn um den Verstand bringen. Wieder, wieder und immer wieder hörte er den Schrei der beiden Nahrak, die herabgestürzt waren – nein, die er meuchlings hinabgestoßen hatte – und er spürte, wie eiskalte Verachtung in ihm hochkroch und die Frage nach dem Warum in seinen Schläfen pochte, als wollte sie ihn endgültig um den Verstand bringen, ihm zuflüstern, dass er überall Tod und Vernichtung über die Menschen in seiner Nähe brachte. Und trotz der wispernden Stimme in ihm, trotz der vielen Ahnungen, die ihn mit ihrem düsteren Inhalt übergossen, trotz des wild pochenden Schmerzes, der bei dem Anblick Kiinas aufgerissen war, wusste er immer noch nicht, wohin das alles führen würde – und welche Rolle er in diesem außer Kontrolle geratenen Spiel spielte, bei dem eine erbarmungslose und erschreckend unbegreifliche Macht alle Fäden in der Hand hielt.

»Es tut mir Leid um deine Freunde«, sagte Esanna mitten in seine Verwirrung hinein. »Ich kann … ich kann … dich verstehen.« Ihre großen dunklen Pupillen starrten irgendwo ins Nichts.

Skar überlief es eiskalt, als er in den Blick Esannas geriet. Es war eine Leere in ihr, die gewaltiger war als jeder Schmerz, als jedes Entsetzen und die viel schlimmer war, als wenn sie geweint oder geschrien hätte; es war gleichzeitig kein Gefühl in ihr und doch der ganze Abgrund, in den ein Mensch stürzte, wenn er alles verloren hatte.

»Auch ich habe … sie sind alle …«

»Sie sind alle tot«, führte Kama den Satz fort, nachdem sie längere Zeit verstummt war.

»Ich kann das einfach nicht … hinnehmen.« Esannas Stimme klang immer noch kalt, aber es schwang etwas anderes mit, eine Entschlossenheit und ein Hass, die alles beiseite wischten, was sonst in ihr vorgehen mochte.

»Ich verstehe«, murmelte Kama. »Rache ist eine Speise, die man am besten kalt genießt.«

»Was?«, fragte Esanna fassungslos.

»Du willst Rache«, sagte Kama. »Du willst, dass die Menschen und Quorrl bestraft werden, die dir das angetan haben. Das ist verständlich. Aber es nicht richtig.«

»Warum sollte es wohl nicht richtig sein?«, fragte Esanna leise. »Warum sollte es nicht richtig sein, die Quorrl auszulöschen, die die meinen wie eine räudige Hundemeute niedergemacht haben?«

Kama starrte auf die Stelle im verhangenen Himmel, in der der *Frarr* verschwunden war. »Weil es einen größeren Zusammenhang gibt. Weil der Vogel den Wurm frisst.«

Esannas Kopf fuhr so abrupt zu dem Nahrak herum, dass Skar schon fürchtete sie wollte sich auf ihn stürzen. »Was haben denn Vögel und Würmer mit diesen Untieren zu tun?«, schrie sie. »Was hat ein Quorrl mit einem Wurm gemeinsam?«

Der Nahrak schwieg ein paar Sekunden, und als er zu einer Antwort ansetzte, klang seine Stimme so leise, dass ihn Skar kaum noch verstehen konnte. »Die Quorrl seien die Vögel. Die Digger ...«

»Ja?«, fragte Esanna, nachdem er nicht weitersprach. »Was ist mit uns Diggern?«

Kamas Blick irrte unstet zwischen Skar und Esanna hin und her und Skar hatte das Gefühl, dass er etwas ganz Bestimmtes sagen wollte. Aber stattdessen blickte er plötzlich zu Boden und murmelte: »Die Quorrl sein die wertvollsten Verbündeten der Menschen.«

»Wenn man dich so reden hört, könnte man glauben, die Quorrl sind frommer als eine Schar Heiliger Männer«, schnaubte Esanna. Sie schob den Saum ihres Gewands zurück und Skar wusste, was jetzt kommen würde; trotzdem war er wie gelähmt, unfähig einzugreifen oder Kama eine Warnung zuzuschreien.

»Die Quorrl nicht sein unschuldig. Aber die Digger seien ...«, der Nahrak breitete die Arme aus und das glänzende Stück Eisen in seinen Händen sah in diesem Moment aus wie ein Stein, den er in die Unendlichkeit werfen wollte, »sie seien die Werkzeuge des Todes.«

»Ich habe dich also recht verstanden«, sagte Esanna in einem vor Erregung heiser und gepresst klingenden Tonfall, »du hältst die Quorrl für deine Verbündeten und uns Digger für die Werkzeuge des Todes?«

»So ich haben das nicht gesagt«, behauptete er. »Ich versuchen nur zu erklären ...«

»Fahr zur Hölle mit deinen Erklärungen!«, schrie Esanna. Mit einer gleichermaßen fließenden wie schnellen Bewegung riss sie das Messer unter ihrem Gewand hervor, um es dem Nahrak ins Herz zu stoßen, getrieben von einem Zorn, von einer Verwirrung der Sinne, wie sie Skar dazu gebracht hatte, zwei Nahrak in die Tiefen des Schlunds zu stoßen ...

Kama ließ seinen Oberkörper im Sitzen vorschnellen, schlug ihre Hand beiseite und schien nachsetzen zu wollen, aber er führte die Bewegung nicht zu Ende, sondern atmete nur hörbar ein, starrte Esanna noch einen Herzschlag lang eisig an und riss dann das glänzende Eisen, die Drachensteuerung, so abrupt hoch, dass Skars Hand automatisch zum Gürtel fuhr und sich um den Griff seines *Tschekals* legte.

Esanna starrte fassungslos vor sich auf den Boden, wo sich ihr Messer in einen Ast gebohrt hatte, halb verdeckt durch ein paar Blätter, die sich um die im Feuer fleckig gewordene Klinge wie ein Kleidungsstück schmiegten. »Ich … ich«, stammelte sie.

»Digger seien die Werkzeuge des Todes«, wiederholte Kama leise, während er seine Hände wieder sinken ließ – und mit ihnen das Stück Eisen, das er sicherlich weitaus effizienter als Waffe hätte einsetzen können als Esanna ihr Messer.

Ein paar Sekunden lang herrschte absolutes Schweigen. »Jetzt reicht es«, sagte Esanna dann sehr leise, aber mit so viel Hass in ihrer Stimme, dass Skar in seiner Wachsamkeit nicht nachließ. »Ich halte es deiner Verwirrung zugute, dem Schmerz um den Tod deiner Freunde, der dich so sprechen lässt. Aber ich rate dir eins«, sie schob ihren Oberkörper fast unmerklich nach vorne und in Richtung des Nahrak, »rede nie wieder solch einen Unsinn.«

Obwohl ihre Stimme vor mühsam unterdrückter Wut zitterte, atmete Skar erleichtert auf. Esanna mochte jetzt noch so erregt sein: Die Gefahr, dass sie sich noch einmal auf den Nahrak stürzen würde, war so gut wie gebannt; zumal sie jetzt wissen musste, dass der Nahrak auf der Hut war und keinesfalls bereit sich von ihr überraschen zu lassen.

»Du solltest dein Messer wieder einstecken«, sagte Kama ruhig. »Vielleicht du noch werden es brauchen.«

Das Mädchen funkelte den Nahrak an, streckte dann langsam die Hand vor, nahm die Klinge und ließ sie wieder unter ihrem Gewand verschwinden. »Die Quorrl sind Monster«, stieß sie dann hervor. »Bestien. Sie töten ohne Sinn und Verstand.«

»Sie töten aus ganz ähnlichen Gründen wie Menschen«, sagte Kama fast sanft.

»Ach ja?«, höhnte Esanna. »Und warum ermorden sie dann sogar Kleinkinder und alte Leute? Warum verwüsten sie ganze Landstriche und schrecken vor nichts zurück, um uns zu vertreiben?«

Kama blickte sie offen an. »Ich nicht wissen, warum Quorrl und Menschen diese schrecklichen Dinge immer wieder tun. Aber in diesem einen, in diesem ganz speziellen Fall es gehen um mehr als nur um Barbarei und Kampf zwischen verfeindeten Völkern.«

Esanna beugte sich wieder ein Stück vor und ihre Stimme wurde schärfer; nachdem es ihr misslungen war, Kama ihren Dolch ins Herz zu stoßen, schien sie ihn mit Worten vernichten zu wollen: »Wenn du es nicht weißt, dann beantworte mir doch diese Fragen: Warum richten die Quorrl ein Massaker nach dem anderen unter den Diggern an? Warum brennen sie unsere Hütten nieder und nehmen uns die Luft zum Atmen, bis wir nicht mehr anders können, als uns zu wehren und sogar mit den Satai gemeinsame Sache machen müssen? Warum bringen sie uns dazu, sie auslöschen zu wollen, wenn sie doch angeblich so friedliebend sind?«

In Skars gespannte und dennoch halb benommene Aufmerksamkeit mischte sich so etwas wie Entsetzen: Esanna verfügte über eine beachtliche Wortwahl und sie setzte die Worte so aggressiv zusammen wie jemand, der sich eher in der Waffenkunst auskannte als mit einfachem Grabungsgerät und der Routine eines stinklangweiligen Dorflebens. Das war in der augenblicklichen Situation alles andere als ungefährlich, denn jedes erregte und wie ein treffsicherer Pfeil abgeschossene Wort konnte eine übersteigerte Reaktion provozieren. Wenn die beiden nicht aufhörten, einander mit Worten in die Enge treiben zu wollen, würde es früher oder später zu einer Katastrophe kommen; die Anspannung und der Schrecken der Nacht drängten danach, sich in einer Bluttat zu entladen.

Es musste ein Ende haben.

Esanna schien das auch so zu sehen, wenn auch aus vollkommen anderen Gründen. »Unsere Wege werden sich jetzt trennen«, sagte sie. Ihre Stimme zitterte und ihr Blick war voller Wut. »Ich muss zurück in mein Dorf. Vielleicht haben die Quorrl nicht alle getötet. Vielleicht kann ich heute noch helfen meinen Clan wieder zusammenzuführen.«

Skar konnte ihren Wunsch verstehen – aber das hieß nicht, dass er ihn billigte. Zerstückelte Leichen, klaffende Wunden, blutverschmierte Gewänder, abgerissene Gliedmaßen, niedergestreckte Frauen und Kinder und über allem der Gestank von Blut, Urin, Schweiß und Verwesung: Das alles war wahrlich nichts, was sich Esanna antun sollte; weder jetzt noch zu einem späteren Zeitpunkt. »Es tut mir Leid«, sagte er deshalb. »Aber ich fürchte, du wirst niemanden mehr antreffen.«

»Ach ja?«, fragte Esanna bitter. »Und deswegen soll ich es nicht zumindest probieren? Deswegen soll ich mir irgendwelchen Unsinn anhören, von ihm, der uns Diggern die Schuld gibt, dass wir von den Quorrl gejagt und erschlagen werden, als wären wir ein paar giftige Nattern?«

»Nein«, sagte Skar hilflos. »Niemand gibt dir oder den Diggern die Schuld an irgendetwas.«

»Na wunderbar«, giftete Esanna. »Dann kann ich jetzt also gehen?«

Skar schwieg. Wenn er Esanna laufen ließ, würde er vielleicht nie herausbekommen, was mit ihr nicht stimmte. Aber wenn er ehrlich war, war das nicht der entscheidende Grund, warum er nicht wollte, dass sie ging. Es war etwas an ihr, das ihn auf eine unerklärliche Art anzog. Vielleicht weil sie ein ähnliches Gefühl in ihm auslöste wie Kiina, in diesen letzten Monaten ihres gemeinsamen Kampfes, bevor Del versucht hatte ihn umzubringen.

Dann fiel ihm auf, was er gerade gedacht hatte: *Bevor Del versucht hatte ihn umzubringen*! War es das, was er die ganze Zeit über hatte wegschieben wollen? Dass er eigentlich tot war? Oder dass er nie tot gewesen war, sondern nur in einer absonderlichen Art von Tiefschlaf Jahrhunderte überdauert hatte, bevor ihn der See ausgespuckt hatte wie einen unverdauten Bissen?

»Es wäre schön, wenn du mich wenigstens mit einer Antwort beehren würdest«, sagte Esanna säuerlich.

»Was?«

Esanna presste die Zähne so fest aufeinander, dass es

knirschte. »Du überspannst den Bogen, Skar«, sagte sie schließlich. »Du kannst mich nicht behandeln wie eine dahergelaufene Bauerngöre.«

»Schön«, sagte Skar und presste sich etwas näher an den Baum, an dessen mächtigem, aber modrigem Stamm sich der auffrischende Wind brach. Seine Augen fielen wie von selbst immer wieder zu, aber seine Müdigkeit war in diesem Moment halb gespielt. Esanna *war* eine dahergelaufene Bauerngöre. Das Mädchen mit der klaffenden Gesichtswunde und den zerrissenen, besudelten Lumpen, die es nur sehr unvollständig vor der Feuchtigkeit und der Kälte schützten, hätte eigentlich vor Erschöpfung längst zusammenbrechen müssen. Die Energie, die es vorantrieb, hatte etwas Übermenschliches an sich. Aber im Grunde genommen passte es nur zum Gesamtbild, zu der durch und durch unpassenden Art, wie sie das Gespräch an sich gerissen hatte, und zu dem herausfordernden Blick, mit dem sie ihn jetzt maß.

»Der Abstieg alleine und bei diesem Wetter – es ist zu gefährlich. Es ist vielleicht besser, wenn ich dich begleite.«

»Nach allem, was wir erlebt haben, kann mich nichts mehr schrecken«, sagte Esanna verächtlich. »Und schließlich habe ich noch mein Messer. Wenn jemand glaubt leichtes Spiel mit mir zu haben, wird er sich wundern.«

Skar atmete tief durch. So, wie sie sich aufführte, war ihm danach, sie anzuschreien; sie zu packen und so lange zu schütteln, bis sie zur Vernunft kam. Aber er wusste, dass er damit nur das Gegenteil von dem erreichen würde, was er wollte – und deshalb ließ er es. »Es dürfte nicht gerade einfach sein, den Weg zurück zu finden«, sagte er so ruhig wie möglich. »Es ist kein Spaß, sich bei diesem Wetter zu verirren. Wenn du nicht bis zur Dunkelheit einen sicheren Unterschlupf gefunden hast, wirst du erfrieren.«

»Bis dahin ist es noch lange hin«, sagte Esanna leichthin.

»Das mag sein. Aber denk daran, wie ungemütlich es war, als du heute Nacht die Höhle verlassen hast.«

»Daran denke ich lieber nicht«, sagte Esanna wütend. »Schließlich warst du daran schuld, dass ich mir in der Kälte fast den Tod geholt habe.«

Skar wusste nicht, ob er über diese Bemerkung lachen oder einfach losbrüllen sollte. »In dieser Nacht ist so viel passiert: Lassen wir es im Moment dabei«, sagte er schließlich so leise, dass seine Stimme kaum mehr als ein Flüstern war. »Aber überleg es dir gut, ob du nicht besser mein Angebot annehmen willst.«

»Da gibt es nichts mehr zu überlegen«, sagte Esanna verstimmt. »Ich werde meiner Wege ziehen – und ihr könnt tun, was ihr nicht lassen könnt.«

»Nun gut«, sagte Skar mühsam beherrscht. »Wenn es denn dein Wille ist: Ich werde dich nicht mit Gewalt aufhalten. Aber denke wenigstens daran …«

»Du wirst sie nicht aufhalten«, unterbrach ihn Kama. »Aber ich.«

Skar und Esanna blickten ihn verblüfft an.

»Was ihr so schauen?«, fragte Kama ärgerlich. »Seht euch doch mal an. Ein Mann ohne Beinkleider. Aber so schwach, dass er gleich umkippt. Ein Mädchen, das so viel Schock hat, dass es nicht einmal weiß, wie schwer seine vielen kleinen Wunden wiegen.«

»Mir fehlt nichts!«, protestierte Esanna.

»Natürlich dir fehlt nichts«, sagte Kama ohne jeden Spott in seiner Stimme. »Aber du sein mehr als halb tot.« Er klopfte sich gegen die Brust. »Hier drinnen – du sein fast ganz tot. Und dein Körper auch nicht gerade sein in Bestform. Selbst nachdem ich deine Stirnwunde gereinigt habe, du noch brauchen viel Ruhe.«

»Und? Was soll ich deiner Meinung nach tun?« Esanna deutete in das feuchte Grau um sich herum. »Siehst du das hier? Diese Brühe? Ich kann sie nicht mehr ertragen. Nicht nach der Höhle …« Sie schluckte trocken und fuhr leiser fort: »Nicht nach dem, was uns in der Dunkelheit passiert ist.«

»Du hast Angst, dass die *Khtaám* hierher kommen«, stellte der Nahrak fest. »Angst nicht schlecht. Macht wachsam. Aber in diesem Fall unbegründet. Die *Khtaám* können die Höhle nicht verlassen.«

»Und warum nicht?«, fragte Skar.

»Weil die *Khtaám* die Höhle sind«, sagte Kama ernsthaft. »Es gibt nicht viele *Khtaám*, sondern nur einen *Khtaám*.«

»Moment«, protestierte Skar. »Das kann doch nicht so ganz stimmen. Die *Khtaám* sind die Wiedergeborenen der Hoger. So hat man mir das zumindest erklärt, damals ...«

»Coar hat dir das gesagt«, stellte Kama fest. »Und sie hatte Recht mit den Wiedergängern. Fast.«

»Coar?«, fragte Skar alarmiert. »Woher kennst du sie? Das ist weit mehr als dreihundert Jahre her ...«

»Ich bin ein Nahrak, Hüter des Waldes«, unterbrach ihn Kama. »Wir reichen weiter unser Wissen von Generation zu Generation. Natürlich auch gerade dann, wenn es den *Großen Skar* betrifft.«

Skar starrte ihn nur sprachlos an. »Das glaube ich einfach nicht«, sagte er dann. »Ich habe mich damals mit Del zu euch gerettet ...«

»Vor ein paar Quorrl«, fuhr der Nahrak unbarmherzig fort. »Und ihr nicht wusstet, warum. Aber bald wirst du es verstehen.«

»Bald werde ich es verstehen?« Skar war zwar noch immer müde, aber die unerwartete Wendung des Gesprächs hatte das Gefühl der Entspannung in ihm endgültig vertrieben. »Du meinst allen Ernstes, dass die damalige Verfolgung durch die Quorrl mit den heutigen Zusammenhängen in Verbindung steht?«

»Aber ja«, bestätigte der Nahrak. »Ganz gewiss sogar. Wir nur haben gebraucht viele Jahre, um dahinter zu kommen.«

»Und hinter was seid ihr gekommen?«

»Die Quorrl damals gehörten mit zur Verschwörung«, sagte Kama. »Zu denen, die jetzt die Quorrl vernichten wollen.«

»Moment, Moment.« Skar schüttelte den Kopf. »Das ist doch alles wirres Gerede.«

»Kein wirres Gerede«, protestierte der Nahrak. »Sondern Wahrheit. Ganz einfache Wahrheit, wenn man den Zusammenhang versteht.«

»Also bitte.«

»Bitte was?«

»Erklär uns diesen Zusammenhang.«

»Oh. Natürlich.« Kama seufzte tief und ließ dann das glänzende Eisenrohr in einer Falte seines Gewandes verschwinden. »Das, was du kennst als *Khtaám*, ist geworden sehr mächtig in den letzten Jahrhunderten. Es ist das, was hinter den Dingen steht.«

»Ich müsste lügen, wenn ich behaupten würde, *das* zu verstehen«, sagte Skar. »Kannst du dich nicht etwas verständlicher ausdrücken?«

»Ich will es versuchen.« Kama runzelt die Stirn, als müsse er angestrengt nachdenken. »Das *Khtaám* versucht zu unterwandern alles. Auch das, was alles unterwandert.«

»Oh nein«, protestierte Skar. »So geht das nicht. Du häufst Rätselsprüche aufeinander und erwartest dann, dass ich sie entwirre.«

»Du es nicht verstehen?«, fragte der Nahrak verblüfft. »Du nicht wissen, was hinter den Dingen steht?«

»Nein, das weiß ich nicht«, brummte Skar. »Ich weiß nur, dass ich das Gespräch gleich beende, wenn du nicht endlich anfängst etwas verständlicher zu reden.«

»Es ist die Zeit der Entscheidung«, sagte Kama vorsichtig. »Die Kräfte auf beiden Seiten sind bereit sich zu messen. Doch sie sind sich zu nah, um sich vollends entwirren zu können. Sie sind eins und doch zwei.«

»Du meinst die Quorrl und die Satai«, vermutete Skar.

»Die Quorrl und die Satai führen einen Stellvertreterkrieg«, sagte Kama. »Wären nicht sie es, wären es andere. Aber viel gefährlicher sind die Digger.«

»Schon wieder wir Digger«, mischte sich Esanna ein, die es nun offenbar überhaupt nicht mehr eilig hatte, ihr halbwegs komfortables Lager zu verlassen. »Was soll denn dieser Schwachsinn. Wir tun doch niemandem etwas.«

»Oh, ihr tut sehr schlimme Dinge«, sagte der Nahrak. »Ihr grabt nach Kaol. Dadurch ihr schwächt es. Und damit stärkt ihr das *Khtaám*.«

»Wir haben überhaupt nichts mit diesen *Khtaám* zu tun«, behauptete Esanna. »Ich habe heute Nacht zum ersten Mal davon gehört.«

»Ein Teil von dir hat heute Nacht zum ersten Mal davon gehört«, gab ihr Kama Recht. »Ein anderer Teil kennt die Wahrheit schon viel länger. Denn du bist bestimmt, Skar zu helfen.«

Esanna zog die Stirn kraus und zuckte zusammen, als würde ihre Stirnwunde dabei schmerzhaft zu pochen anfangen. »Schwachsinn«, sagte sie leise und führte die Hand an die Stirn, um mit dem Handballen gegen die Wunde zu drücken.

»Kein Schwachsinn«, widersprach Kama. »Nur ihr beide zusammen können Enwor retten. Ihr beide wurdet dazu auserwählt – auf eine Weise, die ihr vielleicht erst in vielen Jahren verstehen werdet. Es wird nicht leicht sein für euch zu begreifen, was muss getan werden, und es sein eine Zeit der Prüfung, bis es euch kann gelingen, den unsinnigen Krieg zwischen Quorrl und Satai zu beenden. Ihr müsst diesen Weg gemeinsam beschreiten, Esanna, gegen das Khtaám und für Enwor. Wenn ihr es nicht tut, ist Enwor verdammt.«

»Enwor soll verdammt sein, wenn ich jetzt meiner Wege gehe und nicht mit Skar ziehe?« Esanna schüttelte den Kopf. »Das glaubst du doch selber nicht. Wir kennen uns ja nicht einmal. Im Grunde genommen weiß ich ja nicht einmal, wer Skar ist.«

»Du selbst hast doch das Zeichen erkannt«, sagte Kama sanft. »Du hast doch gesehen, was ist mit seiner Brust verwachsen.«

»Das Zeichen … ja.« Ihre Stimme zitterte und ihr Blick flackerte plötzlich vor Angst. »Und ich habe Skar kämpfen sehen. Anders als alle anderen Männer, die ich je im Kampf sah – anders selbst als die beiden Satai, die letzten Winter für meinen Vater kämpften.«

»Zwei Satai?« Skar sah eine Chance das Gespräch in eine unverfänglichere Richtung zu lenken. »Hat sie dein Vater angeheuert?«

»Angeheuert ist wohl das falsche Wort«, antwortete Esanna leise. »Sie tauchten irgendwann von selbst auf … und sie verhielten sich äußerst merkwürdig.«

»Inwiefern merkwürdig?«

»Nun … sie … sie …« Esanna schüttelte angeekelt den Kopf. »Aber das ist ja auch nicht so wichtig.«

»Wieso ist das nicht wichtig?«, fragte Skar. »Mich interessiert alles, was mit den Satai zu tun hat. Ich muss wissen, was in den letzten dreihundert Jahren mit ihnen geschehen ist.«

»Ich will aber nicht über sie reden!«, schrie Esanna mit erschreckender Heftigkeit. Sie wandte ihren Kopf ab und barg ihr Gesicht in den Händen und ein heftiges Schluchzen erschütterte ihren Körper, das so ganz im Gegensatz zu ihren vorherigen schroffen Worten stand und doch genauso dazu passte wie eine kalte Nacht, die auf einen strahlenden Tag folgte.

Skar wollte sich zu ihr herüberbeugen, aber Kama schüttelte den Kopf. »Lass sie«, sagte er. »Ich kann dir erklären, was du willst wissen.«

»Na schön«, sagte Skar wenig überzeugt. Bislang hatte er noch nicht einmal die Hälfte von dem verstanden, was ihm der Nahrak auf die Nase hatte binden wollen. Vielleicht war ja tatsächlich etwas Wahres daran, vielleicht war aber auch einfach alles ein wirrer Mischmasch alter Überlieferungen und allzu freizügiger Interpretation.

»Die Satai haben sich verändert in den letzten drei Jahrhunderten«, begann der Nahrak. »Sie nicht mehr dieselben sind. Früher sie standen für …«

»Ich weiß, wofür sie früher gestanden haben«, knurrte Skar. »Falls du es nicht wissen solltest: Ich selber habe viele Jahre den Mantel des Hohen Satai getragen.«

»Ja, ich weiß«, seufzte Kama. »Und wenn du ihn noch heute würdest tragen, vieles wäre anders. Doch jetzt ist alles … viel schwieriger geworden.«

»Inwiefern?«

»Die alten Ideale – sie wurden abgewaschen durch die Zeit. Darunter es kam zum Vorschein Habgier und Selbstsucht.«

»Die Satai waren noch nie ein Verein hilfsbereiter junger Männer«, sagte Skar schroff. »Wir haben uns verdingt, haben dem gedient, der unseren Lohn hat zahlen können. Wir haben Könige gestürzt und andere auf den Thron gehoben …«

»Ihr hattet einen Ehrenkodex«, beharrte Kama. »Ihr seid gewesen mehr als ein paar Strauchbanditen, die nur zufällig konnten kämpfen besser als alle anderen. Ihr seid gewesen ein Garant für Stabilität. Ihr habt geschnitten faule Stellen aus dem Fleisch – das war alles.«

»Das ist eine sehr freie Interpretation«, sagte Skar. »Es mag sein, dass es in gewisser Weise sogar zutraf. Aber es hat auch immer Satai gegeben, die gegen den Kodex verstoßen haben – oder schlimmer noch, die die Interessen Enwors verraten haben.«

Kama machte eine wegwerfende Bewegung. »Überall, wo Licht ist, sein auch Schatten. Aber ich nicht das meinen. Jetzt die Schatten haben bei den Satai die Überhand gewonnen und das Licht fast ganz verdrängt. Wenn sie erst haben vollständig die Macht, alles ist zu spät.«

»Das ist ja alles schön und gut«, sagte Skar. »Aber was geht es mich an? Dreihundert Jahre sind eine sehr lange Zeit. Viele Generationen sind mittlerweile vergangen. Selbst, wenn ich noch Nachfahren hätte – sie haben nicht mehr mit mir gemein als ein See mit einer seiner Quellen gemein hat, wenn ihn doch gleichzeitig mehrere hundert Quellen speisen. Nein«, er schüttelte entschieden den Kopf, »dieses Enwor ist nicht mein Enwor. Ich bin ihm zu nichts verpflichtet.«

»Und wenn nun nicht nur die Existenz der Satai auf dem Spiel stehen, sondern auch die ganz Enwors?«

Skar starrte schweigend vor sich auf den matschigen Boden, der unweit ihres Lagers aus morschen Ästen und zusammengehäuften Blättern leicht abschüssig verlief und nur von spärlichem, grün geflecktem Moos und kargen, dünnen Gräsern zusammengehalten wurde. Schon die nur wenige Schritte entfernten nächsten Bäume waren nichts als dunkle Schatten in diesem merkwürdig grauen Nebel, der sich feucht und erstickend auf die Atmungsorgane legte, als wollte er ihn und seine beiden Begleiter mit einem Leichentuch bedecken.

»Was ist denn so erhaltenswert an Enwor?«, fragte er.

»Du das fragen im Ernst?« Der Nahrak wirkte nicht empört, sondern eher – betroffen. »Du wirklich fragen, warum tausende von Kindern haben ein Recht auf ein Leben? Warum es ist wichtig, Kulturen zu erhalten …?«

»Was für Kulturen?«, fragte Skar bitter. »Enwor fällt

immer mehr der Zerstörung anheim. Die *Errish* und Elay – zerstört. Ausgelöscht vom Sternenfeuer. Die reiche Hafenstadt Grandiosa – bis auf die Grundfesten verbrannt. Und mit ihr nicht nur viele tausend Menschen, sondern auch unersetzliche Gemälde, Schriftstücke und Kostbarkeiten. Die Tempel der *Ehrwürdigen Frauen*, die Städte des Hochlands, die alten Königtümer … soll ich wirklich weitermachen und dir all das aufzählen, was bereits während meiner begrenzten Lebensspanne alles unwiederbringlich verloren ging?«

»Die Geschichte sein ein fortwährendes Auf und Ab«, sagte Kama. »Auf der Asche verbrannter Erde wächst wieder Neues. Nichts sein auf ewig verloren. Der Wandel wird neue Blüten hervorbringen.«

»Nein«, sagte Skar schroff. »Das wird er nicht. Und wenn einer die Zusammenhänge kennt, dann du.« Er wusste nicht, woher er diese plötzliche Sicherheit nahm, er wusste einfach, in diesem einen, unheimlich kostbaren Moment, dass er die Wahrheit sprach, und er konnte es nicht verhindern, dass sie weiter aus ihm heraussprudelte. »Enwor stirbt, Kama. Es geht unter. Was vor dreihundert Jahren in der Vernichtung der *Errish* gipfelte, hat sich weiter ausgebreitet. Möglich, dass die Digger damit etwas zu tun haben, möglich, dass sich *Errish* und Digger in so vielem unterscheiden, aber nicht in der fundamentalen Bedeutung, die sie für Enwor haben: Die einen zu seinem Erhalt, die anderen zu seiner Zerstörung.«

Der Nahrak runzelte die Stirn und sagte etwas so leise, dass ihn Skar nicht verstand. Dabei war er sich nicht sicher, ob das wütende Funkeln in seinen Augen ihm oder seinen Worten galt.

»Was hackt ihr beide immer wieder auf uns Diggern herum?«, fuhr Esanna dazwischen. »Wir sind kein kriegerisches Volk. Wir wollen einfach nur in Ruhe unserer Beschäftigung nachgehen …«

Skar reagierte nicht auf ihre Worte, obwohl sie den Kopf drehte und ihn fragend ansah. Er wollte nicht antworten. Er wollte überhaupt nicht reden, sondern einfach nur dasitzen und das vage Gefühl von Geborgenheit und Sicherheit genießen, das ihm die Müdigkeit vorgaukelte, vielleicht zum letzten Mal für sehr lange Zeit.

»Ihr sein überhaupt kein Volk«, brach Kama endlich das eisige Schweigen. »Ihr sein nur ein Haufen zerlumpter Gestalten im Dienst des *Khtaám*.«

Esannas Augen wurden schmal. »Was soll denn das heißen? Sind wir dir vielleicht nicht gut genug, du komischer Waldhüter, weil wir keinen Wert auf Prunk und Pomp legen?«

»Darum es nun gehen wirklich nicht«, sagte Kama. »Ihr seid kein Volk, weil ihr euch erst vor drei Jahrhunderten zusammengetan habt. Frag Skar. Der dir können sagen, was ich damit meinen.«

»Also?«

Skar hatte keine Lust, sich auf irgendwelche Spielchen einzulassen. »Macht das bitte untereinander aus«, sagte er. »Aber wenn ihr mich schon fragt: Wir sollten uns so schnell wie möglich auf den Weg machen. Bevor die nächste Nacht hereinbricht, will ich eine gehörige Distanz zwischen mir und der Höhle wissen. Außerdem wäre es nicht schlecht, wenn ich mich unterwegs neu einkleiden könnte. Mir friert nämlich langsam was weg.«

»Ich verstehen«, sagte Kama. »Du auch können gleich aufbrechen mit dem Mädchen – wenn ihr euch fühlen dazu stark genug. Den Hügel hinab, in Richtung des Pojoaque. Ihr müsst sein dort sehr vorsichtig. Dieser Fluss ist … gefährlich.«

»Du scheinst ja schon alles sehr genau geplant zu haben«, brummte Skar.

»Ich nur wissen, was zu tun ist«, fuhr der Nahrak ruhig fort. »Darum ich werden gehen den *Frarr* suchen. Sobald ich ihn haben gefunden – und wenn ich ihn wieder haben unter Kontrolle –, ich kommen zu euch.«

»Und wenn dir das nicht gelingt?«

»Dann«, der Nahrak brach ab und schluckte hart. »Dann ihr müsst machen alleine weiter. Ohne Kama und ohne *Frarr*. Du dich einfach müssen halten an Marna …«

»Den Satai mit der Goldmaske?«, unterbrach ihn Skar überrascht.

»Ja«, nickte Kama. »Du musst nach ihm suchen – und nach dem *Elften Buch*. Alles andere werden sich dann schon ergeben von selbst.«

Eine Weile herrschte ein fast bedrohliches Schweigen. Der Nahrak hatte mit solcher Intensität gesprochen, dass seine Worte wie ein gewaltiges Vermächtnis wirkten – ein Vermächtnis allerdings, das Skar nicht bereit war anzunehmen. »Und das ist alles?«, fragte er spöttisch. »Mehr Anweisungen hast du für uns nicht, kleiner Mann?«

»Nicht zurzeit«, antwortete Kama ernsthaft. »Aber später … vielleicht.«

»Und du glaubst wirklich, ich werde das tun, was mir ein dahergelaufener Nahrak sagt?«, fragte Skar ruhig. »Wie kommst du darauf?«

»Ich dich nicht verstehen«, sagte Kama. »Du doch müssen begreifen, was es heißen, Verantwortung zu tragen.«

Skar lachte humorlos auf. »Wenn das ein Witz sein soll, ist es ein geschmackloser«, sagte er. »Ich habe keine Verantwortung mehr. Für nichts und niemanden. Mein Enwor existiert sowieso schon seit drei Jahrhunderten nicht mehr. Für wen sollte ich mich also verantwortlich fühlen?«

»Wärst du nicht gewesen, Enwor hätte sich anders entwickelt«, sagte Kama. »Die Quorrl hätten nicht erfolgreich greifen können nach der Freiheit, nicht abschütteln können die Fesseln der alten Überlieferung, wärst nicht du gewesen. Die Satai nicht hätten können das Chaos überstehen, wärst nicht du gewesen. Enwor war auf dem Weg zum Untergang und du haben das Ruder herumgerissen. Und da du mich fragen, Hoher Satai, was für eine Verantwortung du haben? Das sein lächerlich.«

Ob Skar wollte oder nicht – die Worte des Nahrak berührten etwas tief in ihm. Er wusste, dass er ihm damit hatte schmeicheln wollen. Aber das war nicht der entscheidende Punkt; entscheidend war vielmehr, dass Skar tief in seinem Innersten wusste, dass der Nahrak Recht hatte.

Kama schien zu spüren, dass er gewonnen hatte – wenn auch nur teilweise – und dass es klüger war, das Thema zu wechseln. »Esanna wollte etwas wissen von dir«, sagte er. »Sie wollte wissen, was es mit den Diggern auf sich haben.«

»Ja genau«, ging Esanna dem Nahrak auf den Leim. »Was soll dieses blöde Gequatsche, dass wir kein Volk sind? Was sollen diese Vorwürfe, dass wir an allem Übel dieser Welt schuld sind?«

Skar starrte einen Moment lang schweigend Kama an, der seinen Blick ungerührt erwiderte mit der stummen Aufforderung auf Esannas Vorstoß einzugehen.

»Ich bin wohl kaum der richtige Fachmann für die Angelegenheiten der Digger«, sagte er schließlich.

»Oh doch, das du sein«, sagte Kama ungerührt und so schnell, als habe er sich die Antwort schon vorher zurechtgelegt. »Du wissen aus eigener Anschauung mehr über den Werdegang, die Geburt und die Vernichtung ganzer Königreiche und Volksgruppen als irgendein anderer Mensch. Und du wissen, was sie unterscheidet von einer solchen Gruppe wie die der Digger.«

»Was sollte schon mit diesem wirren Haufen los sein?«, fragte Skar gereizt. »Als ich noch in voller Blüte stand, gab es weit und breit keine Digger. Von allen Bewohnern Enwors bin ich wahrscheinlich derjenige, der die Geschichte der Digger am wenigsten kennt.«

»Siehst du«, sagte Kama triumphierend. »Er euch nicht kennen.«

»Und was soll das beweisen?«, fragte Esanna.

»Das beweist, dass nach meinem Abgang irgendjemand auf eine besonders schlaue Idee kam und mit ein paar Getreuen die Gemeinschaft der Digger gegründet hat: mit klar umrissenen Zielen und der Anweisung, wie die Idee weiter verbreitet werden sollte«, sagte Skar in einem Tonfall, der zeigte, wie sehr ihm dieses Gespräch auf die Nerven ging. »Aus dieser Keimzelle entwickelte sich schließlich eine mächtige Bewegung, die immer mehr Einfluss auf Enwor gewann.«

»Woher weißt du das?«, fragte Esanna überrascht.

»Weil das die übliche Art ist, wie Spinner ihre Ideen in die Welt hinaustragen«, murrte Skar. »Und wenn du es genau wissen willst: Auch die Satai sollen sich so in ihrer Gründungsphase verhalten haben – allerdings ist das schon ein paar Jährchen her.«

»Das klingt so, als würdest du neben den Diggern auch die Satai verachten.«

»Und wenn das so wäre?«, fragte Skar. »Würde es dich wundern?«

Esanna starrte ihn mit einer Mischung aus Trauer und Entsetzen an und nickte dann. »Aber ja«, sagte sie. »Du bist die Legende, die Leitfigur, fast ein Gott für die Satai. Wie kannst du es dann wagen ...«

»Schlecht über die zu reden, die in meinem Namen morden und Machtpolitik treiben?«, fauchte Skar. »Ja, wie kann ich nur? Hast du denn nichts begriffen, Esanna?« Aber dann schüttelte er den Kopf und trat wütend ein paar Äste beiseite, die im hohen Bogen wegflogen und irgendwo im Nebel gegen einen Baum klatschten. »Ich tue dir Unrecht, verzeih«, fuhr er gefasster fort. »Du kannst sie nicht kennen, die dunklen Regeln der alles verschlingenden Macht.«

»Was meinst du damit?«, fragte Esanna stockend.

»Es ist wie eine wütende Krankheit, die selbst die Besten befällt«, sagte Skar bitter und dachte an Del. »Und wenn es sie erst einmal gepackt hält und sie Dinge tun lässt, die sie zuvor verachtet haben, werden sie dir noch hohnlachend ins Gesicht schreien, dass sie im Recht gewesen sind.«

Esanna schwieg lange. Als sie dann den Kopf zu Skar wandte, waren ihre Augen voller Tränen. »Ist es dir auch so gegangen?«

»Was?«, fragte Skar fassungslos.

»Bist du auch der Macht erlegen, alter Mann? Hast du sie missbraucht, als du den Mantel des Hohen Satais getragen hast?«

Skar starrte sie an, als sähe er sie zum ersten Mal. »Ich verstehe ... deine Frage nicht.«

»Doch. Du verstehst sie sehr gut.«

»Ich weiß nicht ...«

»Ach nein.« Esannas Gesicht verzog sich zu einer höhnischen Grimasse. »Du weißt wirklich nicht, was ich meine? Du hast dich selber noch nie gefragt, ob du deine Tochter nur deshalb verloren hast, weil du zu beschäftigt warst mit deinen ... mit deinen *Machtspielchen*, statt dich zur Zeit um sie zu kümmern.«

»Ich … was soll das.« Skar verspürte plötzlich ein Flattern in der Brust. »Das bringt doch alles nichts. Außerdem geht es dich gar nichts an!«

Die letzten Worte hatte er fast geschrien. Der seelische Druck, der auf ihm lastete, seit er nackt an Land gekrochen war, kam wieder, jenes Wühlen im Gedärm und das Kribbeln in Armen und Beinen – und es wurde schlimmer. Er kämpfte dagegen an, wusste jedoch nicht, welches Kampfmittel er einsetzen sollte, da der Feind ihm unbekannt war. Er kämpfte gegen die Verzerrung seines Mundes an und zwang einen möglichst gleichgültigen Ausdruck auf sein Gesicht.

»Mit den Diggern es haben noch eine Besonderheit«, sagte Kama. »Sie sind geschaffen worden als Werkzeug. Sie bauen Kaol ab.«

»Ja – und?«, fragte Esanna. »Was ist verkehrt daran? Kaol ist die Kraft, die alles zusammenhält. Kaol ist die Essenz des Lebens. Kaol ist das Rückgrat unserer Gemeinschaft.«

Es klang wie ein vor ewiger Zeit auswendig gelernter Text. Und das war er wahrscheinlich auch – das Glaubensbekenntnis, das die Gemeinschaft der Digger zusammenhielt und sie immer weiter vorantrieb bei ihrem Ziel, so viel Kaol abzubauen wie möglich.

»Kaol befähigen euch zu besonderen Leistungen«, stellte Kama fest. »Es wärmt euch und geben euch Kraft.«

»Ja … natürlich«, sagte Esanna misstrauisch. »Ohne Kaol könnten wir gar nicht existieren.«

»Es sein das Rückgrat eurer Gemeinschaft«, sagte Kama. »Ich wissen. Es sein aber noch mehr. Es sein euer Verderben. Es verändert jeden Einzelnen von euch wie eine Droge. Es machen euch zu Sklaven …«

»Verdammt noch mal«, fuhr Skar dazwischen. »Könnt ihr nicht aufhören mit dem Mist!« Seit ihn Esanna an Kiina erinnert hatte, fühlte er sich miserabel, aufgewühlt, und das nicht nur, weil es um seine Tochter ging, sondern auch wegen etwas anderem und dieses andere stand in direktem Zusammenhang mit dem, was Kama gerade versuchte in Esannas Worte zu legen … Er kämpfte mit aller Kraft dagegen an, aber es gelang ihm nicht, sich zu beherrschen. Der innere Kampf und das mit Kiina und den beiden toten Nahrak und diesem ganzen Blödsinn vom Ende der Welt zusammenhängende Schuldgefühl bereitete ihm Übelkeit.

»Es sein kein Mist«, sagte Kama sanft. »Es sein die Wahrheit. Du können die Augen verschließen. Aber haben du nicht gesehen die Wucherungen, die Kaol bei vielen Diggern auslöst, haben du nicht bemerkt die Veränderung in ihrem Verhalten, die Gleichgültigkeit, ihre Kälte und Grausamkeit?«

»Hör auf!«, schrie Skar. »Ich will davon nichts wissen.«

»Du aber müssen davon wissen«, beharrte Kama und so, wie er es sagte, schien er es fast zu bedauern, ihn weiter zu bedrängen. »Du müssen der Wahrheit ins Gesicht schauen. Die Digger bauen Kaol ab und mit jedem Stück schädigen sie das, was alles zusammenhält. Die Digger können nicht anders; sie immer müssen machen weiter, weil sie sind abhängig von Kaol. Die Satai spielen ihr eigenes Spiel, glauben, die Digger sein nur Werkzeug in ihren Händen. Sie glauben mit diesem Werkzeug die Quorrl ausschalten zu können, glauben Enwor in ihre Gewalt zu bekommen. Aber das sein ein Irrtum.«

Er beugte sich ein Stück vor und sah Skar geradewegs in die Augen. »Es ist das *Khtaám*, was hinter allem steht. Es sein gut für dich, sehr gut, dass du hast gesehen, wie grausam und mächtig das *Khtaám* ist. So du wirst verstehen, was es wird bedeuten, wenn diese Kreatur übernehmen die Macht über Enwor.«

Skar hätte bestürzt und verwirrt sein sollen, aber das Gegenteil war der Fall. Ganz langsam wich die Angst von ihm und der innere Aufruhr legte sich, wenn auch nicht vollständig, dann doch so weit, dass er wieder sprechen konnte. »Ich nehme an, das ist noch nicht alles«, sagte er kalt.

»In der Tat«, antwortete der Nahrak und diesmal sah er verwundert aus. »Es sein noch nicht alles. Aber es reichen für den Augenblick.«

»Allerdings reicht es für den Augenblick«, fuhr ihn Esanna an. »Das ist doch alles platt getretene Kuhscheiße, kleiner Mann! Was haben wir mit diesen Viechern zu tun, die uns in der Höhle überfallen haben? Glaubst du etwa, die würden uns Befehle geben? Glaubst du wirklich, die könnten uns beherrschen?«

Kama sah sie sehr lange an und wandte dann den Kopf ab. »Ich wünschen, es wäre anders«, sagte er schließlich fast entschuldigend. »Und es sein auch nicht so einfach, wie du glaubst. Es sein alles sehr schwer zu verstehen.«

»Ach, ja? Das ist doch nur eine billige Entschuldigung dafür, dass du uns Unsinn erzählst, durch den du selbst nicht mehr durchblickst.«

»Nein, nein«, Kama schüttelte den Kopf, »keine Entschuldigung. Aber es sein vielleicht besser ... wenn du auf dich aufpassen. Auf deine innere Stimme. Es könnten sein, dass sich ... dass sich etwas in dir verändert.«

Obwohl ihn Kama gar nicht angesprochen hatte, fühlte sich Skar doch durch seine Worte bloßgestellt ... Er schloss die Augen und kämpfte gegen den heftigen Druck hinter seinen Lidern an und gegen die Übelkeit, die sich in seinem Magen zusammenballte und nach seiner Kehle griff .... Es war etwas in ihm, das ihn immer mehr in seine Gewalt zu bekommen versuchte, etwas, das sich ihm immer dann entzog, wenn er es glaubte fassen zu können, um dann, beim nächsten Mal, mit doppelter Macht wieder über ihn herzufallen.

Bislang war er noch nicht einmal auf die Idee gekommen, dass es Esanna ganz ähnlich gehen könnte.

3

Jeder einzelne Muskel in Skars Körper schmerzte, ihm war übel und er war mittlerweile so durchgefroren, dass seine immer noch unverhüllten Beine zwei Eiszapfen glichen, die gleichermaßen zerbrechlich und gefühllos über den aufgeweichten Boden staksten. Aber alles war besser, als auf dem feuchten Boden zu hocken und mitzuerleben, wie Kama Dinge aussprach, die er wohl für die Wahrheit hielt, die aber in erster Linie dazu gedacht waren, ihn und Esanna unter Druck zu setzen. Ganz nebenbei hatte er dabei begonnen, ihrer beider Leben zu sezieren und einen Bezug zwischen ihnen beiden herzustellen, eine Gemeinsamkeit anzudeuten, die Skar zwar selber unterschwellig die ganze Zeit über gespürt hatte, über die nachzudenken er aber nicht bereit war.

»Wenn ich nicht in mein Dorf zurückkehre, werde ich nie wissen, ob nicht doch noch jemand lebt«, sagte Esanna, die einen halben Schritt hinter ihm ging und ihm doch so nah war, dass er ihre Anwesenheit auch mit geschlossenen Augen gespürt hätte.

Skar spürte den Ernst ihrer Worte, aber auch die Verzweiflung dahinter. Aber er bemerkte gleichzeitig auch etwas anderes: eine zuerst kaum spürbare Veränderung, die sich über sie beide und das Tal legte, eine Veränderung in dem frostig kalten Luftzug, der nun plötzlich kleine Wirbel zu bilden schien, die sie wie Derwische umtanzten, und dann ein leises Säuseln, das von überall und nirgends zu kommen schien wie der Vorbote der Ankunft von irgendetwas, das sich ihnen auf eine vollkommen unbegreifliche Art zu nähern versuchte.

Das Auffälligste aber war das Zurückweichen des Nebels. Es war so, als flöhe das feuchte Grau vor ihnen, als wiche es zurück wie vor einem Feind, dem es sich nicht gewachsen wusste und den es erst wieder zu attackieren gedachte, wenn es sich seiner Sache sicher war. Der Nebel *glitt* geradezu zurück, rasch und mit fast bewusst wirkender Zielstrebigkeit machte er den Blick frei auf das Tal, durch das sie gestern Abend gekommen waren und das sie nun auch heute wieder zu durchschreiten gedachten.

»Der Nebel«, stotterte Esanna. »Wo ist er hin?«

»Das«, sagte Skar, »ist eine wirklich gute Frage. Vielleicht hat ihn ja Kama gestohlen.«

Esanna warf ihm einen Blick zu, als habe er den Verstand verloren. »Mir ist nicht nach dummen Scherzen zumute«, sagte sie dann, und es lag so viel Zerrissenheit in ihrer Stimme, dass sich Skar für seine unbedachte Antwort schämte.

Obwohl ihr Skar erst vorgestern zum ersten Mal begegnet war – war es tatsächlich erst vor zwei Tagen gewesen? Ihm kam es wie Jahre vor –, erkannte er die vielen kleinen Zeichen in ihrer Art zu reden und sich zu bewegen deutlich genug, um zu wissen, dass sie kurz vor dem Zusammenbruch stand. Äußerlich wirkte sie ruhig, aber hinter der Maske aus Gelassenheit und Ruhe brodelte es; dessen war er sich sicher.

Vielleicht auch deshalb, weil es ihm selber nicht viel besser ging.

»Ich finde es nicht gut, dass Kama alleine aufgebrochen ist, um den *Frarr* zu suchen«, sagte Esanna. »Es wäre mir lieber, er wäre mit uns gekommen.«

Obwohl ihre Worte etwas seltsam klangen angesichts der Tatsache, dass sie noch heute Morgen alleine hatte aufbrechen wollen und wiederum kurz davor ihr Messer gegen den Nahrak gezogen hatte, nickte Skar. »Das kann ich verstehen. Ich habe zwar immer noch nicht so richtig begriffen, warum er uns hilft. Aber wenn er nicht gewesen wäre …«

Er ließ den Rest seines Satzes unbeendet. Aber Esanna schien ihn auch so zu verstehen. »Es ist schon merkwürdig, dass die Nahrak gerade im richtigen Moment gekommen sind«, sagte sie leise. Der frische Wind riss ihre Worte auseinander, sodass sie nur bruchstückhaft an Skars Ohr drangen.

»Ja«, sagte er nach einer Weile. »Aber das ist nicht das Einzige, was merkwürdig ist.« Und mehr zu sich selbst murmelte er: »Ich habe immer noch nicht im Geringsten begriffen, was das alles soll.«

»Du meinst, dass Kama dir die Verantwortung für ganz Enwor aufhalsen will?«, fragte Esanna.

Wieder nickte Skar. »Ja. So ähnlich.«

»Und du verstehst auch nicht, wie ich da ins Bild passe?«

»Ja. Auch das.« Skar deutete nach vorne. »Sieh dir das an. Ausgerechnet jetzt, zum Abend hin, klart es so schnell auf, als hätte der *Frarr* mit seinem Höllenfeuer die Feuchtigkeit aus der Luft gebrannt.«

Es dauerte noch ein paar Sekunden, bis die plötzliche Veränderung so weit fortgeschritten war, dass sie mehr als nur ein paar verwaschene Schemen in der Entfernung zu entdecken vermochten. Was Skar gestern nur erahnt hatte, was er nach all den Strapazen und frischen Eindrücken des Kampfes lediglich mit dem Instinkt des Kriegers wahrgenommen hatte, der ihn auf der Suche nach einem sicheren Ruheplatz mit geradezu verblüffender Präzision zur Höhle geführt hatte – dem wahrscheinlich einzigen sicheren Schutz in dieser Nacht vor den Naturgewalten und *allen den anderen Dingen*, die dort draußen vorgegangen waren –, das wurde nun Gewissheit: Sie befanden sich in einer vollkommen unwirtlichen Einöde. Die Selbstverständlichkeit dieser lebensverneinenden und menschenfeindlichen Gegend erschreckte ihn gleichermaßen wie sie ihn auch faszinierte. Sein Blick tastete über die schroffen und steilen Abhänge, die wohl kaum je ein Mensch erklommen hatte, und über das Graubraun der wenigen spärlich bewachsenen Felsen, auf denen hier und da einzelne verwaschene weiße Flecke von dem Schnee kündeten, der heute Nacht gefallen war und an den meisten Stellen mittlerweile schon längst wieder vom Sturm weggetragen worden war.

Das Erschreckendste aber waren relativ frisch aussehende Einbrüche nicht weit unter ihnen, die Geröllawinen und Schneeabgänge nach sich gezogen hatten; mehrere beängstigend große und überraschend tiefe Senken, in die das Digger-Dorf mehrfach hineingepasst hätte und die irgendwie … künstlich aussahen. Skar erinnerte sich daran, dass er Ähnliches bereits gesehen hatte, als er neben Roun zum Dorf der Digger geritten war. Es sah fast so aus, als ob sich der Berg selbst auflöste, als bräche er ein, als würde er immer weiter unterhöhlt, bis er schließlich irgendwann nachgeben und vollständig in sich zusammenfallen würde.

»Das ist … unheimlich«, sagte Esanna fröstelnd. Sie wirkte mit einem Mal wieder wie ein kleines, hilfloses Mädchen und nicht wie die junge, selbstbewusste Frau, die soeben beschlossen hatte allen Widerständen zum Trotz ihre Familie zu suchen, um mit ihr einen Neuanfang zu wagen. Ihre Hand berührte wie von selbst Skars Arm, Schutz suchend und vielleicht in einem der wenigen Reflexe, die allen Lebewesen zu eigen ist, um sich des gegenseitigen Beistands zu versichern, wenn sie etwas über alle Maßen erschütterte.

Die kurze und kaum spürbare Berührung tat Skar seltsam gut und zerriss den Bann des unglaublichen Schauspiels, gab ihm die Kraft sich von dem Wispern und Raunen um sich herum abzuwenden und eine bewusste Entscheidung zu treffen. »Wir sollten sehen, dass wir so schnell wie möglich von hier verschwinden«, sagte er leise. Es lag ihm auf der Zunge mehr zu sagen, von dem Grauen zu erzählen, das ihn beim Anblick der gigantischen Senken überkommen hatte, von der Vorstellung, dass sich die *Khtaám*-Höhle wie ein bösartiges Unkraut wuchernd immer weiter unter den Berg grub, ihm seine uralte Stabilität raubte und ihn hinabstürzen ließ, in die wirbelnde unfassbare Tiefe des Strudels, der sich unter ihm auftat, in den vielfachen Tod, der auch ihn und Esanna verschlingen wollte.

»Ja«, flüsterte Esanna, als habe sie Angst belauscht zu werden, »aber wohin?«

»Das dürfte nicht so schwer sein«, sagte Skar. Er deutete mit der Hand hinab in die schroffe Tiefe, die sich vor ihnen auftat. »Die Auswahl an Wegen ist eher zu mager als zu groß. Aber keine Sorge: So wie es uns Kama erklärt hat, müssen wir hier richtig sein.«

Das Brausen war noch immer zu hören und der frische Luftzug wieder zum Sturm angewachsen, der mit Esannas Haar spielte, als sie sich zu ihm umwandte, und sie blinzeln ließ, als sie ihn ansah. »Woher?«, fragte sie heiser. »Woher sind wir gestern gekommen?«

Skar zuckte mit den Schultern und deutete dann nach unten, in die Schlucht mit ihrem kärglichen Bewuchs aus verkrüppelten Bäumen und dürren Sträuchern, den unwirtlichen, durch Wind und Wasser abgeschliffenen Felsen und dem kaum sichtbaren Pfad, der sich seltsam unwirklich durch das unwegsame Gelände schlängelte, dicht vorbei an den Ausläufern einer Senke, die wie ein brutaler Fremdkörper in die ansonsten unberührte Landschaft schnitt.

»Von dort, soviel ich weiß.«

»Was heißt das: soviel du weißt?«, fragte Esanna verwirrt.

»Das heißt, dass wir nicht auf dem Weg in dein Dorf sind und es deswegen auch nicht wichtig ist, den Weg dorthin zu kennen.«

»Für dich vielleicht nicht«, fauchte Esanna. »Aber für mich schon. Denn ich weiß immer noch nicht, ob es richtig ist, mit dir zu kommen.«

Skar blickte schweigend so weit in den Horizont hinein, wie er konnte. Das sonderbare, graugrüne Halblicht ließ nur die Dinge genau erkennen, die sich in unmittelbarer Nähe von ihnen befanden. Alles dahinter Liegende war verschwommen, große finstere Umrisse mit halb aufgelösten Konturen, unwirklich und drohend zugleich. Und auch der Regen, der jetzt fast unmerklich auf sie niederging, war sonderbar: fein wie sprühende Gischt und so warm, dass er seine Berührung kaum spürte, bis er bis auf die Haut durchnässt war. Zusammen mit dem unwirklichen graugrünen Licht gab es ihm fast das Gefühl sich unter Wasser zu befinden statt in den Bergen.

Schließlich zuckte Skar mit den Schultern. »Ich glaube, wir müssen dort lang«, sagte er und deutete irgendwo in das diffuse Nichts. »Und nun komm schon, bevor du Wurzeln schlägst.«

Esanna machte keine Anstalten ihm zu folgen, und als er sich zu ihr umdrehte, strich sie sich gerade eine Strähne ihres nass gewordenen Haars aus dem Gesicht und sah ihn nur schweigend an. Sie hatte sich nur wenige Armlängen von ihm entfernt gegen den Stamm eines alten, bereits abgestorbenen Baumes gelehnt, den nur noch die Gewohnheit an seinem Platz zu halten schien. Trotzdem konnte er ihr

Gesicht nicht richtig erkennen. Es war nur ein heller Schemen in dem wogenden Etwas, in dem sich die Wirklichkeit aufzulösen begann.

»Ich weiß nicht, ob ich noch weitergehen kann«, sagte sie hilflos. »Meine Beine … sie fühlen sich … so taub an.«

Skar nickte. Die Müdigkeit schlug wie eine lähmende Woge über ihm zusammen und er spürte, wie aus der Schwäche in seinem Magen so etwas wie Übelkeit wurde – offensichtlich war ihm die Mischung aus Beeren, Wurzeln und Pilzen, die sie vor ihrem Abmarsch gesammelt und verzehrt hatten, nicht besonders gut bekommen. »Das ist schon in Ordnung«, sagte er. »Wir werden hier rasten. Siehst du da drüben den Felsvorhang?«

Esanna folgte der Richtung, die seine ausgestreckte Hand vorgab, und nickte. »Du meinst …«

»Ich meine, wir sammeln jetzt an Blättern und Moos, was wir finden können, und richten uns unter dem Felsvorsprung eine Lagerstatt ein. In ein paar Stunden wird es sowieso dunkel und es ist fraglich, ob wir noch einmal einen so idealen Platz zum Rasten finden.«

»Sollten wir nicht … weitergehen?«, fragte Esanna zweifelnd. »Je weiter wir die Höhle hinter uns lassen, umso besser.«

»Das ist richtig«, gab Skar zu. »Aber wenn wir irgendwann vor Erschöpfung nicht mehr weiterkönnen …«

»Du meinst, wenn ich irgendwann zusammenbreche«, unterbrach ihn Esanna bitter.

»Nein.« Skar schüttelte den Kopf und lächelte leicht. »Ich fürchte, du überschätzt meine Kräfte. Ich bin nicht weniger erschöpft als du – vielleicht sogar noch mehr. Außerdem liegen mir ein paar von Kamas Pilzen ganz schön schwer im Magen. Was ist, wenn ich plötzlich umkippe: Wirst du mich dann weiterschleppen können? Oder lässt du mich dann irgendwo liegen und gehst alleine weiter?«

In dem verwaschenen Etwas, als das er bei der Entfernung ihr Gesicht erkannte, glommen zwei Punkte auf, dort, wo die Augen saßen. »Das sagst du doch nur, um mich zu beruhigen.«

»Ich wünschte, es wäre so«, brummte Skar. »Und nun

mach schon. Hilf mir dabei, ein Bett zu bauen. Oder willst du etwa auf dem nassen, kalten Boden schlafen?«

Statt einer Antwort stieß sich Esanna ab und kam zu ihm herüber. Unterwegs bückte sie sich bereits und sammelte so viel Laub auf, wie sie zu tragen vermochte. »Das können wir als Unterbau nehmen«, sagte sie. »Aber wir brauchen noch trockenes Laub, das wir als Oberschicht nehmen und auf das wir uns legen können.«

Während sie das sagte, glomm in ihren Augen ein Feuer, das er nicht zu deuten vermochte. »Ich sehe schon, du machst das nicht zum ersten Mal«, sagte er, während er zu dem Felsvorsprung herüberging und sorgsam nach Schlangen, Echsen oder anderem Getier Ausschau hielt.

»Wir Digger bleiben nicht allzu lange an einem Ort«, erklärte sie. »Wenn wir irgendwo wieder von vorne anfangen, müssen wir uns in den ersten Tagen mit dem Allernötigsten versorgen. Da bleibt nicht viel Zeit, um gleich genug Hütten für alle Dorfbewohner zu bauen.«

»Ein wanderndes Dorf also«, sagte Skar. Er raffte Moos und Blätter zusammen, die im Schutze des Felsvorsprungs so gut wie trocken geblieben waren, und häufte sie auf dem deutlich feuchteren Blätterwerk Esannas auf.

»Das immer weiter wandert – wenn es nicht mit Gewalt daran gehindert wird.« Esannas Stimme klang nun wieder so erstickt, dass Skar sie am liebsten in den Arm genommen hätte, um sie zu trösten. »Oh … verdammt.«

»Was ist?«, fragte Skar alarmiert und sah zu ihr herüber.

Es war ein seltsamer Anblick. Sie war sehr groß für eine junge Frau, fast so groß wie er selbst, aber von schlankem, fast zerbrechlich anmutendem Wuchs. Es war gleichzeitig eine Trauer und eine Erregung in ihr, ein Mischmasch verschiedener Gefühle, die er nicht zu deuten verstand.

»Es ist … nichts«, sagte sie. »Ich muss nur lernen, … dass alles irgendwann ein Ende hat.« Sie lachte humorlos auf. »Mein Leben ist zu Ende, weißt du das? Es war in dem Moment zu Ende, als du gesagt hast, dass du Geräusche hörst – Geräusche, wie sie nur von heranschleichenden Quorrl stammen konnten. Und dann …« Sie schüttelte verzweifelt den Kopf. »Ich verstehe nicht, warum dir mein

Vater nicht glauben wollte. Vielleicht hätte es keinen Unterschied mehr gemacht. Vielleicht hätten uns die Quorrl dennoch überrannt. Aber ... wir hätten wenigstens eine Chance gehabt!«

Skar sagte nichts darauf. Auf vor Erschöpfung unsicheren Beinen ging er zu dem herüber, was ihr gemeinsames Lager sein sollte. Es gab keine Worte, die sie jetzt erreichen würden, nicht wirklich. Er hätte ihr etwas davon erzählen können, dass jedes Ende auch einen neuen Anfang in sich barg. Er hätte ihr von anderen Schicksalen berichten können, von Männern und Frauen, die nach verheerenden Schlägen wieder zu neuer Kraft gefunden hatten. Aber nichts von alldem war wirklich wahr, weil das alles nicht Esanna betraf und den Schmerz über einen Verlust, dessen ganze Bedeutung sie erst in ein paar Wochen, vielleicht sogar erst in ein paar Monaten erfassen würde – wenn sie selbst noch so lange lebte.

Er ließ sich auf dem Laub nieder, lehnte sich an den moosbewachsenen Felsen und starrte in den Regen hinaus. Nach all der Hetze, all dem Töten, all dem Verwirrenden, das ihn in einen alles vernichtenden Strudel hatte ziehen wollen, kam ihm dieser Augenblick fast wie eine Erlösung vor. Es war eine Gelöstheit in ihm, ein leichtes Schweben, so als würde er sich trennen und befreien von dem, was Kama eine Verantwortung genannt hatte und was für ihn nur eine Last war, die ihn zu erdrücken drohte.

Die Zeit hatte scheinbar aufgehört zu existieren. Er hätte später nicht mehr zu sagen vermocht, wie lange Esanna noch so vor ihm gestanden hatte, durchsichtig fast in ihrem Schmerz, so als wäre sie gar nicht mehr von dieser Welt. Er hätte nicht sagen können, wie lange sein Blick auf ihr geruht hatte, um dann wieder hinabzuwandern, die Anhöhe hinunter, die sie weiter und immer weiter führen würde, bis sie Marna, den Satai mit der Goldmaske, erreichten und dann das tun würden, was auch immer getan werden musste – vereint wieder mit Kama, der so sicher zu ihnen stoßen würde, wie er Esanna jetzt sah, als sie langsam auf ihn zukam, um sich neben ihm niederzulassen, Seite an Seite mit ihm und mit angewinkelten Knien.

»Ich weiß nicht, wie es weitergehen soll«, sagte sie. Sie sah blass aus, gefangen in tiefer Trauer, aber auch auf eine erschreckende Weise erwachsen und selbstbewusst.

»Ich auch nicht«, sagte Skar leise. »Ich weiß nicht, warum ich hier bin. Ich weiß nicht, wer ich bin. Ich weiß nicht, was mich erwartet.«

Esanna schwieg lange und tausende von Tropfen gingen währenddessen nieder, benetzten die Erde, ganz leise und fast vorsichtig prasselnd, mehr ein Nieseln als ein ausgewachsener Regen. »Ich bin so entsetzlich müde«, sagte sie.

»Ich weiß«, sagte Skar, »es ist eine Müdigkeit, die viel tiefer geht als alles, was nur durch zu wenig Schlaf entstehen kann …«

Nach einer Zeit, die nur eine Ewigkeit sein konnte, wandte Esanna den Kopf zu ihm um und er hatte das Gefühl, als betrachte sie ihn so intensiv, als sähe sie ihn zum ersten Mal. »Wie alt bist du?«, fragte sie.

»Ich weiß es nicht«, murmelte Skar und dachte an den Wächter. Es war nicht so, dass er es jemals wirklich verstanden hatte. Er war der Wächter gewesen – oder der Erbe des Wächters; derjenige, der über Enwor wachen sollte und es doch nur sehr unvollkommen tat. Er war Ewigkeit und doch so sterblich, wie man nur sein konnte. Er hatte die Unsterblichkeit angeboten bekommen und sie ausgeschlagen – vielleicht hatte er sie gerade dadurch gewonnen.

»Das ist keine Antwort«, sagte Esanna sachte.

»Nein, das ist es nicht«, antwortete er. »Aber es ist die Wahrheit. Ich habe es vergessen …«

»Wie meinst du das?«, fragte Esanna nach der nächsten Ewigkeit mit diesem ewigen Prasseln des leichten Regens, der keinen Anfang und kein Ende kannte.

»Ich weiß es nicht.« Er schloss die Augen und blendete die Welt damit aus; aber immer noch war da das Prasseln, Prasseln, Prasseln und der Körpergeruch Esannas, eine verwirrende Mischung aus Tod und Jugend, aus Blut, Schweiß und Jungfräulichkeit.

Er streckte die Hand nach ihr aus und fand die ihre. »Wenn ich es nur wüsste«, murmelte er. »Ich habe mich verloren im Strudel der Zeit …«

Er hatte das Gefühl, dass die Welt ihm immer mehr entglitt. Es war nicht mehr als das Prasseln des Regens und dieses sanfte, ziehende Gefühl von Esannas Hand, das ihn vor dem völligen Abgleiten in eine dunkle Wirklichkeit bewahrte.

»Werden wir weiter zusammenbleiben?«, fragte Esanna und zu seiner Verblüffung klang keine Erwartung und keine Angst in ihrer Frage mit; es war einfach nur eine Frage.

»Wie meinst du das?«, fragte er.

Es dauerte diesmal sehr lange, bis sie antwortete. »Ich habe niemanden mehr«, sagte sie. »Und ich weiß auch nicht mehr, was ich glauben soll. Ich weiß nicht, was Kama mir sagen wollte ...«

»Vergiss Kama.«

»Ja. Nein. Er ist ein bemerkenswerter Mann. Und ich glaube, dass er davon überzeugt ist, was er sagt.«

»Das steht zu befürchten«, seufzte Skar. »Aber wenn es dir recht ist: Lass uns jetzt nicht von Kama sprechen.«

»Und doch müssen wir das«, sagte Esanna. »Es sind Dinge passiert ...«

»Ja?«

»Es ist ... als ob sich ein Abgrund vor uns eröffnet hätte, der die ganze Welt verschlingen wollte.«

Skars Nackenhaare stellten sich auf. »Der Schlund«, flüsterte er. »Er hat versucht uns zu verschlingen. Aber vielleicht hat er es ja auch irgendwie geschafft. Und vielleicht will er sich nun andere holen, mit unserer Hilfe ...«

»Ist dir nicht kalt?«, fragte sie unvermittelt. »Ohne Beinkleider ... du holst dir noch den Tod.«

»Ich habe mir schon den Tod geholt«, murmelte er.

Es änderte nichts an dem, was sie vorhatte. Seine Müdigkeit machte vagem Schrecken und einer kribbelnden Anspannung Platz, als sie ihre Hände weiter zu ihm schob und ihn langsam aber beharrlich zu sich herüberzog. Er wehrte sich nicht, er ließ es einfach geschehen, ohne die Augen zu öffnen, ohne etwas anderes zu hören als das stete Prasseln und das leise Rascheln von Stoff auf nackter Haut.

Dann erst begriff er, was sie vorhatte: Sie schlang ihre langen Beine um die seinen. »Ich muss dich doch wärmen«, sagte sie. »Wir werden gleich einschlafen und bis morgen früh durchschlafen … ich kann nicht zulassen, dass du erfrierst.«

»Wir brauchen mehr Laub«, murmelte er. »Damit wir uns zudecken können.«

»Sicher«, sagte sie. »Aber vielleicht geht es auch anders.«

»Ich weiß nicht …« Seine Stimme glitt ab, als wollte sie ihm nicht mehr gehorchen und er begriff, dass er kurz davor stand einzudösen.

»Was weißt du nicht?«

»Wir … wir sind verwundet worden. Sie … sie haben uns überall erwischt.«

»Musst du jetzt gerade davon anfangen?«

»Ja. Vielleicht auch nicht. Aber …«, Skar versuchte den Gedanken zu fassen, der ihm immer wieder beharrlich ausweichen wollte, »es stimmt etwas nicht.«

»Was stimmt nicht?«

»Wir hätten uns gar nicht mehr auf den Beinen halten dürfen. Ist es dir denn gar nicht aufgefallen?«

»Was denn?«

»Unsere Wunden heilen viel zu schnell. Hast du es nicht bei dir selbst bemerkt? Deine Stirnwunde hat sich schon fast zusammengezogen. Und sie sah bedrohlich aus. Normalerweise würde es Tage, wenn nicht Wochen dauern, bis sie sich auch nur wieder einigermaßen schlösse.«

»Das ist doch gut«, sagte Esanna und es klang wie das Schnurren einer Katze.

»Vielleicht ist es gut«, sagte Skar. »Vielleicht auch nicht. Weil es nicht … nicht menschlich ist.«

»Psst«, machte Esanna. »Red nicht solch einen Unsinn. Ich spüre doch, wie männlich du bist.«

»Ich sagte: menschlich.«

»Egal«, sagte Esanna und schmiegte sich noch enger an ihn. »Wir sollten jetzt nur eins: uns wärmen und schlafen. Um Kraft für das zu sammeln, was vor uns liegt.«

»Ja. Das ist … vernünftig.« Skar spürte, wie ihm trotz der Kälte der Schweiß ausbrach. Esannas Knie wanderte weiter seinen nackten Oberschenkel hoch. Etwas in ihm reagierte auf diese Berührung. Seine Hand wanderte zu ihr herüber, fanden zufällig eine Lücke in dem besudelten, eingerissenen Stoff – doch schon eine Sekunde später wünschte er sich es nicht getan zu haben. Esanna war nicht Coar oder eine der vielen anderen Frauen, die gefragt oder ungefragt in sein Leben gekommen waren.

»Wir sollten vorsichtig sein«, murmelte er, während seine Hand wie ein eigenständiges Wesen zurückglitt.

»Wieso?«, fragte Esanna. »Fürchtest du, dass wir verfolgt werden?«

»Alles ist möglich«, sagte er. Er fühlte sich mit einem Mal fast schuldig, so als würde er etwas Verbotenes tun.

»Was ist nur los mit dir, Skar?«, fragte Esanna. Sie klang gleichzeitig schläfrig, aber auch erregt, auf eine Art und Weise, wie Skar sie in einer anderen Situation vielleicht genossen hätte, jetzt aber als fast körperlich unangenehm empfand.

»Wir sollten jetzt schlafen«, brummte er. »Und Schlussfolgerungen erst dann ziehen, wenn wir wieder frisch und ausgeruht erwachen.«

Dann umfing er sie mit seinem Arm, nicht wie ein Liebhaber, sondern eher wie ein Bruder, der seine Schwester – oder seine Kampfgefährtin – wärmen will. »Lass uns morgen weiter reden.«

Esanna duldete seinen Arm nur wenige Sekunden lang. Dann drehte sie sich abrupt um; ohne von ihm wegzurücken, aber auf eine eindeutig enttäuschte Art und Weise, über die nachzudenken Skar sich verbot. Eng aneinander geklammert aber doch meilenweit entfernt schliefen sie ein.

4

Sie kamen nicht gut voran. Der einsetzende Tau hatte den Boden aufgeweicht und ließ jeden Schritt zur Qual werden. Die Bäume standen hier so dicht, dass ihnen immer wieder tief hängende Äste ins Gesicht peitschten, so sehr sie sich auch Mühe gaben ihnen auszuweichen. Auf den Wipfeln lag noch ein Rest von Schnee, der wie weißer Staub auf sie herabrieselte. Eine bedrückende Stille hatte von dem Waldstück Besitz ergriffen, und wo Schlamm und Morast ihr Vorwärtskommen nicht behinderten, mussten sie sich durch dorniges Gestrüpp oder über umgestürzte Bäume kämpfen.

Plötzlich blieb Skar stehen und legte den Kopf schief, als lausche er.

»Was ist?«, fragte Esanna.

»Wir sind jetzt nahe an dem Fluss, von dem Kama gesprochen hat«, sagte Skar. »Wir sollten jetzt doppelt vorsichtig sein.«

»Woher weißt du, dass der Pojoaque vor uns ist?«, fragte Esanna erstaunt.

»Ich höre ein leichtes Grummeln«, sagte Skar. »Wenn du genau hinhörst, wirst auch du es vernehmen – es klingt beinahe so, als verdichte sich der Wind, als würde das Vogelzwitschern und das Blätterrauschen eingebunden in eine Art Stofflichkeit.«

Esanna schloss die Augen und ihr Gesichtsausdruck verriet, dass sie angestrengt lauschte. »Nein«, sagte sie nach einer Weile und schüttelte den Kopf. »Ich höre nichts. Außerdem könnte es auch eine Quelle sein, ein kleiner Bach wie der, an dem wir uns heute Morgen gewaschen haben …«

»Das würde anders klingen«, sagte Skar nervös, während er weiter dem Wildpfad folgte, der eine relativ breite Schneise ins Unterholz geschlagen hatte – aber nicht breit genug, um nebeneinander zu gehen. »Wir sollten jetzt besonders vorsichtig sein. Achte auf alles, was dir merkwürdig vorkommt.«

»Du rechnest mit einem Hinterhalt?«, fragte Esanna hinter ihm.

»Nicht unbedingt.« Skar dachte an das unterirdische Meer im Inneren der Höhle, den Strudel, der sich in wahnsinniger Geschwindigkeit drehte, Gischt schlagend am Rand und vom Sog im Zentrum in die Tiefe drückend; und er fragte sich, ob nicht der Fluss, den Kama mit dem ihm unbekannten Namen Pojoaque bezeichnet hatte, geradewegs mit diesem Meer in Verbindung stand – und damit auch mit dem *Khtaám*.

»Was fürchtest du dann?«, fragte Esanna mit einem leisen Beben in der Stimme. »Hat es etwas mit dem *Khtaám* zu tun?«

Skar wischte ein paar tief hängende Zweige zur Seite und achtete darauf, dass sie der hinter ihm gehenden Esanna nicht ins Gesicht schlugen. »Vielleicht«, räumte er ein. »Vielleicht ist es auch nur ein Gefühl, dass am Fluss Unheil lauert. In jedem Fall sollten wir jedes Risiko vermeiden.«

»Was für ein Risiko?«, fragte Esanna.

»Es ist immer ein Risiko, einen Fluss zu überqueren«, sagte Skar leise. »Kama hat uns eine Furt genannt und so wie er werden auch andere diese Stelle kennen. Wenn wir diese Furt durchschreiten, werden wir eine Zeit lang ohne Deckung sein. Schon ein einziger guter Bogen- oder Armbrustschütze könnte uns beide in aller Gemütsruhe abknallen, ohne dass wir die geringste Chance zu Gegenwehr hätten.«

Esanna fuhr sich unruhig mit der Zunge über die Lippen. »Wenn das so ist – warum suchen wir uns nicht einen anderen Übergang?«

»Weil ich glaube, dass es eher der Fluss selbst ist, der einen … sagen wir mal, unvorhersehbaren Einfluss auf alles in seiner Umgebung hat«, murmelte Skar.

»Was?«

»Sei einfach vorsichtig, ja?«

Minutenlang hörte er nichts weiter als ihren Atem in seinem Nacken, die Geräusche des Waldes und das Knacken und Knistern, mit dem sie sich selbst durch das Dickicht quälten. Irgendetwas hatte sich verändert seit letzter Nacht.

Sie waren beide sehr schnell eingeschlafen und hatten vom Nachmittag bis in den nächsten frühen Morgen bis auf wenige Unterbrechungen durchgeschlafen; sie waren so erschöpft gewesen, dass Skar nicht einmal pro forma darauf bestanden hatte, abwechselnd zu wachen. Unter normalen Bedingungen hätte er ein solches Verhalten als bodenlosen Leichtsinn verdammt – aber die Bedingungen waren nicht normal.

Das, was zwischen ihnen in dieser Nacht passiert war, auch nicht. Sie hatten eng aneinander geklammert geschlafen wie zwei verängstigte Kinder, die sich vor den Schatten der Nacht fürchteten. Skar hatte das als sinnvoll angesehen; schließlich war es trotz des zusätzlichen Laubs, das er zusammengeklaubt hatte, um sich darin regelrecht einzurollen, so empfindlich kalt gewesen, dass die Gefahr einer Unterkühlung bestand. Es gab aber nichts, was besser wärmte, als ein menschlicher Körper.

Sie hatten sich nicht nur gewärmt. Sie waren immer enger zusammengerückt. Er konnte sich nicht mehr genau daran erinnern, was passiert war; es war ein Gefühl, als wären sie ohne jegliche körperliche Aktivität ineinander verschmolzen – und sich doch gleichzeitig so fremd und so entfernt geblieben, wie es zwei Menschen nur sein konnten.

»Heute Nacht ...«, begann er übergangslos, während er sich unter einem tief hängenden Zweig bückte, dessen Ausläufer wie eine liebkosende Frauenhand über sein Gesicht strichen.

»Ja?«

»Ich ... ich meine ...«

Er konnte sie nicht sehen, aber er spürte, dass sich ihr Atem beschleunigte. »Du meinst ... ob mir heute Nacht etwas aufgefallen ist?«, fragte Esanna. »Etwas, was auf die *Khtaám* schließen lässt?«

»Ja«, sagte er erstickt. »Es konnte sein ... dass sie versucht haben ...«

»Sich in unsere Gedanken und Gefühle einzuschleichen«, beendete Esanna seinen Satz.

Es war ihm geradezu unheimlich, wie präzise sie seine Gedanken erriet. »Es hat uns in der Höhle nicht nur äußerlich angriffen«, sagte er. »Es hat ... auch etwas anderes gemacht.«

Esanna schwieg so lange, bis sich ihr Atem wieder einigermaßen beruhigt hatte. »Vielleicht haben wir uns das nur eingebildet«, sagte sie schließlich.

Skar hätte sich fast umgedreht, um ihren Gesichtsausdruck zu sehen; doch stattdessen beschleunigte er seine Schritte. Seine Stiefel streiften einen kümmerlichen, aber blühenden Busch – das erste Anzeichen dafür, dass sie nun wieder in wärmere Gefilde kamen – und zerquetsche mit unnötig roher Gewalt ein paar der kleinen, rotweißen Blüten. »Ich weiß nicht, was mit dir los ist«, sagte er in den Wald vor sich hinein, und vielleicht waren die Worte tatsächlich gar nicht an das Mädchen gerichtet, das offensichtlich Mühe hatte mit ihm Schritt zu halten, sondern an das, was ihn gerufen hatte, um Enwor vor der drohenden Vernichtung zu bewahren.

»Was soll mit mir los sein?«, fragte Esanna. »Verdammt, Skar ... kannst du nicht etwas langsamer gehen? Was soll diese plötzliche Hetze?«

»Vielleicht hat dich ja jemand geschickt«, flüsterte er. »Vielleicht hat dich jemand auf mich angesetzt.«

Er hatte so leise gesprochen, dass ihn das Mädchen gar nicht verstehen konnte. Er wusste nicht, was ihn am Fluss erwarten würde, dessen Nähe er jetzt bereits zu riechen glaubte, aber vielleicht war jetzt die letzte Möglichkeit für sie beide Dinge zu erklären, die unausgesprochen zwischen ihnen standen – und sie dennoch miteinander vereinten. Ob sie das ähnlich sah, konnte er nicht beurteilen. Falls das so war, änderte es jedenfalls nichts an ihrem Verhalten. Die Unruhe, die sie erfasst hatte, mochte aber auch noch teilweise eine Nachwirkung der Nacht sein, die sie und Skar an den Rand von etwas getrieben hatten, auf was er sich – zumindest im Moment – auf keinen Fall einlassen wollte.

»Wir sollten miteinander reden, Skar«, sagte Esanna hinter ihm. »Wir können doch nicht einfach so weiterziehen ...«

»Still«, zischte Skar. Er war abrupt stehen geblieben; erschreckt nicht durch ein Geräusch, sondern durch einen ihm nur allzu bekannten Geruch: den Geruch des Todes. Wie von selbst schmiegte sich seine Hand um den Griff des *Tschekals*. Aber er zog die Klinge noch nicht, nicht, bevor er eine ungefähre Ahnung hatte, was ihn erwartete.

»Was ist los?«, flüsterte Esanna.

Sie trat dicht an ihn heran, beunruhigt und auf eine seltsame Weise erregt. Ihre Hand schob ihr Gewand hoch und kam mit ihrem Messer wieder hervor. »Hast du etwas gehört?»

Skar schüttelte den Kopf. »Nein«, gab er ebenso leise zurück. »Ich habe nichts gehört. Noch nicht. Aber ich rieche etwas.«

»Du tust … was?« Esannas große Augen starrten ihn überrascht an.

»Es muss ein Kampf stattgefunden haben«, sagte Skar. »Es liegen mehrere Tote vor uns. Gar nicht weit entfernt. Vielleicht zwei-, dreihundert Schritte.«

»Und das *riechst* du alles?«

»Sicher.« Skar schob ein paar eng stehende, zwergenhafte Kalypso-Bäume auseinander, die den Pfad vor ihnen verengten. »Den Tod mit der Nase zu orten, ist nicht schwer. Viel schwerer ist es dagegen, Lebende auf diese Weise ausfindig zu machen.«

»Du meinst, wir stolpern geradewegs in einen Hinterhalt, wenn wir weitergehen?«, fragte Esanna.

Sie stand jetzt so nah neben ihm, dass es Skar mehr als irritierte. Der Geruch ihres heute Morgen an der Quelle frisch gewaschenen Körpers überlagerte den süßlichen Leichengeruch; es war so viel Lebendigkeit in ihr, dass ihm der Gedanke an den Tod – und an die Toten, die irgendwo vor ihnen lagen – mehr als abwegig erschien.

»Wir gehen jetzt weiter«, sagte Skar leise. »Aber vorsich tig.«

»Wäre es nicht besser, einen anderen Weg zu suchen?«

Ihr Schenkel streifte sein immer noch nacktes Bein und Skar zuckte zusammen, als ob man ihn geschlagen hätte. »Es kann sein«, sagte er heiser. »Vielleicht. Aber ich muss wissen, was dort vorne ist.«

»Warum?«

»Ich muss es einfach wissen«, knurrte Skar, nicht bereit noch länger auf Esanna einzugehen. »Komm jetzt.«

Schweigend und angespannt gingen sie weiter. In Skar war gleichzeitig eine unglaubliche Leere und das Gefühl, tausend Stimmen würden auf ihn einreden. Esanna hielt sich jetzt so dicht bei ihm, dass ihr Geruch noch immer den des Todes auslöschte und er nahm ihre Anwesenheit in einer Intensität wahr, die ihn gleichermaßen anzog wie abstieß. Es war nicht gut, die gespannten und in gewisser Weise übersteigerten Sinne des Kriegers durch jemanden, durch etwas ablenken zu lassen, das vielleicht zu einer anderen Zeit, an einem anderen Ort seine Berechtigung haben mochte …

Er krampfte die Finger um den Schwertgriff und öffnete die Augen so weit er konnte, versuchte seine Wahrnehmung auf das zu konzentrieren, was vor ihm war, versuchte seine Sinne vorauszuschicken und sie prüfen zu lassen, ob sich hier irgendwo Krieger versteckt hielten, die ihn – oder überhaupt alle Reisenden – in eine Falle locken wollten. Schließlich schaffte er es, Esannas Nähe aus seinem Bewusstsein auszublenden. Die Vegetation begann sich merklich zu verändern; sie würde üppiger. Neben frischen Grüntönen mischten sich auch rote, weiße und gelbe Farbtupfer ins sprießende Unterholz und Buschwerk, dazu Farne aller Art und sogar ein paar wild sprießende Blumen.

Es war nirgends ein verräterisches Aufblitzen zu sehen. Dennoch konnte er geradezu spüren, dass hier etwas nicht stimmte. Hinter einem wild sprießenden Kalypso-Hain stieß er schließlich auf den Beweis für seine Vermutung.

»Oh, mein Gott«, stieß Esanna hervor, als sie neben ihn trat und auf den Weg starrte, der sich vor ihnen auftat und der aussah, als wäre ihn der *Frarr* ein paarmal entlangspaziert. »Hier muss ja eine ganze Kompanie Soldaten vorbeigekommen sein.«

Skar schob das Buschwerk auseinander, das den Weg von dem Wildpfad trennte. Er trat auf das breit getretene, matschige Stück Erde hinaus, das irgendwo seitwärts aus dem Wald kam und nach einer Kurve in einem üppigen Waldstück verschwand – fast in gradliniger Verlängerung des von ihnen begangenen Pfades und damit in Richtung Pojoaque.

»Es waren nicht nur Menschen«, sagte er, während er in die Hocke ging, um die Spuren zu untersuchen. »Das sieht mir eher nach Quorrl aus.«

»Verdammt.« Esanna packte unwillkürlich ihr Messer fester, als wäre sie sich nicht bewusst, wie lächerlich diese Waffe auf einen angreifenden Reptilienkrieger wirken musste. »Ich habe doch gewusst, das sich diese Tiere hier irgendwo in der Gegend herumtreiben.«

Skar unterdrückte die scharfe Antwort, die ihm auf der Zunge lag. »Ich glaube nicht, dass sie noch hier sind«, sagte er stattdessen. »Die Quorrl-Spuren sind relativ alt ... aber hier, siehst du ... das sind Pferdehufe, die sich nicht so tief eingegraben haben; es müssen menschliche Reiter gewesen sein. Und hier sind sogar die Abdrücke von ein paar Stiefeln – nach den Quorrl müssen hier noch Menschen langgekommen sein.«

»Auf der Flucht vor den Quorrl«, sagte Esanna voller Hass, »weil diese Monster von Digger-Dorf zu Digger-Dorf ziehen und eines nach dem anderen auslöschen.«

»Wenn ich die Spuren richtig deute, waren die Quorrl in voller Kampfmontur«, bestätigte Skar und richtete sich wieder auf, »aber niemand sagt uns, dass sie gegen die Digger gezogen sind.«

»Natürlich nicht«, sagte Esanna scharf. »Ich hatte ja ganz vergessen, dass du ein Quorrl-Freund bist!«

Skar zuckte mit den Achseln. »Wenn du meinst. Ich sehe das zwar etwas anders: Aber lass uns das nicht hier und jetzt besprechen. Ich fürchte, wir werden am Fluss noch eine böse Überraschung erleben. Und nun komm.«

Esanna starrte ihn sprachlos an. »Du willst in dein Verderben rennen?«, fragte sie scharf. »Obwohl du weißt, dass am Pojoaque eine Horde Quorrl auf uns lauert?«

»Ich glaube kaum, dass sie auf uns lauern«, sagte Skar. »Es passt nicht zu den Quorrl, sich tagelang irgendwo festzusetzen in der vagen Hoffnung, es käme jemand vorbei, den sie niedermachen könnten.«

»Was passt denn dann zu ihnen?«

»Das eben will ich herausfinden«, sagte Skar. Er drehte sich ohne ein weiteres Wort um und begann den Weg in

Richtung Fluss hinabzugehen; Esanna blieb gar nichts anders übrig, als ihm zu folgen, wollte sie nicht alleine in dieser Einöde stehen bleiben.

Auf dem Weg kamen sie wesentlich schneller voran als auf dem Wildpfad. Skars Sinne waren bis zum Zerreißen gespannt. Der Wald war hier nicht so dicht, dass sich Quorrl in ihm hätten verbergen können, ohne dass er sie bemerkt hätte. Trotzdem fühlte er sich alles andere als wohl. Es war still hier, fast unnatürlich still angesichts des wuchernden Grüns; selbst die Vögel hielten sich zurück mit ihrem Gesang, so als spürten auch sie den nahen Tod, dessen jetzt geradezu beißender Gestank Skar in die Nase stieg.

Sie brauchten nicht weit zu gehen, bis sie das Ende des Waldes erreicht hatten: Er hörte einfach von einem Moment auf den anderen auf, ohne in Buschwerk auszulaufen, fast, als wäre er einst künstlich so angelegt worden. Sie verlangsamten automatisch ihre Schritte und bei dem Gedanken, dass sie in eine Falle laufen konnten, aus der es kein Entrinnen mehr gäbe und in der Esanna den Tod finden könnte, krampfte sich in Skar etwas so sehr zusammen, dass ihm die Knie weich wurden.

»Hinter den letzten Bäumen liegt der Pojoaque«, flüsterte Esanna, während sie wie Skar jetzt vollends stehen blieb.

Skar nickte. Das Rauschen gleichmäßig gleitenden Wassers war laut und deutlich zu hören, ein fremdartiger und doch vertrauter Laut, der so eintönig wirkte, als würde er nicht den Gesetzen der Zeit unterliegen. Er wurde sich plötzlich bewusst, dass er diesen Fluss zumindest vom Hörensagen kennen musste; wenn auch wahrscheinlich unter einem vollständig anderen Namen. Den Ausdruck Pojoaque hatte er jedenfalls in noch keinem Zusammenhang gehört – und schon gar nicht in Bezug auf einen großen Strom.

»Vorsichtig jetzt«, sagte Skar. Er zog sein Schwert, doch das vertraute Gewicht des Sternenstahls vermochte ihn diesmal nicht zu beruhigen. Es war nicht so sehr die Sorge vor einem Kampf, den er vielleicht nicht zu bestehen vermochte, als vielmehr die Sorge um das Mädchen, das ihn nervös machte.

»Was tun wir?«, fragte Esanna und in diesem Moment wirkte sie fürchterlich jung und verletzlich.

»Du wartest hier«, sagte Skar. »Und ich sehe mich um.«

Esanna schüttelte den Kopf. »*Wir* sehen uns um.«

Skar wollte zu einer scharfen Entgegnung ansetzen; aber als er ihrem Blick begegnete, unterdrückte er seine Bemerkung. Esanna war blass, verletzlich und sowohl körperlich als auch seelisch überfordert – aber sie hatte auch einen Dickkopf, der seinem in nichts nachstand. Außerdem war es fraglich, ob sie hier alleine sicherer sein würde als mit ihm zusammen am Fluss.

»Also gut«, sagte Skar. »Dann komm.«

Mit wenigen Schritten hatten sie den Waldrand erreicht. Der Anblick des Flusses traf ihn wie ein Schlag; er war ganz ähnlich, wie er ihn erwartet hatte und doch ganz anders. Der Strom lief hier breit und mächtig über ein Kiesbett, in das sich größere und kleinere Felsen eingegraben hatten wie Wachposten einer vergessenen Welt. An einigen Stellen gischtete das Wasser gegen den harten Widerstand größerer und kleinerer Felsbrocken an; ansonsten lief es eher träge und gelassen abwärts, als verfüge es über das sichere Bewusstsein, dass nichts es aufhalten konnte.

Aber das war nicht alles.

Ein beißender Geruch, ein süßlicher Leichengestank trieb von der Wasseroberfläche herauf und verpestete die frische, klare Bergluft; hier und da brach sich Licht, von dem er nicht wusste, woher es kam, auf den Wellen und das Geräusch des Wassers war zu einem machtvollen, dumpfen Rauschen angestiegen. Dunkle Körper lagen im Uferschlamm, silbrig glänzende Waffen und zerborstene Schilde, doch erst beim Näherkommen erkannte Skar, wer sich da im erbitterten Kampf begegnet war: Es waren einige von Armbrustbolzen oder Lanzen durchbohrte geschuppte Giganten darunter, gut ausgestattete Quorrl-Krieger, aber die meisten waren armselig gekleidete Menschen, Digger höchstwahrscheinlich, und ein paar junge Männer, die die gleiche Kleidung trugen wie er selbst: Satai.

Es war nicht neu, dass Quorrl und Satai gegeneinander kämpften. Aber das hier war etwas anderes, das spürte Skar sofort. Es sah so aus, als würden sich Digger und Satai gemeinsam sammeln, um die Quorrl so lange zu hetzen, bis auch der Letzte von ihnen tot war.

»Diese verfluchten Quorrl«, sagte Esanna. Sie hielt den Arm unter die Nase gepresst, wohl um den üblen Gestank von Tod und Verwesung so gut wie möglich abzumildern. »Sie haben sie einfach niedergemetzelt.«

Skar schüttelte den Kopf und ließ seinen Blick über den Fluss und das gegenüberliegende Ufer wandern. Er suchte nach einem Hinweis, einem Zeichen, das ihm die Anwesenheit lebender Menschen oder Quorrl verriet. Vor allem aber hielt er nach allem Ausschau, was sich als Anzeichen für einen Hinterhalt deuten ließ; nach umgestürzten Bäumen, die so ausgerichtet waren, dass sie einen perfekten Sichtschutz bildeten, nach der Reflexion von Metall oder glatt poliertem Lederzeug im Dickicht des Ufers, nach kaum wahrnehmbaren Bewegungen am Waldrand oder hinter größeren Felsen inmitten des Flusses.

»Ich sehe mir das mal etwas näher an«, sagte er leise.

Esanna widersprach ihm nicht, als er alleine die wenigen Schritte bis zum Schlick zurücklegte und sich in die Hocke hinabließ, um einen der Satai, der mit dem Gesicht im Schlamm lag, herumzudrehen. Das bereits von Würmern durchzogene Gesicht schien ihn höhnisch anzugrinsen, so als wolle es Skar noch im Tod verspotten. Die Hand des Toten hielt eine Armbrust umklammert, die keinen einzigen Bolzen mehr enthielt.

»Diese feigen Mörder«, sagte Esanna. Sie trat an den Toten heran und starrte wie benommen auf ihn herab. »Die Quorrl haben ihn einfach abgeschlachtet.«

Skar sah zu ihr hoch und richtete sich dann langsam wieder auf; er ließ seinen Blick wachsam über die nähere und weitere Umgebung schweifen, jederzeit darauf gefasst, bei dem geringsten Anzeichen einer Gefahr konsequent zu reagieren. »Ich glaube nicht, dass die Quorrl ihn und die anderen abgeschlachtet haben«, sagte er dann. »Es sieht eher so aus, als ob die Quorrl in einen Hinterhalt geraten wären.«

»Immer wieder nimmst du die Quorrl in Schutz«, sagte Esanna voller Wut und frischem Schmerz. »Aber selbst, wenn du in diesem Fall Recht hättest: Diese Monster haben den Tod tausendfach verdient!«

Skar wusste, dass es keinen Sinn hatte, sich mit ihr auf einen Streit darüber einzulassen. Die Fakten sprachen auch so für sich: Wären es wirklich die Quorrl gewesen, die hier einer Gruppe Menschen einen Hinterhalt gelegt hätten, dann wäre dieser Satai wohl kaum dazu gekommen, seine Armbrust leer zu schießen. Ganz abgesehen davon, dass ihn eine solche Waffe in den Händen eines Satais mehr als befremdete, ja, sie kam ihm regelrecht obszön vor.

»Die Quorrl wollten an dieser Furt den Fluss überschreiten«, sagte er und die Sicherheit, mit der er seine Worte wählte, zeigte deutlich, dass er von ihrem Wahrheitsgehalt überzeugt war. »Die Digger haben sich dort hinter den Steinen versteckt«, er deutete auf eine Reihe moosbewachsener Felsen hinter ihnen, »sie schossen ihre Bogen und Armbrüste leer, als die Quorrl in der Mitte der Furt waren, und stürmten ihnen dann entgegen. Im gleichen Moment griffen die Satai im Rücken der Quorrl an: So lange müssen sie gewartet haben, um die Quorrl in der Sicherheit zu wiegen, ihr Heil im Angriff und nicht erst einmal im Rückzug zu suchen.« Er schüttelte den Kopf, als könne er es selbst nicht glauben. »Es war ein geplantes Gemetzel. Aber warum hier? Warum so weit in den Bergen?«

Die Worte trafen Esanna wie eine schallende Ohrfeige. »Was für einen unglaublichen Schwachsinn redest du da?« Ihre Augen glitzerten vor Wut, aber da war auch noch etwas anderes in ihnen, ein verräterisches Glitzern wie von mühsam unterdrückten Tränen. »Die Tiere haben die Digger abgeschlachtet, bevor die Satai ihnen in letzter Sekunde zur Hilfe gekommen sind, um sie zu retten.«

»Wohl kaum«, sagte Skar leise. »Es war ein Hinterhalt, glaube mir.«

»Woher willst du das überhaupt wissen? Du warst doch nicht dabei.«

»Ich war nicht dabei, aber ich sehe die Spuren des Kampfes«, antwortete Skar. »Dort, von den Felsen nahe am Waldrand bis zum Wasser, liegen mehrere tote Digger, auf der anderen Seite des Flusses sind es tote Satai …«

»Also könnte es doch genauso gewesen sein, wie ich gesagt habe: Die Quorrl haben die Digger angegriffen und wurden dann später von den Satai gerettet.«

Skar drehte sich einmal auf seinem Absatz um die eigene Achse, darauf gefasst, irgendein Anzeichen eines bevorstehenden Angriffs zu sehen. Aber da war einfach nichts – nichts bis auf die Toten, die nun schon tagelang schutzlos der Witterung ausgesetzt waren. »Nein«, widersprach er dann. »Nicht so, wie die Quorrl von Bolzen, Pfeilen und Lanzen geradezu zerstückelt wurden. Wären sie die Angreifer gewesen, wären die Digger kaum noch zu einem Schuss gekommen …«

»Und wenn schon! Was macht es für einen Unterschied, Skar, was für einen? Erklär mir das mal bitte!« Bevor sie Skar daran hindern konnte, rannte Esanna ein paar Schritte auf einen toten Digger zu und zog den Mann, der halb im Wasser gelegen hatte, ein Stück hoch und drehte ihn vom Rücken auf die Seite. Es war kein schöner Anblick: Der Hieb eines Zackenschwertes hatte ihn zwischen Schulter und Hals erwischt und war mit schier unglaublicher Gewalt bis übers Brustbein eingedrungen. Hätte der Quorrl, der den tödlichen Hieb geführt hatte, noch etwas weiter ausgeholt, hätte er den Digger wahrscheinlich regelrecht gespalten.

»Da!«, schrie sie vollkommen außer sich. »Siehst du es nicht? Es war eines dieser Monster und es hat diesen Mann *umgebracht*! Es hat ihn einfach in zwei Stücke gehauen! Und da kommst du und willst mir irgendetwas erzählen von …« Der Rest des Satzes ging in Schluchzen unter.

Skar wandte betroffen den Kopf ab. Wie er diese Gewaltspirale hasste, das Töten, die Rachsucht, die auf allen beteiligten Seiten immer mehr Angst, Schrecken und Grauen verursachte, aber auch den brennenden Wunsch jedem eigenen Toten mindestens einen, wenn nicht mehrere Gegner folgen zu lassen, den Willen zur Vergeltung, der schon in kleine Kinder versenkt wurde mit dem Ziel, aus ihnen perfekte Tötungsmaschinen zu machen, wenn die Zeit gekommen war: *Und wieder einmal war diese Zeit gekommen.*

Wahrscheinlich war das der Grund, warum Kama – und

das, was hinter ihm stand – ihn für fähig hielt dem sinnlosen Sterben ein Ende zu bereiten. Er, der selber hunderten von Menschen und dutzenden von Quorrl das Leben genommen hatte, der als Befehlshaber tausender Krieger für mannigfaltigen Tod verantwortlich war, war auch einer der erbittertsten, weil erfahrensten Gegner von Vernichtungsfeldzügen. Er wusste wie kaum einer anderer Mensch, dass neun von zehn Kämpfen vermeidbar und im höchsten Maße überflüssig waren, dass es nur wenige Gründe gab einander zu hassen und zu töten.

Aber das war noch nicht alles. Hier, im Angesicht des sinnlosen Todes viel zu vieler Krieger und Digger, wurde ihm zum ersten Mal klar, dass er alles daransetzen musste, um diesem fürchterlichen Kampf zwischen Menschen und Quorrl ein Ende zu bereiten. Er musste, falls ihm das Schicksal wirklich dazu die Macht in die Hände gespielt hatte, Menschen wie Esanna vor dem Schrecken weiterer sinnloser Massaker bewahren.

Doch er zweifelte stark daran, dass er wirklich den Schicksalsfaden Enwors in eine andere Richtung spinnen konnte. Er war ja schon kaum in der Lage, dieses Kind zu bändigen, das jetzt mit rot geweinten Augen auf ihn zukam und ihm trotz seiner Trauer mit einer Mischung aus Trotz und Hass entgegenstarrte. »Und was jetzt, *großer* Skar?«, fragte Esanna herausfordernd. »Willst du jetzt immer noch behaupten, alles sei nur ein großes Missverständnis?«

»Kein Missverständnis«, sagte Skar hilflos, »jedenfalls nicht im klassischen Sinn. Sondern ein *Irrtum*. Ein verdammter Irrtum, weil nicht die Quorrl ...« Er brach seinen Satz abrupt ab. Es waren die Erlebnisse der letzten Nacht und das Gespräch mit Kama, die ihn fast hätten sagen lassen: »Weil nicht die Quorrl eure Gegner sind.« Aber doch, das waren sie. Die Quorrl waren die Gegner der Digger, aber sie waren, so hatte es zumindest Kama behauptet, nicht die Gegner der Menschen und übrigen Bewohner Enwors, sondern, ganz im Gegenteil, ihre wertvollsten Verbündeten.

»Dir gehen die Argumente aus, Satai«, sagte Esanna schroff. »Du weißt nicht mehr, was du sagen sollst angesichts dessen, was du hier siehst.«

»Das mag sein«, gab Skar zu, »weil ich deinen Schmerz verstehen kann und das Gefühl Rache nehmen zu müssen. Das bedeutet aber noch lange nicht, dass du im Recht bist.«

»Du verdammter, eingebildeter Narr!«, schrie Esanna. »Bist du nur in die Welt zurückgekommen, um mich mit diesen Sprüchen zu quälen? Bist du nur wieder geboren worden, um das Unglück der Menschen zu verspotten?«

Es hätte vieles gegeben, was Skar darauf hätte erwidern können, aber nichts, was wirklich bis zu dem Mädchen durchgedrungen wäre. Einen Moment lang sah er es noch an, dann wandte er sich wortlos um und machte sich daran, die Furt zu durchschreiten, diesen einzigen Übergang weit und breit, der sie zurückbringen würde in das, was die meisten Menschen Zivilisation nannten. Die Strömung war schnell und tückisch, aber das Flussbett an dieser Stelle so breit, dass sich das Wasser ausladend über viele Felsen und Kieselansammlungen ergießen konnte und deshalb auch an der tiefsten Stelle höchstens hüfthoch war.

In der Mitte des Flusses lagen zwei Quorrl, die von mehreren Pfeilen regelrecht aufgespießt worden waren; einer von ihnen war noch nicht einmal dazu gekommen, sein Schwert zu ziehen. Das und die Lage der anderen Toten bestätigten seine Annahme über den Ablauf des Kampfs. Aber Esanna hatte zumindest in diesem einen Punkt Recht: Es machte keinen Unterschied, wer hier wem aufgelauert hatte. Jetzt nicht mehr und vielleicht sogar schon lange nicht mehr. Zu viel war mittlerweile geschehen und nichts würde den Lauf der Ereignisse mehr ändern können – wenn sich nicht jemand dagegenstemmte, der schon gezwungenermaßen über den Dingen stand.

Während er die Mitte des Stroms erreichte und das Wasser spürte, das seine Beine gleichsam sacht und fordernd umspielte, so als wollte es austesten, ob es ihn mitreißen konnte, erwartete er jeden Moment einen harten Aufprall zu spüren, von einem oder mehreren Pfeilen durchbohrt zu werden. Aber mehr noch fürchtete er dunkle Schatten im Wasser und bei jedem größeren Fisch, den er die Strömung durchschneiden sah, durchzuckte es ihn eiskalt: Auch wenn ihre Form weit weniger schnittig war und ihre Bewegungen an Eleganz vermissen ließen, erinnerten sie ihn an die *Khtaám* und es hätte ihn nicht verwundert, wenn plötzlich ein Schwarm der schwarzen Nachtmahre durchs Wasser geglitten wäre, um wie eine Schar Piranhas direkt auf ihn zuzuhalten und über ihn herzufallen.

Mittlerweile fürchtete er die Manifestationen des *Khtaám* mehr als den Tod; er hatte nicht vergessen, was in ihm vorgegangen war, als er am Rande des Schlunds gestanden hatte, wie stark und verlockend der Sog der Tiefe gewesen war und zu welcher Tat er fähig gewesen war angesichts der Unendlichkeit, die sich unter ihm aufgetan hatte. Aber er war es sich und dem Mädchen schuldig, als Erster die Furt zu durchschreiten. Wenn ihm die Überquerung unbeschadet gelang, dürfte das Risiko für Esanna weitaus geringer ausfallen – falls ihnen nicht am anderen Ufer eine böse Überraschung drohte.

Auf dem Weg zum anderen Ufer und die Böschung hinauf zählte er fünf tote Satai, aber es mochten noch mehr im Schlick oder im kniehohen Schilf liegen, ohne dass er ihrer mit einem flüchtigen Blick gewahr wurde. Zu seiner Überraschung waren die Toten allesamt noch sehr jung, halbe Kinder, und er fragte sich, ob ihre Kriegsherren nicht ganz bewusst viel Nachwuchs heranzogen für den Vernichtungsfeldzug gegen die Quorrl. Wenn, dann würde damit auch das Besondere der Satai verloren gehen, ihre Würde und das Wissen um ihre Einmaligkeit; wenn Satai erst einmal nicht mehr als gewöhnliche, nur etwas besser ausgebildete Krieger waren, war es mit ihrer Vormachtstellung in der Rangordnung Enwors bald vorbei.

Er hätte gerne überprüft, was für Waffen sie trugen, ob sie auch kunstvoll verzierte *Tschekal* in den Kampf geführt hatten wie der Tote, dessen Schwert er trug, oder die schmucklosen Waffen, die zu seiner Zeit üblich gewesen waren. Aber jemand hatte sorgfältig alle Waffen der Krieger zusammengesucht und abtransportiert. Das war an sich nicht ungewöhnlich und doch gab es ihm zu denken: Bei den Diggern hatten neben zertrümmerten auch noch brauchbare Waffen gelegen und auch einige der toten

Quorrl hatten noch ihre Zackenschwerter in den Händen gehalten. Eine der möglichen Ursachen dafür war, dass jemand aufgetaucht war, der es den Satai unmöglich gemacht hatte, ihre Toten zu bergen und alle funktionsfähigen Waffen vom Ort der Auseinandersetzung zu entfernen. Aber wer?

»Was stehst du hier herum, alter Mann«, sagte Esanna plötzlich dicht hinter ihm. »Passen dir die Beinkleider nicht, die du dem Toten abgenommen hast?«

Skar wandte sich betroffen zu ihr um. Er kam sich ertappt vor; er hatte einem der toten Satai die Hose von den Beinen gezogen und war in den grob gewebten, schwarzen Stoff geschlüpft, bevor Esanna überhaupt Anstalten gemacht hatte ihm zu folgen und den Fluss zu durchqueren. Es wäre ihm lieber gewesen, sie hätte sich einen Kommentar dazu verbissen.

»Vielen Dank der Nachfrage«, sagte er dennoch. »Der Stoff hat tagelang im Wasser gelegen und spannt etwas am Gesäß – aber sonst kann ich nicht klagen.«

Esanna musterte ihn spöttisch. »Ich hatte schon ganz vergessen, wie du mit einer Hose aussiehst«, sagte sie. »Auch wenn sie noch etwas tropft, Hoher Satai.«

»Sie wird schon trocknen«, sagte Skar fast grob.

»Sollten wir nicht langsam sehen, dass wir von diesem Schlachtfeld möglichst schnell verschwinden?«, fragte sie dann.

»Keine schlechte Idee«, sagte Skar, obwohl er gerne noch nach weiteren toten Satai gesucht hätte. Vielleicht würde er ja bei einem von ihnen etwas finden, ein vergessenes *Tschekal* zum Beispiel oder irgendetwas anderes, das ihn einen Stein zu dem Puzzle hinzufügen ließ, mit dem er die Geschichte der Satai in den letzten dreihundert Jahren zu rekonstruieren versuchte. Aber andererseits standen sie hier nach wie vor wie auf einem Präsentierteller und gingen mit jeder weiteren Minute, die sie sich hier aufhielten, ein unnötiges Risiko ein.

»Sollen wir dort den Pfad hinaufgehen?«, fragte Esanna und zeigte vorwärts auf eine von Menschen, Quorrl und Wild ausgetretene Spur.

»Ja, natürlich.« Wenn er nicht aufpasste, würde das Digger-Mädchen noch die Führung übernehmen.

Esanna lief bereits los und ihr ganzer Körper drückte Entschlossenheit und Anspannung aus; offensichtlich wollte sie den beim Anblick der Toten wieder erwachten Schmerz des gerade erlebten Verlustes mit energischem Handeln überspielen. Wenn es ihr half – bitte schön. Während seine Sinne nach wie vor aufs Äußerste gespannt waren, begann in ihm gleichzeitig die bewusste Konzentration nachzulassen. Die letzten Tage waren ihm wie ein wochenlanges Martyrium erschienen und verlangten nun ihren Tribut. Seine Beine fanden wie von selbst den Weg, seine Augen registrierten jede Auffälligkeit seiner Umgebung und seine Ohren nahmen jedes noch so winzige Geräusch wahr, das nicht eindeutig zuzuordnen war, aber sein Verstand trieb ab aus seiner Umgebung und tauchte ein in eine traumähnliche Unendlichkeit.

Wie lange es dauerte, bis er sich träge mit dem Handrücken über die Augen fuhr und versuchte die Benommenheit wegzublinzeln, die ihn jetzt mit aller Macht gefangen hielt, wusste er nicht. Wie aus einem tiefen Schlaf erwacht spähte er aufmerksam nach beiden Seiten. Der Wald, der diesen Teil jenseits des Flusses beherrschte, wuchs an dieser Stelle wie ein grüner Teppich den Hang hinauf und gewährte ihnen Deckung, aber er bot auch genügend Verstecke für einen möglichen Hinterhalt; er kam sich belauert und beobachtet vor.

So ganz abwegig war sein Gefühl nicht. Es dauerte kaum mehr als ein paar Minuten, bis sie eine kleine Lichtung passierten, auf der schon wieder Spuren eines Kampfes zu sehen waren, zwei, drei Tage alt vielleicht, und damit etwas jünger als die Spuren am Fluss: ein zerbrochenes Schwert, der Kadaver eines Pferdes, halb im braunen Morast des Bodens eingesunken, Teile einer Rüstung, ein Schild …

Sein Bedürfnis zu überprüfen, wer hier gegen wen gekämpft hatte, hielt sich in Grenzen. Der Leichnam eines Quorrl und die total verstümmelte Leiche eines Mannes, dessen zerfetztes Satai-Gewand kaum noch als solches erkennbar war, sprachen eine deutliche Sprache. Ob auch

Digger an dem Kampf beteiligt waren oder nicht, wollte Skar gar nicht näher überprüfen; die Gewissheit hätte nur Esanna unnötig verstört und sein Verständnis der Zusammenhänge keineswegs verbessert. Obwohl er nun sicher sein konnte, dass die Kämpfe über mehrere Tage verteilt stattgefunden hatten und vielleicht noch jetzt, in diesem Augenblick in ihrer Nähe mit unverminderter Bitterkeit tobten, konnte er sich immer noch nicht richtig zusammenreißen und brachte kaum ein paar einsilbige Worte zustande, als Esanna aufgebracht den grausigen Fund der zweiten Kampfstätte kommentierte.

Es war schließlich sein Instinkt, die hoch entwickelten Sinne des Kriegers, die ihn aufschrecken ließen. *Vor ihnen war irgendetwas*. Er hatte es die ganze Zeit über befürchtet, aber mit einem irrationalen Teil seines Verstandes auch gehofft: Die Stille des Waldes wich Geräuschen, die nur von Menschen und Pferden stammen konnten, die sich irgendwo vor ihnen, nicht weit entfernt, bewegten. Es war kein Waffengeklirr dabei und es war weder das Aufeinanderschlagen von Schwertern noch die Schreie Getroffener zu hören, und doch war Skar mit einem Mal wieder hellwach und gleichzeitig sicher, dass die Geräusche nicht von ein paar harmlosen Bauern oder Reisenden stammten. Er hielt mitten im Schritt inne und warf Esanna einen warnenden Blick zu. »Wir sind nicht mehr alleine«, flüsterte er. »Vor uns ist jemand.«

Esanna nickte und fuhr sich mit der Zunge über die Lippen. Offensichtlich waren ihre Sinne viel schärfer entwickelt, als Skar vermutet hatte, denn auch sie schien die vielen kleinen Geräusche richtig gedeutet zu haben, die von der Anwesenheit anderer Menschen kündeten, das ferne Huftrampeln, das durch den Wald hallte und so ganz anders klang als das von durchs Unterholz preschendem Wild, und die kaum wahrnehmbaren menschlichen Stimmen, die wie ein ferner, aber keinesfalls fröhlicher Singsang klangen.

»Was ist das?«, fragte sie leise.

Skar hielt den Kopf schräg und lauschte konzentriert. »Es ist kein Kampf, wenn du das meinst. Ich höre nur wenige

Geräusche; vielleicht zwei Reiter, die sich leise unterhalten.«

»Quorrl oder Menschen?«, fragte Esanna nervös.

»Natürlich Menschen«, sagte Skar rasch, »und sie scheinen sich nicht sehr schnell zu bewegen. Es ist eher so ... als wären sie gerade stehen geblieben, vielleicht, um eine Rast einzulegen.«

»Umso besser für uns, dann können wir sie mühelos überraschen«, flüsterte Esanna. »Und nun komm schon und lass uns gehen.«

Skar schüttelte entschieden den Kopf. »Nein. Ich werde nachsehen gehen, mit wem wir es zu tun haben. Du wartest solange hier ...«

»Ich denke doch gar nicht daran!«

»Still jetzt«, sagte Skar ärgerlich und dennoch so leise, dass Esanna ihn gerade noch verstehen konnte. »Es fehlt noch, dass sie auf uns aufmerksam werden, weil wir hier einen vollkommen nutzlosen Streit führen. Und vergiss nicht: Wo ein paar Menschen sind, können auch noch mehr sein.«

»Und Quorrl«, fügte Esanna aufgebracht hinzu, »und da willst du mich allein hier stehen lassen? Kommt nicht infrage.«

Skar seufzte. Er hatte ganze Armeen befehligt, die blind jedem seiner Befehle gefolgt waren, aber einem jungen Mädchen eine einfache Anweisung zu geben und zu erwarten, dass es sie dann auch noch *befolgte*, war eine ganz andere Sache – das zumindest hatte sich im Lauf der letzten dreihundert Jahre nicht geändert.

»Mach, was du willst«, sagte er schließlich verärgert. »Aber mach keinen Krach dabei und stör mich nicht.«

Ohne auf eine Antwort zu warten, drückte er sich durch das Gebüsch, so lautlos und so wenig Spuren verursachend wie eine Raubkatze, die sich an ein Opfer anschleicht. Als er einen Wildpfad erreichte, der auf die Quelle der Geräusche zuführte, kam er zügiger voran, aber gleichzeitig erhöhte sich seine Wachsamkeit, denn gleich musste er die Reiter erreicht haben. Es entging ihm natürlich nicht, dass ihm Esanna folgte, und wenn sie auch nicht über seine

Erfahrung verfügte, so musste er doch zugeben, dass sie sich dabei äußerst geschickt verhielt. Der schmale, wohl von Rotwild geschlagene Pfad, dessen Verlauf er folgte, war abschüssig und wurde mit jedem Schritt rutschiger, aber auch gleichzeitig breiter, wodurch er fast schneller vorankam, als ihm lieb war: Nicht nur einmal rutschte er ein paar Schritte weit nach vorne und musste sich mühevoll ausbalancieren.

Dann hatte er auch schon den Rand des Unterholzes erreicht und drückte vorsichtig ein paar Zweige auseinander, die ihm die Sicht nach vorne versperrten. Bevor er dazu kam, einen vorsichtigen Blick auf die Szene zu werfen, die sich vor ihm abspielte, spürte er Esannas Hand auf der Schulter, dann an seiner Seite und im nächsten Augenblick sah er sie auch schon vor sich, wie sie an ihm vorbeirutschend mit einem Aufschrei auf den morastigen Weg plumpste.

»Ich hatte doch gesagt, du sollst keinen Krach machen«, murmelte Skar. Aber statt sich in den Schutz des Gebüschs zurückzuziehen, folgte er Esanna und sprang mit einem Satz aus seiner Deckung hervor, während sein *Tschekal* wie von selbst den Weg in seine Waffenhand fand.

Er brauchte es nicht. Es war lediglich ein Reiter in seinem Blickfeld: ein Satai, seiner um Arm- und Beinschilde erweiterten Kleidung nach zu schließen, die allerdings blutbesudelt und ramponiert war. Sein Pferd, ein von Natur aus wohl eher kräftiger Brauner, taumelte vor Schwäche und wäre fast gestürzt, als sein Reiter es auf dem morastigen Boden herum und in Esannas Richtung zwang. Das Fell des Tieres war mit weißem, flockigem Schweiß und Blut bedeckt und aus seinem Maul tropfte heller Schaum.

Sein Reiter konnte oder wollte darauf keine Rücksicht nehmen, was angesichts seines Zustands auch kein Wunder war. Seine ehemals strapazierfähige Kleidung war zerfetzt und mit etwas verschmiert, was Skar auf den ersten Blick für eine abstoßende Mischung von Schlamm, Blut und Dreck hielt. Sein rechter Arm hing nutzlos und sonderbar falsch und verdreht von der Schulter und musste gebrochen sein, sein Brustharnisch war geborsten und über und über von Blut besudelt, als sei ihm eine frische Brustwunde zugefügt worden. Er hockte weit nach vorne gebeugt im Sattel und schien sich nur noch mit letzter Kraft auf dem Rücken des Tieres zu halten. Als sein Pferd schräg und versetzt näher tänzelte, bemerkte Skar seinen rasselnden und von einem furchtbaren Laut begleiteten Atem; es war ein Wunder, dass es seinen Reiter noch nicht abgeworfen hatte.

Skar war mit wenigen Schritten bei dem Tier und griff blitzschnell zu, um seinen wankenden und fast aus dem Sattel gestürzten Reiter in letzter Sekunde aufzufangen. »Die Quorrl«, stöhnte der Mann. »Vorsicht ... sie sind noch in der Nähe.«

»Was ist passiert?«, fragte Skar leise, während er den Mann vorsichtig auf den Boden gleiten ließ und sich an den Verschlüssen des Harnischs zu schaffen machte, um sich seine Wunde anzusehen – falls es für eine Hilfeleistung nicht sowieso schon zu spät war.

Der Satai hob mühsam den Kopf, um Skars Blick zu suchen. »Du musst ... Marna ... warnen«, brachte er mit bebender, erschöpfter Stimme hervor, die Worte nicht viel mehr als ein Flüstern, das Skar mehr erriet als verstand.

»Marna?«

»Ja«, nickte der Satai mühsam.

Skar hatte endlich die Verschlüsse des Harnischs geöffnet und zog den Brustpanzer vorsichtig ab. Das, was darunter zum Vorschein kam, erschreckte ihn: Es war eine klaffende, gezackte Wunde, und obwohl die Wucht des tödlichen Hiebs vom Harnisch wohl größtenteils aufgefangen worden war, war sie viel zu tief, um sie mit einfachen Mitteln schließen zu können.

»Die Quorrl ... sie sammeln sich«, stieß der Satai hervor.

»Skar!«, schrie Esanna neben ihm entsetzt auf. »Er ... er stirbt!«

Skar gab ihr insgeheim Recht. Der dunkle Fleck auf der Brust des Satais wuchs rasch und selbst wenn er sofort in die Hände eines begnadeten Heilers gekommen wäre, wäre er wohl kaum noch zu retten gewesen. Das Einzige, was er selbst noch tun konnte, war ein Wort des Trostes oder der Zuversicht zu spenden – aber er wusste nicht, wie viel Zeit ihnen noch blieb, bis die Quorrl auftauchten, von denen der Mann gesprochen hatte. »Wo sammeln sie sich?«, fragte er deshalb.

»Nicht weit ... von hier ...« Der Mann versuchte weiterzusprechen, aber seine Worte kamen immer stockender und die Pausen dazwischen, in denen er qualvoll nach Atem und Kraft rang, wurden länger. Sein Körper zitterte. Plötzlich schrie er, bäumte sich auf und warf sich zurück, so abrupt und heftig, dass er Skars Griff entglitt und rücklings in den Morast stürzte. Er hustete qualvoll und versuchte sich herumzuwälzen; offensichtlich war ihm das, was er sagen wollte, wichtiger als alles andere und wahrscheinlich war es ihm trotz seiner Benommenheit nur zu bewusst, dass es für ihn keine Aussicht auf Rettung gab. Er keuchte, als Skar ihn in die Arme nahm und so sanft und vorsichtig wie möglich ein Stück aufrichtete, aber es schien genau das zu sein, was er selber wollte. Seine Lippen stammelten immer wieder ein einzelnes, immer und immer wiederkehrendes Wort und als Skar ihm mit einem seiner Ärmel das Gesicht abwischte, hob er die Hand und krallte die Finger in seine Schulter. Sein Blick flackerte, irrte an Esanna vorbei und blieb auf Skars Gesicht hängen. Für einen kurzen Moment klarte sich sein Blick noch einmal auf.

Endlich verstand Skar das Wort. »Nemesis«, brachte der Satai plötzlich erstaunlich kraftvoll hervor, »Nemesis.«

»Was ist mit Nemesis?«, fragte Skar rasch. Er fürchtete, dass es nur ein letztes Aufbäumen war, das diesen Mann noch einmal zu Wort hatte kommen lassen, und wenn er etwas erfahren wollte, dann musste er so schnell wie möglich nachbohren.

Und doch – die Antwort kam von ganz anderer Seite. »Nemesis ist die Kriegshauptstadt der Satai«, sagte Esanna tonlos. »Sie liegt nur ein paar Tagesritte von hier entfernt.«

Der Blick des Verletzten irrte zwischen Skar und Esanna hin und her. »Bei allen Göttern«, stammelte der Mann, »wer ... wer bist du. Wieso ... kennst du Nemesis nicht?«

Skar verstand die Panik in seiner Stimme. Er selbst trug die Kleidung eines Satais, aber jedes Mitglied dieser besonderen Kriegerkaste würde, ja *musste* seine Kriegshauptstadt kennen. Kannte er sie nicht, war aber wie ein Satai gekleidet – dann war er ein Spion oder Schlimmeres.

»Es ist schon gut«, sagte Skar. »Du brauchst keine Angst zu haben. Ich bin Skar, der Mann, auf den ihr alle gewartet habt. *Der* Skar. Nach dreihundert langen Jahren hat mich der Ruf ereilt, weil die Zeit der Wende gekommen ist, ganz so, wie es im Elften Buch geschrieben steht. Ich bin wiedergekommen, um euch zu retten.«

Es war nur eine spontane Eingebung gewesen, die ihn diese Worte hatte sprechen lassen, aber offensichtlich die richtige. Er war sich nicht sicher, aber er glaubte ein schwaches, zufriedenes Aufblitzen im Blick des Sterbenden zu erkennen, der mit der Zuversicht des vor dem großen Übergang stehenden Menschen Dinge zu erfassen und zu *glauben* schien, die einem in der Mitte des Lebens Stehenden nur ein müdes Lächeln Wert gewesen wären: Der *Große Skar*, wieder auferstanden nach dreihundert Jahren, niemand sonst hätte diesen Unsinn so schnell und ohne Widerwort geglaubt.

Doch die Erleichterung auf den Zügen des Mannes hielt nicht lange an; plötzlich lief eine nervöse, zuckende Bewegung über sein Gesicht, und die Hand, die sich in Skars gekrallt hatte, krampfte sich für einen kurzen Augenblick noch einmal fester in seinen Arm – dann erschlaffte sie endgültig. Ein reißender Laut erklang und der Satai verlor mit einem letzten, beinahe erleichterten Seufzer das Bewusstsein.

»Ist er … ist er tot?«, fragte Esanna.

Skar schüttelte erst den Kopf, nickte dann aber. Seine Hand suchte wie von selbst die Halsschlagader des Mannes, um zu überprüfen, ob seine Annahme richtig war. Wie erwartet spürte er nichts mehr; das Leben war aus dem Krieger gewichen. »Er ist tot«, sagte er leise und richtete sich auf. »Es tut mir Leid.«

»Es ist ja auch nicht wirklich wichtig«, sagte Esanna mit belegter Stimme. »Nachdem die Quorrl meinen ganzen Clan niedergemacht haben und nachdem wir gerade gesehen haben, was für ein Blutbad sie am Fluss angerichtet haben – was bedeutet da schon der Tod eines einzelnen Mannes!«

Sie wandte sich ab und Skar glaubte ein leises Schluchzen zu hören. Er verstand sie nur zu gut. Der Schmerz, den die Quorrl ihr mit dem Tod ihrer Angehörigen zugefügt hatten, würde erst in einigen Tagen, vielleicht sogar erst in Wochen zur vollen Intensität anschwellen, nämlich dann, wenn der Schock nachließ und sie begriff, dass die Menschen ihres Dorfes wirklich und *unwiederbringlich* tot waren.

Skar hatte den Toten mittlerweile zurückgleiten lassen und richtete sich nun langsam auf. Sein Blick suchte den Esannas, aber es war das Pferd des Satais, das ihn durch ein leichtes Wiehern ablenkte und seine Aufmerksamkeit auf sich zog. Behutsam näherte er sich dem Tier und redete beruhigend auf es ein. Der Braune hatte einen Kratzer an der Flanke, schien aber, entgegen seinem ersten Eindruck, sonst unverletzt zu sein; das meiste Blut auf seinem Körper stammte von seinem Reiter – oder vielleicht auch von den Gegnern des soeben Gestorbenen.

»Zu Pferd kommen wir leichter voran als zu Fuß«, sagte er.

»Das meinst du doch nicht im Ernst«, sagte Esanna. »Sieh dir doch mal das Tier an: Es ist fertig, vollkommen ausgebrannt.«

Skar war es mittlerweile gelungen, den Zügel des Tieres zu fassen und nun strich er mit der anderen Hand beruhigend über seine Nüstern. »Ist ja schon alles gut«, murmelte er und an Esanna gewandt: »Wir gönnen dem Tier und uns eine Rast. Die Sonne geht sowieso gleich unter. Ich werde den Braunen trockenreiben und mich um seine Verletzung kümmern und morgen sehen wir dann weiter.«

»Morgen werden wir dann doch zu Fuß weitergehen müssen«, seufzte Esanna.

»Nein, das glaube ich nicht«, sagte Skar. »Ich verstehe eine Menge von Pferden und auch ein bisschen von Heilkunst. Der Braune hier ist noch jung und seine Fesseln verraten, wie ausdauernd er ist. Ich bin sicher, dass wir ihn morgen dazu bewegen können, uns beide zu tragen – schließlich sind wir auch zusammen nur unwesentlich schwerer als ein Satai in voller Kampfmontur mit randvoll gepackten Satteltaschen.«

5

Der nächste Morgen brachte feinen Nieselregen mit sich und düstere, graue Wolken, die sich drohend über ihnen zusammenballten wie die Vorboten eines nahenden Unheils. Sie hatten einen halbwegs geschützten Platz ganz in der Nähe des Weges gefunden aber so weit entfernt, dass sie vor einer zufälligen Entdeckung sicher waren. Nach der ersten Wache und nachdem er Esanna geweckt hatte, die trotz der aufwühlenden Ereignisse tief und fest geschlafen hatte, eingehüllt in die wärmenden und feuchtigkeitsabweisenden Decken des Satais, hatte er ihren Platz eingenommen und es ihr überlassen, bis zum Morgengrauen auf jedes verdächtige Geräusch zu achten – eine fast überflüssige Maßnahme in dieser dunklen Nacht, die wohl kaum eine der Kampfparteien nutzen würde, um meuchelnd durch den Wald zu schleichen. Und dennoch: Skar hatte unruhig geschlafen und war immer wieder hochgeschreckt; es war so, als würden tausend verschiedene Stimmen auf ihn einreden, als wollten etliche von ihnen ihm einflüstern, wie wichtig seine Mission sei und dass, sollte er scheitern, ganz Enwor der Vernichtung anheim fallen würde. Aber es waren auch andere Stimmen dabei, ein tiefes Raunen, das ihm zusäuselte es sein zu lassen, sich nicht einzumischen in die Geschicke dieser Welt, die nicht mehr die seine war.

Außerdem war da ein beunruhigendes Gefühl des Verlusts in ihm, ein Bild, das in seinem Kopf wirbelte, ein Gefühl, das ihn mit der Erinnerung der letzten Nacht verband, als er und Esanna sich, gezwungen durch die Kälte und ihre tiefe Erschöpfung, stundenlang aneinander geklammert hatten.

»Es wird Zeit«, drang Esannas Stimme irgendwann zu ihm und riss ihn damit aus einer Benommenheit, die mit Schlaf wohl kaum etwas zu tun hatte. »Nach dem Lied der Vögel zu schließen müsste eigentlich bereits die Sonne aufgegangen sein – auch wenn sie nirgends zu sehen ist.«

Skar schlug die Decke zurück und blinzelte in das trübe Grau hinein, von dem sich Esannas helles Gesicht nur undeutlich abhob. »Dann wird es Zeit, dass wir aufbrechen«, sagte er, »es würde mich nicht wundern, wenn es hier bald nur so von Quorrl wimmeln würde.«

»Warum sollte es das?«, fragte Esanna erstaunt.

»Weil es auf der Hand liegt, nach dem, was wir gestern erfahren haben«, sagte Skar knapp und offensichtlich so schroff, dass Esanna keine weitere Frage mehr zu stellen wagte.

Als er sich erhob, um nach dem Pferd des toten Satais zu sehen und sich dabei zu überzeugen, dass es sich über Nacht tatsächlich für einen Tagesritt genug erholt hatte, zwang ihn ein vollkommen unerwartet auftauchendes Schwindelgefühl, sich an einem Baum festzuhalten und ein paar Augenblicke in fast gebückter Stellung zu verharren – wenigstens außerhalb der Sichtweite von Esanna und somit außer der Reichweite jeder spöttischen oder, schlimmer noch, besorgten Nachfrage. Mit klopfendem Herzen starrte er in die graue Unendlichkeit vor sich, in der die Bäume düsteren Riesen glichen, die sich fast unmerklich aber stetig um ihn zusammenzogen, und das Unterholz einer undurchdringlichen Wand, durch die es kein Entkommen gab.

Mit zitternden Fingern schob er den Ärmel seines Gewands nach oben und starrte auf die blutunterlaufenen dunklen Stellen auf seinem Unterarm, die sich deutlich von den Kratzern und Prellungen unterschieden, die er sich in der Höhle zugezogen hatte. Er war sich sicher, dass diese Stellen gestern noch nicht da gewesen waren, aber er ahnte, was er entdecken würde, wenn er seinen übrigen Körper untersuchen würde: Sein ganzer Körper würde mit diesen dunklen Stellen übersät sein. Es war nicht das erste Mal, dass ihm das passierte; es war in Rouns Hütte gewesen, inmitten des Digger-Dorfs und damit kurz vor dem Angriff der Quorrl. Damals hatte er nur eine ungewohnte Müdigkeit und einen permanent schlechten Geschmack in seinem Mund gespürt. Diesmal war es schlimmer.

Was war bloß los mit ihm? Eine Krankheit schied mit größter Wahrscheinlichkeit aus; dann würde dieser verwirrte, schwache Zustand, der mit den Flecken einherging, sich nicht regelmäßig wiederholen. Das erste Mal war es in Rouns Hütte passiert, dann in der Nacht am Lagerfeuer, als er sich plötzlich außerhalb der Höhle wieder gefunden hatte, mit irgendetwas zwischen seinen Zähnen, was dort nicht hingehörte, und das dritte Mal – das war jetzt.

Er war in diesem Moment so hilflos wie noch nie zuvor und seine Beine fühlten sich abgestorben und taub vor Kälte an, unfähig ihn auch nur noch einen Schritt weit zu tragen, während gleichzeitig sein Puls raste und ihm kalter Schweiß den Rücken herabrann. Als er weitergehen wollte, gelang es ihm nicht sofort; er sank mit einem Schmerzenslaut noch ein Stück weiter in sich zusammen und blieb einen weiteren Moment in gekrümmter Haltung stehen, bevor er wenigstens so viel Kraft gesammelt hatte, um sich mit zusammengebissenen Zähnen wieder in die Höhe stemmen zu können. Es war eine tiefe Verzweiflung in ihm, ein tiefes Nichtverstehen und tausend unbeantwortete Fragen und nur eine davon betraf die Ursache seiner Schwäche. Vielleicht, so flüsterte ihm eine zynische Stimme in seinem Inneren zu, war das die ganz normale Nebenwirkung, wenn man nach dreihundert Jahren wieder auferweckt wurde, vielleicht hatte es aber auch etwas mit dem *Khtaám* zu tun und seinem Versuch von ihm und Esanna Besitz zu ergreifen.

Als die Schwäche nach kurzer Zeit abebbte und er sich wieder so weit aufraffen konnte, um die wenigen Schritte zum Braunen zu überwinden, ließ der Druck der in ihm bohrenden Unruhe nach, verschwamm sein Unbehagen das Geheimnis seiner Existenz nicht zu kennen, beinahe so, als gäbe es gar keinen Grund sich mit diesen Fragen zu quälen. Was blieb, war ein beinahe körperlich spürbares Unbehagen von solcher Intensität, dass ihm davon fast schlecht wurde.

Der Braune begrüßte ihn mit einem freudigen Wiehern. Offensichtlich wusste er nur zu gut, wer ihn gestern Abend trockengerieben hatte und wer ihn von Dreck und Blut befreit und dann die Wunde in seiner Flanke versorgt hatte, die, den Göttern sei Dank, nicht allzu tief war. Skar streichelte seine Nüstern und griff dann nach dem bereits gestern zurechtgelegten Zaumzeug, um es dem Tier anzulegen. Wenn er erwartet hatte, dass ihm das leicht von der Hand ging, dann hatte er sich getäuscht. Seine Gliedmaßen erschienen ihm wie aufgepumpt und seine Bewegungen von geradezu quälender Langsamkeit, doch zumindest hatte das Gefühl der Benommenheit nachgelassen und vergleichsweise erträglichen Kopfschmerzen Platz gemacht.

Die merkwürdige Stimmung, die sich über den Wald gelegt hatte, passte dazu: Es war einer dieser Tage, an denen die Morgendämmerung nach vielen Stunden übergangslos in eine alles verschluckende Abenddämmerung überging, ohne dass es auch nur ein einziges Mal richtig hell geworden wäre. Das ganze Land war in eine unnatürliche Dunkelheit getaucht und selbst die Waffen des Satais, die Skar jetzt vor sich auf dem Boden ausbreitete, um sie einer genaueren Musterung zu unterziehen, sahen grau und düster aus, so als würden sie nicht – zumindest teilweise – aus geschliffenem Sternenstahl bestehen, sondern aus dem mattschwarzen Eisen, aus dem einige Stämme der Prärien Malabs ihre Waffen schmiedeten.

Als er das *Tschekal* des gestern seinen schweren Verletzungen erlegenden Satais genauer betrachtete, fand er seine Vermutung bestätigt: Auch diese Waffe bestand nicht aus reinem Sternenstahl, sondern war im Griffbereich reich verziert, wenngleich es kein so aufwändig ziseliertes Kunstwerk aus Silber und Gold war wie das der Waffe, die in seinem Gürtel steckte. Möglicherweise wies die Gestaltung des Griffs auf eine Rangordnung der Satai hin, wie es sie zu seiner Zeit noch nicht gegeben hatte. In jedem Fall empfand er sie als äußerst deplatziert, so als richtete sie sich gegen eine innere Ordnung, gegen die zu verstoßen nur Unheil heraufbeschwören konnte.

Als er die Waffe wieder zurücklegte und sich aufrichtete, verschwamm für ein, zwei Sekunden die Umgebung um ihn und ein buckliger, schwarzer Schatten schien in ihn einzusickern, vollkommen substanzlos und doch von beinahe fassbarer Konsistenz, und gleichzeitig erschien es ihm, als beginne ihn der Boden aufzusaugen. Es war ganz ähnlich und doch vollkommen anders als ein paar Minuten zuvor.

Er starrte auf den Boden und um ihn war nichts als Schwärze, eine so tiefe, allumfassende Schwärze, wie er sie nie zuvor erblickt hatte. Etwas schien sich in der Dunkelheit zu bewegen, ein gewaltiger Strudel aus nichts, der sich schwarz auf noch dunklerem Hintergrund drehte, der lockte und rief …

… und er rutschte ab, verlor sich in dem Nichts, wurde von ihm aufgesogen und eins mit ihm und er machte irgendetwas, ohne zu verstehen, was er da tat, und die Welt hörte auf zu existieren und machte etwas anderem Platz, etwas, das ihm trotz aller Fremdartigkeit Heimat und Zufluchtsort zu sein schien …

… und dann hörte es so plötzlich auf, wie es begonnen hatte, und stieß ihn wieder aus, zurück auf den feuchten Boden, auf dem er nun hockte wie ein kleines Kind, das sich im feuchten Erdreich gesuhlt hatte.

Zitternd und erschöpft richtete er sich wieder auf. Er hatte keine Ahnung, was mit ihm geschehen war, und mit Verwunderung wie auch mit Ekel starrte er auf seine schmutzigen, erdverkrusteten Hände, die im Boden gewühlt zu haben schienen. Als sich sein Blick weiter klarte, erkannte er auch tatsächlich zwei Löcher in dem weichen Waldboden, tiefe, schwarze Schlünde, die mit der grauen Umgebung verschmolzen, ohne dass er erkennen konnte, wie weit sie hinabreichten.

Das Knacken von Zweigen, das säuselnde Geräusch, mit dem sich ein paar Blätter heftiger als normal bewegten, warnte ihn; er trat schnell und beinahe schuldbewusst auf die Löcher, sodass sie von seinen Füßen fast vollständig bedeckt wurden.

»Wie sieht's aus?«, fragte Esanna, während sie ein paar Zweige zur Seite schob, um auf die Lichtung zu treten – mit ihrem Messer in der Hand, als erwarte sie eine unangenehme Überraschung. »Wird uns der Gaul tragen?«

Skar verschränkte seine Hände hinter dem Rücken und begann sie aneinander zu reiben, um den Dreck zu lösen. »Alles klar«, meinte er. »Aber ein Gaul ist das nun wirklich nicht. Es ist ein erstklassiges und ausdauerndes Reitpferd.«

»Wie schön«, sagte Esanna in einem Tonfall, der Ärger

versprach. »Die Frage ist nur, wohin wir mit dem Vieh reiten werden.«

»Das fragst du noch?«, fragte Skar verwundert, ohne auf die Provokation in ihrer Stimme einzugehen. »Wir wollten sowieso zu Marna. Jetzt ist es noch dringender geworden: Wir werden den Auftrag des toten Satais erfüllen und Marna die Warnung überbringen. Diese Botschaft ist ein Geschenk des Himmels; sie wird uns alle Türen öffnen.«

»Aber …«

»Nichts aber. Begreifst du denn gar nicht?« Als Esanna den Kopf schüttelte, fuhr Skar fort: »Wenn sich die Quorrl tatsächlich sammeln, um die Satai überraschend zu schlagen, dann müssen wir sie unbedingt und so schnell wie möglich warnen.«

»Diese Worte klingen aus deinem Mund nicht sehr überzeugend«, meinte Esanna. »Bislang hast du doch alles getan, um deine Quorrl-Freunde zu schützen.«

»*Quorrl-Freunde*«, sagte Skar verächtlich, während er an Titch dachte, den Quorrl-Rebellen, dessen Gebeine schon seit dreihundert Jahren in irgendeiner abgelegenen Gegend vermoderten und der wohl der einzige Quorrl gewesen war, den er je als Freund betrachtet hatte. »Ich habe keine Freunde unter den Quorrl, ich habe überhaupt keine Freunde mehr auf dieser Welt.«

»Wenn das so ist, alter Mann: Warum rührst du dann überhaupt eine Hand für Enwor? Warum gehst du nicht einfach wieder und lässt uns unser Leben leben?«

Die Hieb saß und Skar hätte beim besten Willen keine vernünftige Antwort darauf gewusst, selbst dann nicht, wenn er nicht hektisch damit beschäftigt gewesen wäre, die verräterischen Schmutzspuren an seinen Händen so gut wie möglich zu beseitigen. Und dennoch: In ihm war dieses brennende Bedürfnis, das ihn gegen alle Zweifel, gegen alle Einwände dazu trieb, sich dem Vernichtungskampf zwischen Satai und Quorrl entgegenzustellen. »Ich werde alles tun, was in meiner Macht steht, um dieses wahnsinnige Blutbad zu verhindern.«

»Indem du den Satai Informationen lieferst, die es ihnen leichter machen, die Quorrl zu schlagen? Nein«, Esanna schüttelte entschieden den Kopf, »das klingt alles andere als überzeugend. Entweder bist du nicht mehr in der Lage zwei und zwei zusammenzuzählen oder du willst mir irgendein Märchen aufbinden.«

Skar schüttelte den Kopf. Esanna verfügte über eine scharfe Zunge und sie hatte eine Art zu argumentieren an sich, die ihn verteufelt an seinen alten Waffengefährten und ehemals besten Freund Del erinnerte. Aber: Del hatte ihn verraten. Wer sagte ihm, dass es nicht auch Esanna tun würde – oder vielleicht schon getan hatte? Welches Geheimnis umgab das Digger-Mädchen? Das musste er so schnell wie möglich herausbekommen. Auf keinen Fall würde er den Fehler begehen sich von den unschuldigen Augen, dem schmalen Gesicht und ihrer Jugend zu dem Schluss verleiten zu lassen, dass sie harmlos wäre.

»Denk, was du willst«, sagte er, brachte die nun fast sauberen Hände nach vorne und verschränkte sie vor der Brust, »ich werde mich jedenfalls nicht davon abhalten lassen, Marna zu warnen.«

Esanna schwieg einen Moment, presste die Lippen aufeinander und begann nervös mit dem Griff ihres Messers zu spielen, das sich in der Nacht, als es stundenlang im Feuer gelegen hatte, verfärbt und einen bläulich roten Ton angenommen hatte. Sie hatte sich zu Skars Verblüffung gestern Abend entschieden diese Waffe zu behalten und sie gegen nichts einzutauschen, was der Satai an Ausrüstung mit sich geschleppt hatte.

»Wenn du meinst«, antwortete Esanna skeptisch. »Aber sag mal, eine ganz andere Frage: Was hast du eigentlich mit deinen Händen gemacht? Eine Leiche ausgebuddelt?«

»Äh, hmmm«, machte Skar und starrte auf seine Finger, als sähe er sie zum ersten Mal. »Keine Ahnung. Ich hätte sie wohl gestern im Fluss waschen sollen …«

»Wenn du mich fragst«, unterbrach ihn Esanna verächtlich, »bist du nichts weiter als ein verdammter Digger. Und zwar einer von der ganz üblen Sorte. Der Rest deiner Mahlzeit hängt dir ja noch aus den Mundwinkeln.«

»Ich weiß nicht, was du meinst«, begann Skar unbehaglich. »Ich …«

Er brach ab und legte den Kopf schief.

»Jetzt hat's dir wohl die Sprache verschlagen, was?«, fragte Esanna spöttisch.

Skar schüttelte den Kopf und legte den Finger auf den Mund. »Still«, flüsterte er. »Da ist was.«

Es waren Stimmen, die da durch den Wald klangen und so plötzlich und ohne Vorwarnung an sein Ohr drangen, als wäre er zuvor mit Taubheit geschlagen gewesen.

Quorrl! Skar erkannte das fremdartig klingende, knarrende Idiom so zweifelsfrei und unvermittelt, dass ihn ein siedend heißer Schreck durchfuhr, eine Panik, die ihm bislang unbekannt gewesen war: nämlich die, sich nicht mehr auf seinen Instinkt verlassen zu können. Er begriff nicht, wie ihm das hatte passieren können, wie er die vielen kleinen Anzeichen hatte überhören können, mit denen sich das Näherkommen von Mensch und Tier – und vor allem von Quorrl – ankündigte.

Aber er hatte auch keine Zeit über dieses Phänomen nachzugrübeln. Die Quorrl brachen durch das Unterholz, als wollten sie den Wald im wahrsten Sinne des Wortes im Vorübergehen in Trümmer legen. Besonders viel Aufmerksamkeit schienen sie dabei ihrer Umgebung nicht zu zollen, denn sonst wären sie etwas umsichtiger vorgegangen – entweder jagten sie irgendjemandem hinterher, der ihnen unterlegen war (vielleicht dem schwer verletzten Satai, der Skar und Esanna in die Hände gelaufen war), oder sie glaubten hier auf keine potenziellen Gegner mehr stoßen zu können. *Die Quorrl sammeln sich* – vielleicht war hier in der Nähe ihr Aufmarschplatz.

Einen Sekundenbruchteil lang stand Skar einfach nur reglos da, jeder Muskel in seinem Körper bis zum Zerreißen gespannt. Seine Augen bohrten sich durchs Unterholz, um zu erkennen, ob noch die Chance bestand, dass die Quorrl an der Lichtung vorbeistolperten, auf der sie das Pferd des toten Satais, seine auf dem Boden ausgebreiteten Waffen und einen ihnen unbekannten Mann in der Uniform ihrer Todfeinde in Begleitung eines jungen Mädchens vorfinden würden. Es bedurfte keiner regen Phantasie, um zu wissen, was andernfalls geschehen würde: Er würde keine Chance bekommen auch nur den Mund zu einer Erklärung aufzumachen; die Reptilienkrieger würden ihn und Esanna sofort niedermachen.

Als Skar die geschuppten Giganten schemenhaft erkennen konnte – und die kleine, braungrün gekleidete Gestalt, die sie gefesselt vor sich her stießen –, hätte er beinahe laut aufgestöhnt. Dabei spürte er nicht einmal Schrecken, denn das Entsetzen, die Erkenntnis, dass ein fürchterliches Missverständnis von vornherein alle seine Bemühungen zunichte machen könnte, seinen Teil zur Rettung Enwors beizutragen, war zu groß, um andere Empfindungen zuzulassen.

Denn es war Kama, der Nahrak, den die Quorrl mit der ihnen eigenen Brutalität vor sicher her trieben.

Den winzigen Moment, den er die geschuppten Giganten früher bemerkte als sie ihn, nutzte Skar auf eine ihm ganz eigene Weise. Er versetzte Esanna einen harten Stoß, der sie schwer zu Boden stürzen ließ und ihr damit die Möglichkeit nahm irgendeine Dummheit zu begehen, sprang über sie hinweg und zog in der gleichen Bewegung sein *Tschekal*. Er erkannte neben dem Gefangenen drei, vier vollkommen sorglose Quorrl, die von seinem Anblick vollständig überrascht wurden. Skar überwand die Distanz zu ihnen mit einem einzigen Satz und war so unvermittelt zwischen ihnen, dass der Erste gar nicht mehr dazu kam, sein Schwert zu ziehen, bevor ihn Skars Klinge erwischte und ihm mit einem einzigen Schlag seine Waffenhand abschlug.

Die anderen Quorrl reagierten mit der Schnelligkeit routinierter Krieger, die darauf gedrillt waren, jeden Angriff im Ansatz zu ersticken. Zwei Reptilienmänner näherten sich mit gezogenen Schwertern im Parallelschritt, ein Anblick der nicht zuletzt dazu gedacht war, einen Gegner in Panik zu versetzen, während der dritte, unverletzte, Kama mit einer fast beiläufigen Bewegung niederstieß und seitlich durchs Unterholz brach, um von der Rückseite aus anzugreifen. Skar gedachte ihnen einen Strich durch die Rechnung zu machen. Er hechtete mit einer Rolle zur Seite, kam federnd wieder hoch und ließ sein *Tschekal* einen Halbkreis beschreiben, mit dem er die Deckung des ihm am nächsten stehenden Quorrl unterlief und ihn mit einem mörderischen Schlag fast das Bein abtrennte.

Der geschuppte Gigant taumelte mit einem Schmerzenslaut gegen einen Baum und starrte fassungslos auf die klaffende Wunde in seinem Oberschenkel, aus der augenblicklich eine Blutfontäne schoss. Trotzdem gab er sich noch nicht geschlagen. Er riss sein Zackenschwert im gleichen Sekundenbruchteil hoch, in dem Skar nach vorne sprang, um den anderen Reptilienkrieger zu attackieren. Die schwere Waffe streifte Skars Oberarm und hätte ihm den Kopf abgeschlagen, wenn der Satai nicht noch in der Sprungbewegung den Oberkörper zur Seite gerissen hätte. Skar kam dicht hinter ihm auf die Füße, tauchte unter dem Angriff des zweiten Kriegers hinweg, den das Schicksal seiner Kameraden zu noch mehr Wut angestachelt hatte, und stieß seine Klinge nach vorne, um den Koloss zu durchbohren.

Der Quorrl reagierte überraschend schnell, warf sich im letzten Moment zur Seite und nahm dabei in Kauf seinen Artgenossen mit der abgeschlagenen Hand so schwer anzurempeln, dass dieser zu Boden stürzte. In diesem Moment geschah etwas so Merkwürdiges, dass Skar einen Herzschlag lang weniger aufmerksam war, als es bei einem erbitterten Kampf um Leben und Tod ratsam war: Esanna taumelte mitten in das Kampfgeschehen hinein und die Quorrl taten so, als ob *sie* der Feind sei, den es unter allen Umständen zu vernichten galt und nicht er selbst.

Der Reptilienkrieger, der Skar hatte umgehen wollen, um ihn von hinten anzugreifen, hätte ihn im Moment der Unaufmerksamkeit mit seinem Schwert durchbohren oder doch zumindest ernsthaft verletzten können, doch er änderte im letzten Augenblick die Stoßrichtung seiner gezackten Waffe und griff direkt Esanna an. Das Mädchen schien die Gefahr instinktiv zu spüren, riss die Arme hoch und steppte in einer fast nicht sichtbaren Bewegung zur Seite. Mit einem Aufschrei stürzte der Angreifer an ihr vorbei, konnte seinen eigenen Schwung nicht mehr bremsen und lief so genau in Skars *Tschekal*. Aufgespießt wie ein Fisch, der mit einer Lanze aus einem Fluss gefischt wurde, rannte er noch ein paar Schritte weiter und brach dann wie vom Blitz gefällt zusammen; dabei rammte er sich das in seinem Brustkorb steckende *Tschekal* tief in seinen Körper.

Skar versuchte aus den Augenwinkeln heraus die Situation zu erfassen. Kama lag regungslos am Boden, Esanna schien unverletzt zu sein und von den vier Quorrl waren zwei schwer verletzt und einer völlig ausgeschaltet; das bedeutete aber auch, dass einer noch voll kampffähig war – und das konnte das Ende bedeuten. Aber es war ausgerechnet der Quorrl mit dem Armstumpf, aus dem dunkelrotes Blut pulsierte, der Esanna auf eine für Quorrl gleichzeitig ungewöhnliche wie effektive Art angriff: Er hatte mit der linken Hand ein Messer hervorgezogen und warf es jetzt in Richtung des Mädchens. Wieder schien Esanna die Gefahr, in der sie schwebte, zu spüren; sie tauchte unter dem Messer geradezu spielerisch weg, riss in der gleichen Bewegung ihre eigene Klinge hervor und schleuderte sie dem Messerwerfer entgegen.

Der Quorrl hatte keine Chance: Esannas Messer traf ihn direkt unterhalb des Kehlkopfs, durchdrang seinen Hals und trat hinten wieder aus. Das Funkeln in seinen Augen erlosch augenblicklich und er fiel regelrecht in sich zusammen.

Der unverletzte Quorrl sah sich nun zwei unbewaffneten Gegnern gegenüber: Esanna hatte mit ihrem Messerwurf ihre ganze Bewaffnung im wahrsten Sinne des Wortes verschleudert und auch Skars Hände waren leer, weil er, den Satai-Regeln zum Trotz, seine Waffe geopfert hatte, um einen der Angreifer auszuschalten. Zu Skars Verblüffung nutzte der geschuppte Gigant seinen Vorteil nicht auf die einzig logische Weise, indem er erst versuchte ihn, den gefährlicheren Satai, auszuschalten, um sich dann über das vergleichsweise harmlose Mädchen herzumachen, sondern er griff gleich und direkt Esanna an. Die Distanz zu ihr überwand er mit zwei wuchtigen Bewegungen, die den Waldboden erzittern ließen, und als er sein Schwert nach vorne stieß, auf das wie paralysiert wirkende Mädchen zu, schien ihr Schicksal besiegelt zu sein.

Es war eine unglaubliche Dummheit, die den Quorrl so handeln ließ, der bei Skars Kampfstil wissen musste, mit was für einer Art Gegner er es zu tun hatte, und der andererseits auch nicht so naiv sein konnte zu glauben, dass der wie ein Berserker unter sie gekommene Satai nur sein Schwert gehabt hätte, um sich auf den ungleichen Kampf einzulassen. Mit einem einzigen Sprung überwand Skar die Distanz zu seinem Gegner, während gleichzeitig das in seinem Gürtel steckende Messer wie von selbst in seine Hand schnellte.

Der Quorrl merkte nichts von alledem. Mit triumphierendem Gebrüll wollte er seine Waffe in den Körper des Mädchens rammen und sie so mit einer einzigen Bewegung töten; wahrscheinlich hatte er danach vor sich dem Satai zuzuwenden und Rache zu nehmen für den Vernichtungsfeldzug des einzelnen Mannes, der es gewagt hatte, es mit einer ganzen Quorrl-Gruppe aufzunehmen.

Er kam weder zum einen noch zum anderen. Skars Messer drang von hinten unter dem Ansatz der Halsschuppen, an der wohl empfindlichsten Stelle eines Quorrl, in den Hals des Giganten, fuhr tief hinein und riss eine grausame Wunde in das weiche Fleisch. Die Drehbewegung, mit der der brüllende Gigant in Skars Rücken zu kommen versuchte, unterstützte die Schnittbewegung noch und ließ ihm nicht die geringste Chance. Besinnungslos vor Wut und Schmerz schlug der Koloss mit seinem Schwert auf Skar ein. Der Satai riss mit einer letzten, entsetzlichen Bewegung sein Messer zurück und sprang gleichzeitig zur Seite. Er hatte wenig Mühe dem plumpen Schwertangriff des Reptilienkriegers auszuweichen und musste einzig und allein auf der Hut vor einem Zufallstreffer sein.

Der Blick des geschuppten Giganten trübte sich, er knickte in den Knien ein und fiel mit einer fast sanften Bewegung auf die Seite, wobei sein Schwert über den Boden schlitterte und gegen einen Baum prallte. Skar hatte keine Sekunde Zeit sich weiter um ihn oder um das Mädchen zu kümmern oder sich darum Gedanken zu machen, was eigentlich in sie gefahren war, dass sie hier wie eine Furie aufgetaucht war und damit sein und ihr Leben in Gefahr gebracht hatte. Sein *Tschekal* steckte noch im Körper des aufgespießten und mittlerweile mit einem schrillen Schmerzenslaut verendeten Quorrl. Es war Skar unmöglich, schnell genug an die unter dem massigen Körper begrabene Waffe zu kommen, um sich mit ihr noch rechtzeitig gegen den verbliebenen kampffähigen Quorrl zur Wehr zu setzen – den vor Schmerz keuchenden Krieger mit der klaffenden Beinwunde.

Das war aber bitter notwendig, denn trotz der Schwere seiner Verletzung war der Quorrl noch immer ein auf Tötung gedrillter Killer, der nicht eher ruhen würde, bis er Skar und Esanna abgeschlachtet hatte – oder selbst ausgeschaltet war. Im Moment standen seine Chancen gar nicht mal so schlecht; ohne sein Schwert war Skar dem tobenden und vor Wut schnaubenden Giganten im Nahkampf wohl kaum gewachsen. Deswegen sprang er ansatzlos vor, erwischte Esanna an der Schulter und riss sie mit sich aus der Greifweite des Reptilienmanns. Es war ein Wettlauf mit der Zeit, auf den er sich nur einlassen konnte, weil der Quorrl unmöglich zu einer schnellen Verfolgung fähig war: falls er es überhaupt noch schaffen sollte, sich ein paar Schritte vorwärts zu quälen.

Mit ein paar Sätzen war er zurück auf der kleinen Lichtung, auf der ihn der Braune nervös tänzelnd erwartete – doch nicht das Pferd war es, auf das Skar es abgesehen hatte, sondern die Waffen des toten Satais, die fein säuberlich neben ihm auf der Pferdedecke ausgebreitet lagen. Er riss die Schwertscheide empor; seine Finger schlossen sich fest um den Griff der Waffe und es war fast wie ein Überspringen von Energie, wie eine machtvolle unsichtbare Verbindung zwischen ihm und dem Sternenstahl, die ihn durchstrahlte und ihm neue Kraft gab.

Das fast unhörbare Sirren, mit der das *Tschekal* aus der Scheide glitt, besiegelte das Schicksal des letzten lebenden Quorrl. Der Reptilienkrieger war humpelnd, aber mit einer von grausamer Wut getriebenen Energie hinter ihm her gerast, unglaublich angesichts seiner dunkelrot pulsierenden, klaffenden Beinwunde, und riss nun sein gezacktes Schwert mit ungestümer Wucht über den Kopf, wohl um Skar mit einem einzigen Hieb in zwei Stücke zu spalten.

Er kam nicht mehr dazu. Skar wirbelte ansatzlos herum;

seine Klinge zuckte mit der Eleganz einer vorschnellenden Schlange auf seine geschuppte Brust zu und drang bis zum Heft ein. Der Gigant stieß einen markerschütternden Schrei aus und noch im Todeskampf sauste sein Schwert hinab und hätte Skar zwingen müssen, seine Waffe stecken zu lassen und unter dem Hieb wegzutauchen; doch diesmal war er nicht bereit, das *Tschekal* leichtfertig aus der Hand zu geben, zog es deshalb mit einer schwungvollen Drehung zurück und glitt gleichzeitig mit einer eleganten Bewegung an der Seite des Geschuppten vorbei. Das Quorrl-Schwert schrammte so dicht an seinem Rücken vorbei, dass es sein Gewand zerfetzte und einen blutigen Streifen auf seinen Rücken zeichnete, aber das war nichts im Vergleich zu dem, was ihn erwartet hätte, wäre der Hieb direkt in seine Richtung gelenkt gewesen.

Der Koloss torkelte noch ein, zwei Schritte weiter und brach dann röchelnd zusammen. Obwohl er vielleicht noch nicht sofort tot war, glaubte Skar, dass von ihm keine unmittelbare Gefahr mehr ausging; dennoch ließ er seine Waffe nicht sinken: Es konnte immer noch einer der unglaublich zähen Reptilienkrieger am Leben und kampffähig sein; schon mehr als einmal hatte er eine unliebsame Überraschung erlebt durch Gegner, die er eigentlich schon ausgeschaltet geglaubt hatte. Mit ein paar Schritten war er bei dem Quorrl, in den sich das erste *Tschekal* gebohrt hatte. Er setzte seinen Stiefel an und drehte ihn, alle Kraft aufwendend, auf den Rücken. Ein Blick in die gebrochenen Augen des Kriegers zeigte ihm, dass hier keine Gefahr mehr zu fürchten war. Auch der Reptilienkrieger, dessen Hals Esannas Messer erwischt hatte, war wider Erwarten bereits tot; es musste Blut in seine Luftröhre geraten sein, sodass er qualvoll erstickt war.

Es war der dritte Krieger, der mit der sicherlich tödlichen, aber noch nicht ausgebluteten Halswunde, der ihm wegen seiner nun doch empfundenen tiefen Erleichterung über den glücklich verlaufenen Kampf und der damit nachlassenden Anspannung fast zum Verhängnis wurde. Als er sich dem vermeintlich Toten näherte, schoss plötzlich die Klaue dieses Quorrl vor, umklammerte seinen Knöchel und riss ihn ansatzlos und mit einem geradezu verzweifelten Ruck von den Füßen. Skar wehrte sich nicht gegen die überraschende Bewegung, die viel zu kraftvoll war, um sich ihr erfolgreich entgegenstemmen zu können, sondern gab ihr ganz im Gegenteil nach; dadurch schlug er viel weniger hart auf den Boden auf, als sein Gegner wohl gehofft hatte, und war noch im Fall zum Gegenangriff fähig.

Wie ein eigenes Lebewesen schoss das *Tschekal* vor und trennte den Kopf des Quorrl von dessen Schultern ab.

»Skar!«, schrie Esanna panisch. »Schnell!«

Skar fuhr herum, riss instinktiv sein Schwert hoch in der Erwartung, nun gleich einem oder mehreren weiteren Quorrl gegenüberzustehen – aber da war niemand. Aus dem Torso zu seinen Füßen sickerte dickes, zähflüssiges Reptilienblut und vor ihm, in der Schneise, die die geschuppten Giganten während des Kampfes ins Unterholz geschlagen hatten, inmitten abgeknickter Äste und verwüsteten Buschwerks erkannte er nichts weiter als drei gefällte, regungslose Kolosse, und würde nicht noch Blut aus ihren frischen Wunden sickern und hier und da ein fast unmerkliches, spasmisches Zucken über ihre Gliedmaßen laufen, die wohl weniger von einem Todeskampf zeugten als vielmehr von einer automatischen Reaktion absterbender Körperfunktionen, dann hätte man glauben können, sie wären schon vor Stunden gefällt worden.

Durch Skars Schwertarm ging ein leises Zittern. Er hatte schon viele Kämpfe bestanden – aber so etwas hatte er noch nicht erlebt. Bis auf einen Kratzer auf seinem Rücken war er unverletzt und lediglich der harte Schlag seines Herzens, das bis hinauf zum Hals hämmerte, zeigte ihm, wie sehr ihn der nur wenige Minuten dauernde Kampf angestrengt hatte.

Vier Quorrl. Vier bestens ausgerüstete und durchtrainierte Krieger, von denen es im Normalfall jeder einzelne mit mehreren Satai hätte aufnehmen können. Er hätte sie nicht so leicht besiegen dürfen. Es wäre nur gerecht gewesen, wenn er ein paar schwere Treffer hätte einstecken müssen und es wäre nicht verwunderlich gewesen, wenn er jetzt dort tot liegen würde statt der Giganten …

»Skar, verdammt, wo bleibst du!«, schrie Esanna. »Er stirbt!«

Die Stimme des Mädchens drang wie aus einem fernen Nebel an ihn und er begriff, dass er für einen kurzen Moment weggetreten war. In die Erleichterung über den Ausgang des Kampfes mischte sich Erschrecken, als er Esanna neben Kama knien sah, halb verdeckt durch einen Busch und direkt neben dem Quorrl, den ihr Messer getötet hatte. Sie hatte den Nahrak halb aufgerichtet und strich gerade über sein Gesicht, als könnte sie ihn damit zurückholen aus der Finsternis, in die er entwichen war.

Mit einem Satz sprang Skar über den vor ihm liegenden Torso und hetzte zu ihr. »Was ist los?«, fragte er keuchend, kaum dass er sie erreicht und sein Schwert hatte zurückgleiten lassen. »Ist er tot?«

»Ich weiß nicht.« Esanna sah zu ihm hoch. Eine Strähne ihres langen dunklen Haars fiel ihr über die Augen und verdeckte ihre vor zwei Tagen von Kama versorgte Stirnwunde; dadurch wirkte sie weniger kriegerisch als vielmehr sehr mädchenhaft und ungeheuer verletzlich und er begriff, wie hilflos sie sich in diesem Augenblick fühlen musste.

»Und du?«, fragte er, während er in die Hocke ging und fast sachte die Hand ausstreckte, um sie an der Schulter zu berühren. »Was ist mit dir?«

Sie starrte ihn ein paar Sekunden lang mit ausdruckslosen Augen an, als begriffe sie gar nicht, was er mit seinen Worten gemeint hatte. »Ich weiß nicht, was mit ihm los ist«, sagte sie dann, als habe er sich nach Kamas und nicht nach ihrem Befinden erkundigt. »Er wirkt so … abwesend.«

Skar nickte und schob Esannas Hände, mit denen sie den Oberkörper Nahraks immer noch fest umklammert hielt, so sanft wie möglich beiseite, während er Kama gleichzeitig stützte und ein Stück höher zog. Obwohl der Nahrak äußerlich unverletzt war und lediglich seine Hände durch eine nicht allzu fest sitzende Lederfessel zusammengebunden waren, bot er einen erschreckenden Anblick. Sein wachsbleiches Gesicht wirkte wie das eines Toten und dabei vollkommen starr und abweisend, und wäre nicht das kaum merkliche, aber regelmäßige Heben und Senken seiner Brust gewesen, hätte Skar ihn tatsächlich für tot gehalten.

»He«, sagte Skar, während er ihn sanft rüttelte. »Kama! Kannst du mich hören?«

Der Nahrak antwortete nicht; aber das hatte er auch gar nicht erwartet. Seine Befürchtung, dass mit Kama etwas nicht stimmte, wurde zur Gewissheit: Er war nicht nur einfach verletzt oder bewusstlos – es war etwas anderes. Es waren nur Kleinigkeiten, winzige Details, die sich seiner Betrachtung noch dazu immer wieder auf unheimliche Weise zu entziehen schienen, aber jetzt, wo er darauf aufmerksam geworden war, waren sie nicht mehr zu übersehen: die Schatten um die feinen, sonst fast nicht wahrnehmbaren Linien seines Gesichts waren dunkler als sonst, die Lippen wirkten wie aufgepumpt und trotz der Eiseskälte, die sein Körper verströmte, standen feine Schweißtröpfchen auf seiner Stirn.

»Wird er es schaffen?«, fragte Esanna ängstlich.

»Ja«, sagte Skar, obwohl er fürchtete, dass mit den leisen, viel zu langsamen Atemzügen unwiederbringlich das Leben aus dem Nahrak strömte. »Ich denke schon. Aber am besten, wir bringen ihn sofort hier weg.«

»Ich verstehe das nicht«, stammelte Esanna. »Wie kommt er überhaupt hierher? Er wollte doch nach dem *Frarr* suchen …«

»Vielleicht hat er ihn ja gefunden«, murmelte Skar, »und ist uns hinterhergeflogen.«

»Was?«

»Nichts«, sagte Skar knapp. »Das ist nicht wichtig. Zumindest jetzt nicht.«

Zu seiner Überraschung zitterten Kamas Lider in diesem Moment und dann schlug er tatsächlich die Augen auf, doch Skars Vorfreude wandelte sich in Entsetzen, als er sah, dass seine Pupillen nach oben weggedreht waren, sodass man fasst nur das Weiße seiner Augen sehen konnte. Die glasigen Augäpfel wanderten in seine Richtung, als würde ihn der Nahrak beobachten, aber es war kein Erkennen in ihnen und überhaupt kein Zeichen, dass er überhaupt etwas wahrnahm.

Das gefiel Skar ganz und gar nicht. Er packte den Nahrak so rasch wie möglich, damit nicht Esanna auf diese merkwürdig aufgerissenen Augen aufmerksam wurde, und lud ihn sich über die Schulter. Nachdem er das Bein eines toten Quorrl beiseite geschoben hatte – es war der Krieger, den Esanna durch einen beherzten Wurf ihres Messers ausgeschaltet hatte – ging er mit dem Nahrak auf dem Rücken noch einmal in die Hocke, um Esannas Klinge an sich zu nehmen.

Mit einen harten Ruck zog er die Waffe aus dem Hals des Giganten und schaumiges, hellrotes Blut sprudelte hervor, so frisch, dass er nicht sicher war, ob der Koloss wirklich tot war; er stieß die Waffe ohne zu Zögern noch einmal in die Halsschlagader des Kriegers, drehte sie kräftig herum und zog sie dann, nachdem die Augen des Quorrls gebrochen waren, endgültig hervor, bevor er die Waffe am Gewand des Toten abwischte und sie dann dem Mädchen reichte.

Esanna wich einen Schritt vor ihm zurück. »Warum hast du das gemacht?«, stieß sie voller Abscheu hervor und ohne das Messer anzurühren.

Skar brauchte einen Moment, um überhaupt zu begreifen, was sie gemeint haben könnte. »Ich war es ihm schuldig«, sagte er dann. »Ich fürchtete, dass er vielleicht noch ein paar Stunden in seinem Blut liegen bleiben könnte, bevor er stirbt.«

»Das ist … ekelhaft.« Sie stand stocksteif da und musterte ihn voller Verachtung. »Du bist ein Tier. Ein blutrünstiges Tier.«

Skar stieß mit dem Fuß gegen den Quorrl. »Siehst du? Jetzt ist er tot. Vorher war er es nicht. Hätte ich sein Leiden verlängern sollen?«

»Bei allen Göttern«, stammelte Esanna. »Und ich dachte, du wärst ein Quorrl-Freund. Ich habe nicht geahnt, dass du sie mehr hasst als ich. Du bist wie ein Wirbelwind unter sie gefahren, hast ihnen nicht die geringste Chance gelassen.«

»Ich hasse sie nicht«, sagte Skar ärgerlich, während er Esannas Messer in seinen Gürtel steckte. »In diesem Fall ging es ganz einfach um die Frage: sie oder wir. Außerdem haben wir keine Zeit für Diskussionen. Wir müssen so schnell wie möglich von hier verschwinden. Wo vier Quorrl waren, können auch noch mehr sein – zumal mir diese vier sehr sorglos zu sein schienen, so als hätten die Quorrl das ganze Gebiet hier unter Kontrolle.«

Esanna sah sich gehetzt, aber gleichzeitig etwas übertrieben nach allen Seiten um. »Ich höre nichts«, behauptete sie.

»Das hat nichts zu bedeuten«, antwortete Skar und erinnerte sich schaudernd daran, dass er das Näherkommen des Quorrl-Trupps erst bemerkt hatte, als es schon fast zu spät gewesen war. Sein ganzes Leben hatte er sich auf seine Sinne verlassen können und es war für ihn unvorstellbar, dass er plötzlich und ohne jede Vorwarnung diese Gabe verloren haben sollte. Was das für Konsequenzen haben konnte, zeigten ihm die Ereignisse der letzten Minuten: Hätte er die Quorrl rechtzeitig gehört, wäre ihm dieses Blutbad womöglich erspart geblieben, denn dann wäre genug Zeit geblieben ihnen aus dem Weg zu gehen.

»Lass uns mit dem Pferd verschwinden«, sagte er. »Wir müssen sehen, dass wir uns so schnell wie möglich nach Nemesis durchschlagen.«

Esanna starrte ihn noch einen Moment bleich und anklagend an, dann wandte sie sich wortlos um und lief mit schnellen Schritten zu der Lichtung zurück, auf der der geköpfte Quorrl lag – und der Braune stand, ihre vielleicht einzige Chance noch rechtzeitig von hier wegzukommen.

Skar atmete innerlich auf. Er war versucht gewesen auf Esannas Anschuldigungen einzugehen und sie mit schroffen Worten zurückzuweisen; und das, obwohl er wusste, dass ein Streit zu diesem Zeitpunkt nicht nur äußerst sinnlos war, sondern auch höchst gefährlich, nicht nur, weil er Zeit kostete, sondern ihn auch davon ablenkte, seiner Umgebung die nötige Aufmerksamkeit zu schenken. Es war mehr als nur ein vages Gefühl, das ihn dazu brachte, Esanna so schnell wie möglich zu folgen: Es war schon fast so etwas wie Gewissheit, dass sich neues Unheil über ihnen zusammenbraute.

»Wir können doch nicht zu dritt reiten«, sagte Esanna, nachdem er mit dem Nahrak auf dem Rücken das Pferd des toten Satais erreicht hatte und automatisch die Nüstern des zwar aufgeregten, aber erstaunlich gefassten Braunen streichelte; das Tier musste Kampflärm und Tod gewohnt sein, sonst hätte es mehr Schwierigkeiten gemacht.

Das Mädchen hatte sich bereits am Zaumzeug zu schaffen gemacht und sah ihm direkt in die Augen, wobei sie krampfhaft vermied den Blick zu dem Torso zu ihren Füßen schweifen zu lassen. Skar konnte es ihr nicht verübeln. Es war tatsächlich ein Anblick, den er sich auch selbst gerne erspart hätte.

»Wir legen Kama quer aufs Pferd«, sagte er. »Und du wirst hinter ihm aufsteigen. Ich laufe nebenher.«

»Das ist doch Quatsch.«

»Keinesfalls«, widersprach Skar, während er Kama vorsichtig von den Schultern gleiten ließ, um ihn mit dem Bauch auf dem teuren Leder des Satai-Sattels abzulegen, das Gesicht nach unten und von ihnen weggewandt, damit Esanna nicht die erschreckend aufgerissenen Augen des Nahrak bemerkte. »Und außerdem bin ich nicht bereit, darüber zu diskutieren. Du wirst jetzt ohne Widerrede das tun, was ich sage – oder ich reite auf dem Pferd und du läufst nebenher.«

Esanna starrte ihn fassungslos an. »Das würdest du tun?«

»Ja«, log Skar, »ohne mit der Wimper zu zucken.«

»Und wenn ich nun …«

Skar winkte ab und legte den Zeigefinger auf die Lippen. Esanna verstand sofort. Gleich ihm wandte sie sich um, lauschend und gleichzeitig auf der Suche nach einer verdächtigen Bewegung, raschelndem Blätterwerk, knackenden Ästen oder anderen winzigen Anzeichen, die verrieten, dass sich jemand an sie anzuschleichen versuchte.

»Hörst du es auch?«, flüsterte sie. »Da ist doch jemand.«

Skar nickte nervös. »Steig auf«, sagte er leise. »Schnell.«

Esanna gehorchte, aber ihre Bewegungen wirkten so fahrig, dass Skar sie an den Hüften packte und auf den Braunen setzte, bevor sie selber auch nur den Fuß in den Steigbügel setzen konnte. Das Pferd schnaubte und begann leicht zu tänzeln, verhielt sich aber ansonsten ruhig; offensichtlich war es so gut trainiert, dass es gleich ihnen die Situation instinktiv zu verstehen schien: Es scheuerte an dem

Ledergurt, mit dem Skar es am Abend zuvor an den Baum angebunden hatte, als wollte es zum Aufbruch drängen.

Skar band das Tier los und dirigierte es vorsichtig um den toten Quorrl herum, in Richtung des Weges, auf dem sie gestern auf den schwer verletzten Satai gestoßen waren.

»Von wo kommt das Geräusch?«, flüsterte Esanna so leise, dass er den Sinn ihrer Worte mehr erriet als verstand.

»Ich weiß nicht«, behauptete er, während ihm gleichzeitig ein eiskalter Schauer über den Rücken jagte – die Geräusche schienen von überall her zu ihnen zu dringen, beinahe so, als zögen die Quorrl einen Kreis um sie, immer enger und in der sicheren Gewissheit die Mörder ihrer vier Artgenossen damit in die Enge zu treiben. Das Gefühl in eine Falle geraten zu sein, aus der es keinen Ausweg mehr gab, verdichtete sich, als sie sich dem Weg näherten: Er hörte von dort Pferdegetrappel, leise Stimmen und das kaum wahrnehmbare Geklirr von Waffen.

Skar gab dem Braunen mit einem kurzen Ruck am Zügel zu verstehen, dass er anhalten sollte. Das Pferd schnaubte, senkte den Kopf und riss ihn wieder nach oben und Skar hatte das Gefühl, das Tier wollte ihm damit etwas sagen.

Es dauerte nur ein paar Sekunden, bis Skar die Botschaft verstand.

Vor ihnen, hinter ihnen und zu beiden Seiten verdichteten sich die Geräusche zu einem bedrohlichen Singsang des Todes, zu dem eindeutigen Rascheln, Knistern und Stampfen, mit dem sich viel zu viele schwer bewaffnete Quorrl durch den Wald drängten, genau auf ihren Standort zu, als würden sie von einer unbekannten Kraft geradezu magisch zu ihnen geleitet, und während Skar sein Schwert zog und sich nach allen Seiten umsah, begriff er, dass die Bedrohung tatsächlich von allen Seiten kam, von allen Richtungen gleichzeitig …

Und dass er keine Chance haben würde, nicht diesmal.

»Galoppier auf den Weg und brech durch«, sagte er gleichermaßen erregt wie leise zu Esanna. »Ich halte sie auf.«

»Und du …«

Skar versetzte dem Braunen einen Klaps aufs Hinterteil und stieß gleichzeitig einen schrillen Kriegsschrei aus.

Die Antwort ließ nicht lange auf sich warten. Während der Braune mit einem erschreckten Sprung losstürmte und fast aus dem Stand heraus in einen so schnellen Galopp fiel, dass Esanna um ein Haar von seinem Rücken gerutscht wäre, schien der Wald um ihn herum zu explodieren.

Skar packte sein Schwert fester und glitt automatisch in den elastischen *Falarn-Stand*. Zweige peitschten beiseite, Äste brachen, der Boden vibrierte unter seinen Füßen und dann spuckte der Wald die Quorrl aus, drei, vier, fünf, sechs Gestalten auf einmal, in seinem Rücken und vor ihm und zu beiden Seiten und es wurden immer mehr, finstere Gestalten, mit drohend erhobenen Zackenschwertern, die keine Sekunde zögern würden ihn niederzumachen, wenn er auch nur mit der Wimper zuckte.

Skars Erregung war plötzlich wie verschluckt und machte einer Ruhe Platz, in der sich all seine Energie sammelte, all seine Kampferfahrung vereinte zum letzten, nicht mehr rückgängig zu machenden Aufbäumen, mit dem er sich den geschuppten Giganten entgegenzustellen gedachte, um Esanna und Kama einen gehörigen Vorsprung zu verschaffen. Er wartete auf den Angriff, wartete verzweifelt auf ihn, um mit einer Flugrolle die erste Linie der Kolosse zu überspringen und in ihrem Rücken Tod und Verwirrung zu stiften …

Doch die Reptilienkrieger griffen nicht an. Skar erkannte in ihren Augen wütendes Funkeln und das unbändige Verlangen ihn mit wenigen Hieben niederzustrecken, aber aus irgendeinem verdammten Grund griffen sie ihn nicht an, sondern beließen es dabei, ihn einzukesseln, eine erdrückende Mauer, die ihm nicht die geringste Chance zur Flucht ließ. Skar hatte sich darauf eingestellt, seine gesamten Energien auf einen Schlag zu aktivieren und spürte jetzt in seinen Knien ein leichtes Zittern; er wollte, er *musste* jetzt kämpfen, er konnte nicht mehr länger untätig stehen bleiben und darauf warten, bis sie einer unbekannten Strategie folgten, die er nicht verstand …

Es war nur der Gedanke an Esanna, der ihn davon abhielt, selbst zum Angriff überzugehen. Je länger dieser unhaltbare Zustand anhielt, je mehr Zeit verstrich, bis er tot und verstümmelt am Boden lag, umso größer waren ihre Chancen zu entkommen. Dabei machte er sich durchaus nichts vor: Die Quorrl hatten auch den durch den Wald führenden Weg in die Zange genommen und würden nichts unversucht lassen, um sie sofort und kompromisslos abzufangen. Aber einer einzelnen, geschickten Reiterin mochte es gelingen, den relativ schwerfälligen Kolossen zu entkommen …

Für einen Moment schien es, als springe ein Funken zwischen den Quorrl und ihm über; in den schmalen Reptilienaugen versprach ein wildes Funkeln Kampf und Vernichtung und die fast lippenlosen Fischgesichter verzogen sich zu einer Grimasse des Hasses und des Versprechens auf einen schnellen, aber grausamen Tod. Aber erst jetzt, im Angesicht der unvermeidlichen Auseinandersetzung, fiel ihm auf, wie sehr sich diese Quorrl von denen unterschieden, die er früher kennen gelernt hatte – und auch von den Kriegern Gors, die das Digger-Dorf überfallen hatten. Die riesigen, verzerrten Schatten wirkten in ihrer Kriegskluft so barbarisch wie auch alle anderen ihm bekannten Quorrl, aber die Kettenhemden, die ihre Oberkörper verhüllten, die gewaltigen Zweihandschwerter, die sie in den Händen hielten, die Beinschilde und schließlich ihre gezackten Helme, die nach oben hin in einen spitzen Dorn ausliefen – das alles konnte nichts anderes sein als eine ihm unbekannte Uniform.

»Nicht!«

Es war eine metallisch klingende Stimme, die zwischen den Bäumen erschallte und von einem mehrfachen, wenn auch schwachen Echo zurückgeworfen wurde. Der Quorrl, der ihm am nächsten stand, stieß ein tiefes Knurren aus und Skar musste an Esanna denken, die die Quorrl als wilde Tiere beschrieben hatte.

Vielleicht hatte sie nicht einmal Unrecht. Wenn das so war, dann waren aber auch Menschen wilde Tiere: blutrünstig, grausam und zur Vernichtung ihrer eigenen Artgenossen fähig, wann immer es in ein übergeordnetes Konzept zu passen schien.

Die vor ihm stehenden Quorrl schienen einen Moment zu zögern, kämpften offensichtlich gegen den Impuls an ihn niederzumachen und damit den Tod ihrer Artgenossen zu rächen. Zu seiner Verblüffung und Enttäuschung wichen sie aber plötzlich einen halben Schritt vor ihm zurück – er wollte kämpfen, er brannte darauf und alles in ihm schrie danach, es nun endlich, endlich hinter sich zu bringen –, um jemandem Platz zu machen, der ganz offensichtlich das Recht beanspruchte dieser Quorrl-Meute Befehle zu erteilen.

Es war kein Quorrl. Es war ein Mensch. Ein Satai, um genau zu sein.

Die Gestalt zwängte sich durch die Quorrl und blieb in der Mitte zwischen zwei Giganten stehen; so selbstverständlich, wie Skar vor unendlichen Zeiten mit seinem Quorrl-Freund Titch umgegangen war, der für die Reptilienkrieger mehr als nur ein Feldherr gewesen war, sondern fast schon ein Gott.

Skar erkannte den Satai trotz – oder gerade wegen – seiner goldenen Maske in der Form eines Wolfsschädels sofort wieder.

»Marna«, ächzte er.

»*Skarissa* Marna, um genau zu sein«, sagte Marna. »Schließlich stamme ich in direkter Linie vom *Großen Skar* ab.«

Skar stand eine Sekunde wie erstarrt da, bevor er seine Chancen abwog: Marna war ein Satai, aber dennoch ihm möglicherweise deutlich unterlegen, und wenn er ihn überraschte, konnte er ihn wahrscheinlich töten, bevor die Quorrl eingriffen. Erst dann begriff er, was der Mann gesagt hatte: dass er vom *Großen Skar* abstammte. Konnte es tatsächlich sein, dass Marna ein Nachfahre von ihm war, getrennt durch mehr als zehn Generationen – und doch sein Fleisch und Blut?

»Wie kommt es, dass du mit den Quorrl gemeinsame Sache machst?«, fragte er. Seine Stimme war plötzlich ganz leise, aber es war jene gläserne Schärfe darin, die nur wenige Menschen zu hören bekommen hatten, ohne sich voller Schrecken für den Rest ihres Lebens daran zu erinnern.

Marna schien durchaus die Drohung darin zu verstehen,

denn er schob sich ein Stück hinter die Quorrl-Linie, mit einem leichten, eleganten und dennoch kraftvollen Schritt. Eine solche Reaktion war eines Satais eigentlich unwürdig – und dennoch: Sie zeugte von Vernunft und der realistischen Einschätzung eines potenziellen, in die Enge getriebenen Gegners.

Vielleicht hatte sich Skar in ihm getäuscht, vielleicht war der goldene Satai trotz seines manierierten Gehabes wesentlich geschickter, als er vermutet hatte. Doch zumindest hatte er den einen Vorteil, dass der Wolfsgesichtige seine Identität nicht kannte – und ihn schon allein aus diesem Grund unterschätzen mochte.

»Ich mache keine gemeinsame Sache mit den Quorrl«, sagte Marna verächtlich. Seine Stimme klang durch den Helm mit dem goldenen Gesichtsschutz verzerrt. Skars Eindruck, dass dieser Satai so überhaupt nicht in das ihm bekannte Schema passte, verstärkte sich zunehmend. »Ich treibe lediglich unsere eigene Sache voran – mit allen mir zur Verfügung stehenden Mitteln.« Als Skar etwas sagen wollte, machte er eine herrische Handbewegung, mit der er ihm wohl das Wort abschneiden wollte. »Schweig jetzt. Wir werden später noch genug Gelegenheit finden uns auszusprechen. Jetzt leg erst einmal deine Waffen nieder.«

Skars Augen verengten sich, wurden zu schmalen Schlitzen. Wenn es ihm gelänge, Marna als Geisel zu nehmen – dann hatte er vielleicht noch eine Chance. Es konnte durchaus sein, dass die Quorrl vor einem Angriff zurückschreckten, wenn er Marnas Hals mit seiner Klinge ritzte.

Der Satai mit der Wolfsmaske blickte ihm ruhig entgegen und fast hatte Skar das Gefühl, er wüsste, was in ihm vorging. »Du kannst es natürlich auch auf einen Kampf ankommen lassen«, sagte er ruhig. »Du kannst mich vielleicht sogar töten – ich habe dich schon einmal kämpfen gesehen und die vier toten Quorrl hinter uns sprechen ein deutliche Sprache. Ja, ich fordere dich gerade heraus es zu versuchen.«

»Du tust … was?«, ächzte Skar.

»Ich fordere dich auf mich anzugreifen«, sagte Marna leichthin. »Allerdings solltest du dabei ins Kalkül ziehen, dass die Quorrl dann sofort das Mädchen und diesen vorwitzigen Waldmenschen töten werden.«

Seine Worte versetzten Skar einen feinen, aber spürbaren Stich ins Herz. Bislang hatte er tief in seinem Inneren noch gehofft, Marna würde sich auf seine Seite stellen. Doch seine Drohung ließ diese Illusion wie eine Seifenblase platzen. »Ihr habt sie in eurer Gewalt?«

»Selbstverständlich«, nickte Marna. »Ich habe mich selbst davon überzeugt, bevor ich zu dir gekommen bin.« Die Augen hinter den schmalen Sehschlitzen schienen aufzuleuchten, als sich der Mann in der goldenen Maske ein Stück vorbeugte. »Ich werde doch dem *Großen Skar* nicht gegenübertreten, ohne ein paar Trumpfkarten im Ärmel zu haben.«

6

Sie waren fast eine halbe Stunde unterwegs, als der Regen einsetzte und aus leichtem Nieseln ein hartnäckiges Prasseln wurde, das mit sturer Gleichmäßigkeit auf sie niederging und ihre Kleidung innerhalb weniger Minuten vollkommen durchnässte. Die Pferde fielen von selbst in einen gemäßigten, kräftesparenden Galopp, während sie dem gewundenen Waldweg folgten, so als wollten sie dem feuchten Nass möglichst schnell entkommen. Doch schon bald glich der aufgeweichte Boden einer einzigen Schlammpfütze, in der die Pferdehufe tief einsanken und so wenig Widerstand fanden, dass der Tross nach und nach wieder langsamer wurde, so sehr sich einige Reiter auch bemühten ihre Tiere anzutreiben.

Skar beugte sich so tief über den Hals seines Pferdes, wie

er konnte, aber die Regentropfen stachen weiter wie dünne spitze Nadeln in seine Augen; er sah kaum noch etwas und überließ sich ganz dem Pferd, das seinen Platz innerhalb des Trosses ganz selbstverständlich neben Marna und seiner persönlichen Leibgarde aus zwei gigantischen Satai eingenommen hatte, die so groß und massig waren, dass sich ihre Silhouetten kaum von denen der rund fünfzig begleitenden Quorrl unterschieden. Bis auf Marnas Leibwache hatte Skar bislang nur eine Hand voll Satai zu Gesicht bekommen und er fragte sich, wie das zusammenpasste: Marna sammelte die Satai zu einem Vernichtungsfeldzug gegen die Quorrl und bediente sich gleichzeitig einer stattlichen Anzahl der Reptilienkrieger, um seine Politik durchzusetzen.

Der Wald wurde dichter und der Weg schmaler, weil immer mehr knorrige Äste und dichtes Buschwerk an den Seitenrändern wucherten und damit für allzu stürmische Reiter zum Hindernis wurden, wenn sie ihnen zu nahe kamen. Der allseits geschlossene Kreis aus Leibern und starrenden Waffen machte es Skar dennoch unmöglich, mehr als nur einen flüchtigen Blick auf das vorbeijagende Grün zu werfen und nach etwas Ausschau zu halten, was sich als Fluchtweg anbieten könnte. So dicht, wie der Tross aus kampfbereiten und ihm gegenüber äußerst argwöhnischen Kriegern durch das warme Nass ritt, war es sinnlos, auch nur einen Herzschlag lang einen Gedanken an eine Flucht zu verschwenden; zumindest im Augenblick. Die Gestalten der Quorrl vor ihm wurden zu einem auf und ab hüpfenden Schatten mit verschwommenen Umrissen, und das dumpfe Hämmern der Pferdehufe schien irgendwo in seinem Schädel widerzuhallen wie dumpfer, drohender Trommelschlag. Ein sonderbar körperliches Empfinden machte sich in ihm breit, die Vorahnung einer Gefahr, die sich in seiner Seele eingenistet hatte und ihn unter normalen Bedingungen dazu gebracht hätte anzuhalten und das Ziel seines Ritts zu überdenken.

Nach einer Weile drängte *Skarissa* Marna seinen prächtigen Rappen neben seinen Braunen; die beiden Pferde, mittlerweile aus dem leichten Galopp in einen mühsamen Trab gefallen, waren so nah beieinander, dass Skars Bein an dem

Steigbügel des merkwürdigen Satai-Führers vorbeischrappte. »Du hast dir wirklich einen interessanten Augenblick für deine Wiederkunft ausgesucht«, sagte Marna. Seine Stimme klang so leichthin, als würde er eine Bemerkung über das Wetter machen, aber Skar spürte, dass es nur die Einleitung zu einem Gespräch war, bei dem er ausgehorcht werden sollte.

»Alles im Leben ist ein Frage des richtigen Zeitpunkts«, fuhr Marna fort, nachdem er zuerst eine Weile vergebens auf eine Reaktion Skars gewartet hatte. »Und ich frage mich, wer in deinem Fall den Zeitpunkt bestimmt hat.«

»Ist es denn für dich der richtige Zeitpunkt?«, fragte Skar fast gegen seinen Willen.

»Das zu beurteilen steht mir nicht an«, sagte Marna, »jedenfalls noch nicht.«

»Na, dann ist ja gut«, sagte Skar und drehte sich demonstrativ zur anderen Seite. Er war nicht an einem Gespräch mit dem goldbehelmten Satai interessiert – zumindest nicht zu dessen Bedingungen.

»Was ich dagegen schon jetzt zu beurteilen habe«, fuhr Marna im Plauderton fort, »ist, ob ich dich und deine beiden merkwürdigen ... *Waffengefährten* schon heute hinrichten lasse – oder ob es besser ist, einen anderen Zeitpunkt zu wählen.«

Skar starrte eine Weile schweigend in den Regen vor sich und in das gleichmäßige Auf und Ab der kräftigen Quorrl-Pferde, die sich immer schwerer taten das Gewicht ihrer geschuppten Reiter über den braunen Morast zu tragen. Irgendwo weiter vorne, das hatte er am Rande mitbekommen, mussten sich neben einigen Satai auch Kama und Esanna befinden – doch so weit entfernt, dass er sie von hier aus nicht sehen konnte.

»Ich verstehe nicht, warum du mich töten willst«, sagte er ruhig, »wenn du doch weißt, wer ich bin.«

Hinter dem Visier drang ein kehliges, metallen verzerrtes Lachen hervor. »Eine Fangfrage? Oder bist du wirklich so naiv? Hast du wirklich geglaubt, die Welt würde nur auf dich warten, Skar, um dir Beifall zu zollen für das, was du vor dreihundert Jahren angetan hast?«

Skar schwieg mürrisch. Er wurde aus diesem komischen Ober-Satai nicht schlau. Dass er sie umbringen lassen wollte, weil er fürchtete, Skar könnte ihm seinen Machtanspruch streitig machen – das nahm er ihm im Grunde noch nicht einmal übel. Machtgetriebene wie dieser *Skarissa* Marna – was war das überhaupt für eine schwachsinnige Wortschöpfung: *Skarissa*? – konnten nicht anders. In der Beschränktheit ihres Denkens war kein Platz für große Zusammenhänge; sie sahen alles nur unter dem Blickwinkel des direkten Nutzens. Aber was sollte dieser Vorwurf, dass er der Welt etwas angetan hatte? *Daran* konnte er sich beim besten Willen nicht erinnern. Soweit er wusste, hatte er seinerzeit alles getan, um Enwor vor einer Katastrophe zu bewahren – was ihm ja offensichtlich auch gelungen war, ansonsten würde dieser *Skarissa* nicht über eine gut ausgebildete Schar von Satai und Quorrl verfügen, sondern höchstens über ein paar zerlumpte Bauerntölpel herrschen.

»Du schweigst wie ein verstocktes Kind«, seufzte Marna. »Aber es wundert mich nicht, dass mit Leuten deines Schlags nicht zu reden ist. Das war es noch nie. Ihr mischt euch in alles ein und zerschlagt ohne Sinn und Verstand alle gewachsenen Strukturen.«

»Ist es das, was du fürchtest?«, fragte Skar verächtlich. »Hast du Angst, ich könnte dir wegnehmen, was du dir in aller Ruhe aufgebaut hast? Glaubst du wirklich, ich wollte dich aus deinem Rattennest vertreiben?«

Der Satai mit der Goldmaske schüttelte den Kopf, als könnte er nicht fassen, welchen Unsinn Skar von sich gab. »Du lässt ganz eindeutig den nötigen Respekt vermissen. Das fängt schon damit an, dass du mich duzt, als wäre ich ein dreckiger Digger. *Alle* Menschen und *alle* Quorrl haben sich an die korrekte Form der Anrede zu halten, wenn sie mit mir sprechen …«

»*Skarissa* Marna«, unterbrach Skar ihn nachdenklich, »das erinnert mich an irgendetwas.«

»Dass dieser Titel von dir entlehnt ist, ist schon schlimm genug«, stöhnte Marna. »Aber dass jetzt ausgerechnet du auch noch auftauchst, um mit mir darüber zu debattieren: Nein, das geht wirklich zu weit.« Er beugte sich ein Stück in Skars Richtung vor und schoss die Frage ab, die ihm wohl schon die ganze Zeit über auf der Zunge gelegen hatte: »Wer, sagtest du, hat dich die Prophezeiung erfüllen lassen?«

»Ich habe keine Ahnung, was du meinst.«

»Ach nein, tatsächlich?« Die metallisch verzerrte Stimme Marnas hatte einen eindeutig spöttischen Klang. »Dann wird es dich freuen zu hören, dass sich in den letzten Jahren die Kunst des Folterns massiv weiterentwickelt hat. Ich lasse dir gerne persönlich die Errungenschaft unserer Zeit angedeihen ...«

»Und du glaubst, damit kannst du mir drohen?«

»Nicht unbedingt«, sagte Marna fröhlich. »Aber ich kann mir vorstellen, wie ein Mann mit deinem beschränkten Verständnis für die wesentlichen Dinge darauf reagiert, wenn man Digger-Mädchen als kleine Aufwärmübung Fingernagel für Fingernagel aus den Fingern reißt, bevor man zu den effektiveren Methoden zur Deformierung einer Persönlichkeit schreitet. Aber vielleicht bist du ja auch ein Mann, den ich falsch einschätze, und du findest Gefallen an einer solchen kleinen Darbietung.«

Skar fuhr im Sattel herum und zerrte an seinen Handfesseln, die an einer Schlaufe seines Sattelknaufs festgemacht waren. Die Ledergurte schnitten in seine Handgelenke ein, ließen sich aber nicht sprengen; trotzdem ließ Skar nicht nach und spannte seine Muskeln an, bis das Material knirschend so weit nachgab, wie es die ihm innewohnende Elastizität gestattete – doch keinen Zoll weiter. Er ahnte, dass er so lange an dem Leder zerren konnte, wie er wollte; es war zu stark und von so hervorragender Qualität, dass ihm mit purer Körperkraft nicht beizukommen war.

»Nicht übel«, sagte Marna anerkennend. »Ich hätte dich vielleicht doch lieber in Ketten legen lassen sollen.«

»Du solltest mir lieber gleich dein Schwert durchs Herz stoßen«, sagte Skar. »Dann läufst du nicht Gefahr, dass ich dir irgendwann den Bauch aufschlitze.«

Marna nickte anerkennend. »In der Tat«, sagte er. »Dieser Gedanke schoss mir auch schon durch den Kopf. Aber es gibt ja auch noch eine andere Variante.«

»Dass du mich in einen dunklen Kerker schmeißt und darauf wartest, dass mich die Ratten anknabbern?«

»Man hat mir berichtet, es gäbe Schlimmeres als Ratten«, sagte Marna ernsthaft. »Und man hat mir berichtet, du hättest Erfahrung mit diesem … *Anderen*.«

Skar fühlte ein eisiges, ungläubiges Entsetzen in sich aufsteigen. »Was meinst du damit?«, fragte er scharf.

»Als ob du das selbst nicht viel besser wüsstest.« Marna deutete mit dem ausgestreckten Arm ungefähr in die Richtung des Pojoaque – und damit auf die Höhle, den Strudel, das unterirdische Meer, das Grauen, das irgendwo hinter dem Fluss lag. »Du kommst nicht zufällig von dort. Du wurdest dort vorbereitet – auf deine neue Aufgabe.«

»Ich wurde – *was*?« Das letzte Wort hatte Skar fast geschrien, und es war ihm in diesem Moment ganz egal, dass Marna seine Erregung nicht verborgen bleiben konnte. »Ich wurde überhaupt auf nichts vorbereitet«, fuhr er dann etwas ruhiger fort. »Es gäbe auch niemanden, der mich vorbereiten könnte. Ich bin immer noch ein freier Mann.«

»Das klingt in deiner augenblicklichen Situation wenig überzeugend«, meinte Marna. »Und obwohl ich deine Worte schon richtig verstanden habe, nehme ich sie dir nicht ab. Du bist nichts als ein Werkzeug, Skar, ein einfältiger Tor, dessen sich Mächte bedienen, von denen du nicht die geringste Ahnung hast.«

»Ach ja?«, höhnte Skar. »Und was bist du dann? Ein Getriebener deiner Machtgelüste? Ein Abenteurer, der sich der Satai für seine eigenen Zwecke bedient?«

Marna musterte ihn eine Weile schweigend und Skar glaubte schon, er würde seinen Rappen antreiben und sich von ihm absetzen, um die für ihn unerfreuliche Wendung als Anlass zu nehmen das Gespräch zu beenden. Doch zu seiner Überraschung ging der Wolfsgesichtige auf seine Worte ein.

»Es drängt sich mir der Eindruck auf, dass du von mir und meinen Satai ein vollkommen falsches Bild hast«, sagte Marna ruhig. »Du glaubst, ich hätte mir nur zum Zeitvertreib oder aus Gewinnsucht die heilige Position des *Skarissa* erkämpft. Obwohl ich gar nicht leugnen will, dass es mir auch um meinen eigenen Vorteil geht, ist doch das Gegenteil der Fall. Seitdem du den Quorrl vor dreihundert Jahren den Floh ins Ohr gesetzt hast, sie könnten ihr Schicksal in die eigenen Hände nehmen und seien nicht mehr an die Jahrtausende alten Überlieferungen gebunden, haben sie Enwor aus dem Gleichgewicht gebracht.«

»Den Eindruck hatte ich ganz und gar nicht«, sagte Skar, ohne darauf Bezug zu nehmen, dass die Quorrl früher oder später auch ohne sein Zutun das Joch ihrer angeblichen Vorsehung abgeschüttelt hätten. »Ich hatte eher das Gefühl, sie würden von den Diggern selbst aus ihren angestammten Gebieten vertrieben und stünden nun mit den Rücken an der Wand.«

»Die Digger sind ein Geschenk des Himmels«, sagte Marna ernsthaft. »Sie sind die Vorposten, an denen sich die Quorrl-Offensive bislang gebrochen hat – aber auch nur deshalb, weil wir Satai die Digger mit Waffen versorgen und sie überall unterstützen, wo sich diese verfluchten Reptilien blicken lassen.«

»Und wie passen dann die Quorrl ins Bild, die für dich morden?«

Marna machte eine wegwerfende Handbewegung. »Sie sind Verbündete. Vergiss nicht, dass die Quorrl, anders als zu deiner Zeit, mittlerweile ganz offen in viele Stämme zerfallen sind. Einer dieser Stammesfürsten ist mein Verbündeter.«

»Den du beseitigen wirst, wenn du die Quorrl geschlagen hast?«

»Wofür hältst du uns, Skar«, schnappte Marna. »Wir sind Krieger und keine Meuchelmörder. Ich zumindest stehe zu meinem Wort.«

»Ihr wollt Krieger sein und schlagt doch einfach los, ohne vorher alle Konsequenzen zu bedenken? Nein«, Skar schüttelte entschieden den Kopf, »das Gemetzel, das ihr unter den Quorrl anzurichten gedenkt, hat nichts mit Kriegskunst zu tun, das ist nicht viel besser, als eine Wirtshausschlägerei vom Zaun zu brechen.«

»Du hast überhaupt keine Ahnung«, sagte Marna säuerlich. »Du tauchst hier auf und maßt dir an über Dinge zu urteilen, von denen du nicht die geringste Ahnung hast. Die Quorrl sind eine Plage für ganz Enwor geworden. Etliche von ihnen haben sich in Positionen gedrängt, die ihnen nicht zustehen. Weißt du, wer der Stadtkommandant von Ikne ist? Vielleicht ein Satai? Vielleicht ein Angehöriger der alten Adelsgeschlechter? Nein, natürlich nicht: Es ist ein Quorrl!«

»Was ist daran so schlimm?«

»Was daran so schlimm ist, dass Quorrl unsere gewachsenen Strukturen unterwandern? Warum es unerträglich ist, dass sie Fürsten vom Thron zu stoßen versuchen, um sich selbst als Herrscher aufzuschwingen – selbst über Menschen?!«

Skar schwieg einen Moment. Der Weg vor ihnen veränderte sich, wurde breiter, und gleichzeitig wich der Waldrand weiter zurück, als flöhe er vor der Betriebsamkeit auf der in seine Mitte geschlagenen Schneise. Es war kein wild wucherndes Unterholz mehr, das den Pferden immer wieder zwischen die Beine kam, sondern zartes, fast wie gestutzt aussehendes Buschwerk und dazwischen wilde Blumen, die in allen Farben leuchteten; ein rot-gelb-blaues Farbspiel, das selbst im Regen fröhlich und unbeschwert wirkte.

Ob er nun wollte oder nicht: Marnas Worte stimmten ihn nachdenklich. Sicherlich, es war richtig, dass die Quorrl begonnen hatten, die jahrtausendealten und viel zu eingefahrenen Gleise zu verlassen, um neue Wege zu gehen. Aber es war auf der anderen Seite für die meisten Menschen wohl kaum ein Spaß, einem Herrscher zu dienen, der als geschuppter Gigant mit der Körperkraft von vier ausgewachsenen Männern jeden menschlichen Konkurrenten von vornherein in die Schranken verweisen konnte und bei aufkommendem Murren seine eigene Garde von Reptilienkriegern aufziehen ließ. Es mochte sein, dass Quorrl-Herrscher nicht grausamer waren als so mancher menschliche Fürst – aber sie waren *anders*. Sie hatten kein instinktives Verständnis für die Menschen und sie hatten keine Söhne und Töchter, die nach neuen und besseren Wegen suchten. Wie er es auch drehte und wendete: Quorrl waren Quorrl und es war nicht gut, wenn sie über Menschen herrschten – genauso wenig wie umgekehrt.

»Wie viele Fürstentümer, wie viele Städte stehen unter der Herrschaft der Quorrl?«, fragte er.

»Kein Einziges«, fauchte Marna. »Und solange ich lebe, wird es auch nicht dazu kommen. Aber es wird immer schwieriger, die Quorrl davon abzuhalten, den letzten Schritt zur Macht zu vollenden. Sie haben es geschickt angefangen: Zuerst verdingten sie sich als Leibwächter, dann wurden Einzelne von ihnen zu Hauptmännern privater oder städtischer Garden berufen und danach schleusten sie immer mehr andere Quorrl ins Gefüge ein. Sie haben sich damit Zeit gelassen: drei lange Jahrhunderte. Aber jetzt greifen sie nach der absoluten Macht, und wenn sie die erst erreicht haben, werden sie die reichen Städte ausquetschen wie eine Zitrone, die Menschen ausbluten lassen und sie dann ihrem Schicksal überlassen.«

»Sie haben also nichts anderes getan als wir Satai«, sagte Skar nachdenklich.

»Wir zerstören nicht das, was uns zu schützen aufgetragen wurde«, sagte Marna eisig.

»Das haben, wenn ich dich recht verstanden habe, die Quorrl bislang auch noch nicht gemacht«, wandte Skar ein. »Worüber also regst du dich auf, Marna? Dass die Quorrl etwas tun könnten, was die Satai bislang fast immer vermieden haben, nämlich nach der Krone oder dem Herrschaftszeichen von Städten und Ländereien zu greifen – aus Klugheit und Eigennutz, wohlgemerkt, und nicht aus reiner Menschlichkeit? Und was glaubst du, was sie sind: Dummköpfe? Könnte es nicht sogar sein, dass sie eine ganz ähnliche Strategie verfolgen wie die Satai, dass sie die Kuh hegen und pflegen werden, die sie melken wollen?«

»Es könnte vieles sein«, erwiderte Marna mürrisch. »Aber fest steht, dass ich ihnen das Rückgrat brechen werde, damit sie uns nicht in die Quere kommen.«

»Na, dann viel Spaß dabei«, knurrte Skar, während er das dachte, was Kama ihnen gesagt hatte: dass die Quorrl die wertvollsten Verbündeten der Menschen seien, während die eigentliche Gefahr von den Diggern ausginge. »Ich fürchte allerdings, es wird sich als Bumerang erweisen, wenn du die Quorrl dezimierst und den Rest in die Sklaverei führst.«

»Sklaverei?« Der Satai mit der Wolfsmaske schüttelte den Kopf. »Von was für einer Sklaverei sprichst du? Die Quorrl waren schon immer eine Horde mordender und brandschatzender Banditen und es wird Zeit, ihnen endgültig das Handwerk zu legen.« Er richtete sich ein Stück weiter in seinem Sattel auf und stieß fast triumphierend hervor: »Es wird ein Reservat geben, in dem wir eine begrenzte Anzahl dieser Monster überleben lassen. Schon allein als Abschreckung: damit die Menschheit weiß, wie sehr sie uns Satai braucht – die Quorrl könnten schließlich wieder ausbrechen und Enwor erneut verwüsten, wenn wir nicht auf sie aufpassen.«

Skar starrte ihn fassungslos an. »Weiß dein verbündeter Quorrl-Führer, dass ihm das Schicksal eines Reservatsleiters bevorsteht?«

»Das weiß er nicht, weil es ihn ja auch nicht trifft«, knurrte Marna. »Es gibt immer eine Ausnahme. Hauptsache, die Quorrl-Gefahr als solche ist gebannt.«

»Und die Digger sind die Krone der Schöpfung, dazu auserwählt, Marnas Richtspruch zu vollstrecken«, spottete Skar. »Mach dich doch nicht lächerlich, *Skarissa*. Die Digger sind eine viel größere Gefahr für Enwor, als es die Quorrl je werden könnten.«

Marna drehte seinen Kopf genau in seine Richtung, und als er weitersprach, klang seine Stimme so eiskalt, dass sie jede Menschlichkeit verloren hatte. »Du bist verwirrt, Skar. Etwas ist in deinen Geist eingedrungen und lässt dich Dinge sagen und vor allem *tun*, die uns alle ins Verderben stürzen könnten, wenn ich dich nur ließe.«

»Was soll ein einziger Mensch schon gegen dich und deine Quorrl-Freunde ausrichten?«, fragte Skar verächtlich. »Ich habe keine Armee und keinen Rückhalt auf dieser Welt.«

»Oh doch, den hast du«, sagte Marna. »Du hast einen gewaltigen Rückhalt, weil wir Satai dich wider besseren Wissens in den Himmel gelobt haben. Wir brauchten eine Identifikationsfigur, um unsere Ideen weiterzutragen. Ich fürchte, wir haben schlecht gewählt, als wir dich dazu auserkoren haben. Aber es konnte ja niemand ahnen, dass dieses Gerede von deiner Wiederkunft tatsächlich wahr werden könnte.«

»Wo wir schon gerade dabei sind: Wieso bist du dir so sicher, dass ich wirklich Skar bin – und nicht irgendein dahergelaufener Betrüger. Schließlich entspricht es nicht gerade der menschlichen Erfahrung, dass ein Toter nach ein paar Jahrhunderten wieder aufersteht.«

Marna stieß ein hartes, metallisches Lachen aus. »Das ist hart, Skar«, sagte er dann. »Aber wenn du es nicht selber weißt: Von mir wirst du dazu nicht mehr erfahren.«

Er stieß einen schnalzenden Laut aus und sprengte ohne ein weiteres Wort davon.

Für einen Moment hatte Skar Schwierigkeiten die Veränderung der Landschaft in ihrer ganzen Tiefe zu begreifen, zu verstehen, dass der graue, düstere und wenig einladende Wald nicht nur kurzfristig von ein paar bunten Blumen und ebenmäßig gewachsenem Buschwerk aufgelockert wurde, sondern dass sich etwas Wesentliches verändert hatte und dass optimistische Farbenpracht und prachtvolle Gewächse hier so selbstverständlich waren wie noch kurz zuvor das eintönige Braun und Grün einer tristen Monokultur. Sie waren dem jetzt breiten und gut ausgebauten Weg auf den Kamm eines dünn bewaldeten Hügels gefolgt, hinein in einen vollkommen veränderten und immer lieblicher anmutenden Landstrich, in dem Laub- und Nadelbäume harmonisch nebeneinander wuchsen wie zwei befreundete Völker und in dem eine erstaunliche Vielzahl von Blumen, Farnen und Pilzen ebenso zum Bild gehörte wie sirrende Insekten, die hauptsächlich damit beschäftigt zu sein schienen, die verschiedenen Pflanzen zu bestäuben.

Skars rechte Hand hatte es mittlerweile geschafft, sich immer weiter nach hinten zu schieben, an die Stelle, an der in seinem Gürtel das Messer steckte, das Esanna nicht wieder hatte zurücknehmen wollen angesichts des Quorrls, den er mit einem entschlossenen Schnitt in seine Halsschlagader von seinem Leiden befreit hatte. Jetzt war er froh darüber, dass Esanna in diesem Moment so emotional reagiert hatte. Der Quorrl, der ihn grob und voll unverhohlener Wut entwaffnet hatte, hatte ihn nicht gründlich abgetastet, sondern es dabei belassen, ihm nach der Entwaffnung einen kräftigen Hieb gegen die Brust zu verpassen, der ihm die Luft aus den Lungen geschlagen hatte.

Das war Glück gewesen. Ein noch größeres Glück war, dass es ihm jetzt tatsächlich gelang, Esannas Messer aus der versteckten Position zu ziehen und unbemerkt nach vorne zu bringen. Er wusste, dass er sich beeilen musste; der Regen hatte bereits nachgelassen und die Sicht wurde zunehmend besser – wodurch auch die Gefahr bestand, dass einer der ihn umgebenden Reiter auf seinen Befreiungsversuch aufmerksam wurde. Er drehte das Messer, sodass die Klinge auf seine Handfesseln zielte, und schrappte so lange über die Lederfesseln, bis das Material genug eingekerbt war, um es später mit einem Ruck durchtrennen zu können. Erst danach ließ er sein Messer unterhalb des Sattelknaufs verschwinden; ein aufmerksamer Beobachter würde es dort vielleicht entdecken, aber er ging davon aus, dass niemand eine Waffe bei ihm vermutete.

Offensichtlich kamen sie ihrem Ziel immer näher: Der Weg war einem regelrechten, durch Schottersteine halbwegs befestigten Fahrweg gewichen, der sich im Gegensatz zu dem bisherigen verschlammten Weg auch bei schlechtem Wetter von Gespannen nutzen lassen würde. Am Wegesrand folgten mehrere Lichtungen aufeinander mit relativ frisch gehauenen Baumstümpfen oder jungen Sprösslingen, die davon zeugten, dass hier geplant Forstwirtschaft betrieben wurde. Bevor sich Skar eine Hypothese zurechtlegen konnte, auf welche Stadt oder welches Fürstentum sie wohl zuhielten, hatten sie auch schon den Scheitelpunkt des Kamms erreicht und die Pferde liefen so leicht und befreit, als würden sie bereits die Weide wittern, auf der sie sich von den Strapazen des zügigen Ritts erholen konnten.

Als Skar über den Rücken des vor ihm reitenden Quorrl einen Blick auf das überwältigende Tal vor ihnen erhaschen konnte, verstand er die Vorfreude der Pferde. Wie von einem gigantischen Daumen in die umliegende Hügellandschaft hineingedrückt lag eine liebliche Landschaft vor ihnen: Neben rötlich gefärbtem Gestein am Wegesrand, das sich in ein Feld metallisch glänzender Kiesel hineingegraben hatte, wucherten wild wachsendes Korn, hohe Gräser, gelbgrüne Büsche und kleinere, kräftig aussehende Bäume unterschiedlicher Arten, die sich weit hinabzogen in den Talgrund und dort mit kleineren und größeren Gärten und quadratisch angelegten Feldern verschmolzen. Der Quorrl vor ihm schob sich viel zu schnell wieder in sein Blickfeld, um die Gebäude genauer erkennen zu können, die im Zentrum des Tals gleichermaßen ausgewogen wie imposant aufragten, aber Skar hatte einen flüchtigen Eindruck von rötlichen, goldenen Farben, geschwungenen Dächern und verspielten Verzierungen, die sich harmonisch ergänzten.

Eine Festung war das nicht und schon gar nicht ein Dorf oder eine Stadt. Wo, zum Teufel, schleppte ihn Marna hin?

Er brauchte nicht lange auf eine Antwort zu warten. Marna hatte sich ein paar Pferdelängen vor ihn gesetzt; jetzt ließ er sich zurückfallen und war schon wenige Sekunden später neben Skar.

»Wir sind gleich da«, sagte er kühl. »Ich gebe dir einen guten Rat: Halte dich zurück beim Einreiten. Ich lasse dich töten, wenn du auch nur eine falsche Bewegung machst. Ganz zu schweigen von dem Mädchen und dem Nahrak.«

»Was für eine falsche Bewegung sollte ich denn machen?«, knurrte Skar. »Ich bin gefesselt und inmitten einer halben Hundertschaft Quorrl. Kaum die richtige Voraussetzung, um dir die Kehle durchzuschneiden.«

Marna lachte sein hartes, falsches und unglaublich metallisch klingendes Lachen. »Du hast das ungehobelte Benehmen eines Fischgesichts, Ahnherr aller Satai«, sagte er. »Was allerdings keinen Unterschied macht. Denn niemand weiß, wer du bist.«

»Woher willst du dir dann sicher sein, dass ausgerechnet ich der Ahnherr deiner Satai bin?«

»Der Nahrak war gesprächig«, sagte Marna nachdenklich. »Auch wenn wir etwas nachhelfen mussten ...«

»Aber das ist nicht alles«, vermutete Skar. »Du hattest mich sowieso schon erwartet.«

»Natürlich ist das nicht alles«, sagte Marna ärgerlich. »Ich habe lange nach dem Original des *Elften Buches* suchen müssen, um zu verhindern, dass es in die falschen Hände fällt.« Er gab sich einen Ruck und schüttelte dann den Kopf. »Aber das ist jetzt, nachdem es wieder an seinem angestammten Platz ist, nicht mehr wichtig.«

Skar versuchte hinter den schmalen Sehschlitzen der Wolfsmaske eine Regung zu erkennen. »Was hat es denn mit diesem *Elften Buch* auf sich?«

»Nichts«, sagte Marna. »Rein gar nichts. Jedenfalls nichts, was dich interessieren müsste …«

»Außer, dass es mein Schicksal beschreibt? Außer, dass du dringend danach gesucht hast, weil du dir aus ihm wichtige Hinweise erhofft hast – so wichtige Hinweise, dass du dich persönlich zum Fall am Ninga begeben hast, um dieses Buch aufzutreiben? Sonst nichts?«

»Sonst nichts«, sagte Marna schroff. »Alles Weitere werden wir im Tempel besprechen.«

Er wollte sein Pferd antreiben, aber Skar hatte nicht vor es soweit kommen zu lassen. »Auf ein Wort noch, *Skarissa*«, sagte er. »Was genau hast du mit mir vor? Willst du mich töten lassen? Oder hast du vor mich als heimliches Pfand jahrelang in einem Kerker verrotten zu lassen?«

Der Satai gab seinem Rappen mit einem kurzen Ruck am reich verzierten Lederhalfter zu verstehen, dass er sein Tempo nicht beschleunigen sollte. Hinter der Goldmaske war keine Regung erkennbar, aber Skar hatte dennoch das Gefühl, dass Marna die Frage unangenehm war. Er ließ sich lange Zeit mit einer Antwort und Skar spürte eine Erregung in sich wachsen, die ihm bis zum Halse schlug. Er konnte nur hoffen, dass dem Anführer der Satai seine Nervosität verborgen blieb.

»Ob ich dich töten lassen will?«, fragte Marna. »Was für eine Frage. Selbstverständlich will ich das. Du bist und bleibst ein unkalkulierbarer Risikofaktor …«

»Selbst dann, wenn ich deine Quorrl-Politik in gewissen Punkten billigen und unterstützen würde?«

»Selbst dann«, antwortete Marna eisig. »Ich kann niemanden neben mir dulden und ich brauche schon gar keinen Verbündeten, der mit mir über grundlegende Entscheidungen *diskutieren* will. Was ich brauche, sind Gehorsam und Umsetzungskraft.«

»Ist das dein letztes Wort?«, fragte Skar, während er seine Unterarmmuskeln anspannte. Er wusste, dass er nur diesen einen Versuch haben würde – und dass er sich gut überlegen musste, ob er ihn überhaupt wagen sollte. Deshalb und nur deshalb war er bereit seine Aktion von der Antwort *Skarissa* Marnas abhängig zu machen.

»Selbstverständlich ist das mein letztes Wort«, sagte Marna gereizt. »Und sei gewiss: Dein Schicksal wird sich am Tempel der Andersgläubigen entscheiden …«

Skar warf einen raschen Blick nach vorne: Durch die Quorrl hindurch konnte er bereits die ersten Umrisse der Tempel erkennen, von denen Marna gesprochen hatte, goldene Verzierungen auf roten Dächern mit merkwürdigen runden, rohrförmigen Ziegeln und fein ziseliertem Schnitzwerk, feucht vom Regen und glänzend im schwachen Licht der Sonne, die ihre Strahlen durch immer noch dicke Wolken schickte … hier sollte sich sein Schicksal entscheiden?

Aber nicht durch eine fremde Hand.

»Genug der Worte«, sagte Marna. »Ich habe dir sowieso schon viel zu viel erklärt. Aber andererseits … du sollst doch zumindest wissen, dass dein Tod nicht umsonst ist!«

Das gab den Ausschlag. Skar spannte seine Muskeln an – und diesmal riss der Lederriemen. Mit einer blitzschnellen Bewegung griff Skar Esannas Messer und schnellte nach links: Sein Arm schoss mit der Geschwindigkeit eines abgeschossenen Pfeils auf *Skarissa* Marna zu, packte den Satai und riss ihn an sich heran, während seine rechte Hand ihm Esannas Klinge an die Kehle setzte, direkt unter dem Ansatz des lächerlichen goldenen Helms.

Marna erkannte sofort die Ausweglosigkeit seiner Lage und versuchte erst gar nicht sich zu wehren. »Alle Achtung«, krächzte er. »Man hat sich nicht zu viel von dir erzählt.«

Skar hielt ihn mit so festem Griff umklammert, dass die beiden Pferde aneinander gedrückt wurden und die Sattelschlaufen aneinander rieben. Sein Herz raste und seine

Gedanken überschlugen sich; er war sich durchaus bewusst, dass ihm das Schwierigste noch bevorstand: Esanna und Kama freizupressen und dann mit Marna als Geisel von hier zu verschwinden.

Die hinter ihnen reitenden Quorrl schlossen auf, die vor ihnen reitenden verlangsamten das Tempo und von einem Moment auf den anderen sah sich Skar eingequetscht von Pferdeleibern und gigantischen Gestalten, die ihre Zackenschwerter in Angriffsposition hielten und keinesfalls so aussahen, als würden sie ihre Attacke auf die lange Bank schieben.

»Nicht!«, schrie Marna. »Weg! Weg! Ich regle das schon selber.«

Einer der Quorrl drängte sein Pferd drohend an das von Skar und seine linke Klauenhand streckte sich vor, schloss sich um sein Bein und drückte unbarmherzig zu; Skar hatte das Gefühl, er wollte ihm bei lebendigem Leib das Bein vom Körper reißen. »Gib auf«, knurrte der Quorrl und es klang wie das Knurren eines Berglöwen, kurz bevor er zum tödlichen Sprung ansetzte.

Skar tat gar nichts. Er wandte lediglich den Kopf und erwiderte den Blick des Quorrl, starrte in die kalten, ausdruckslosen Reptilienaugen und fragte sich, was in diesem Krieger wohl vorgehen würde, wenn er jetzt Marnas Kehle mit einem sauberen Schnitt durchtrennte und er ihm den Kopf des *Skarissas* entgegenschleudern würde.

»Nein. Ihr sollt gar nichts!« Marna winkte mit der freien linken Hand; die Rechte hatte Skar durch seinen festen Griff gleich mit eingeklemmt. »Weg mit euch! Kommt uns nicht zu nahe! Ich habe die Sache im Griff.«

Einen fürchterlichen Augenblick lang sah es so aus, als ob sich die Quorrl einen Dreck um seinen Befehl scheren und sich auf Skar stürzen würden, gleichgültig, was dann mit Marna passieren mochte – so viel zu der Bemerkung, dass *Skarissa* Marna die Situation im Griff hatte – und Skar ritzte den Hals des Wolfsgesichtigen ein ganz kleines bisschen, aber tief genug, dass ein paar Blutstropfen über den Ansatz seines hochgeschlossenen Umhangs spritzten.

In diesem Moment waren die beiden hünenhaften Leibwächter Marnas heran. Zuerst fürchtete Skar, sie würden mit ihren erhobenen Schwertern auf ihn zustürmen, um ihn ohne Rücksicht auf Marnas Leben niederzumachen. Doch dann begriff er, dass sie genau das Gegenteil vorhatten.

»Weg!«, brüllte einer von ihnen. »Weg, hat euch *Skarissa* Marna befohlen!«

Die Quorrl zögerten, doch dann wichen sie, immer noch in den Tross der Reiter eingebunden, widerwillig ein Stück zur Seite. Skar atmete auf, obwohl er wusste, dass es zu früh war, um so etwas wie Triumph zu empfinden: Die Situation stand im wahrsten Sinne des Wortes auf Messers Schneide und eine einzige falsche Reaktion, eine hastige Bewegung oder eine unüberlegte Geste konnten dazu führen, dass das ganze labile Gleichgewicht kippte und sich die Quorrl wie auch die Leibwächter auf ihn stürzten: gleichgültig, was dann mit ihrem Anführer geschah.

»Was willst du von mir?«, stieß Marna hervor. »Freies Geleit? Deine Freunde mitnehmen ...«

Er kam nicht mehr dazu, seinen Satz zu beenden. Ein Rauschen erklang, ein gewaltiges Flügelschlagen in das sich ein Furcht erregendes Fauchen mischte und etwas Gigantisches, in vielfältigen Grüntönen Glänzendes, stürzte sich aus dem Himmel auf sie herab, getragen von gewaltigen ledernen Schwingen, mit vorgestreckten Klauen und einem weit aufgerissenen, gigantischen Gebiss; die Hölle selbst schien zum Leben erwacht zu sein und diese Kreatur ausgespuckt zu haben und Skar hätte gleichzeitig lachen wie auch wild aufschreien können, denn es war ein so unerwarteter und grauenvoller, aber gleichzeitig auch hoffnungsvoller Anblick, dass er im selben Moment tiefes Grauen wie auch grenzenlose Erleichterung empfand.

Der *Frarr* drehte kurz vor ihm ab und zog wieder ein Stück hoch. Der begleitende Luftzug war so gewaltig, dass er an Skar, Marna und den sie umgebenden Reitern vorbeifegte wie der Ausläufer eines Orkans und sie sich nur mit Mühe in ihren Sätteln halten konnten. Die meisten Pferde scheuten und innerhalb weniger Sekunden brach ein vollständiger Tumult aus; zwei, drei Pferde gingen durch und plötzlich beschleunigte der gesamte Trupp, teils angetrieben von einzelnen Reitern, die dem Furcht erregenden Drachen so schnell wie möglich zu entkommen trachteten, teils auch unfreiwillig, weil einige Quorrl und Satai kurzfristig die Kontrolle über ihre Tiere verloren hatten.

Marna versuchte die Situation zu nutzen, um sich zu befreien. Er warf den Kopf nach hinten und trat gleichzeitig mit seiner rechten Ferse in den Braunen – ungeachtet der Gefahr Skar damit zu einer schnellen Reaktion zu veranlassen, die ihn selbst das Leben kosten mochte. Aber er hatte Skar wohl richtig eingeschätzt: Statt das Leben des Goldbehelmten mit einem schnellen Messerschnitt zu beenden, versuchte er gleichzeitig sein Pferd zu beruhigen und *Skarissa* Marna weiter fest zu umklammern. Der Wolfsgesichtige schrie auf, als Skar so fest zudrückte, dass er ihm durch den Brustharnisch beinahe die Rippen brach, aber er gab nicht nach.

Skars Brauner preschte all seinen Bemühungen zum Trotz plötzlich los, während Marnas Rappe gleichzeitig einen Ausfallschritt machte und zur Seite tänzelte. Einen schrecklichen Augenblick hing Skar beinahe in der Luft; seine Körperkraft genügte nicht, um beide Pferde zu synchronen Bewegungen zu zwingen: Also blieb ihm nichts anderes übrig, als sich für eines der beiden Tiere zu entscheiden. Mit aller Kraft riss er Marna aus dem Sattel und zu sich herüber, während er sich gleichzeitig nach rechts warf und damit ihrer beider Gewicht so gut es ging austarierte.

Der Wolfsgesichtige strampelte wild mit Armen und Beinen und in einer anderen Situation hätte Skar angesichts dieser lächerlichen Befreiungsversuche wahrscheinlich laut aufgelacht. Doch so war er nur vollauf damit beschäftigt, sich auf dem durchgehenden Pferd festzuklammern, während er hinter ein paar Quorrl herpreschte, die gleich ihm ihre Tiere nicht mehr unter Kontrolle hatten. In diesem Moment kehrte der Drache zurück und spuckte Flammen und tödliche Hitze wie ein höllisches Bombardement, das ohne Unterschied und gleichermaßen auf sie alle niederzuckte, so als wollte der *Frarr* sie alle auf einmal auslöschen.

Und das war erst der Anfang.

Ein paar beherzte Krieger rissen Bogen oder Armbrüste hervor, spannten ihre Waffen und gaben ein paar hastige Schüsse ab. Die Pfeile und Bolzen jagten der Flugechse entgegen wie eine Insektenschar, die Ziel und Orientierung verloren hatte, und prasselten weit hinter dem *Frarr* zu Boden, als dieser bereits über ihren Köpfen vorbeigedonnert war. Mit heftigen Schlägen seiner gewaltigen Flügel sauste der Drache auf die Nachhut der Reitergruppe zu, als wollte er sie in Grund und Boden stampfen; erst kurz vor ihnen zog er wieder ein Stück hoch, doch nur so weit, dass die ledernen Schwingen in Höhe der Pferdeköpfe über die Reiter schrammten und ein paar Quorrl aus dem Sattel gehoben wurden und krachend zu Boden stürzten.

Wer nicht das Glück wie Skar hatte, schon weit genug vom Ort der Zerstörung entfernt zu sein, sprang freiwillig ab und eilte in den trügerischen Schutz der wenigen Bäume am Wegesrand. Waffen wurden gezogen, Bogen gespannt, Armbrüste schussfertig gemacht und Kommandos gebrüllt, doch dann war der Drache auch schon wieder heran, geschuppt und gigantisch und mit rot leuchtenden, bösen Augen, eine tobende Bestie, deren wuchtiger, peitschenschneller Schwanz ein paar herrenlose Pferde beiseite wischte, als wären sie lästiges Ungeziefer. In das schrille Aufjaulen der gepeinigten Tiere, das Schreien der Sterbenden und Verwundeten mischte sich ein neuer, furchtbarer Laut, kein Fauchen mehr, sondern ein Grollen wie das eines Sturmes, der mühelos gegen ein Haus anrennt und es zusammenstürzen lässt …

Ein gleißender Blitz zerriss den Tag und für die Dauer eines Lidschlags spiegelte sich das grausame Licht in Marnas Goldmaske und verlieh seinem Wolfsgesicht das Aussehen eines zornigen Gottes, der mit höllischem Feuer versuchte das Unabwendbare zurückzuweisen; aber es war nicht Marna, der über solcherart gewaltige Kräfte verfügte, sondern der Drache, der mit einer Feuersbrunst über sie herkam, die nichts Vergleichbares kannte und so unfassbar war wie das *Khtaám* in seinen grausamen wie bedrohlichen Manifestationen – aber kein bisschen weniger tödlich.

Bäume und Unterholz zerbarsten oder knickten um, als

hätten Riesenfäuste auf sie eingeschlagen, regelrechte Explosionen erschütterten getroffene Menschen und Tiere und ein Quorrl, der dicht hinter Skar hergesprengt war, brach mit schwelender Kleidung in seinem Sattel zusammen, Gesicht und Hände furchtbar verbrannt und von züngelnden Flammen zerrissen. Skar glaubte flüssiges Feuer zu atmen. Die Hitzewelle fraß sich in seine Haut, als ob sie ihn bei lebendigem Leib verbrennen wollte, doch das Pferd jagte in riesigen Sätzen weiter, weg von der wabernden Wand aus Hitze und den alles verschlingenden Flammen. Das Gesicht eine Maske aus Grauen und Schmerz, die Kleider versengt und sein Haar schwelend, spürte Skar einen zweiten Schlag unbarmherziger Hitze, der ihn fast aus dem Sattel fegte und ihm Tränen des Schmerzes in die Augen trieb. Überall waren Feuer, Schreie und schwarze, brennende Dinge, die sich sein Bewusstsein weigerte, als das zu erkennen, was sie waren: reiterlose Pferde, die blind vor Angst und Schmerz hin und her liefen, Krieger, die verletzt waren oder denen der Schrecken den Verstand geraubt hatte.

Es hätte der Todeskampf der Welt sein können oder deren wahnsinnig übersteigerte Veränderung von einem gewalttätigen, aber halbwegs strukturierten Ganzen zum völligen Chaos; die Grenze zwischen Gut und Böse endgültig aufgesprengt, die Menschen hinausgestoßen in einen zerrissenen Wirbel widersprüchlicher, sinnloser Handlungen, die alle nur eins bedeuteten: Untergang und Vernichtung. Ein flatternder Wechsel zwischen sengenden Feuerstößen und rasenden Hitzewellen, zwischen bizarren Farbwirbeln und grotesken Mustern, bunten Kreisen, die sich auflösten und, Sonneneruptionen ähnlich, wilde Formen hinausschleuderten in eine bizarre Welt aus Licht und Bewegung, durch die der Feuer speiende Drache zog, unbekannten Regeln folgend auf einer verwirrenden Flugbahn, die jeden Ansatz zur Gegenwehr im Keim erstickte.

Skars Brauner hatte sich bislang auf den Beinen halten können und galoppierte jetzt mit weit ausgreifenden Sätzen weiter in Richtung der geschwungenen, fast spielerisch verzierten Dächer, deren Fröhlichkeit in krassem Gegensatz stand zu dem Entsetzen, das im Tal Einzug gehalten hatte.

Flammen und Rauch verwandelten den Weg zum Tempel in ein Kaleidoskop des Todes; die Flammenwirbel schienen an dutzenden von Stellen gleichzeitig Nahrung zu finden und mit feurigen Armen nach ihm zu greifen, und in seinen Ohren gellten die Todesschreie der Quorrl, Satai und Tiere, die rings um ihn starben, aber er jagte weiter und hielt Marna dabei reflexartig umklammert, nur beseelt von dem Gedanken so schnell wie möglich dem feurigen Odem der Riesenechse zu entkommen und zu sehen, ob er irgendwo weiter vorne auf Esanna und Kama stieß, die zurzeit des Angriffs im Tross weit vor ihm geritten waren.

Vor ihnen tauchte plötzlich ein dunkler Schatten auf, ein verletzter Quorrl, der auf Händen und Füßen von dem Grauen wegzukrauchen versuchte und ihnen dabei, wohl blind vor Schmerz, in die Quere kam. Das Pferd versuchte das Hindernis zu überspringen, schaffte es aber nicht; seine Hinterläufe erwischten den verletzten Reptilienkrieger und schleuderten ihn zur Seite. Skar ließ instinktiv Marna los und stieß sich ab; er machte eine Rolle über den Pferdehals und schlug auf dem Boden auf, als der Braune selber auch bereits durch die Luft flog und weitaus weniger elegant neben ihm auf den Boden knallte.

Ein, zwei Sekunden blieb Skar wie benommen liegen. Dann rappelte er sich mühsam hoch und starrte voller Entsetzen auf die Szene, die sich dort abspielte, wo er noch kurz zuvor gewesen war.

Die wütende Echse hatte zu einem neuen Angriff angesetzt, spie sengende Hitze und flammenden Tod. Eine Feuersäule schoss zwischen den Reitern empor, die es nicht rechtzeitig geschafft hatten, sich in Sicherheit zu bringen, drückte Pferdeleiber mit Urgewalt auseinander und versengte, was sich ihr in den Weg stellte, schleuderte Äste, Buschwerk und dunkle, verstümmelte Körper wie Spielzeuge durch die Luft, verbrannte sie mit ihrem Flammenatem, ehe sie hart auf dem Boden aufschlugen. Die Druckwelle raste weiter, wischte Menschen, Quorrl und Tiere mühelos beiseite, bis ihre Ausläufer wie der Atem eines zornigen Feuergottes über ihn hinwegfegte.

Skar rutschte gerade noch rechtzeitig in den Schutz des

zuckenden Pferdeleibs, um der Wucht der Feuerwelle zu entgehen, und obwohl er instinktiv die Hände vors Gesicht riss, spürte er, wie die Hitze seine Haut versengte. Rings um ihn herum verwandelte sich der Weg und das angrenzende Buschwerk in ein Chaos aus zusammenbrechenden Tieren und Männern und Schreien, und die Luft kochte und stank plötzlich nach verschmortem Fleisch und brennendem Haar. Das Gellen der Schmerz- und Schreckensschreie steigerte sich zu einem fürchterlichen Crescendo und Skar starrte fassungslos auf mehrere Quorrl, die mit brennender Kleidung direkt auf ihn zustürmten und blind vor Schmerz und Panik an ihm vorbeijagten, ohne überhaupt Notiz von ihm zu nehmen.

Es war unglaublich. Er hatte so etwas noch nicht erlebt. Mit zitternden Händen drückte er sich vom Boden ab und sprang zu Marna hinüber, der auf der anderen Seite seines schwer verletzten Braunen zu Boden gestürzt war. Der Wolfsgesichtige schien ohne Bewusstsein zu sein, aber er lebte. Seine Brust hob und senkte sich in schnellen, ungleichmäßigen Stößen und als er ihn auf den Rücken wälzte, spürte er die Hitze, die von seiner metallenen Maske abstrahlte.

Hastig suchte Skar nach dem Verschluss der Wolfsmaske. Er konnte nicht behaupten, dass ihm an diesem Satai-Oberhaupt besonders viel lag, aber andererseits war dieser Mann zu wichtig, um ihn sich durch seine aufgeheizte Maske das Gesicht verbrennen zu lassen.

Marna bäumte sich auf und riss mit einem verzweifelten Ruck seine Hände zurück. »Nicht«, stöhnte er, aber es klang mehr wie ein Reflex als wie ein bewusster Protest.

In diesem Moment hatte Skar bereits den Verschluss gefunden: einen goldenen Riegel, der zwei Lederbänder zusammenhielt. Er warf einen flüchtigen Blick auf den Himmel und atmete erleichtert auf; im Augenblick war nichts von dem *Frarr* zu sehen. Trotzdem ahnte er, dass ihm nicht mehr viel Zeit blieb, wollte er dem nächsten Angriff rechtzeitig entgehen.

»Nicht«, stöhnte Marna noch einmal. Aber seine Abwehrbewegung war so schwach, dass Skar sie nicht einmal beachtete, als er nun endlich den Helm löste. Trotz des Entsetzens, das ihn nach wie vor gepackt hielt, war er doch auch voller Neugierde und gespannter Erwartung: Er wollte endlich wissen, wie Marna aussah.

Als er den fast glühend heißen Helm ablegte, weigerte er sich einen Herzschlag lang zu begreifen, was er da sah; der Anblick kam zu unerwartet. Fassungslos starrte er in mandelförmige, dunkle Augen und ein ebenmäßiges, noch erstaunlich junges Gesicht.

Marna war kein Mann.

Marna war eine Frau.

7

Skarissa«, stieß Skar abfällig hervor. »Ich hätte mir denken können, dass mit dir etwas nicht stimmt.«

»Na und«, fauchte Marna. Über ihr Gesicht lief Blut und auf ihrer Stirn glänzte eine große, leuchtende Brandblase – aber sie schien das noch nicht einmal zu bemerken. »Ist es vielleicht Frauen nicht gestattet die Satai von Erfolg zu Erfolg zu führen? «

»Wenn das hier ein Erfolg sein soll«, sagte Skar bitter und deutete hinter sich in das brennende Chaos, auf die wabernde Wand aus Hitze und alles verschlingenden Flammen, »dann möchte ich nicht wissen, was für dich ein Misserfolg ist.«

Er packte sie an der Schulter und riss sie hoch. »Und jetzt komm mit«, sagte er grob. »Wir haben keine Zeit zu verlieren.«

»Lass mich los«, fauchte sie und es stand nichts als Trotz in ihrem Gesicht geschrieben – bis sie sich von ihm losmachte und umdrehte. Ihr Gesicht verwandelte sich von einem Moment auf den anderen in eine Grimasse aus Schrecken und Furcht. »Oh mein Gott«, stammelte sie vollkommen fassungslos angesichts des Grauens und der Zerstörung, die der *Frarr* mit seinen wenigen Angriffen angerichtet hatte. »Bei allen Göttern. Ich dachte, das *Elfte Buch* übertreibt ...« Ihre Stimme zitterte und zum ersten Mal, seit Skar die Herrscherin der Satai kennen gelernt hatte, glaubte er eine Spur echter Furcht in ihren Augen zu erkennen.

»Was hat dieses verfluchte Buch damit zu tun?«, schrie Skar sie an. Er packte sie an den Schultern und schüttelte sie. »Rede, verdammt noch mal!«

Ein lautloses Zittern schien durch den gold gewebten Stoff ihrer Kleidung und den blutrot getränkten Brustharnisch zu fließen, wie das Beben eines verwundeten Tieres, das den Schmerz abschüttelt und sich wieder aufrichtet. »Es ist wahr ... Es ist alles wahr«, stammelte sie, »das Buch ist tatsächlich der Schlüssel zu allem.«

Ihr Gesicht lag im Schatten seines drohend vorgebeugten Oberkörpers und war nicht mehr als eine konturlose weiße Fläche, in der nur die Augen wie zwei matte Kristalle aufblitzten, und trotzdem glaubte Skar in ihnen eine solche Fassungslosigkeit zu erkennen, dass es ihn selbst schauderte.

»Wo ist dieses Buch?«, keuchte Skar. Er unterstrich seine hastigen Worte mit einer befehlenden, schnelle Geste. »Wo zum Teufel ist das *Elfte Buch*?«

Marnas mandelförmige Augen wandten sich ihm wieder zu. Es stand Entsetzen in ihnen, aber auch etwas anderes: die Entschlossenheit die Situation zu ihren Gunsten zu entscheiden, mochte sie auch noch so verzweifelt erscheinen. »Es ist nicht hier«, sagte sie rasch, aber mit vor Aufregung zitternder Stimme. »Ich habe es nach Nemesis bringen lassen.«

Ihr Blick irrte an Skar vorbei zu dem großen Tempel hinter ihnen, von dem sie höchstens noch fünfzig Schritte entfernt waren, wanderte nach links und blieb an einem kleineren, aber geradezu strahlend gestalteten Nebengebäude hängen. Ihr Gesicht wirkte noch immer bleich vor dem Hintergrund des bislang von den Flammen verschont gebliebenen Tempels – doch ihre Mundwinkel zogen sich plötzlich abfällig und voller Verachtung zusammen.

»Es ist im Tempel«, brüllte Skar, dem ihr verstohlener Blick nicht entgangen war. »In diesem gottverdammten Tempel!«

Er packte sie am Arm und schleifte sie mit sich, raus aus dem flammenden Inferno und direkt auf das Portal der Tempelanlage zu, vor dem wie gezirkelt angelegte Blumenbeete davon kündeten, dass hier ein beschauliches Leben mit großer Sorgfalt und Liebe zum Detail gepflegt wurde – normalerweise. Doch davon konnte im Moment überhaupt nicht die Rede sein. Überall schwelte und brannte es und der Gestank glimmenden Leders und angekokelter Kleidung vermischte sich mit dem Odem der Feuersbrunst, deren Ausläufer bis in die Vorgärten des Tempels geschlagen waren und die heilige Ordnung der liebevoll gepflegten Pflanzen und Blumen von einer Sekunde auf die andere in ein zerknicktes und unansehnliches Durcheinander verwandelt hatte.

Marna hätte ihr Schwert ziehen und ihn angreifen können, aber sie war zu klug und vielleicht auch zu geschockt dazu, um diesen Moment zu einem Befreiungsversuch zu nutzen. Skar kochte vor Wut und er wollte nichts weiter, als mit Esanna, Kama und dem Buch von hier verschwinden, und sie musste spüren, dass er sich durch nichts aufhalten lassen würde, was ihn nicht wirklich gleich im ersten Ansatz zu Boden schmetterte. Sie stürmten an zwei Satai vorbei, die gekrümmt vor Schmerzen am Boden lagen, aber immerhin noch lebten. Skar verschwendete nicht einmal einen Blick an sie, sondern hatte nur Augen für die Gestalt, die wenige Meter hinter ihnen lag.

»Kama!«, schrie er. »Verdammt!«

Er hielt Marnas Handgelenk so fest umklammert, dass ihr gar nichts anderes übrig blieb, als mit ihm in die Hocke zu gehen, als er sich neben den Nahrak hinkniete.

»Kama«, stammelte Skar. »Bist du in Ordnung?«

Die Lippen des Nahrak formten Worte, die vom Brüllen des Feuers hinweggerissen wurden, und seine Hände vollführten hektische, sinnlos erscheinende Bewegungen.

»Wo ist Esanna?«, brüllte Skar so laut, dass seine Stimme mühelos das Tosen und Dröhnen um sie herum übertönte.

Im ersten Moment war der Blick des Nahrak leer und alles, was er darin las, war Angst. Dann blitzte Erkennen in seinen Augen auf; er keuchte, stemmte sich in eine halb sitzende, halb liegende Position hoch und umklammerte seinen Oberarm so fest, dass Skar überrascht zusammenzuckte.

»Das Buch!«, keuchte er. »Such das Buch! Und dann flieh!«

»Nicht ohne dich«, sagte Skar, löste seine Hand und richtete sich auf. »Hilf mir, Marna. Wir müssen ihn von hier fortbringen.«

»Wen glaubst eigentlich vor dir zu haben«, zischte Marna. »Ich bin doch keinen Lastenträger.«

»Das ... Buch«, stammelte Kama. »Lass mich hier ... liegen. Nimm das Buch ... und flieh. Sie wollen nur dich!«

»Da könnte etwas Wahres dran sein«, sagte Marna und beugte sich zu Kama hinab. Zuerst glaubte Skar, sie wollte ihm helfen, doch schon bei ihren nächsten Worten erkannte er seinen Irrtum.

»Tu mir einen Gefallen und bring diesen stammelnden Idioten zum Schweigen«, sagte sie, während sie sich wieder aufrichtete. Jede Spur von Gefühl war aus ihrer Stimme gewichen und ließ ein Gefühl der Kälte und Distanz entstehen und ganz am Rande seines Verstands begriff Skar plötzlich, wie diese noch recht junge Frau die Herrschaft über die Satai hatte an sich reißen können.

»Ein Rufer«, sagte sie anerkennend, während sie sich von Kama wegdrehte, der offensichtlich wieder das Bewusstsein verloren hatte – schnell aber nicht so schnell, als dass Skar nicht noch einen Blick auf das glänzende Stück Metall in ihren Händen hätte erhaschen können. »Ich habe gar nicht geglaubt, dass es so etwas wirklich gibt.«

»Was soll das?«, sagte Skar scharf. »Leg das sofort weg!«

Marna schüttelte den Kopf. »Aber nicht doch«, sagte sie so leise, dass ihre Stimme fast in dem Krach und Tosen um sie herum unterging, »ich kenne mich aus mit diesen Teilen. Das Studium der geheiligten Bücher war mir immer wichtiger als das Erlernen roher Gewalt. Vertrau mir, Skar.«

Sie ging einen halben Schritt zur Seite – nicht so weit, dass er sie instinktiv gepackt und zurückgerissen hätte – und drehte sich weiter ab, und bevor er irgendetwas dagegen machen konnte, hantierte sie mit geschickt wirkenden Bewegungen an dem Teil herum.

»Dir vertrauen?« Skar hätte beinahe laut losgelacht.

In diesem Moment kehrte der *Frarr* zurück. Die Quorrl und Satai waren zu routinierte Krieger, um dem Monstrum kampflos das Feld zu lassen. Wer noch auf den Beinen war und eine Armbrust oder einen Bogen zur Hand hatte, bezog Stellung, nutzte ein totes Pferd, einen Baum oder die Leichen seiner Kameraden als Deckung. Der Drache schoss heran wie die Leib gewordene Verheißung alles Übel und alle Not auf dieser Welt mit dem Tod zu ahnden, und sein Feueratem fegte mit unbändiger Gewalt über die Bogenschützen hinweg, schmorte sie mitsamt ihrer Deckung weg, brannte sie wie Ungeziefer aus, bevor sie auch nur dazu kamen, einen einzigen gezielten Schuss abzugeben. Skar starrte gleichermaßen fasziniert wie entsetzt auf das Vernichtungswerk des Untiers, das nicht gewillt zu sein schien von seinem Wüten abzulassen, bis sämtliche Quorrl und Satai vernichtet waren. Kaum hatte es mit seinem heißen Atem eine Schneise der Vernichtung in den auseinander gerissenen Tross gebrannt, da zog es auch schon wieder ab und drehte über dem Tempel eine lang gestreckte Kurve, die es unweigerlich erneut in Angriffsposition bringen würde.

Überall lagen Tote und Sterbende und die Schreie und das Wimmern der Verwundeten sangen eine fürchterliche Begleitmusik zu dem schrecklichen Bild. Nur knapp die Hälfte der Krieger, die sie zum Tempel geleitet hatten, hatten die mehrfachen Angriffe überlebt und bis auf die wenigen, die rechtzeitig in die Tempelanlage geflüchtet waren, war keiner ohne mehr oder weniger schlimme Brandwunden davongekommen. Skar beobachtete einen wie eine lodernde Feuersäule brennenden Mann, der wie von einem Schwerthieb getroffen zu Boden ging, sich mühsam hochstemmte, erneut fiel und auf Händen und Füßen weiterkroch, weg von der wabernden Wand aus Hitze und Flammen, obwohl es doch sinnlos war; schließlich brach der

Todgeweihte nur wenige Schritte vor ihnen endgültig zusammen, das Gesicht eine Maske aus Schmerz und Grauen und die kohlschwarze Hand flehend nach vorne gestreckt.

Schaudernd wandte sich Skar ab.

Kama wimmerte und seine rechte Hand fuhr wie in Agonie nach oben und dann schlug er wieder die Augen auf. »Nicht«, stöhnte er voller Schrecken, als er sah, was Marna in den Händen hielt. »Nimm es ... ihr weg, Skar. Nur ich darf den *Frarr* rufen – oder wieder wegschicken.«

Es dauerte einen Augenblick, bevor Skar überhaupt begriff, was der Nahrak meinte. Marna hätte seine kurzfristige Unachtsamkeit ausnutzen können, um zu fliehen oder ihn anzugreifen; aber sie tat nichts dergleichen, sondern stand vollkommen in sich versunken da und hantierte konzentriert an dem Teil herum, das sie als den Rufer bezeichnet hatte. Ihre Finger glitten über das glänzende Stück Metall, als würde sie es liebkosen.

Mit einer schnellen und kraftvollen Bewegung packte Skar ihr Handgelenk und verdrehte es, bis sie den Rufer fallen ließ und er mit einem metallischen Geräusch auf einen Stein aufschlug und aus seinem Sichtfeld rollte.

»Es ist zu spät«, zischte sie.

»Wozu zu spät?«, fragte Skar voller Panik.

Sie gab einen Laut von sich, der irgendwo zwischen einem Lachen und einem abfälligen Schnauben lag. »Sieh selbst!«, triumphierte sie.

In Skar krampfte sich alles zusammen, als er einen Blick in den Himmel warf und den Feuerdrachen erneut auf sie zusausen sah. Es war genau wie bei seinem letzten Angriff – und doch ganz anders. Der *Frarr* rauschte heran und das Schlagen der mächtigen Drachenschwingen löste ein Pulsieren gewaltiger Energien aus, pflanzte sich weiter wie der magische Atem der Zeit, der ungehindert über alles gleitet und alles mit sich reißt, gleichgültig, ob sich ihm jemand entgegen stellen will oder nicht: ein faszinierender wie tödlicher Anblick, der in ihm die sichere Erwartung auslöste, dass die nächste Feuerwelle auch ihn, Kama und Marna treffen würde. Während er wie gelähmt dastand, zweifelte er keine Sekunde daran, dass das Untier das Vernichtungswerk mit seinem feurigen Odem vollenden wollte, getrieben von einem unbändigen Willen zur Zerstörung – oder von dem, was Kamas Ruf in ihm ausgelöst hatte, und damit von einer Absicht geleitet, die Skar selbst dann nicht begreifen konnte, wenn der Nahrak geglaubt hatte sie auf diesem Weg befreien zu können.

Doch er war noch nicht ganz heran, da schien eine unsichtbare Faust in den Nacken des *Frarr* zu schlagen; es sah aus, als würde ein Blitz aus der Rückseite des Drachenhalses hervorzucken und eine Woge finsterer, zerstörerischer Macht herausschleudern. In Sekundenschnelle wurde aus dem Blitz eine gleißende, verzehrende Lohe, die sich rasend ausbreitete und zurückschlug auf den Drachen wie eine Woge brüllenden, verzehrenden Feuers. Die rechte Schwinge des Ungeheuers verwandelte sich in eine einzige, gigantische Flamme und aus seinem zielgerichteten Flug wurde ein unkontrolliertes Trudeln, als er mit immer noch kraftvollen Flügelschlägen Höhe zu gewinnen suchte.

Skar starrte mit einem unterdrückten Keuchen auf die brennende Bestie. Der *Frarr* hatte den Tod tausendfach verdient; er war ein Monster, dazu bestimmt, Tod und Vernichtung unter die Gegner seiner Herren zu bringen. Und doch empfand Skar im Angesicht seines Todeskampfs keine Erleichterung, sondern eher Entsetzen. Es war der *Frarr* gewesen, der sie aus der Höhle des *Khtaám* gerettet hatte, und wie er es auch drehte und wendete, so war er doch ein Verbündeter – und plötzlich hatte er Angst vor dem, was geschehen mochte, wenn der Drache endgültig vernichtet war.

Der *Frarr* hatte mittlerweile tatsächlich an Höhe gewonnen, aber dieser Erfolg war nicht mehr als ein letztes Aufbäumen seiner gewaltigen Kräfte gegen sein unabwendbares Schicksal. Die Flammen griffen auf seinen Körper über, entzündeten seinen Schwanz und sprangen auf den zweiten, bislang noch intakten Flügel über. Der Drache krümmte sich in irrsinnigem Schmerz, die brennende Schwinge auf und nieder schlagend und stieß einen Schrei aus, der wie unglaubliches Krachen und Donnern und Beben über das

Tal fuhr; gleichzeitig zog eine Sturmbö auf, schlug wie ein zorniger Donnergott in die Flammen, um sie weiter aufzureißen und den Herzschlag der Vernichtung zu beschleunigen

Die Wolken selbst schienen in Flammen zu stehen und der Schrei des Drachen hallte wider voll entsetzlichen Schmerzes und einer Verzweiflung, die nicht geringer war als die seiner Opfer. In einem letzten, vergeblichen Aufbäumen gewann das mittlerweile lichterloh brennende Ungeheuer nochmals an Höhe, dann lief ein schmerzhaftes Zucken durch den gewaltigen Körper und es begann wie ein von einem Pfeil durchbohrter Vogel zu Boden zu rasen.

Direkt auf sie zu.

Für einen unglaublich kurzen Moment glaubte Skar das riesige Knochengerüst des Ungeheuers unter der grünen Lederhaut zu erkennen, nachgezeichnet in weiß und rot glühenden Linien und dann schoss die heiße Flammenzunge des Drachen hervor, als könne er selbst angesichts seines eigenen Todes nicht von seinem Vernichtungswerk lassen. Eine unsichtbare Sense raste über sie hinweg und traf die Krieger, die sich vor dem Tempel in Sicherheit gebracht hatten, mähte sie nieder wie Korn und ließ Männer und Tiere in einer bizarren Explosion aus Schmerzens- und Angstschreien, stürzenden Körpern und splitterndem Eisen zusammenbrechen.

Dann war der *Frarr* heran; ein wildes, tödlich verletztes Ungeheuer, ein brennender Gigant, der mit der Gewalt seines massigen Körpers auf den Tempel zustürzte. Einen schrecklichen Herzschlag lang glaubte Skar, der Drache wüsste sehr genau, wer ihm den Tod gebracht hatte, und er wollte sichergehen, dass diese Tat nicht ungesühnt blieb, doch dann jagte der heiße Ausläufer des Todes an ihm vorbei und schlug inmitten der Tempelanlage ein. Der Boden unter ihnen erbebte, als das gewaltige Ungeheuer die Holzkonstruktion durchbrach und Balken wie dürre Zweige zerbrach.

Skar wurde wie von einer Riesenfaust von den Beinen gerissen und ein paar Schritt weit durch die Luft geschleudert, bevor er krachend zu Boden ging. Mühsam rappelte er sich wieder auf, halb benommen, aber von einer Erregung erfasst, die ihn keinen Schmerz spüren ließ. Es blieb ihm keine Zeit, auch nur einen einzigen Gedanken zu fassen: Eine grellweiße, lodernde Flammenwand erhob sich dort, wo er eben noch gestanden hatte und er begriff, dass er sofort von hier verschwinden musste, wenn er noch eine Chance haben wollte zu überleben – und das *Elfte Buch* an sich zu bringen.

Von Marna war keine Spur zu sehen. Aber immerhin lag Kama nach wie vor an der Stelle, an der er ihn zurückgelassen hatte, und wie es aussah, war die flammende Vernichtung über ihn hinweggegangen, ohne ihm weiteren Schaden zuzufügen. Skar war mit einem Satz bei ihm und zog ihn in den recht zweifelhaften Schutz eines kleinen, aber ausladenden Baumes – mehr konnte er für ihn in diesem Moment nicht tun. Einem Impuls folgend, den er selber nicht verstand, drehte er sich dann um und rannte, ohne zu zögern, auf den Tempel zu, in dessen Mitte der brennende *Frarr* wie ein leibhaftig gewordener Höllenbote lag. Es war ein unglaublicher Anblick. Explosionen zerrissen die Lederhaut des Monsters und flammende Hautfetzen wurden wie lebende Wurfgeschosse durch die Luft geschleudert. Die Kreatur selber musste die Hitze eines Hochofens verströmen und es konnte kein Zweifel daran bestehen, dass von ihr keine Gefahr mehr ausging – sofern sie den Gesetzen unterlag, die für jedes andere normale Wesen auf Enwor galten.

Die flimmernde Hitze versengte seine Haare und dichter, beißender Rauch nahm ihm den Atem. Dennoch war Skar erleichtert: Der Gebäudeteil, auf den Marna geblickt hatte, als sie vom *Elften Buch* gesprochen hatte, war bislang nahezu unversehrt. Doch ob er es lange bleiben würde, stand zu bezweifeln. Die tanzenden Flammen warfen blutrote Lichtreflexe vom brennenden Hauptgebäude auf die übrigen Holzbauten und tauchten sie in flirrendes, zerrissenes Licht. Funken stoben von der Einschlagstelle in alle Richtungen auf und beißende Flammen schossen in die Nacht empor. Aus dem geborstenen Dach schlugen Feuerlohen wie glühende Speerspitzen in den Himmel. Schwarzer, fettiger Rauch stieg von dem toten Drachen auf und Millionen winziger, rot glühender Funken regneten wie feurige Käfer auf die benachbarten Gebäude hinab. Wenn nicht im letzten Moment ein Wunder geschah, würde das Feuer auf alles Brennbare überspringen und den ganzen Tempelkomplex in Schutt und Asche legen.

Obwohl das unglaubliche Schauspiel eine Art morbider Faszination auf ihn ausübte, riss sich Skar unverzüglich von dem Anblick los. Es blieb kaum noch Zeit, sein Vorhaben in die Tat umzusetzen. *Das Buch ist tatsächlich der Schlüssel zu allem*, hallte Marnas Satz in ihm wider. Er musste es unbedingt in seine Hände bekommen. Mit Riesensätzen jagte er auf den Eingang des seitlichen Tempels zu, in dem er das Buch vermutete – es lag weit genug vom Hauptgebäude entfernt, um bislang von den Flammen verschont geblieben zu sein – schlug die Tür mit einer ungeduldigen Handbewegung beiseite …

… und erstarrte angesichts des unglaublichen Schauspiels, das sich ihm bot.

Die Verheerung war hier weitaus weniger schlimm, als er erwartet hatte. Ein Schwall unangenehmer Wärme schlug ihm entgegen und ein Knistern und Prasseln im Hintergrund gemahnte ihn, dass auch hier bereits der Funke der Vernichtung übergesprungen war, der sich in wenigen Minuten zu einem tosenden Inferno entfachen konnte. Doch noch wirkte der erstaunlich große Raum, in den er gestolpert war, unversehrt. Seine Wände waren mit unzähligen Bildern geschmückt und mit Miniaturen, die in kleinen, halbrunden Nischen untergebracht waren und Menschen in fremdartigen Gewändern zeigten. Überall brach sich das Licht blitzend auf Gold und edlen, geschliffenen Steinen und von der Decke wölbten sich schwere Bahnen aus dunkelrotem Samt wie ein gewebter Wolkenhimmel.

Doch das war es nicht, was seine Aufmerksamkeit auf sich zog.

Es waren der Satai und der Quorrl, die in unmittelbarer Nähe des aufwändig geschnitzten Schreins in der Mitte des Raumes standen, und das Mädchen, das der Satai mit festem Arm umklammert hielt.

Esanna!

»Der Verräter«, schrie der Satai. Er stieß Esanna zur Seite und stürmte auf ihn zu.

Doch der Quorrl war schneller. Wie ein zum Leben erwachter Alptraum jagte er ansatzlos auf Skar zu und war bei ihm, kaum dass dieser sein *Tschekal* gezogen hatte. Mit einem bösartigen Knurren hob der Reptilienkrieger sein Zackenschwert, um es auf Skar niedersausen zu lassen.

Skar wich dem Koloss mit einer blitzschnellen Bewegung aus, drehte sich ansatzlos einmal um die eigene Achse und trat seinen Stiefel mit voller Wucht ins Gesicht des Geschuppten. Der Kopf des Quorrl schlug zurück, aber der Gigant taumelte nicht nach hinten, ja, er schwankte nicht einmal. Das war sein Verderben. Mit einer präzisen Bewegung riss Skar sein *Tschekal* nach oben und legte alle Kraft in den einen, entscheidenden Schlag. Der Sternenstahl spaltete die Schuppen auf seiner Brust und wühlte sich tief ins Fleisch hinein, riss eine entsetzliche, bis auf die Knochen klaffende Wunde, die vom Rippenansatz bis fast zum Hals reichte und damit der Wunde des gestern seinen schweren Verletzungen erlegenen Satai glich, um dann noch tiefer und breiter aufzuklaffen, denn Skar ließ die Klinge beim Zurückgleiten zwei schnelle Drehungen zu rechten und zur linken Seite machen.

Während der Quorrl mit einem stumpfen, unmenschlichen Laut in sich zusammenbrach, war auch schon der Satai heran.

»Stirb«, schrie der junge Krieger außer sich. Sein Schwert wischte Skars eigene Klinge fast mühelos zur Seite – der Mann war unglaublich schnell und erstaunlich geschickt – und ließ seine Waffe genau in die Richtung von Skars Herz vorzucken. Skar spürte, wie das *Tschekal* über seinen Brustharnisch schrammte, während er sich gleichzeitig mit einer Seitwärtsbewegung der blitzschnell vorgetragenen Attacke zu entziehen versuchte.

Aber er war zu langsam. Die Klinge riss seinen Harnisch auf und strich über seine Brust, und einen schrecklichen Augenblick lang glaubte Skar schon das Schwert seinen Körper durchbohren zu fühlen, denn unter normalen Bedingungen wäre es tiefer eingedrungen und hätte ihn vielleicht sogar ansatzlos getötet, ebenso schnell und überraschend, wie er den Quorrl erledigt hatte. Aber zu seiner Überraschung drang die Klinge seines Gegners nicht tiefer; es war das in Skars Brust eingegrabene Zeichen, das wie ein riesiger Diamant über seinem Herzen saß und ihn vor dem wütenden Angriff schützte, als sei es ihm nur zu diesem einzigen Zweck mit auf den Weg gegeben worden.

Das *Tschekal* seines Gegners prallte zurück, als wäre es auf harten Stein geschlagen, und wäre es aus einem anderen Material als aus Sternenstahl gefertigt worden, wäre es zweifelsohne zerborsten. Der Satai stieß ein überraschtes Keuchen aus, ließ sich durch die unerwartete Wendung des Kampfes aber nicht irritieren. Sein Schwert beschrieb eine kompliziert kreisende Bewegung, ein Angriffsschema, das Skar unbekannt war und dessen Ablauf selbst sein geübtes Auge kaum zu folgen vermochte.

Im nächsten Moment krachten ihre Klingen auch schon aufeinander, federten zurück, schlugen erneut aufeinander, immer und immer wieder. Skar begriff, dass er auf einen zumindest ebenbürtigen Gegner gestoßen war – und das, wo ihm jetzt keine Zeit mehr blieb, wo jede Sekunde zählte, wo dicker Rauch aus dem roten Samt hervorquoll, der wie ein künstlicher Himmel über ihnen hing, wo das lauter werdende Knistern und Prasseln ihn daran erinnerte, dass das Feuer nun auch endgültig auf dieses Gebäude übergegriffen hatte und sein unaufhaltsames Zerstörungswerk mit rasender Geschwindigkeit fortsetzen würde.

Er musste dem ein Ende bereiten. Ohne zu zögern, wich er einen Schritt zurück, tat so, als würde er stolpern und nun endgültig in so ernsthafte Bedrängnis geraten, dass er sich kaum noch zu wehren verstand. Der junge Satai fiel darauf herein. Mit einem triumphierenden Schrei setzte er nach, um Skar den Todesstoß zu versetzen. Der rasierklingenscharf geschliffene Stahl seines *Tschekals* jagte in einer eleganten Bewegung an Skars Schwert vorbei und direkt auf seinen Hals zu, um ihm den Kopf von den Schultern zu trennen.

Doch diesmal war Skar vorbereitet. Er tauchte im allerletzten Moment unter der Klinge seines Gegners weg. Sein *Tschekal* zuckte vor und hieb in das Bein seines Angreifers, von seiner wütenden Kraft so stark getragen, dass er es fast mit einem Schlag durchtrennte. Der Satai stieß einen gellenden Schrei aus, knickte ein und stürzte zu Boden.

Ein Teil des samtenen Kunsthimmels folgte ihm; polternd und qualmend sauste er auf den schwer verletzten Satai hinab, grub eine brennende Spur in seinen Rücken und krachte erstickend auf ihn. Aber das war erst der Anfang. Mit dumpfem Grollen löste sich ein Teil der Deckenverkleidung und überschüttete Skar mit einer Wolke aus Dreck und Funken sprühenden Partikeln, und bevor er auch nur einen Schritt zur Seite machen konnte, war er eingehüllt in eine Feuerwolke, die sich nur allzu schnell als Todesfalle erweisen konnte.

Die flammende Vernichtung hatte ihn eingeholt; brennendes Gebälk löste sich aus seiner Verankerung und rutschte ein Stück tiefer – eine tödliche Bedrohung, die ihn jederzeit erschlagen konnte. Aber das war nicht das Schlimmste. Als er mit einem verzweifelten Sprung zurückwich, peitschte ein Teil des brennenden Samtes auf seinen Kopf zu und schlug ihm mitten ins Gesicht. Skar stieß einen überraschten Schrei aus und riss die Hände hoch, um sich mit einer hastigen Bewegung das Gesicht freizuwischen. Doch immer mehr brennende Partikel überfluteten ihn und einige von ihnen zischten in seine Augen. Ein wahnsinniger Schmerz durchzuckte ihn, den er nicht einmal hätte unterdrücken können, wenn er es gewollt hätte. Er kämpfte nicht dagegen an, sondern ließ ihm im Gegenteil freien Lauf, brüllte seine Qual heraus und verwandelte sie in Zorn und den Zorn in wütende Kraft, die es ihm ermöglichte, sich herumzuwerfen und mit einem Satz den Balken zu entkommen, die jetzt dort hinabstürzten, wo er eben noch gestanden hatte: krachende Vernichtung, die den Boden aufriss und Funken sprühen ließ, als wollte sie ihn gleich hier und jetzt mit ins Verderben reißen.

Er kam nicht dazu, sich zu orientieren. Es war ein erstickter Hilferuf Esannas, der ihn zusammenzucken ließ und die Gewissheit, dass sie verloren war, wenn er ihr nicht beistand. Mit einer schwungvollen Bewegung wirbelte er herum und in den Raum hinein, der voller Qualm aber ohne aufschießende Flammen war, einer Todesfalle gleich, die noch nicht vollends zugeschnappt war, aber aus der es schon bald kein Entrinnen mehr geben würde.

Fassungslos starrte er auf das Bild, das sich ihm bot. Der schwer verletzte Satai hatte den brennenden Samt abstreifen können und war, während Skar damit beschäftigt gewesen war, sein Augenlicht zu retten, in den Raum gekrochen, auf das Mädchen zu – das wohl versucht hatte zuvor die Tür zu erreichen und damit während des erbarmungslosen Kampfes kurz hinter ihm gewesen sein musste. Doch jetzt versuchte Esanna in einem bizarren Abwehrkampf dem ihr nachrobbenden Satai mit der klaffenden Beinwunde zu entkommen. Es wäre ihr auch zweifelsfrei gelungen, wenn sich ihr Verfolger nicht immer wieder mit erschreckender Geschwindigkeit hätte vorschnellen lassen und ihr dabei mehrmals so nahe kam, dass sein Messer blutige Kratzer in ihre Beine hackte. Wer die Verfolgungsjagd letztlich gewinnen würde, war vollkommen unklar; aber darauf wollte es Skar auch nicht ankommen lassen. Mit einem erstickten Schrei sprang er nach vorne und stieß sein Schwert in den Körper des Kriegers; er drehte mehrmals die Klinge herum, fast wie im Blutrausch, auch noch, nachdem ein endgültiges Zucken durch den Körper des Satai gegangen war und ihm danach klar war, dass der Mann tot war.

»Skar«, schrie Esanna mit schreckensweiten Augen, während sie sich hustend aufrichtete und den Ärmel ihres Gewands vors Gesicht drückte, um sich vor dem Rauch zu schützen. »Hör auf! Es ist vorbei.«

Er riss die Klinge zurück und starrte Esanna an, als sähe er sie zum ersten Mal. In gewisser Weise stimmte das sogar: Es war ihm für ein paar Herzschläge lang so, als würde die Maske, die das Mädchen normalerweise trug, in sich zusammenbrechen, als sähe er hinter die Natur des Offensichtlichen, in eine unermessliche Tiefe, kalt, fremdartig und erschreckend, die ihn mit sich zu reißen versuchte in einen alles verschlingenden Strudel und doch gleichzeitig abstieß, ja, ausspie wie einen Fremdkörper, der er ja auch war und immer bleiben würde, und das trotz der engen Verbundenheit, trotz des eingewobenen Seins in eine höhere Gewalt, die alles umspannte und nichts umschlang, die allem innewohnte und doch kein Bestandteil war von irgendetwas –

Dann zerstob die Vision. Vor ihm stand nichts weiter als ein fünfzehnjähriges, vollkommen verängstigtes Mädchen, schluchzend und am ganzen Körper bebend, und mit der berechtigten Furcht von dem flammenden Inferno verschlungen zu werden.

»Wir müssen das Buch retten«, brüllte Skar gegen das tosende Chaos an. »Es muss hier irgendwo sein.«

»Ja«, stieß Esanna bebend hervor. »Ich habe es gesehen. Es liegt auf dem Schrein.«

Skar warf einen Blick in die angegebene Richtung. Die Luft waberte vor Hitze und die dunklen Rauchpartikel, winzigen Todesboten gleich, schwirrten jetzt überall herum und bissen sich in seiner Kehle fest, als wollten sie ihn ersticken. Ohne zu zögern, packte er Esanna bei der Hand und zog sie mit sich.

Das Buch lag aufgeschlagen inmitten des bereits glimmenden Schreins. Es war ein schwerer, großer Band, eingebunden in goldverziertes Leder, und als er es in die Hand nahm, spürte er nicht nur sein beachtliches Gewicht, sondern auch die angenehm kühle und glatte Oberfläche dutzender von Edelsteinen, die in das Leder einbettet waren. Er richtete sich so hastig auf, dass ihn ein hämmernder Kopfschmerz beinahe wieder hinabgezwungen hätte; wenn er nicht durch die Flammen starb, würde ihn der giftige Rauch schneller in die Knie zwingen, als ihm lieb war – was für eine Ironie des Schicksals, dass er dem wütenden Angriff des Feuerdrachen entkommen war, nur um dann doch noch ein Opfer der Flammen zu werden.

»Nur weg hier«, brüllte er.

Esanna nickte, eine seltsam fließende Bewegung, die er durch den erstickenden Qualm nur schemenhaft wahrnahm. »Dort hinten«, schrie sie. »Es gibt einen Hinterausgang.«

Hand in Hand stürzten sie in die von ihr angegebene Richtung.

Sie kamen nicht weit.

Er spürte kaum, wie ihn die Druckwelle, die durch das Zusammenstürzen der vorderen Gebäudeseite ausgelöst wurde, erreichte und zu Boden schleuderte. Er fiel, rollte haltlos über den Boden und prallte schmerzhaft gegen einen brennenden Balken. Seine Hand umklammerte immer noch das *Elfte Buch*. Esanna schrie irgendetwas, das er nicht verstand, und plötzlich waren überall Flammen und Rauch. Dort, wo die Feuersäule das Dach bereits zerstört hatte, gähnte eine gewaltige, gezackte Öffnung, aus deren Rändern Flammen schlugen. Die trockenen Balken brannten wie Zunder und das Feuer breitete sich mit unheimlicher Geschwindigkeit aus, viel schneller, als es eigentlich möglich war. Er hustete, stemmte sich mühsam auf Hände und Knie hoch und hielt nach Esanna Ausschau, unfähig auch nur eine einzige, weitere Bewegung zu vollbringen.

Dann entdeckte er sie; ihre Gestalt war nicht mehr als ein flirrender dunkler Schemen inmitten wütender Flammen. Er wollte nach ihr rufen, aber aus seiner Kehle drang nur ein heiserer Laut, und erst dann begriff er, dass sie durch die flirrende Hitze auf den Hinterausgang zutorkelte, nur wenige Schritte von ihm entfernt und doch so unendlich weit weg, dass er fürchtete sie nicht mehr zu erreichen – denn der Rauch und die Hitze hatten sich in seinen Lungen festgebissen und drohten seine verzweifelte Gegenwehr im wahrsten Sinne des Wortes im Ansatz zu ersticken.

Aber dann richtete er sich zu seiner eigenen Verblüffung endgültig auf und irgendetwas in ihm, eine Kraft, die nicht aus ihm selber zu kommen schien, sondern nur durch ihn geleitet wurde, ließ ihn sich vorwärts quälen, auf den Ausgang zu, durch den Esanna bereits in ein Nachbargebäude verschwunden war. Für einen endlosen, schrecklichen Moment sah Skar den stobenden Funkenregen, mit dem ein weiteres Stück des Daches neben ihm zusammenbrach, und die brennenden Holzstücke, die neben ihm auf den Boden donnerten.

Dann war er draußen.

8

Esanna hatte ihn weitergeführt, durch ein verwirrendes Labyrinth von Gängen, kleineren und größeren Räumen, geheimnisvollen Schreinen und reich ausgestatteten Reliquienkammern, und er hatte es widerspruchslos hingenommen, dass sie die Führung übernommen hatte, denn in ihm war nichts als eine unglaublich tief gehende Erregung und das Bedürfnis, nun endlich das zu studieren, was die Flammen von dem *Elften Buch* übrig gelassen hatten. Es war eine Art Schwelbrand, der Einband und Seiten ergriffen hatte, und den sie auch mit vereinten Kräften kaum hatten stoppen können in ihrem Bemühen dieses wichtige Buch zu retten, kaum dass sie selbst der Flammenhölle entkommen waren.

Jetzt waren sie angekommen, an ein Ziel, das Esanna für sie ausgesucht hatte: ein Raum, der ganz ähnlich war wie der, in dem das *Elfte Buch* wie eine kostbare Reliquie aufbewahrt gewesen war. Esanna hatte sich neben ihn auf den Boden gehockt, erschöpft und mit halb geschossenen Augen und rasselndem, hektischem Atem; womöglich hatte sie eine Rauchvergiftung davongetragen und er konnte nur hoffen, dass ihr Lebensfunke nach all den Anstrengungen und Strapazen nicht vollends erlosch.

Doch wenn er ganz ehrlich war: Im Moment interessierte ihn das nur wenig. Ein merkwürdiges Gefühl von Ehrfurcht ergriff ihn, als er den schwelenden Überrest des Buches in die Hand nahm und darin blätterte. Viele der Seiten waren zerstört, für immer ein Opfer der Flammen geworden, andere waren angekokelt und kaum noch zu entziffern. Und doch wuchs seine Erregung, während er den Band durchblätterte und sich festlas und es gab nichts in seiner Umgebung, was noch irgendwie eine Bedeutung für ihn hatte – nicht einmal die Tatsache, dass der gigantische, aus Holz gebaute Tempelkomplex dem Feuertod geweiht war und es nicht mehr lange dauern konnte, bis die Flammen auch hier Einzug hielten.

Die Zeilen schienen wie eigenständige Lebewesen vor seinen Augen zu schwirren, während er ihre Bedeutung gleichsam in sich aufsog. Und doch dauerte es eine Weile, bis er die Zusammenhänge begriff. Aber dann traf ihn die Erkenntnis wie ein Fausthieb und mit einem Mal schien ihm jeder Quadratzentimeter seiner Umgebung die Wahrheit entgegenzuschreien. Er war wie gelähmt, nicht nur körperlich, sondern auch geistig. Seine Gedanken drehten sich im Kreise, immer und immer und immer wieder, ohne dass er in der Lage war ihren Ablauf zu ändern und ohne dass er wirklich in der Lage war zu fassen, was da eigentlich in ihm vorging.

Er war entsetzt, so entsetzt wie noch nie zuvor in seinem Leben.

Seine Existenz war mit dem Kaol aufs Engste verknüpft, enger, als er es sich je hätte vorstellen können, und mit der Erkenntnis kamen die Bilder ohne sein Zutun, schlugen mit der Wucht von Hämmern in seinen Geist, als könne er die Tür zu einer anderen, verbotenen Welt nun nicht mehr schließen, Bilder, die ihn aufsaugen wollten und ihn doch gleichzeitig hinausstießen in diese Welt, um das zu schützen, was von ihm Besitz ergriffen hatte …

Die Zeit blieb stehen. Skar hatte geglaubt das höchstmögliche Maß an Entsetzen und Furcht kennen gelernt zu haben, aber das stimmte nicht und er begriff plötzlich, dass es immer eine Steigerung gab, dass das Unfassbare unendlich und die Furcht zu gewaltig war, um sie jemals zur Gänze erfahren zu können. Er verstand, dass er den falschen Weg eingeschlagen hatte, um hinter das Geheimnis seiner Existenz zu kommen, dass das *Elfte Buch* ihm nicht darüber Aufschluss geben konnte. Wenn es ihm überhaupt weiterhalf, dann mit der Erkenntnis, dass Enwor tatsächlich auf den Abgrund der endgültigen Vernichtung zutrieb – und dass ihm eine Schlüsselrolle bei dem Versuch zukam genau das zu verhindern.

Nicht nur die Welt, in der er – widerstrebend – lebte, hatte sich verändert, sondern auch er selbst. Irgendwie ernüchterte ihn dieser Gedanke. Der Schmerz in seinem Inneren sank zu einem dumpfen Druck herab und mit einem Mal wurde er sich seiner Umgebung wieder bewusst; er spürte den warmen Lufthauch auf seiner Haut und den Rauch, der nun wieder in seinen Augen biss und sie tränen ließ und in seiner Kehle wie ein frischer Wundschmerz brannte: Die Flammen hatten sie gefunden und es konnte nicht mehr lange dauern, bis auch hier ein offener Brand ausbrach.

Es hatte keinen Sinn mehr. Es hatte vielleicht nie einen gehabt. Aber … da war etwas. Ein vollkommen absurdes Gefühl. Eine Ahnung, nein, schon fast so etwas wie eine Gewissheit. Wenn das stimmte, was das Buch andeutete, wenn die Zeilen stimmten, die sich auf seinen Werdegang bezogen und sein Abenteuer im *Wandernden Wald*, wenn es mehr war als nur eine Finte, mehr als nur ein Puzzleteil in dem Ränkespiel, das gedacht war zu täuschen und in die Irre zu führen …

DANN HATTE DER KAMPF GEGEN DAS *KHTAÁM* BEREITS BEGONNEN, NACHDEM ER DEL KENNEN GELERNT HATTE UND ALS EINFACHER SATAI MIT IHM DURCH DIE WELT GEZOGEN WAR!

Er hatte begonnen, als sie vollkommen unerwartet von Quorrl in der Nonakesh-Wüste angegriffen worden waren und nur mit viel Glück in den *Wandernden Wald* hatten fliehen können. Er hatte mit dem Angriff der gefährlichen Hoger seinen nächsten Höhepunkt gefunden – kaum dass sie den Wald erreicht hatten – und dann mit dem allerersten Angriff der *Khtaám* einen Wendepunkt bekommen, der ihn schließlich, nach vielen Irrungen und Wirrungen, hierher geführt hatte.

Das bedeutete, dass ihn das *Khtaám* schon von Anbeginn bekämpft hatte. Vielleicht war dieser Kampf nicht mehr als der Reflex einer Kreatur, die seit einer Ewigkeit auf ihr Ziel hingearbeitet hatte …

Seit Jahrtausenden??? Seit Äonen??

… Getrieben von dem bohrenden Verlangen zu zerstören – wie Maden, die sich in einen Wirtskörper einnisteten und so lange ihr Vernichtungswerk trieben, bis sie ihren Wirt vernichtet hatten – verstümmeltes Fleisch, ein blutrünstiger Wahnsinn, der ihn verspottete und ihn in Stücke zerriss, eine schreckliche und erschreckende Wahrheit, der er nie entkommen konnte, weil sie auch in ihm war und ihn nie in Ruhe lassen würde, ihm keine Erlösung gewähren würde, so lange bis er nicht vollkommen eins geworden war mit der tödlichen Vernichtung …

Der Kreis hatte sich auf perfide Art und Weise geschlossen!

Es war vollkommen unmöglich. Er fühlte eine innere Qual, die die Grenzen des Vorstellbaren überstieg. Niederlage. Vollkommene, kompromisslose Niederlage, ein Geschlagensein schlimmer als der Tod. Der Gedanke einen Fehler begangen zu haben, weil er sich nicht zuständig gefühlt hatte für diese Welt, weil er nicht alles getan hatte, was getan werden musste, um die Wirklichkeit in die Richtung zu verbiegen, die Enwor noch eine Chance lassen würde – dieser Gedanke wurde übermächtig.

In diesem Moment holte ihn die Wirklichkeit wieder ein: das Stampfen schwerer Säulenbeine, das Klirren von Waffen, leise gemurmelte Befehle, deren Wortlaut im Knistern und Knacken schwelenden Holzes unterging. Er wusste sofort, was das bedeutete: Sie hatten ihn gesucht und gefunden, sie waren seinen Spuren gefolgt und hatten vielleicht nicht nur ihn aufspüren wollen, sondern auch das Buch. Aber sie kamen zu spät. Er hätte sich nochmals zum Kampf stellen können, versuchen können gegen die Übermacht aus wütenden Quorrl und zu allem entschlossenen Satai anzutreten, die hier gleich auftauchen würde. Aber wozu? Mit welchem Ziel?

Er hatte mehr erfahren, als er hatte wissen wollen. Und außerdem war schon genug Blut geflossen.

»Skar«, flüsterte Esanna, die durch die Geräusche aus ihrem tiefen Erschöpfungszustand hochgeschreckt war. »Es kommt … jemand.« Sie sah sich gehetzt um. »Wir müssen verschwinden.«

»Zu spät«, murmelte Skar, der sehr genau wusste, was all die Laute zu bedeuten hatten, die sich wie ein erstickendes Netz um sie zogen. »Sie haben das Gebäude umstellt. Sie halten das Tal besetzt. Wir haben keine Chance.«

Die Stimmen und Schritte kamen näher, brachen plötzlich ab – und dann vernahm Skar das hinter sich, was er die ganze Zeit über befürchtet hatte: das helle Sirren, mit denen Schwerter aus der Scheide glitten, das Spannen von Armbrustsehnen, das Geräusch von aneinander reibendem Leder, das leise Klirren von Kettenhemden.

»Ich habe Euch erwartet, *Skarissa* Marna«, sagte Skar, ohne aufzusehen.

»Woher weißt du …?«, erklang Marnas Stimme überrascht hinter ihm.

»Ich habe Euch an Eurem Schritt erkannt«, sagte Skar. »Doch seid versichert …«, er wandte den Kopf und das Erste, was er sah, war eine Schwertspitze, die genau auf sein Gesicht deutete, dann eine zweite, die sich seiner Brust bis auf eine Handspanne genähert hatte und jetzt dicht über seinem Herzen verharrte. Hinter den beiden Satai, die ihn mit ihren Schwertern bedrohten, ragten die massigen Gestalten mehrerer Quorrl auf; sie hatten Marna wie ein Kind in ihre Mitte genommen und schienen bereit zu sein sie notfalls mit ihrem Leben zu verteidigen – und welch bessere Leibwächter konnte man sich wünschen als diese Reptilienmonster? Als wäre das noch nicht genug, hatten sich neben dem halb zerschlagenen Türrahmen zwei Armbrustschützen aufgebaut, die so finster blickten, als würden sie ihn am liebsten gleich mit mehreren Bolzen zu Boden schicken.

»Ich habe nicht vor gegen Euch zu kämpfen«, fuhr Skar fort, »sondern vielmehr mit Euch: an Eurer Seite.«

Marna stieß ein hartes, krampfhaftes Geräusch hervor, das wohl ein Lachen sein sollte, aber eher wie ein abfälliger Laut klang. »Was hast du mit dem Buch angestellt, du Bastard?«, fragte sie, ohne auf seine Worte einzugehen. Irgendwie hatte sie es geschafft, inmitten des Chaos ihren Helm wieder aufzusetzen; aber er saß seltsam schief auf ihren Schultern und zerstörte damit den imposanten Eindruck, den er wohl hervorrufen sollte.

»Das Buch ist nicht mehr wichtig«, sagte Skar. »Wichtig ist nur das, was ich aus ihm erfahren habe.«

»Dass du nach deiner Wiederkunft der Retter der Quorrl sein wirst?«, fragte Marna. Ihre Stimme hatte einen fast freundlichen Klang, aber es war eine Freundlichkeit, hinter der sich unbarmherzige Härte und bitterer Hohn verbargen.

»Es täte mir Leid, wenn du mit dem Gedanken an eine plumpe Erfindung irgendwelcher Schmierfinke in den Tod gehen würdest.«

»Ihr täuscht Euch«, sagte Skar. »Die Quorrl betrifft es nur am Rande. Es geht um ganz Enwor: Wenn wir nicht …«

»Halt den Mund«, unterbrach ihn Marna grob. »Dein dummes Geschwätz gleicht dem Gewinsel eines Köters, der um Gnade fleht. Und was das Schlimmste ist: Du redest den gleichen Unsinn wie dieser verfluchte Nahrak, den wir bereits in unserem Gewahrsam haben. Aber du hast mich falsch eingeschätzt: Ich werde dich und das Mädchen hier und jetzt töten lassen.«

Skar starrte schweigend in die Sehschlitze der goldenen Maske. »Es könnte sein, dass du diese Tat irgendwann bereuen würdest …«

»Das werde ich nicht«, stieß Marna hasserfüllt hervor. »Und selbst wenn ich es täte: Es wird mir ein Vergnügen sein, mich dabei an deinen Tod zu erinnern.«

Skars Gedanken überschlugen sich. Er war sich bewusst, dass seine nächsten Worte nicht nur über sein und Esannas Leben entscheiden würden, sondern auch das Schicksal Enwors besiegeln konnten. »Gebt mir fünf Minuten, Marna«, sagte er, »fünf Minuten Eurer Zeit – für Enwor und für Euch selbst.«

Marnas Hand glitt zu ihrem Schwert, einem rubinbesetzten *Tschekal* mit einem ungewöhnlich reich verzierten Griff, und einen Herzschlag lang fürchtete Skar, sie würde es ziehen, um ihn eigenhändig zu erschlagen. Doch nach sich ins Endlose dehnenden Sekunden wanderte ihre Hand fast zögernd zurück und sie nickte. »So sprich denn«, sagte sie. »Ich will mir nicht nachsagen lassen nicht alles zum Nutzen und Schutz Enwors unternommen zu haben.«

Skar wusste, dass sie die unpersönlich klingende Formulierung gewählt hatte, um vor den Satai und Quorrl ihrer Rolle als *Skarissa* gerecht zu werden – aus dem gleichen Grund, aus dem er für dieses Gespräch eine formelle Anrede statt des vertrauten Du gewählt hatte. Hätte er ihr nicht geholfen ihr Gesicht zu wahren, hätte sie sich nie in ein längeres Gespräch verwickeln lassen.

»Wir haben einen gemeinsamen Feind, der schrecklicher ist als alles, was Ihr Euch vorstellen könnt«, sagte Skar.

Marna winkte ungeduldig ab. »Geschwafel«, sagte sie verächtlich. »Komm auf den Punkt.«

»Die Digger glauben, dass das Kaol ihr Leben verlängert und ihre Leistungen um ein Vielfaches steigern kann«, sagte Skar rasch. »Zweifelsohne hat es bei ganz wenigen Menschen tatsächlich eine Leben verlängernde Wirkung und zweifelsohne steigert sich bei vielen von ihnen ihr Leistungsvermögen – kurzfristig.«

»Auch ich habe das *Elfte Buch* gelesen«, unterbrach ihn Marna kalt. »Doch wenn das alles ist, was du mir anzubieten hast, werde ich wohl kaum fünf Minuten überstehen. Oder sollte ich vielleicht besser sagen: Du wirst sie nicht überstehen!«

»Es ist das Kaol, Marna«, sagte Skar eindringlich. »Es nimmt den Menschen auf Dauer die Würde, höhlt sie aus, verwandelt viele von ihnen in unansehnliche Missgestalten – ähnlich wie eine auf Dauer tödlich wirkende Droge. Aber das ist noch nicht alles. Ihr wart doch auch dort draußen, hinter dem Pojoaque. Habt Ihr dort nicht die gigantischen Senken bemerkt, die Einbrüche im Berg? Das alles ist erst der Anfang. Je mehr Kaol abgebaut wird, umso schwerer wird das geschädigt, was hinter allem steht und *alles durchzieht*.«

»Von was redest du?«, fragte Marna ungeduldig. »Ich kenne zwar die Senken, aber ich sehe keinen Zusammenhang.«

»Von etwas, das aus Enwor nicht mehr wegzudenken ist«, sagte Skar ruhig, »und das im wahrsten Sinne des Wortes. Enwor und *Es* sind eins, miteinander verwoben … es ist wie ein Geflecht, das sich in alles hineingegraben hat, alles durchzieht und alles durchdringt.«

»Nicht alles«, sagte Marna und plötzlich glaubte Skar eine Nervosität an ihr zu bemerken, die er zuvor noch nicht festgestellt hatte. »Wir haben es schon längst zurückgedrängt, alter Mann. Es ist für uns keine Gefahr mehr.«

»Möglicherweise ist es im Moment keine Gefahr«, bestätigte Skar, »denn auch dieses … *Geflecht* hat dazugelernt. Es bekämpft uns nicht, zumindest nicht direkt – es lebt mit uns und wir mit ihm.«

»Das mag alles sein«, sagte Marna angespannt, »vielleicht ist es aber auch ganz anders – und wir verschwenden nur unsere Zeit mit nutzlosen Worten.«

»Es ist nicht anders«, widersprach Skar und dachte an die Vision, die ihn in der Höhle überfallen hatte und *den Kern der Dinge, umgeben vom Feuerwerk netzförmiger Strukturen, die sich durch alles zogen, alles unterwanderten, nichts unberührt ließen, um, von einem unbekannten Trieb getrieben, immer weiter hinauszuwachsen in die Welt, bis sie auch den letzten Gegenstand, jeden Menschen und jedes beliebige andere Lebewesen in Besitz genommen hatten ...*

»Und es ist nicht allein«, fügte er schroff hinzu. »Es gibt da noch etwas ... Anderes. Etwas, das ganz ähnlich ist und ...«, er versuchte verzweifelt die Botschaft, die er nur annähernd verstanden hatte, in Worte zu kleiden, »das versucht das Geflecht zu unterwandern und in den Griff zu bekommen ... das *Khtaám* ...«

»Hör auf«, unterbrach ihn Marna zornig. »Es ist nicht gut, über diese Dinge zu sprechen. Es ist nicht gut, überhaupt etwas darüber zu wissen.«

Skar starrte sie wortlos an und einen Herzschlag lang war so etwas wie Verständnis zwischen ihnen; auch er empfand es als nicht richtig, darüber zu sprechen, ja, nicht einmal den Namen *Khtaám* in den Mund zu nehmen. Aber es ging nicht um Empfindungen, sondern um das, was getan werden musste, um Enwor aus der Umklammerung einer tödlichen Gefahr zu befreien – einer Gefahr, die möglicherweise größer war als alles andere, was jemals zuvor die Welt bedroht hatte.

»Das Kaol spielt die Schlüsselrolle in diesem unwirklichen Kampf, den wir vielleicht nie verstehen werden«, fuhr Skar deshalb fort. »Das, was die Digger für Kaol-Vorkommen halten, sind in Wirklichkeit die ... geschwürartigen Knotenpunkte des Geflechts. Es mag sein, dass das Geflecht selbst mit daran Schuld trägt, dass sich die Digger überhaupt formieren konnten. Sein Impuls immer weiter zu wachsen, brachte es dazu, Menschen direkt durch die Einnahme von Kaol kontrollieren zu wollen. Doch jetzt ist ihm dieser Prozess entglitten. Wenn zu viel Kaol abgebaut wird, sterben Verästelungen. Wenn Verästlungen sterben, wird der Zusammenhalt von allem, was das Geflecht durchzieht, beeinträchtigt – und irgendwann, nach vielen Jahren oder auch erst nach Jahrzehnten, bilden sich plötzlich Erdspalten, rutschen Felsen und Gestein nach, beginnt ein Zerstörungsprozess, der jetzt in dem Gebiet hinter dem Pojoaque begonnen hat und sich schließlich in ganz Enwor fortsetzen wird, bis selbst die großen Städte davon betroffen sein werden …«

»Das ist …«

»Das ist die Wahrheit«, sagte Skar rasch. »Wenn Ihr die Quorrl schlagt und zu spät merkt, dass Ihr mit den Diggern die falschen Verbündeten gesucht habt, dann wird es zu spät sein. Die Digger werden immer mehr und mehr Kaol abbauen, sie werden damit das Geflecht schädigen, dieses gigantische, unbegreifliche Lebewesen, das ganz Enwor durchzieht – *das Geflecht ist Enwor*!«

»Du übertreibst …«

»Ich übertreibe keinesfalls.« Skars Stimme zitterte. Ein Gefühl eisigen, ungläubigen Entsetzens hatte von ihm Besitz ergriffen, dem sich offenbar auch Marna nicht vollständig entziehen konnte. »Es hat sich in unüberschaubaren Verästlungen in alles eingegraben, ob wir das nun wahrhaben wollen oder nicht – es ist mit Pflanzen, Gestein, dem Boden, auf dem wir stehen und den Gebäuden, in denen wir leben, eine Einheit eingegangen und hat in Einzelfällen sogar vor Menschen nicht Halt gemacht! Doch wenn es früher plump war in dem Versuch sich Menschen gefügig zu machen, wenn es dicke schwarze Fäden waren, die sich in sie gewühlt haben – und meist sehr schnell töteten –, dann hat es vor etwa dreihundert Jahren eine weitaus elegantere Methode entdeckt, um Menschen in seinen Bann zu ziehen: über Kaol. Das Kaol sind die Zentren dieses gewaltigen, Enwor umspannenden Netzes. Wenn es in Maßen abgebaut wird, wächst es nach. Doch jetzt hat das *Khtaám* den Prozess angeheizt und die Digger breiten sich wie eine Seuche über Enwor aus: Sie bauen so viel Kaol ab, dass sie das

Geflecht schädigen und auf Dauer vernichten werden. Stirbt das Geflecht, verenden seine Abermillionen Verästelungen – und das, was mit ihm verbunden ist, bricht in sich zusammen, zerbröselt im wahrsten Sinne des Wortes, bis Enwor schließlich vollkommen in sich zusammenfällt – und schließlich sterben auch wir …«

»Du interpretierst das *Elfte Buch* in einer Art und Weise, die ich nicht billigen kann«, unterbrach ihn Marna schroff. »Ich verbiete dir diese Freiheit!«

»Nein, *Skarissa.*« Skars Stimme klang kalt wie Eis und selbst die höfliche Wahl seiner Worte klang wie eine Herausforderung. »Ich nehme mir nicht die Freiheit zu interpretieren: Ich habe die Wahrheit gespürt, ich habe sie in meinem Innersten die ganze Zeit über gewusst – spätestens seitdem ich an dem Fall von Ninga an Land gespült wurde, vielleicht sogar schon früher. In den letzten Tagen habe ich sie die ganze Zeit über vor Augen gehabt. Aber ich habe sie gleich dir nicht sehen wollen. Erst das *Elfte Buch* hat mir die Augen geöffnet.«

»Du redest irre.« Marnas Stimme war scharf wie ein Peitschenhieb – und doch klang darin auch etwas anderes mit, Angst, Entsetzen und Wut, die jederzeit wie eine flammende Eruption aufbrechen konnten. »Es sind die Quorrl, die das Gefüge gefährden. Es sind die Quorrl, die Vernichtung über Enwor bringen – und nicht die Digger!«

»Ihr täuscht Euch, *Skarissa* Marna«, sagte Skar dumpf. Er spürte ihren Widerstand, die Wahrheit – auch nur ansatzweise – begreifen zu wollen. Konnte sie denn immer noch nicht spüren, wie Enwor starb, Stück für Stück und unaufhaltsam? War sie denn nicht willens zumindest in Erwägung zu ziehen, dass sie und die Satai aufs falsche Pferd gesetzt hatten? »Ganz gleich, wie Euer Kampf endet«, fügte er bitter hinzu, »Enwor wird hinterher nicht mehr sein, was es vorher war. Wenn ihr die Quorrl vernichtet, wird es der letzte Kampf sein, der je von Menschen ausgefochten wurde. Wenn aber die Quorrl gewinnen – dann werden nicht nur die Digger und unzählige unschuldige Menschen getötet, sondern auch die Satai vernichtend geschlagen. Wollt Ihr das eine oder das andere?«

»Dazu wird es nicht kommen«, sagte Marna scharf. »Wir werden die Quorrl zurückschlagen – und SIEGEN! Wir werden die heilige Ordnung wieder aufbauen …«

»Wann?«, preschte Skar voller Gewalt dazwischen. »Wenn die Natur aus dem Gleichgewicht gekommen ist, wenn die Vegetation verendet, wenn unsere Städte einstürzen, wenn Sturmfluten gegen die Küsten anbranden?«

»*Nemesis*«, flüsterte Marna und einen Moment lang wirkte sie wie von einem Dutzend widerstrebender Gefühle überrannt. Doch dann schüttelte sie wütend den Kopf. »Es ergibt keinen Sinn. Überhaupt keinen. Du willst mich wissentlich täuschen – oder bist verblendet von Dingen, die über dich Macht gewonnen haben, um nicht nur dich, sondern auch uns zu verderben.«

Skar zuckte zusammen. Das Schlimme war, dass Marna in gewisser Weise sogar Recht hatte. Das *Khtaám* hatte versucht von ihm Besitz zu ergreifen, ihn Dinge tun zu lassen, die wider seine Natur waren; es hatte ihn dazu gebracht, die beiden Nahrak in den Schlund zu stürzen – als er dem Grauen ganz nah gewesen war, hatte es kurzfristig, vielleicht bloß für ein paar Sekundenbruchteile, von ihm Besitz ergriffen. Aber irgendetwas war schief und verkehrt und stimmte nicht an diesem Gedanken und er glaubte sogar jetzt seinen Einfluss in sich einsickern zu fühlen. Wie lange konnte er noch dagegen ankämpfen, was immer es auch war? Wie viel war schon von dem Gift in ihn eingedrungen, das ihn selber zum Werkzeug der Vernichtung Enwors machen wollte?

»Ist die Quelle deiner unsinnig sprudelnden Worte versiegt, Skar?«, höhnte Marna. »Hast du eingesehen, dass du mich mit deiner Verblendung nicht täuschen kannst?« Sie machte eine rasche Handbewegung. »Gleichwohl. Bringen wir es hinter uns.«

Skar schüttelte verzweifelt den Kopf. Ein entsetzlicher Verdacht begann in ihm Gestalt anzunehmen – und gleichzeitig die Furcht ihn Marna nicht mehr rechtzeitig mitteilen zu können. »Das *Khtaám* hat sich viel Zeit gelassen, um seinen Angriff zu planen«, sagte er voller Hast und tief empfundenem Entsetzen. »Und es hat sich überall Verbündete geschaffen. Ich gebe Euch den Rat: Schaut Euch genau an, mit wem Ihr in die Schlacht gegen die Quorrl zu ziehen gedenkt. Nehmt Euch einen Augenblick Zeit zu überlegen, warum Eure Verbündeten sich Euch angediehen haben – und unter welchen Bedingungen. Und überzeugt Euch davon, dass sie nicht das Zeichen der gleichen Kriegerkaste tragen wie die Quorrl, die mich und meinen Begleiter Del vor unendlichen Zeiten in der Nonakesh-Wüste angriffen und verfolgt haben.«

»Deine alten *Heldentaten* sollen etwas mit mir zu tun haben?«, spuckte ihm Marna voller Abscheu entgegen. »Das ist – grotesk!«

»Das *Khtaám* ist das, was hinter den Dingen steht«, stieß Skar erregt hervor. »Es ist der Schlund, es ist die Finsternis, es ist die Sturmflut, die das Land auszulöschen und unter sich zu begraben sucht. Aber gleichzeitig ist es wie das Geflecht – und vielleicht ist es ja Bestandteil von ihm, vielleicht ist es ja ein Bruderkampf, vielleicht ist es in Wirklichkeit nur ein anderer Bestandteil von ihm, der die endgültige Kontrolle zu erlangen versucht.«

Marna schnaubte. »Was soll das alles? Was hat das mit meinen Verbündeten zu tun?«

Ein Zittern durchlief Skar. »Die Quorrl, die mich und Del durch die Wüste hetzten und uns zu töten suchten, ohne dass wir einen Grund dazu gegeben hatten – sie haben das Zeichen der blauen Kriegerkaste getragen.« Seine Stimme sank zu einem Flüstern herab, das so leise war, dass ihn Marna kaum noch verstehen konnte. »Sie waren schon damals von dem *Khtaám* ausersehen mich zu töten – um einen potenziell gefährlichen Gegner aus dem Weg zu räumen. *Quorrl der blauen Kriegerkaste.*«

»Schweig!«, donnerte Marna mit unerwarteter Energie, aber auch mit einem Entsetzen, das vielleicht – HOFFENTLICH! – bedeutete, dass sie begriffen hatte: Ihre Quorrl-Leibwache trug das Zeichen der blauen Kriegerkaste! »Deine Zeit ist um.«

Skar wollte aus dem ersten Impuls heraus widersprechen, Marna entgegenschleudern, dass es ihr nicht helfen würde, wenn sie die Wahrheit verleugnete, dass sie würde begreifen *müssen*, dass Wegschauen und Leugnen keine Strategie war, um das Unbegreifliche zu besiegen, das sich unter dem Namen *Khtaám* verbarg. Er wollte ihr begreiflich machen, dass sie sich dem Kampf stellen musste, solange sie noch konnte, dass es die Digger aufzuhalten galt und dass es verkehrt war, ausgerechnet die Quorrl, die nicht wie ihre eigenen Verbündeten vom Vernichtungswillen des *Khtaám* besessen waren, auszulöschen oder in ein Reservat zu stecken – all das und noch viel mehr wollte er ihr entgegenschreien …

Aber dann begriff er. Es war irgendetwas an ihrer Haltung, das ihn an eine andere Zeit erinnerte. Als *Hoher Satai* hatte er sich im Angesicht unvorstellbarer Neuigkeiten nicht anders verhalten als sie jetzt. Er hatte versucht das Grauen zu begrenzen, die Zahl der Eingeweihten zu minimieren und Gespräche, die über die Grenzen des Vorstellbaren gingen, nicht vor zu vielen Augen und Ohren zu führen – und er hätte gar nicht anders handeln können, wenn er von Quorrl umgeben gewesen wäre, denen er von einem Schlag auf den anderen hätte misstrauen müssen.

»Es ist alles erstunken und erlogen«, fuhr Marna voller Abscheu fort, die teilweise echt und teilweise gespielt sein mochte. »Es ist beschämend zu sehen, wie ein Mann in Satai-Kleidung mir Lügen ins Gesicht schleudert, nur um sein Leben und das seiner jungen Gefährtin zu retten.«

Für den Bruchteil einer Sekunde hatte Skar die schreckliche Vorstellung, dass ihn Marna ohne weiteres Federlesen umbringen lassen würde, obwohl – oder vielleicht gerade *weil* – sie ihm glaubte. Aber dann gab Marna einen befehlenden Wink mit der Hand.

»Führt die beiden ab«, sagte sie. »Der Verräter soll nicht im Kleid eines Satais sterben. Gebt ihm andere Kleidung und bringt ihn dann zum Verhör in meine Gemächer in der Siedlung vor den Hügeln – aber in Ketten.«

Skar erhob sich langsam und vorsichtig, kam aus der Hocke hoch und stand schließlich vor Marna, während die beiden Klingen der Satai nach wie vor auf seine Kehle und sein Herz zielten. Er hätte alles darum gegeben, einen Blick hinter die goldene Wolfsmaske zu werfen, um festzustellen, was hinter Marnas Stirn vorging. Ihre Art gleichzeitig impulsiv und überlegen zu handeln, verwirrte ihn und er wäre nicht in der Lage gewesen zu sagen, was Schauspiel war und was Ernst.

Vielleicht hatte er in Marna eine Verbündete gefunden. Vielleicht war sie aber auch der Todesengel Enwors.

Die Zukunft würde es erweisen.

WOLFGANG HOHLBEINS
ENWOR
DAS ELFTE BUCH
UNTER MITARBEIT VON
DIETER WINKLER

Die Deutsche Bibliothek–CIP-Einheitsaufnahme

Hohlbein, Wolfgang:
Wolfgang Hohlbeins Enwor: das elfte Buch /
Wolfgang Hohlbein. –
Stuttgart; Wien; Bern: Weitbrecht, 1999
ISBN 3 522 71765 1

Umschlagillustration: Peter Gric, Wien
Umschlagtypografie: Michael Kimmerle, Stuttgart
Satz: KCS GmbH, Buchholz/Hamburg
Schrift: Slimbach
Reproduktion: Die Repro, Tamm
Druck und Bindung: Franz Spiegel Buch GmbH, Ulm

5 4 3 2 1* 99 00 01 02

Wolfgang Hohlbein bei Weitbrecht

Die Rückkehr der Zauberer
Roman, 624 Seiten, ISBN 3 522 71650 7

Mit einem gewaltigen Schlag explodiert der Himmel und ein Feuerball stürzt auf die Erde hinab. Nur wenige Männer sind Zeugen des ungeheuerlichen Vorfalls.
Viele Jahre müssen vergehen, ehe man dem Geheimnis auf die Spur kommt. Der Journalist Hendrick Vandermeer gerät dabei in einen Strudel unheimlicher Geschehnisse. Er muss erkennen, dass neben der gewohnten noch eine andere Wirklichkeit existiert.

Weitbrecht

Wolfgang Hohlbein bei Weitbrecht

Das Druidentor

Roman, 560 Seiten, ISBN 3 522 71450 4

Fatale Ereignisse überschatten die Tunnelarbeiten am Bergmassiv von Ascona, die unter der Leitung des jungen Ingenieurs Frank Warstein durchgeführt werden. Arbeiter verschwinden spurlos, mehrere Abschnitte des Tunnels stürzen aus unerklärlichen Gründen ein und Lasermessgeräte spielen verrückt. Was hat es auf sich mit diesem Unglückstunnel, der die Menschen so verändert und in dem die Zeit anders läuft?

Weitbrecht